初心不忘 薪火相传

湖南师范大学辞赋研究论文集

李生龙 主编

岳麓書社 · 长沙

目　录

上　编

下　编

上　编

贾谊在长沙的创作与遗迹

周寅宾

贾谊是西汉初年的一位杰出的政治家和文学家，他曾谪居长沙三年。历代一些著名的文学家到了长沙，都会想起贾谊。西汉初年的司马迁，便在《史记》中谈到他“适长沙”时，曾以“爽然自失”的心情诵读过贾谊的辞赋。唐代的杜甫，在《发潭州》诗中，也曾讴歌过“贾傅才未有”。清代杜诗注释者还说：“公（杜甫）至湖南，每怀贾谊。”① 唐代的柳宗元在湖南时也以贾谊自比，他在写给刘禹锡的诗歌中说：“更似谪长沙。”宋明两代，人们干脆用长沙这个地名来代指贾谊，如明末张溥编的贾谊集就名叫《贾长沙集》。由此可以看到，贾谊谪迁长沙这一段生涯，在他生平中占有重要地位。这里，我们着重介绍一下贾谊在长沙的创作与遗迹。

汉文帝三年（前177），二十四岁的贾谊离开西汉都城长安来到长沙，他的职务是“长沙王太傅”，即当长沙王的老师。

这里先要简略地说明一下当时长沙王的情况。唐代张渭在《长沙风土碑》一文中介绍长沙的古代历史时，曾说过这么两句话：“昔熊绎始在此地，番（读鄱）君因之而后定王国焉。”熊绎，

① 《杜少陵集详注》卷二十二。

是周代楚国的始祖，他在西周成王时，曾以长沙作为楚国南方的重镇。番君，是指的吴芮（音瑞）。吴芮在秦朝末年任番阳（今江西鄱阳县）县令，被人称为番君。秦末爆发农民大起义，吴芮也起兵响应。公元前二〇六年，项羽自立为西楚霸王，分封了十八个诸侯，吴芮被封为衡山王。公元前二〇二年（贾谊出生前一年），吴芮派部将梅鋗协助刘邦消灭了项羽，这年吴芮因功被刘邦改封为长沙王。[①] 吴芮当长沙王以后，在长沙建立了一个都城，城从西到东宽五华里，从南到北长十华里，大约相当于现今长沙市西起湘江岸边，南至南门口，东至浏阳门、小吴门，北至湘春街这一范围。长沙王王府设在城南，即现在长沙市的碧湘街。吴芮当长沙王只一年就病死了，他的子孙四代相继为长沙王。这四代长沙王的名字是：吴成、吴回、吴右、吴羌。[②] 吴羌死后，没有儿子嗣位，西汉中央王朝就撤除了这个小王国。吴芮的长沙王国，始建于汉高帝五年（前202），撤除于汉文帝后七年（前157），传位五代，历时共四十五年。

贾谊来湖南以前，他在朝廷担任太中大夫。他来长沙的原因，《汉书·贾谊传》有明确的记载："天子（汉文帝）议以谊任公卿之位，绛（绛侯周勃，时任丞相）、灌（灌婴，时任太尉）、东阳侯（张相如）、冯敬（时任御史大夫）之属尽害之，乃毁谊曰：'洛阳之人（贾谊是洛阳人）年少初学，专欲擅权，纷乱诸事。'于是天子后亦疏之，不用其议，以谊为长沙王太傅。"贾谊这次由长安来长沙，是由于受到别人的嫉妒谗毁，又是贬官，因此他"意不自得"，心情很不舒畅。当他路过屈原自沉的汨罗江时，想起自己的遭遇和屈原相似，因而对屈原的不幸身世产生了强烈的共鸣。来到长沙后，他面对湘江，写了著名的《吊屈原赋》。赋的开头作者便无比感愤地写道："恭承嘉惠兮，俟罪长沙。侧闻屈原

---

① 吴芮的长沙王国，大约相当于现在的湖南省除常德、邵阳、黔阳、湘西、零陵、郴州等地区以外的地方。

② 贾谊是当哪一代长沙王的太傅，不可考。有的学者说是吴羌，但无确凿证据。

兮，自沉汨罗。造托湘流兮，敬吊先生。遭世罔极兮，乃殒厥身。”这几句话的意思是说：我恭敬地奉皇帝的诏命，在长沙等待处罚。传闻屈原是自投汨罗江而死。屈原死于湘水流域，所以我至湘江托其水流敬吊屈原先生。先生遭遇的时世是无休止的混乱，于是损毁了他的身体。在这里，作者通过吊念屈原，借以陈诉了自己胸中的忧愤。赋接着说：“呜呼哀哉兮，逢时不祥。鸾凤伏窜兮，鸱鸮翱翔；阘茸尊显兮，谗谀得志；贤圣逆曳兮，方正倒植。世谓随、夷为溷兮，谓跖蹻为廉；莫邪为钝兮，铅刀为铦。”作者在这一段里用了一连串的比喻，说明屈原所处的时代黑白颠倒，是非混淆，对屈原的生不逢时进行了深切的哀悼。《汉书·贾谊传》说：“屈原，楚贤臣也，被谗放逐……谊追伤之，因以自喻。”这段话可以用来说明《吊屈原赋》的主旨。司马迁在《史记》里，把屈原和贾谊合写在一个列传里，也正是考虑他二人有这样的共同点。但是，应该指出，屈原与贾谊所处的时代是有区别的。反对屈原的人，如上官大夫靳尚、令尹子兰，的确是一些奸佞误国的小人。但是，排斥贾谊的人，如丞相周勃、太尉灌婴，却是一些汉王朝的功臣，他们在安定刘汉王朝、推翻吕后势力的斗争中立过功勋。两者是不宜相提并论的。《吊屈原赋》在艺术形式方面继承了屈原作品的传统，在句法节奏上，两句一组，“兮”字放在单句末尾，屈原的《离骚》《九章》也是这样的形式。

贾谊当长沙王傅共三年。他是北方人，老家在河南洛阳，后来又在陕西长安做官，习惯于北方的干燥气候。他来到长沙后，感到长沙太潮湿了，担心住在这里不会长寿。正在他忧思之时，恰巧有一只鹏鸟（又名服飞，即猫头鹰）飞入他的住宅，栖落在他的座位角上。猫头鹰本是一种益鸟，但是古代长沙人们有一种迷信观念，认为猫头鹰是一种不祥之鸟。于是贾谊借题发挥写了一篇《鹏鸟赋》。赋的开头写道：“单阏[①]之岁兮，四月孟夏。庚子日斜

① 单阏，是上古人们的纪年。单阏是哪一年，古人说法不一，晋代徐广认为是指汉文帝（六年岁次丁卯，公元前175年）。

兮，鹏集予舍。止于坐隅兮，貌甚闲暇。”贾谊在这篇赋的前半部，塑造了一个样子显得从容清闲的鹏鸟的形象。赋的后半部，作者假托与鹏鸟的对话，说明了“万物变化”的哲理。这篇赋在中国文学史上有一定的意义。在此以前，以屈原作品为代表的骚体诗，曾是中国文坛上的主要文学形式。到汉代，骚体诗逐渐演变为半文半诗的赋。什么叫赋？《汉书·艺文志》说：“不歌而诵谓之赋。”贾谊的《鹏鸟赋》在形式上较之骚体诗更趋向散文化，但句式整齐，宜于朗诵。所以，它在中国文学史上起了由骚体诗到汉赋的过渡作用。

贾谊是西汉初年著名的辞赋家。《汉书·艺文志》说他有赋“七篇”。贾谊赋现存五篇，即朱熹《楚辞集注》中所收《吊屈原赋》《鹏鸟赋》《惜誓》三篇；《古文苑》所收《旱云赋》《簴赋》二篇。《古文苑》一书是北宋孙洙从佛寺经龛中发现的，书中作品为史传和《昭明文选》所不载，所以《旱云赋》和《簴赋》不能确定是贾谊的作品。《惜誓》虽然收集在《楚辞章句》里，但《楚辞章句》的编注者王逸说：“《惜誓》者，不知谁所作也。”王逸对它的作者提出了“疑不能明”的疑问。所以，《惜誓》也不能确定是贾谊的作品。《吊屈原赋》和《鹏鸟赋》则可以确定为贾谊所作，这二篇赋又是写得很精彩的。朱熹评价说：“二赋尤精。”[①] 而这两篇赋又是在长沙写的。因此，我们可以说：贾谊的文学创作，主要是在长沙进行的。

贾谊不仅是著名辞赋家，也是著名的政论家。他在长沙写的政论文，主要有以下两方面内容。

汉文帝三年（前177），周勃免去丞相职务，回到所封的绛侯封地。第二年，当地有官吏诬告周勃谋反。汉文帝下诏，将周勃逮捕，关入长安监狱。周勃入狱后，害怕得不知道为自己辩护，而且受到狱吏的迫害侮辱。后来汉文帝知道这是一件假案，将周勃释放回绛侯封地。周勃出狱后，感慨地说：“吾尝将百万军，安知狱吏

---

① 《楚辞集注》。

之贵也。”当时贾谊在长沙听到了以上情况，他认为皇帝这样对待大臣是不恰当的。于是他写了一个奏章给汉文帝，建议应该有礼貌地对待大臣。这个奏章的初稿，即是后来贾谊《新书》[①] 中的《阶级》一文。这篇文章说，君主应该“体貌大臣”，礼遇的目的是为了“厉其节”，即为了培养臣子的节操。文章认为：“人主遇其大臣如遇犬马，彼将犬马自为也；如遇官徒，彼将官徒自为也。”文章又提出：“（大臣）有过，令废之可也，退之可也，赐之死可也。”但不要搞“黥、劓、髡、笞、傌、弃市”等肉刑和酷刑。汉文帝接到奏章后，采纳了贾谊的意见，以后对大臣比较尊重。

贾谊关于体貌大臣的报告，表现了他这个年青有为的政治家的风度，能识大体。周勃是西汉王朝的功臣，但是这位元老大臣曾经反对汉文帝重用年轻的贾谊。贾谊初来长沙时，对周勃是有意见的。但是当他听到周勃受诬陷、受侮辱时，却能不计私怨，以封建国家的根本利益为重，向汉文帝提出“体貌大臣”的建议。这种从大局出发的器量和风度，在历史上是可取的。但是在这篇奏章中，贾谊却强调“礼不及庶人，刑不至君子”，又强调“公卿、大夫”与“庶人”之间的“分明”的“等级”，这反映出他的封建士大夫的偏见。

贾谊所处的西汉时代，流通的货币是铜钱。汉文帝五年（前175），朝廷发布命令，允许私人用铜铸钱。这一年，汉文帝还赐给邓通一座铜矿山，让邓通自行铸钱。正在阴谋搞封建割据的吴王刘濞，也开采铜矿山自行铸钱。当时，邓通、刘濞铸造的铜钱布满天下。贾谊是反对这种混乱而后患无穷的货币政策的。这一年，他在长沙又给汉文帝写了一个《谏铸钱疏》的奏章。这个奏章的初稿，后来成了贾谊《新书》中的《铜布》《铸钱》两篇文章；《谏铸钱疏》的正式奏章也流传下来了。这三篇文章和奏章的内容基本上相同，文字略有出入。在这三篇文章和奏章中，贾谊认为货币应由国家统一掌握，不应当让下面自行铸造铜钱。他的这种统一全

① 贾谊论文集又名《新书》。

国货币的主张，对于汉朝经济的巩固和发展，在历史上起了进步作用。

贾谊在长沙写的政论文，有鲜明的特色。首先是专题性强，每篇文章论述一个专题，每论有明确的中心思想。并且文笔犀利，善用比喻，语言富有形象性。

贾谊身死后，他的著作主要是在长沙刊行。著作共存五十八篇。虽然《汉书·艺文志》《隋书·经籍志》《旧唐书·经籍志》《新唐书·艺文志》都记载了他的书目，但是汉、隋、唐几个朝代的贾谊著作的版本都没有保存下来。现存的贾谊集的最早的版本，是南宋孝宗淳熙八年（1181）长沙刊行的，书名《贾子》。当时的潭州（长沙）州学教授胡价，在这个版本的《后记》里说明了为什么要在长沙印刷这本书的原由。《后记》开头说："长沙，故楚地，前代人物不乏有。而显然各载史氏者，独屈原以忠愤，贾谊以迁徙，见之文词，磊落相望。今《离骚经》，潭已板行；而谊书独无传焉，诚坠典也。"在南宋人看来，屈原和贾谊，都是古代湖南历史上的有名人物。屈原作品已在长沙印行，而贾谊集子没有流传，这是书籍出版方面的缺陷。《后记》又说："《新书》之作，乃傅长沙时所为也。然则长沙以是书行，其不宜乎。"这话说得明白。贾谊的一些重要著作，是在长沙写的，在长沙刊印他的集子，是很适宜的。现存贾谊集的第二个版本，是南宋理宗淳祐八年（1248）长沙刻印的。这样，我国现存的两个贾谊集的宋版，都是在长沙刊印的。

明清两代，全国七次出版贾谊集，其中有四次是在湖南刻印的。清代王闿运在《屈贾文合编序》一文中曾说，贾谊集在宋版以后，"其更七刻而湖南凡四刻"。所以，贾谊著作的刊行情况，"皆于湖南掌故有关"。

贾谊在湖南的遗迹，集中在长沙。他到长沙之前，路经汨罗。汨罗有贾谊凭吊屈原的遗迹，据《湘阴县志》[①] 记载："贾谊吊屈

① 见清代道光三年《湘阴县志》卷十二。

原处，在汨罗江。或谓谊舟行之长沙，停帆湘口为赋以吊，则指汨罗北岸。或谓谊为傅三年，羁处长沙，赋鹏伤怀，故造湘流，敬吊三闾以寄慨，则指汨罗南岸。今两岸俱有土台，乡人彼此相夸，以为名胜。”汨罗江两岸都有贾谊凭吊屈原的遗迹。但因这两处遗迹记载较晚，也可能是后人根据贾谊的《吊屈原赋》附会设立的。

贾谊在长沙的遗迹，主要有贾谊故居和贾谊井。

贾谊故居位于长沙何处呢？唐代《元和郡县志》记载：“贾谊宅在（长沙）县南四十步。”这表明唐代还保存了贾谊故居，但故居位置不明确。清代同治六年《长沙县志》有两条记载则很具体：一条是“今德润门内有谊故居”；另一条是“在善化（长沙）境内太平街”。德润门即现今长沙市的小西门。从这两条记载可知，贾谊故居位于现今长沙市湘江大桥桥东的太平街上，与小西门相距不远。中唐前期诗人刘长卿写的《长沙过贾谊宅》，是唐诗中的一首名作：“三年谪宦此栖迟，万古惟留楚客悲。秋草独寻人去后，寒林空见日斜时。汉文有道恩犹薄，湘水无情吊岂知。寂寞江山摇落处，怜君何事到天涯。”中唐诗人戴叔伦写的《过贾谊旧居》诗也比较动人：“楚乡卑湿叹殊方，鹏赋人非宅已荒。谩有长书忧汉室，空将哀些吊沅湘。雨余古井坐秋草，叶尽疏林见夕阳。过客不须频太息，咸阳宫殿亦凄凉。”这两首诗，除寄寓了诗人对贾谊的怀念之情外，从中还可以看出，唐朝时贾谊宅周围还很荒凉。这里只见空疏的树林、荒废的住宅、古老的水井、枯萎的秋草。清代文人也写了好些题咏贾谊故居的诗，这些诗反映出，贾谊故居周围虽然不再有疏林，但是仍然显得凄凉。如左之翰《访贾太傅宅》诗：“卑湿犹闻太息余，至今遗宅久荒芜。”“古井自涵清绝影，空墙谁写治安书。”宋俊写的《贾太傅故宅》诗：“市南卑湿地，贾谊有遗碑。”“苔阴留废井，鹏鸟噪荒祠。”张迪贞写的《贾太傅宅》诗：“故井今犹是，故宅嗟已颓。”这些诗句说明，到清代，贾谊故居已经颓败，但还留有空墙、石碑、古井。

贾谊故居中的古迹，旧传有井、坐床、手植柑树三种。北魏郦道元《水经注》记载：“贾谊宅，地中有一井，是谊所凿，极小而深，上敛下大，其状似壶。傍有一脚石床，才容一人坐，形制甚古。流俗相承，云谊宿所坐床。又有大柑树，亦云谊所植也。”到唐代，贾谊故居中的坐床与手植柑树已不复存在，只留下一口上小下大像壶一样的井。大历四年（769）春天，唐代大诗人杜甫第一次到长沙，曾在《清明》诗中描写过这口井：“长怀贾傅井依然。”永贞元年（805）深秋，唐代著名文学家韩愈在长沙也看到过这口井。他在《井》诗中写道：“贾谊宅中今始见，葛洪山下昔曾窥。寒泉百尺空看影，正是行人暍（中暑）死时。”北宋初年乐史编的《太平寰宇记》记载：“（贾谊）宅中有井，上圆下方。”可见这口井在宋代还完好。但是到清代，井便开始荒废了。清人张应塾写的《贾公井》诗中间就有“故宅无存井半荒”之句。

贾谊故居从宋代起变为贾谊祠庙。北宋初年的《太平寰宇记》记载：“贾谊庙，今在长沙县，即谊宅。”这条材料表明北宋初年贾谊故居已变为贾谊庙。明朝初年，诗人杨基在长沙写了一首长诗吊念贾谊，诗的最后说：“我本欲再拜，祠宇已久倾。荒苔剥乱碣，满目皆枳荆。汩汩祠下水，犹闻太息声。”这说明，位于湘水岸边的贾谊祠，在明初早已倾坏荒芜。明代著名文学家李东阳写过一篇《重建贾太傅祠记》，这篇文章的最后一段记述了贾谊祠重建经过：“太傅（贾谊）在长沙，人至今习知之。其故宅为卒伍伦所居；其井犹存焉，世所传贾傅井者也。成化元年，我长沙守钱侯，募郡人以财赎其宅地为祠，塑像其中，请著祀典。……翰林编修李东阳省墓，归自京师，拜太傅（贾谊）于祠。侯（对钱澍的尊称）请纪其事。”从这段文字可知，贾谊祠是在明宪宗成化元年（1465）由当时长沙府太守钱澍重建的。明神宗万历八年（1580），长沙府官员李天植在贾谊祠中增祀屈原，自此以后，直到清代，贾谊祠改称屈贾祠。“故郡城之西，有屈贾祠，即贾太傅故宅也。”[①]从以上贾谊遗迹的变迁过程可以看出，二千年来，虽然长沙城历经沧桑变化，但人们是一直没有忘却贾谊这位在中华民族文明史上有

① 转引自清代赵申乔《重建刘忠毅公祠碑记》。

过杰出贡献的人物的。

［原载《湖南师院学报》（哲学社会科学版）1981 年第 3 期，122—126 页］

论唐赋的新发展

马积高

唐代是我国文学发展史上一个光辉灿烂的朝代。唐诗、唐散文乃至唐传奇小说的成就早已得到后人的肯定评价，唐赋的成就却少为人提及。有人甚至说“唐无赋”（明李梦阳《潜虬山人记》），“唐以后无赋”（清程廷祚《骚赋论》）。比较重视唐赋的成就的是清人王芑孙，他在《读赋卮言》中说：“诗莫盛于唐，赋亦莫盛于唐。总魏、晋、宋、齐、梁、周、陈、隋八朝之众轨，启宋、元、明三代之支流，踵武姬汉，蔚然翔跃，百体争开，曷其盈矣。”但是，他的话并没有引起人们的注意。特别是现代，一些文学史家大都把他们的话忘了，或者不屑一顾。

人们之所以忽视唐赋，一个重要原因是不能用发展的观点来考察赋，而把比较缺乏形象性的汉大赋作为赋的楷模。在一些人看来，晋宋赋已不如了，何况唐代？但这是近代以前守旧的人们的看法；至于近代以后，则主要是人们对它缺乏了解，只看到唐赋以律赋为多，而律赋又多为科举功令的产物，便轻易地把它否定了。其实唐赋不仅数量之多超过前此任何一代（现存一千余篇），即就思想性和艺术性也超过前此任何一代，并为以后宋、元、明、清各代所不及，它是赋的发展的高峰。

唐赋的新成就主要体现在下列几个方面：

（1）反映现实的广度和深度都有所发展。

赋发展到魏晋南北朝，题材和主题已经相当广泛了，上至国家兴亡，下至鸟兽虫鱼，都已成了赋的描写对象，特别是庾信的《哀江南赋》、颜之推的《观我生赋》那样史诗性的大型作品的出现，标志着赋在反映现实的广度和深度上有了新的突破。唐赋中虽然缺少《哀江南》那样的大型的杰作，但是反映社会重大问题、揭露现实黑暗的作品之多是前所未有的，如杜牧的《阿房宫赋》借古讽今，揭露封建帝王残民以逞私欲的罪恶；孙樵的《大明宫赋》对比唐朝的今昔，反映晚唐危机四伏的现状；萧颖士的《登宜城赋》描绘安史之乱早期的形势，抒发忧国伤时的怀抱；李华的《言毉》创为寓言，暗示玄宗后期内政不修而征伐不辍所造成的祸机等等都可与当时一些诗人的优秀之作媲美，而为前代赋中所少见。而尤为突出的则是讽刺小赋之多超前后的各代，成为唐赋的一个突出特色。这种赋的取材不拘一格，往往是就一人一事，或一种现象，或一件小物加以生发，从而勾画出某种人物的丑恶嘴脸和反动本质，或刻画出某种丑恶的人情世态。柳宗元是唐代这种赋的杰出作家，晚唐的李商隐、孙樵、陆龟蒙、刘蜕等也有一些短小精悍的上乘之作，与晚唐的小品文相辉映。

唐赋还反映了唐代社会生活其他一些方面。同唐诗中的边塞诗相配合，唐代出现了一些描写边塞风光和从军苦乐的赋，如骆宾王的《荡子从军赋》、徐彦伯的《登长城赋》、萧嵩的《云中古城赋》等。此外如田园、山水、宫室、鸟兽、草木、虫鱼、歌舞、技艺以及其他各种状物抒情之作，都无所不有，而其构思多与前人不同。主要是单纯的状物写景之作少了，而借景借物抒情之作多了，如写宫室，前面提到的《阿房宫赋》《大明宫赋》就与汉代写宫室之作的旨趣不同；写山川的，如岑参的《招北客文》则完全是为反映险恶的政治形势、抒发愤懑服务，尤与魏晋之作有别。

唐赋的内容还有一点值得注意：它虽然仍以描写自然界和上层社会的生活为主，但已有写下层人民的篇章出现，如玄宗时卫士胡嘉隐写的《绳伎赋》是专写杂技艺人的精彩表演的，柳宗元的

《哀溺文》从一个普通人的溺死抒发感慨，敦煌出土的无名氏的《燕子赋》更是下层人民受迫害的生活的反映。

（2）体裁的变化和多样化。

唐赋在体裁上的变化，引人注目的是在骈赋（俳赋）的基础上形成了一种短小的律赋，它同骈赋的区别是，韵脚和篇幅都有一定的限制，通篇基本上都用对仗工整的对偶句组成。这种赋体的产生、发展都同科举考试相联系，流传的多是应试和准备考试（所谓“私试”）之作，故有价值的不多，但其中也不乏雕镂刻画很细致的小精品。特别是到了晚唐，王棨、黄滔等人突破应试题材的限制，用它来抒情，更创造了一些有一定的社会内容和形式精美的作品，如王棨的《江南春赋》、黄滔的《馆娃宫赋》、徐寅的《过骊山赋》等，或直接反映民生疾苦，或借古讽今，而构思巧密，属对精切，其成就殆在许多六朝抒情小赋之上，只是人们未尝留意罢了。

新文赋的产生也是唐代赋体的重要变化。这种赋是伴随唐代的古文运动而形成的，过去人们称为“文赋”，其实它同相传为屈原所作的《卜居》《渔父》与宋玉的《风赋》等并无什么区别，同司马相如的《子虚》《上林》也一脉相承，它们都该称为“文赋”。唐文赋的“新”，就新在它比较彻底地摆脱了汉文赋的板重的句法，删削了某些汉赋那种不必要的铺叙，同时语言更为浅切，描写更为生动，艺术构思和表现技巧也富于变化。李华的《吊古战场文》、韩愈的《进学解》、杜牧的《阿房宫赋》以及柳宗元的某些赋篇，都是新文赋的代表作。

由于都市文化生活的活跃和变文等俗文学的影响，唐代还出现了一种新的赋体——俗赋。它比过去赋家的俳谐之作内容更新鲜，语言更通俗，形式更活泼，在赋史上放出异彩。这种俗赋后来虽少有继作，甚至长期湮没无闻，但它是光辉的唐代文学不可分割的一部分，是后世俗文学的先驱之一，其重要性是不可忽视的。

唐代的骚体赋、骈赋、四言诗体赋等在体式上的变化较少，但服从新的内容的需要，形式更为自由。既有结构比较宏伟的长篇巨制（如王绩的《北山赋》等），也有浓缩成几句的短篇（如李商隐的《蝨赋》《蝎赋》等）。

（3）表现艺术和语言风格的变化。

唐代新文赋及俗赋在表现艺术上的发展和语言风格的变化，前面已说过了。其实，唐代的骚赋、四言诗体赋、骈赋也有着类似的发展和变化。这种变化在唐初王绩的赋中已见端倪，他的《北山赋》就是以白描为主，而又糅合着诗与散文的多种表现手段的。“四杰”以后，这种趋势继续发展。到了李白，唐赋在表现艺术和语言风格上的特色就基本上显露出来了，至韩、柳，则更得到突出的发展。当然，这是就总的趋势而言的，其间也有个人爱好、造诣的不同。如杜甫，他在描写技巧上是力求追新，善于刻画形象的，在语言风格上却是刻意追古，矫变坦易的。即以韩、柳而言，由于柳多深沉之思，他的赋就体式和艺术构思的变化而言，远胜于韩；而就语言文字的多变来说，则不能不说韩优于柳。

唐赋所以取得这些新的发展和成就，同唐诗、唐文的繁荣有共同的原因并互相联系。对于唐代文学繁荣的原因，近人作了一些研究，从经济基础、政治条件、国际文化交流、前代文学的影响等各个方面都找出一些原因，说明它是由多种原因的汇聚、结合所造成的，这种看法无疑是对的。不过，我认为，在这众多的客观条件中，最重要是政治条件和前代文学的影响。这并不是说经济基础不重要，人们没有一定的物质生活条件是不会创造出文化繁荣的局面的。但“政治是经济的集中反映”，在人们有了基本的生活条件之后，直接作用于文学的首先是政治，其次是文学发展本身的条件。

唐代政治条件优于魏（不包括建安前后）晋以来各朝的首要一点，是逐渐打破了门阀统治制度，主要采取科举考试制度从地主阶级的各个阶层中提拔人才。这就大大地调动了人们学习文化的积极性，使一些出身地主阶级下层的人们进入作者之林，促进了文化的发展。其次，唐朝从立国起，文化政策一贯是比较开明的，对我国先秦以来各种思想流派，对外来的佛教文化，对汉以来逐渐形成的道教，基本上都采取不歧视的态度，特别是几乎没有文字狱。这种开明的态度，在我国封建时期历代王朝中可说是绝无仅有的。它使人们的思想得到了一定程度的解放，对包括文学在内的整个文化事业都有影响。在这个总政策的指导之下，唐朝对各种文学艺术形式，不管是外来的或本土的，也都不歧视，让它们百花齐放，互相竞争，这当然也有利于文学的繁荣。此外，唐代的许多帝王都好文，自太宗起，武后、玄宗、德宗、宪宗、文宗等都以好文著称，都曾染指诗赋的创作（有的只作诗），有的还对音乐、舞蹈有一定的素养，而科举考试又长期以诗赋为主要科目之一，这对文学的繁荣也显然起了一定作用。

但是，如没有前代文学作基础，唐代文学是不可能一下子登上高峰的，魏晋南北朝诗的成就为唐诗的繁荣准备了条件，人们已谈得较多了；赋亦然，如果没有从屈、宋以来到隋以前赋作家们的创作经验的积累，题材与主题的开拓，唐赋的高度发展是不可能的。即以唐代最有特色的讽刺小赋来说，如无宋玉、曹植以来一些作家为之先导，是不可能那样成熟的。其实，问题还不只在于某一种文体前人开拓了道路，积累了经验；而在于自建安以来，文学逐渐脱离了经、子、史而独立，进入了所谓“自觉时代”。作家们已越来越注意文学的特点，即使是高喊文学要原本六经的古文家也不例外。唐时的古文家在经学上、史学上都没有什么突出的成就，却留下了许多优秀的杂文和抒情文，正是这一客观规律的反映。唐赋之所以在艺术上取得重大成就，且以讽刺小赋与抒情赋最为出色，同样也是受这种规律的支配。

上面是就唐赋及整个唐代文学繁荣的总的历史条件而言，再具体加以分析，则唐代文学本身又有准备阶段、高潮阶段和尾声阶段，是波澜式前进的。其高潮的出现则又受到阶级矛盾、政治斗争的影响和制约。天宝前后和元和前后所以成为唐代文学的两个高潮，即与其时社会矛盾既尖锐，又尚未达到全社会已分崩离析有关系。前人把唐诗的发展分成初、盛、中、晚四个阶段，尽管概念不太准确，上下限的规定也有出入，大体上是反映了这个波澜式前进的规律的。

唐赋的发展同唐诗的发展有大体相同的轨迹，然亦不尽相同。主要是诗在天宝前后已形成了高峰，赋则到元和前后才臻于至盛，完全形成了唐赋的特色，并产生了柳宗元这样的可以冠冕一代的赋作家。

［原载《湖南师大学报》（哲学社会科学版）1986 年第 1 期，100—102 页］

关于王夫之《双鹤瑞舞赋》问题

谭承耕

《文物》1982 年第 6 期史展同志《王夫之〈双鹤瑞舞赋〉卷书后》一文，认为这篇赋是王夫之写给在湖南讨伐吴三桂的清朝将领安远靖寇大将军多罗贝勒尚善的，由此作出结论：王夫之"晚年虽以明遗民自居，遇恩选未仕"，但"在清政权日益巩固的历史条件下，必然要'和而解矣'"。对此，学术界出现了争论。这不是一个单纯的史料鉴别问题，而是有关王夫之的民族观、王夫之的政治倾向的问题，必须实事求是地加以辨正、澄清。

一、王夫之的《双鹤瑞舞赋》决不是写给清朝将领多罗贝勒尚善的，而是写给反清的广西将军孙延龄的。

1. 当时可能号称"大将军安远公"的有两个。

这篇赋的序文表明是写给"大将军安远公"的。这个"大将军安远公"是谁？赋和序本身并没有注明。《书后》一文引《薑斋诗文集·甲寅稿》中七言古诗一首即《安远公所遣都护刘君过寓庵问病，歌以送之》为证，认为就是尚善。可是这首诗的题目及内容，并未写明这个"安远公"到底是谁，也没有任何可信的原始材料能够证明这个"大将军安远公"或者"安远公"就是尚善。

在当时"大将军安远公"可能有两个：一个是尚善。吴三桂反清后，康熙十三年六月，清政府授尚善为“安远靖寇大将军，帅师赴岳州”，他因进军不利，一直未至岳州，长期驻兵武昌（《东华录》卷十，亦见《清史稿》列传二百六十一）。另一个是当时的广西将军孙延龄。据《清史稿》载：“（康熙）十三年二月，孙延龄举兵反……延龄自称安远大将军，移牒平乐、梧州诸郡。”

2. 从赋的内容来看，“大将军安远公”只能是孙延龄，不可能是尚善。

首先从这两人官衔的全称来看，孙延龄自称“安远大将军”，这很可能被人亲昵地称呼为“大将军安远公”，而尚善的官衔全称是“安远靖寇大将军”，皇帝所授予的官衔是神圣的，岂容去掉“靖寇”二字，而单呼“安远公”呢？

再从赋所点明的时间、地点来看，这篇赋只能是写给孙延龄的。《双鹤瑞舞赋》的序文开头说：“维我大将军安远公义问淑昭”，而在赋的结尾却落款为“南岳遗民王夫之顿首谨识”。尚善属清皇族，王夫之既自称遗民，又怎么会前后矛盾地称呼一个敌对政权的异族的上层贵族为“我大将军”呢？可见这个“我大将军”只能是反清的孙延龄。

接着赋序又说：“我大将军……光赞兴王，胥匡中夏。”又说：“大东开宇，淮夷献琛。”所谓“兴王”，到底指谁呢？有人以为“兴王”是康熙，“光赞兴王”就是指辅佐康熙，平定叛乱。我们知道，康熙是清朝的皇帝，如果王夫之写赋向一位清朝将领表示祝贺，岂敢把康熙降级为王？所谓“中夏”，这是汉人对中原地区的称呼。而所谓“胥匡”，则是用孔子称赞管仲尊王攘夷“霸诸侯，一匡天下”的典故，称赞这位“大将军”能像管仲一样拯救王室，恢复中原，驱逐夷狄。当时满洲贵族初入中原，华夷之别，还比较敏感，对于使用这样的典故，他们能不忌讳吗？特别是“中夏”“夷”这些字样，在当时最具有刺激性。如吴三桂宣布反清之檄文就说：“共举大明之文物，悉还中夏之乾坤。”（《闽海纪要》卷下）同时，吴三桂刚刚宣布反清，并未推翻清政权，中原华北地区还在清政府控制之中。这从满洲贵族来看，也并不存在“胥匡”

的现实意义。在这种情况下，如果王夫之写赋决不会不看对象，不揣摩对方心理，而写出“胥匡中夏”这样的语句，去触犯满洲贵族的忌讳。可见，这里决不会是歌颂尚善，只能是歌颂反清的广西将军孙延龄。所谓“光赞兴王”，就是指孙响应吴三桂反清。吴三桂曾被清朝封为平西王，后又进封为亲王；反清后，于康熙十三年正月，僭称周王（《清史稿·吴三桂列传》）。所以王夫之写赋，自然可以称之为“兴王”，颂之为“胥匡中夏”。王夫之虽鄙薄吴三桂之为人，但在反清初期，见他打大明朱三太子旗号，也可能曾对吴抱有一线希望，更何况孙延龄与吴三桂，在王夫之心目中也还是有所区别的。

《双鹤瑞舞赋》又说：“夫之遥处岳阴，有迟瞻侍。”还说：“维芝田之仙侣……孕灵滋之淑质，肇美度于芳春。”可见，作赋的地点是在“岳阴”，即他的家乡，作赋的时间是春天。据《船山公年谱》，康熙十三年正月王夫之赴湘乡，三月回郡城（今衡阳市），只有二月在家中。此赋应是在“岳阴”家中写成。而尚善于是年六月才被授为“安远靖寇大将军”讨伐吴三桂，且驻兵武昌。可见赋中的“我大将军安远公”决不会是尚善，而是孙延龄，因为孙正是在康熙十三年二月宣布反清，自称“安远大将军”的。

《双鹤瑞舞赋》的序文又说：“（夫之）望秀峰，梦漓水，不自知其未与于笙镛之侧也。”

赋的正文还这样描写仙鹤飞翔的方向与地域：“虽远游之无方，必怀仁而托处……然而珍重令仪，爰需胜事，谧好音以俟今，戢霓裳之暂试，维摄提之天开，腾八荒之瑞气，虬升南云，鹰腾海滏，式我公之胥匡，奋南溟之鹏翅，涤六寓之霾云，暄曦轮之初丽，衣冠鹊起，旌旗虎视，梧云洗青，湘烟濯翠。”

上面所举的“秀峰”，不言而喻，即广西桂林的独秀峰；“漓水”，即广西的漓水；“梧云”，即广西苍梧之云；“南溟”、“海滏”，也是指广西，决不是指湖北的武昌，因为广西正紧挨着南海。安远靖寇大将军尚善虽奉命“帅师赴岳州”但进师不利，只师次武昌，以后几年他一直未进入湖南，更未进入广西。如果王夫之写此赋是为了给正在武昌的尚善祝寿，怎么会“望秀峰，梦漓水”呢？怎么会写到“梧云洗青”呢？显而易见，《双鹤瑞舞赋》是写给正在广西的孙延龄的。

再就当时战事的发展看，自康熙十三年至康熙十六年，湖南皆在吴三桂控制中，特别是康熙十三年，吴三桂在岳州，在洞庭湖峡口，“浚濠筑垒，据守颇坚”（《东华录》卷十）。在这种情况下，正如马积高同志所说的，“尚善无从派人深入到‘岳阴’与船山相见，船山似亦无从在‘岳阴’得知尚善在武昌做生日的事”（《湖南师院学报》1982 年 4 期《论王船山的楚辞学及其辞赋》）。而且王夫之又怎么能把自己写的赋送去呢？这在情节上是说不通的。而当时孙延龄是响应吴三桂反清而起事的，这样孙延龄是能够从广西派人到湖南会见王夫之的。孙延龄做生日，王夫之也是能够写赋托人送去表示祝贺的。

再者，赋中“披玄衿”的“玄”字，不避康熙讳，而清之避讳正自康熙始。陈垣《史讳举例》：“清之避讳，自康熙帝之汉名玄烨始，康熙以前不避也。”此赋不但未以“元”代“玄”，且“玄”字亦未缺笔。如果王夫之给清朝的将领写赋祝贺，是不会忘记这个规矩而冒杀身之祸的。

综合以上各点，足证王夫之的《双鹤瑞舞赋》决不是为歌颂清朝将领尚善而写，而是为歌颂反清的广西将军孙延龄写的。

据上述，《薑斋诗集·甲寅稿》中的七言古诗《安远公所遣都护刘君过寓庵问病，歌以送之》就不难理解了。诗题中的“安远公”，自然就是孙延龄，而决不是尚善。因为在当时战争条件下，尚善根本无法派员来此。而广西与湖南畅通无阻，且这一年二三月间王夫之已写《双鹤瑞舞赋》向孙表示祝贺，这时孙派员来此问病，是完全合乎情理的。这样，诗题中所说的刘都护，自然就不是尚善的部下，而是孙延龄的部下。“都护”是清代对高级武官“都统”的别称。清初三藩部下均置有都统。

二、王夫之在吴三桂叛清这一时期所写的大量诗歌及其活动，也说明《双鹤瑞舞赋》决不会是写给尚善，而是写给反清的广西将军孙延龄。

王夫之在这一时期所写的诗歌以百计，限于篇幅，分类略举数篇，以说明问题。

1. 王夫之这一时期的诗歌表现了对明王朝的眷恋之情。

如《走笔赠刘生思肯》七绝，其二（1675 年）：

“老觉形容渐不真，镜中身似梦中身。凭君写取千茎雪，犹是先朝未死人。”（船山遗书《六十自定稿》）末尾两句，表明自己坚持节操，不作顺民。

如《三月七日所闻》（1675 年）：

“天涯帝子知谁在，今日生闻喜欲狂！淮泗补天功造化，苍梧扶鼎治衣裳。彤云日角传龙种，玄雾云签养豹章。重遣孤臣怜雪鬓，萍踪万一问津航。”（《船山诗编年稿》）这首诗是写这一年三月七日听到明崇祯第三子——朱三太子尚在的消息后写的。这是当时民间的传闻，吴三桂即以此来号召人民。王夫之此诗流露出对明王朝的深厚感情。

2. 王夫之这一时期的诗歌表现出渴望斗争的激情。

如乙卯（1675 年）《萍乡中秋同蒙圣功看月》诗的前半部写自己为进行反清活动而奔走他乡，结尾两句是：“一枕冰魂随故剑，飞光犹涌子胥潮。”（《船山诗编年稿》）这里引用伍子胥的典故，显示自己对清政府的仇恨，梦魂中也仍然在磨自己的剑。

如乙卯（1675 年）《代出蓟北门》：

“春涉巴丘湖，秋登楚王台……念昔天狼飞，山岳横崩颓……旧从六校发，白首归蒿莱。安能不腹悲，天道有昭回。请看箙中箭，血迹杂莓苔。垂老含余心，谁知苍天哀。”（同上）诗中沉痛地回忆了满洲贵族侵略者蹂躏中原的情景（天狼星指满洲贵族）和自己效忠明王朝的遭遇，即使在垂老之年，也时刻不能去怀。

3. 王夫之这一时期的诗歌还透露了自己反清活动的踪迹。

1674 年（康熙十三年甲寅），吴三桂叛清，吴军攻占湖南各地，在湘北，更接近清军与吴军鏖战相持之区。王夫之在 1674 年到 1676 年这三年间，往返于长沙、岳阳、湘乡、湘阴、萍乡之间，并不时与友人聚会。如 1675 年就曾舟泊湘阴，追哭故明大学士章旷；在长沙拜故明蔡忠烈公道宪祠；风泊中乡，访故明张永明老将，等等。王夫之这时期写的诗当然不是一般旅游之作。

如 1675 年乙卯《江春望落日》：

“落日敛浮光，烟中延远睇。深矗凝紫影，骀荡闲绿际。波气分半明，天彩益多腻。久从山夕暝，乍测江容霁。纷诡开蓬心，游泳知鱼计。良矣北游知，释兹孤匏系。”（《船山诗编年稿》）后面六句含蓄地表明：过去蛰居乡隅，消息闭塞。这次湘北之游，看到新的政治形势，听到鼓舞人心的消息，因而眼界大开，意气昂扬，向往斗争，力图一逞。“良矣北游知，释兹孤匏系”，用孔子的典故：“吾岂匏瓜也哉，焉能系而不食?”表明王夫之经过湘北之游后，更彻底抛掉了“匏瓜”的思想（即隐居思想），仍然想重新组织力量，进行抗清斗争。

再看这一年写的《夜泊湘阴追哭大学士华亭伯章文毅公》一诗，也可看出其反清活动的踪迹。

“残烟古堞接湖平，认定湖南第一城。云闪灵旗魂四索，波摇旅梦月三更。愁中孤掌群眉妒，身后伤心九庙倾。近筑巴丘新战垒，可能抉目看潮生。”（《船山诗编年稿》）末尾两句，透露出王夫之当时的活动内容和政治倾向。“近筑巴丘新战垒”，指当时吴三桂军在洞庭湖峡口及岳州城外筑垒备战（《清史稿》卷四百七十四）。“可能抉目看潮生”，用伍子胥的典故，表明对未来斗争的预测。王夫之以为一股反清的民族斗争浪潮即将兴起了。

再如 1676 年丁巳写的《雨中过蒙圣功斗岭》：“君从吴西归，吴西接楚东，云何成迢递，令我思无穷。”“博望屯烧未？舟中指在无？君言非不早，夹水一军孤。”（《船山诗编年稿》）这里提到了一次反清战斗的情况。看诗句语气，就发生在不久以前，“君言非不早，夹水一军孤”，说明在这次战斗之前，蒙圣功与王夫之是讨论过行动方案的。

不只王夫之的诗，就以其赋来说，如与《双鹤瑞舞赋》写于同一年的《惜余鬓赋》，即充分表现了对明王朝的感情。该赋并非只是爱惜扶持这剩余的头发，而是针对清初的剃发令，借以寄托对明王朝的思念，显示出不向清政府妥协、屈服的气概。

总之，王夫之在吴三桂叛清这一时期所写的诗和赋，充分证实他在这一时期的反清立场是坚定的，对清朝政府并无丝毫和解之意。既如此，王夫之又怎么会卑躬屈膝地向一个清朝将领写出这样的《双鹤瑞舞赋》呢？因此，他的《双鹤瑞舞赋》只能是写给孙延龄的。他“忘其耄拙，辄以樵笛之音，次云韶之韵，望秀峰，梦漓水，不自知其未与于笙镛之侧也”。从而放声歌唱：“喜文明之乍复，振冠佩之陆离，式武功之孔烈，奋腾跃之葳蕤。”这是非常自然的。

三、《双鹤瑞舞赋》是怎么被错定为写给尚善的？

《双鹤瑞舞赋》手迹本身，只写明所祝贺的对象是“大将军安远公”，并未明指清朝将领尚善。七言古诗《安远公所遣都护刘君过寓庵问病，歌以送之》，内容及题目也未注明“安远公”是谁。同治间刘毓松作《王船山先生年谱》，在康熙十三年内，既未写王夫之与安远公有联系，更未写王夫之与尚善有联系。

光绪间王之春作《船山公年谱》，在康熙十三年内，“秋与唐先生端笏渡洞庭阻风青草湖”之后加上了一条：“公有疾寓僧寺，安远靖寇大将军多罗贝勒公尚善遣都统刘公省问。”这个记载显然是根据七言古诗《安远公所遣都护刘君过寓庵问病，歌以送之》而来的。但在这里“安远公”就变成了“安远靖寇大将军多罗贝勒公尚善”了。从此，王夫之就似乎与清朝贵族有了交往。王之春所以产生这个错误，一是由于他主观臆断，没有全面分析吴三桂反清这一时期的战争形势和王夫之的思想倾向，没有看到在当时战争条件下，尚善无从派员与王夫之联系，也没有看到从王夫之当时的思想倾向来看，根本不可能与尚善有所交往；二是由于他是清朝的高级官员，又是王夫之八世从孙，他将王夫之说成与清朝贵族有所交往，这对他作《船山公年谱》更将有利。

我们认为，只根据一个孤立的未经研究鉴别的材料，便得出王夫之曾写赋歌颂尚善的结论，这个结论是不符合历史事实的。

（原载《文物》1983 年第 6 期，87—91 页）

《九歌》没有托之以讽谏的用意吗

——论屈原爱情诗与游国恩的有关楚辞研究

曹大中

自古对《九歌》的研究，最为纷纭复杂。但就其写作意图与内容来说，其总的倾向，大约也只有三个方面。一，有意寄托说，即认为屈原诗中有意寄托了自己有关君臣关系的政治感情。持这种主张的学者有王逸、洪兴祖、朱熹、蒋骥、戴震、瞿蜕园等。二，自然流露说，即认为屈原并无自觉寄托政治感情的意图，但在某些与君臣关系有联系的地方，无意中自然流露了这种感情。持这种主张的学者有王夫之、刘永济、马茂元、聂石樵等。三，与君臣关系无关说。持这种主张的学者有游国恩、闻一多、郭沫若、文怀沙等，以及当前流行的各种各样中国文学史著作。然而这一研究史的进程，是否反映了历史的前进呢，是否越来越接近于历史的原貌呢？我认为还值得认真研究。

（一）

首先，我们需要对这一研究的发展，作一简单的回顾与评价。

王逸是持第一种主张的代表学者，他的《楚辞章句·九歌序》说：

> 《九歌》者，屈原之所作也。昔楚国南郢之邑，沅湘之间，其俗信鬼而好祠。其祠必作歌乐鼓舞以乐诸神。屈原放逐窜伏其域，怀忧苦毒，愁思沸郁。出见俗人祭祀之礼，歌舞之乐，其词鄙陋，因为作《九歌》之曲，上陈事神之敬，下见己之冤结，托之以讽谏。故其文意不同，章句杂错，而广异义焉。

王逸的见解，不仅只代表王逸本人，还代表着刘向等汉代学者的意见。他在《离骚·后叙》中，曾历叙了汉代《楚辞》研究的历史。指出："屈原履忠被谮，忧悲愁思，独依诗人之义而作《离骚》，上以讽谏，下以自慰。遭时暗乱，不见省纳，不胜愤懑，遂复作《九歌》以下凡二十五篇。……逮至刘向，典校经书，分为十六卷。……今臣复以所识所知，稽之旧章，合之经传，作十六卷章句。虽未能究其微妙，然大指之趣，略可见矣。"这段话说明，他的《楚辞章句》是在总结前人研究成果的基础上，再深入独立研究之后作出的。并且对自己的研究，实事求是地作了一分为二的评价：未能究其微妙，然而掌握了要旨。

但是王逸的意见是正确还是错误呢？如果正确，其正确的程度又如何呢？这需要我们对先秦时代人们对诗与写诗的态度作一番考察，作出一些基本的结论。当时人们写诗的共同态度是什么呢？曰：言志抒情。

在古代，诗字与志字，等于是一个字。《说文》："诗，志也，从言，寺声。訨，古文诗省。"杨树达《释诗》："志字从心，出声，寺字亦从出声。出、志、寺，古音盖无二。……其以出为志，或以寺为志，音近假借耳。"说明了这两个字是二而一的。《左传》昭公十六年，郑六卿饯韩宣子，皆赋郑诗，宣子赞扬他们"赋不出郑志"，就是把志字当作诗字用的。

诗字就是志字，所以作诗就是言志。《尚书·尧典》："诗言志，歌永言。"郑玄注："诗所以言人之志意也。永，长也。歌又所以长言诗之意。"《诗大序》："诗者，志之所之也。在心为志，发言为诗。情动于中而形于言。言之不足，故嗟叹之，嗟叹之不足，故永歌之。”《论语·为政》：“诗三百，一言以蔽之，曰思无邪。”《国语·楚语》：“教之诗而为之导广显德，以耀明其志。”《庄子·天下》：“诗以道志，书以道事。”《荀子·儒效》：“诗言是其志也，书言是其微也。”《荀子·乐论》：“君子以钟鼓道志。”意思就是奏乐陈诗言志。

古籍不仅谈到诗的时候证明了诗是言志的，而且谈到作诗的事时也证明了这一点。《诗经》中谈到作诗有十余次，就是如此。如《魏风·葛屦》：“唯是褊心，是以为刺。”《陈风·墓门》：“夫也不良，歌以讯之。”《小雅·节南山》：“家父作诵，以究王讻。”《小雅·巷伯》：“寺人孟子，作为此诗。凡百君子，敬而听之。”《小雅·四月》：“君子作歌，维以告哀。”《大雅·民劳》：“王欲玉女，是用大谏。”都说明了作诗是言志的。又如《荀子·赋》：“天下不治，请陈诡诗。”也说明了作诡诗的目的，是欲进行政治讽谏。

在作诗言志的问题上，楚人与中原地区的人没有两样。《左传》昭公十二年记子革对楚灵王讲祭公谋父以《祈昭》之诗止周穆王周行天下的故事，《周语·楚语上》记左史倚相以卫武公作《懿戒》之诗以自儆的故事，都说明了楚人对此也是很熟悉的。

屈原自己的诗，也足以证明他自觉认识到作诗的目的是言志抒情。《惜诵》：“惜诵以致愍兮，发愤以抒情。”王逸注：“言己身虽疲病，犹发愤懣作此辞赋，陈列利害，渫己情思，以讽谏君也。”《抽思》：“道思作颂。”王逸注：“道思者，中道作颂以舒怫郁之念。”《悲回风》：“介眇志之所惑兮，窃赋诗之所明。”王逸注：“言己守高眇之节，不用于世，则铺陈其志，以自证明也。”更有意义的是，《九歌·少司命》曰：“望美人兮未来，临风怳兮浩歌。”歌的目的是言志抒情无疑。浩歌如此，难道作歌——作《九歌》不也是如此吗？无怪乎王逸所作所有屈原作品的序，都指明它们是讽谏言志的了。

由此可知，王逸《九歌序》所说“托之以讽谏”的序意是正确而可信的。

但他说《九歌》“文意不同，章句杂错”却是不对的。如他注《湘君》首节，认为“君不行兮夷犹，蹇谁留兮中洲，美要眇兮宜修”三句，都是讲的湘君湘夫人的事。而注“沛吾乘兮桂舟”一句曰：“吾，屈原自谓也。言己虽在湖泽之中，犹乘桂木之船，沛然而行，常香洁也。”一下生拉硬扯到屈原身上，破坏了文学作品本身的完整性统一性，完全是一种误解。大概王逸从原有楚辞学中了解到了《九歌》的寄托讽谏意义，但不知作品是如何体现出来的，因此才作了如此卤莽灭裂的解释。

在持第一种主张的学者中，朱熹无疑也是一位极重要的代表。朱熹认识到了王序“托之以讽谏”的基本要旨是正确的，而“文意不同，章句杂错”的解释方法却是错误的，于是他的《九歌序》及序的注，对王序作了一些修改。下面是朱熹的《楚辞集注·九歌序》：

> 《九歌》者，屈原之所作也。昔楚南郢之邑，沅湘之间，其俗信鬼而好祀。其祀必使巫觋作乐，歌舞以娱神。蛮荆陋俗，词既鄙俚，而其阴阳人鬼之间，又或不能无亵慢淫荒之杂。原既放逐，见而感之，故颇为更定其词，去其泰甚，而又因彼事神之心，以寄吾忠君爱国眷恋不忘之意。是以其言虽若不能无嫌于燕昵，而君子反有取焉。

很明显，朱熹的修改仍然是根据王序加以引申而改写的，其托以讽谏的用意与王序一致，但他加进了“颇为更定其词，去其泰甚”之句。这一添加，并没有新的资料根据，只是一种臆测。然而正是朱的这一画蛇添足，开启了五四以来学者对《九歌》不是屈原所作的疑端，或者说，只承认屈原是《九歌》的修改者。

朱熹为了强调他对王逸错误的修正，在序后又自作注释说：“此卷诸篇，皆以事神不答而不能忘其敬爱，比事君不合而不能志其忠赤，尤足以见其恳切之意。”他的《九歌集注》，即是按这一原则行事的。他的注释，比起王逸“章句杂错”的说法，要合理得多，但这却给他的序与注带来了矛盾。《九歌》既是删改原本民间祭歌而成的，那么怎么能按照屈原的比兴意图来表现他的政治感情呢？

王夫之对王、朱《九歌》序注的矛盾一并看到了。他特别指出王逸的错误说："今按逸所言托以讽谏者，不谓必无此情。而云章句杂错，则尽古今工拙之词，未有方言此而忽及彼，乖错瞀乱可以成章者。"同时对王、朱托讽的共同意见表示反对。他说："熟绎篇中之旨，但以颂其所祠之神，而婉娩缠绵，尽巫与主人之敬意，举无叛弃本旨，阑及己冤。"接着提出他首创的自然流露说：

> 但其情贞者其言恻，其志菀者其音悲，则不期白其怀来，而依慕君父，怨悱合离之意致，自溢出而莫圉。

对《九歌》创作时期，他也提出了不同的看法："按逸言沅湘之间恐亦非是。《九歌》应亦怀王时作。原时不用，退居汉北，故湘君有北征道洞庭之句。逮后顷襄信谗，徙原于沅湘，则原忧益迫，且将自沉，亦无闲心及此矣。"

王夫之看到王、朱序注的矛盾之后，不是抓住王、朱"托之以讽谏"的正确要旨，作出新的合理解释，而是为了避免他们的错误，抛弃了他们合理的内核，自立折中的新说。其说看来似乎圆通合理，其实表现了他对先秦写诗意图的共同倾向，对屈原其人，对屈原文学作风的某些特征还不理解。他的新说为现代的刘永济继承，并作了细致的发挥。他的"举无叛弃本旨，阑及己冤"，即后来游国恩祭歌"不外叙述祭神的事"的说法，而他提出的《九歌》写于汉北说，对后世影响更大，某些人甚至进一步提前，提到屈原之前，以至割断了它与屈原之间的关系，提出了与屈原无关说，与君臣关系无关说。

第三种主张的提出，与某些学术思潮与时代思潮也是有一些联系的。自清初阎百诗力辩古文尚书之伪以后，古代文献的考伪工作有很大发展。对古文献辨别真伪这是一项严肃的科研工作，是值得提倡的。但到了五四时期，在某些士人中兴起了一种民族虚无主义的时代思潮。这两种思潮结合起来，于是一些无可怀疑的古籍古人也遭到了怀疑。这最典型的代表人物与作品，就是胡适及其《读楚辞》。他不仅否认了《九歌》为屈原所作，而且怀疑屈原其人的存在，至于《九歌》的寄托就更不用说了。他说：“《九歌》与屈原的传说绝无关系，细看内容，这九篇大概是最古之作，是当时湘江民族的宗教歌舞。”陆侃如在《屈原评传》里曾举出胡适的两条理由：“（一）若《九歌》也是屈原作的，则《楚辞》的来源便找不出，文学史便变成神异记了。（二）《九歌》显然是《离骚》等篇的前驱，我们与其把这种进化归于屈原一人，宁可归于《楚辞》本身。”陆侃如同意了胡适的意见，认为《九歌》是公元前六七世纪楚语古诗与屈原之间的过渡作品，《离骚》等篇确是从《九歌》演化而来的。

这里值得特别提出的是游国恩的研究。游氏是现代楚辞学研究者中最负盛名的学者之一。他不但知识渊博，学有专攻，而且研究能力极高，才华出众。在楚辞学研究方面，开创了新的局面，取得了丰硕的成果，为学术界所钦仰。但我们感到稍有遗憾的是，他当时也受到了这一思潮的影响。他把《九歌》从屈原作品的整体中割裂出来，另眼相看，不把他对屈原赋研究的理论性结论，如屈原文学的比兴作风，《楚辞》女性中心说等，贯彻到《九歌》的研究中去，致使他不能对《九歌》的寄托意义作出正确的说明。他在《楚辞概论》中肯定了《九歌》不是屈原所作，并进一步作了具体论证。他说：“现在让我拿《九歌》与《离骚》等篇比较一下，便知他的作者的确不是屈原。”后来他改变了观点。如他在一九五三年六月十五日《光明日报》上发表的《屈原作品介绍》说：“依我的看法，《九歌》起初本是民间的口头创作，后来才经过屈原写定或修改的。……王逸说，《九歌》是屈原放逐沅湘之间作的。这是不符合事实的。因为《九歌》不但在内容上毫无放逐的情调，在文字上也找不出放逐的迹象。……《汉书·郊祀志下》载谷永对成帝说：‘楚怀王隆祭祀，事鬼神，欲以获福助，却秦军，而兵挫地削，身辱国危。’我想怀王既然‘隆祭祀，事鬼神’，自然需要一套祭歌。如果这件事在怀王十七、八年（纪元前312—311）屈原还被信任的时候，那么《九歌》的写定和修改就非屈原莫属了。

最后一篇《国殇》的选定和编排也就特别有意义了。《九歌》既为祭歌，所以它的内容不外叙述有关祭神的事。”他的这些有关《九歌》的观点，直到他垂暮的1980年由中华书局出版的《屈原》一书中，再没有发生变化。从以上的引文中可以看出，他所以不肯将他的《楚辞》研究的理论性结论，施之于《九歌》的原因，主要有四个方面。一，他相信朱熹，不相信王逸，认为屈原只是《九歌》的修定和修改者，不是创作者。但朱熹的《九歌序》只是王逸《九歌序》的修定与具体化，并不是根据新发现的资料作出的新结论。为什么王逸序不可信（他的《楚辞概论》早已提出不信王逸序），根据王逸序改写的朱熹序反而可信呢？二，他根据《汉书·郊祀志》谷永对成帝说的话，确定《九歌》是屈原承受怀王之命搜集整理而成的。这虽先有清末马其昶提出，但完全是臆测之词，没有其他任何根据。所以马其昶之孙马茂元就抛弃了他先大父的这一说。三，他认为《九歌》是屈原早期还受怀王信任时的作品。既然如此，自然谈不到“托之以讽谏”了。其实这一观点仍然是把《九歌》看作“《离骚》等篇前驱”观点的残存。郭沫若提出的歌辞清新，调子愉快，是屈原未失意时作品的说法，也受这种观点的影响。但作品实际上是具有“愁思沸郁”的情调的。四，他认为祭歌不外叙述祭神的事。但他自己也承认《国殇》就不是叙述祭神的事，而且从《九歌》的具体内容看，从《诗经》中祭歌的内容看，这一观点是不符合事实的。祭歌可以表达作者的观点与感情。

助长祭歌《九歌》没有作者寄托的说法，王国维的“戏剧萌芽”说，也产生了较深远的影响。王氏在《宋元戏曲史》中说：“楚辞之灵，殆以巫而兼尸之用者也。……灵之为职，或偃蹇以像神，或婆娑以乐神，盖后世戏剧之萌芽，已有存焉者矣。”王国维的意见是正确而精辟的，无可非议。但如闻一多等，竟将戏剧之萌芽，视为戏剧。为之悬解，补充场景及人物动作说明，分配唱词角色，规定唱词重出等等，完全成了现代化的戏剧。按闻氏这一模式来研究《九歌》者，也不乏其人。这样一来，就使《九歌》的解释脱离了“诗言志”的道路，它的寄托用意，全部淹没无闻了。

从以上的简述，可以看出研究《九歌》演变的三个阶段及其原因。演变的结果，离屈原创作《九歌》的意图越来越远了。

（二）

要研究《九歌》有没有作者的寄托，研究作品本身，较之于考察古代作诗的目的与清理以往研究演变的线索尤为重要，因此，本文打算依次解剖几篇典型的爱情诗来说明这一问题。

甲、《湘君》《湘夫人》

湘君与湘夫人是配偶神。其称谓有帝子，活动的地点是九嶷与沅湘，叙事有吹参差（参差是箫，舜发明制作），盖牵合舜与舜妃的故事无疑。这虽然是两篇诗，但叙述的是一件事，相约聚会然而未能如愿的伤心事。叙事有几点值得注意的地方。（1）聚会是事先约定好了的。《湘君》“期不信兮”，《湘夫人》“与佳期兮”可证。约见的具体时间是黄昏。《湘夫人》“与佳期兮夕张”，《湘君》“夕弭节兮北渚”可证。约见的具体地点是北渚。《湘夫人》诗开头说：“帝子降兮北渚，目眇眇兮愁予。……登白薠兮骋望，与佳期兮夕张。”描述的就是湘君首先在约见的北渚候望湘夫人的情景。正因为此，湘夫人“夕弭节兮北渚”就容易理解了。北渚即君山。清《北渚亭碑》云：“《战国策》：‘秦伐楚，取洞庭五渚，五渚盖在洞庭中，而无别其名者。’《楚辞·九歌·湘夫人》章（按：应为《湘君》章）云：‘夕弭节兮北渚。’君山者，以湘君名，水中可居者渚。然君山其北渚欤。称北者，盖合东南西中而云，君山在北称北渚，艑山东，磊石南，明山西，团山中，其四渚欤。”此说甚合理。《博物志》：“洞庭君山，帝之二女居之，曰湘夫人。”《荆州图经》：“湘君所游故曰君山。”《山海经·中山经》：“洞庭之山……帝之二女居之，是常游于江渊。澧沅之风，交潇湘之渊。”君山既是湘夫人常游之地，于此约见，是十分合情理的。(2）这里顺便论述一下双方赴约返回的路线。说者多以为“驾飞龙兮北征”是湘夫人在北渚未见到湘君后，再乘舟向北迎接。我看这讲错了。错误来源于对“望夫君兮未来”一句的不正确理解。望，非远望，乃怨望也。未，郑玄注《仪礼・乡射礼》“众宾未拾取矢”说：“犹不也。”“望夫君兮未来”，就是湘夫人怨恨湘君不来的意思。湘夫人何以知其不来呢？首句云“君不行兮夷犹”，可知湘夫人已通过某种途径的信息，知道了湘君对于赴约已产生了犹豫（当然这是传信息者有意造的谣言）。怨恨之情即据此来。她虽然听说湘君夷犹不来了，却仍奔赴约见之地等待，以期于万一，此正诗篇表现夫人急切相会之情的巧妙构思。所以诗中描写的行程，是她赴约的行程。“令沅湘兮无波，使江水兮安流”，是写她出发前希望旅途平安，也表现出她大体将要经过的水路。大概她是从沅水启航。湘，此处并非指湘江。因为从湘启航到长江，不需经沅水，从沅水启航到长江又不需经湘江。而湘水可以指长江入洞庭湖的水道。蒋骥注《涉江》“旦余将济乎江湘”云：“按湘水为洞庭正流，故《水经》以洞庭为湘水。”李白诗“划却君山好，平铺湘水流”可证。“驾飞龙兮北征，遭吾道兮洞庭”，是说她从沅水一带出发，绕道到达洞庭湖的北渚——君山。“望涔阳兮极浦，横大扛兮扬灵”，是叙述她出沅水，走洞庭西湖，经过澧水之滨的涔阳浦，进入长江。“朝骋骛兮江皋，夕弭节兮北渚”，是说她顺长江而下，于约定的黄昏时间赶到北渚。“捐余袂兮江中，遗余佩兮醴浦”，是写她未见到湘君，循原路逆长江，经醴浦归返途中的事。醴浦即涔阳浦。“聊逍遥兮容与”，也是描写归途中不急于前进的情状。《湘夫人》所述湘君的行踪不同。开始湘君即按预约时间在北渚设具，作了准备，等候骋望帝子下降北渚。“沅有芷兮澧有兰，思公子兮未敢言”，写他向湘夫人的来路驰骋神思。“九嶷缤兮并迎，灵之来兮如云”，是写他将被迎回归宿之地。“捐余袂兮江中，遗余褋兮醴浦”，是写他循湘夫人的来路在回归途中的行事。两诗描述的路线正好相对，若合符节，并且能反映出当时的人物心情。这种往返的路线，也留下了屈原是在什么地区来构思这两篇诗的影子。对这一路线从来没有人说清楚过，故于此略为赘述。（3）表现了双方热切的爱情。如湘君，首先按时在北渚设具张望，驰神远思。听到对方的召唤，就准备腾驾偕逝，去建立理想的宫殿。而湘夫人的感情就更加情意婉绵。听说湘君夷犹不来，虽有怨望，但仍然赴约。“横流涕兮潺湲，隐思君兮陫侧”，表现了她在途中的痛苦思念之情。她与湘君不同之处是，湘君遇合未遂之后，虽然采杜若，遗远者，逍遥容与，但并无痛苦与怨恨。而湘夫人满怀怨愤：“心不同兮媒劳，恩不甚兮轻绝”，“交不忠兮怨长，期不信兮告余以不闲”。（4）既有成约，又相爱慕，卒难遇合的原因是什么呢？成约之后，将相见之时，双方是有使者来往的。湘君得到的信息都是真实的，如“帝子降兮北渚”，“闻佳人兮召予”等。而湘夫人得到的信息却都是虚伪的，如“君不行兮夷犹”，“期不信兮告予以不闲”。实际上湘君没有夷犹，也没有以不闲相告，而是作了准备，正在盼望。在那天上午，他们都曾驰骛江皋，但当湘夫人“夕弭节兮北渚”之时，湘君正逆路相迎，“夕济兮西澨”，结果错过了遇合的机会。这说明了什么呢？这暗示了传递信息的人是中间的破坏者。（5）两诗的结尾，捐袂遗褋，采杜遗远，逍遥容与，虽然暗示了爱情的破裂，但双方尚有余意。

乙、《少司命》

《少司命》描写了天神少司命与人间女子的爱情悲剧。诗开头以秋兰、蘼芜两种香草的绿叶、素华、紫茎，来比喻掌管嗣子生命的少司命的芳洁丰采，接着写他与人间女子眉目传情，心心相印，成就了爱情。但少司命“目成”以后，十分无情，“入不言兮出不辞，乘回风兮载云旗”，“倏而来兮忽而逝，夕宿兮帝郊”，引起了女子“君谁须兮云之际”的疑虑，造成了她“悲莫悲兮生别离”的无限悲伤。她虽然等他不来，痛苦极了，但仍然歌颂了他，希望他成为一个驱除邪秽，保护嗣子的“民正”。

丙、《山鬼》

《山鬼》写巫山女神赴情人约会的情况与心理，以及终于没有遇合的忧伤与痛苦。诗分五段，层次分明，情景交融，感情细腻。（1）写赴约前之准备与心理。她以薜荔为衣，女萝为带，设计着见到情人时她将做出“既含睇兮又宜笑”的惹人怜爱的娇态，并猜测这将引起情人“子慕予兮善窈窕”的爱慕心理。（2）写赴约以及未见到情人时的心理。她进一步改装打扮，采摘了芳香的礼物，携带了华贵的仪从，反映出她全身心浸透在幸福的感情里。但没有见到，她想象是自己迟到了。“余处幽篁兮终不见天，路险难兮独后来！”她是多么悔恨她的迟到啊！（3）写等待时之情状与心理。她悔恨之中，独立山巅，怅然若失。面对着“杳冥冥兮羌昼晦，东风飘兮神灵雨”，一片增人惆怅的阴霾天气，但她仍在没有希望地等待着，“留灵脩兮憺忘归”，因为她认识到青春一去不返，她将永远再得不到爱情的幸福了。（4）写久等不至时的矛盾心理。她一边等待一边采摘三秀，但终于没有等到。她想象着，对方是想念我的，只是没有空闲来。但对方是真的思念呢，还是不思念呢，她一会相信，一会怀疑，信疑交作。（5）写最终失望的心理。她一直等到深夜，雷雨迷茫，猿狖夜鸣，秋风萧飒。她的等待、思念，得到的只是彻底的失望与无穷的忧伤。诗中虽然没有明说先有成约，但体现出了是先有成约的。

这四篇诗有四点相同的地方。（1）恋爱都已有了成约。（2）成约最终都未能实现。（3）破坏成约的责任都在男方。（4）感到疑虑、痛苦，不幸的都在女方。二《湘》暗示的破坏者是在中间传话的人，起到了补充的作用。从四篇的秩序看，二《湘》反映出成约后男方尚有深切的情意，《少司命》反映出成约后男方完全无情，《山鬼》成约后男方根本没有露面，而女方的痛苦按四篇的秩序却越来越幽深。从这些共同之处与依次加深的忧伤，不引起我们对屈原创作意图的反思吗？

但现代一些重要的《楚辞》学者，都否定王逸“托之以讽谏”的意见，认为《九歌》的爱情关系与屈原的君臣关系没有联系。郭沫若《屈原赋今译·九歌解题》说：“古时候祭祀神祇时正是男和女发展爱情的机会。……故在祭神的歌辞中叙述男女相爱，男神与女神相爱，或把男女之间的爱情扩大成为人神之间的关系，都是极其自然的。以前的注解者，不懂这种古代情形，动辄便以为是屈原的寄托，爱扯到君臣之间的关系上来，实际上并不是那么一回事。”姜亮夫《楚辞今绎讲录》说：“从《九歌》的作风看，是把两个神或者神与巫的感情放在里面，没有屈原个人的思想感情；单写场面上的感情，没有写他内心的思想感情。”文怀沙《屈原九歌今绎·自序》说：“这一部分作品只能被认作为他前期的试作小品。纵或寄托了一些幽怨（不是王逸所谓的冤结），那也只是属于一种诗人青春期朦胧的怅惘和对于光明的憧憬而已。至于说到政治上的隐喻那真是太稀薄了，讽谏云云，是不很合适的。”

这些见解的根源与前述游氏的根源，即是前期作品，是原民歌的改作，是祭歌等多是一致的，不再分析。此外，从王夫之起，就有认为上演这些节目是为了娱神娱人的目的一说。这种说法是泛就写爱情的一般意义而说的，而不是针对这些爱情故事的具体内容所作的具体分析。我们要问，娱神娱人为什么一定都要用成约不能实现，成约都由男方破坏，痛苦都落在女子一方这种爱情悲剧呢？难道神和人都不喜欢大团圆的美满爱情吗？神和人都不希望有情人皆成眷属吗？或者说，这些人神恋爱故事的本身都是这样的悲剧吗？我们认为按照当时人们普遍的心理，并非这样。按照传说本身的原型也非这样。舜与舜妃，巫山神女与怀王的爱情传说就不是悲伤破裂的爱情。《九歌》所以写成这样，完全是经过了屈原改造的。我们反思一下，屈原为什么一律要作这样的改造呢？这难道不是从他的某种意图、抒发某种特定感情出发的吗？其“托之以讽谏”的用意难道不是十分清楚的吗？

《离骚》《九章》《天问》《招魂》等屈原本人的作品，无不反映着屈原君臣关系的政治原则与政治感情。《卜居》《渔父》叙述屈原生活片断的诗，主要也是反映屈原政治生活的问题。《史记》关于屈原的传记，民间关于屈原的传说，反映的也是屈原的政治问题。屈原同时代人宋玉等，汉人贾谊等，他们关涉屈原的作品，如《九辩》《吊屈原赋》等也都是谈他的政治遭遇。汉人，一直到宋明，关于屈原的研究，屈原的争论，都是抓住这一核心问题进行的。可以说屈原是一个彻头彻尾彻里彻外的政治化人物，他的全身心都溶解在他遭受疏远与放逐的痛苦，遭受谮毁与排击的激愤之中。他与楚王的君臣关系以及他的政治遭遇，毫无疑问是他全部诗歌的总的主题，是贯穿于其全部诗歌的总的基调。如果说，《九歌》这样经他精心制作的诗篇，艺术上臻于完美的诗篇，与他诗歌的这一总的主题、总的感情倾向无关，这是不可理解的，不可能的。

如果我们从屈原文学的比兴特征来考察《九歌》的寄托，那是更清楚不过的。屈原的这一特征，王逸《离骚序》，刘勰《文心雕龙》的《比兴》《辨骚》都有说明。但对这一特征研究说明得最透彻的是游国恩。他在《论屈原文学的比兴作风》一文中，曾列举十个方面来说明，指出其比中有比，有的全篇为比。并说："由此看来，屈原的辞赋差不多全是用'比兴'法来写的了，其间很少有用'赋'体坦白的、正面的来说的了。"

特别是游国恩在此之前写了一篇《楚辞女性中心说》，对屈原以"女人"做"比兴"材料，作了发前人所未发的研究，对我们理解《九歌》爱情诗的寄托，具有深刻的启发性。他说："屈原《楚辞》中最重要的'比兴'材料是'女人'，而这女人是象征他自己，象征他自己的遭遇好比一个见弃于男子的妇人。……他事楚怀王，后来被放逐，这和当时的妇人的命运有什么两样呢?"接着他列出九条材料加以说明。这里只引两条关系较大的。"（四）昏期。《抽思》云：'昔君与我成言兮，曰黄昏以为期。羌中道而回畔兮，反既有此他志。'……从来注家对'黄昏''成言'等词，懵然不解，只有朱子明白他的意义。他在《离骚》注中说：'曰者，叙其始约之言也。黄昏者，古人亲迎之期，《仪礼》所谓初昏也。中道改路，则女将行而见弃，正君臣之契已合而复离之比也。成言，谓成其要约之言也。'这是从来注家未曾明白郑重指出的，可谓卓识。按'成言'即成约。古代国际缔结和约，也叫做'行成'。以前有了成约，后来中途改变了，这显然是指他初见信任，后中谗言的事。”“（八）媒理。惟其他自比为女子，为弃妇，所以《楚辞》中的‘媒’‘理’二字也特别多。例如《离骚》云：‘苟中情其好修兮，又何必用夫行媒？’……凡此所云‘媒’‘理’，都是针对女人说话。这女子是谁呢？当然就是屈原自己。”

这些是游国恩研究《离骚》《九章》得出来的结论。但如果说这是他研究《九歌》得出来的，岂不是显得更加符合作品实际，更加全面清楚得多吗？可惜他对《九歌》另眼相看，这是非常令人不解的！

（原载《中国文学研究》1986 年第 2 期，113—120 页）

论赋的源流及其影响

马积高

赋是我国古代文学中一种重要的体裁，也是一种很有民族特色的体裁，但是在近六七十年来，人们对这种文体的研究，同任何其他体裁的文学相比要少，一度几乎有被禁锢的趋势。近些年来，在实事求是的思想的指引下，有些同志已开始对它注意。但迄今为止，研究的论文仍多集中于汉赋，魏晋至隋，问津者已不多，唐以后就少有人涉及了。

赋的这种遭遇，不能说同它本身毫无关系。单就数量说，赋固然比不上诗、文，也比不上小说、戏曲，在古典文学的广阔土宇中，它应算是一个小国。但是人们的轻视赋，根本原因不在于它的“小”，而在于一些流传的观念束缚着许多人的头脑，妨碍着他们对之进行实事求是的研究。其中，辞赋分流论和汉以后无赋论这两个流传的观念，我以为尤其是促使人们轻视乃至歧视赋的重要原因。此外，忽视各种文学体裁间的联系，特别赋与其他文学体裁间的互相促进的关系也影响人们对赋作正确的评价。故在这里，我想就这三个问题谈一点看法。

一、辞与赋的关系和赋体的流变

大凡读过屈原的作品的人都知道，他的作品叫“楚辞”，也可称为“骚体”，也可叫做诗。当然，也有一些人知道他的作品又叫做赋，因为司马迁的《屈原贾生列传》就明写着屈原“乃作《怀沙》之赋”，这《怀沙》即《九章》之一。这篇《传》还写到贾生（谊）“为赋以吊屈原”，而其赋的体式与屈原之作大体相似。《汉书·艺文志》则更明确地把屈原赋二十五篇列入赋类。《史记》《汉书》都是研究古代文化的权威著作，因此，一般地说，确认屈原之一些作品也叫赋应是没有问题的。但是，事实上连有的学者也不把屈赋看作“赋”，只称为辞或骚。这种分别始于梁萧统的《文选》，至清程廷祚又从另一角度加以申述，从而得到一些人的赞同。产生这种分歧是不足怪的，因为赋这种文体本来就有不同的源和流。它们之称为赋，是由其共同的特征所决定，而这共同特征却因为受了各种文学观点的干扰而弄得模糊不清，于是人们就各执一端了。

为了弄清这个问题，我们必须回顾一下赋的形成过程。

赋的本义是赋敛，引申为以物班布与人。又赋、铺音近，故赋复有铺陈之义。由铺陈再衍变为诵诗言志。《国语·周语》载邵公说：“公卿献诗，师箴，瞍赋。”《左传》隐公元年记郑庄公赋“大隧”，并记其他卿大夫在聘问时的赋诗，这“赋”字的意义均为朗诵。《毛诗·定之方中》传说“登高能赋，可以为大夫”，亦此义。作为文体名称的赋，则又是由朗诵这个意义变来，即由动词变名词。《荀子》有《赋篇》，《韩非子·外储说左上》说：“且先王之赋颂，钟鼎之铭，皆播吾之迹，华山之博也。”即是以赋正式作为文体的名称。至于《周礼》说，大师“教六诗：一曰风，二曰赋，三曰比，四曰兴，五曰雅，六曰颂”之“赋”，则说者纷纭，可存而不论。但可以断言，这里讲的赋，并非如后人所说，是指诗的一种写作方法，而可能是指诗的朗诵或供朗诵的诗。否则，把它同比、兴一道列在风、雅之间就不可理解了。

由赋的名称的建立可知：赋的特点就在于它是供朗诵的。这有两方面的含义：对那些合乐的歌诗而言，它是不歌的；对散文而言，它又是便于朗诵的韵语。赋的这一特点及其由来汉人是很清楚的，《汉书·艺文志》就明确地说："传曰：'不歌而诵谓之赋，登高能赋，可以为大夫。'言感物造端，材知深美，可与图事，故可以为列大夫也。古者诸侯卿大夫交接邻国，以微言相感，当揖让之时，必称诗以谕其志。……春秋之后，周道寖坏，聘问歌咏，不行于列国，学诗之士，逸在布衣，而贤人失志之赋作矣。"

据刘勰《文心雕龙·诠赋》说："刘向明'不歌而诵'。"则知《汉志》此文，实本于刘向《别录》，可见乃是汉人相传的说法。

赋虽以"不歌而诵"为特点，但因其衍变的来源不一而有不同的体式。大致说来，它有三个不同的来源，因而也有三种不同基本体式：

（1）由楚声歌辞衍变而来。屈原的《离骚》《九章》等即属此类，后人称为骚赋或骚体赋，也称为辞。辞可以解释为歌辞，《九歌》能歌，已成定论，自不能称为赋。明杨维祯曾悬测《骚》亦可弦歌（见《东维子文集》卷十一《沈氏今乐府序》），近人更有引申其说的。《离骚》及《九章》的一些篇都有"乱"，《论语·泰伯》载孔子曰："师挚之始，《关雎》之乱，洋洋乎盈耳哉！""乱"是乐曲的尾声，看来似不能排除屈原的这些作品也像《九歌》一样有合乐的可能性。若果如此，屈原的这些作品能否称为赋就有问题了。但是，正如我们在前面引证的，司马迁和班固都称屈原之作为"赋"，又《汉书·王褒传》："宣帝时……征能为《楚辞》九江被公，召见诵读。"可见至少在汉代，屈原之作已不能歌了。再从汉代的乐府歌辞尚无长篇巨制来看，我以为，《九歌》应是可歌的，《离骚》之类就不应是可歌的，它之所以有

“乱”，不过是假乐曲尾声之名以为篇末的总结罢了。他这类作品所以也称“辞”，是因为它本是仿楚声歌辞（如《九歌》之类）而作，正如后代的乐府诗也不合乐而仍称为乐府歌诗一样。再退一步说，即使将来从地下发掘物中找出证据，证明《离骚》之类是可歌的，那么，它也仍然是骚赋的源头。

（2）从战国策士的说辞和诸子的问答体演变而来。相传为屈原所作的《卜居》《渔父》和宋玉的《风赋》等即这类赋的先导。这是一种以韵语为主体、散韵夹杂的文体，前人未有定称，我认为当称为文赋。由于有人怀疑《卜居》《渔父》不类屈原本人所作，《风赋》及《好色》《高唐》等赋是否为宋玉所作也有人致疑，因而现代一些文学史多抹去这些作品不提，有的人更公开断言这种赋体只有到汉代才产生。我认为这是一种轻率的态度。因为《卜居》《渔父》即使非屈原所作，但司马迁在《屈原列传》中已引用了《渔父》中的文字，且无论从用韵和文风来看，它都是战国时期之作，我们决不能加以忽略，从而截去这种文体的源头。至于宋玉之作，则无论从哪一方面来看，也非后人所能伪造，拙著《赋史》对此作了较详细的论述，请参看。这里要指出的是，文赋虽在体制上是从游士的说辞和诸子的问答体蜕变，但其在艺术上注重铺张的描写，在语言上注意词藻的夸饰，特别是大量使用双声叠韵的形容词，这都显然受到骚赋的影响。宋玉的《高唐》《神女》二赋，更是镕铸骚体与问答体为一，说明骚体与文赋在其形成的早期，就已互相渗透。程廷祚仅仅根据一部汉赋与屈赋在思想精神上有别就说：“骚则长于幽怨之情而不可以登清庙，赋能体万物之情状，而比兴之义缺焉。”把它们截然分开，骤看似有理，殊不知文体不能完全从内容上分，且文赋亦未始无写幽怨之情的作品，舍此不顾，而强加分别，既不能很好地认识赋体演进的轨迹，也不能很好地认识我国历史上各种文体互相影响从而产生出一些新的文体的规律。

（3）由诗三百篇演变而来。此类前人亦无定称，我把它称为诗体赋。屈原的《天问》、荀卿的《赋篇》基本上都属于这一类。只是《赋篇》中的《礼》《智》《云》《蚕》《箴》等赋还受到问答体的影响，而《天问》则采取了一种特殊的提问的形式。然其以四言作为主体则是一致的。贾谊的《鹏鸟赋》虽有“兮”字（《史记》《文选》有，《汉书》无），实际上也以四言为主。至扬雄的《酒赋》、蔡邕的《青衣赋》，就变成比较整齐的四言体了。不过，纯粹的四言诗体赋并不多，而在文赋或骚赋中夹用四言韵语则较为常见。这也反映各种赋体的互相渗透。此外，随着五、七言诗的产生，也有全用五、七言作赋的，但那更是个别的特例。

赋的这三种形式，后来都有所变化，但其中一三两种在后代的变化都不大，变化较大的是文赋。

在汉代，文赋的变化仅从形式上看有三个方面：一是规模扩大了，产生了《七发》《子虚赋》《上林赋》《两都赋》《两京赋》那样的规模宏阔的大赋。二是有的文赋不再用问答体，如扬雄的《甘泉赋》即完全用作者的语言来叙述和描写。三是有的文赋不再散韵夹杂，而是全用骈俪的韵语，东汉张衡的《归田赋》即其开端。这种新体文赋，人称为骈赋或俳赋。

在魏晋南北朝，骈赋是赋的一种主要形式，并且由开始只注意前后两句长短的对称发展成词语的对偶，到梁、陈，还有赋作家开始注意对偶句声调的对称和协调。不过，当时尚未考究严格的对仗和平仄的对应。

唐代在骈赋的基础上又产生了一种叫律赋的新体。它除了要句式的骈偶和对仗的工整之外，还要求限定用韵和限定字数。初时限定的韵脚为四到八个不等，后来固定为八个。这种赋体是适应科举考试的需要而产生的，从唐高宗时开始，基本上一直流衍到宋、金。至元才废止考律赋，用古赋代替。明清都不考赋，然清翰林院试律赋，故清时又颇流行。

随着古文运动的兴起，唐代的文赋还发生了另一种变革，即用战国、西汉时的标准文言来写赋，同时又废除西汉大赋那种过多的铺叙和板重的语言。这种赋后人称为散文赋或文赋，但它实际上同《卜居》《渔父》和《风赋》没有什么重要区别，我认为应该称为新文赋。此外，唐代还存在一种用更通俗的语言写的赋，但过去不为人们所知，至清末才从敦煌石窟中发现，学者们称之为俗赋。

赋体的变化到唐代可以说就结束了，宋以后，赋在语言的通俗化和艺术构思与表现技巧的多变上还有一些发展，但基本的体式已经固定了。所以，从体式上说，唐赋是赋的发展最为完备的时期，也可以说是众体争妍的时期。

二、汉赋在赋的发展史上的地位和汉以后赋的新成就

历来称颂汉赋的不少，但是，据我所知，明以前并没有人以汉赋为准绳来否定以后的赋，更没有人用赋来代表汉朝一代的文学。明代的李梦阳，始提出要“究心骚赋于汉唐之上”。清代的焦循继之，明确提出赋为汉朝“一代之胜”，此论得到清末民国初王国维的赞同，章太炎更极力推崇汉赋，认为汉以后“小学亡而赋不作”。他们这样推崇汉赋，其出发点是不相同的，然而却造成了一个共同的效果：使人们以为汉赋就代表着整个赋的成就，加之过去人们讲汉赋，又主要看重枚乘、司马相如、扬雄、班固、张衡等的大赋，于是又造成一种假象：仿佛所谓汉赋指的就是这些赋，而这些赋恰恰又是近人所说的宫廷文学，是被贬斥和否定的，这样一来，整个赋也就给否定了。近几年来，有的同志提出要对汉大赋加以再评价，其原因亦在此。

对于汉赋（包括大赋）是否需要再评价呢？我认为是需要的。即以汉大赋而言，它确实是宫廷文学，也确实不免为扬雄所检讨的是“劝百而讽”，即对统治者的颂扬多于讽谕。同时，它也确实有着过多地罗列名物、过多地堆垛模糊不清的形容词的缺点，然而如从文学发展的观点来看，我觉得它至少有下列的贡献：

（1）它反映了当时皇帝和藩王宫廷生活的各个方面，包括他们的规模巨大的田猎活动，祭祀鬼神的迷信，奢侈的饮食，歌舞百

戏的享乐生活，豪华精美的宫廷建筑以及其他各种宫廷艺术品的奇巧奢靡等等；此外还有壮阔的自然环境和景观的描绘，各种珍禽异兽的纪载。这些大都是过去的文学作品没有涉及或未作充分描写的。它不仅扩大了后来作者的艺术眼界，也成了我们今天研究当时的宫廷生活和当时的建筑、歌舞百戏、绘画、雕刻以及其他工艺方面的成就的最有价值的史料。

（2）它虽然有不少笨拙的描写，但有更多的精确、细腻而形象的刻画与形容。如《七发》中对江潮的描绘，《子虚》《上林》中对游猎场景的形容，《甘泉》《鲁殿灵光》等对宫殿建筑的刻画，《两都》《两京》等对两汉文物制度的描述，都是委曲详尽，甚至栩栩如生的，不但为《诗经》所不可企及，也弥补了屈宋赋的不足。仅就技巧之工来说，似非乐府歌诗所能比。

（3）在语言方面，它确实用了一些叠床架屋的形容词，但双音词的大量运用，也使文学语言大大地丰富起来，给后代作者以丰富的营养。

因此，这些大赋虽然用今天的眼光来看，其艺术水准并不是很高的，有的部分甚至是较粗糙和笨拙的，然其对历史的贡献却是不可磨灭的。

不过，我认为，在考察汉赋时，我们并不应过多地看重其中的大赋，而要更多地注意那些抒情意味较浓的短赋以及一些描写某一较小的事物或场景的较短的赋。前者如贾谊的《吊屈原》《鹏鸟赋》、司马相如的《长门》、东方朔的《答客难》、扬雄的《酒赋》、班彪的《北征》、张衡的《归田》、蔡邕的《青衣》《述行》等等，后者如王褒的《洞箫》、傅毅的《舞赋》、马融的《长笛》等等。这些赋同样也开拓了新题材，而在艺术上则达到了更高的水准，代表着汉赋在艺术上的成就。如《长门》的写宫怨，《舞赋》的写舞，《答客难》的反映专制制度下士人可悲的处境，其描绘之细腻、生动，在我国整个古代文学的宝库中都是罕与伦比的。可惜近人很少去注意它。特别是《答客难》，因为未标赋名，人们往往不承认是赋，以致影响到把后来这一类型的作品（例如韩愈的

《进学解》、柳宗元的《起废答》等）都摈斥在赋之外，这是很可惜的。其实，这类作品正是《卜居》《渔父》的嫡传，而《子虚》之流，倒是它的旁支。

我这样来评价汉赋，是否也认为汉赋是代表着整个赋的成就，是赋的发展中的高峰呢？不！我的看法正与此相反，认为汉赋是赋的发展过程中一个较低级的阶段。因为如前所说，汉赋同以前的楚赋相比，虽有了一些新的发展，但也有较严重的缺点。总的来说，它对社会生活的反映不是比楚赋扩大和深入了，而是窄了。它在艺术上的进步也不足以掩盖它在艺术上的失误。这是汉代的特殊的历史条件所造成的，两汉虽是继秦以后的统一的封建帝国，但当时生产水平还不高，作家们不能不依附藩王和宫廷生活，西汉尤如此，而当时的帝王又多好文学，需要有赋家来替他们“润色宏业”，故赋不能不打上帝王爱好的印记。同时，汉赋的作家如司马相如、扬雄等，还是古文字的爱好者，他们很自然地把自己的爱好注入到赋中去，这也造成了汉赋的缺点。

魏晋南北朝的赋同汉赋相比，有很大的进步。首先，魏晋南北朝赋的题材要比汉赋广得多，就物来说，上至天文，下至地理，旁及虫、鱼、鸟、兽、草、木、珠、玉；就人事来说，从个人的悲欢离合、男女兄弟父母朋友之情及至国家兴亡的历史，在魏晋南北朝赋中都无不得到描写或反映。在艺术上，魏晋南北朝赋也比汉赋有长足的进步。后者的结构大都比较呆板，少变化；前者则因题制宜，不拘一格。后者离奇古怪而意象模糊的形容词语多，生动的描写少；前者词采虽秾丽而艰深的字句渐少，描写趋于形象化。就是说，前者继承了楚辞和汉代抒情短赋的艺术传统而在刻画的细腻和文辞的华美上有新的发展，有的还能用清淡的语言表现鲜明的意境，使赋成了很富于形象性的艺术品。祢衡的《鹦鹉》、王粲的《登楼》、曹植的《洛神》《蝙蝠》、阮籍的《猕猴》、潘岳的《秋兴》、陶潜的《归去来辞》《闲情》、鲍照的《芜城》《舞鹤》、江淹的《恨》《别》、庾信的《小园》《哀江南》、颜之推的《观我生》以及其他一些抒情、叙事、咏物赋都达到了很高的艺术水准。

《哀江南》《观我生》那样的史诗式的作品的出现，《蝙蝠》《钱神论》《北山移文》等讽刺小赋的产生，更说明这一时期的文学虽带有某种崇尚文辞华美的倾向，而并未收敛其批判现实的光芒。因此，可以毫不迟疑地说，如果撇开赋，整个魏晋南北朝文学将大为减色。

魏晋南北朝赋的新发展是同汉末魏初社会大动乱以及由此而引起的社会思潮的变化有密切联系的。西汉武、宣之后，儒学与谶纬神学相结合逐渐排斥其他各家各派的思想而居于支配地位。经东汉光武与明帝的提倡，复在东汉流行，故东汉赋尤多儒者所倡导的雅正之风。这在一定程度上也使汉赋缺乏生气。汉末宦官专权，排斥方正的士人，灵帝特设鸿都学，招引一些不三不四的文人，加以优待，以与礼法之士相抗。这件事本身并无积极意义，但在客观上却动摇了正统儒学的地位。黄巾起义后，地主阶级中各种不循常轨的才智之士乘机而起，参加了争权夺利的角逐，更进一步促进了正统思想的崩溃。贵刑名、尚通脱之风遂得以流行。在这种不拘一格的思想潮流的影响之下，文学也摆脱了儒家的束缚，按着自身的特点向前发展，进入了一个所谓“自觉的时代”。不过，当时人对文学的认识主要还停留在它的抒情性和语言美上，对文学的形象性的认识则尚比较肤浅。故这时的文学也以抒情之作空前兴盛和文体的骈俪化为突出特点。而从东汉开始产生的骈赋正适应着这一文学发展的趋势，故极为作家所注意而与诗歌一道成为这时创作中一种主要体裁，且在创作中逐渐摆脱了汉赋那种板重的句法与双声叠韵词及名物的堆垛，而追求对客观景物和主观感情作形象的描绘。但这一切又不是直线地前进的，最显著的曲折是在东晋时因受玄学的影响而一度产生过追求枯淡的文风。然这在整个魏晋南北朝文学发展过程中只是一个插曲。

但是，我认为，赋的发展的高峰还不在于魏晋南北朝，而在于唐。唐赋的新发展表现在下列几个方面：

（1）对社会生活的反映更为深刻和广泛。

唐赋承魏晋南北朝赋之后，题材也几乎是无所不包，但在题材的处理上却有所不同。如以宫殿为题材的赋，以往的名篇如扬雄的《甘泉》、王延寿的《鲁殿灵光》以及何晏的《景福殿》等都着眼于宫殿本身的描写，其目的主要在于颂，即使有所讽谕，也不过微露其意。唐代写宫殿的赋如杜牧的《阿房宫》、孙樵的《大明宫》则完全以暴露统治者的残民以逞私欲或昏庸无能为目的，即使对宫殿有所描绘，也是为这一暴露的目的服务。这就从根本上改变了这类题材的性质，使之具备了深刻的人民性。又如以游览为题材的赋，过去的名篇如班彪的《北征》、王粲的《登楼》、潘岳的《西征》等，或漫作怀古之思而不切时事，或略及时事而语焉不详，而且除《登楼》外都写得不够集中。唐代这类题材的赋如徐彦伯的《登长城赋》、萧嵩的《云中古城赋》、萧颖士的《登宜城赋》，在艺术表现的精湛方面虽稍逊于《登楼》，但都写得较集中而有时代感。特别是《登宜城赋》，描绘了安史之乱早期的形势，抒发了忧国伤时的怀抱，从思想内容来说，实较《登楼》更为充实和深刻。徐、萧二赋虽内容较单薄，然再现了边塞风光，也给人以新鲜之感。又如写山川的赋，过去的如《海赋》《江赋》，虽规模较宏大，然以体物为主，寄意甚浅，唐代岑参的《招北客文》则完全是借写山川的形势来反映政治形势的险恶，具有崭新的面貌；王绩的《北山赋》也在一定程度上反映隋末的历史，以寄托其感慨，与以往之作不同。

在唐赋中，尤其引人注意的是出现了大量的讽刺小赋。其题材不一：或摄取社会生活中某一现象，如柳宗元的《乞巧文》《起废答》《哀溺文》、刘蜕的《悯祷辞》等；或假托咏物，如柳宗元的《骂尸虫文》、李商隐的《虱》《蝎》、陆龟蒙的《后虱》《蚕》、罗隐的《秋虫》、司空图的《共命鸟》等；或托为寓言，如李华的《言医》等。这类作品大多短小精悍，对世态人情、社会弊端剖析入微，抓住要害，一针见血，其战斗性之强、笔力之悍劲，实属前无古人，后鲜来者。它和唐代那些优美的讽刺诗和精悍的杂文一道，是唐代文苑中一丛鲜艳的玫瑰，在遍体芒刺的尖端上放出夺目的光辉。

此外，唐赋中所反映的人的思想感情也较前代要广要深，特别是它已注意到了下层人民思想感情的描绘，实为前代的赋所不及，前举的讽刺小赋即有不少写到人民的思想和愿望，俗赋中的《燕子赋》尤以形象地反映了受迫害的弱小者细微的心理状态生色。

（2）体裁和艺术构思的多样化。

唐赋不仅在体裁上最为完备，在艺术构思上也显得更为多变，不拘一格。就篇幅的长短来说，它既有像王绩的《北山赋》那样的长篇巨制，也有像李商隐的《虱》《蝎》二赋那样浓缩成四言八句的短篇。至于每一篇的谋篇更是千变万化，不墨守成规，如柳宗元的《骂尸虫》是把写檄文的方法引用到赋中来了，孙樵的《大明宫》又用寓言的方式来写宫殿，王维、李白的某些抒情小赋同诗几乎没有区别，刘禹锡、李德裕的一些赋又常以寓有哲理取胜。有时作者也袭用前人的体格，如韩愈的《进学解》、柳宗元的《起废答》都是用回答体，且都是自我解嘲，但机杼各异，绝不使人感到有蹈袭东方朔《答客难》、扬雄《解嘲》之嫌。

（3）语言风格和表现艺术的变化。

唐赋在语言风格上的主要变化是渐趋平易，其在表现艺术上变化的趋势则是崇尚白描。这两者是互相联系的，也可以说是相得益彰的。唐赋发展的这种新趋势在唐初就开始了。那时古文运动还没有起来，人们还多作骈文，赋体更以骈赋、骚赋为主。但王绩的《北山赋》已是以白描为主，既无汉赋的堆垛，也无南朝赋的浓采。王、杨、骆、卢的赋，特别是王、骆的赋颇尚词藻，但丽而能清，仍与徐、庾之体迥别。到了李白，更以其“天然去雕饰”妙手写赋，从而进一步推动白描的技艺在赋中的扩展。中间虽有杜甫力矫坦易，刻意雕琢，但古文运动不久即兴起，崇尚白描与坦易之风就风靡一世了。故虽以崇尚秾丽著称的诗人和骈文作家如李商隐，其赋则以简劲淡远出之，与诗的风格判若两人。律赋本与四六骈文为孪生姊妹，然因骈文的语言也在向坦易的道路上发展，故律赋作者虽极力求形式精美，而亦不能不在坦易中加以锤炼。至元稹、白居易出，运用作散文之法于律体，追求于平淡中见生动之风就更不可挽回了。

唐赋所以取得这样高的成就是由多种原因促成的。唐是我国封建社会中一个最有生气的朝代。这与它产生的历史条件有关系。唐之前是隋，隋文帝的统一战争曾对南北朝的世家大族和少数民族贵族势力进行过一些打击，中间只隔十二年，又爆发了农民大起义，再次对地主阶级中的腐朽势力进行了一次沉重的打击。唐朝的开创者们就是在这次起义中兴起来并逐渐完成统一大业的。这使得他们有可能摆脱前代积累的弊端，在新的基础上从比较长远的利益着眼来考虑政治经济和文化的设施与政策。而唐初的统治者以李世民为首的一些人，特别是李世民本人又颇具雄才大略，有比较远大的眼光和宏伟的气魄。他不仅能采取均田制等措施为恢复、发展生产创造条件，还能注意在政治上团结地主阶级中各阶层的人物，团结各民族的上层人物，扩大其统治的基础。在文化上也采取比较宽大和开放的政策：对中国固有的传统思想、传统文化，凡有利于巩固其政权的能不拘一格地加以利用，对外来的文化也大胆地加以吸取。故终唐之世，尽管政治、军事的斗争时起时伏，但文化思想上的禁忌是很少的（仅武宗灭佛一事），文字狱更未见。这样，就给文学艺术的发展创造了一个好的客观条件。这是唐代文学繁荣的一个极重要的原因。再从文学本身的发展来看，经过魏晋南北朝阶段，文学同经学、史学已开始分道扬镳，文学自身的特点已在逐步为一些作者所认识，并在诗、赋和抒情文方面积累了相当丰富的创作经验。同时，这一阶段中文学过于追求华丽的辞藻和声律对偶而忽视内容的缺点也开始暴露并为许多有识之士所认识，从钟嵘、刘勰到李谔已从不同的角度提出改变文风、文体的要求。所以，唐人从前代所继承的文学遗产可以说既是丰富的，又是有了比较明确的方向的。唐人当然还需要创新，需要提出更明确的改革主张，但并不要从头做起。唐赋的发展也是这样，它是在总结前人经验教训的基础上前进的。宋以来一些古文家不知道这点，往往把韩、柳的古文说成是与魏晋南北朝文学绝对对立的，其实韩、柳的古文在讲求结构的完整、文字的精炼和描写的生动形象等方面都未尝不借鉴魏晋以来的骈散文；就是他们的强调文气，也是受到南北朝文学批评家的启发，并且包含有力求文章音节的错落美以与骈文争胜的意思。他们的赋，特别是柳宗元的赋更是对魏晋以来的赋有所继承。

我们这样推崇唐赋，肯定它是赋的发展的高峰，是不是说唐以后就无赋了呢？那也不是。从宋到清，优秀的赋篇还是很多的，宋赋还表现了一定的特色。

正如宋诗、宋文是在唐诗、唐文的基础上发展的一样，宋赋也是在唐赋的基础上发展的。它同唐赋的区别是：（1）以说理为主旨或包含着理意、理趣的作品大为增加。宋赋的大家苏轼表现尤为突出，不过他极善于寓说理于形象的描写之中，其他作者则多无此本事，故宋代有的赋简直成了说理的论文。就连崔伯易的有名的《感山赋》、王十朋的有名的会稽三赋和大诗人陆游的《禹庙赋》《丰城剑赋》、杨万里的《浯溪赋》也不免有说理过多的缺点，另一些作者就更不如了。故这是宋赋的特色，也是宋赋的一个缺点。（2）宋代士大夫多喜欢给自己的书斋或所建的亭阁加上一个标明其志趣的名称，因而写这类亭阁和书斋的赋特别多，成了宋赋中一个重要的题材。（3）北宋末年以后外患特别严重，故宋赋中反映民族矛盾的作品也较多，成了宋赋内容的一个特点。（4）宋赋的语言风格比唐赋更为平易，像杜甫那样的古色斑斓的赋篇到宋代再也找不出来了。

宋赋的这些特色，包括崇尚说理的特色，并不是突然产生的。如前所说，唐代刘禹锡等人的赋就多含理意了。但宋人特别喜欢说理实与宋代的历史条件有关。宋是在唐末五代十国的纷乱、分裂局面以后建立起来的。它的统治者以唐代中后期的藩镇割据为鉴戒，采取了重内轻外、重文轻武、集权而不分权的政策。因而这个政权从开始就是内向型和封闭型的，而不像唐代那样是开放型的；其气象是狭小的，而不是宏阔的。由这种总的政治环境所决定，宋代的士大夫的思想一般也是内向的、保守的。他们不像唐代许多士人那样渴望立功边塞或在政治上开创新局面，而是把注意力集中到学问和道德的修养上。对人的评价往往也不强调事功而强调人品。宋代的理学就是这种环境下的产物。宋赋及宋诗文作家在其作品中喜欢卖弄学问，表现哲理的思考，近人多说是受理学的影响，其实不然，尤其是在北宋，诗赋作家受理学影响者甚少，它不过是同一环境在文学上的反映。此外，宋人的喜欢说理和议论也与宋代文禁较严有关。因为抒情之作如偶涉讽世，是很难别白的，而明确的议论，反不容易招致误解，这一点我们只要看看宋代从乌台诗案起几次文字狱的情况就能有所领悟。

金赋的艺术风格大体上与宋赋相似，但内容远不及宋赋的丰富多彩，尤其缺乏宋代那种为民生疾苦而呼吁的政治性很强的作品，只有元好问的赋作尚多少反映当时的政治局势和作者的忧国之思。但金赋的思想多是比较开拓的，其中虽时杂以佛道的思想，而文笔颇放纵，有生气，元代就不如了。由于元代的赋作者大多是生于南方的，而从宋末起，理学的影响已深入到文苑，故元赋作者多受到理学的熏陶。理学家是强调修心养性，认为喜、怒、哀、乐都要中节的，因此他们的赋也像其诗一样，表现出一种儒雅雍容、冲淡和平的风格。像虞集等人的赋，文字非不工，可就是缺乏生气。及至元末，由于社会矛盾的尖锐，杨维祯、刘基、高启等人的赋中才出现了慷慨不平之音。

明赋就其所反映的社会的广度来说远远地超过金元。但是明初的文禁极严，由元入明的作家多不得善终，加之程朱理学的地位进一步提高，通过科举制度影响到所有的士人，因而明代前期的赋也是没有生气的。明中叶以后随着社会矛盾的加剧和资本主义萌芽的出现，严酷的文禁和程朱理学思想的禁锢都开始解体，赋的创作才开始有了生气。但明代士大夫的治学多是杂而不精，他们对社会问题的研究多是浅而不深，而在文学上又陷于复古与反复古的偏见的争执之中，对前人的遗产不能平心静气地加以分析和总结，好则一概都好，坏则一概都坏。故明人的诗、文、赋，不论是那一派的，大都是内容浅而不深，形式粗而不精。内容深刻而形式上又完美无缺的诗文很少，赋则更为罕见。不过，明代中后期的赋作家又多是一些自命不凡的人物，故他们的赋虎虎有生气的还是不少。复古派的李梦阳、何景明、徐祯卿、陈子龙、夏完淳和反复古派中的王守仁、汤显祖即其代表。但是，仅从赋来说，复古派的成就要大一点。这是因为当时的复古派领袖李梦阳以倡“汉无骚”、“唐无赋”的“高论”，但对上至楚骚下至南北朝的赋仍有所借鉴；而反复古派则实际连唐赋也不顾，只向宋以后的赋学习，有的人甚至干脆不作赋，故他们的赋往往淡得不能再淡，淡到一点文艺的情韵都没有了。王守仁和汤显祖所以较好，就是因为王颇得力于骚，且能学唐；而汤则曾精读《文选》，对汉魏六朝文学涵养颇深。然汤太杂，王后来专讲理学去了，其赋的成就终不及复古派中的徐祯卿，也不及夏完淳。

清赋在艺术上的造诣远胜于明。这是因为清代的赋作家也如诗人一样，在艺术上比较不偏激，学汉魏的未尝尽薄唐宋，学唐末的亦不尽薄魏晋。同时清代的赋作家多通经史，旁及百家，故文辞多雅驯而不粗鄙，显示出深厚的学力。然清代前期的文禁也是极严酷的，故除了明清之际的吴应箕、黄宗羲、王夫之等的赋之外，清代前期的赋也多是没有生气的，有些赋简直可以说只是装饰得很美的泥塑菩萨，外貌很庄严，结构也匀称，可就是缺乏激情。只有袁枚、洪亮吉等少数作家写出了新鲜活泼的作品。到鸦片战争前后，这种情况有所改变。从金应麟、龚自珍到王闿运、章太炎都写了反映一定的历史面貌或重大社会问题的好赋，从而使赋有了一个振起的尾声。

三、赋对其他文体的影响及其在文学史的地位

各种文体的发展虽有其各自的规律，然莫不互相影响，这是古今中外文学发展的规律。赋亦如此。它的产生到发展始终受着当时的文风和其他文体的影响，这我在前面已经提到了。这里着重说一说它对其他文体的影响以及它在整个文学发展中的作用。

屈赋对我国古代文学的发展起着很大的作用，这已有定评，无须多说。对于宋玉赋的成就及其影响，我认为却估计不足。特别是因为司马迁说过："屈原既死之后，楚有宋玉、唐勒、景差之徒者，皆好辞而以赋见称，然皆祖屈原之从容辞令，终莫敢直谏。"（《史记·屈原贾生列传》）于是后人始则确认宋玉为屈原的学生，继则将他丑化为背师的"软骨头"，这位杰出的辞赋作家在一些人的心目中遂变成了文学队伍中的一个小丑。其实，宋玉是否曾为屈原的弟子，已是史无验证；背师之罪，自不能成立。他的作品虽然缺乏屈原赋中那种深厚的爱国感情，然《九辩》中对楚国政治的黑暗并非毫无揭露，至其"宁穷处而守高"，不为"无义而有名"的节操，更可说是一篇之中反复申明的。司马迁说他"莫敢直谏"，不知何据，从赋中所反映的情况来看，他不过是一个小臣，恐怕连谏的资格都没有。他在文学上的贡献尤不可埋灭。《九辩》"不是以直接倾泻诗人内心的激情来感染读者，而是善于通过自然景物抒发自已浓厚的感情，造成一种情景交融的境界"（游国恩等《中国文学史》），在艺术上有独创性，这是近人大都承认的。实则这只是他的一种小贡献，他的更大的贡献是创作了《风》《高唐》《神女》等赋：这些赋不仅确立了文赋之体，还通过自然景物的描写揭示了上层统治阶级与庶民在思想感情上的对立（《风赋》）；通过神人的恋爱故事来激发人们对祖国的爱，并且第一次把女性的形体美和心理状态写得那么细腻和生动（《高唐》《神女》），这为后代的作家开启了新的创作门径。

汉赋对其他文体的影响也是深远的，它所开拓的题材和主题，大都为后世诗文所继承。司马相如的《长门》为宫怨之祖，枚乘的《七发·观涛》为山水诗文之祖，刘歆的《遂初》和班彪的《北征》为历览之祖，等等，这都是无可争议的。汉文赋又多有宏阔的规模和磅礴的气势，这也为后世的古文家所取法。故及至晚清，曾国藩还提出要学习汉赋来纠正桐城文的俭狭之弊。汉文赋的韵语又多用四言六言句式和排偶句，这一方面形成了骈赋，同时也影响到散文，从而产生了骈文。至于它那铺张的描写方法及其他表现艺术与修辞手法，给后人的启示尤多：如赋中所用的排比对称的结构和句式，就是唐宋的古文家也常加仿效的；又如注意炼动词，虽发端于宋玉赋，而为汉赋作者（特别是扬雄）所推广，后世的诗文作家大都向其学习。这些方面，钱钟书的《管锥篇》谈得很详细，我就不去重复了。

魏晋南北朝赋对其他文体的影响尤大。唐代大诗人杜甫教育后人要“熟精《文选》理”，固然是指汉魏南北朝古诗而言，也应兼指赋。庾子山赋对杜诗影响甚深，杜的《北征》《自京赴奉先咏怀五百字》等诗显然对《哀江南赋》有所借鉴。李白虽说过“自从建安来，绮丽不足珍”，然他的乐府古诗，实与齐梁小赋有千丝万缕的联系。花间派词人和一些宋词的作者，也都向齐梁抒情小赋学习抒情的技巧和方法。这时出现的幽刺小赋对后代文学的影响尤深，除唐代的讽刺小赋是它的嫡传外，唐代兴起的杂文和咏物讽刺诗也是它的苗裔。

唐以后的赋对其他文体的影响不如以前各时期赋的显著，这是因为这时诗文的题材已很宽阔，技巧也更加复杂多变了，赋与它们的关系主要体现在互相影响上。如唐代的杂文就同讽刺小赋紧密相连，当时著名的讽刺小赋的作者往往同时也是杂文的作者，即其明证。然而在一些新兴的变文以及宋元盛行的话本、诸宫调等，往往用散文叙事而用韵语描写，这就同赋有着某种继承的关系，及至明清的章回小说还保留有这样的痕迹，《西游记》所保存的痕迹尤多。

在谈到赋与其他文体的关系时，我认为还应着重地提一下赋与箴铭、赋与颂、赋与诔及某些有韵的祭文的关系。仅就赋在形式上的主要特点——不歌而诵说，它与这些文体其实并无区别，故过去的选本有把箴、铭、诔等都列入赋类的。只是这些文体都有其特殊的社会作用，而赋则是较广泛的“体物写志”的文体，故我主张仍然把箴、铭、诔区别开来，不把它们称为赋。颂和祭文则较为复杂，有些颂实际上是赋，如马融的《广成颂》之类，实在不能加以区别。有些颂体制全同于诗，则以归于诗为宜。祭文亦然，那些专祭亲友的文，即使全是韵语，似仍以不列入赋较好，某些怀古之作或一般的抒情之作如贾谊《吊屈赋》也有称作《吊屈原文》的，自当屈赋，与之相似的如陆机《吊魏武帝文》、谢惠连《祭古冢文》等亦如此。当然，文体的分类并不是绝对的，有些作品未始不可既归入这一类，又归入那一类。所谓“分”，不过是取其大概罢了。

总之，赋在长江大河般我国古代文学中虽只是一股较小的流，但是这个大河中不可分割的部分，并对这条大河的形成起了不可缺少的作用，抽掉它，就会使一些文学现象的源委不清，也会使我国古代文学的宝库中的一些珍品被白白地抛掉了。

附记：本文是本人为正在编写的《历代赋选》所写前言的主要部分。

（原载《中国韵文学刊》1987 年第 1 期，55—64 页）

论魏晋赋学

曹大中

汉魏之际的建安时代，出现了中国文学史上第一次文学高潮。辞赋创作是这一高潮的重要组成部分。三曹七子除孔融外，都有赋作。从西汉到建安，赋的创作主流有很大变化。体制规模上，由大变小，由呆板变为灵活；表现内容上，由描写客观转向抒发主观，由以叙事类为主走向表现情义为主；在诗与文之间的倾向上，从楚辞到汉赋，是由诗向文的方向倾斜。而由汉赋到建安赋，则取曲折的路线，再向诗的方向倾斜。魏晋赋的主流都是沿着建安赋开辟的这条道路向前发展的，到晋代，赋的作家大量涌现，出现了赋作兴盛繁荣的局面。赋学随着赋作的这种繁荣发展，在两汉赋学的基础上也有所发展。

（一）曹丕、曹植的赋学观点

曹丕是建安文学的重要作家，也是它的理论代表。他的《典论·论文》是我国文学由不自觉走向自觉的一个转折性标志，在文学理论史上具有划时代的意义。《论文》的根本性理论观点，是以包括具有文学特色的各门类作品，即是以文学作品的整体作为研究对象而得出结论的。但由于辞赋在各门类作品中，是当时最具文学特色的种类之一（其他还有诗歌），所以《论文》中一些根本文学理论观点，主要是从辞赋研究中得出来的。如《论文》说："夫文人相轻，自古而然，傅毅之于班固，伯仲之间耳，而固小之。与弟超书曰：'武仲以能属文为兰台令史，下笔不能自休。'夫人善于自见，而文非一体，鲜能备善，是以各以所长，相轻所短。里语曰：'家有弊帚，享之千金。'斯不自见之患也。"这里是论文，而班、傅都没有重要诗歌作品，却都有很重要的赋作，可相匹敌。说他们是伯仲之间，就是比较他们的赋作而言的。

尤为重要的是，《论文》对赋体艺术风格提出了创造性的新见解。它说："夫本同而末异，盖奏议宜雅，书论宜理，铭诔尚实，诗赋欲丽。"诗与赋是纯文学作品，最具文学特色。曹丕把二者合为一科，与前三科分开，并明确它们的文体艺术风格要求是"丽"，这表明他对诗与赋的共同文学本质已有了比较清楚的认识。赋欲丽，扬雄也曾认识到，他说："诗人之赋丽以则，辞人之赋丽以淫。"扬雄所指"辞人之赋"，包括景差、唐勒、宋玉以下至扬雄为止的全部汉赋。他从儒家的立场出发，认为这些作品全要不得。扬雄"辞人之赋丽以淫"的观点，说明他是把赋作为经学的附庸，把赋束缚在儒学的限制之中的。汉末以起，儒学衰微，刑名法术之学抬头，学术思想活跃，这带来了建安文学大发展的新局面。曹丕从这一文学发展的趋势中，敏锐地看到了问题的本质。于是毅然砍掉扬雄"以则""以淫"的区分，首创"诗赋欲丽"的观点，以理论的形式表现了文学对儒学所加束缚的冲击。因此，这一观点的提出，是具有积极意义的。

另外，曹丕还运用自己所创造的"文气说"，对辞赋等文体的作品进行具体评论。《论文》说："王粲长于辞赋，徐干时有齐气，然粲之匹也。如粲之《初征》《登楼》《槐赋》《征思》，干之《玄猿》《漏卮》《圆扇》《橘赋》，虽张、蔡不过也。然于他文，未能称是。琳、瑀之章表书记，今之隽也。应场和而不壮，刘桢壮而不密。孔融体气高妙，有过人者，然不能持论，理不胜辞，以至乎杂以嘲戏。及其时有所善，扬、班俦也。”其《又与吴质书》说：“孔璋章表殊健，微为繁富。公干有逸气，但未遒耳，至其五言诗，妙绝当时。元瑜书记翩翩，致足乐也。仲宣独自善于辞赋，惜其体弱，不足起其文，至于所善，古人无以远过。”在这两段话中，提出了齐气、体气、逸气，明显是根据“文气”说创造出来的低层次概念。还有和、壮、健等，虽未加“气”字，实际上也都是指像“逸气”一样具体的文气。在没有运用这些具体“文气”概念的地方，像密、隽、未遒、翩翩、体弱等等，也是按照“文气说”理论的路数，进行论述的。

曹丕的“文气说”，一方面是在分析研究辞赋等文学作品的具体文气基础上概括出来的，另一方面也是在继承以前一切关于“气”的理论基础上提炼出来的，是两方面相结合的产物。它标志着文学自觉阶段的开始，标志着文学脱离经学附庸的地位走向独立发展的道路。

曹植是建安文学最杰出的作家。从文学成就来说，曹植远胜曹丕，但从文学理论建树来说，曹丕却远胜曹植。曹植认为，人生第一等重要的事是“戮力上国，流惠下民，建永世之业，流金石之功”，在政治上有所建树。第二等重要的事是“采庶官之实录，辩时俗之得失，定仁义之衷，成一家之言”，在学术上有所建树。辞赋是最末等的事，他说：“辞赋小道，固未足以揄扬大义，彰示来世也。昔扬子云先朝执戟之臣耳，犹称壮夫不为也。吾虽德薄，位为藩侯……岂徒以翰墨为勋绩，辞赋为君子哉！”（以上引文均见《与杨德祖书》）曹植一生的苦闷就是没有获得建功立业的机会，他的《求自试表》充分表达了这一点。而他于学术，至死还没有来得及着手。倒是被他轻视的辞赋小道，使他留芳百世。我认为上引的话都是出于他的真心，三者排列的次序，是完全符合他的思想实际的。

（二）陆机的赋学观点

陆机是太康文学的著名作家，也是它的理论代表。他的《文赋》，是中国古代文学理论史上第一篇系统阐述创作论的作品。他在赋中曾提到四种不同的艺术风格和十种文体的不同特征，其中着重强调的诗、赋的不同特征是："诗缘情而绮靡，赋体物而浏亮。"李善对他们的注解分别是："诗以言志，故曰缘情；赋以陈事，故曰体物。"从以上引文中我们注意到如下的问题：

（1）曹丕的《论文》，把诗赋合为一科，规定他们共同的艺术风格特征是"丽"，这反映了曹丕意识到了诗与赋虽是两种体制，却具有共同的文学本质。陆机把诗与赋分开，指出它们一是"缘情而绮靡"，一是"体物而浏亮"，这反映了陆机认识到了这两种体制虽有共同的本质，却也有不同的特征。他对文体的区分更细致了，对文体特征的认识更深入了。

（2）陆机说："赋体物而浏亮。"但自从屈赋以来，或只从汉赋算起，赋总是抒情体物双轨并行。汉赋虽以体物为主，但骚体的抒情也一贯不绝于缕。至东汉后期起到建安赋，抒情的赋却越来越多。陆机没有全面看到这种情况，于是把抒情体物一分为二，一半给诗，一半给赋，这一概括是不全面不准确的。但如果仅就陈事这一类赋而言，他的这一概括却又是非常深刻与准确的，对创作写叙客观事物的赋，具有深刻的指导意义。

（3）《文赋》虽然对创作过程作了比较全面系统的论述，但它所要解决的关键问题是"恒患意不称物，文不逮意"，即"物——意——文"的关系问题，物能不能为意所真实反映，意能不能为文所真实表现。物是客体事物，意是创作主体对客体的认识，文是创作出来的形象。而且所创作出来的形象，要"期穷形而尽相"。从《文赋》所要解决的这一关键问题来看，它所论述的创作过程，不是指诗、诔、颂、论、奏、说等抒发主观情感，发表主观议论的文体，而是指写叙客观事物的文体。在《文赋》所提十类文体中，需要解决这一关键问题的典型文体，主要就是要求“体物而浏亮”的赋。所以我们可以说，陆机《文赋》所论述的创作过程，主要论述的就是辞赋创作的过程，既不是论述议论抒情的作品，也不是那些体制短小的作品，虽然这些理论的某些部分也适用于指导他们的创作。因此，我们也可以说，《文赋》的基本观点，基本上就是陆机关于辞赋创作的观点。

（三）左思、皇甫谧、刘逵、卫权的赋学观点

左思是西晋太康时期最杰出的诗人，赋作有《齐都赋》《三都赋》《白发赋》《七讽》等，以《三都赋》最为著名。这篇赋，包括左思的自序，一共有四篇赋序，反映了他们的赋学观点。左思是以写历史、地理著作那样的态度来写这篇赋的。他的《自序》正反映了他的这种征实的赋学观点。《自序》包括了下面几个内容：(1) 表示他写《三都赋》是遵循经典和先贤征实的原则：“盖《诗》有六义焉，其二曰赋。扬雄曰：‘诗人之赋丽以则。’班固曰：‘赋者，古诗之流也。’先王采焉，以观土风。见‘绿竹猗猗’，则知卫地淇澳之产，见‘在其版屋’，则知秦野西戎之宅，故能居然而辨八方。”(2) 批评马、扬、班、张的赋作都违背了这一必须遵守的原则：“然相如赋《上林》，引卢橘夏熟；扬雄赋《甘泉》，而陈玉树青葱；班固赋《西都》，而叹以出比目；张衡赋《西京》，而述以游海若。考之果木，则生非其壤；校之神物，则出非其所。于辞则易为藻饰，于义则虚而无征。且夫玉卮无当，虽宝非用；侈言无验，虽丽非经。”这反映出他认为赋中写的物产，必须是该地确实所有，反对侈言藻饰，主张实而可征。(3) 说明自己的具体作法和态度：“余既思摹《二京》而赋《三都》，其山

川城邑，则稽之地图；多其鸟兽草木，则验之方志；风谣歌舞，各附其俗；魁梧长者，莫非其旧。何则？发言为诗者，咏其所志也，升高能赋者，颂其所见也。美物者，贵依其本；赞事者，宜本其实。非本非实，览者奚信。”这三个方面都表现了他主张用写学术著作的方法来写辞赋，反对汉赋的虚辞滥说。左思的这一主张，是自有辞赋以来最保守的辞赋观。他完全没有认识到辞赋这种文学体裁与经、史、子等学术著作的区分，没有认识到已被人们认识到了的辞赋文学特色，并且有意识地反对这种特色，并且以自己的创作实践企图去阻止辞赋的文学自觉与脱离经学桎梏的独立发展。

皇甫谧，字士安，安定朝那（今甘肃平凉市西北）人。魏末晋初的名士。他为左思所作的《三都赋序》，一方面支持了左思的征实观点，另一方面也表现了他对辞赋的独立见解。（1）他提出了一个把辞赋的丽与辞赋的社会功效统一在一起的折中主张。他说：“古人称不歌而颂谓之赋，然则赋也者，所以因物造端，敷弘体理，欲人不能加也。引而申之，故文必极美；触类而长之，故辞必尽丽。然则美丽之文，赋之作也。昔之为文者，非苟尚辞而已，将以纽之王教，本乎劝戒也。”这一主张既继承了儒家诗教的传统观点，又吸收了曹丕诗赋欲丽的新鲜意见，在太康时期，文学将要走向形式主义道路的时候，皇甫谧的这一观点是有积极意义的。（2）关于辞赋的演变发展，大体与《艺文志·诗赋略》的意见相近，但他不采用“辞人之赋”这一否定汉赋的概念。他说：“诗人之作，杂有赋体。子夏序《诗》曰：‘一曰风，二曰赋。’故知赋者，古诗之流也。至于战国，王道陵迟，风雅寖顿，于是贤人失志，辞赋作焉。是以孙卿、屈原之属，遗文炳然，辞义可观，存其所感，咸有古诗之意。……又宋玉之徒，淫文放发，言过于实，夸竞之兴，体失之渐，风雅之则，于是乎乖。”实际上是按照“诗人之赋”——“贤人失志之赋”——“词人之赋”这一线索进行论述的。他所以不采用“词人之赋”这一概念，我想是因为他对汉赋采取了分析的态度，不像扬雄那样，一笔抹煞。（3）他批评了汉赋的虚辞滥说。他说：“逮汉贾谊，颇节之以礼。自是厥后，缀文之士，不率典言，并务恢张其文，博诞空类。大者罩天地之表，细者入毫纤之内。虽充车联驷，不足以载；广厦接榱，不容以居也。”与此相对照，他赞扬了左思的征实写法，说左思的《三都赋》，“其物土所出，可得披图而校；体国经制，可得按记而验。岂诬也哉！”（4）他对汉赋的代表作家作品，既肯定其成绩与地位，又批评其缺点与不良影响。他说：“至如相如《上林》，扬雄《甘泉》，班固《两都》，张衡《二京》，马融《广成》，王生《灵光》，初极宏侈之辞，终以约简之制，焕乎有文，蔚尔鳞集，皆近代辞赋之伟也。若夫土有常产，俗有旧风，方以类聚，物以群分。而长卿之俦，过以非方之物，寄以中域，虚张异类，托有于无。祖构之士，雷同影附，流宕忘反，非一时也。”从他的这一批评中我们可以看出，他并不反对宏侈巨衍，他大概认为这是属于丽的方面。但他反对虚辞滥说，因为这是“苟尚辞而已”，不符合征实的原则。皇甫谧的这篇赋序，虽然并不太长，但不论是对辞赋历史演变的说明，对重要作家作品的评论，对左思《三都赋》的分析，都用他的总观点作尺码去衡量，逻辑严密。并且这一观点是出于他个人的独立见解，在当时是具有积极意义与现实意义的，比起左思的观点要进步得多。

刘逵的《三都赋序》，认为“班固《两都》理胜其辞，张衡《二京》文过其义。至若此赋，拟议数家，傅辞会义，抑多精致，非夫研核者不能练其旨，非夫博物者不能统其异”。他抑班、张，主要是为了抬高《三都赋》的声价。对班、张二赋的评价难说恰当，对左思赋的抬高也颇勉强。但指出其博物的特征还是合乎事实的。卫权的《三都赋略解序》说：“余观《三都》之赋，言不苟华，必经典要。品物殊类，禀之图籍，辞义瑰伟，良可贵也。”只是附和了左思的观点。总刘、卫二家之说，都没有什么真知卓见。

（四）挚虞、葛洪的赋学观点

挚虞，字仲洽，京兆长安（今陕西西安一带）人。晋泰始中举贤良，拜中郎，元康中官至太常卿。《晋书》本传说：“虞撰《文章志》四卷……又撰古文章，类聚区分为三十卷，名曰《流别集》，各为之论，辞理惬当，为世所重。”他的这些著作大都亡佚，唯有《文章流别论》在类书中还保存有若干条。可喜的是，其总论之赋论保留下来的还比较多，可以从中了解到他对文学、对辞赋的主要观点。

挚虞总的文学观点，与《尚书》《毛诗序》，班固、扬雄等正统的儒家观点是一脉相承的。《文章流别论·总论》曰：“文章者，所以宣上下之象，明人伦之叙，穷理尽性，以究万物之宜者也。”专门着眼于文学的社会功效。又其《赋论》曰：“赋者，铺陈之称，古诗之流也。”以及辞赋的演变等，也完全是重复班固等人的观点，没有任何新意。

但在传统观点的基础上，他对辞赋问题作了一些具体发挥，对当时的辞赋创作作了一些具体评论，却是具有真知卓见的。（1）对诗中的赋体部分作出了一种很合理的新解释。他说：“古之作诗者，发乎情，止乎礼义。情之发，因辞以形之；礼义之旨，须事以明之。故有赋焉，所以假象尽辞，敷陈其志。”这种对创作过程的描述正好与陆机相反。陆机的意称物，文逮意，即“物——意——文”，论述的是描写客观事物作品的创作过程。挚虞的“假象尽辞，敷陈其志”，即“志——象——辞”，论述的是抒发主观感情作品的创作过程。在当时来说，陆机的观点是独创的新论，挚虞的理论是对旧观点的新阐述。陆机讲了前人所没有讲的，挚虞讲了前人没讲得细致深入的。（2）他指出了古诗之赋与今赋的一个根本区别：“古诗之赋，以情义为主，以事类为佐。今之赋，以事形为本，以义正为助。情义为主，则言省而文有例矣；事形为本，则言当而辞无常矣。文之烦省，辞之险易，盖由于此。”古诗之赋，指的就是《诗经》中的赋体部分，是抒发主观感情的。今赋指的是汉代散体大赋一类的体制，是叙写客观事物的。他认为两种不同的创作方法是产生文省辞易与文烦辞险效果的关键。而他是赞成以情义为主，以事类为佐的。（3）他批评了汉以来辞赋创作中存在的一些重要缺点。他说：“夫假象过大，则与类相远；逸辞过壮，则与事相违；辩言过理，则与义相失；丽靡过美，则与情相背。此四过者，所以背大体而害政教。是以司马迁割相如之浮说，扬雄疾辞人之赋丽以淫。”前两过是就事形为主，义正为助的作品而言，后两过是就情义为主，事类为佐的作品而言。假象指作品中描述过分的事物形象，逸辞指作品中采用的过分夸饰的文辞，类与事指所描写的题材。如果采用的文辞与描述的事物形象过分夸大了，就会与所要描写的题材距离相隔太大，以至失实，毫无意义。辩言与丽靡，指作品中失去分寸的说理与脱离实际的形容，过犹不及，这样也会失去真实性。这四类缺点，在当时的辞赋中都是存在的。他的批评很及时，也能击中主要弊病。

葛洪，字雅川，自号抱朴子，丹阳句容（今江苏句容）人。他的文学理论，主要表现在东晋初年所写《抱朴子》一书中的《钧世》《尚博》《辞义》《应嘲》《百家》《文行》等篇中。他的文学观点有很多可贵之处。比如他把文章的地位提得与德行同等重要，这是与传统的儒家观点不相同的。但他也认为“立言贵助教”，却是坚持了儒家的传统观点的。不过他的褒论文章，主要指子书而言。《尚博》说：“正经为道义之海，子书为增深之川流。仰而比之，则景星之佐三辰也，俯而方之，则林薄之裨嵩岳也。”把经书列为最高层次的著作，子书为其辅佐，属于仅次于经书的第二层次。对轻视子书的人，他给予尖锐的批判说：“拘系之徒，桎梏浅隘之中，挈瓶训诂之间，轻奇贱异，谓为不急。或云小道不足观，或云广博乱人思。而不识合锱铢可以齐重于山陵，聚百十可以致数于亿兆。群色会而衮藻丽，众音杂而韶濩和也。”然而他对辞赋很轻忽，视为不足道之细文。他紧接上文说："或贵爱诗赋浅近之细文，忽薄深美富博之子书为呆拙，以虚华之小辩为妍巧，真伪颠倒，玉石混淆，同广乐于桑间，钧龙章于卉服，悠悠皆然，可叹可慨者也。"他是轻视文学性著作，而重视理论性著作的学者，对诗赋的作用意义缺乏认识。他还有一个很重要而可贵的观点，即文化进化论的观点。不论是文化、文章，甚或浅近之细文，他都认为是今胜于古的。《钧世》说："且夫《尚书》者，政事之集也，然未若近代之优文诏策军书奏议之清富赡丽也。《毛诗》者，华采之辞也，然不及《上林》《羽猎》《二京》《三都》之汪秽博富也。""若夫俱论宫室，而奚斯路寝之颂，何如王生之赋《灵光》乎？同说游猎，而《叔畋》《卢铃》之诗，何如相如之言《上林》乎？并美祭祀，而《清庙》《云汉》之辞，何如郭氏《南郊》之艳乎？等称征伐，而《出车》《六月》之作，何如陈琳《武军》之壮乎？"这种文化进化论的观点，对挚虞等的古代总比现代好的保守思想，是一种有力的驳斥。

上面，我们按照时间顺序，将魏晋赋学发展变化的情况，作了比较具体的描述和论析。它虽然对辞赋的社会功率、产生演变的问题仍有继续讨论，但和两汉的赋学相比，它具有鲜明的两个特征。（1）它与整个文学理论的发展同步前进，开始冲击经学、儒学的桎梏，和整个文学理论在一起，向文学理论独立思想体系的方向发展，如曹丕"文以气为主"理论的创立，就明显表现了这方面的趋势。还有，赋学与整个文学理论开始完全是混合在一起前进的，《论文》《文赋》的理论探讨就是这样。但随着赋作的发展，赋学在文学理论中成为一个重要的分支，开始被分别研究，如挚虞《文章流别论》中，《赋论》就占了十分显要的地位。（2）虽然把辞赋与其他应用文等同视之的儒学观点，如左思等的征实观点，仍然还有十分深广的影响，但赋学的注意力已开始注重研究辞赋的文学本质、文体特征、辞赋创作的规律、辞赋存在的问题等。如曹丕"诗赋欲丽"的观点，陆机创作过程的研究，挚虞指出辞赋存在的四个问题等。总之，已经开始重视对辞赋艺术形式方面的研究。这表明赋学在向独立的道路摸索前进，是十分有价值的。

（原载《中国文学研究》1989 年第 2 期，50—55 页）

论八股文赋之说不能成立

叶幼明

日本学者铃木虎雄《赋史大要》、台湾省学者张正体《赋学》二书都认为，清代有八股文赋（或称股赋），是一种不同于骚赋、诗赋、散体赋、骈赋、律赋、文赋的新形式。铃木虎雄说："就清代赋与前代赋之关系看，可由其句法、股法、押韵以及股法与押韵互相关系，作为区别赋的时期，余谓清赋可以为八股文赋时代。或有认为独立称为八股文赋时代为无必要。而余认为使独立有实际之便，就清赋观之，余前述各期所有形式，无不具备；且觉其自身所带八股色彩浓厚，故主张使之独立为八股文赋时代。"［铃木虎雄《赋史大要》第七编"八股文赋（清赋）时代"］张正体说："清代之股赋，其最大特色就是构篇的句法，有浓厚的八股文色彩。盖清代的文风趋向复古，骈文特别发达，兼之科举取士以八股文为工具，是以清代赋家的作品，因之无法摆脱时尚也。"又说："清代的赋篇，因八股时文的影响，无形中构篇的形式，带有浓厚的八股文之意味，尤其是赋中之股对，与八股文的扇对，几乎是相类似，使人难辨究竟。"（《赋学》第九章"清代八股文赋概介"第二节"八股文赋的体制"）那么，八股文赋之说能否成立呢？我认为，八股文赋之说是不能成立的。

铃木氏与张氏认为有八股文赋存在，是因为赋受到八股时文的影响，使赋具有了八股文的特色。那么，八股文与赋的关系到底怎样？其影响孰先孰后？这是我们必须辨明的第一个问题。

八股文的特点，除了内容必须代圣人立言，题目的范围限于宋人注释的《四书》《五经》（故八股文又称四书文）之外，在形式上的特点就是重破题、尚分股与限字数三点。

所谓破题，就是八股文的开头两句必须点明题目，说破题旨。故学八股文者必须先从破题学起。而辞赋则一向重视破题，历代的赋作家们为辞赋的发端作过不少探索。王芑孙《读赋卮言》说：

> 赋最重发端。汉、魏、晋三朝，意思朴略，颇同轨辙，齐、梁间始有标新立异者，至唐而百变具兴，无体不备。其试赋则义当分晰，语多赅举，或虚起，或实起。其虚起者，不胜枚数。其实起者，或用题字对举，如杨鸿贞《月中桂树》起曰“月满于东，桂芳其中”，陆宣公《月临镜湖》起曰“月配阴含虚而明，湖止水体柔而平”。或用单提，如康僚《日中乌》起曰“相彼乌矣，超然莫同”，王勃《寒梧栖凤》起曰“凤兮凤兮，来何所求”。凡此类，皆宗士衡“体物浏亮”之指。原是试帖当行，久之遂成有司尺度，积而生厌，故晚生后进，争出奇特，略举一隅：如元稹《奉制试以乐为御赋》，直用对策体起；李锐《孙武教妇人战赋》，元稹《镇圭赋》，皆直用考辨体起；于可封《至人心镜赋》、杨鸿贞《贯七札赋》，皆用论赞体起；王棨《玄宗幸西凉府观灯赋》，刘乾《招隐士赋》，皆直用记叙体起；仲无颜《内人踢毬赋》，黄滔《曲直不相入赋》，皆直用疏释体起；高郢《曹刿请从鲁公一战赋》，白居易《射中正鹄赋》，元稹《观兵部马射赋》，吴连叔《谦受益赋》，皆直用原议体起；是皆变格，仍许当行，何也？《雕龙·诠赋》云：“诗序则同义，传说则异体，总其归途，实相枝干。”况流制已倡于晋代，散言颇见于楚辞，衷之于古，折之以律，皆不得以文成破体相讥也。

李调元《赋话》卷一亦云：

> 唐人试赋，极重破题。白居易《性习相近远赋》云：

"噫，下自人，上达君，咸德以慎立，而性由习分。"李凉公逢吉大奇之，为写二十余本。韦彖《画狗马难为工赋》云："有丹青二人，一则矜能于狗马，一则夸妙于鬼神。"吴学士融芳构是题，见之，遂焚所著，其价重一时如此。迄今观之，亦不过疏解明晰耳。陈佑《平权衡赋》起句云"俾民不迷，兹器惟则"，八字典重而浑成，殆欲与"日华天鉴"之句并驱中原矣。

即张正体氏《赋学》一书，于第五章"汉之辞赋体制"一章中，专门研究了汉赋的构篇方法，云："赋的构篇方法，首重揭题，其次在于布局。""所谓揭题，就是揭露题意也。一切诗文之写作，亦必皆然，盖题意不明，则作意无从生发。揭题又称点题，亦称为破题。赋的揭题，大都于赋的本部开始几句，就应揭露出来，然后就题意，依一定之形式，各揭其事物，一一分述，铺陈下去。"可见辞赋历来就重视破题，重视发端。

这就证明，重破题，重发端，乃是辞赋的重要特征，是八股文吸收了辞赋的这一特点，而不是八股文影响辞赋。

八股文的特点之二是制艺分股。八股文的发端为破题，承题，接着是起讲，起讲后分起股（又名提股、提比、前比）、中股（又名虚股、虚比）、后股（又名中股、中比）、末股（又名后股、后比），最后是大结。八股文起讲之后的中间四股每股都是相比偶的两段文字，合共八股，故称八股文。这八股相比偶的文字，可以是隔句对，也可以是长隔句对。如徐乾学《大哉尧之为君也》一文中的中股一段云：

尧以广运之圣，际垂裳之时，渊默不言，而当日之万邦百姓，咸自泯其知识，则宰化者神也；尧以光被之体，肇中天之运，神灵首出，而百世之经纶制作，莫能及其规模，则操治者宏也。大哉尧之为君也！前此黄农之传，至放勋而极盛；继此虞夏之统，自文祖而始开。

这两股文字前者是长隔句对，后者是隔句对。这就是八股文的所谓股对。八股文的这种股对，唐代辞赋早已出现，至宋代更为普遍。八股文的制艺分股正是吸收辞赋中这种构篇句法而定型化的。李调元《赋话》卷二云：

> 唐白居易《动静交相养赋》云："所以动之为用，在气为春，在鸟为飞，在舟为楫，在弩为机，不有动也，静将畴依？所以静之为用，在虫为蛰，在水为止，在门为键，在轮为柅，不有静也，动奚资始？"超超玄箸，中多见道之言，不当徒以慧业文人相目。且通篇局阵整齐，两两相比，此调自乐天创为之，后来制义分股之法，实滥觞于此。

这就明确说明了八股文的制艺分股最早滥觞于辞赋。它们的不同只在辞赋的这种两相比偶的对偶句要用韵，而八股文的股对则不用韵。八股文的股对规定为八股，而辞赋的这种两相比偶的句子则无此限制，可多可少。因清赋中那种两相比偶的对偶句与八股文中的股对相似，就认为是清赋受了八股文的影响而形成了八股文赋（或称股赋），这正是颠倒了二者相互影响的关系。

再看八股文的字数限制。八股文的字数，明制无严格规定，但考试时间有限，总不能太长。至清顺治时始规定为四百五十字，康熙时改为五百五十字，后又改为六百字，过多则视为不合格。后此制渐弛，有多至七百字以上者。八股文这种字数的限制，最初亦始于辞赋。唐代律赋一般以三百五十字至四百字为标准，过多或不及，均为不合格。至清代一般规定为五百字左右。然苏舆《清代律赋类纂》所收清律赋有多至七百字以上者。故至清代，律赋的字数限制也较为宽松了。

从上述诸方面看，八股文所具有的一些特点在辞赋中久已存在，是八股文吸收辞赋在构篇造句方面的某些特点而逐渐定型化的，是辞赋影响八股文而不是八股文影响辞赋。因此清赋受八股文影响而形成八股文赋之说是不能成立的。

铃木氏与张氏还认为，八股文赋的重要特征是有八股文句法，即股对。铃木氏说："此类八股文句法，于清代赋家辈出之乾隆、嘉庆时，赋中使用至盛。"他列举陈兆仑《圣驾南巡赋》中"我皇四巡，所以底其绩也""我皇四巡，所以绵其绪也""我皇四巡，所以宏不匮也”“我皇四巡，所以广汇征也”四段之后说：“全股法也。”又举洪亮吉《万寿无疆颂》中四段之后说：“本于股法。”又举黄安涛《水嬉赋》说：“非同用股法者邪?”张氏步铃木氏之后说：“赋中之股对与八股文的扇对，几乎是相类似，使人难辨究竟。”他并将股对区别为“长股对”“短股对”“隔股对”。那么，所谓股对是不是清赋所独有？这种所谓股对能不能构成清赋的特色而使之成为一种独立的赋体呢？这是我们必须辨明的第二个问题。

首先，我们要指出，辞赋中出现相比偶的几段文字，是古已有之，远在先秦辞赋中即已出现。如宋玉《高唐赋》云：

> 仰视山颠，肃何千千，炫耀虹蜺，俯视峭嵘，窐寥窈冥，不见其底，虚闻松声。

这几句就大致分为“仰视”“俯视”这两相比偶的两层。

至汉赋中，这种相比偶的句子就更多了。如班固《西都赋》云：

> 东郊则有通沟大漕，溃渭洞河，泛舟山东，控引淮湖，与海通波；西郊则有上囿禁苑，林麓薮泽，陂池连乎蜀汉，缭以周墙，四百余里。

其《东都赋》亦云：

> 且夫建武之元，天地革命，四海之内，更造夫妇，肇有父子，君臣初建，人伦实始，斯乃伏牺氏之所以基皇德也；分州土，立市朝，作舟舆，造器械，斯乃轩辕氏之所以开帝功也；龚行天罚，应天顺人，斯乃汤武之所以昭王业也。迁都改邑，有殷宗中兴之则焉；即土之中，有成周隆平之制焉。不阶尺土，一人之柄，同符乎高祖；克己复礼，以奉终始，允恭乎孝文；宪章稽古，封岱勒成，仪炳乎世宗。

这两段文字中，第一段“东郊”五句与“西郊”五句相比偶。第二段“所以基皇德也”五句，“所以开帝功也”五句，“所以昭王业也”三句相比偶；“迁都改邑”二句与“即土之中”二句相比偶；“不阶尺土”三句与“克己复礼”三句和“宪章稽古”三句相比偶。这些都是股对的雏形，只是这个时期的这种相比偶的股对还不很整齐对称而已。

魏晋南北朝时期的骈赋与骈文，全篇基本上是相比偶的句子组成，单句对，隔句对，四六对，成为骈赋、骈文句式的基本特色，这就不用举例了。

至唐宋时期的辞赋与骈文就更出现了长隔对。唐人律赋中的长隔对，除前举白居易《动静交相养赋》中的例句之外，如李程《金受砺赋》云：

> 且夫利器久翳，铦锋不全，参差冰缺，掩冉苔联，价减千金之值，文灭七星之躔，非夫坚石之锻乃砺乃，巧匠之藏焉修焉，又安得而昭宣；若乃君上初临，德声未溥，令不尽一，名不减五，箴微子牙之兆，衮阙仲山之补，非夫忠臣之扶危持颠，英俊之左弼右辅，又安得而稽古！

宋人赋中如铃木氏、张氏所说的长股对则更比比皆是。如范仲淹《明堂赋》中自“若夫约周之礼，禀夏之正”以下连用“此明堂之春也，万物为之荣”，“此明堂之夏也，万物为之繁”，“此明堂之秋也，天下为之清”，“此明堂之冬也，天下为之静”四个长隔对，第一段二十句，第二段二十句，第三段十八句，第四段二十句，结构大体整齐对称，与铃木氏所列举之陈兆仑《圣驾南巡赋》、洪亮吉《万寿无疆颂》、黄安涛《水嬉赋》中所谓“全股法也”的相比偶的结构是完全一样的。宋人文赋中也有对偶工整的长隔句对，如王阮《馆娃宫赋》有云：

> 苕萝之姝，适足为我娱，胡得而窃吾之符；荣楯可居，适足华吾庐，胡足以隳吾之都。

又王炎《竹赋》云：

> 春日载阳，山川含滋，零露兮宵润，惠风兮晓披，或莩或条，或茁或荑，含英吐华，夭夭怡怡，竹于是时清而不腴；冬日祁寒，天地积威，雪惨兮冰坚，风号兮日凄，川原千里，木脱草枯，香尽芳歇，扫迹无遗，竹于是时秀而不癯。

这种两相比偶的结构，句数相等，对偶大致工整，与张氏、铃木氏所列举的清赋中的股对也是毫无二致的。

这种长隔对的风气还波及骈文，变隔句作对而用长联，是宋代骈文的重要特色。如苏轼《乞常州居住表》云：

> 臣闻圣人之行法也，如雷霆之震草木，威怒虽甚，而归于欲其生；人主之罪人也，如父母之谴子孙，鞭挞虽严，而不忍致之死。

俞樾云："贪用成句，而不顾其冗长，自是宋人习气。"（《春在堂笔录》）金秬香云："宣和以来，多用全文长句，此又宋四六之自成一格者也。"（《骈文概论》）这种句式与铃木氏所列举的"全八股文句法也"，"显然股法也"的允禍《进大清会典表》、高士奇《登岱颂序》、毛奇龄《平滇颂序》、杭世骏《籍田颂序》中相比偶的句子也完全相同。

至于单句对、隔句对、四六对，本就是辞赋和骈文在结构句法上的重要特点，更非清赋所独有，更不是受八股文影响的结果。

以上所述说明，铃木氏、张氏所说的清赋中的八股文句法即股对，在辞赋与骈文中久已有之，并非清赋所独有，也不是受八股文之影响而形成，可见将它们视为清赋独有的特点是不符合辞赋发展历史的实际的。

还必须指出，清赋中虽杂有所谓股对，但清赋中使用这种股对的赋为数并不多，使用并不普遍，用法亦无固定的格式，不能构成清赋在体制上的特点。今存清赋有数千首之多，其中出现这种所谓八股文句法即股对的赋，百无一二。

总而言之，将有这种所谓八股文句法，即股对，作为清赋独有的特点，从而认为清赋是辞赋史上一种独立的体制，这就是八股文赋（或称股赋）之说，也是不能成立的。

铃木氏、张氏还认为，八股文赋的用韵也独具特色。就"股赋押韵的特色"言，有所谓"三句一押式"，"三句连押式"，"三句以上押韵式，长短不一句数押韵式"，"不押韵句杂入不等的押式"；就"股法与押韵的关系"言，有所谓"有韵股"，"无韵股"，"膈股韵"，"押用疏密不等韵"，"股扇同类韵"，"股扇异类韵"等。

这里，我们首先要指出，赋用韵的变化与八股文全无干系，因为八股文是文，不用韵，说不上对赋的用韵有什么影响。其次，清赋中诗赋、骚赋、骈赋、律赋的用韵与前代诗赋、骚赋、骈赋、律赋的用韵是相同的，多为两句一韵或四句一韵。至于说到文赋，即铃木氏、张氏说的“股赋”用韵的特点是形式多样，变化多端，但可以总括为一句话，就是用韵不规则，与一般韵文之每句用韵或隔句用韵者不同。但这种不规则用韵乃是散体大赋与唐宋文赋用韵的特点。这里，我们先看司马相如《子虚赋》最后一段的用韵：

> 乌有先生曰：是何言之过也。足下不远千里，来贶齐国。王悉发境内之士，备车骑之众，与使者出畋。乃欲戮力致获，以娱左右，何名为夸哉？问楚地之有无者，愿闻大国之风烈，先生之余论也。今足下不称楚王之德厚，而盛推云梦以为高，奢言淫乐而显侈靡，窃为足下不取也。必若所言，固非楚国之美也。无而言之，是害足下之信也。彰君恶，伤私义，二者无一可。而先生行之，必且轻于齐而累于楚矣。且齐东陼巨海，南有琅邪。观乎成山，射乎之罘。浮渤澥，游孟诸。邪与肃慎为邻，右以汤谷为界。秋田乎青丘，徬徨乎海外。吞若云梦者八九，于其胸中，曾不蔕芥。若乃俶傥瑰玮，异方殊类。珍怪鸟兽，万端鳞崪。充牣其中，不可胜记。禹不能名，卨不能计。然在诸侯之位，不敢言游戏之乐，苑囿之大。先生又见客，是以王辞不复，何为无以应哉？

这一段文章，根据高步瀛《文选李注义疏》，其用韵情况如下：“里、国、士、右，之部。夸，鱼部。通转为韵。”“厚、取，侯部。”“义、可，歌部。楚，鱼部。通转为韵。”“邪、诸，鱼部。罘，之部。通转为韵。”“界、外、芥，祭部。”“类、崪、计、位，脂部。大，祭部。记，之部。比类通合。”“客，鱼部。复，幽部。通转为韵。”其中，有的每句用韵，有的隔句用韵，有的隔三句用一个韵，有的隔四句用一个韵，有的用句末韵，有的又用句中韵，其变化千状万状，几乎没有规律可循。从这段文章中，我们可以看到，汉代散体大赋的用韵是相当自由的，它完全不同于一般韵文的用韵规律。唐宋以后的文赋，其用韵也具有这种特点。这种用韵方式为清代的赋作家所继承，而出现如铃木氏、张氏所说的种种变化，并非清代赋作家的创造发明，更非什么股赋用韵的独特之处。将这种用韵作为清赋的特点而认定清赋为八股文赋，也是不符合辞赋发展的历史实际的。

综上所述，无论从清赋与八股文的关系，清赋的构篇造句的方式，清赋的用韵诸方面来考察，清赋在体制方面的变化均形成于唐宋以前，它只是唐宋以前赋的体制的继承。辞赋发展到唐宋时期，体制上的变化已臻至极，如同诗歌的形式一样，已不能有新的变化与发展，清赋在体制上已不可能形成独有的特点，因此，认定清赋为八股文赋之说是不能够成立的。

（原载《学术研究》1990 年第 6 期，110—115 页）

南北朝赋学观述评

曹大中

南北朝时期的赋学在魏晋赋学的基础上，有一些新的开展与收获，本文对此拟作一粗浅的评述。

一、沈约、裴子野的赋学观点

（一）沈约在文学理论上的主要贡献，是创立了“四声八病”的声律说，为韵文（包括赋与诗）写作开辟了新的境界。他这方面的理论观点，主要表现在《宋书·谢灵运传论》中，其主要观点于下：

（1）自诗赋产生至宋，他将诗赋发展的历史分为八个阶段，并结合每一阶段的主要作家评论这一阶段艺术风格的主要倾向。一、《诗经》阶段。他认为这是诗赋创作的始发阶段，它的作品是老百姓纯朴感情自然流露所产生的。二、屈原、宋玉阶段。他认为这是文人创作的最初阶段，他们的感情与文风都十分纯洁，“导清源于前”，开创了一个优美的传统。三、贾谊、相如阶段。他认为这个阶段紧接屈、宋，“振芳尘于后”，两者可以比美。自此以后，诗赋艺术风格才表现出多种多样的变化。首先，相如就表现出了“巧为形似之言”的独特性。四、班固阶段。与相如相对照，班固“长于情理之说”。屈原、宋玉、贾谊、相如、班固，他们的文学作品主要是辞赋，只有班固有三首“质木无文”的诗，所以这四个阶段的结论，表现的主要是他的赋学观点。五、子建、仲宣阶段。他认为这一阶段诗赋创作风格“以气质为体”，与相如、班固又有所不同。汉代虽然“文体三变”，但其艺术价值与影响是等同的，“并标能擅美，独映当时，是以一世之士，各相慕习”。六、潘岳、陆机阶段。他认为这一阶段诗赋风格发生了巨大变化。“律异班、贾，体变曹、王”，影响也很广泛；“遗风余烈，事极江右”。七、孙绰、许询阶段。这个阶段“自建武暨乎义熙”，基本上包括整个东晋时代，作品“莫不寄言上德，讫意玄珠”，没有什么好作品。八、颜延之、谢灵运阶段。他认为颜、谢的作品又能“方轨前秀，垂范后昆”，具有很高价值。从曹、王到颜、谢四个阶段，诗赋并流，每一个阶段的结论，表现了他对诗赋看法的统一观点，在这一总的发展过程中，他否定了以孙绰、许询为代表的玄言诗统治文坛的阶段，其次，对汉代的一些作家，既肯定了他们的成绩，又批评了他们的缺点。他说：“王褒、刘向、杨、班、崔、蔡之徒，异轨同奔，递相师祖。虽清辞丽曲，时发乎篇；而芜音累气，固亦多矣。”而对其他阶段与作家的评价，却难分轩轾。他对这一过程的描述还表明，他认为《诗经》《楚辞》是诗赋发展的共同之源。汉代的文体虽然变了三次，但“源其飚流所始，莫不同祖风骚”。所源虽同，但随着社会的发展，“情志愈广”，人们的感情越来越多种多样。而每个作家的情况不同，也就“赏好异情”，个性彼此差异，互有距离，这就决定了作品的内容与体制也就不同，“意制相诡”，产生了不同的艺术风格。这都表现了他对诗赋发展变化的一些看法。

（2）他对诗赋的评论，不谈它们的美刺讽谏意义，即不强调它的社会功效问题，而着重创作主体的感情和文辞的研究。也就是说，他着重的是诗赋的文学本质的研究。关于人的情感，他强调的也是人的自然情感，是来自于“禀天地之灵，含五常之德”的刚柔喜愠。他对人的情感与文辞的关系，何者处于主导的问题，何者处于主导为胜的问题，没有固定的标准。他认为《诗经》的作品，“夫志动于中，则歌咏外发”，认为二者统一得很和谐。他认为屈、宋、贾、马的作品，“英辞润金石，高义薄云天”，则表明他认为四人的情、辞都是具有极高的水平，二者的统一是适称的。他说：“若夫平子艳发，文以情变，绝唱高踪，久无嗣响”，“二祖陈王，咸蓄盛藻，甫乃以情纬文，以文被质”。从他的这种评论来看，则表明他认为张衡、二曹是用感情来统率文辞的，情感处于主导地位，二者的关系一经一纬，也是相称的。到西晋初期，他说：“潘、陆特秀……缛旨星稠，繁文绮合，缀平台之逸响，采南皮之高韵。”说明他认识到潘岳、陆机的作品，文辞淹没了情感，但他没有给予任何批评。这表明他对情感与文辞的关系的标准，主要是着眼于文辞了。至于对玄言作品的评价，他认为它们“寄言上德，托意玄珠，遒丽之辞，无闻焉尔”。认为情感丽辞都没有，基本上是否定的。对颜、谢作品的评价，他认为一是“兴会标举”，一是“体裁明密”，基本也是从文辞方面来肯定与赞扬的。从以上可以看出，他对诗赋的评价侧重于创作主体，基本上从情感与文辞相统一的观点出发，而又以文辞为重。他的研究基本上免除了汉儒理论的局限，而直接进入文学本质的研究，对文学走向华靡之风产生了促进作用。

（二）裴子野的文学与赋学思想主要表现在《雕虫论》中，有以下两点值得注意：（1）他重视《诗经》的典范作用与文学的社会功效。他说：“古者四始六艺总而为诗，既形四方之风，且彰君子之志，劝美惩恶，王化本焉。”对有宋以来吟咏情性的文学作品极力反对。他说：“自是闾阎年少，贵游总角，罔不摈落六艺，吟咏情性。学者以博依为急务，谓章句为专鲁，淫文破典，斐尔为功，无被于管弦，非止乎礼义。深心主卉木，运致极风云，其兴浮，其志弱。巧而不要，隐而不深。”他的这种观点，一方面反映了他对文学作品的一些本质问题还没有清楚的认识，另一方面也反映了他对当时浮华文风的不满。（2）他对辞赋基本采取否定的态度。他认为《诗经》以后的作品，违背了《诗经》“劝善惩恶”的原则，只“思存枝叶，繁华蕴藻，用以自通”。并把这种文风的始作俑者归于屈原、相如。他说：“若悱恻芳芬，楚骚为之祖，靡漫容与，相如扣其音。由是随声逐影之俦，弃指归而无执。”对一般的辞赋作品，就认为更是要不得。“赋诗歌颂，百帙五车，蔡邕等之俳优，杨雄悔为童子。”他以区分雅郑的圣人之责自任，想竭力扭转这种颓风，但在当时没有产生影响。

二、萧统、萧纲、萧绎的赋学观点

（一）萧统的赋学观点，主要表现在《文选序》及《文选》的编纂中。他说：“古诗之体，今则全取赋名。”认为赋是从《诗经》中的赋体发展而来。认为赋的初发轫者是荀况、宋玉，“荀、宋表之于前”。而贾谊、司马相如是继承者，“贾、马继之于末”。赋的创作经过贾、马的开拓，得到了广泛的发展，他说：“自兹以降，源流实繁。述邑居，则有‘凭虚’‘亡是’之作，戒畋游则有《长扬》《羽猎》之制。若其纪一事，咏一物，风云草木之兴，鱼虫禽兽之流，推而广之，不可胜载矣。”因为萧统是一个文学进化论者，他认为“踵其事而增华，变其本而加厉，物既有之，文亦宜然”，所以他对赋的评价是肯定的。他对屈原的评价也是肯定的，他说：“又楚人屈原，含忠履洁，君匪从流，臣进逆耳，深思远虑，遂放湘南。耿介之意既伤，壹郁之怀靡愬；临渊愬有怀沙志，吟泽有憔悴之容志。骚人之文，自兹而作。”认为他领起了骚体一派。

（二）萧纲极力主张文学要抒写性情。他在《答新谕侯和诗书》中，十分赞赏新谕侯三首和诗中所描写的妇女形象，一是“双鬓向光，风流已极；九流插花，步摇为古”。一是“高楼怀怨，结眉表色；长门下泣，破粉成痕”。“复有影里细腰，今与真美；镜中好面，还将画等。”他认为这都是“性情卓绝，新致英奇”，具有很高的文学特色。他在《答张缵谢示集书》中，讲自己二十五年的文学创作都是“寓目写心，因事作”。这都表现出他强调的是抒写性情，没有考虑作品的讽谏意义与社会功效。尤其在《诫当阳公大心书》中，讲得特别大胆，甚至提出“立身之道与文章异；立身先须谨重，文章且须放荡”。这就把“止乎礼义”的儒家诗教否定了。他还主张写文章不要依经取则，在《与湘东王书》中说：“未闻吟咏情性，反拟《内则》之篇，操笔写志，更摹《酒诰》之作，迟迟春日，翻学《归藏》，湛湛江水，遂同《大传》。”说明他认为这两种作品，性质是不同的。他对他当代的一些文章是持批评态度的：“比见京师文体，儒钝殊常，竞学浮疏，争为阐缓……既殊比兴，正背风骚。”认为这些是从学“六典三礼”中变化出来的，与吟咏性情无关。它们与扬、马、曹、王、潘、陆、颜、谢的吟咏性情之作相比，“了不相似”，应该抛弃。根据他的这种文学理论与对这些作家作品的评价，可以看出，他对辞赋是肯定的。他对扬雄和曹植贬斥辞赋的观点，激忿异常，他说：“不为壮夫，杨雄实小言破道，非谓君子，曹植也小辩破言，论之科刑，罪在不赦。”（见《答张缵谢示集书》）可见他认为辞赋是抒写性情的作品，应该予以发展。

（三）萧绎的文学观点主要表现在《金楼子·立言》中，他把古之学者分为两种，一种是通圣人之经的儒，另一种是“屈原、宋玉、枚乘、长卿之徒，止于辞赋，则谓之文”。表明他认为辞赋与圣人之经是不同的，看到了辞赋的特殊性。他又把今人之学者分为四种，一是守章句之儒，一是博穷子史之学，一是善为章奏之笔，另一种则是“吟咏风谣，留连哀思者，谓之文”。可见他认为文是抒写情性的。他还进一步发挥说：“至如文者，惟须绮縠纷披，宫徵靡曼，唇吻遒会，情灵摇荡。”很明显，这个文主要是指诗赋而言的，从既要抒写情性，又要具有文辞两个方面规定了对文的要求，这也就是他的辞赋观点。

三、刘勰的赋学观点

刘勰的辞赋观点，主要表现在《文心雕龙》的《辨骚》与《铨赋》中。有关《骚》的观点于下：（1）他以经和圣人作为最高原则对屈原的作品进行分析。认为屈原的作品，有四个方面与《诗》《书》相同，也有四个方面与经典相异。所以他的结论是："固知《楚辞》者，体宪于三代，而风杂于战国，乃雅颂之博徒，而辞赋之英杰也，观其骨鲠所树，肌肤所附，虽取溶经意，亦自铸伟辞。"一方面认为他既遵循了经典，也有未遵循经典而杂入了战国风气的部分。另一方面对其遵循经典者当然是肯定的，而对其未遵循者却认为是"自铸伟辞"，并不批评，也给予肯定。（2）他从情感、辞采、风格、才气、写作技巧等方面，对屈原的具体作品及作品的整体进行分析评价，表现了他对《楚辞》文学的高度推崇。他说："《骚经》《九章》，朗丽以哀志，《九歌》《九辩》，靡妙以伤情。"又说："其叙情怨，则郁伊而易感，述离居，则怆怏而难怀。"认为整个作品都具有真实的感情，能感染读者，产生美学价值。他说："《远游》《天问》，瑰诡而慧巧，《招魂》《大招》，耀艳而采华。"又说："论山水，则循声而得貌，言节候，则披文而见时。"着重从辞采与描写技巧方面来肯定它。他说："《卜居》标放言之致，《渔父》寄独往之才。"则着重从才性气质方面来评价，但不论着重从哪一方面来评价，他都紧紧抓住他的艺术风格特征。他的总结论是："故能气往轹古，辞来切今，惊采绝艳，难与并能矣。"（3）他认为屈原作品"衣被词人，非一代也"，具有深远广泛的影响："枚、贾追风以入丽，马、杨沿波而得奇"，"才高者苑其鸿裁，中巧者猎其艳词，吟讽者衔其山川，童蒙者拾其香草"。并指出《雅》《颂》与屈原作品是后世作者吸取才华的不竭之源。

刘勰关于赋的观点于下：（1）认为赋"受命于诗人，而拓宇于《楚辞》”。但它的独立发展，却是荀况与宋玉的功劳，因为是他们首先用“赋”来命名他们的作品，“与诗画境”，才使“六艺附庸，蔚成大国”的。（2）认为赋的特征是“铺采摛文，体物写志也”。第一句指明赋形式上的特征，第二句指明赋内在的特征，即它不但可以用来写物抒情，而且写物与抒情是互相融合的。实际上他提出了写物之赋，必须物与情互相融合的主张。他认为，作家写作欲望的产生，是为外物所引发的，因此，这样的感情决不会是空虚模糊之感，必定鲜明而有意义。又作家是带着情感来观察外物描写外物的，这样的描写，其语言就必定巧妙优美。他用极精炼的语言，表述赋中这种物与情的互相渗透关系：“原夫登高之旨，盖睹物兴情。情以物兴，故义必明雅；物以情睹，故情必巧丽。”这样创作出来的赋篇，必然达到内容与形式高度的统一：“丽词雅义，符采相胜，如组织之品朱紫，画绘之著玄黄，文虽杂而有实，色虽糅而有仪。”他认为这不但是赋的特征，也是写赋的根本要求，如不是这样，弃本逐末，就会“繁华损枝，膏腴害骨，无实风轨，莫益劝戒”。（3）他根据赋的描写对象与规模大小把赋分为两类，认为写“京殿苑猎，述行叙志”的作品，“体国经野，义尚光大”，关系国家的治理，要写得气势庄严，气魄雄伟。前面用序说明写赋的根本原因与目的，后面用乱，整理全篇的意义，有力收束全文。而写“草区禽族，庶品杂类”的作品则不同，它们是触景生情，依情写物之作，写这样的作品，要求“拟诸形容，则言务纤密，象其物宜，则理贵侧附”。用纤细绵密的语言，写出事物的形象，用寓托比附的方法，表现出事物的神理。这是写这类作品的关键。（4）从战国至宋，他评价了十八位著名赋家，与《辨骚》中的评论一样，也是紧紧抓住每位作家作品的艺术风格特征，用最精炼的语言进行概括。如“枚乘《兔园》，举要以会新；相如《上林》，繁类以成艳；贾谊《鹏鸟》，致辨于情理；子渊《洞箫》，穷变于声貌……”大大丰富了我国文学评论的概念，发展了文学艺术风格的理论内容。自从赋学萌始以来，刘勰的这两篇作品，第一次以比较完整的理论体系，对辞赋的历史、创作、分类等进行了比较全面的论述，在我国赋学史上具有重要的地位。

四、颜之推的赋学观点

颜之推的赋学观点主要表现在《颜氏家训·文章篇》中。(1)他认为赋是从《诗》孕育发展出来的，曾说“歌咏赋颂，生于《诗》者也”。当然这是沿袭前人的观点。(2)他从社会功效的角度来考察文章，认为誓诰最重要，而诗赋的作用是属于低层次的。他说：“至于陶冶性灵，从容讽谏，入其滋味，亦乐事也。行有余力，则可习之。”这一类文章，当然主要指歌咏诗赋而言。(3)他认为歌咏诗赋的创作将引发作者人格中的弱点，使作者走上错误的道路并导致祸殃。他一连举出三十六位翘秀的文人和汉武等五位有文学才华的帝王，指出他们道德上都有缺陷或命运不幸。颜之推这一创作与作家道德与命运关系的论述，具有独创性。他与一般的作家世界观与创作关系的理论不同。后者是指世界观对创作的影响，而颜之推正好反过来认为创作对世界观产生重大影响。正是这种标举兴会的创作，发引了性灵，使作家人格中的弱点发展膨胀起来，以致冒犯别人，招来祸患。(4)他认为写文章要有天才，不可强求。他说：“学问有利钝，文章有巧拙。钝学累功，不妨精熟；拙文研思，终归蚩鄙。但成学士，自足为人；必乏天才，勿强操笔。”(5)他认为文章的内容是本，形式是末。强调两者适当的相互配合。他以人体及其穿戴作比喻说：“文章当以理致为心胸，气调为筋骨，事义为皮肤，华丽为冠冕。”他虽然主张两者配合，但仍是以内容为主的。从这里也可以看出，他对本末倒置是很反对的。

上面，我们按照时间顺序，将南北朝赋学发展变化的情况，作了比较具体的描述和论析。这一时期的赋学，虽然对辞赋的社会功效、源流演变仍有继续讨论，特别是对辞赋是否要以儒家经典为楷模仍有争论，但由于赋的创作实践的发展，整个文学理论的进步，赋学也不能不反映这种新的情况而表现出自己新的内容。这主要表现在下列三点上。（1）对赋史已开始作相当完整细致的研讨。沈约的研究虽然还是把诗与赋的历史放在一起来研究的，而刘勰的《辨骚》《铨赋》，则是对辞赋的历史作完整独立研究的了。（2）在各体文章中，诗与赋是纯文学作品，这一时期的文学家与学者在研究它们的时候，越来越注意它们的文学特质的研究。如沈约等注重对创作主体的情感与作品的文辞以及两者之间关系的研究。萧纲、萧绎强调文学对人的真实描写等都鲜明地反映了这一倾向。这标志赋学理论在向着文学本质的研究方向前进。（3）对辞赋情与文，内容与形式的研究有较深入的发展，如颜之推提出的“以理致为心胸，气调为筋骨，事义为皮肤，华丽为冠冕”的主张，都反映了这一问题研究的深度。此外颜之推关于诗赋创作对人格恶性发展的理论也具有一种特殊的意义。总之，南北朝的赋学，在两汉魏晋赋学的基础上，在深度与广度两个方面都有新的前进。

（原载《长沙水电师院学报》1991 年第 4 期，27—31 页）

略论赋与诗的关系

马积高

谈到赋与诗的关系，我们首先就会想到班固《两都赋序》所说的“赋者，古诗之流也”这句话，它是我们现在所见到关于诗、赋关系的最早的定义式的表述。但诗究竟怎样流为赋，班固在后面说得比较含混，又与他在《汉书·艺文志》中的论述不一致，因而后人在发挥这句话时就表现出理解上的歧异。有人把它坐实为赋是诗的“六义”之一，有人认为是指赋继承诗的美刺的传统，有人则联系《汉志》，认为赋是诗之“不歌而诵者”。

从后世来看，这三种理解以第一种影响最大，但我们考察汉以前的文献，却找不到赋体源于诗“六义”之赋的论述，甚至以铺陈释“赋诗”之赋或《周礼》“六诗”之赋，也比较后起（王逸《招魂》注始有“赋者铺也”之解，郑玄注《周礼》继之）。把赋体之赋与“六义”之赋正式联系起来，则要到左思和皇甫谧的《三都赋序》（皇甫《序》又言“不歌而诵谓之赋”，二义并存）。至于以为赋应继承诗的美刺传统，则汉人司马迁、班固、王逸等均有此说，然显系以其体制相近，故内容亦应相承，《汉志》以诗赋为一“略”，即其证。赋为“古诗之流”，其本源的意义应为赋乃诗之“不歌而诵”者。其始盖因诵诗称赋诗（《左传》《国语》累见）而来，后遂称不合乐而仅供朗诵之诗称为赋。这种转变当在战国后期，荀卿、宋玉之作已标赋名，《韩非子·外储说左》有“先王之赋颂，钟鼎之铭”之语，即其证。又屈原之作汉人称为赋，亦称为辞，辞亦指不歌而诵之文辞言。

赋之名虽源于诗，但在其形成和发展中却又有新兴诗体和散文的影响，因而无论从内容和体式上虽又有所不同，且形成了“赋兼众体”的复杂形态，而它始终与诗有千丝万缕的关系。下面拟从两个方面作粗略的探讨。

一、从赋体的形成、演变看赋与诗的关系

赋体的形成是一个非常复杂的问题，也是一个聚讼纷纭的问题。它牵涉到赋与辞、赋与骚乃至赋与文等的关系，几乎难有一个统一的意见。我认为，考察一种文体的起源和形成，既不能仅以其体裁名称的来源（如“不歌而诵谓之赋”等）为依据，也不能以后世的某种看法（如萧统《文选》分赋、辞、骚为三类）为依据，而应以其基本定型为准来进行追溯。以赋而言，其基本定型当在战国末至汉，特别是汉。因此，我们首先应该认定：凡战国末至汉称之为赋的那些作品都应是赋。基于这种认识，我不赞成别骚于赋，更不赞成别辞于赋，而认为骚为赋之一体。至于辞，则从刘向、王逸等所编《楚辞》来看，其体式本不一，有后世所谓骚体（《九歌》《离骚》《九章》之类）；也有基本上为四言诗体（如《天问》《招魂》之类）；还有文体（《卜居》《渔父》之类）。这正与汉人称为赋的各类作品相符，更无从加以区别。以此为准，我以为，倘不是定要追溯哪一类赋体形成在先，则可说赋有三体，也有三源：其一即直接从诗出，可以称为诗体赋，《天问》《招魂》即其例，荀卿《赋篇》中有《佹诗》，《战国策·楚策》节引其文，称为《遗春申君赋》，亦其证。其二为骚体，可以称为骚赋，其源为楚歌，《离骚》为其代表。其三为文体，可以称为文赋，《卜居》《渔

父》、宋玉《风赋》及近年山东银雀山发现的唐勒与楚王对问的赋一篇即其创始。它是文的韵语化或文的诗化，其早期皆为问答体，与纵横家言和诸子问答体有某种继承关系。这三体，实际上又是二体，因为由楚歌演变而来的骚体，本来也是诗。从形式上看，其不同主要在于《诗经》中的诗皆可弦歌，骚体则除《九歌》外可能不能歌而只能诵，到汉代则肯定已不可歌了。故概言之，早期的赋不外是诗的变体和诗文杂糅的变体两种。赋体的发展也是沿着这两条道路。

大致说来，由诗骚演变而来的赋体后世的发展比较稳定，但也有变化。

由四言诗演变而来的一种，现存汉人之作仅有扬雄《酒赋》《逐贫赋》、蔡邕《青衣赋》等数篇。这些赋同屈原《招魂》、荀卿《佹诗》相比，已有变化，主要是句法趋于整齐（四言韵语），篇章结构趋于严谨，吸取了散文的谋篇的方法。后世的四言诗体赋基本上保持这种形式，只是有的篇幅极小，如李商隐《虱赋》仅四句，有的散文化的倾向更为突出一点，如柳宗元的《牛赋》《乞巧文》，后者甚至夹有少量的散文化的长短不齐的叙述句。

由骚体演变来的一种，现存汉人及汉以下的作品均较多，其体式多与《离骚》《九章》等相同。但亦有稍加变化的，如班彪《北征》、王粲《登楼》即杂有不带“兮”字的六言、四言句。不过，屈骚中句式本多变化，相较而言，这些赋的变化并不突出。其变化之较突出者，当推扬雄《甘泉赋》。此赋虽大体为骚体，实则全运以散文的气势，并在起、转处用散文句加以提挈绾合，我们几乎难说它到底是骚赋还是文赋。董仲舒《士不遇赋》亦略同。但此类赋不多，故总的来看，汉以下的骚体赋仍是近于诗而不近于文的。用今天文体分类的观点看，它们仍可算是诗的变体。

循着诗的道路而发展的赋体，值得注意而往往为人所忽略的变化，是在齐梁间受乐府歌诗和五、七言诗体的影响而形成一种近于诗的小赋。五、七言诗句渗入赋中在东汉末就开始了。马融《长笛赋》的结语就是一首完整的七言诗，赵壹的《刺世嫉邪赋》中也有整段五言诗。但这还犹如班固《两都赋》后系以四言体颂诗，王粲《登楼赋》中夹有四言诗句，其影响是局部的。至齐梁，则沈约的《衰草诗》，《艺文类聚》标为《衰草赋》，刘思真（他是先唐人，可能即梁之刘之遴）的《丑妇赋》全是一首五言诗，而萧纲、萧绎的《采莲赋》《对烛赋》（后者庾信亦有作）除杂有个别的散文句法外，则可看成是一首杂言诗。此体绵延及于唐，如骆宾王的《荡子从军赋》、王绩的《元正赋》、刘长卿的《酒赋》、佚名的《龙门赋》《秦将赋》均可视为杂言诗，而刘希夷的《死马赋》则纯由七言诗句所组成（《酒赋》以下均见敦煌写本）。这类赋同唐时七言诗特别是杂言体乐府诗几无区别或全无区别，此亦可见唐时诗、赋的相互影响和渗透。

沿着诗骚文杂糅的道路而发展的赋体，则情况复杂，变化甚多。从楚汉赋来考察，以押韵的情况来分，有散韵夹杂（以散文叙述，用韵文描写）和通体押韵的两种；以结撰方法来分，则有问答体和非问答体的两种。值得注意的是，无论是哪一种体式，其韵语的形式大都比较整齐，即以三言、四言、六言（包括上句带兮字的骚体句法）的排比句为多，而司马迁的《悲士不遇赋》和张衡的《归田赋》更完全或基本上由四言、六言的整齐的排比句所组成。由此可见，这类赋从篇章结构看虽近于文，然其韵语部分却多从《诗》《骚》化出。因为《诗》中多用四言句式，《骚》中多用六言句式，三言则《诗》《骚》中均有（如“洞庭波兮木叶下”之类实为两个三言句）。汉文赋中韵语的这种格局，至魏晋以后遂定型为以四、六排偶句为主体的骈赋，成为文赋中的新体。这种骈赋体的出现，虽与骈文同步，实际骈文也是赋对文的影响所造成的，故文赋的骈化，乃是它的进一步诗骚化的表现。魏晋以后出现的大量的抒情的骈赋，尤其鲜明地体现向诗骚靠近的特点。

文赋到唐代又有新的变化，这就是律赋的形成和新文赋的出现。这两种新体赋从产生的背景和继承的传统来说是相反的。律赋是科举制度的产物，其体式直接继承骈赋，惟有篇幅和用韵等的限制更严，句式的对偶也更严。从这个角度说，它是同诗的进一步格律化相联系的，是赋的进一步诗化。但律赋又因考试的需要，内容多偏重于体物和说理，语言也趋向典雅凝重，故其精神在一定程度上又可说是汉文赋的复归，而对骈赋的诗化的倾向来说则是背离。惟晚唐徐寅、王棨、黄滔等人的某些律赋不同，它们可以说是真正的诗。新文赋（即过去某些人所说的“文赋”）是随古文运动而产生的，其体式直接继承汉文赋。但唐代古文家的文赋如李华的《吊古战场文》、韩愈的《进学解》、柳宗元的《起废答》、杜牧的《阿房宫赋》等，却摒除了汉文赋那种古奥板重的语句和图案式的描写，而追求描写的形象和语言的贴切生动，这又与唐诗发展的趋势相一致。然就体式来说，它增多了文的成分，又与骈赋的诗骚化相反。此外，清末从敦煌石窟中还发现了唐代的一种语言很通俗的赋，近人称为俗赋，有《燕子赋》《晏子赋》等，还有《茶酒论》之类也是赋体。这种赋不是唐代才有的。汉王褒的《僮约》、魏曹植的《鹞雀赋》、晋束皙的《饼赋》、宋袁淑的一些赋俳谐文都是它的先导，溯源还可上及荀卿的《礼》《智》等赋。这些赋构成赋的通俗化的一流，而与大量的雅丽化的赋相对，其中有的颇富于民间故事、寓言的诗意或幽默的情趣，值得注意。

唐代文赋的新发展，不仅深刻地影响了宋以后的文赋，甚至也影响到宋以后的四言诗体赋和骚赋，特别在语言风格上影响颇大。明清两代（尤其是清代），辞赋作家也有力图复先秦或六朝之古的，但成效不大。不过，自宋以后，赋体作品虽有许多好的，体式的发展却停滞了。这时，赋与诗当然还在互相影响，但就文赋一系来说，却更近文而不近诗。故南宋以后，文人编辑专集或文学选集，赋遂多与文相属而不与诗相连，而力辨骚、赋相分之说亦因之而起，这大概也是近人视骚、赋为河汉的原因之一吧。

二、赋、诗在内容和表现艺术上的交互影响

从整个文学发展过程来看，各种文体在内容和表现艺术上都是互相渗透、互相影响的。赋是“古诗之流”，因而其相互影响之迹更为明显，其表现的方面也最多，这里只就战国至汉、魏晋至隋和唐以后三个不同的时期作粗略的考察。

战国至两汉时期的总的特点是赋承继诗的传统而在一些方面加以开拓和创新。

在辞赋产生以前，诗之现存者主要是《诗经》中的诗。近人多以为《诗经》代表北方文学，楚赋或楚辞代表南方文学。这个说法有一定的道理，也有片面性。因为不但《诗经》中有南方的诗歌，楚辞中也有北方文学和文化传统的印记。由《诗经》到楚辞的嬗变，然后才是不同的地方色彩。没有整个华夏文化和文学的哺育，屈、宋要在辞赋创作上取得那样高的成就是不可想象的，汉赋亦然。

楚汉赋的一个极大的新成就是在艺术想象上有飞跃性的进展。《诗经》中也有艺术想象，《采薇》诗中的“昔我往矣，杨柳依依；今我来思，雨雪霏霏”，就是因其以今昔对比，构成一唤起人们丰富想象的艺术境界，才成为传诵千古的名句的。然此类在《诗经》中毕竟不多，它的多数描写是比较质实的，即兴式的，想象的成份不多，幻想更少。楚汉辞赋则在这一方面大大地发展了，屈原《离骚》中充满着神奇浪漫的幻想和想象是人们所共知的；宋玉《高唐神女赋》对神女的描写何尝不想象入微！汉赋的描写颇受到非议，但如司马相如《子虚上林赋》所写的云梦泽、上林苑及诸侯天子游猎的壮观，从艺术构思来说，却是非有“苞括宇宙，总览人物”的气魄和想象不能到的。相传扬雄说：“长卿赋不似从人间来，其神化所至邪?”（《西京杂记》）从这个方面说，并非过誉。

汉代其他著名辞赋作家，其想象之宏阔也许略逊司马相如，然如枚乘《七发》、扬雄《羽猎》《长杨》《甘泉》、傅毅《舞赋》、张衡《归田》之类，虽所取之境大小不齐、动静各异，因此驰骋想象的趋向不一，然其精力所诣，都是非前人所能到的。

同艺术想象相联系，楚汉辞赋对《诗经》中的描写方法也有继承和发展。《诗经》有大场面的描写，如《周颂·载芟》所写的“千耦其耘，徂隰徂畛”，就是一个大的劳动的场面。《郑风·叔于田》写的“叔于田，巷无居人”，田猎的盛况亦可想见。但《诗经》中歌咏得更多的是个人对社会日常生活的感受。诗人对引起感触的环境和感受的情态也是注意描绘的。然不论是因物起兴或设为比譬（即所谓比、兴），其对客观物象的描写，一般只用大笔勾勒，不作铺张的刻画，对主观心态的描写亦然。这种写法有时也能达到很高的艺术境界，如《蒹葭》中的“蒹葭苍苍，白露为霜。所谓伊人，在水一方。溯洄从之，道阻且长；溯游从之，宛在水中央”，就达到情景浑然一体的境界。但过于粗略和质朴的颇不少。楚汉赋显然继承了《诗经》中一些成功的图物貌形和抒情写意的艺术经验，但它的作者并不以此为满足，而追求对客观事物和主观感情作充分的铺张的描述，从而形成刘勰所谓“铺采摛文，体物写志”（《文心雕龙·诠赋》）的特色。这种倾向在屈赋中已开始显示出来，至宋玉和汉代一些作家的赋中更有进一步的发展，而在他们的文赋中表现尤为突出，达到了所谓“极声貌以穷文”（《诠赋》）的地步。为了做到这一点，楚汉赋的作者在发挥其艺术想象的基础上，对表现艺术作了许多新的探索，约言之，有下列数端：

（1）把情、志放在充分展开了的环境（空间的、时间的）中加以抒发。《诗经》中已有环境描写，有的还相当成功，前举《东山》《蒹葭》及《氓》等均为其例，但环境的描写均极约。楚汉赋则不同，《离骚》虽主抒情，环境的描绘已很多，后半部理想的抒发，更主要通过幻想的境界来显示，《招魂》更迈进一步，客观环境成了描写的主要对象。宋玉的《高唐神女》《风》等赋，枚乘的《七发》、司马相如的《子虚上林》《大人》等即循此发展，变成了以体物为主体，情或志则仅起着提挈和归结的作用了。

（2）改进了传统的比、兴手法。刘勰说在汉赋中“兴义销亡”，“比体云构”（《文心雕龙·比兴》），其实，“兴义”并未“销亡”。因为《诗经》民歌中因物起兴之物，原有两种：一种含有比义，即所谓“比之隐者”，实则就是比（如《关雎》的“关关雎鸠”之类），只是用于篇、章的开头，故称“兴”。这种兴在辞赋中确是销亡了。另一种则只是眼前之物或景（如《蒹葭》的“蒹葭苍苍”之类），这种兴在辞赋中并未销亡（如《九辩》开头的秋景描写即是），且不仅用于开头。只是情景已浑然一片，不似某些民歌用作起兴之物带有偶然性、随意性。这正是表现艺术的一大进步。“比体云构”则是事实，但楚汉赋中的比，不只是多，而且用作比的事物和比喻的方法都更多样化。《诗经》中多是以物比人，赋中则还常以人比人（如《离骚》“说操筑于傅岩兮”等句，即是以人为比），这就是所谓“用典”，它后来成为诗赋中一个重要的艺术手法。《诗经》中的比多是明比，赋中则还多见隐喻（如傅毅《舞赋》中“目流睇而横波”“若翱若行”“回翔竦峙”等即是隐喻）；《诗经》的比多较简单（如《硕人》“肤为凝脂”之类），赋中则对用作形容的比喻又有形容（如枚乘《七发》“其始也，洪淋淋焉若白鹭之下翔；其少进也，浩浩溰溰如素车白马帷盖之张”）。又《诗经》中的比多系随事设喻，一喻比一事，赋中则有汇集众多的同类型的比构成比的体系的。如屈赋中众多的香草、珍禽、异兽、美人、贤臣就构成了一个比喻理想的体系，而秽草、凶兽、恶人等则构成了一个相反的体系。这些，也是艺术手段的创新。

（3）神话传说和夸张手法的广泛运用。楚汉赋的这个特点，是读过它的人都知道的。前人对此颇多非议；近人对屈赋中的此类描写大都一致赞扬，而于汉赋中的夸饰则仍有微词。考其原因不外两点：一是讥其夸饰的事物不当，即所歌功颂德或似讽而实劝；一是讥其罗列名物，缺乏形象的生动性。本文不打算详细讨论这两个问题，只想指出：在当时的历史条件下，即使辞赋作家歌颂了帝王的功德，也是无可厚非的，若是讽、颂兼有，那更不应加以批评（我认为多数作品兼其讽、颂两种成份）。至于罗列名物，确实是一个缺点，但这种写法在《诗经》的《韩奕》《载芟》等篇中早就有了，汉代一些赋与之相较，虽罗列的事物更多，在组织的方法上却注意运用散文气势来控制整齐的铺排，从而体现出一种宏伟的气魄，有助于创造出一种能展示“大汉声威”的壮阔场面，尽管有粗犷、呆板的缺点，仍应看作是艺术上的新的追求。

由于要“极声貌以穷文”，楚汉辞赋在文字语言方面也承《诗经》而有重要的发展。韩愈说“诗正而葩”，指出《诗经》是美文学，语言之美即为其一个重要方面。古人所理解的《诗经》的语言之美，大概也包括其中写到了一些香花、美木、珍禽、奇兽和华贵的服饰，但主要是指它的描述的语言丰富而有较高的表现力，而这，是同双音节词的增多有密切联系的。《诗经》中的一些名词性的双音节词如苍天、蛾眉、涕泣、阴阳等在表意和造成诗的音节美上自然也有作用，然不如形容词和动词的突出。就词的构成来说，《诗经》中的双音节动词、形容词主要可分为三类：一类是同一字的重复，如悠悠、摇摇、翘翘、萋萋、喈喈等；一类是近义或反义的两个单音节词组成的复词，如寤寐、辗转、反侧、经营、顾瞻、笑傲等；一类是双声叠韵联绵词，如窈窕、参差、契阔、黾勉、匍匐、崔嵬、逍遥、踟蹰、说怿、缱绻之类。这三类词无论哪一类都在促使描述的生动上起着重要的作用，此外还有些词本为名词词组，但诗的作者将它用成动词，如金玉、纲纪、仪型均为名词词组，诗中“仪型文王”（《大雅·文王》），“纲纪四方”（《大雅·棫朴》），“勿金玉尔音”（《小雅·白驹》），使之动词化，也起到很好的表情达意的作用。楚汉辞赋完全继承了《诗经》在语言上这些成就，而又有较大的发展。首先是语言更丰富，无论是使用的单音词或双音词都比《诗经》多，双音联绵词的增加似尤为突出。所增加的词虽然有些是由奇字僻字所组成，后来多不使用，但也有许多被保留下来，成为文学作品中常用的词汇。拿双音词来说，如苗裔、徘徊、容与、彷徨、驰骛、耿介、贪婪、嫉妒、郁邑、婞直、婵媛、骄傲、披靡、扶疏、妩媚、俶傥、汹涌、澎湃、寂谬（寥）、泛滥、峥嵘、偃蹇等，就都是后世诗赋中极为常见的。其次是刻意炼词，如《招魂》中“十日代出，流金铄石些”的“流”“铄”，《上林赋》中“色授魂与”的“授”“与”，《长杨赋》的“脑沙幕，髓余吾”中的“脑”“髓”等。此外，在草木、鸟兽、服饰等名物的摄取上也承《诗经》而有所发展，除名目更为繁多外，表意的色彩也更鲜明了。屈赋中引进的大量名物固多有比喻、象征的意义，汉赋中汇聚的大量名物也是为夸饰某种境界。

以上主要是就表现艺术而言，实际也牵涉到内容。因为表现艺术上的创新总是或多或少同内容的变化相联系的。但二者毕竟有别。以楚汉赋的内容同《诗经》相比，从表面上看，似乎新的开拓不多。但我们如果不是用简单的社会学的分类去套，而是进行具体分析，则屈赋中那种从战国中期楚国现实出发所产生的爱国激情和要求改革的进步思想，固然是新开拓的富于时代特色的内容，汉赋所描写的汉时帝王、诸侯、后妃、士大夫的生活、思想、感情及与之相关的山川形胜、游猎、歌舞、宫苑（包括建筑艺术）、器物、草木、鸟兽等，也多富于时代特色，而为前人所未尝注意或未及展开的，其中有许多成了后世诗、赋、词、曲的重要题材。

魏晋南北朝是文学的自觉时期。在汉乐府歌诗的基础上形成的五、七言诗体成了诗的主要体裁，五言诗更发展到成熟的阶段，在继承前代诗赋艺术成就的基础上，诗的艺术有了很大的提高，抒情和叙事诗的内容也有新的扩展。受赋的影响而发展起来的景物抒情诗空前兴盛，政治抒情诗、爱情诗（过去所谓“艳诗”）也有长足的进展。从诗的主导风格来说，从建安起，各个历史阶段有所不同，或尚风骨或重理致，或主绮靡和华艳，然其总的趋势是情采的结合，期于情显而辞美，而讲求句式的俳偶和声律的谐和又是修辞的共同趋势，只是对词采的要求不同，或主雕绘或尚自然而已。这一时期赋的内容和表现艺术的发展大体上与诗同步，然赋的体式较诗自由，又有汉文赋的以体物为主的传统，因而它的发展又有某些不同之处。除这时仍有一些描写宫殿、京都、江海等体物的大赋外，值得注意的是：

（1）物托意或咏物抒情的道路。《诗经》、楚汉赋及汉乐府均有咏物抒情的篇章，除宋玉《风赋》外描写均较朴质。此时的诗亦有咏物抒情者，然出现较晚，首先开拓此体的是赋。它又分为两个类型：一是托物抒情（作者本人之情），如曹植《鹞雀赋》、祢衡《鹦鹉赋》等；一是托物寄讽，如曹植《蝙蝠赋》、阮籍《猕猴赋》等。这两种赋的共同点，是在不同的程度上都把所咏之物人格化（拟人化）了，这就与一般的因物兴感之作（此时亦有其体，如曹丕《柳赋》等）不同；而这些赋的人与物的结合又都极有分寸，并体贴入微，因而进入了一个新的境界。其中托物寄讽的一种的出现尤具重要的意义，它们连同此时产生的一些讽刺性的赋体文（如阮籍《大人先生传》、鲁褒《钱神论》、孔稚圭《北山移文》等）一道，都不同于传统的讽谕之作，而是一种真正的讽刺文学，对唐以后讽刺诗赋和讽刺小品（杂文）的发展有不可忽视的影响。

（2）开拓了抒情、叙事、描写相结合的体式。《诗经》、楚汉赋、汉魏乐府及五言诗中都有此种体式。但大都偏重于主观的抒情或客观物象的描写，即使叙事的成份多，也偏重于个别人的遭遇，极少有对重大的社会历史事变展开描述者，两晋、南北朝诗中更少有此种。此时的赋中则有袁宏的《东征赋》、谢灵运的《撰征赋》、李谐的《述身赋》、庾信的《哀江南赋》、颜之推的《观我生赋》等，着意对历史事变作铺陈，后三篇这方面尤为突出，它也给后来的诗赋以重大影响。

（3）开拓了类聚化的描写的新境界。楚汉赋在铺陈中已多用类聚化的描写方法（如《离骚》类聚了奇草异木，司马相如《子虚上林》类聚了各种名物，班彪《北征赋》类聚了许多历史事件等），但未有类聚同一感情的不同表现者。此时的赋中则有陶潜的《闲情赋》类聚了追求爱情的种种表现（它本于张衡的《防情赋》，但张赋已残），而江淹的《恨》《别》二赋、萧纲的《悔赋》则更把不同的悔、恨或离别之情类聚在一起，这在扩展艺术想象方面也给后人以启发。

此外，这时的赋对景物和人物形神的描绘也有其新的发展和创造，曹植《洛神》，萧纲、萧绎《采莲》，庾信《对烛》和鲍照《芜城》、谢惠连《雪》、谢庄《月》均其例，前人多有道及，姑从略。

唐以后的赋和诗在内容和表现艺术上的歧异和分工不如以前的显著。这是因为诗发展到唐，已达到各类题材和各种表现艺术都无不可以容纳的地步。但区别还是有的，主要是赋的表现艺术更加灵活多变，凡诗歌、散文、骈文以及前代辞赋的表现手段它都可以吸取，篇幅的长短（除律赋外）亦伸缩自如。但唐以后赋的突出特点还不在此，而在于它同诗一样，一般不以极意铺陈和词藻富丽见长，而以意境的深广或别致和格调的刚健或清新生色。这是唐以后的文人在审美观念上的变化和对诗赋的特质有进一步认识的反映。唐以前的作者也非对此没有认识，司马相如说赋家之心“苞括宇宙，总览人物”，即从作家修养和创作构思的角度提出了思想境界问题，曹丕的文气说，刘勰的风骨论，则与格调相关。但汉人以文章与文学（后者包括所有文字著述）相区别，魏晋人强调“诗赋欲丽”，南朝人提出要区别文、笔，萧统以“沉思翰藻”为文，以别于经、子、史等著述，都主要是从文采的美丽与否来判别。至唐，则自唐初的令狐德棻、王勃至陈子昂等，皆对六朝的绮丽、淫放深致不满，或倡导“文以气为主，以文传意”（令狐德棻《周书·王褒庾信传论》）；或标举气骨、风骨（杨炯《王勃集序》、陈子昂《与东方左史虬修竹篇序》）。至皎然《诗式》、王昌龄《诗格》《诗中密旨》、殷璠《河岳英灵集》，遂正式标举诗境和格调，于是意境、格调成了诗赋作家的自觉的追求。文采当然仍为作者所注意，却成了一个附属的手段了。既是附属手段，则自可或浓或淡，或奥或易，或繁或简，总以能表现一定的意境和格调为准的，而不是以繁奥或华美为风尚，甚至以过于繁奥和华艳为疵病了。故自唐以后，虽作家的个人风格不同，一时的风尚或异，诗赋中的描写总的说来是趋于简洁的。着意模拟两汉的繁奥和六朝的绮靡者当然也有之，但不能似；即或逼近，也未必佳。明清时期的某些复古论者，极力贬低唐以后的赋，实为一种偏见。若就意境与格调言，我们固不能说《鲁灵光殿赋》优于《阿房宫赋》，也未可说《芜城赋》胜于《赤壁赋》。至于柳宗元、刘禹锡等的一些抒情或讽刺赋，更非汉魏以来同类之作所能压倒。

赋与诗的关系这个题目，可以写一本书，本文不过举其大概，然仅据这个大概，我想，也可以得出这样的结论：赋虽兼众体，有的颇近文，然就其总体的发展言，同诗相近者多，且曾给诗的发展以重要影响，我们研究中国文学史，是不能漠然置之的。

（原载《社会科学战线》1992 年第 1 期，265—271 页）

元明清辞赋的历史地位

叶幼明

元明清辞赋被人忽视，由来已久。唐以后的赋从明代起就受到批评。李梦阳首先提出“唐无赋”，要求人们“究心骚赋于汉唐之上”（《潜虬山人记》）。到清代，程廷祚又提出“唐以后无赋”。他说：“君子于赋，祖楚而宗汉，尽变于东京，沿流于魏晋，六朝以下无讥焉。”（《骚赋论》）至章炳麟更提出“小学亡而赋不作”，他说：“赋亡盖先于诗。继隋而后，李白赋《明堂》，杜甫赋《三大礼》，诚欲为扬雄台隶，犹几弗及，世无作者，二家亦足以殿。自是赋遂泯绝。”（《国故论衡》）

以上诸家否定唐以后辞赋，出发点各不相同。如李梦阳说“唐无赋”是为了否定“载道”的韩欧文统，要求恢复汉魏六朝“体物写志”的辞赋传统。程廷祚、章炳麟则是因为他们把汉大赋的古奥典雅作为赋的极则，而否定轻倩清新的骈赋律赋与唐宋文赋。但他们轻视唐以后辞赋则是一致的。到现当代人们把整个辞赋都视为贵族文学而加以否定，汉魏赋已不屑言及，唐以后辞赋就更不待言。于是，承袭前人观念，不加探讨就轻加否定。这是很不公允的。

诚然，辞赋发展到元明清，确实显露出某种衰落的趋势。首先，由于戏曲小说这些新兴文学式样的兴起，无论就反映社会生活的壮阔，作家艺术天才的发挥，辞赋都是无法与之比拟的；其次，辞赋这种形式过于典重，过于高雅，也不适合于这个时期新兴起来的读者对象——以手工业者小商人和新兴资产者为主体的市民阶层的文化水准、艺术趣味与审美要求。但辞赋同诗词散文一样，仍然是这个时期的一种重要文学式样，产生过许多重要作家作品。它在我国文学史乃至文化史上仍然有不可否认的重要价值，是我国文学史的一分宝贵财富。忽视它，甚或鄙视它，是非科学的态度。本文想研究一下元明清辞赋在我国文学史上的地位，以期引起学术界的注意。

一

同诗词曲等韵文形式相比，辞赋是我国古代艺术容量较大、形式较自由的文学体裁。因而自汉以来，它不仅是文人表情达意的重要方式，还被看成是衡量文人文学才能的重要标准，是文人培养和表现其文学才华的重要途径。唐人进士考试重试律赋，原因即在于此。元代科举考试虽不试律赋，但作古赋仍是考试科目之一。《元赋青云梯》三卷就是“当时应试之士，选录以作程式者”（《四库未收书目提要》），全书收有元人墨迹凡 110 篇。甚至出现了杨维桢这样的辞赋大家。他的《东维子集》虽不收赋，但有两个专集别行。其一为《丽则遗音》，收赋 32 篇；另有《铁崖赋稿》（未刊稿），收赋 48 篇。杨维桢是元泰定帝泰定四年中进士的，时年 31 岁。可见作赋对杨维桢创作才能的锻炼是起了重大作用的，作赋也是杨维桢创作实践的重要组成部分。明代科举只试经义及论策，不试辞赋。但正如明代科举不试诗词，而作家仍然重视诗词创作一样，明代科举不试辞赋，而作家仍然十分重视辞赋创作。仅陈元龙《历代赋汇》所收明赋作家就有 369 人，作品 735 篇，出现如刘基、李东阳、祝允明、李梦阳、何景明、杨慎、卢楠、王世贞、汤显祖、田艺衡、廖道南、钱文荐、谢肇浙、陈子龙、夏完淳等一批重要辞赋作家。又有如周履靖，一人就作赋206篇，可见明人对作赋的重视。清代科举向沿明制。但一旦考中进士优等，得选充翰林院庶吉士，入庶常馆深造，则从馆试到散馆都试赋。因此，作赋就成为清代士人必习的科目。一些地方学官亦往往以此课士。李调元《赋话》就是他任广东学政时训诸生作赋的教材，李元度《赋学正鹄》也是他“告老山居”时为指导子侄学赋而选编的，潘世恩《律赋正宗》则是他自己幼时学赋和后来任馆职时教习庶常作赋的范本。于此可见清人对练习作赋的重视。

所以，元明清三代，士人多擅长作赋，所存作品极多。据我们粗略估计，今存辞赋作品约有2万篇。宋金以前则只有5千余篇，元明清则有15000篇左右，约占总数的四分之三。保存的作品远古少，近古多，当然有其历史原因，不能据以证明宋金以前辞赋创作不如近古繁荣。但这个时期保存的辞赋作品这么多，说明此时辞赋创作同样是很繁荣的。对这样多的辞赋作品，对这样巨大的文学现象，首先就值得特别注意，不能用“唐以后无赋”一句话加以抹煞。

二

元明清辞赋不仅在数量上颇为可观，在思想艺术上也涌现了一大批深刻反映现实的形式精美的作品。它的成就完全可与前此各代媲美。

元明清历时642年，辞赋创作从未中断。其发展可以分为四个时期。

第一，元至明前期，辞赋的发展仍沿袭着宋赋的作风。但在元末，由于各种社会矛盾空前激化，不仅在诗歌杂文创作中涌现了一批批判现实的作家，辞赋创作也产生了一批深刻揭露现实的作品，吴莱、朱德润、杨维桢、刘基等人的作品就是其杰出代表。

第二，明后期至清初。明代后期和明清之际，由于社会矛盾日趋尖锐，资本主义因素日益发展，加以左派王学对腐朽的程朱理学和复古派对统治文坛的韩欧文统的冲击，整个文学领域都出现了一个繁荣局面。辞赋创作也是如此。首先是反映社会矛盾的作品增加，特别是讽刺小赋在几乎沉寂了百余年后又苏生了。其次，随着程朱理学被批判，“天理即人欲”被宣传，又出现了自唐宋以来沉寂了数百年的闲情赋。它本身成就虽不高，但对程朱理学有某种破坏作用。再次，在艺术风格上也改变了充斥文坛的雅淡和平的风气，而代之以慷慨不平之音；在体制上宋元以来盛行的文赋日趋衰落，而隋唐以前的散体赋、骚赋与骈赋又得到复兴。这个时期的辞赋创作，数量质量都达到了较高水准。

第三，清乾嘉时期。这时清统治者在政治上采用怀柔与高压兼施的政策，虽窒息了士人的思想自由，造成了不良后果，但也笼络了一大批汉族士大夫，形成了比较稳定的政治局面。文化学术因此得到了较大的发展。学术上出现了以考据为特征的乾嘉学派，诗文创作也很繁荣。辞赋创作一个突出现象就是律赋再度兴盛，涌现了一批律赋大家，如吴锡麒、鲍桂星、顾元熙、陈沆等，散体赋、骚赋、骈赋也很兴盛，成为赋体的复古时期。胡天游、袁枚、汪中、彭兆荪、张惠言都是著名的辞赋作家。

第四，咸同以后。由于内忧外患，清王朝正在崩溃，封建制度也敲响了丧钟。这时，辞赋创作不如前此之盛，但也涌现了一批反映新的社会矛盾的好作品，龚自珍、金应麟、王闿运、章炳麟的创作即其代表。

概括起来，元明清辞赋有下列几方面的成就。

第一，讽刺赋的繁荣是此时辞赋创作的一大特色。

以严肃的态度对封建社会的黑暗现象进行揶揄讽刺，是我国文学的优良传统。赋从产生之日起就与讽谕的目的相连。堪称为讽刺赋的，则出现于汉末以后，到唐代产生过如柳宗元、李商隐、孙樵、陆龟蒙等以写讽刺小赋著称的作家。宋以后讽刺赋有过一段时间的沉寂。至元末及明清时期，辞赋家们又拾起讽刺赋这一锐利武器刺向没落而凶狠的封建统治者。如杨维桢《骂虱赋》就是一篇辛辣的讽刺小品。赋写杨子骂虱之后，是夜梦有被玄衮绛服而至者。它对自己的罪过供认不讳。但它认为自己只是小毒小臭，而世有大毒大臭，其为害更是祸国殃民，表现出作者对当世贪官污吏的极端愤恨。赋从李商隐《虱赋》、陆龟蒙《后虱赋》得到启发，而想象更丰富，揭露也更舒发，更深刻，与刘基的《卖柑者言》有同工异曲之妙。明代后期，讽刺赋的创作出现了一个高潮。其讽刺人情世态的小赋之多，超过以往任何一代。如李梦阳《疑赋》、王廷陈《左赋》、黄省曾《射病赋》《钱赋》、顾璘《诮沙燕赋》《鸣蛙赋》、田艺衡《蜘蛛网雀赋》、徐祯卿《丑女赋》、王世贞《老妇赋》、汤显祖《嗤彪》、杨慎《蚊赋》《后蚊赋》、骆文盛《怜寒蝇赋》、顾大韶《又后虱赋》等，其讽刺丑恶现象之深刻辛辣，亦为前人所罕及。如王廷陈《左赋》将当时社会上是非颠倒、美丑混淆的种种现象一一列举，加以强烈对照，揭示出它的不合理，表现出作者对此深恶痛绝的愤世嫉俗之情，概括是何等深刻！顾璘《诮沙燕赋》是篇托物寄诋的赋。他明白指出，“譬之人伦，穿窬是伍”，讽刺的就是那些行为卑劣的穿窬小人。这类人“族类冗琐”。他们“鼠壤资饥”，吃着别人的残羹冷炙；“朗日弗照，清风鲜吹”。专门躲在阴暗的角落里；“狡伏而恶寒，躁动而附暑”，专门趋炎附势。因此作者对他们深恶痛绝，“请付之鬻釜”。这些赋如同照妖镜，照出了那时代卑劣小人的丑恶灵魂。

清代文网甚密，但士人还是用各种方式对一些丑恶可笑的现象进行嘲笑揶揄。尤侗的赋体文《西山移文》就对那些隐遁山林终于难耐寂寞而出仕清廷的遗老们进行了辛辣讽刺。作者写他们始则俨然是民族志士，“誓发肤之不伤，戟须眉而余怒”。但曾几何时，他们幡然变态，向统治者摇尾乞怜，“招摇庠序之中，匍匐公卿之侧”。此文可能受孔稚圭《北山移文》的启发，但它讽刺的对象涉及到民族气节问题，意义重大得多。汪琬《丑女赋》也是篇尖刻小品。作者描写了丑女丑陋容貌之后，这样描写了她的丑恶行径，

“既陋且淫，不媒呈身。祂修袂，曳长巾。招摇闾里，徙倚市门”。这种行径确可令人发指。此外，王衍梅《短人赋》，对恬不知耻地卖弄人前的短人的讥刺，蒲松龄《绰然堂会食赋》对“并肩连袂，夺坐争席”的贪婪世相的嘲讽，袁枚《笑赋》对迂腐世态的讥笑，无不入木三分。

第二，深刻反映现实生活，抒写作家的不满与牢骚，是元明清辞赋的又一重要内容。

封建社会最基本的矛盾是封建地主阶级压迫剥削农民，造成贫富对立，元明清辞赋在反映这一社会主题方面绝不比诗文逊色，其描写甚至比诗文更细致，更深刻。如元刘因《苦寒赋》就细致地描写了劳苦大众在饥寒交迫下挣扎的困苦生活，表现了作者这样的愿望：“以广厦万间庇吾民之冻骨，以布裘千丈吊四海之冰魂。使飕飕赤子鼓舞于春风，熙熙然乐其天真。”这跟杜甫《茅屋为秋风所破歌》一样，表现了作者深厚的人道主义精神。明陆琛《瑞麦赋》更打破历来赋嘉禾瑞麦以颂圣的框架，而尽情地揭露了天灾暴吏给人民带来的苦难。广大人民在洪灾的袭击下已是九死一生，再加上暴吏的敲扑，瘟疫的荐臻，更几乎“靡有孑遗”了。真是怵目惊心！这种描写在诗文中是罕见的。清胡敬《穷村赋》也生动地描写了嘉庆时农村破产的状况：“鹄面鸠形，男吟女呻。丑讶人彘，劳逾鬼薪。拾橡栗以憔悴，唬饭萝而酸辛。御寒则翁有败絮，迎客则妇无完裙。”赋的末尾作者虽说过“安堕游以成性，宜饥馑之荐臻”，但赋序中他又说：“乃复青黄靡继，藜藿难充，独啼饥于丰年，负含哺于圣世，风移俗易，斯固责在良有司也。”这里还是将责任推向有司了。

至于抒写作家的不满与牢骚，赞颂士人高尚的人格，本是辞赋的传统主题。元明清辞赋中这一主题的描写数量更多。这里只以明末黄淳耀《顽山赋》为例，来说明这个时期这类赋的特色。此赋将山名之曰顽，即赞扬其“巨灵擘之不能离，始皇鞭之不能走”的顽强精神。它“下根地轴，上薄玄间”，巍然屹立于天地之间，任世界发生巨变，而此山不变；任世界群魔乱舞，而此山不惧；它何等顽强！赋热烈地赞扬了顽山这种顶天立地的顽强精神，表现了我们民族许多志士仁人那种顽强不屈力挽狂澜的硬骨头精神。这正是作者及明末许多志士面对现实，不屈不挠，视死如归的斗争精神的体现。

第三，描写一个时代的重大事件，反映一个时代的历史巨变，是元明清辞赋的又一成就。

反映一个时代的巨大历史事变，是我国辞赋的优良传统。如庾信《哀江南赋》、颜之推《观我生赋》、萧颖士《登故宜城赋》、崔伯易《感山赋》等均属此类。这个时期这类赋亦不少。它反映社会生活的场面之宽广，历史斗争的浪潮之壮阔，为这个时期的诗文中所罕见。

明中叶以后，社会经济萧条，农村破产，政治思想也日趋腐朽，新旧思想的冲突日益尖锐。祝允明《大游赋》就反映了这一历史面貌。赋以幻想的大游为线索，对明代社会的思想文化、政治教化、均田赋税、兵事疆域、学校人才、郊祀礼乐、律历天文作了全面描述，对一些弊端作了尖锐的批评，提出了祝允明的主张和见解。它可以说是明代社会的百科全书，其规模之宏大，见解之精深，是无与伦比的。

边患始终是明王朝遇到的严重社会问题。它先有蒙古残余势力的反扑，继有沿海倭寇的骚扰，特别是满清贵族的入侵，更导致了明帝国的覆亡。明赋同样深刻地反映了这一主题。王世贞《土木赋》就总结了明英宗在土木堡失败被俘的教训，表彰了于谦领导的抵御也先瓦剌入侵的功绩，表示了对明穆宗与鞑靼可汗俺答以互市为条件成立议和而放松边备的隐忧。沈练《筹边赋》则对当时的边防提出了尖锐的批评，并提出了筹边的建议。其办法虽不过是实行军垦，寓兵于农的老办法，但他这种积极关注边防的态度还是应予肯定的。吴应箕《悯乱赋》更可称是反映崇祯朝内忧外患的史诗。赋描写了明王朝“蚩尤既亘，欃枪复厉”的内外夹击的困境，揭露了清兵入侵时奸淫虏掠的罪行，斥责了明朝将吏迎降作伥的丑态，表彰了为国捐躯的死节之士，表现了作者深厚的爱国感情。赋中对明末农民起义虽不无诋毁，但他指出使人民造反的原因是：“债帅墨吏为其獭鹯，枭人黠夫用而雄虓”；尤其描写起义军流寇式作战的特点，“其流劫则兔起鹘落，鹿奔鸟聚，十五翱来，百千猋至，投暮则营，遇兵即逝”，这在诗文中很少有描写得这样具体形象的。

及至清兵入关南下，南明败亡，爱国志士，浴血奋战，力图恢复。更有许多身历战斗的志士，或回顾这场战争的发展历史，总结败亡的教训，表示继续奋战的决心，或表现他们决不向清朝统治者低头的气节，涌现了一批这样的优秀作品。著名的有夏完淳《大哀赋》《端午赋》，王夫之《惜余鬒赋》，黄宗羲《避地赋》，沈世涵《续哀江南赋》等。如夏完淳《大哀赋》就是一首长篇史诗。它从明王朝由盛而衰写起，指斥了朝政的腐败，描述了外患的凌逼，眷怀了故国的沦亡，评议了人事的得失，不仅抒发了复国的抱负，也概括了明王朝亡国的历史，此赋虽受到庾信《哀江南赋》的影响，但就其慷慨悲歌，壮怀激烈，洋溢着强烈的爱国主义精神而言，比庾信赋更高昂，更有感人的力量。

自 1840 年开始，由于资本主义列强的入侵，我国逐渐沦为半封建半殖民地社会，中国人民掀起了轰轰烈烈的反帝反封建的斗争。辞赋对这一历史巨变也作了深刻反映。鸦片是资本主义列强侵略中国的无声枪炮。无名氏《鸦片烟赋》就反映了它对中国人民的危害，“纵燕安之可怀，忘鸩毒之将袭。成锢疾于烟霞，托性命于呼吸”。金应麟《哀江南赋》更是反映第一次鸦片战争的杰作。镇江在 1842 年惨遭英国侵略军的洗劫，此赋即赋其事。赋叙述了英军入侵时清军节节败退的情景，揭露了英军在镇江烧杀虏掠的罪行，斥责了清廷官吏以子女玉帛媚敌求全的罪行。尤其写镇江人民用火反攻英国侵略军的一段更是痛快淋漓，与清军的节节败退成了鲜明对比。赋写得激昂慷慨，洋溢着爱国主义的激情。其描写比张维屏的名诗《三元里》更具体，更细腻。杜德舆《哀辽东赋》更深刻地反映了中日甲午战争中清政府惨败及订立丧权辱国的《马关条约》的史实。赋仿照庾信《哀江南赋》的写法，从清王朝开国写起，写到辽东援朝战争的惨败，对清廷诸将之畏懦无能进行了斥责；接着从自身叙起，写到辽东之败，以致被迫签订了《马关条约》，从而对清廷诸臣坐失机宜进行了抨击；最后盼望上下同心，以期奋发图强，报仇雪耻，“扫氛秽而告成，奏凯歌而欢唱。苏民命之毒痛，释余心之凄怆。诸葛亮临文涕泣，不知所云；冯将军收功桑榆，窃有所望”。冯秉钺评云：“哀字写得悲歌慷慨，酣畅淋漓，一字一泪，令人不可卒读。非平日忧国忧民，先有一腔身世牢骚之感者，不能构此。至其取材宏丽，用笔清新，胸罗全史，而以骚情逸韵出之，直追六朝神境。”这段评论虽不无过誉，但说它忧国忧民，一字一泪，则是符合实际的。此外，如陈蜕《哀朝鲜赋》、易顺豫《哀台湾赋》、章炳麟《哀韩赋》《哀山东赋》等无不表现出作者深厚的爱国感情。

三

元明清有些辞赋不仅本身有审美价值，还在文化史上有重要意义，给研究这个时期的经济状况、科学技术、风土人情、历史文化提供了珍贵史料。

第一，从大量的咏物赋和记百工技艺的赋，可以看到当时经济文化等方面的具体状况。赋的特点是“极声貌以穷文”。因此，它的描写多是具体形象的。这是历史学家的记载与辞赋家的描写最大的差异。如清末屠寄《火轮船赋》对火轮船的描写即是如此。火轮船是清末由泰西传入的先进科学技术。这篇赋就简要地记载了它的发展历史，描述了客舱的等第、设施和服务项目，详细地描写了火轮船的制作技巧和工作原理，细致地罗列了外国商人用火轮运抵中国倾销的各类货物：“沉沙栖陆之玮宝，程巧致工之瑰器，卒难指名，不知凡几。亦且纷葩荫映，鸟集鳞萃，裨贩而无遗，流鬻而罔滞。故斯船所过则成市，所止则成会。”于此可见当时外贸交易品种之繁多，数额之巨大。作者虽从崇本抑末的传统观念出发，对这种先进的科学技术，对这样繁多的工业品的输入持否定态度，但他的描写是真实而具体的，为今天研究当时的科学技术、对外贸易提供了可贵的史料。晚明徐献忠《布赋》首先描写了我国当时织布技术之先进，纺织产品之精致。特别是它不仅描写了当时织妇织作辛劳，还记载了当时高利贷者对织户剥削的沉重，官吏对织户征敛的残酷，宫廷勒索高贵产品所造成的严重危机，反映了封建制度对商品经济的摧残。因此，这篇赋是研究明代经济的重要资料。明樊雕《轻车强弩赋》记载了当时两种军用机械化武器的制作工艺及其作用。赋序云："司马松石刘公至则仰承上意，宜布德威，劳心竭智，远求往古，近咨群议，手造轻车强弩二事，曲尽其妙。朝夕教演，士气百倍。敌骑闻之，徙其营数百里，固非直利战守而已也。"可见这种武器在当时的实战中是发挥了重大作用的。今天研究军事科学史也是不可或缺的资料。晚清无名氏《顾绣赋》是一篇记载苏州地方手工业的重要资料。顾绣是创始于明嘉靖时进士顾名世家的手工业工艺。后其技艺广传苏松一带，亦称苏绣、松绣，与湖南之湘绣并称于世。此赋即对这种刺绣工艺作了精彩的描写，也表现了刺绣工人"为他人作嫁衣裳"的痛苦生活，对研究刺绣工艺有重要参考价值。无名氏《戏馆赋》则是一篇很有价值的戏曲史料。赋对当时苏州的戏曲演出作了生动描写，还具体记载了戏馆外场内场各类观众看戏的情况。这应是研究戏曲史的人所必须参考的。总之，辞赋所描写的各类事物，其中保存有丰富史料，是收集各种文献资料的人不可忽视的资料来源。

第二，从记山水名胜和地方风物赋中可以看到各地的风土人情、历史文物。山水名胜，地方风物，向来是辞赋的一大题材，是辞赋作品的重要组成部分。至元明清，此类赋数量更多，描写的范围更广，成为这个时期辞赋的一大特色。而且，这类辞赋与写名山胜水地方风物的诗文均有不同。辞赋不仅详细地描写风光景物，还多涉及重要历史文物。因而不仅具有审美价值，而且具有较高的文献价值。如清黄涛《新塍水嬉赋》就不仅详尽地记载了新塍一次规模巨大的水上游乐活动，还记载了与游乐活动同时进行的商品交易活动。这次水上游乐活动本来就规模巨大，“其营办之盛，费几万金；游观之众，至自千里”。加上这样规模巨大的物资交流活动，就构成了新塍一种有意义的地方风气。作者虽认为这种活动是“骛近而遗远，忱乐而忘忧”，因此他要“张以先后繁麥之事，要以老成审慎之言，义附虞箴，风希辖采”，但他的记载对我们了解这种地方风俗是有意义的。明黄佐《粤会赋》对广东的地理位置、发展历史、山川物产、民情习俗、生活状况都作了细致描写。从中可以看到广东在明代就是一个民丰物阜的好地方。赋中所记的节日活动，对研究民俗的人也极有价值。明丘浚《南溟奇甸赋》也详尽地描述了海南岛的物产民情。海南，今天已为人所熟知，读了这种赋也许会不感到新奇，但在数百年前的明代确可使人耳目一新。

黄、丘所描写的是我国南疆，清人更把注意力转向东北、西北、西南边远之地。如和宁《西藏赋》就描述了西藏的地理位置、气候物产、政治官制、宗教状况、山川道里、民情风俗，可以说是关于西藏的百科全书。尤其所记营官巴第对藏族人民的沉重剥削更是今天研究当时藏族人民生活的珍贵史料：“且头会箕敛，累及牛驴；屋粟口钱，祸延妇子。布帛粟米，力役扑地齐征；坨土雁户，凶年弥天追比。税及鹅卵杨花，波逮月华流水。”英和《卜魁城赋》也对齐齐哈尔的地理位置、城堡建筑、官司设置、四方要塞、气候物产、蒐狩贡赋作了细致描写，尤其是记载了清初俄罗斯对黑龙江北部的侵扰以及清政府对北部边防的巩固：“既蒙古之别派，异全源而枝分。乐彼游牧，以安其群。乃有戛黠斯之丑类，入精奇哩而潜军。纵豕突，逞狼奔。侵轶我塞地，窥伺我边门。皇赫斯怒，我武是奋。悯远黎之疾苦，极水火于辛艰。振虎旅之无敌，克牛满而斯遁。粤癸亥之纪岁，始转饵于伊屯。既平定夫雅克萨，乃版筑于墨尔根。”因此，这篇赋相当于当时齐齐哈尔的经济地理与政治地理著作，有重要历史价值。这类赋还有徐松《新疆赋》、刘凤诰《蒙古塞宴赋》、娄奎《朔方风俗赋》等。它们都有重要文献价值，又是有可读性的文学作品。

总之，元明清辞赋从内容看是如此丰富多采，不研究它，不重视它，就丢弃了我国文学宝库中很重要的一部分财富。因此，只重视诗文而轻视辞赋，是极不合理的。

四

元明清辞赋不仅在内容上有重要价值，在文学史上也占有重要地位。因为它是许多作家创作的重要组成部分，不研究它，对某些作家和有些文学流派的评价就丢弃了一个重要依据，而不能全面公允。如对明代复古派的评价，最多只肯定他们在诗文方面提倡“文必秦汉，诗必盛唐”，对反对台阁体的空洞无物和八股时文的浅陋闭塞的作用，肯定他们排斥宋诗文及其余响元诗文，即排斥理学的作用；而忽视了他们提出“唐无赋”“汉无骚”的口号在反对宋元以来辞赋的平庸朴遬而恢复汉魏六朝辞赋传统方面的作用。原来唐宋赋以律赋为主，律赋用于科举，要求写得“冠冕正大”，颂扬功德，成为士人进身的敲门砖，已难写出反映现实的好作品。唐宋文赋自唐代开创之后，到宋代获得了极大发展。但至元明，它的发展也已走到尽头，艺术上难以有新的创造。特别是受程朱理学和韩欧文统的影响，更显得平庸而无生气。在元末，辞赋与诗文一样，虽曾出现过一缕生机，但随着明初封建统治的恢复，立即又恢复到和平雅正的轨道。因而此时辞赋创作的数量虽不少，但好作品的确不多。明中叶以后，封建统治又出现危机。这就要求发挥各种文学形式的战斗作用，来揭露社会的各种弊端，于是辞赋也提出了打破程朱道统与韩欧文统的束缚，教人“究心骚赋于汉唐之上”，恢复辞赋“发愤抒情”、“体物写志”的优良传统。这就使辞赋逐渐恢复了生机，推动了明末清初辞赋再度繁荣的局面。这就是复古派对辞赋发展的贡献，也是他们冲击程朱理学的重要方面。忽视辞赋，对复古派功绩的评价就失去了重要的一个方面。

复古派的创作更是受人诟骂，说他们“句摹字拟，食古不化”，“故作聱牙，以艰深文其浅易”（《四库全书总目提要》）；批评“他们的创作一味以模拟剽窃为能，成为毫无灵魂的假古董”(游国恩等主编《中国文学史》)。这用来评价他们的诗文已很不恰当。因为他们虽写有少数句摹字拟的赝古之作，但也写有不少深刻反映现实的好作品，在这一点上反复古派已经不如。从辞赋创作来考察，则复古派的成就更大大超过所有反复古派。

首先从辞赋创作的数量看，复古派巨子们大都擅长作赋，辞赋在他们的集子中占有重要地位。李梦阳《空同集》收有赋及赋体文近 40 篇，何景明《何大复集》收赋 20 篇，王世贞《弇州山人四部稿》收赋 13 篇、骚 7 篇，王廷相、徐祯卿、卢柟等作赋均不少。而反复古派巨子们大都不善作赋，集子中收赋为数极少。王慎中《王遵岩先生集》、唐顺之《荆川集》、归有光《震川集》均只收赋一篇，袁宏道《袁中郎集》、袁中道《珂雪斋集》均不见有赋。

其次，从辞赋创作的质量看，复古派巨子们的辞赋学骚，学汉魏，亦不废六朝。且不是单纯模仿，对汉赋堆砌辞藻之习尚能加以剔除，对六朝赋轻靡纤巧之风亦能加以扬弃。他们大都为正直敢言之士，故所作赋既能有力抨击黑暗现实，又能保存汉魏风骨的特点。其文虽或诘屈聱牙，其赋则多以浏亮为宗。一般都写得深刻而有气势，内容贫乏而语句聱牙者甚少。跟其诗文相比，成就更高一些，反复古派巨子们更是不敢望其项背。故如加上辞赋这个砝码，对复古派与反复古派的文学成就，自当作出新的评价。

联系辞赋创作来研究清代骈文家与古文家，桐城派古文家与阳湖派古文家，其评价也得重新估计。

先看骈文家与古文家。骈文与古文一直处于对立状态，骈文家排斥古文，古文家排斥骈文。现当代以来，学者们大抵尊古文而贬骈文，斥骈文为“饰其辞而遗其意”的形式主义倾向，而维护古文的正统地位。因此，许多文学史著作辟专章评述古文家的理论主张与创作实践，而对骈文家多一笔带过。这已属不很公允。因为清代古文家的作品内容形式均属完美者实在不多，而骈文家的作品内容充实形式精美者亦不少。它们在文学史上的地位至少是平分秋色，不能扬此抑彼。如果考虑其辞赋创作，情况还要发生变化。

清代古文家多不擅长辞赋。清初的钱谦益、侯方域、魏禧、施润章、汪琬等多以唐宋古文为规范，长于论事记述，工辞赋者极少。这些人只有施润章、汪琬有个别好作品。发端于康熙形成于乾嘉的桐城派是一个颇有影响的古文流派，影响清代文坛二百余年，但这一派古文家辞赋创作几乎毫无成就。如其创始人方苞、刘大櫆、姚鼐，其继承人方东树、管同、梅曾亮、姚莹、刘开及其流裔曾国藩、吴汝纶、黎庶昌等都很少作赋。偶一染指，也多是颂圣或馆阁应试之作，大都写得索莫而无生气。清代骈文家则大都长于辞赋。他们虽多是些沉酣古学的学者或风流自赏的名士，故其骈文辞赋大都辞多情寡，境界不高，或纯系应试之作。但也有不少反映社会现实或抒写作者的不幸与牢骚的好作品。如陈维崧、吴兆骞、胡天游、汪中、洪亮吉、彭兆荪、董祐诚、胡敬等人都有值得注意的作品。如彭兆荪《苦寒赋》，即以苦寒为线索，深刻反映了嘉庆初年的苗民起义、川楚白莲教起义以及海寇入侵和黄河溃决等重大社会问题。这种作品在辞赋中当然也很少，而古文家的散文中则更是不可得见。如果将辞赋创作考虑进去，骈文家的成就乃远在古文家之上了。

再看桐城派古文家与阳湖派古文家。在清代古文流派中，阳湖派只是桐城派的一个支流，故有的文学史家不承认他们独立成派。但从辞赋创作看，阳湖派的成就大大超过桐城派。如张惠言就以辞赋名家，其《茗柯文编》收有赋 22 篇。其《游黄山赋》《黄山赋》，不仅文彩富赡气势磅礴远追汉赋，其刻画黄山气魄形状的真确具体更超越汉赋。章炳麟赞扬说："近世徒有张惠言，区区修补，《黄山》诸赋，虽未至，庶几李杜之伦。"（《国故论衡》）其抒情小赋《秋霖赋》写对故乡的思念，《望江南花赋》写思归之意与孤独之感，亦含蓄而不落俗套。其学生董士锡与金式玉亦擅长作赋。因此，就辞赋创作说，他们走的是与桐城派完全不同的路子，他们独立于桐城派之外是理所当然的。

不研究元明清辞赋，对某些文学现象兴衰的原因也会得不到合理的说明。如清代骈文名家辈出，异彩纷呈，号称中兴。骈文为什么会在清代中兴呢？学者们探究其原因，大都认为是朴学的兴起和桐城古文的空疏。朴学的兴起使骈文用事使典，句栉字比，都有了依据；桐城古文空疏，引起人们的不满，故汉学家欲借骈文以标新立异，振兴文坛。其实，骈文的兴起与朴学和桐城古文是同时的，甚至还在其正式形成流派之前，将其作为骈文中兴的原因实在极不恰当，其原因得从骈文发展的内部去找。

本来，辞赋与骈文的关系极为密切。骈偶从一种修辞手法演变为一种文体的基本特征，首先就是在辞赋的母体内孕育发展起来的。汉人认识到辞赋的本质特征是“丽靡”。而骈偶作为一种能使语言增加对称美的修辞手法，就被辞赋家着意追求，刻意雕琢，于是骈偶在辞赋中被普遍采用，而率先出现骈赋。这股骈偶之风波及到文，文章里骈偶成分不断增加，到魏晋，骈文亦正式形成。此后骈文辞赋交相影响，对偶日求工整，词藻日趋华丽，音律日尚和谐，又复隔句对联，以为骈四俪六；簇事对偶，以为博物洽闻；到六代三唐，骈文发展成四六，骈赋发展为律赋而臻于至极。到宋代，骈文散六朝浑厚之气与三唐蕴借之风，摛词以刻露为工，隶事以切合为密，属对以精巧为善，多细密繁碎而文格日卑，骈文就趋于衰落了。元代，以程朱道统和韩欧文统相结合的古文逐渐统治文坛，骈文几成绝响。至明代更演变成八股时文，与律赋一样成为士人的进身之阶。因此，在明前期，人们似乎只知有唐宋古文与八股时文，而不复知有三代两汉之古文与六朝三唐之骈文了。至有明中叶，前后七子倡言复古，于是古赋（包括诗赋、骚赋、散体赋和骈赋）又得到复兴，并以其创作实践证明了这种赋体的生命力。如王世贞《白鹦鹉赋》就是一篇骈赋，风格颇近魏晋，足见骈偶首先又在辞赋中复苏。到明末，复古派健将陈子龙及其学生夏完淳等，不仅作赋以骈赋居多，文章也大体以骈句为主，甚至有夏完淳《讨降贼大逆檄》这种严格的四六文，可见骈文也在逐渐取代古文而兴起。到清初，陈子龙的高足陈维崧，不但擅长作赋，而且是清代第一代大骈文家，第一个大量写作骈文。其《湖海楼文集》有骈文十卷，他还说："吾胸中尚有骈体文千篇，特未暇写出耳。"为骈文的发展开了风气。加以从清初开始，翰林院庶吉士入馆后要试律赋。律赋最基本的要求是对偶精切，音韵谐协。因此，参加科举的士子无不炼就一手抽黄对白骈四俪六的本领，为骈文的发展准备了充足的后备队伍。再加上朴学兴起，有利于骈文的对偶用事，桐城古文的空疏，要求以骈文来补偏救弊。这就更促进了骈文的发展，于是名家辈出，成为与古文抗衡的重要文体。离开辞赋的复兴来探究清代骈文中兴的契机，势必探求不到它发展的内部原因。于此更可见研究辞赋跟研究这个时期文学发展的密切关系。

总之，元明清辞赋跟诗文一样，是元明清文学的重要组成部分。不研究它，文学史上许多现象就不能作出公正的评价，或找不到发展的原因。因而忽视它，是很不科学的。

五

元明清辞赋中，有些赋思想艺术价值或不高，然由之可以窥探一个时代的文风和学风，同样不可忽视。清代律赋即属此种。

律赋在清赋中占很大比重，出现过许多律赋名家，也有很著名的律赋选本。这种赋专用于科举考试，内容多为颂圣，艺术注重抽黄对白，奇巧尖新，意义均不甚大。

但从这类赋中，首先可以看到清政府对其高级官吏的一些基本要求。清代科举主要试经义，尤重四书制艺。它是为了加强对士人的思想控制，使其思想行为能遵守宋元理学家所阐释的孔孟之道。但上层官吏仅仅读点经书是不够的。因而规定，士人中进士后选入翰林院为庶吉士继续深造时，还要分习清书、汉书，考试诗赋。为什么如此重视诗赋呢？宋孙何曾说过："策问之目不过礼乐刑政，兵戎赋舆，岁时灾祥，吏治得失。可以备拟，可以曼衍，故汗漫而难校，泱漻而少工，词多陈熟，理无适莫。惟诗赋之制，非学优才高不能当也。破巨题期于百中，压强韵示有余地，驱驾典故，浑然无迹；引用经籍，若已有之。咏轻近之物，则托兴雅重，命词峻整；述朴素之事，则立言遒丽，析理明白。其或气焰飞动，而语无孟浪；藻绘交错，而体不卑弱。颂国政则金石之声间发，歌瑞物则云日之华相照。观其命句，可以见学植之浅深；即其构想，可以觇器业之大小。穷体物之妙，极缘情之旨，识春秋之富艳，洞诗人之丽则。能从事于斯者，始可以言赋家流也。”清代统治者也是这样认识的。他们把作赋作为训练和考察士人才学识的重要手法。首先律赋试题范围广泛，不限于五经四书。如李元度《赋学正鹄》所选 129 篇律赋，取材范围就包括正史杂史，经书子书，总集别集，笔记小说，书画方志，时事政治等 76 种资料。应试者不博览群书，精熟典籍，是无从下笔的。其次律赋限官韵，官韵中尝有险韵，尤其是助语虚词，最难压用。讲求押虚字韵的稳妥，成为律赋一种专门技巧。可见小小一篇律赋，没有较高的才学识是作不好的。清代统治者就是通过律赋来培养和检查官吏的才学识的。因此，在清代，官吏当然有循良酷烈之分，清廉贪墨之别，但大都精明能干，颟顸昏聩者较少；而且清代官吏多有学问，多有文才，且多工骈文辞赋。翰詹试赋不能说不是重要原因。这样，试赋就关涉到了一个时代的学风。

其次，清代律赋与清代文风也有密切关系。清代诗文作家虽其成就有大小，但大多数人作诗作文作词作赋都力求渊雅淳正，避免粗俗浮艳，因而构成清代文风的特色。

清人论诗论文大都强调雅洁真淳，以此作为努力的目标。清初尤侗论诗就以真意为主，要使声华格律为我用而不为我累，使诗歌不臃肿也不癯瘦，以达到丰腴雅洁。他说：“如以论诗，苟无真意，则声华伤于雕琢，格律涉于叫嚣，其病臃肿；若舍其声华格律，而一惟真意是求，则枵然山泽之癯而已，两者交失。”（《杂俎·月将堂近草序》）说的就是这个意思。魏禧论文也强调“至醇”、“至清”，而其关键在于“积识”。他说：“故炼识如炼金。金百炼则杂气尽而精光发。善为文者，有所必不命之题，有不屑言之理。譬犹治水者，沮洳去则波流大，爇火者秽杂除而光明盛也。是故至醇而不流于弱，至清而不流于薄也。”（《答施愚山侍读书》）袁枚是著名的性灵派诗人，然其论诗均与晚明公安派不同。论文强调一个“达”字而“远乎鄙倍”，论诗提出一个“雅”字而避免“俚鄙率意”。他论文说：“古先圣贤之论文者也，大要以立诚为本。有物即诚也。言之中节，则曰有序，如是则容体必安定，气象必清明，远乎鄙倍而文之至矣。”（《与家鱼门论古文书》）他论诗说：“诗难其真也，有性情而后真，否则敷衍成文矣。诗难其雅也，有学问而后雅，否则俚鄙率意矣。”（《论诗补遗》）于此可见他对真诚雅达的追求。这“雅”字正是公安派所不说的。桐城派创始人方苞论文更提出“雅洁”二字作为标准。沈莲芳《书方望溪先生传后》引方苞语云：“南宋元明以来，古文义法不讲久矣。吴越间遗老犹放恣，或杂小说，或沿翰林旧体，无雅洁者。”他认为：“古文中不可入语录中语，魏晋六朝藻丽俳语，汉赋中板重字法，诗歌中隽语，南北史佻巧语。”（同上）因为古文中用入这些语言，便有碍文之雅洁。只有如此方可达到“澄清无滓。澄清之极，自然而发其光精”的境界（《古文约选凡例》）。清人论诗论文，主张各不相同，有的强调真意，有的主张性灵，有的倡言神韵，有的标举格调，有的宣扬义理，但他们追求艺术风格的渊雅淳正，反对俚鄙粗率，是大体一致的。这种艺术风格的形成与清代律赋的繁盛有密切关系。

前已指出，作律赋是清代士人学习写作的一项基本训练，是翰詹考试的重要科目。这种律赋内容必须堂皇正大，文风必须雅洁淳正。流入油滑，流入粗率俚鄙，流入轻靡浮艳，皆必为考官所不取。故清人论律赋无不强调其文风的渊雅淳正。如李调元《雨村赋话》就特别赞赏唐律赋的“冠冕正大”、“工丽密致”、“浑古朴至”，而深致不满于晚唐五代律赋的“琢句过于修整，则渐就平芜；遣词必求谐靡，则转入甜俗”，“字句既拖沓无味，又委靡不振”。更批评“宋人律赋大率以清便为宗，流丽有余而琢炼不足，故意致平浅，远逊唐人”。对元明赋的“平衍朴遬”“散漫而平直”，更斥之为“不足观览”。魏谦升《赋品》更专门探讨了律赋的艺术风格，提出研炼、雅赡、浏亮、宏富、丽则、短峭、纤密、飞动、古奥九品作为律赋风格的准则，反对繁缛轻靡，微词奥旨。如他论“雅赡”云：“秀色可餐，骨象非俗。言出荐绅，文成朱绿。枢辖在兹，屏除繁褥。卓尔不群，浑金朴玉。三叹遗音，奏之终曲。辞黜其浮，理取其足。”他论“丽则”云：“若有人兮，劲装古服。文士之心，诗人之目。绝世彼姝，贮宜金屋。富贵天姿，自然清淑。妖歌曼舞，终嫌不肃。繁华损枝，贻诮雾縠。”汪廷珍《作赋例言》亦云：“用辞不贵富艳而贵工切。尤须相题，庄重秀媚，古制今情，各具因物赋形之妙乃佳。”又云：“读唐赋，贵得其新切生动，毋学其率意，文章与说话一般，全要有真气，有清气。填砌雕琢，最是试场大忌。每见言赋者，上手便说富丽，此平地陷人坑也。”从这些评论中，可以窥见清人律赋的风尚。

清代科举考试，制艺体裁，本以词达理醇为尚。清初熊伯龙、刘子庄、张玉书就以为文雄浑博大著称。据《清史稿·选举三》记载：清世宗屡以清真雅正告戒试官，并命学士方苞选录明清诸大家时文四十一卷，命曰《钦定四书文》，颁为程式。乾隆四十五年，会试三名邓朝缙首艺语意粗杂，江南解元顾向四书文全用排偶，考官并获谴。嘉庆中，士子挦撦僻书字句，为文竞炫新奇，御史辛从益论其失。诏曰：“近日士子猎取诡异之辞，以艰深文其浅陋，大乖文体。考官务各别裁伪体，支离怪诞之论，不得取录。”可见八股文也以清真雅正为尚。加以律赋这种特殊文体更须渊雅淳正，以表现出作者学识的渊博，人品的端方，文风的雅正，于是士子从学文之日起就耳濡目染，口诵心惟，一从操觚写作，就唯渊雅淳正是求，养成了他们写作的习惯，从而形成一代文风的特点，就毫不足怪了。

由此看来，如律赋这种今天看来似乎全无价值的东西，探讨它，尚可从中窥见一个时代学校教育的培养目标，一个时代学风文风的特点。因此，即使是清赋以律赋居多，没有研究价值，而取完全排斥的态度，也是不科学的。

（原载《中国文学研究》1995 年第 2 期，30—39 页）

左思《三都赋》新探

杨合林

探讨《三都赋》的真实内涵及其价值，赋作成于何时，实为问题的关键。本文即从这一问题出发，结合左思生活时代的政治、文化背景及其生平、思想和创作的实际，探究此赋的现实意义及其与大赋传统的关系。

一

左思赋成《三都》的时间，其说不一，直到今天仍为左思研究中的一大疑难。较有影响的说法有三。傅璇琮认为赋成于太康元年（280）之前；[①] 牟世金、徐传武认为完成于“295 年左右”；[②] 陆侃如则系之于左思的晚年。[③] 且每一说法，各有其立论的依据。

① 傅璇琮：《左思〈三都赋〉写作年代质疑》，《中华文史论丛》1979 年第 2 辑，上海：上海古籍出版社，1979 年，第 325 页。

② 牟世金、徐佳武：《左思文学业绩新论》，《文学遗产》1988 年第 2 期，第 36 页。

③ 陆侃如：《中古文学系年》下册，北京：人民文学出版社，1985 年，第 803 页。

《文选·三都赋序》注有云："三都者，刘备都益州号蜀，孙权都建业号吴，曹操都邺号魏。思作赋时，吴蜀已平，见前贤文之是非，故作斯赋，以辨众惑。"一般认为此注为李善所作，但胡克家《文选考异》卷一指出："此一节非善注也。"又说"袁本无此四十六字。……茶陵本并五臣入善"。是否李善所注并不重要，但说明五臣中就有人认定《三都赋》成于吴蜀已平之后。而五臣的看法也非杜撰，《晋书》并《左思别传》的有关记载即其滥殇。

《晋书·左思传》载："初，陆机入洛，欲为此赋，闻思作之，抚掌而笑，与弟云书曰：'此间有伧父，欲作《三都赋》，须其成，当以覆酒瓮耳。'及思赋出，机绝叹伏，以为不能加也，遂辍笔焉。"二陆入洛在太康十年（289），其时左思赋尚未成，则其赋成自当属于作者生活的晚期了。诚如学者们已指出的，此事与《晋书》自身所述皇甫谧"为其赋序"事大相抵牾。皇甫谧序《三都》，晋人卫权《略解》[①]，臧荣绪《晋书》[②]并《世说新语·文学》均已言及，序文又见录于《文选》，则其事当确凿无疑。皇甫谧卒于太康三年（282），二陆之事自不得成立。《晋书》此种记事，大约取自传闻，即谢安所谓"裴氏学"[③]并"狡狯"[④]之言。《旧唐书·房玄龄传》评议《晋书》谓"史官多是文咏之士，好采诡谬碎事以广异闻"，当即此类。《世说新语·文学》注引《左思别传》云："其《三都赋》改定，至终乃止。"《别传》谬误甚多，不足为凭，严可均《铁桥漫稿》及后来学者多有辨正，此不赘述。

牟世金、徐传武提出："《三都赋》不可能完成于282年之前，而当成于秘书郎任上，张华见而赞叹之前，即295年左右。"其说较新。牟、徐二位除了援引前人旧说加以发挥以立论外，又提出新的论据云："按《晋书·职官志》'汉桓帝延熹二年置秘书监，后

① 见《晋书·左思传》。

② 《文选·三都赋序》注引。

③ 《世说新语·轻诋》。

④ 《文学》。

省……惠帝永平中（永平只291年一至三月八日共68天），复置秘书监，其属官有丞，有郎，并统著作省。’又《晋书·惠帝纪》：‘永平元年（二月）……复置秘书监。’则左思为秘书郎，最早在291年，这时自然其赋未成，则卒于282年的皇甫谧又怎能为《三都赋》撰序呢?”但《晋书·职官志》同条写道：“魏武为魏王，置秘书令、丞。及文帝黄初初，置中书令，典尚书奏事，而秘书改令为监。后以何祯为秘书丞，而秘书先自有丞，乃以祯为秘书右丞。及晋受命，武帝以秘书并中书省，其秘书著作之局不废。”秘书监一职确实几度兴替，有置有省，只是并未因此而连及秘书郎的省置。考自魏及晋任秘书郎一职者不乏其人：魏文帝黄初时，刘邵为秘书郎，明帝青龙时杜挚为秘书郎，齐王芳正始时钟会为秘书郎，嘉平时郤正为秘书郎，高贵乡公甘露时成公绥为秘书郎，晋武帝泰始时司马彪为秘书郎，太康时山涛为嵇绍“请为秘书郎”，张协为秘书郎……[①]据此，何可断言“左思为秘书郎，最早在291年”?左思任秘书郎的确切时间虽无考，但据《初学记》卷十二引王隐《晋书》“左思专思《三都赋》，绝人流之事，自以所见不博，求为秘书郎”并《北堂书钞》卷一〇二引臧荣绪《晋书》“左思少博览史记，作《三都赋》，遂构思十年”的记载，知左思为秘书郎与作《三都赋》均应为其早年时期的事。

由此，当以傅璇琮《三都赋》成于太康元年之前的说法为可信。其文考论甚详，兹不赘引，但略补其说。

《吴都赋》中，东吴王孙针对西蜀公子的夸说之辞，直揭其要害，谓“公孙国之而破，诸葛家之而灭”。进而将吴蜀相较而论曰：

> 西蜀之于东吴，小大之相绝也，亦犹棘林萤耀而与夫桪木龙烛也。否泰之相背也，亦犹帝之悬解而与桎梏疏属也。庸可共世而论巨细，同年而议丰确乎?

西蜀之与东吴不得共论同议，非唯“小大相绝”，实乃“否泰

① 据陆侃如《中古文学系年》下册，北京：人民文学出版社，1985年，第969页。

相背”，此四字显非吴已灭者所得夸言。然在魏国先生看来，吴虽未亡，亦不过是“权假日以余荣，比朝华而奄蔼”。“揆既往之前迹，即将来之后辙”，其重蹈西蜀覆辙已为时不远。兴亡存败为《三都赋》展衍的轴心，“否泰相背”之说是赋成于吴灭之前的有力佐证。

又，左思访张载一事，尚有疑点，但说者多据以论《三都赋》的创作时间。张载入蜀，据《晋书》本传说是“太康初，至蜀省父，道经剑阁”，此说与张载《叙行赋》的记载相左。学者据《叙行赋》“岁大荒之孟夏，吾将往乎蜀都”而断定此行必在巳年。陆侃如认为是太康六年（乙巳，285 年），傅璇琮则认为应在泰始九年（癸巳，273 年）。傅氏驳议“太康六年说”，而自身说法亦有未完备处，即不能回答益州刺史张敏表显张载《剑阁铭》之事。《太平寰宇记》卷八四引王隐《晋书》载，张载作成《剑阁铭》后，“益州刺史张敏见其文，乃表天子，刻石于剑阁焉”。据万斯同、吴廷燮两《晋方镇年表》，自泰始八年六月益州刺史皇甫晏为其部下所杀，王濬出任刺史，到太康元年未曾易人。虽《晋书·王濬传》载王濬曾一度“征拜右卫将军，除大司农”，但因羊祜以其“有奇略，乃密表留濬，于是重拜益州刺史”，其间当无人出任，且事已在咸宁四年（278），离泰始九年已远。张敏刺史之任实在太康年间。[①] 因此，张载入蜀事当以系于太康六年为胜。

依“太康六年说”并《文选·三都赋序》注引臧荣绪《晋书》左思“欲作《三都赋》，乃诣著作郎张载，访岷邛之事，遂构思十稔”的说法，访张载尚在欲作赋时，则《三都赋》不仅不得成于太康元年之前，其开始作赋还在太康六年之后。其实，访张载一事的有无本身就值得怀疑。较早的晋史王隐《晋书》载记左思创作《三都赋》的情况，并未涉及访张载之事。尤其是《北堂书

---

① 万斯同、吴廷燮两《晋方镇年表》均以张敏刺益州为太康三至五年；又吴《表》以张牧太康六年接任刺史。若张牧乃张载之父不误（说详后文），则张载此次入蜀正值其父接刺益州，张敏卸任之际见而表显其文当是情理之中事。

钞》所引臧荣绪《晋书》记录《三都赋》创作始末较详，而独不见《文选》注引臧书“乃诣著作郎张载，访岷邛之事”数字，所以原书有无此语尚是问题。从现存材料看，最早载录此事的是《左思别传》。《别传》说：“思造张载，问岷、蜀事。”《别传》虽非全无可信之处，但记事毕竟望风捕影乖舛不实处居多。

二

左思《咏史诗八首》其一云：

> 弱冠弄柔翰，卓荦观群书。著论准《过秦》，作赋拟《子虚》。边城苦鸣镝，羽檄飞京都。虽非甲胄士，畴昔览穰苴。长啸激清风，志若无东吴。铅刀贵一割，梦想骋良图。左眄澄江湘，右盼定羌胡。功成不受爵，长揖归田庐。

据作者此段自述，则其年当少壮（弱冠）之时，正值汉季魏世连绵不断的战争烽烟即将止熄之日。稍前，何晏《景福殿赋》谓“彼吴、蜀之湮灭，固可翘足而待之”。而魏元帝景元四年（263）灭蜀。接着，羊祜陈“蜀平之时，天下皆谓吴当并亡”。[①]生当其时的有志之士，自然意气风发，跃跃欲试。

《晋书》本传说左思“家世儒学”。左思秉承家学，服膺儒道，从小深受儒家政治理想与人格理想的熏陶。但另一方面却又并非如汉儒的死守章句、老死一经。汉末以来，“家弃章句，人重异术”。[②] 繁琐的章句之学，僵死的经义教条逐渐损易剥落。那一时代的士人，或欲“戮力上国，流惠下民”[③]，或以文章为“经国之

① 《晋书·羊祜传》。

② 《宋书·臧焘传论》。

③ ［三国魏］曹植《与杨德祖书》。

大业，不朽之盛事”[①]。而都是将“德”与“艺”，儒道与“异术”结合起来，即徐干《中论·艺纪》所谓“盛德之士，文艺必众”。这里的“德”即指儒家的政治理想与人格理想，而“艺”则是实现其理想的手段与门径。在左思，“艺”具体为“弄柔翰”、“观群书”、“准《过秦》”、“拟《子虚》”、“览穰苴”。从这里，似已透露出左思作赋与灭吴这一时代政治课题之间的内在联系。

《晋书·武帝纪》载，泰始五年（269）春二月，“以尚书左仆射羊祜都督荆州诸军事，征东大将军卫瓘都督青州诸军事，东莞王伷镇东大将军、都督徐州诸军事”。伐吴的举措正在实施。其时，《三都赋》当在准备或已在创作之中。但灭吴的计划从一开始即遭到晋开国元勋荀勖、贾充等人的强力反对。《晋书·杜预传》载：“时帝密有灭吴之计，而朝议多违，唯预、羊祜、张华与帝意合。”同书《张华传》也说：“初，帝潜与羊祜谋伐吴，而群臣多以为不可，唯华赞成其计。”而《荀勖传》载：“及王濬表请伐吴，勖与贾充固谏不可。”又据《贾充传》，在伐吴之役行将结束之际，贾充还提出“虽腰斩张华，不足以谢天下”。围绕伐吴问题双方竟发展到剑拔弩张不共戴天的地步。伐吴派与伐吴反对派的交争势必对关心时政、以天下为己任的士人发生重大影响。《三都赋》的作者显然站在伐吴派一边。试看：

《晋书·羊祜传》载羊祜伐吴疏云：

> 凡以险阻得存者，谓所敌者同，力足自固。苟其轻重不齐，强弱异势，则智士不能谋，而险阻不可保也。

左思《魏都赋》写道：

> 由重山之束厄，因长川之裾势。距远关以窥窬，时高樔而陛制。薄戍绵幂，无异蛛蝥之网；弱卒琐甲，无异螳螂之卫。与先世而常然，虽信险而剿绝。

羊祜疏云：

> 蜀之为国，非不险也。高山寻云霓，深谷肆无景，束马悬

---

① ［三国魏］曹丕《典论·论文》。

车，然后得济，皆言一夫荷戟，千人莫当。……至刘禅降服，诸营堡者索然俱散。

《蜀都赋》写道：

至乎临谷为塞，因山为障。峻岨塍埒长城，豁险吞若巨防。一人守隘，万夫莫向。

《吴都赋》又道：

土壤不足以摄生，山川不足以周卫。公孙国之而破，诸葛家之而灭。

二者何其相近！如此看来，《三都赋》不就是一篇力主伐吴的“计画”吗？

《三都》赋成之后所产生的反响颇耐人寻味。关于《三都》赋成之后的情况，史料所载不尽相同。《世说新语·文学》云：“左太冲作《三都赋》初成，时人互有讥訾，思意不惬。后示张公，张曰：‘此《二京》可三。然君文未重于世，宜以经高明之士。’思乃询求于皇甫谧，谧见之嗟叹，遂为作叙。于是先相非贰者，莫不敛衽赞述焉。”《晋书》本传则云：“及赋成，时未之重。思自以其作不谢班张，恐以人废言，安定皇甫谧有高誉，思造而示之。谧称善，为其赋序。张载为注《魏都》，刘逵注《吴》《蜀》而序之……自是之后，盛重于时，文多不载。司空张华见而叹曰：‘班张之流也。使读之者尽而有余，久而更新。’于是豪贵之家竞相传写，洛阳为之纸贵。”参较其他史料来看，当以《世说》所说近于情事。《北堂书钞》卷一〇二引臧荣绪《晋书》谓“赋成，张华见而咨嗟，都邑豪贵竟相传写”。可知赋成之后，先得张华见赏，而后才引起广泛之注目与轰动。且臧书不书“司空张华”，正可见《晋书》所载未尽熨帖。张华司空之任在元康六年（296），断不致在赋成十余年之后他才得见而叹赏。结合当时的政治背景，也以《世说》的记述较为切合。所谓“时人互有讥訾”，当是引起了伐吴反对派的普遍不满。张华的“见而咨嗟”虽与他“性好人物，诱进不倦”[①] 的一贯作风相关，更重要的恐怕在于《三都赋》是为伐吴派张大旗鼓。关于此，还可以张载为《魏都赋》作注事作为佐证。张载当亦是伐吴派麾下人物。《晋书》本传谓其《剑阁铭》“以蜀人恃险好乱，因著铭以作诫”，可见他与左思政治倾向上的共通一致。又，据《晋书·王濬传》王濬表奏所谓“臣复与军司张牧、汝南相冯纨等共入观皓宫”数语，并《华阳国志》卷八载“（太康）三年……以蜀多羌夷，置西夷府，以平吴军司张牧为校尉，持节统兵”一事，这里的张牧，可能即是张载之父。《晋书·张载传》谓“父收，蜀郡太守”，王隐并臧荣绪《晋书》均有相同的记载。而《太平御览》卷五九〇引王书“收”正作“牧”。“收”、“牧”形近易讹。载父本为蜀郡太守，伐吴之役，以军司之职从王濬东向，平吴之后，以功迁西夷校尉，持节统兵，是可能的。这就更容易理解张载对《三都赋》的浓郁兴趣了。其他序、注作者若非附庸风雅，或亦与张载有共同一致的倾向。正是伐吴派主将的充分肯定，一班名流、文士的标榜鼓吹，而归根结底是赋中体现出来的时代心声，使它得以声誉鹊起，“洛阳为之纸贵”。

伐吴派赢来了伐吴之役的胜利，而这一胜利并未给伐吴派带来多大的政治利益。在某种意义上，伐吴派与伐吴反对派之争，并非一般的军事策略分歧，而是一场复杂的政治利益冲突。其中包含着寒门细族试图在伐吴之役中通过军功谋取政治上的更大利益，而豪门大族为维护其既得利益则进行了一系列阻挠和抵制。伐吴之役虽以功成而告终，但豪门大族的利益并未因此而动摇，军功并未改变寒门细族的政治处境。

吴灭之后，乃至在灭吴进程中的王濬与王浑之争即已引人注目。《晋书》本传载王濬给武帝的表奏中一再称述：“臣孤根独立，朝无党援，久弃遐外，人道断绝，而结恨强宗，取怨豪族。以累卵之身，处雷霆之冲；茧栗之质，当豺狼之路，其见吞噬，岂抗唇齿！”“夫犯上干主，其罪可救，乖忤贵臣，则祸在不测。”又，

① 《晋书·张华传》。

“时人咸以濬功重报轻，博士秦秀、太子洗马孟康、前温令李密等并表讼濬之屈”。《晋书·张华传》，张华以平吴之功，“声誉益盛，有台辅之望”，但由于荀勖“自以大族，恃帝恩深，憎疾之，每伺间隙，欲出华外镇”，而终出华为“持节、都督幽州诸军事、领护乌桓校尉、安北将军”。后来“朝议欲征华入相，又欲进号仪同”，然亦因荀勖、贾充之党从中作梗，而仅得征为太常，又以太庙屋栋折，免官，“遂终（武）帝之世，以列侯朝见”。唯杜预“既立功之后，从容无事，乃耽思经籍，为《春秋左氏经传集解》”,[①] 与世无争，自得其乐，而实际恐怕有其不得不如此的难言之隐。羊祜临终之际，力陈伐吴之策，而有“功名之际，臣所不敢居”[②] 一说，似早已会心于伐吴与反对伐吴之间所隐含的政治利益冲突。

把持高位的依然是荀勖、王浑等豪门大族。张华、杜预等伐吴派主将尚且不免于晾在一边，何况那些追随者。这当是左思何以赋成《三都》之后反而沉寂了十余年，至永熙元年（290）之后方得出为陇西王司马泰司空祭酒。正因为切身感受了豪门大族的摧抑，才有了“郁郁涧底松，离离山上苗。以彼经寸茎，荫此百尺条”[③] 的短歌低吟。这既代表了魏晋时代诸多寒门细族的愤郁与不平，也正是诗人亲身经历的现实政治的真实写照。

三

左思在《三都赋序》中提出了自己的创作原则，认为“美物者贵依其本，赞事者宜本其实”，主张“其山川城邑，则稽之地图。其鸟兽草木，则验之方志”，批评司马相如以来的大赋往往

---

① 《晋书·杜预传》。

② 《晋书·羊祜传》。

③ 《咏史诗八首》其二。

“虚而无征”、“侈言无验”，试图以“征实”的作风来扭转大赋“虚夸”的倾向。

左思的批评，实际上是对大赋庄谐并存基本品格的再度挑战。大赋的“庄”是指它始终以高扬儒家政治理想和人格理想为归趣；“谐”则是中央集权政治环境下士人地位与人格俳优化走向在创作中的体现。汉武帝时代的赋家如东方朔、枚皋其身份即是“上颇俳优畜之”。[①] 随着俳优化的进程，赋中开始普遍“存在着对汉帝国及天子权势的无上赞叹的潜意识”。[②] 司马相如在《上林赋》中写道：“俳优侏儒，狄鞮之倡，所以娱耳目乐心意者，丽靡烂漫于前，靡曼美色于后。”而大赋恰好是“必推类而言，极丽靡之辞，闳侈巨衍，竟于使人不能加”；[③] 其“劝百讽一”的“劝”其实质即是让帝王“娱耳目乐心意”。对于自身身份和赋作的批评性反思从第一批大赋作家即已开始。司马相如晚年不再献赋，而是在家里作“计画的大典”，正说明他意识到赋“谐”的悲剧性内容。枚皋后来也以为“为赋乃俳，见视如倡，自悔类倡也”。[④] 之后的扬雄反对大赋最力，认为是“颇似俳优淳于髡、优孟之徒，非法度所存，贤人君子诗赋之正”，[⑤] 于是弃不复为。扬雄是以行动上的“不为”和理论上的完全否弃来对待大赋庄谐并存的基本品格，班固则从“诗教”的角度从理论上提高赋的地位，在实践上也力图存“庄”去“谐”。在《两都赋序》中，他开宗明义，写道：“或曰：赋者，古诗之流也。”又说大赋之作，“或以抒下情而通讽谕，或以宣上德而尽忠孝，雍容揄扬，著于后嗣，抑亦雅颂之亚也”。是将“赋”提高到“诗”或“准诗”的高度。其创作也诚如有学者所指出的：《两都赋》“虽有模仿司马相如和扬雄之处”，但“征

---

① 《汉书·枚皋传》。

② 兴膳宏《宫廷文人的登场——论枚乘》，《六朝文学论稿》，岳麓书社，1986 年，第 409 页。

③ 《汉书·扬雄传》。

④ 《汉书·枚皋传》。

⑤ 《汉书·扬雄传》。

实的成份增加，虚夸的成份减少”。[①] 由此看来，左思以“征实”反对“虚夸”的主张源流有自。而且从班固开始，赋家试图不再“劝百讽一”，而是将“计画的大典”融入其创作之中。班固《两都赋序》声称：“故臣作《两都赋》，以极众人之所眩曜，折以今之法度。”《后汉书·张衡传》说“时天下承平日久，自王侯以下，莫不逾侈。衡乃拟班固《两都》作《二京》，因以讽谏”。都明确地以政教风化为目的，所谓“贤人君子诗赋之正”正在于此。显然左思《三都赋》较之《两都》、《二京》走得更远。

《三都赋》中，一面对吴蜀政治予以抨击，另一面则对魏国政治极尽鼓吹歌颂之能事，而都力求以王道美政的儒家政治理想作为评说的准绳和尺度。作为儒家王道美政的一个重要内容是“溥天之下，莫非王土。率土之滨，莫非王臣”。[②] 贯穿《三都赋》的主题正是“日不双丽，世不两帝，天经地纬，理有大归”。所谓“理有大归”，即三国归于一统，归于魏—晋。这也是《三都赋》所特有的现实政治内容。如果说，班、张之于现时政治还只限于左右映带，旁敲侧击，左思则已排闼而前，入室操戈。

沿着前代赋家矫正大赋品格的方向，《三都赋》以严正之姿，高扬大赋“庄”的一面，却并未改变大赋的原有品格，相反还使这一品格所包含的内在矛盾显得更为突出。左思在理论上以“征实”反对“虚夸”，但其所征之实是“稽之地图”、“验之方志”。理论本身即已违背文艺创作的基本原则。他批评司马相如以来的大赋传统，却又对此一传统念念不忘，《魏都赋》云：“盖比物以错辞，述清都之闲丽。虽选言以简章，徒九复而遗旨。览大《易》与《春秋》，判殊隐而一致。末《上林》之颓墙，本前修以作系。”这就使得他在《序》中所指斥的“侈言无验，虽丽非经”的现象在赋中仍时有出现。尤为重要的是，“见视如倡”的意识虽已淡漠，但“无上赞叹的潜意识”却在不断强化并深入了赋家骨髓。

① 马积高：《赋史》，上海：上海古籍出版社，1987 年，第 112 页。

② 《诗·小雅·北山》。

这就是自班固、张衡，到左思，虽一直努力改变大赋品格，却始终走不出司马相如时代大赋基本模式的内在原因。《世说新语·尤悔》载：“王导、温峤俱见明帝，帝问前世所以得天下之由。温未答，顷，王曰：‘温峤年少未谙，臣为陛下陈之。’王乃具叙宣王创业之始，诛夷名族，宠树同己，及文王末高贵乡公事。明帝闻之，覆面著床曰：‘若如公言，祚安得长。’”魏晋易代一事，在司马氏子孙听来，犹觉不寒而栗，无颜以对天下，但在《魏都赋》中却是：

> 算祀有纪，天禄有终。传业禅祚，高谢万邦。皇恩绰矣，帝德冲矣。让其天下，臣至公矣。荣操行之独得，起百王之庸庸。追亘卷领与结绳，眷留重华而比踪……奚遽不能与之踵武而齐其风？

真正的虚夸在此。果木的“生非其壤”，神物的“出非其所”，倒在其次。既“无上赞叹”，自然就闳侈巨衍，虚辞滥说，出“庄”而入“谐”。大赋庄谐并存的品格正表现了士人人格理想与现实人格、社会政治理想与现实政治之间的矛盾。

（原载《吉首大学学报》1995 年第 2 期，56—61 页）

历史上屈原诠释之视角解读

李生龙

一、屈原本身的复杂性

屈原经过抗日战争时期以及解放后学者们的诠释，到今天已成为爱国典型，对他的诠释已基本上趋于肯定而单一。然而在历史上，人们对屈原的诠释却经历了一个由儒化而文人化再儒化的复杂过程，对其艺术的诠释则逐渐由儒化而庄化。导致这两种倾向的原因首先是因为屈原精神存在着可与儒兼容的东西，其艺术则与庄子有着更多的联系。本文只探讨前一点，后一点将另文讨论。

客观地看，屈原从思想到艺术都有着非常复杂的一面。从思想角度说，其思想颇为驳杂。这一点，同先秦诸子比照着看，就非常清楚。诸子述道，各有所守，自成体系。屈原虽也有所守，甚至可以说他略有体系，却似儒而非儒，近道而非道，类法而非法，不同于先秦任何流派。

关于屈原的儒家倾向，研究者已谈得很多。比如说屈原把修身与治国联系在一起，就同儒家一致。我这里要补充的是，屈原仰慕尧舜三代，推崇周文化，如《离骚》说“周论道而莫差”，就跟儒家最为接近。但他认为周文化的核心是“举贤而授能兮，循绳墨而不颇”，却跟儒家对周文化的理解不完全一致：举贤授能当然符合儒家精神。《论语·泰伯》：“舜有臣五人而天下治。武王曰：‘予有乱臣十人。’孔子曰：‘才难，不其然乎？唐虞之际，于斯为盛。……周之德，其可谓至德也已矣。’”就是说周人最讲举贤授能。“循绳墨而不颇”一般都理解为遵循法度，遵循法度是法家的思想，不是儒家思想。当然儒家中比屈原略晚的荀子也讲遵循法度，说屈原近于荀子也可以。但从儒家立场看，韩愈《读荀子》说荀子“大醇而小疵”，并非纯儒。说屈原近乎荀子，就意味着屈原似儒而不纯。

早有学者注意，屈原《天问》“遂古之初，谁传道之？上下未形，何由考之？冥昭瞢闇，谁能极之？冯翼惟像，何以识之？明明暗暗，惟时何为？阴阳三合，何本何化”一段，跟《庄子·天运》“天其运乎？地其处乎？日月争于其所乎？孰主张是？孰纲维是？孰居无事而推行是”一段非常相像，体现着道家式的天道自然观念。然而说屈原的思想中有道家成分可以，却不能说他是道家，因为他推崇三代之政，同道家特别是老庄反对三代以来的礼乐文化相距甚远。

除了上引《离骚》外，《九章·惜往日》说“惜往日之曾信兮，受命诏以昭时（一作诗），奉先功以照下兮，明法度之嫌疑。国富强而法立兮，属贞臣而日娭”，说“背法度而心治兮，辟与此其无异”，都表明他确实主张法治，与法家有一致之处。但他既取法家的富国强兵，又取儒家的“重仁袭义”（《怀沙》），故而跟纯粹的法家又有所不同。

正因为屈原似儒而非儒，近道而非道，类法而非法，体现出一种“杂”的特点，所以我曾经认为他的思想具有道家黄老派的某些特征[①]。但说他的思想体现出黄老特征并不等于说他就是黄老派，因为从他的作品中很难勾勒出一个完整的黄老思想体系。

---

① 详拙著《道家及其对文学的影响》第五编第三章第二节《屈原思想的黄老特征》，长沙：岳麓书社，2005 年修订本。

屈原的思想虽有“杂”的特点，却体现着战国时代许多流派都具有的自由民主精神。儒家也好，道家也好，甚至法家，都同君主保持一种若即若离的关系，不强调绝对忠诚，要忠诚也只能忠于那些明主贤君。对暴君闇主，大家都是批判否定的。屈原不仅批判暴君闇主，还在《离骚》中讲“皇天无私阿兮，览民德焉错辅，夫唯圣哲以茂行兮，苟得用此下土，夫孰非义而可用兮，孰非善而可服”，认为天命是不固定的，任何人只要肯修德，都可以获致天命。这同《周书》之“皇天无亲，唯德是辅”、《老子》七十九章的“天道无亲，常与善人”、《吕氏春秋·贵公》的“天下非一人之天下也，天下人之天下也”意思相同。顺便提一下，《九章·惜诵》有“竭忠诚以事君兮，反离群而赘肬，忘儇媚以背众兮，待明君其知之”、“疾亲君而无他兮，有招祸之道也。思君其莫我忠兮，忽忘身之贱贫”等语，实不符合屈原的一贯精神，学术界有人认为此篇非屈原之作，是有道理的[①]。

屈原喜欢立异，当时人就难以理解，感到奇怪。《九章·怀沙》说：“邑犬群吠兮，吠所怪也。”可见屈原已意识到大家都认为他非常另类。以我们今天的眼光看，屈原也确实有些“怪”。例如服饰，他就喜欢与众不同。我每读到《离骚》“高余冠之岌岌兮，长余佩之陆离”、《涉江》“佩长剑之陆离兮，冠切云之崔嵬”，就由屈原的高帽子想起先秦其他书中记载的某些人的古怪帽子。比如《荀子·非十二子》中讲儒门中子张这派人就“弟佗其冠”。“弟佗”一词，杨倞说“未详”，卢文弨认为“弟”即“弟”，刘师培同意此说，并说“弟佗”即“弟靡”，即“委蛇”之异文[②]。

① 林庚曾指出“忘身之贱贫”与屈原作为三闾大夫的身份不合。见其《说橘颂》注，《诗人屈原及其作品》，北京：中华书局，1962 年，第 129 页。陈学文《论屈原的思想人格与〈惜诵〉的真伪》中说：“《惜诵》的中心内容就是反复表白自己对君王的‘忠’及忠而遇罚的冤屈，诗中绝大部分的篇幅都与此有关。”“如果在可靠的屈辞中都共同表现出来的屈原的个性和思想的基本特点，在《惜诵》中却根本没有或有所不同，岂不令人奇怪吗?”《中国文学研究》1998 年第 3 期。

② 梁启雄：《荀子简注》，北京：中华书局，1983 年，第 69 页。

委蛇即逶迤，高低不平之状。帽子高低不平，样子颇有点怪异，荀子虽然也主张儒者应有自己的服饰（见《荀子·儒效》），然而不喜欢子张这种装扮，故而把它作为“贱儒”的标志之一。《庄子·天下篇》说宋钘、尹文等人也“作为华山冠以自表”。这句话讲得比较明白，它指出宋、尹造戴华山冠的目的是为了自我标榜。从字面看，华山冠是一种形状像华山的帽子。郭象和成玄英都说是上下均平之貌。造一个这样的帽子戴在头上，表示自己追求均平[①]。对比这些例子，再回过来看屈原，就可以看出他把帽子做得那么高，也有自我标榜的意思，让人一看就觉得他与众不同。汤炳正先生据《说苑·善说》“昔者荆为长剑危冠，令尹子西出焉”，认为屈原喜欢戴高帽佩长剑并非出于立异，而是楚人特有之民族习俗[②]。这或许有一定道理。然而屈原以“崔嵬”、“切云”来形容他的帽子，以“陆离”来形容他的长剑，似乎比一般楚人的帽子夸张。屈原还不只帽子高，剑长，所穿的服装也挺怪异。“扈江离与辟芷兮，纫秋兰以为佩”、“揽木根以结茝兮，贯薜荔之落蕊，矫菌桂以纫蕙兮，索胡绳之缅缅”（《离骚》）、“被明月兮珮宝璐”（《涉江》），即使做隐士，也要“制芰荷以为衣，集芙蓉以为裳”（《离骚》），这样满身的花花草草，不知究竟是真是假。后人依照王逸的讲法，都说是比喻，但是，联系子张、宋钘、尹文等人的穿着看，是真的也未可知。倘若是真，屈原就确实有些另类。《离骚》说“謇吾法夫前修兮，非世俗之所服，虽不周于今之人兮，愿依彭咸之遗则”，好像说商朝的贤大夫彭咸就是这样穿戴的，屈原是在向他学习。可惜彭咸的穿戴已无法考证了。总之是屈原总是刻意把自己塑造成另类，不仅用来自我标榜，还有意以此来同世俗作对。以奇装异服来标榜自己不同凡俗，这是他同当时一般人很不一样的地方，同儒者更为不同。

屈原处于允许朝秦暮楚、楚材晋用的战国时代，却至死不肯离

---

① 郭庆藩撰，王孝鱼点校：《庄子集释》，北京：中华书局，1961 年，第 1803 页。

② 汤炳正：《楚辞类稿》，成都：巴蜀书社，1988 年，第 320 页。

开楚国，最后采取怀沙沉江的方式，也很令后人不解。这一点下文还会谈到，这里就不详说了。

屈原的表达方法更多令人难解的地方。应该说，他是一个有思想的人，但他表达思想不用当时诸子百家都用的散体，却用辞赋这种形式。在辞赋中融入哲理、政论、史论是他表达的重要特色。他喜欢用一些看来颇为怪诞的物事、意象来表达他的行为与情感。比如《离骚》里插入上九疑向舜陈词，驾玉虬游天宫，上天下地三度求女，驾飞龙经流沙、遵赤水、路不周以左转，指西海以为期等等情节，实在很不好理解。讲到这些，人们往往认为它跟《庄子》相似。其实《庄子》的奇异处联系上下文尚可理解，屈原的这些写法究竟要表达一个什么意思，多在可解与不可解之间。所以它比《庄子》还要奇特。正因为他可以同庄子类比，所以后世论骚者往往把他的作品同庄子并举。

二、汉代：屈原诠释之道、儒视角

汉以来对屈原的诠释大致上可以分为三个阶段：汉代为一阶段，这时有从道家角度诠释屈原的，也有从儒家角度诠释屈原的；六朝到唐为一阶段，这时儒文矛盾深刻，人们普遍把屈原当失意文人看待；宋以后儒学兴盛，屈原被逐渐儒化，朱熹认为屈原与儒家精神相通，把他与一般“词人”区别开来。后儒在朱氏的基础上对屈原不合儒家之处曲为之辩，使之进一步成为“圣人之徒”。

西汉黄老与儒术兼行，故人们评价屈原，或立足于道家，或儒、道兼而有之。最早将屈原引为同道的是贾谊。贾谊作《吊屈原赋》，把屈原视为与自己遭际相同的失意之士。但贾谊既是最早同情屈原的人，也是最早对屈原提出质疑的人。贾谊虽是儒士，却颇受道家影响，他对屈原因眷念故国而沉江自尽大惑不解，用道家的处世方式来代替屈原思考：“凤凰翔于千仞兮，览德辉而下之；

见细德之险征兮，摇增翮逝而去之；彼寻常之污渎兮，岂能容吞舟之鱼！横江湖之鳣鲟兮，固将制于蚁蝼。”[①] 这里用《庄子·庚桑楚》的典故，说假如他处在屈原的时代，会高蹈远引，既不会为小人所制，更不会投江。道家愤世嫉俗，却反对以死抗争，而主张以隐遁来保持人格独立与自由。贾谊另一名作《鹏鸟赋》就是以道家来消解对失意和死亡的恐惧。贾谊跟屈原的不同，表明屈原跟道家有别。

较早系统评价屈原的是淮南王刘安：“屈平正道直行，竭忠尽智以事其君，谗人间之，可谓穷矣。信而见疑，忠而被谤，能无怨乎？屈平之作《离骚》，盖自怨生也。国风好色而不淫，小雅怨诽而不乱。若《离骚》者，可谓兼之矣。上称帝喾，下道齐桓，中述汤武，以刺世事。明道德之广崇，治乱之条贯，靡不毕见。”[②] 刘安的评论最值得注意的有两点：一是强调屈原忠君，二是强调屈原的怨诽符合中庸。刘安为什么要强调屈原忠君呢？联系刘安的具体情况，可以推知：一，刘安属于道家黄老派[③]。汉代黄老派在忠君的问题上甚至比儒家还偏激。《史记·儒林传》载，汉景帝时，属黄老派的黄生同儒学博士辕固生辩论，辕固生还承认汤武革命合理，黄生却认为汤武革命是弑君，因为：“冠虽敝，必加于首；履虽新，必关于足。何者？上下之分也。今桀纣虽失道，然君上也；汤武虽圣，臣下也。夫主有失行，臣下不能正言匡过以尊天子，反因过而诛之，代立践南面，非弑而何也？”司马迁的父亲司马谈也是黄老派，他批评儒家，却认为儒家的序君臣父子之礼、夫妇长幼之别不可改易（《论六家要指》）。刘安的《淮南子》也对君臣大义多有阐发，如《本经训》讲“君施其德，臣尽其忠，父行其慈，子竭其孝，各致其爱而无憾恨其间”，就是如此。大一统政权建立

① 据《史记·屈原贾生列传》，北京：中华书局，1959 年，第 2492—2495 页。

② 《史记·屈原贾生列传》引，北京：中华书局，1959 年，第 2485 页。

③ 关于《淮南子》属黄老，我在拙著《道家及其对文学的影响》第四编第四章第四节有所论述，请参看。长沙：岳麓书社，2005 年修订本。

以后，战国时代的自由民主精神逐渐消退，相对君臣观自然也就一变而为要求臣下对君主绝对尽忠。二，刘安之父刘长因反对汉文帝遭流放死，吴楚七国之乱时刘安还曾想响应吴王刘濞。武帝初，他以叔父的身份入朝，颇受重视，为了防止武帝怀疑他有二心，所以他要借屈原表忠，既献《淮南内书》（即今之《淮南子》），又受诏作《离骚传》，还献过《颂德》及《长安都国颂》。虽然后来刘安终因汉武帝不信任而陷入被告谋反的境地，但作《离骚传》时通过表忠来取得汉武帝信任是有必要的。刘安为什么强调屈原的怨诽符合中庸之道呢？这是因为刘安的父亲被杀，他确实对朝廷有过怨言，吴楚七国之乱时甚至想起兵响应，这样的深怨，总该有个解释吧。借儒家“诗可以怨”的理论来解释屈原，再通过屈原来为自己辩解，应该是顺理成章的。“中庸”和“诗可以怨”都是儒家理念，从这个角度，也可以说刘安是最早企图儒化屈原的人。

刘安属道家黄老派，所以倾向于黄老派的司马迁很赞同他的意见，把他的评论写进《屈原贾生列传》。当然，司马迁跟刘安又有所不同。他虽然也强调屈原的忠，却对楚怀王的昏庸予以谴责。说屈原“虽放流，睠顾楚国，系心怀王，不忘欲反，冀幸君之一悟，俗之一改也。其存君兴国而欲反覆之，一篇之中三致志焉。然终无可奈何，故不可以反，卒以此见怀王之终不悟也。人君无愚智贤不肖，莫不欲求忠以自为，举贤以自佐，然亡国破家相随属，而圣君治国累世而不见者，其所谓忠者不忠，而所谓贤者不贤也。怀王以不知忠臣之分，故内惑于郑袖，外欺于张仪，疏屈平而信上官大夫、令尹子兰。兵挫地削，亡其六郡，身客死于秦，为天下笑。此不知人之祸也。《易》曰：‘井泄不食，为我心恻，可以汲。王明，并受其福。’王之不明，岂足福哉!”司马迁肯定屈原忠诚而批判怀王昏庸，不只是因为他尚承袭着先秦时代的自由精神，也与自己的遭遇有关。但是，司马迁对屈原的眷念故国、沉江自尽也颇有疑惑：“又怪屈原以彼其材，游诸侯，何国不容，而自令若是。”汉代的大一统使士人生计越来越艰难，因而都非常向往择主自由的战国时代，屈原处在那么自由的时代，却执意不离开楚国，系心怀王，是他们非常难以理解的。

扬雄总体上是儒士，看待和评论屈原时则道家和儒家视角均有。儒家也好，道家也好，对人生遭际都采取乐天委命态度，扬雄评价屈原时即持这种态度。《汉书·扬雄传》说他“又怪屈原文过相如，至不容，作《离骚》，自投江而死，悲其文，读之未尝不流涕也。以为君子得时则大行，不得时则龙蛇，遇不遇命也，何必湛身哉！乃作书，往往摭《离骚》文而反之，自岷山投诸江流以吊屈原，名曰《反离骚》”。《反离骚》最后说：“夫圣哲之不遭兮，固时命之所有；虽增欷以於邑兮，吾恐灵修之不累改。昔仲尼之去鲁兮，斐斐迟迟而周迈，终回复于旧都兮，何必湘渊与涛濑！溷渔父之铺歠兮，絜沐浴之振衣。弃由、聃之所珍兮，蹠彭咸之所遗！”“仲尼去鲁”四句是说孔子离开父母之邦，迟迟乎其行，但最终还是回到了鲁国，屈原不采用这种方式，实在不应该。这是用儒家的眼光来批评屈原至死不肯离开故国。“溷渔父”四句，认为屈原不学许由、老聃高尚其事，却依彭咸自沉遗则，实在没有必要。这当然是站在道家立场来否定屈原沉江。当然，扬雄对屈原的评价还是很高的。他认为屈原“如玉如莹，爰变丹青”，是一位智者[①]。

汉宣帝认为“辞赋大者与古诗同义，小者辩丽可喜”[②]，部分地肯定了楚辞跟儒家所推崇的《诗经》同一归趣。东汉儒学盛行，学者更多地站在儒家立场，或批评屈原，或为屈原辩护。批评屈原最激烈的是班固，为屈原辩护最着力的是王逸。不管是批评还是辩护，都是站在儒家立场。班固显然是反对儒化屈原，王逸则力图儒化屈原。这种反儒化与儒化，构成了东汉屈原研究的奇特景观。

从《离骚赞序》看，班固也承认屈原有忠信的一面，但他站在儒家乐天委命和明哲保身的角度，坚持孔子“邦有道则智，邦

---

① ［汉］扬雄《法言·吾子》，汪荣宝撰、陈仲夫点校《法议疏》，北京：中华书局，1987年，第57页。

② ［汉］班固：《汉书·王褒传》，北京：中华书局，1962年，第2829页。

无道则愚”，“邦有道则仕，邦无道则可卷而怀之”的生存策略，批评屈原“露才扬己”、“责数怀王”、“愁神苦思，强非其人，忿怼不容，沉江而死”，并认为屈原所描写的昆仑、宓妃之类，也多为虚无之语，非法度之言，淮南王称赞屈原“可与日月争光”，是言过其实。班氏对屈原、淮南王的批评，与其说是针对屈原、淮南王，还不如说在表明汉儒的处世态度。儒家的明哲保身理论本来就是为了应对专制制度而设。在君昏臣虐、邦国无道的现实状况下，任何个人都无能为力，任何逞才、忿怼、以死抗争都于身无益，于国无补。佯装愚钝或卷而怀之，是保存实力静以待时的最佳方式。班固所处的东汉中叶正是封建专制制度已经非常完善的时代（班固在《两都赋》中盛赞东汉礼乐制度之完备即是如此），他这样看待屈原是可以理解的。《汉书·冯奉世传》赞语说：“《诗》称‘抑抑威仪，惟德之隅’。宜乡侯参鞠躬履方，择地而行，可谓淑人君子，然卒死于非罪，不能自免，哀哉！谗邪交乱，贞良被害，自古而然。故伯奇放流，孟子宫刑，申生雉经，屈原赴湘，《小弁》之诗作，《离骚》之辞兴。经曰：‘心之忧矣，涕既陨之。’冯参姊弟，亦云悲矣！”在他看来，在专制制度下，忠贞之士正道直行反被加害是自古而然的事，被害者除了忧伤之外别无良方。应该说，班氏对忠贞所陷入的尴尬和死结认识是非常深刻的。这可能是儒者在制度层面上总是强调明哲保身而不讲杀身成仁、舍生取义的原因。作为史学家，班氏看重的是无征不信，因此，他否定屈原的神话式表达方式也是可以理解的。但班氏没有否定屈原的才华，他看到了屈原对汉代辞赋创作的深远影响，肯定屈原“虽非明智之器，可谓妙才者也”。[①]《汉书·艺文志》将屈原置于“诗赋略”，实际上已开将屈原视为文人的先声。

王逸作为屈原的敬仰者和楚辞的热爱者，在东汉儒学语境下，自然力图将屈原儒化，以便使屈原获得应有的地位。跟班固的强调

---

① ［汉］班固《离骚赞序》、《离骚序》，［宋］洪兴祖《楚辞补注》本，北京：中华书局，1983年，第48、51页。

儒者应明哲保身不同，他强调的是儒家杀身成仁、舍生取义的一面，并据此针对班固的批评为屈原辩护，认为“人臣之义，以忠正为高，以伏节为贤。故有危言以存国，杀身以成仁”。他旗帜鲜明地批判明哲保身思想，说“若夫怀道以迷国，佯愚而不言，颠则不能扶，危则不能安，婉娩以顺上，逡巡以避患，虽保黄耇，终寿百年，盖志士之所耻，愚夫之所贱也”。屈原“膺忠贞之质，体清洁之性，直若砥矢，言若丹青，进不隐其谋，退不顾其命”，艺术上依托《五经》以立义，本来就符合儒家精神，班固的批评既“亏其高明而损其清洁”，又“殆失厥中”[①]。孔子不仅肯定过杀身成仁，还肯定过史鱼“邦有道如矢，邦无道如矢”的直谏精神[②]。王逸强调儒家的这一面，当然比班固所强调的明哲保身更能体现儒家勇于承担道义，敢于同黑暗势力作斗争的积极一面。对屈原所采用的艺术手法，王逸尽量运用儒家的《诗》学方法来研究，认为屈原为文是“依《诗》取兴”、“依托《五经》以立义”，并尽量挖掘屈赋中的若干词句比附于儒家经典。王逸为儒化屈原，可谓煞费苦心。

三、六朝至唐：屈原诠释之文人视角

因为屈原为人的极端跟儒家特别是专制制度形成以后儒士的处世态度反差太大，加上明哲保身作为专制制度下士人的自全之道也有其合理性甚至普适性，所以王逸的意见很长时间内并未在儒家内部得到认同。多数人都只把屈原当文人看待。最早把屈原说成文人

① ［清］王逸《楚辞章句·离骚序》，［宋］洪兴祖《楚辞补注》本，北京：中华书局，1983年，第48页。

② 《论语·卫灵公》：“子曰：直哉史鱼！邦有道如矢，邦无道如矢。君子哉蘧伯玉！邦有道则仕，邦无道则可卷而怀之。”刘宝楠撰，高流水点校《论语正义》，北京：中华书局，1990年，第617页。

的是王充。《论衡·超奇篇》说："唐勒、宋玉，亦楚文人也。竹帛不纪者，屈原在其上也。"王充的文人有广狭两种含义。按照广义文人的理解，孔子、董仲舒也算文人[①]。狭义的文人指"采掇传书以上书奏记者"，即能从事文学创作和应用文写作的一般文士，包括屈原、宋玉、唐勒等辞赋作家，只是王充认为屈原高于唐勒、宋玉等楚辞作家而已。

把屈原当文人看待在魏晋南北朝很是盛行。六朝尚文，照道理说屈原的地位应有所上升才是，但事实上却并不如此。魏晋儒学虽处于低迷阶段，但文士如颜延之辈对屈原的表彰并不得力[②]，而儒士却因长期受压流于偏激，对文人极为不满，他们批评文人时拿屈原作靶子，却非常引人注目。自曹丕提出"观古今文人，类不护细行，鲜能以名节自立"[③]以后，儒士多以此为标准来批评文人。对屈原的批评也用这一标准。典型的是北魏儒士刘献之，他这样批评屈原："观屈原《离骚》之作，自是狂人，死其宜矣，何足惜也！吾常谓濯缨洗耳，有异人之迹；哺糟歠醨，有同物之志。而孔子曰：'我则异于是，无可无不可。'诚哉斯言，实获我心。"[④]后来儒者颜之推在《颜氏家训·文章》中称"自古文人，多陷轻薄"，把屈原"露才扬己，显暴君过"放在第一位。有讽刺意味的是，班固也被以"盗窃父史"列入轻薄之类。

刘勰是一位受儒学影响极深的文论家，《文心雕龙·辨骚》具

① 《论衡·佚文篇》即说："孔子，周之文人也。"《超奇篇》："文王之文在孔子，孔子之文在仲舒。……何言之卓殊，文之美丽也！"黄晖：《论衡校释》，北京：中华书局，1990年，第868、614页。

② 颜延之祭屈原文云："兰薰而摧，玉贞则折。物忌坚芳，人讳明洁。曰若先生，逢辰之缺。温风迨时，飞霜急节。嬴、芊遘纷，昭、怀不端。谋折仪、尚，贞蔑椒、兰。身绝郢阙，迹遍湘干。比物荃荪，连类龙鸾。声溢金石，志华日月。如彼树芬，实颖实发。望汨心欷，瞻罗思越。藉用可尘，昭忠难阙。"见沈约《宋书·颜延之传》，北京：中华书局，1974年，第1892页。

③ 《又与吴质书》，［清］严可均《全上古三代秦汉三国六朝文》，北京：中华书局，1985年，第1089页。

④ ［南北朝］魏收：《魏书·儒林传》，北京：中华书局，1974年，第1849页。

体考察了前代汉宣帝、扬雄、班固、王逸等人的意见，认为前人“褒贬任声，抑扬过实，可谓鉴而弗精，玩而未核”，并具体将屈原的为人、创作同儒家一一对照，撇开对屈原是否符合儒家的评价而专论楚辞，认为楚辞同儒家经典有相通之处，但毕竟不全合儒家。于是他通过评价楚辞来婉转地评价屈原：“固知《楚辞》者，体慢于三代，而风雅于战国，乃《雅》《颂》之博徒，而词赋之英杰也。观其骨鲠所树，肌肤所附，虽取熔经意，亦自铸伟辞。”实际上，在刘勰心目中，屈原还是一位文人，只不过是一位在某些方面符合儒家精神的文人而已。萧绎《金楼子·立言上》则说：“古人之学者二，今人之学者有四。夫子门徒，转相师受，通圣人之经者谓之儒，屈原、宋玉、枚乘、长卿之徒，止于辞赋则谓之文。今之儒博穷子史，但能识其事，不能通其理者，谓之学。”明显把屈原列入文人，以区别于儒者。

唐代虽然三教并行，儒家在政治生活中有一席之地，但儒士实际地位并不高，所以没有儒士把屈原引为同类，而仍把屈原视为失意文人。魏征主编的《隋书·经籍志》说：“《楚辞》者，屈原之所作也。自周室衰乱，诗人寝息，谄佞之道兴，讽刺之辞废。楚有贤臣屈原，被谗放逐，乃著《离骚》八篇，言己离别愁思，申杼其心，自明无罪，因以讽谏，冀君觉悟，卒不省察，遂赴汨罗死焉。弟子宋玉，痛惜其师，伤而和之。其后，贾谊、东方朔、刘向、扬雄，嘉其文彩，拟之而作。盖以原楚人也，谓之‘楚辞’。然其气质高丽，雅致清远，后之文人，咸不能逮。”可见唐初人仍把屈原看作文人，只是比一般文人“气质高丽，雅致清远”而已。

盛唐前的人们认为屈原有古诗人之风，宋玉则为一般文人，故常把屈原置于宋玉之上，盛唐以后则不管这种区别，他们径直将屈原与宋玉并列，一律看作失意文人。杜甫诗云：“不薄今人爱古人，清词丽句必为邻。窃攀屈宋宜方驾，恐与齐梁作后尘。”（《戏为六绝句》）戴叔伦诗云：“沅湘流不尽，屈宋怨何深。日暮秋烟起，萧萧枫树林。”（《过三闾庙》）吴融诗云：“悲秋应亦抵伤春，屈宋当年并楚臣。何事从来好时节，只将惆怅付词人。”（《楚事》）

盛唐后的人关注屈宋无非因为他们都是清词丽句的创造者，又都是失意的哀怨者。唐代文人失意，特别是浪迹或被贬到湖湘时，往往引屈宋同病相怜，李白、杜甫、刘蜕、元结等都是如此。

最能把握屈原精神的是柳宗元。他的《吊屈原文》称："先生之不从世兮，惟道是就。"又极力为屈原辩解，以解前代儒者批评屈原之惑：

> 何先生之凛凛兮，厉针石而从之。但仲尼之去鲁兮，曰吾行之迟迟。柳下惠之直道兮，又焉往而可施。今夫世之议夫子兮，曰胡隐忍而怀斯？惟达人之卓轨兮，固僻陋之所疑。委故都以从利兮，吾知先生之不忍；立而视其覆坠兮，又非先生之所志。穷与达固不渝兮，夫惟服道以守义。矧先生之悃愊兮，蹈大故而不贰。沈璜瘗珮兮，孰幽而不光？荃蕙蔽匿兮，胡久而不芳？[①]

柳氏把屈原看成"服道守义"之士，已开宋代再次儒化屈原之先声。

晚唐哀帝时，屈原因"正直事君，文章饰己"，被封为昭灵侯[②]，想借屈原之忠君以激励士大夫为唐王朝效力。但此时唐王朝大势已去，祭起屈原也徒费心力。

四、宋以后：屈原诠释之日渐儒化

宋代的儒学语境是促使屈原儒化的重要原因。洪兴祖《楚辞补注》已开其端。洪氏重申了淮南王、司马迁的评价，并对后世儒者的质疑作了回应。对屈原为什么至死不离开楚国的问题，他作

① 《柳宗元集》，北京：中华书局，1979 年，第 517 页。

② ［清］董诰等：《全唐文》卷九十二《封屈原敕》，北京：中华书局，1983 年，第 972 页。

了一个符合宗法制度的解释："屈原，楚同姓也。为人臣者，三谏不从则去之。同姓无可去之义，有死而已。"他并不否认儒家明哲保身的正确，但他又强调儒家还有"夙夜匪解（懈），以事一人"的一面，说："士见危致命，况同姓，兼恩与义，而可以不死乎！且比干之死，微子之去，皆是也。屈原其不可去乎？"[①] 对班固提出的"忿怼沉江"的问题，他在《离骚》"愿依彭咸之遗则"注文中引用颜师古之说："彭咸，殷之介士，不得其志，投江而死。"这样就避免了屈原因谏君不听而忿怼沉江的旧说。洪氏还认为"屈原死于顷襄之世，当怀王之时作《离骚》……盖其志先定，非一时忿怼而自沉也。"[②] 通过这些回应，洪氏否定了贾谊、扬雄、班固、颜之推等前辈的看法，并直斥班固、颜之推"所云无异妾妇儿童之见"。平心而论，洪氏说屈原想投江乃"其志先定"是有见地的。从《离骚》《涉江》《怀沙》等作品看，屈原想以死了断确实酝酿了一个很长的过程。姑不论《离骚》是作于怀王还是顷襄王时，据"老冉冉其将至兮"之语，可知他尚未真老（不管五十曰老还是七十曰老，总之这时他尚未老），然而这时他就说"吾将从彭咸之所居"，想着要学彭咸投水自尽了；《涉江》说"年既老而不衰"，这时他真的老（说"既老"，就是超过"老"的年龄界限了）了，却没有提到死的问题，只说"怀信侘傺，忽乎吾将行兮"，似乎还打算到别的地方去以为长久之计。《怀沙》说"知死不可让，愿勿爱兮。明告君子，吾将以为类兮"，这才最后下定决心去死。从这些迹象看，洪氏讲屈原"其志先定"是有道理的。后世为此争执不休，批评洪氏者不少，我以为都不如洪氏有见地。

① ［宋］洪兴祖：《楚辞补注》卷一，北京：中华书局，1983 年，第 50 页。
② ［宋］洪兴祖：《楚辞补注》，第 13 页。

清人蒋骥也有类似洪氏之见而阐释更详[①]。洪氏的辩解显然强化了屈原的忠诚于君主、执着于宗族，为朱熹儒化屈原提供了思路。

应该说，就评价屈原说，朱熹比洪氏圆通，他承认“原之为人，其志行虽或过于中庸而不可以为法”，“原之为书，其辞旨虽或流于跌宕怪神、怨怼激发而不可以为训”，“其不知学于北方以求周公、仲尼之道，而独驰骋于变风变雅之末流，以故醇儒庄士或羞称之”，然而，他认为这些都不足以构成把屈原排斥在儒门之外的理由，因为屈原之心，“出于忠君爱国之诚心”；屈原之文，“皆生于缱绻恻怛不能自已之至意”，醇儒庄士虽羞于称颂屈原，屈原却仍能“使世之放臣屏子、怨妻去妇抆泪讴唫于下，而所天者幸而听之，则于彼此之间，天性民彝之善，岂不足以交有所发，而增夫三纲五典之重”，这种忠君爱国之诚、缱绻恻怛之意已足以使人们“不敢直以词人之赋视之”![②] 像洪兴祖一样，朱氏也针对前人批评屈原的言论为屈原辩护，认为如果说屈原有什么“过错”的话，那“过错”就是屈原过于忠诚：“夫屈原之忠，忠而过者也。屈原之过，过于忠者也。故论原者，论其大节，则其它可以一切置之而不问。论其细行，而必其合乎圣贤之矩度，则吾固已言其不能合于中庸矣，何尚说哉!”[③] 朱氏反复要求人们不要拘泥于枝节，强调只要屈原之大节符合圣贤矩度就够了。朱氏对“文人”是极为不屑的，从其《楚辞后语》称息夫躬“文人无行”可知[④]。朱氏

---

① 蒋骥说：“余考原自怀王初放已作《离骚》，以彭咸自命，然终怀之世不死。顷襄即位，东迁九年不死。《渔父》《怀沙》岌岌乎死矣，而《悲回风》卒章所云，抑不忍遽死。何者？以死悟君，君可以未死而悟，则原固不至于必死。至《惜往日》始毕辞赴渊。其辞曰：‘身幽隐而备之。’又曰：‘恐祸殃之有再。’盖其时谗焰益张，秦患益迫，使原不自沉，固当即死。死等耳，死于谗与死于秦，皆不足悟君，君虽悟，亦且无及。故处必死之地而求为有用之死，其势不得不出于自沉耳!”《山带阁注楚辞·序》，上海：上海古籍出版社，1984年新1版，第3页。

② [宋] 朱熹撰，蒋立甫点校：《楚辞集注》，上海：上海古籍出版社、合肥：安徽教育出版社，2001年，第2页。

③ 《楚辞集注》之《反离骚》按语，第241页。

④ 《楚辞集注》所收《楚辞后语》卷三，第243页。

把屈原从一般的“文人（词人）”中超拔出来，用意十分明显，就是要使屈原由一般文人转变为儒门同志。明人何乔新云：“然尝闻之，孔子之删《诗》，朱子之定《骚》，其意一也。《诗》之为言，可以感发善心，惩创逸志，其有裨于风化也大矣！《骚》之为辞，皆出于忠爱之诚心，而所谓‘善不由外来，名不可以虚作’者，又皆圣贤之格言。”[①] 何氏推朱熹之意，把楚辞同《诗经》相提并论，符合朱子本心。可以说把屈原儒化的工作，到朱熹这里实际上已基本完成。

朱熹虽是权威，但毕竟并未明确表态屈原就是儒家，因而，此后的争议尚并未止息，明人汪瑗为了进一步把屈原纳入“圣人之徒”[②]，费了许多心力。汪氏花了许多工夫来考证彭咸就是彭祖，认为《离骚》“愿依彭咸之遗则”并不是学习彭咸谏君不听投水而死，而是学彭祖隐遁养寿，《离骚》末句“吾将从彭咸之所居”乃是“言己决于西涉也”[③]。汪氏甚至根本否定有屈原投水而死这回事。为什么要这样百般回护呢，汪氏自己说得很清楚：“盖屈子编内往往言甘死亡不悔者，盖当时谗言交构之害，其事势，实欲置之于死地，故屈子言宁死而不变其所守也，非因君之放逐而遽欲死也。苟因君之放逐而遽欲死亡，又何其不自重而迂阔之甚也？……若果因君之放逐而欲死，死而又投水，则扬、班之讥犹为恕之，虽谓千载之罪人可也，岂特不可为法而已哉！”[④] 汪氏为什么竟说屈原投水是“千载之罪人”呢？我以为是他过分看重了儒家“邦有道卷而怀之”的那一面。前人扬雄、班固因看重这一面而对屈原加以非议，汪氏想从根本上推倒他们的说法，他不仅说屈原根本就

① 《楚辞集注·附录》载何乔新序，第301页。

② 汪瑗撰，董洪利点校《楚辞集解·离骚》注：“呜呼，若屈子者，其圣人之徒与？岂特为楚国之贤而已哉？岂特为战国之贤而已哉？”北京：北京古籍出版社，1994年，第107页。

③ 《楚辞集解·离骚》，北京：北京古籍出版社，1994年，第107页。

④ 《楚辞集解》所载《楚辞蒙引》之“屈原投水辨”，北京：北京古籍出版社，1994年，第333—334页。

没有投江这回事，而且说屈原本来就是在践履“邦有道则卷而怀之”的人生道路。汪氏的说法虽十分牵强，却颇得后世站在儒家立场谈楚辞者所喜。如戴震以彭咸为《论语》之老彭，王闿运甚至说屈原“将从彭咸之所居”是“欲还秭归，依旧都，终隐以老也”。俞樾虽不否认屈原沉江[①]，也花了许多工夫考据彭咸即彭祖。考据当然有其必要，但他们的目的并不在于求真，而是为了避开前人对屈原效法彭咸投水的非议，以维护朱熹以来对屈原的儒化。今人林庚先生也颇受这种看法的影响，花了许多笔墨来考证彭咸即是彭祖（彭铿）[②]。扬雄、王逸近古之说，反被置之一旁，不予采信。

其实说屈原投水同样不妨碍把屈原儒化，因为如前所云，儒家本来就有杀身成仁、舍生取义的一面。王夫之《楚辞通释》卷一释《离骚》“乱曰”数句说：“知故都缤纷变易之不必怀，抑念政恶则国无与存，而义则君臣，恩则同姓，情则成言有黄昏之期，又安能置故都于不怀邪？往复思惟，决以沉江自矢。虽当怀王之世，未尝绝望，且退居汉北以有待。而君子知几，已夙其必于舍生取义以从彭咸，又奚竢顷襄迁窜之时乎！”[③] 对屈原未采用儒家的明哲保身之道，王氏这样解释：“斯以为千古独绝之忠，而往复图维于去留之际，非不审于全身之善术。则朱子谓其过于忠，又岂过乎！”[④] 王氏并没有全面驳斥前人对屈原的批评，而只是作出合乎情理的解释，维护了屈原“忠绝”的形象。对洪兴祖有关屈原沉江“盖其志先定”的说法，王氏也有所吸纳。王氏乃湖湘学者，湖湘自宋代周敦颐、胡安国、胡宏、张栻以来理学便自成体系。屈原与湖湘理学的结合自然更加深了其儒家色彩。直至今日，论者谈湖湘文化还必上溯屈原。

综观屈原由文人而儒化的过程，我们可以清晰地看到历史上人

---

① 以上诸家之说，均见游国恩主编之《离骚纂义》，北京：中华书局，1980年。

② 《彭咸是谁》，《诗人屈原及其作品》，北京：中华书局，1962年，第63—70页。

③ ［明末清初］王夫之：《楚辞通释》，中华书局上海编辑所编，1959年，第24页。

④ ［明末清初］王夫之：《楚辞通释》，中华书局上海编辑所编，1959年，第2页。

们对屈原理解的变化。屈原虽非儒家，但经过儒化，其内在精神便越来越与儒家接近，甚至融为一体。其核心就是朱熹讲的“忠君爱国”。说屈原忠君虽有一定根据，然而也在很大程度上掩盖了屈原固有的那种战国时代特有的民主精神。忠君是一种封建伦理道德，过于强化屈原忠君在某种程度上歪曲了屈原。爱国却是每一个民族都有的具有公理性质的品质，强调屈原的爱国，把屈原树为中华民族的爱国楷模，无疑具有巨大的积极意义。上世纪抗战时期以来，研究者基本上都是从爱国这一角度来从事屈原研究，就说明了这一解读的深远效应[①]。现代学者对前代儒者的批评屈原多半持否定态度，其实也应从儒家人生模式的角度重新加以审视。儒者批评屈原多强调儒家明哲保身的一面，这一方面是出于他们对封建专制制度本身残酷性的深刻认识，不愿意为昏君虐主作无谓牺牲；另一方面也出于儒者对封建专制的隐忍，因为儒者的利益是与这种制度捆绑在一起的，所谓君臣一体，忿怼沉江只能破坏彼此的合作。从这些批评屈原的儒者那里，我们也可以看到屈原的人生态度跟后世某些儒者的巨大差别。

（原载《中国文学研究》2009 年第 3 期，44—49 页）

① 关于抗战时期郭沫若、汤炳正、卫瑜章、游国恩、闻一多等前辈在抗战时期研究屈原的动机，周建忠《屈原“爱国主义”研究的历史审视》一文有简要叙述，可参看。见方铭、张宏洪主编的《中国楚辞学》第一辑，北京：学苑出版社，2002 年。

陆机《文赋》“浏亮”兼具声色二义说

——兼论中国古代文论中“听声类形”的通感批评

陈松青

“诗缘情而绮靡，赋体物而浏亮”，是西晋陆机《文赋》中的重要论断。唐代李善作出如下解释：“诗以言志，故曰缘情。赋以陈事，故曰体物。绮靡，精妙之言。浏亮，清明之称。《汉书·甘泉赋》曰：‘浏，清也。’《字林》曰：‘清浏，流也’。”① 据张少康《文赋集释》所引，李善之后，学者将“浏亮”解释为“爽朗”（张凤翼）、“达而无阻”（方廷珪）、“托体于物，而贵清明也”② 等等，都沿袭了李注，或在李注的基础上略加引申。《中文大辞典》《汉语大词典》《辞源》《辞海》等辞书也都以李注为据，将“浏亮”解释为“晓畅明朗”“清楚明朗”“清畅明朗”。章太

① 李善注引《字林》曰：“清浏，流也。”清任大椿《字林考逸》卷六依此，当误。按，《文选·胡氏考异》卷三：“‘《汉书·甘泉赋》曰’下至‘清浏，流也’，袁本、茶陵本无此十六字。”（萧统编，李善注：《文选》（胡克家本），北京：中华书局，1977 年版，第 894 页。）陈乔枞说：“《文选》……《文赋》注引《字林》曰：‘漻，清流也。’”（转引自王先谦：《诗三家义集疏》，北京：中华书局，1987 年，第 373 页。）《文选》传钞刊刻十分复杂，陈氏所见《文选》李善注引《字林》作“漻，清流也”，可从。

② 张少康：《文赋集释》，北京：人民文学出版社，2002 年，第 112—113 页。

炎的观点与上述众说不同：“士衡‘缘情’‘体物’二语，实做诗造赋之要。……盖体物者，铺陈其事，不厌周详，故曰浏亮。”[①]这与南朝刘勰《文心雕龙·诠赋》所说的“赋者，铺也，铺采摛文，体物写志也”[②]接近。可见，在章氏看来，刘勰所说的“铺采摛文”相当于陆机所说的“浏亮”，其中包含了辞采的铺排繁缛。章氏此说一直为人忽视，却恰恰值得我们注意。

陆机《文赋》“浏亮”到底是指哪一朝代什么类型的赋？明代谢榛说：“夫‘绮靡’重六朝之弊，‘浏亮’非两汉之体。”[③]很显然，谢榛认为“赋体物而浏亮”是指汉赋而言，不过在他看来，汉赋并不“浏亮”。可见谢榛也是将“浏亮”理解为“清明”的，批评陆机对汉赋认识不当。谢榛对陆机的指责，近今学者多不以为然，郭绍虞即说：“陆机以骈文著称，所以论文也偏主妍丽”，谢榛“不知陆机所论本是重在新体，当然不必泥于古说”[④]，认为《文赋》“浏亮”所指本来就不是汉赋，而是魏晋“新体”赋。但事实果真如此吗？

一

不妨先梳理李善将“浏亮”释为“清明”的依据。其依据有二：

（一）李善注“浏亮”，引《汉书·甘泉赋》曰：“浏，清也。”需要指出的是，所谓《汉书·甘泉赋》，实际是指扬雄的《甘泉赋》，而“浏，清也”三字，并不出自扬赋本文，而出自魏

① 章太炎：《章太炎先生国学讲演录》（资料），南京：南京大学中文系古典文学教研室、南京大学学报编辑部编印，第213页。

② 范文澜：《文心雕龙注》，北京：人民文学出版社，1958年，第134页。

③ ［明］谢榛：《四溟诗话》，北京：人民文学出版社，1961年，第18页。

④ 郭绍虞：《中国文学批评史》，上海：上海古籍出版社，1979年，第49页。

孟康《汉书》注（李善注《甘泉赋》，引孟康语可证，下文已引）。古人引书，往往连类而及，不足为怪。扬雄《甘泉赋》："正浏滥以弘惝兮，指东西之漫漫。"《汉书》卷八十七上，唐代颜师古注："浏滥，犹泛滥。"[①]《文选》卷七李善注："孟康：浏，清也。……善曰：浏滥，犹言清净而泛滥也。"[②] 从表面看，李注综合了孟、颜二注，似乎更加完善，但这种将联绵词析字为训的做法并不可取。

（二）李善注引《字林》："清浏，流也。"此处文字有误。按本文注释①所做考证，"清浏，流也"当作"漻，清流也"。《字林》是晋代吕忱仿《说文》而撰，已散佚。《诗经·郑风·溱洧》："浏其清矣。"《毛传》曰："浏，深貌。"[③]《说文·水部》说："浏，流清貌。从水，浏声。"[④] 并引《溱洧》为证。《韩诗》"浏"作"漻"。《说文》："漻，清深也。"[⑤]"漻"、"浏"音义相同，是指水深而清澈的样子。但问题在于："浏"固然有"清深"的意义，"亮"固然可以释为"明"，但这并不意味着，"浏亮"就一定是"清明"的意思。

笔者认为，"浏亮"的"浏"，是"借字表音"，是不能理解为"清深"的。刘向《九叹》："秋风浏以萧萧。"汉王逸《楚辞章句》曰："浏，风疾貌也。……一云浏浏。"[⑥] 明方以智《通雅》卷九《释诂》："《九叹》曰：'秋风浏浏以萧萧。'乃不用'翏翏'、'飀飀'，而借'浏其清矣'之'浏'重之，以状风。此岂

---

① ［汉］班固：《汉书》（颜师古注，卷八十七），北京：中华书局，1962 年，第 3526 页。

② ［南朝梁］萧统编，［唐］李善注：《文选》（胡克家本），北京：中华书局，1977 年，第 112 页。

③ ［汉］郑玄注，［唐］孔颖达疏：《毛诗正义》（卷四），《十三经注疏》阮元校刻本，北京：中华书局，1980 年，第 346 页。

④ ［清］段玉裁：《说文解字注》，上海：上海古籍出版社，1981 年，第 547 页。

⑤ ［清］段玉裁：《说文解字注》，上海：上海古籍出版社，1981 年，第 547 页。

⑥ ［宋］洪兴祖：《楚辞补注》，北京：中华书局，1983 年，第 284 页。

足以后人之绳墨责之乎？”[①] 方氏认为，“浏浏”只是借“浏其清矣”之“浏”重叠而已，是借音不借义。方氏的说法是正确的。“浏浏”与“翏翏”“飀飀”“飂飂”“飉飉”“飀飀”，写法虽然不同，但意义并无区别[②]。王念孙说：“大氐双声叠韵之字，其义即存乎声，求诸其声则得，求诸其文则惑矣。”[③] 因此，用水的“深清”解释“浏亮”的“浏”，实属无的放矢。刘运好《陆士衡文集校注》说：“浏，清澈貌……此指体物的清新明澈。亮，音节响亮。”[④] 也有此病。

“浏亮”是一个联绵词[⑤]，可以写作“寥亮”、“憀亮”、“嘹亮”[⑥]、“流亮”[⑦]、“浏湸”[⑧]、“溜湸”等。从与陆机同时或与之较近的两晋南北朝的使用情况来看，“浏亮”等词最初是形容声音的高远嘹亮，之后由声音及于形貌，为了标明某个意义，有时在“亮”字边加“口”旁以表声音，有时加“水”旁以表形貌。用“浏亮”等词形容声音的例子非常多，如向秀《思旧赋序》言笛

---

① ［明］方以智：《通雅》，《四库全书》第857册，上海：上海古籍出版社，1987年，第226页。

② ［清］王念孙：《广雅疏证》（卷六），北京：中华书局，1983年，第516页。

③ ［清］王念孙：《广雅疏证》（卷六），北京：中华书局，1983年，第198页。

④ 刘运好：《陆士衡文集校注》，南京：凤凰出版社，2007年，第24页。

⑤ “浏亮”二字均属来纽，是双声联绵词。朱骏声《说文通训定声·孚部·浏》引《文赋》“赋体物而浏亮”云：“注：‘浏亮，清明之称。’亦双声连语。”（朱骏声《说文通训定声》，武汉古籍书店影印，1983年，第239页。）符定一《联绵字典》亦收此词，见《未集》（符定一：《联绵字典》，北京：中华书局，1954年，第118页）。

⑥ 朱起凤：“浏、飂一声之转，‘嘹亮’作‘浏亮’，‘寥慄’作‘懰慄’，并其征也。”（朱起凤《辞通》卷七“飂飂”条，上海古籍出版社，1982年，第704页。）周汝昌也说：“‘浏亮’，后来音转为‘嘹亮’。”（周汝昌：《陆机〈文赋〉“缘情绮靡”说的意义》，《文史哲》1963年第2期，第61页。）

⑦ 钟嵘《诗品下》：“赏心流亮，不失雅宗。”曹旭注：“流亮，即浏亮。”（曹旭：《诗品集注》，上海：上海古籍出版社，1994年，第467页。）

⑧ 文渊阁四库全书本《太平广记》卷三一一《神》二十一载萧旷评曹植《洛神赋》为“体物浏湸”，而明陆楫编《古今说海》卷二十二《说渊》二《洛神传》则作“体物浏亮”。

声："邻人有吹笛者，发声寥亮。"嵇康《琴赋》言琴声："新声憀（一作熮）亮，何其伟也。"潘岳《笙赋》言笙声："勃慷慨以憀亮，顾踌躇以舒缓。"成公绥《啸赋》言啸声："喟仰抃而抗首，嘈引长而憀亮。"陶渊明《闲情赋》言笛声："始妙密以闲和，终寥亮而藏摧。"刘孝绰《三日侍华光殿曲水宴诗》言歌声："妍歌已嘹亮，妙舞复纡馀。"《魏氏春秋》言啸声："（阮）籍乃嘐然长啸，韵响寥亮。"[1] 陆罩《奉和往虎窟山寺诗》言鸟声："徘徊花草合，浏亮鸟声遒。"可见，"憀亮""浏亮"等词形容声音的高远嘹亮，甚至与"遒""伟""慷慨"等词搭配，其音量是巨大的。相对而言，从形貌意义上使用"浏亮"等词，是非常少见的[2]。

值得注意的是，唐代乔潭《霜钟赋》说："乍浮空以舒馀，更体物而浏亮。"[3] 这描写的是钟声，明明白白地从声音的意义上理解与运用陆机《文赋》"浏亮"一词[4]。而白居易《赋赋》"文谐宫律，言中章句。华而不艳，美而有度。雅音浏亮，必先体物以成章；逸思飘飖，不独登高而能赋"[5]，则进一步从赋的音韵上理解与运用《文赋》"浏亮"一词。这种情况，大致可以追溯到北周。庾信《进象经赋表》自谦云："课虚为赋，辞非寥亮。"宇文逌《庾子山集序》则盛赞其"妙善文词，尤工诗赋，穷缘情之绮靡，尽体物之浏亮"[6]。两文对读，可证"浏亮"义同"寥亮"，是形容赋的音韵。

综上可知，《文赋》用"浏亮"形容赋的音韵，而且其音韵是

---

① 余嘉锡：《世说新语笺疏》，上海：上海古籍出版社，1993 年，第 647 页。

② 如北魏孝文帝元宏《吊殷比干墓文》："步悬圃以溜滉兮，咀玉英以折兰。"（严可均辑：《全后魏文》卷七。）大略是以"溜滉"状形貌。文渊阁四库全书本《金石文字记》卷六："溜滉，浏亮。"

③ ［清］董诰：《全唐文》（卷四五一），北京：中华书局，1983 年，第 4609 页。

④ 文渊阁四库全书本《古俪府》卷六作"浏滉"。

⑤ 朱金城：《白居易集笺校》，上海：上海古籍出版社，1988 年，第 242 页。

⑥ 文渊阁四库全书本清吴兆宜《庾开府集笺注》释"课虚"即引《文赋》云："课虚无以责有。"可见庾作对《文赋》的承袭。但吴氏对"寥亮"的解释，仅引向秀《思旧赋序》而不及宇文逌《庾子山集序》，尚有不足。

高远嘹亮的。但在后世，尤其宋明以后，人们多以“浏亮”形容文艺作品风貌的清新明丽，距离它的本义甚远①，但即便如此，也仍有人触及到“浏亮”的本义。比如宋濂《文宪集》卷七《詹学士文集序》说：“体物浏亮，铿锵作金石声。”将“浏亮”与音韵的铿锵进行联系。今人的理解也有接近本义的②，但没有人就此作深入的探讨。

二

在体现高亢嘹亮的音韵美方面，长于体物的汉大赋最为突出。不妨举例说明，司马相如《上林赋》云：“于是乎崇山矗矗，宠苁崔巍，深林巨木，崭岩嵾嵯。九嵕巀嶭，南山峨峨，岩陁甗锜，摧崣崛崎。振溪通谷，蹇产沟渎，谽呀豁閜，阜陵别隝，崴磈嵔瘣，丘虚堀礨，隐辚郁壘，登降施靡，陂池貏豸，沇溶淫鬻，散涣夷陆，亭皋千里，靡不被筑。”此处大量运用叠字、双声、叠韵以及押韵等方式，形成窾坎镗鞳、嘹亮高亢的音乐美感。

赋以描写声音与形貌见长。《文心雕龙·辨骚》即说：“论山

---

① 如元辛文房《唐才子传》卷七谓杨发诗“浏亮清新”，同书卷九谓秦韬玉诗“恬和浏亮”；清永瑢等撰《四库全书总目提要》谓宋李处权诗“五言清脱浏亮，略似张耒；七言爽健伉浪，可拟陈与义”（卷一五七《集部》十《崧庵集》），谓明张羽“五言古体低昂婉转，殊有浏亮之作……至于歌行，笔力雄放，音节谐畅”（卷一六九《集部》二十二《静居集》）。

② 刘朝谦解释“诗缘情而绮靡，赋体物而浏亮”说：“意谓诗的审美特征在抒发情感的优美语言形式，赋是铺陈状摹物象而声韵音辞清明铿锵的审美之文。”（霍松林主编：《辞赋大辞典》，南京：江苏古籍出版社，1996 年，第 936—937 页。）注意到了音韵，但表意含糊。刘运好说：“‘绮靡’与‘浏亮’乃对举成文，均就文辞、音韵而言。”“‘浏亮’乃指文辞清丽，音韵疏亮。”（刘运好：《论陆机赋》，《安徽师范大学学报》（人文社会科学版）2010 年第 6 期，第 674 页。）他认为“绮靡”与“浏亮”兼有文辞、音韵两方面的含义，但未得“浏亮”之真旨。

水，则循声而得貌。”《文心雕龙·诠赋》：“及灵均唱《骚》，始广声貌”，“述客主以首引，极声貌以穷文”。《文选》“赋”中有“物色”一类。物色，主要表现为声色[①]。可见当时有的学者对辞赋（包括汉大赋）的声貌描写是有认识的，但毕竟对汉大赋的整体评价有所保留，对其本身所具有的音韵美认识也不够。譬如《文心雕龙》虽有《声律篇》，却无一词谈及汉赋的音韵问题。非常可贵的是，陆机对大赋的评价非常积极，甚至是毫无保留的。

首先，陆机在《文赋》里，对“穷形而尽相”“夸目者尚奢”的铺陈夸张——也即体物大赋的典型风貌——表示认可。尤其是，据《晋书》记载，陆机曾打算作《三都赋》，听说左思也在作，讥之为“伧父”，“及（左）思赋出，（陆）机绝叹伏，以为不能加也，遂辍笔焉”[②]。左思《三都赋》，藻饰之甚、用字之难、联边字之多、音韵之繁盛，不在汉大赋之下。由此可以推想陆机对汉大赋的态度。

其次，魏晋以后，文风出现“清省”“明丽”的倾向[③]，陆机的一些诗歌、小赋也以省净、清丽见长，但还有不少作品，如《汉高祖功臣颂》，甚至《文赋》本身、某些小赋与诗歌，显得博赡、深芜，陆云《与兄平原书》即称“《文赋》甚有辞，绮语颇多，文适多体，便欲不清”。当时陆机以“多才”“深芜”“词赡”著称，甚至以此为人所讥。张华即说：“人之作文，患于不才；至子为文，乃患太多也。”[④] 孙绰评曰：“陆文深而芜。”[⑤] 刘勰《文心雕龙·熔裁》说：“士衡才优，而缀辞犹繁。”钟嵘《诗品》则

---

① 《文心雕龙》中有《物色》篇。范文澜解释篇题说：“物色犹言声色。”（范文澜：《文心雕龙注》，北京：人民文学出版社，1958 年，第 695 页。）

② ［唐］房玄龄：《晋书》（卷九十二），北京：中华书局，1974 年，第 2377 页。

③ 陆机之弟陆云也主张为文“清省”，其《与兄平原书》云：“云今意视文，乃好清省，欲无以尚，意之至此，乃出自然。”（严可均：《全上古三代秦汉三国六朝文》，北京：中华书局，1968 年，第 2042 页。）

④ 余嘉锡：《世说新语笺疏》，上海：上海古籍出版社，1993 年，第 261 页。

⑤ 余嘉锡：《世说新语笺疏》，上海：上海古籍出版社，1993 年，第 269 页。

称“陆才如海”[①]、“才高词赡，举体华美”[②]。可见在文学观念与创作（包括赋颂）上，陆机不唯“清明”是尚，而李善却以“清明”来解释“浏亮”，是没有说服力的。

如前所述，刘勰的《文心雕龙·声律》没有谈及汉赋，但他在《丽辞篇》里讨论俪对时，虽然推尊“奇偶适变，不劳经营”的“自然成对”的情态，不过对汉赋语言的俪对与音韵、文采的配合，似有充分的肯定：“自扬马张蔡，崇盛丽辞，如宋画吴冶，刻形镂法，丽句与深采并流，偶意共逸韵俱发。”司马相如、扬雄、张衡、蔡邕是汉赋的代表作家，前三者尤以辞采华缛著称。此处“逸韵”与“深采”对言，一个是“声”，一个是“色”，两相对照，因此不宜将“逸韵”的“韵”泛泛地理解为“情韵”，而应理解为音韵[③]。刘勰此说，已属难能可贵，但其对汉大赋音韵的重视程度远不及《答盛览问作赋》。

《答盛览问作赋》说：“合綦组以成文，列锦绣而成质；一经一纬，一宫一商，此赋之迹也。赋家之心，苞括宇宙，总览人物，斯乃得之于内，不可得而传。”此则赋论收入《西京杂记》中，传为司马相如所作。一般认为，《西京杂记》是晋代葛洪托名汉代刘歆所作，因而此论是否司马相如所为，向有争议。周勋初认为：“所谓司马相如的赋论，当是葛洪等人概括陆机《文赋》中的论点而提出的。”[④] 因此该则赋论代表了陆机的文学观。今细加考察，《文赋》的“体物而浏亮”与《答盛览问作赋》的“合綦组以成文，列锦绣而成质，一经一纬，一宫一商，此作赋之迹也”，是概括与具体的关系。关于该则赋论中的“质”，所指为何，论者向来

---

① 曹旭：《诗品集注》，上海：上海古籍出版社，1994 年，第 140 页。

② 曹旭：《诗品集注》，上海：上海古籍出版社，1994 年，第 132 页。

③ 周振甫《文心雕龙今译》将“逸韵”译为“高超的情韵”（北京：中华书局，1986 年，第 315 页），似可商榷。按《玉篇》：“声音和曰韵。”祖保泉《文心雕龙解说》：“逸韵：高雅的音韵。”（合肥：安徽教育出版社，1993 年，第 680 页）就将“韵”理解为“音韵”，但将“逸”解为“高雅”，似可商榷。

④ 周勋初：《周勋初文集》（第 3 册），南京：江苏古籍出版社，2000 年，第 310 页。

未予深究。一般认为，在传统的“文质论”中，文、质分别指作品的形式与内容，王运熙则认为，在中古时期，文质“绝大多数场合指作品语言的文华与质朴和以此为基础的作品整体风貌”①，但是这些看法都无法用来解释该则赋论。从语言的组织来看，关于“赋之迹”的表述，采用的是交错行文的方式，如加以理顺，则为：“一经一纬，合綦组以成文；一宫一商，列锦绣而成质：此赋之迹也。”“经纬成文”，是不难理解的，因为“物相杂，故曰文”（《易传·系辞》）、“文，错画也”（《说文解字》）是长久以来就有的观念，指的就是文采。而“宫商成质”，则不好理解：我们向来是把音韵看成文学作品的形式的，作为形成音韵的“宫商”（形式）如何又成了赋的“质”呢？但原文就是如此，在没有理由怀疑文本对错的情况下，只能给予合理的解释。这就是：在赋中，只有将字音进行有规律地错互搭配，加上诵读时的声音、节奏的变化，美好如锦绣的音韵（“质”）才会形成，音韵本身就是文学作品的内质所在。在葛洪等人看来，“经纬成文”“宫商成质”都是“赋之迹”，而赋作所要表现的内容、情感等内在因素，即“苞括宇宙，总览人物”，则属于“赋家之心”。“赋家之心”显然是不包括宫商这个“质”在内的。还值得注意的是，将音韵、音乐比喻为锦绣，在文论史上，也不只这一例。譬如北魏陈仲儒《答有司符问立准以调八音状》即说：“其（瑟）调以宫为主，清调以商为主，平调以角为主。五调各以一声为主，然后错采众声，以文饰之，方如锦绣。”② 很显然，陈仲儒是将“错采众声”形成的乐调，比喻为“锦绣”。“一宫一商，列锦绣而成质”一语，表明葛洪等人（也包括陆机）认识到，对于赋来说，音韵与文采同样重要。而这与《文赋》“暨音声之迭代，若五色之相宣”的说法也是完全一致的。总之，陆机用“浏亮”一词强调对赋的音韵的重视，是

① 王运熙：《文质论与中古文学批评》，《文学遗产》2002 年第 5 期，第 4 页。

② ［清］严可均：《全上古三代秦汉三国六朝文》，北京：中华书局，1958 年，第 3774 页。

不容置疑的。

陆机之时，没有“标准韵书”，韵文的创作，并无韵书可依，而陆机对于音律的讲究既不在意，也非其所长，有时依照楚地方音创作而不自觉，因而受到张华、陆云的批评，但即便如此，他仍坚持不改①。《文心雕龙·声律》不顾语音的地域及变迁等因素，以今律古，批评“《楚辞》辞楚，故讹音实繁”，也连带指摘陆机“衔灵均之声余，失黄钟之正响”。陆机虽是吴人，但自古以来，吴楚两地交流密切，陆机为文，语杂楚声，正是一种在开放的视野下，执守着崇尚古代、眷顾乡土的文化立场，在文化认同上，称他为楚人亦无不可②。钟嵘《诗品》称“陆机《文赋》通而无贬”③，足见陆机以兼容并包的文化心态积极对待楚汉文学遗产，比同时代的挚虞《文章流别论》指责汉大赋“假象过大”“逸辞过壮”“辩言过理”“丽靡过美”，要高明许多。

三

中国古典文学中的不少语词在具体语境中，具有多重意义。朱

---

① 范文澜《文心雕龙注》：“陆云《与兄平原书》：‘张公（华）语（陆）云云：兄文故自楚，须作文为思昔所识文。’观云诸书中论韵者，如‘李氏云：雪与列韵。曹便复不用。人亦复云，曹不可用者，音自难得正。’……又如‘彻与察皆不与日韵。思惟不能得，愿赐此一字。’又如‘音楚，愿兄便定之。’观此诸语，知当时无标准韵书，故得正韵颇不易也。《札记》（指黄侃《文心雕龙札记》）曰：‘案《文赋》云：“亮功多而累寡，故取足而不易。”彦和盖引其言以明士衡多楚，不以张公之言而变。“知楚”二字乃涉上文而讹。’”（范文澜：《文心雕龙注》，北京：人民文学出版社，1998 年，第 561 页。）

② 郭晋稀在《文心雕龙·声律》“陆机、左思，瑟柱之和也”的“陆机”之后括注为“楚人”（郭晋稀：《文心雕龙注译》，兰州：甘肃人民出版社，1982 年，第 423 页）。

③ 曹旭：《诗品集注》，上海：上海古籍出版社，1994 年，第 186 页。

自清《诗多义举例》、袁行霈《中国古典诗歌的多义性》等都做过探讨。需要指出的是，多义现象以诗歌最突出，其他文体也不乏其例。细加分析，文学作品语言的多义现象，有的是由词语本身的多义形成的，是对词的多义合理运用的结果，有的是借助双关、象征等方式形成的。在某些多义词中，有一些特殊义项，它们是在同一文化体中，对同一事物经由不同的感官去感知而获得的，又经过长期积淀而形成的意义，笔者姑且称之为“通感义”[①]。简言之，通感义是由通感而形成的意义，而这个意义在形成之后，作为义项固定了下来。文学创作可以有意识在使用通感义，以丰富作品的情境与意蕴。通感义的运用与通感修辞不同，后者只是临时的运用，它可以但不一定形成固定的义项。

事物大都有声音和形色，同时人类的听觉与视觉的运用，比味觉、嗅觉、触觉等的运用，既广泛又经常，因而在各类通感效应中，听觉和视觉的沟通较为普遍，也更容易形成共性，相应地，在多义词中，兼有声色二义的词，也较常见。可是在作者与注者之间往往存在这样的矛盾：前者有意无意地造成多义，后者却采用非此即彼的解释方式，只取其中一义。比如在《诗经》中，《邶风·匏有苦叶》：“招招舟子。”《毛传》说：“招招，号召之貌。”而《韩诗》则云：“招招，声也。”《小雅·青蝇》：“营营青蝇。”《毛传》说：“营营，往来貌。”《说文·言部》引作“誉”，解释说：“小声也。”再如《离骚》：“曾歔欷余郁邑兮。”王逸《楚辞章句》：“歔欷，惧貌。”又引“或曰”：“哀泣之声。”像这些声色二义相兼的词，无论作者运用时是否有意兼顾声色二义，受者应该且只有将声色二义合起来理解，作品的艺术情境才能得到完好呈现。

《文赋》“浏亮”一词用的是通感修辞，与通过使用“通感义”造成的多义不同，因为考察传世文献，陆机最早使用这一词，

① 如“琐琐”，或状貌（《诗经·小雅·节南山》：“琐琐姻亚”），或拟声（杜牧《送刘三复郎中赴阙诗》：“玉珂声琐琐”）。再如“璁珑”，或状貌（杜牧《街西长句》：“绣鞅璁珑走钿车”），或拟声（陆游《忆秦娥》：“晚街金辔声璁珑”）。

而与之同义的"寥亮""憀亮"等词则在陆机之前已经出现（引例见上文），陆机之所以用"浏亮"而不用"寥亮""憀亮"，目的在于通过通感修辞，唤起读者对于赋作状貌的联想，却不料此举"误导"无数后人。作为当时文坛翘楚，陆机本来就擅长通感修辞的运用，如其《拟西北有高楼》说："佳人抚琴瑟，纤手清且闲；芳声随风结，哀响馥若兰。"佳人弹奏琴瑟，本来是诉诸听觉的，但受者不仅能"听到"声音，而且能"闻到"它的芳香，"看到""带着芳香的声音"随风而结。诗作非常巧妙地将听觉、视觉和嗅觉沟通了起来。在理论上，陆机强调作家要注意事物声音与形貌的描写。《文赋》说："抱景者咸叩，怀响者毕弹。"张凤翼对此解释说："抱有光景者，皆思叩之而求文彩；怀有声响者，皆思击之以发音响。"[①] 钱锺书曾谈到古代文论中的"听声类形""心想其形状"[②] ——也即听觉、视觉相沟通的通感批评方式，而《文赋》所说的"暨音声之迭代，若五色之相宣"，就是对《毛诗序》"声成文，谓之音"等的发挥[③]。不难理解，陆机在《文赋》中运用通感批评，体现了其理论的自觉。

进而言之，《文赋》"浏亮"所体现的声、色之间的关联，在于通过赋音韵的高远嘹亮，唤起读者对于赋的铺采摛文、汪洋壮阔的正向联想。

首先，从一般的通感效应来看，当人们听到一个陌生而又巨大的声音却又未睹其形的时候，通常会把它想象成一个巨大的事物；反之亦然。这是通感的正相关原理。多义词的不同义项之间，有相通、相似，甚至相反等形态，但一般也都遵循正相关原理，通感义则尤其如此——义项之间意义相反的情形（古汉语中有"反训"

---

① 张少康：《文赋集释》，北京：人民文学出版社，2002 年，第 64 页。

② 《礼记·乐记》说："故歌者，上如抗，下如队，止如槁木，倨中矩，句中钩，累累乎端如贯珠。"孔颖达《礼记正义》："声音感动于人，令人心想其形状如此。"马融《长笛赋》："尔乃听声类形，状似流水，又像飞鸿。"

③ 舒展选编：《钱锺书论学文选》（第 4 卷），广州：花城出版社，1990 年，第 138—142 页。

词）毕竟是很少的。比如“远”在“远山”和“远祖”中，“高”在“穷高极远”和“春秋高”中，都在距离与时间的“长远”意义上构成正相关。朱自清即认为《古诗十九首》“相去日已远，衣带日已缓”中的“‘远’字也许是双关”，其“主意”是“远近”的“远”，“从意”是“久远”的“远”①。再如，“壮”与“疾”可以互训。《尔雅·释言》：“疾、齐，壮也。”《庄子·徐无鬼》：“百工有器械之巧则壮。”《经典释文》引李颐注：“壮，犹疾也。”“壮”与“疾”之所以可以互训，是因为它们的意义在力度之大与速度之快上构成正相关。崔融《关山月》：“月生西海上，气逐边风壮。”张说《端州别高六戬》：“南海风潮壮，西江瘴疠多。”李白《赠张相镐二首》：“世传崆峒勇，气激金风壮。”以上“壮”字是兼有雄壮与迅疾二义的。有时，用“壮”来形容文思，如杜甫《赠李十五丈别》：“扬论展寸心，壮笔过飞泉。”《壮游》：“七龄思即壮，开口咏凤凰。”“壮”字也是兼有雄健、敏捷二义。

其次，对于文学作品的音韵与辞采的正向关联，文论家是有共识的。譬如《文心雕龙·丽辞》认为“扬、马、张、蔡”的赋兼有“逸韵”与“深采”的特点。逸，高远；深，厚重：都表示程度之大，是正相关。前文所引《答盛览问作赋》，即主张赋作应具有“綦组”一样的文采和“锦绣”一样的音韵，就是一种正向关联。

再次，陆机用“浏亮”建立起从声音到形貌的指向性联想，可能还借助了语言的通假方式。《诗经·小雅·鱼丽》说：“鱼丽于罶，鲿鲨。君子有酒，旨且多。”清陈奂说：“陆（德明）、孔（颖达）皆以‘丽’‘历’连文，其所见《（毛）传》当不误。丽历，犹‘適历’。……又作‘历录’。……‘历’与‘录’一声之转，‘鱼丽历在罶’，录录历历然也。”② “丽历”，与下文的“多”

---

① 朱自清：《朱自清说诗》，上海：上海古籍出版社，1998 年，第 188 页。

② ［清］陈奂：《诗毛氏传疏》（第 4 册），上海：商务印书馆，1933 年，第 27 页。

字呼应，用以形容鱼的众多[①]。章太炎说："盖体物者，铺陈其事，不厌周详，故曰浏亮。"[②] 大概是认为"浏亮"与"录历"以互为双声而相通假。不过，这一点有待方家进一步讨论。

此外，陆机对"绮靡"一词的运用，也能说明问题。"绮靡"一词，在陆机那个时代，是一个声色相兼的词。陈柱《讲陆士衡文赋自记》说："'绮'言其文采，'靡'言其声音。"[③] 陈氏从声、色两个方面理解"绮靡"，这是对的，但他没有注意到"绮靡"一词本来就是一个声色相兼的联绵词，是不必拆开解释的。如王褒《洞箫赋》："岖嵚岿崎，倚巇迤㠧。"李善注："迤㠧，邪平之貌。"[④]《艺文类聚》卷四十四作"绮靡"。这是用"绮靡"（"迤㠧"）形容山势的迤逦。班倢伃《捣素赋》："曳罗裙之绮靡，振珠佩之精明。"这是用"绮靡"形容罗裙的轻盈。阮瑀《筝赋》："浮沉抑扬，升降绮靡，殊声妙巧，不识其为。"这是用"绮靡"形容筝声的曼妙。可见，"绮靡"一词兼有声音、形色二义，在强度的轻微上构成正相关。

"赋体物而浏亮"，用的是"听声类形""心想其形状"的通感修辞，"诗缘情而绮靡"用的是通感义，二者都属于通感批评。陆机对于诗、赋的审美理想是：诗宜缘情，文采靡丽，音韵美妙曲折；赋宜体物，文采秾丽，音韵高远响亮。诗尊尚魏晋新体，赋以汉大赋为典范。

（原载《文艺理论研究》2013 年第 3 期，132—139 页）

---

① 郑玄、孔颖达都认为"多"指鲿鲨之多。郑《笺》："此鱼又多也。"孔颖达《正义》："且鱼复众多。"当可从。而马瑞辰以为非，但所论并非有力（马瑞辰：《毛诗传笺通释》，北京：中华书局，1989 年，第 527—528 页）。

② 章太炎：《章太炎先生国学讲演录》（资料），南京：南京大学中文系古典文学教研室、南京大学学报编辑部编印，第 213 页。

③ 郭绍虞：《中国历代文论选》（第 1 册），上海：上海古籍出版社，1979 年，第 179 页。

④ ［南朝梁］萧统编，李善注：《文选》（胡克家本），北京：中华书局，1977 年，第 244 页。

论学堂赋创作与中国古代教育

易永姣

学堂赋是指以中国古代学校为描写对象并表现教育思想的赋作。根据学堂的创建和服务对象，中国古代学堂可分为家庭或者社会化的私学、朝廷设立的官学以及设置在孔庙并与祭祀相结合的庙学等几种主要形式，因此学堂赋相应地分为私学赋、官学赋和庙学赋等几种主要类型。学堂赋不仅是中国古代教育思想、教育模式的生动反映，而且与中国古代社会的发展进程和时代特点密切相关。本文拟从官学赋与学在官府的教育制度、书院赋与私学教育、学堂赋的德育情结与儒家教育的主体地位三个方面论述学堂赋与中国古代教育的关系。

一、学在官府与官学赋的兴盛

官学是指中国封建社会由朝廷直接举办和管辖，以及历代官府按照行政区划在地方所办的学校系统，在形式上包括中央官学和地方官学。中国自周代始就有了官学教育，太学是中国古代中央官学，是全国最高教育机构，规模宏大，如王莽在长安城南兴建辟雍、明堂，为学者筑舍万区，博士弟子达一万余人。汉以后直至清朝，辟雍都是太学、国子监的构成部分。目前能找到的最早的中央官学赋当属汉代李尤的《辟雍赋》①。赋文开篇即云："太学既崇，三宫既章。灵台司天，群曜弥光。大室宗祀，布政国阳。……神圣班德，由斯以匡。"说明汉代太学，包含明堂、辟雍、灵台三宫（即三雍），是举行祭祀、布政、观察天象等礼仪活动的场所。从功能上讲，辟雍不同于现代意义的学校，《五经通义》云："天子立辟雍者何？所以行礼乐，宣教化，教导天下之人，使为士君子，养三老，事五更，与诸侯行礼之处也。"除了教育和教化功能之外，辟雍也是古代帝王宣明政教、举行大典的地方。因此，学者们多认为"辟雍"与"明堂"名二而实一。但从古代赋文创作来看，述"辟雍"多论教育，说"明堂"则多论礼制。故辟雍赋大多可视为学堂赋。赋文描绘辟雍的外在形制："辟雍岩岩，规矩圆方。阶序牖闼，双观四张。流水汤汤，造舟为梁。""岩岩"二字生动形象地展现出辟雍在三宫中高耸、突兀的位置；辟雍四面环水，流水汤汤，船行水上，相连成梁。环水为雍，圆形像辟。中间圆形基台上建成方形大院，台阶层递，牖闼铺张，台体四方各配有两个方形夯土台，土台上则建高观而四望。关于辟雍的形制规模，历来就争论颇多，从此赋的描绘，我们虽然无法确定它的具体形态，但"规矩圆方"（《初学记》作"规圆矩方"）一语，已透露出其形制模式在古代必然有着神秘的象征意义。班固《白虎通·辟雍》曰："辟者，璧也。璧圆又以法天，于雍水侧，象教化流行也。"② 清罗文俊《辟雍赋》则云："积天下之道德曰辟，八方带水而如环；雍天下之仪则为雍，四面旋邱而若璧。"③ 都认为辟雍形制象征王道教化圆满不绝，天下流行。东汉桓谭的解释则更具体："上圆法

① ［清］陈元龙《历代赋汇》，南京：凤凰出版社，2004 年，第 316 页。以下赋文都来自此书，不另注。

② ［汉］班固：《白虎通》，上海：上海古籍出版社，1987 年，第 33 页。

③ 马积高主编：《历代辞赋总汇》，长沙：湖南文艺出版社，2014 年，第 14448 页。

天，下方法地，八窗法八风，四达法四时，九室法九州，十二座法十二月，三十六户法三十六雨，七十二牖法七十二风。”① 显然有一定的合理性。赋文最后写辟雍内的活动：王公卿士、儒士诸生云集一堂，帝王祭天地、颁政令；举行射礼，参加庆功大典、接受四方使节朝觐，气势恢宏，场面浩大。此赋虽短，但描绘辟雍形制、规模与活动，生动形象，其浓烈的教化色彩，鲜明地体现出我国古代政教不分、教育为政治服务的特点。

辟雍本为周天子所设大学，校址圆形，围以水池，东汉以后，历代皆沿其制。清代陈沆、罗文俊都作有《辟雍赋》，颂美乾隆兴复从元明起已荒废500年之久的辟雍，并临雍讲学的盛举。二赋大肆铺陈其华阁伟制，都着意强调其“溯三十六户之传闻，度七十二牖之沿革”，“圆水四通”② 的形制特点及“德敷文教”“礼重先师”③，尊儒学、行典礼的教化功用。

关于辟雍的政治教化功能，唐代王履贞的《辟雍赋》写得更全面：“辟雍之裁，教化之方。辟者象旋，圆而不极。雍者以流，转而有常。行于历代，创自前王。崇此乃理，废之斯亡。革斁划浇，何莫由之。而克著化人成俗，靡不因兹而允臧。”追述辟雍得名之由，命名之意；再论其功用：行礼乐，宣教化，化民成俗，历代推行，决定天下兴亡。“公宫之南，灵台之下。赫巍峨以层构，规制度于众寡。区别远采于虞庠，经始不差于周雅。”彰显辟雍在京师中的突显地位，规模宏大，合乎前规。“其学习以时，诗书兴教，惟司成是典，惟古则是效。诏夏弦春诵，俾民不僭。养三老五更，俾民知孝。惟胄也太子齿矣，惟学也元后视之。合语于此，释菜有时。以崇其道，以尊其师。俾百工允理，庶绩咸熙。”叙辟雍之功用，则在诗书兴教，形成重道尊师、养老兴孝的社会风习。又如元赵篔翁的《辟雍赋》，论述学校兴起是为了“阐王化”、“宣人

① ［汉］桓谭：《新论》，上海：上海人民出版社，1977年，第36页。

② 马积高主编：《历代辞赋总汇》，长沙：湖南文艺出版社，2014年，第14263页。

③ 马积高主编：《历代辞赋总汇》，长沙：湖南文艺出版社，2014年，第14448页。

文”，以教化为目的；在形式上则有上下之别、东西之异；天子亲临辟雍视学观礼，国人围观，实施道德教化，体现出中国古代教育强烈的政治性和鲜明的等差性。

对辟雍的教育功用，元代杨宗瑞《辟雍赋》表现得较明显。其写辟雍陈设：“罗石鼓兮庭闱”、“九楹俨雅兮壁奎”。石鼓又称陈仓石鼓，康有为誉之为“中华第一古物”，石鼓上的“石鼓文”(大篆)，是中国现存最早的石刻文字，风格独特，文字珍贵，历代都受重视。如宋徽宗时将其迁到汴京国学，并用金符字相嵌。元大德年间，石鼓又被移到国子学大成门内的石坛上，并置铁栅栏保护。元代罗曾、周伯温、李丙奎均作有《石鼓赋》。可以说，石鼓是中国文字与文化的见证。“壁奎”即“奎壁”，因协韵而置换，是奎宿与壁宿的并称，古人认为此二宿主宰文运。东汉纬书《孝经援神契》中有“奎主文章”之说，东汉宋均注：“奎星屈曲相钩，似文字之划。”后来“奎星”遂渐被演化成天上文官之首，被当作主宰文运与文章兴衰之神，又建“奎星阁”，兴起崇祀之风。“奎”又作“魁”，科举时代，“魁星点斗”被认为是文运兴旺之兆。奎壁楹帖，说明辟雍教化已不仅限于政治，还与文章乃至文运相关，这从一个侧面反映出中国古代官学与科举、与官员选拔密切相关。石鼓陈列，奎壁联辉，已尽显学校文雅气象。至于赋文所写“鼓钟颂其于乐，振铎宣其教辞”，“玩芹藻兮澄碧，俯菁莪兮中坻”，“澹文鱼兮游戏，肃威凤兮来仪”似乎应当是室内装饰的壁画，“鼓钟”、“振铎”都是古代颂乐宣教的工具；“芹藻”语出《鲁颂·泮水》，关于此诗，《毛诗序》曰：“颂僖公能修泮宫也。”泮宫即地方学宫。“菁莪”语出《小雅·菁菁者莪》，其序为：“菁菁者莪，乐育材也，君子能长育人材，则天下喜乐之矣。”后因以“菁莪”指育材。《尚书·益稷》说：“箫韶九成，凤皇来仪。”[①]箫韶，尚书中指虞舜乐，又称《九韶》，先秦时期，被推为最美好

① 李学勤主编：《十三经注疏·尚书正义》，北京：北京大学出版社，2000年，第152页。

的音乐。《论语·述而》云：“子在齐，闻《韶》，三月，不知肉味。曰：不图为乐之至于斯也。”箫韶九成，也称圣主之盛德至极，因此产生瑞应，而瑞应就是“凤皇来仪”。可见此间装饰都与教育、教化相关，富有文教特点。赋文铺叙辟雍活动，讲经论史虽颇有政治色彩，但强调“集天下之英才，轨行艺于京国”，显然已侧重于规矩和统领艺坛的功效。唐无名氏《太学创置石经赋》写国家推崇学校，“招学苑之徒，命他山之役”检校、制作石经，铺陈其重大意义，表现出对儒学的推崇。

太学是中国封建国家的最高学府，历代多有咏诵太学的赋作。如唐代周存的《观太学射堂赋》，元代赵贯翁、干文传、王沂、欧阳玄都作有《辟雍赋》，清代有沈德潜《临雍赋》、罗绕典《圣驾临雍讲学赋》，陈沆、罗文俊《辟雍赋》等。纵观这些赋文，都带有强烈的政论色彩，在结构规模上，多以颂皇德、兴教化起篇，而后写辟雍的形制规模，再叙辟雍内陈设、活动礼仪等，在教化功能上，则主要突显辟雍的德育教化功能。

泮宫与辟雍类似，也是中国古代的国家高等学校。《礼记·王制》：“大学在郊，天子曰辟雍，诸侯曰泮宫。”郑玄曰：“泮之言半也，半水者，盖东西门以南通水，北无也。”元汪克宽《泮宫赋》多层面地铺叙其形制规模及合乎礼制的特征：“东西南潴水而北缭以周垣”，“半天子之制兮，明尊卑之殊轨”，“降杀于辟雍之度兮，象玉潢之泮璧”。因为泮宫乃诸侯之学，为彰显尊卑有别，泮宫东西南三面环水，呈半圆环状，以此区别于四面环水呈圆环状的辟雍。“登伦堂之博大兮，伟俊髦之是处。聆弦诵之琅琅兮，侈文物之烨炜。”官学博大宏伟，贤士毕集，文物烨炜生辉，还有习大射等盛大礼仪，“眷言政教之是颁兮，溥德意之敷宣。究字书于会意兮，盖分判焉云尔。”作者极力突显辟雍的德育教化功能，表现出对王权的仰慕和赞叹。

中国古代的地方官学，又称乡学，学宫，始于西汉文翁在蜀郡设置学宫。汉武帝诏令天下郡国皆设学宫，至汉平帝元年（3）始建立了地方官学制度。郡国曰学，县道邑侯国曰校，乡曰庠，聚曰序，学校名称由此而来。写郡学的赋如唐代许尧佐的《五经阁赋》。五经阁是四明州郡学的藏书处，类似于现在的学校图书馆，从其名“五经阁”就已彰显出儒学在教育中的主导地位。“不有载籍，何以垂教？必由乎文字，使知乎忠孝。”赋文首先强调书籍对推行封建伦理的重要，然后论创建学校对邦国的意义，“命儒官兮，至公以居。所崇惟学，所宝惟书。搜群言而斯在，立重阁以藏诸”，肯定任命学官，创建五经阁对于收集和保存典籍、推行教育的重要性。至于“知忠孝”、“命儒官”，以及认为五经阁虽“陋于明堂”，但“饰不及侈，俭而中礼”，显示出儒家思想在教育评价体系中的核心地位。赋文所云“天禄”，指天禄阁，是汉宫存放文史典籍的地方，后亦通称皇家藏书之所。“校则同于天禄”，表明五经阁虽属郡学藏书阁却如同皇家书阁一样具有校理刊正图书的功能。秦始皇焚书，孔子第九代孙孔鲋不忍书毁，将《尚书》《礼》《论语》及《孝经》等经典偷偷地藏于墙壁内。孔鲋冒死藏书，但所收不过是一家一己之书。“藏乃异于鲁壁”这一颇富感情色彩的典故说明了学校藏书合法且非常富有。官学制度发展到唐代已相当完备，除儒学外，算学、律学、书学、医学以及天文历法、兽医等专业教育也开始确立。因此，不难理解学校藏书所表现出的广收博蓄的特征。“睹兹阁之岧峣，谅吾道之宏益”再次表现出对儒家教化推行的颂美情怀。郡学赋还有明代陆埘的《嘉禾郡学赋》[①]。叙写郡学七百年历史及衰败颓坏景象，赞誉郡侯修复之功：“谓政化之所施，以学校为之首”、“因子来于庶民，匪殚税于百室”，强调学校对于教化的重要意义，并颂美修建学校野外采材，不收税于百姓，是仁爱庶民之举。铺写新郡学之雄伟外观和内部华美陈设，通过主客对郡学土木奢靡与教化之本的辩论，得出内外合一，本末非异和重视德行的教育观。

县学赋如明汤显祖《浮梁县新作讲堂赋》。浮梁县讲堂毁于元末，至万历年间，由知县周侯和钱侯相继修建而成。作者经友人黄

---

① 马积高：《历代辞赋总汇》，长沙，湖南文艺出版社，2014 年，第 6182 页。

龙光告知讲堂的气象、规模，因而作赋颂美。赋文叙浮梁县风土之美，地理之优：“乡老提朝夕之塾，游童遵出入之伦。国游藏于经解，家韫席于儒珍。道山东其证圣，里江西而近仁。凡兹宦游适若期契，莫不欣其风土，安其气味。”体现出地方官学服务乡里，成就良风美俗的重要意义。作者极力铺叙讲堂体势之美，学风之盛，还具体论及学习的方法和态度：“今夫浮梁之茗，闻于天下。惟清惟馨，系其揉者。浮梁之瓷，莹于水玉，亦系其钧火候。是足然则无清英之意者，不可以及远，鲜阴阳之力者，不可以致用。故夫通人学士，坐进此道。”以地方特产茶叶和瓷器的制作为喻，论说学习的方法、态度。用茶之清馨需揉，瓷之水玉需火，说明学习需要花费功力；并由物之质变而论人之修持，详叙通人学士“坐进此道”的方法，“凿户牖以为室，则思其人以居之，观埏埴以为器，则思其人以仪之”，“撰杖履”、“侪衣冠”、“诊同文”、“发更端”、“流通乎师友之间”，除个人修为外，师友间的交流相互启发、相互影响也非常重要。类似的还有元代陈樵的《东阳县学辉映楼赋》写县学“弦歌盈耳”，“群书漆版，汗简华缄”，从县学内的弦歌吟诵之声，到室内陈设装饰，极力彰显其文教氛围，生动展现出学校的文化韵味。至于赋中描绘乡饮之礼、游处赋诗之盛观，更是尽显县学教化育人的功效。相比于中央官学赋，乡学赋更能体现出学校教育的特点，在赋文写作上，作家更能用一种平实的情怀，对学校历史、现状、功用，对学习内容和方法予以叙写。在教育功能上，则更强调教育对地方人文教化的作用。

总之，中国古代官学具有明显的等级性，以培养统治人才为宗旨，这直接影响到官学赋创作，在情感上多表现出对圣贤、王化的颂美情怀；在表现手法上多用夸饰的笔法写室宇规模之宏伟、礼仪场面之盛大；在论述上多从宏观上论说学校与教化对国家、对社会的重要，表现出强烈的政治教化色彩。

二、私学发展与书院赋的兴起

西周时期，教育学术由王室掌管，谓为“王官学”。东周以后，王权衰落，一些文化官员流落到诸侯国，大量的文化典籍也随之外流，文化学术下移，即孔子所谓“天子失官，学在四夷”。春秋末年，诸侯衰落，失去官职的官员流落民间，有的在民间聚众讲学，民间文化学术日趋繁荣，流派纷呈。公元前522年，儒家学派的创始人孔子创办了中国第一所私学，广收门徒，主张“有教无类”，认为教育应当不分贵贱、庶鄙，不论种类、族类，“宜同资教”。私学的兴起，打破了“学在官府”的教育传统，在中国古代教育史上发挥了重大作用。私学与官学相对，是私人或民间团体办理的学校，在形式上主要有用于子弟教育的家庭书塾和私人创办、面向社会的学堂。从私学赋，我们可以清晰地领略到中国古代私学教育的发展特点以及中国古代文人志士传承圣道的热忱。

家庭书塾赋虽以书斋为描写对象，但侧重于子女教育，表现出鲜明的社会教育思想，因此，也属私学赋。如元代陈旅的《味经堂赋》。根据序文，以及虞集《味经堂诗》序言所说“国子祭酒鲁公伯子翚父作味经堂，自为记，以勖其子”①。可知味经堂是南阳鲁翚父所建，并为教育子弟作《味经堂记》，此赋是相和之作，内容主要是针对子弟教育。围绕“味经堂”之“味”，论述学习经书应有的态度和方法，反映了室主要求子弟博览群收的开阔胸襟和通达眼光，体现出一种博学的教育思想。该赋通篇都用比喻的形式来述说儒家经籍的学习：用食物之味美比喻读书品味之愉悦；将书堂比喻为书庖；用烹调的器物与方法比喻书堂经书内容丰富和诸多功效；以八珍食品之“淳母”“淳熬”比喻书籍中儒家经典和六艺技

① ［清］顾嗣立：《元诗选初集》，北京：中华书局，1987年，第844页。

能的主体地位，用烹调之佐料免蕘滫瀡比喻圣贤之经注与语录可助经籍品悟之用。“味于舌”与“味于心”两相比照，标举品悟经书的终极目标。对儒家学者而言，“味于心者”，当然无非是儒家礼义和“修身齐家治国平天下”之意旨。通读此赋，可以深深体味出士子们对圣贤经典的痴迷。中国是一个官本位的国家，中国古代“学而优则仕”的教育思想和科举制度的实施推行，将学与权、名紧密结合起来，这不仅规定了中国古代文人求学求官的人生终极理想，而且营造了中国士人崇经和苦读传统。从书斋赋和私人学堂赋我们可以清晰地感受到这种思想的深深浸染。类似的还有程巨夫的《尊经阁铭》，认为“圣人之言如天，贤人之言如地，诸子百家如万物，尊经如尊天也”。把圣人之言抬到天的高度，从而得出“尊经如尊天”的结论。并由此推论其作用：“惟圣希圣，惟贤希贤。于以润身，于以丰国。左右逢源，欲其自得。传道解惑，亦思厥官。”尊经则可得圣贤之德，可以润身、丰国，可以左右逢源、传道解惑，还可得到官阶和俸禄，可谓无所不能，表现出对经的无限迷信。

私人学堂赋中，还有写季节性学校的。如清代李周南的《冬学赋》。冬学，指农村在冬闲时开办的季节性学校。赋文写郊外散步偶遇村塾：“室仅数弓，俨生徒之济济；牖真如瓮，杂儿女之喁喁。”[①] 农村学舍狭小，条件简陋，但耕读人家的子弟却“锄可带经”“书如挂角”，学习热情十分浓厚，“论古则半属荒唐，谈经则多参俗语”，生动真实地道出了村野说古谈经的俚俗质朴。至于论村塾以里长为师，选拔村中才俊，彰显天子教化四海之圣政，则客观写出了中国古代农村学堂的多层功用。

唐代以后，私学发展的重要表现是书院制度的产生和发展。书院是中国古代历史上一种独立的特殊的教育机构。它源于私学，但又不同于私学。最早用书院命名的一般认为是唐玄宗时期的官府书院：丽正书院和集贤书院。集贤书院又名集贤殿书院、集贤院。其

① 马积高主编：《历代辞赋总汇》，长沙：湖南文艺出版社，2014 年，第 14876 页。

前身是丽正书院。《新唐书·百官志》："唐开元五年，乾元殿写四部（经、史、子、集）书，置乾元院使。……六年，乾元院更号丽正修书院……十二年，东都明福门外亦置丽正书院。十三年，改丽正修书院为集贤殿书院。"① 集贤书院虽具书院之名，但本为官署，其主要职责据《唐六典·中书省》记载："集贤院学士掌刊辑古今之经籍，以辨明邦国之大典，而备顾问应对，凡天下图书之遗逸，贤才之隐滞，则承旨而征求焉。其有筹策之可施于时，著述之可行之于代者，较其才艺，考其学术而申表之。"② 是中央掌管刊辑、校理经籍，搜集图书，承旨撰集文章的文化机构，但事实上又具有征遗逸、访名士、议典则、辩国事，以济治于当世的议政参政功能。其功能的多样性特别是其官署职能，直接影响到赋文创作的主旨和情感倾向。如唐代杜頠《集贤院山池赋》通过对书院山池四季景象的描绘，体现出院中贤士心怀魏阙，悠游雅思，身处书院的适意。"图书载暇，缨弁以序"，说明贤士们在校理经籍之暇，不仅可以读书游宴、吟咏作文，还可以招贤论典、顾问应对，议论时政，干预天下。赋文结尾作者自然生发出对山中人不识此乐的嘲讽，表达出愿于此"赏无极"的感叹，表现出对官方书院的认同和一种强烈的归属感。

与官办书院相对的是私人书院。最早的私人书院赋是朱熹的《白鹿洞赋》：

> 径北原以东骛，陟李氏之崇冈。揆厥号之所繇，得颓址于榛荒。曰昔山人之隐处，至今永久而流芳。自升元之有土，始变塾而为庠。俨衣冠与弦诵，纷济济而洋洋。在叔季而且然，矧休明之景运。皇穆穆以当天，一轨文而来混。念敦笃于化原，乃搜剔乎遗遁。肦黄卷以置邮，广青衿之疑问。乐菁莪之长育，拔隽髦而登进。迨继照于咸平，又增修而罔倦。旋锡冕以华其归，琛亦肯堂而贻孙。怅茂草于熙宁，尚兹今其奚论。

① ［宋］欧阳修：《新唐书》，北京：中华书局，1975年，第1212—1213页。
② ［唐］张九龄：《唐六典》，上海：上海古籍出版社，1987年，第99页。

夫既启余以堂坛，友又订余以册书。谓此前修之逸迹，复关我圣之宏模。亦既震于余衷，乃谋度而咨诹。尹悉心以纲纪，吏竭蹶而奔趋。士释经而敦事，工殚巧而献图。曾日月之几何，屹厦屋之渠渠。

“李氏”指唐代李渤。朱熹在自注[①]中引陈舜俞《庐山记》云：“唐李渤，字浚之，与兄涉偕隐白鹿洞，后为江州刺史。乃即洞创台榭，环以流水，杂植花木，为一时之胜。”可知白鹿洞原是李渤兄弟隐居读书之处。按《庐山记》：“南唐升元中，因洞建学馆，置田以给诸生，学者大集。乃以国子监九经李善道为洞主，掌其教授。《江南野史》亦云。当时谓之‘白鹿国庠’。”至五代南唐升元年间，建学馆，置田地，延洞主，始变私塾为“庐山国学”。白鹿洞书院此后累经兴废。至南宋淳熙六年（1179），经朱熹竭力倡导，又重建了白鹿洞书院。“肦黄卷以置邮”，“黄卷”即诏敕，是皇帝颁发的命令；“邮”是古代传递文书的驿站。按《国朝会要》：“太平兴国二年，知江州周述，乞以九经赐白鹿洞。诏从其请，仍驿送之。”赋文叙写白鹿洞书院历史，清晰地体现出书院民间承办，官府相助的形态。书院最先由富室、望族或学者筹款兴建，或置学田收租以充经费，从性质上讲，属民办的学馆，从功能上说，属私人聚徒传授、开引地方士民的教学机构。但书院在发展过程中又往往受经济和政治限制，因而对朝廷和官府具有依附性，因为朝廷赐敕额、书籍，委派教官，调拨田亩和经费等，书院逐步呈现出官学化色彩。书院的官化色彩在书院赋中十分明显，如李梦阳《河中书院赋》序文陈说谏官吕氏欲废庙建书院，先“以问其守”，又“程问之校”；赋文赞美谏官吕氏“知教之本”，斥庙之愚妄，“巡守忘废歙，明堂载黜”，主持创建河中书院，体现出朝廷官员在书院创建中的重要作用。

书院是“新生于唐代的中国士人的文化教育组织”[②]，自宋代

① ［宋］朱熹：《朱子全书》，上海：上海古籍出版社，2002年，第220页。
② 邓洪波：《中国书院史》，上海：东方出版中心，2003年，第1页。

始，理学传播与书院教育联系起来，许多理学大家充分利用书院的学术传播功能，讲学传道，书院成为学术研究、自由讲学、问难论辩的场所，并日渐成熟和完善为一种制度化的私学。朱熹《白鹿洞赋》为书院教育确立了传播理学的教育理想。“盼黄卷以置邮”不仅向朝廷乞以九经赐白鹿洞，而且还“迨继照于咸平，又增修而罔倦”。按《庐山记》云：“咸平五年，敕重修，又塑宣圣十哲之象。”重塑孔子及其十弟子像，说明书院以儒学为宗旨，以孔圣为道德楷模。“请姑诵其昔闻，庶有开于时习。曰明诚其两进，抑敬义其偕立。允华挚之所怀，谨巷颜之攸执。彼青紫之势荣，亦何心于俯拾。”表明书院的办学宗旨在教人为学，开于时习，并以向慕仁德的伊尹和以德行著称的颜回为标的，表明了书院的德育宗旨。“明诚”“敬义”是朱熹强调实施的办学宗旨，也是他的理学主张。在《中庸》注中，他说：“诚者，真实无妄之谓，天理之本然也。”① 认为“诚”就是天“真实无妄”的特征，即天理的本性。圣人天然地禀受天理，而普通人要回复天理，达到如天之诚就必须通过个人修为。所谓“明诚”“敬义”就是通过“持敬”的涵养工夫，以虔敬的心境对自己进行反省与涵养，克服纷繁杂乱的情欲，保持心性纯然，复现人的道德本性。由上可知，朱熹推行书院教育是为了传播其理学思想，维护封建伦理道德。这种崇儒重德的理论对中国书院有着重大的影响，也决定了众多书院赋的情感走向。如王柏《宋文书院赋》“惟穷理与居敬，要此志之先立”。推崇朱子“穷理”“居敬”学说；认为“曰明诚与敬义于以泳游兮，志所志学所学亦伊颜之流兮”，立朱子之志、学朱子之学，必然能达到伊尹和颜回等圣人境界，体现出宋代理学家在道德沦丧，佛道兴盛，儒学低迷的情势下，力抗时流，回归孔孟的精神追求。

因为理学的发展，再加上朝廷对书院的认可和资助，书院日益发展兴盛，这就促进了宋代以来书院赋的兴起。如宋代朱熹的《白鹿洞赋》、方岳《白鹿洞赋》、王柏《宋文书院赋》、杨万里

① ［宋］朱熹：《四书章句集注》，北京：中华书局，1983 年，第 34 页。

《学林赋》、方回《石峡书院赋》；元代刘埙《寿文堂赋》、任士林《宝麓赋》；明代李梦阳《河中书院赋》、胡缵宗《东湖书院赋》、唐龙《白鹿洞赋》、舒芬《白鹿洞赋》、廖道南《凤山书院赋》、陆埏《思贤书院赋》、孟思《东山书院赋》、江褆《东山书院赋》；清陈志喆《象山精舍》、陆奎勋《鳌峰书院落成赋》等。从这些书院赋，我们可以看到书院赋创作与宋明理学的兴起、发展及流派有着密切的关系。透过这些书院赋，我们可领略到儒家知识分子浓厚的学术意识和兴教传道的济世情怀。

从元代开始，统治者对书院的师资任用、组织管理、教材乃至财政供给等各方面都加以控制，书院呈现出官学化趋势。明代中叶，科举与官学一体化，程朱理学定于一尊，成为士子们猎取功名和统治者牢笼人心的凭借。到清代，书院已经沦为科举制度的附庸，书院中盛行考课括帖和八股文，反映到书院赋的创作，就是课士赋的兴盛。关于这一点，许结先生的《论清代书院与辞赋创作》[①] 有详细论述，可以参看。

三、儒家教育的主体地位与学堂赋的德育情结和道学情怀

在中国古代封建社会，儒家思想占主导地位。“教育”一词最早见于儒家经典《孟子·尽心上》：“君子有三乐，而王天下不与存焉。父母俱存，兄弟无故，一乐也；仰不愧于天，俯不怍于人，二乐也；得天下英才而教育之，三乐也。”[②] 认为得到天下英才对他们加以教育，这是君子“三乐”之一，而且这种快乐要远远高于“王天下”之乐，这就说明儒家对英才与教育的重视。所谓教，

① 许结：《论清代书院与辞赋创作》，《湖北大学学报》2009 年第 4 期，第 39—44 页。
② 杨伯峻：《孟子译注》，北京：中华书局，2005 年，第 309 页。

《说文解字》释作“上所施下所效”，即教的方法是上行下效；育，“养子使作善也”，也就是说教育的目的不只是为了传授知识或技能，而是重在德，即使之“善”。至于“善”的标准，自然取决于统治者即教育的授权者。汉武帝时，董仲舒“罢黜百家，独尊儒术”，认为“故养士之大者，莫大乎太学。太学者贤士之所关也，教化之本原也”。提出“愿陛下兴太学，置明师，以养天下之士”[①]的建议。汉武帝接受建议，开设太学，立五经博士，专门讲授儒家经典《诗》《书》《礼》《易》《春秋》，为以后历代封建王朝制定了“独尊儒术”的政教政策。以孔子为代表的儒家学说以“仁”为核心和最高道德标准，对中国教育发展产生了深刻的影响。儒家提倡德政和礼治，强调道德感化。《孟子》曰：“夏曰校，殷曰序，周曰庠；学则三代共之，皆所以明人伦也。”[②] 反映到学校赋中，是浸润其中的深厚的德育情结和道学情怀。如周存《观太学射堂赋》写太学观射，“射”是太学教学六艺之一。《礼记·射义》云：“故射者，进退周还必中礼，内志正，外体直，然后持弓矢审固，持弓矢审固，然后可以言‘中’，此可以观德行矣。”[③] “射者，仁之道也。射求正诸己，己正而后发，发而不中则不怨胜己者，反求诸己而已矣。”[④] 可知射礼并非单纯的射击竞技运动，而是注重通过“射”的仪式，表现射者礼让、庄重、谦和的德行，强调通过“射”这一种技艺使人产生道德自省。可以说，太学射艺是华夏先民寓德于射、寓教于射的道德实践方式。因此，赋文曰：“非取善于主皮，盖绎心而正己。”不苛求发矢中的，而重在观射者之德行，“射宫观美，莫不比乎礼乐，和其容止，将申明于德行，必审固夫弓矢，皇家之阐化也”。强调以射取士是“国之恒规，而择贤之盛事”，并进行曩今对比说明射之重德是社会发展形势使然，过

① ［汉］班固：《汉书·董仲舒传》，北京：中华书局，1962 年，第 2139 页。

② 杨伯峻：《孟子译注》，北京：中华书局，2005 年第 118 页。

③④ ［汉］郑玄注，［唐］孔颖达疏：《礼记正义》，北京：北京大学出版社，2000 年，第 1914 年，第 1929 页。

去征战不息、崇尚武力，因而射术注重“训人以知战”，当今四海无虞、天下一统，因而注重以射立德。这不仅是因时合宜的变革，而且能达到德化天下的效果：“彩侯不张而远国来属，贡士不习而盛德必敦。”“故夫五帝殊仪，三王异礼。咸登太和与至理，莫不雍雍而济济。是知崇乐非钟鼓之器，立德为正鹄之体也。”认为习射与习乐一样，不注重钟鼓、箭术本身，而只是修养和立世的工具，因而赋文对历代重德育给予了极高肯定和颂扬。

儒家强调师德风范，《礼记·学记》云：“凡学之道，严师为难。师严，然后道尊；道尊，然后民知敬学。”① 孔子提出：“学而不厌，诲人不倦”、“温故而知新，可以为师”的为师标准；汉代董仲舒提出“独崇儒术”的文教政策，认为“善为师者，既美其道，有慎其行，齐时早晚、任多少、适疾徐，造而勿趋，稽而勿苦，省其所为，而成其所湛，故力不劳而身大成”②。学堂赋也体现出对师德的重视。如戴表元《君子轩铭》：君子轩是秦张模授徒之室。其岳父蜀牟先生为其室命名，取意于《孟子·尽心上》：“君子之所以教者五：有如时雨化之者，有成德者，有达财（材）者，有答问者，有私淑艾者。此五者，君子之所以教也。”③ 认为君子教育人的方式有五种：像及时雨一样滋润化育；成全其品德；培养才能；解答疑问；以学识风范感化使之成为私淑弟子。赋文赞扬古君子风范，高度肯定贤师素王和邹公孟子在教育史上的崇高地位和杰出贡献，并由此提出对女婿为师的殷切期望：“逆拂顺磨，明滋阴润。”从师者角度强调德识感化的重要性。“莫尊匪礼，莫善匪文。咨尔君子，各敬其身。”则从学生角度强调遵循师教，以德润身，反省端正自身的必要性。陆埅《思贤书院赋》叙陆贽忠言极谏，拯救唐朝于危亡之际，感叹其在当时黑白颠倒的现实下，

---

① ［汉］郑玄注，［唐］孔颖达疏：《礼记正义》，北京：北京大学出版社，2000 年，第 1242 页。

② ［清］苏舆撰，钟哲点校：《春秋繁露义证》，北京：中华书局，1992 年，第 37—38 页。

③ 杨伯峻：《孟子译注》，北京：中华书局，2005 年，第 320 页。

狷直难容的遭遇，书院以“思贤”为名，对其“上不负一天子”“一不负所学”的衷忠给予了极大的推崇，认为其千古芳魂将润泽青衿、照耀邦人，体现出对德的推崇。

自孔子始，儒家知识分子就以“道”自任，韩愈在《原道》中提出“尧、舜、禹、汤、文、武、周公、孔、孟”的儒家传道系统，主张排斥佛老，恢复三代以来儒学的真精神。朱熹更是高举道德理性旗帜，提出“人心惟危，道心惟微，惟精惟一，允执厥中”[①] 的心性理论，主张格物致知、正心诚意以穷理尽性，为恢复与发扬儒家精神，以毕生精力提倡书院教育。他批判科举以利欲噬学，认为游学于官学者“不过以追时好，取世资为事，至于所谓修身齐家治国平天下之道，则寂乎其未有闻也，岂是国家所为立学教人之本意哉”[②]？其《白鹿洞赋》云：“请姑诵其昔闻，庶有开于时习。曰明诚其两进，抑敬义其偕立。允华挚之所怀，谨巷颜之攸执。”表明书院的办学宗旨在教人为学，开于时习。所云“明诚”、“敬义”既是其道学主张，也是其办学宗旨，这种崇儒重德的理论和做法对中国古代书院有着重大的影响。朱熹《白鹿洞赋》一经传出，即被广为诵唱，历代名流纷纷追仿和创作，清陈元龙所辑《历代赋汇》所录六篇《白鹿洞赋》，除朱熹外，宋代方岳，明代林俊、祁顺、舒芬、唐龙所作之赋都标注“次晦翁韵”。朱熹道学及其创学之举成为以后众多书院赋吟咏感叹的标的。如方岳《白鹿洞赋》写自己日夕沉绕于书院，“朝余乐兮紫阳，夕余梦兮朱塘。讯风泉与云壑，劳降巘而陟冈。慨夫子其未远，宁吾道之易荒。言琅琅以犹在，将弥久而弥芳。”感伤道学易荒，物是人非，迷漫着一股浓烈的感伤情调。方回在《石峡书院赋》中批判科举导致人心世道之不古：

> 噫！近世所以不古兮，罥名场之罝网。科举之坏人心兮，

① 朱杰人等：《朱子全书》（6 册），上海：上海古籍出版社，2002 年，第 29 页。

② ［宋］朱熹著，郭齐、尹波点校：《朱熹集》，成都：四川教育出版社，1996 年，第 3593 页。

竞区区之得丧。厉夜生子而取火兮，幼尝视于无诳。以干禄为始教兮，将终身其奚仗。天或者恶其然兮，斯革弊而矫枉。无所为而为学兮，真儒庶其可访。声乃心于希瑟兮，盘厥躬于陋巷。颜曾固何必仕兮，胜齐鲁之卿相。或塾居而受书兮，或野芸而植杖。君子睟盎以润身兮，小人给夫一饷。化铦锋而牛犊兮，息龉筒之鹬蚌。奉醹酒以介眉寿兮，岂太平之无象。婴更徽而弗予蜕兮，言及兹而泚颡。予固将引而去之兮，畴敢卜邻于思旷。

“厉夜生子”语出《庄子·天地篇》：“厉之人夜半生其子，遽取火而视之，汲汲然唯恐其似己也。”丑人半夜里生下儿子，赶紧取火照看，唯恐像了自己。这里显然是比喻父亲得子便寄予极高期望，生动展现了世人热衷于科举利禄的急切心情。科举在宋代非常盛行，不仅统治者倡导，许多家庭也以科举为家族振兴的途径，热衷于科举：“为父兄者，以其子弟不文为咎；为母妻者，以其子与夫不学为辱。”① 赋文所云“以干禄为始教兮，将终身其奚仗”，“干禄”即追求禄位、追求功名，批判科举导致士人以仕进为目的，腐蚀人心，危害社会。作者标榜素以德行著称的颜回和曾参，推崇“无所为而为学”，对历史上不以仕进为意，独善其身的君子儒表示出由衷的崇敬。这显然也就是朱子所推崇的成人之道。明代胡居仁的《碧峰书院赋》也表现出对圣道的忧虑，并提出主敬存心、穷理致知、躬践其实的道学主张。

在中国古代社会儒家思想居教育主体地位，受之影响，中国古代知识分子往往表现出浓厚的涉世精神，关注现实，以道自任，这就使古代以学校为题材的赋文在内容上多叙历代政教、考学校盛衰、论斯文振兴，表现出深厚的道学情怀和德育情结。

（原载《福建师范大学学报》2013 年第 3 期，166—172 页）

① ［宋］洪迈：《容斋随笔》，上海：上海古籍出版社，1978 年，第 666 页。

梅花赋创作流变论

王婧之

梅花是中国古代咏物文学中最常见的题材之一，其创作广涉诗、词、曲、赋、文、小说、戏剧诸体，然前人对梅花诗、词、文多有论及，对赋一体的阐述则相对零散。其实，专题的梅花赋在咏梅文学发展的初期阶段就已然出现，尔后其创作渐盛，总体数量虽然不可与咏梅诗、词相提并论，但作为咏梅文学的重要分支，对其进行梳理研究，既可以窥见各个时期审美风尚的演变，又可以在一定程度上总结咏物尤其是咏花赋体的创作模式，因此，也是具有重要意义的。

通过对各类文献进行初步统计可知，历代梅花赋（含残篇）现存逾三百篇，其中南朝一篇、宋二十四篇、元一篇、明三十三篇、清二百八十二篇。其创作大致可以分为三个阶段。

一、南北朝隋唐五代：梅花赋创作模式的初步建立

以植物为描写对象的咏物赋在魏晋之际才开始不断涌现，此前

不惟数量较少（先秦两汉植物类赋作今仅存十余篇），且多为残篇。即使如此，相较于芙蓉、菊花、宜男花、芍药等，梅花以花色之美进入人们的审美视野并进行赋体创作的时间较晚，亦落后于同题材的诗歌，现存最早的梅花赋当为南朝梁简文帝萧纲所作的《梅花赋》：

> 层城之宫，灵苑之中。奇木万品，庶草千丛。光分影杂，条繁干通。寒圭变节，冬灰徙筒。并皆枯悴，色落摧风。年归气新，摇云动尘。梅花特早，偏能识春。或承阳而发金，乍杂雪而被银。吐艳四照之林，舒荣五衢之路。既玉缀而珠离，且冰悬而雹布。叶嫩出而未成，枝抽心而插故。摽半落而飞空，香随风而远度。挂靡靡之游丝，杂霏霏之晨雾。争楼上之落粉，夺机中之织素。乍开花而傍巘，或含影而临池。向玉阶而结彩，拂网户而低枝。七言表柏梁之咏，三军传魏武之奇。于是重闺佳丽，貌婉心娴。怜早花之惊节，讶春光之遣寒。夹衣始薄，罗袖初单。折此芳花，举兹轻袖。或插鬓而问人，或残枝而相授。恨鬟前之大空，嫌金钿之转旧。顾影丹墀，弄此娇姿。洞开春牖，四卷罗帷。春风吹梅长落尽，贱妾为此敛蛾眉。花色持相比，恒愁恐失时。[①]

此赋结构严谨，内容上可分为三层：从“层城之宫”至“色落摧风”为第一层，描写了梅花的生长环境；从“年归气新”到“拂网户而低枝”为第二层，交待了梅花的花期，并描摹了梅花的形态，包括其枝叶、落瓣、花香、花态；从“于是重闺佳丽”至结尾为第三层，假借一女子面对吹落的梅花，触景生情，表达了一种惜春的伤感情绪。

这篇赋继承了早期咏物赋的特点，即主要把笔墨集中在摹物上，其紧扣住了梅花的自然特性，如“梅花特早，偏能识春”的花期，“杂雪”“冰悬”的生长环境，“吐艳四照之林”的色泽，

① ［清］严可均：《全上古三代秦汉三国六朝文·全梁文卷八》，北京：中华书局影印本，1958 年。

“随风而远度”的香气，“傍巇”“临池”的姿态等，描摹细致、全面，这些都是后世梅花赋写作入手的角度，加以延伸，或成立意的要点。不惟如此，赋作还注意到了梅花作为物候表征给人带来的情感体验，“遵四时以叹逝，瞻万物而思纷”①，残枝落花多引发的是时序更替的忧惧感，而这种情感通过一位折花插鬓的女子表达出来，又多了一份青春易逝、娇颜难常的自伤自怜，既委婉细腻，又贴切自然。由于这一时期人们的自我意识普遍开始觉醒，相比早期多数篇幅短小的纯咏物赋，此赋已经有所发展，注入了较为丰富的情感内涵，不过，这种内涵还只是浅层次的，远没有上升到寄兴、写志的高度。

萧纲的《梅花赋》之后，南北朝隋唐五代时期专咏赋作今仅传《全唐文》所载宋璟《梅花赋》，惜为后人伪作②，故置于后文论述。而这种创作的萧条，不只局限于赋体，诗歌亦然，清田同之在《西圃诗说》中提到：“宋人陈从古，字希颜，裒古今梅花诗八百首，其自序云，在汉、晋未之或闻，自宋鲍照以下，仅得十七人，共二十一首。唐诗人最盛，杜少陵十二首，白乐天四首，元微之、韩退之、柳子厚、刘梦得、杜牧之各一首，其余不过一二，如李翰林、韦苏州、孟东野、皮日休诸人则又寂无一篇，至本朝方盛行云云。”③ 可见，梅花题材文学创作的繁盛是入宋以后的事情。而就赋来言，由南北朝至五代，伴随着其本身文体的发展及人们自觉意识的增强，梅花赋在重点刻画物色美感的基础上，开始蕴含“情”的因素，并由此建立起了初步的写作模式。

---

① ［晋］陆机：《文赋》，［梁］萧统编、［唐］李善注《文选》，北京：中华书局影印本，1983 年，第 243 页。

② 参见刘辰《〈全唐文〉宋璟〈梅花赋〉为伪说补证》，《文学遗产》2008 年第 4 期。

③ 郭绍虞编：《清诗话续编》（第二册），上海：上海古籍出版社，1983 年，第 762 页。

二、两宋：梅花赋创作模式的定型

宋代是赏梅的一个高潮期，梅花渐替牡丹跃为国花，这亦带动了相关的文学创作，对此《四库全书总目提要·〈梅花字字香〉提要》就有论述："《离骚》遍撷香草，独不及梅。六代及唐，渐有赋咏，而偶然寄意，视之亦与诸花等。自北宋林逋诸人递相矜重，'暗香疏影，半树横枝'之句，作者始别立品题。南宋以来，遂以咏梅为诗家一大公案。江湖诗人，无论爱梅与否，无不借梅以自重。"[①] 两宋有咏梅赋二十四篇，远胜同时期其他植物类题材赋作。

宋代的梅花赋在题材上有所拓展，吟咏对象增加了红梅、古梅等品种，这是园艺栽培逐渐发展的结果，如韦骧《红梅赋》序所言"于宜梅之时，得花似梅，而所不宜者，非梅耳。问其种，则曰梅也。接之杏，则分红矣"[②]，明确提到了嫁接之术。当然，人们对新品种的认识、欣赏固然可以丰富赋的创作内容，或以激发不同的内心感受，但总体而言，与其他咏梅文体同步，宋代梅花赋最大的变化还在于"对梅花形象特征与神韵品格的发掘上"[③]，这成为了当时创作的主流态度。赋作中，除韦骧《红梅赋》外，皆为颂扬基调，它们通过各具匠心的谋篇布局和多种文学技巧的综合运用，不断累积强化并最终确定了梅花孤超幽淡、坚贞不屈的人格特征。

在具体的写作上，宋代梅花赋呈现出以下特点：

其一，从艺术表现上来看，从偏重写形上升到偏重写意。宋代梅花赋也写形，但其对于花态花香的摹画已经逐渐打上梅花的特有

① ［清］永瑢、纪昀主编：《四库全书总目提要》（卷一百六十七集部二十别集类二十），海口：海南出版社，1999 年，第 2686 页。

② 曾枣庄、吴洪泽主编：《宋代辞赋全编》，成都：四川大学出版社，2008 年。

③ 程杰：《中国梅花审美文化研究》，成都：巴蜀书社，2008 年，第 274 页。

的标记，尤其林逋“疏影横斜水清浅，暗香浮动月黄昏”“雪后园林才半数，水边篱落忽横枝”数句一出，对梅花个性特征的铸炼具有开拓意义。“香浮浮兮实来，意默默兮暗与”（林敏功《梅花赋》），“暗香浮动，虽远犹闻”（李纲《梅花赋》），“香度风而旖旎，影临水以欹斜”（释仲皎《梅花赋》），“微风天落，暗有清馥”（姚勉《梅花赋》），“倒影孤崖，浮香幽涧”（幸元龙《梅花赋》），“或横枝照水”（吴龙翰《古梅赋》），“摇疏影之横斜，漾清溪之寒碧”（谢逸《雪后折梅赋》），“横斜疏影，环浅水以先开”，“任飘酒店歌楼，暗香时度”（舒邦佐《雪岸丛梅发赋》），几乎都是受到“疏影”“暗香”“横枝”的影响。此外，“擢干”“素英”“铅葩”“轻蕊”“绛萼”“檀心”“蜡蒂”等也是赋作时会写及的，并间用诸如“顾此槎牙兮，其仰斯逆，其偃斯醉，其高斯达，其低斯跂”（吴龙翰《古梅赋》）的排比句式进行铺写，这些更趋细致化的写形使梅花的外在形象变得更为丰满。

不过，宋代梅花赋艺术表现上最突出的还在写意，用笔虽不求工细，却能抓住梅花的内在神韵。一方面，通过与其他花木取长较短，来表现梅清高的标格。如“惟标格之独高，故众美之咸具。下视群芳，不足比数。桃李逊嫮，梨杏推妍。玫瑰包羞，芍药厚颜。相彼百花，孰敢争先”（李纲《梅花赋》），“苓藿莫逞其芬兮，桃杏休诧其质”（苏籀《戏作梅花赋》），“歌红蕖于夏末，破丹杏于春寒。丽质鲜妍，则比我已远；高情潇洒，而方兹实难”（王铚《梅花赋》），这些比照言简意赅，基本都站在了“质”的层面。应该说，正是梅花色淡、香冷，尤其是凌寒而开的自然属性，共同构筑了其高雅的格调，从而拉开了与众花木的距离。另一方面，通过冰雪、烟雾、水月、松竹等雅逸的景物以及竹篱茅舍、山径烟村等幽寂的环境进行侧面的渲染。无论是“含芳雪径，擢秀烟村，亚竹篱而绚彩，映柴扉而断魂”（李纲《梅花赋》），还是“远壑冰消，疏林雪后，沙村迥而日晚，石涧浅而寒溜。临山径直欹危，出茅檐之左右”（张嵲《梅花赋》），抑或“淡月黄昏，的皪疏雅，轻烟浮霁，孤绝潇洒”（幸元龙《梅花赋》），“幽闲淡雅，照水横竹”（姚勉《梅花赋》），但得一树梅花置于其间，交相映衬，便无疑构成了一幅淡雅至极的画卷，传达出赋作者闲静、脱俗的精神追求。再一方面，则通过“佳人”与“高士”“丈夫”形象直接进行比拟，来揭示梅花不同凡俗的高逸品格。以美人作比是咏花文学中常用的手法，元范椁在《木天禁语》就曾言：“借本题说他事，如咏妇人者，必借花为喻；咏花者，必借妇人为比。”赋中的梅花之咏也不例外，如李纲名作《梅花赋》中以梅仙、梅妃、姑射神人、瑶台玉姬四个女性形象作比，极尽梅花妍雅之态。不过，一般作者虽然在对象上有所拣择——多集中于神话传说中的仙姬或生于林间幽谷的佳人，但仍难免脂粉之气，正如方回《瀛奎律髓》卷二十所言：“咏梅当以神仙、隐逸、古贤士君子比之，不然则以自况。若专以指妇人，过矣。”① 丘葵《梅花赋》亦言：“古今爱梅之人，奚啻千百。不污以寿阳之脂粉，则诬以高楼之羌笛；不比色于东邻之艳冶，则较香于南海之耶律。是皆未识梅之丰采，而徒观外其行迹。”故发展至后来，赋作多改用高士作比。仍以丘葵《梅花赋》为例：

> 如之人兮，孤高不羁。含者如伫，秀者如语。折者如粲，坠者如舞。仓官清士，列位岩坳，如晏平仲，善与人交；霜风撼倾，华萼敷荣，如苏中郎，抗节龙庭；互交递倚，条枚万蕊，又若武侯，草庐未起；林薄摧颓，霜饕雪埋，又若园绮，皓鬓皑皑。②

晏婴、苏武、诸葛亮、东园公和绮里季，都是历史上高贤的代表，作者作为儒家的追随者，自然对他们十分推崇，因此，比之佳人，他们更凸显出了道德层面的价值和意义。而姚勉则干脆从“君子之材”“君子之容”“君子之节”“君子之常”四个方面对梅花直接予以概括，实际将其作为了君子的同义指称。尤其是进入南

---

① ［元］方回：《瀛奎律髓》，《四库文学总集选刊》，上海：上海古籍出版社，1993 年，第 247 页。

② ［清］永瑢、纪昀主编：《四库全书总目提要》（卷一百六十七集部二十别集类二十），海口：海南出版社，1999 年，第 2705—2706 页。

宋后，超逸而外，梅花更是充斥着丈夫气，如胡次焱《雪梅赋》就明确提出“于时有梅，毅然丈夫”，至于林学蒙《梅花赋》中的梅花则具备如人一般思考言说的能力，直斥作者将其比美人“乃儿女之事也”，并自我剖白：“曾子之所谓大勇，孟子之所谓大丈夫者，其庶几乎！”可以说，以“丈夫”为拟喻实际上是把梅花不畏凌寒、傲视霜雪的坚贞之气推到了前所未有的高度。

其二，从思想内涵上来看，多有所寄托。如前所述，宋前咏植物类赋作已多，有所寄意者亦不在少数，但由于梅花题材的辞赋发展未能与其同步，所以把其作为作者情志的载体一变为主流，是入宋以后的事。一般来说，主要有抒情、写志、言理之分。抒情者如李处权《梅花赋》，其序云：“予衰病索居，经岁不出，芳物过眼，真成一梦。偶作《梅花》小赋，以寄所怀。”显然，梅花勃勃的生机与作者的衰病之体构成了鲜明的反差，从而引起作者的愁思，“起三嗅而三叹兮，魂忽荡而心欲死”。写志者如刘黻《梅花赋》，其对“栖栖于寂寞之乡”却依然能“持狷介以为守”的梅花予以了颂扬，“抱道而独兮历变勿疑，付荣枯于天分兮孰速孰迟”，表明了作者对于正直孤傲、洁身自好的理想人格的追求。言理者如王禹偁《红梅花赋》，此前梅花以花色白素为人所知，红梅殊为少见，故人以为异，但作者却发出“苟华实不符，在颜色而何以？苟履行之克修，虽猖狂而何耻”的感慨，对世俗名实相背的现象进行了抨击。这些作品都在欣赏物象之美的基础上，融入了作者的情感，较之纯摹物写物，命意更为深刻。

此外，值得一提的是，还有一类作品并非简单地因物而生情，而是借助适当的外物来抒发作者内心蓄积已久的情志，情感的宣泄胜于对物象的描写。这类作品因主旨较为幽隐，宜结合作者的身世经历予以解读，具代表性的有朱熹的《梅花赋》。此赋一般认为作于庆元党禁之时，其间赵汝愚贬谪永州，朱熹赋序实有所指：

> 楚襄王游乎云梦之野，观梅之始花者，爱之，徘徊而不能舍焉。骖乘宋玉进曰：“美则美矣，臣恨其生寂寞之滨而荣此岁寒之时也。大王诚有意好之，则何若移之渚宫之囿终观其实

哉？”宋玉之意，盖以屈原之放微悟王，而王不能用，于是退而献赋曰。[①]

对赵汝愚之贬，时人多有诗作拟为屈子之放音，朱熹此处意同，“以屈原之放微悟王”及乱辞“王孙兮归来，无使哀江南兮”（赵汝愚为宋朝宗室，可称“王孙”）即暗讽宋宁宗赵扩起用流放之臣赵汝愚。故赋中措辞多含深意，如“玄雾滃而四起兮，川谷冱而冰坚”，“方酷烈而闇闇兮”，喻政治斗争的严酷；“物皆舍故而就新”，“椒兰后乎霜雪兮，亦何有乎芳馨”，隐斥傅伯寿之类的小人趋附反道学新贵，倒戈相向；“叹扬音之不可闻”，“仓庚寂而未鸣”，“款浮云之来蔽兮，四顾莽而无人”，则指韩侂胄等当道，以赵汝愚、朱熹为首的道学派被定“逆党”，情势堪虞。凡此种种，皆蕴含着一股忧愤之情。但尽管环境恶劣，梅花却并不妥协，而是“屏山谷已自娱兮，命冰雪而为家”，“谓后皇赋予命兮，生南国而不迁”，这何尝不是朱熹本人的写照！在这里，朱熹以梅自况，物我互融，其命意非一般睹物兴情之作可比。

其三，从谋篇布局上来看，形成了较为稳定的模式。刘勰《文心雕龙·诠赋篇》云：“既履端于倡序，亦归余于总乱。序以建言，首引情本；乱以理篇，迭致文契。”[②] 指明赋的结构可分为三个部分：序为始，叙述创作背景或目的；赋为中，是创作主体；乱为末，总结全篇旨意。其中序、乱非辞赋所必需，只是随着赋体发展，乱辞尤其是赋序开始被更多的赋家所采用。宋代梅花赋中有八篇存序，或叙事，或抒情，基本都点明了赋篇的创作动机，它们与赋文共同构成了一个有机的整体。而无论有无序、乱，赋文基本还是紧绕梅花来展开，正应《文心雕龙·镕裁篇》“三准说”中的“酌事以取类”。所谓的“类”大体包括梅花的花期、花态、花形、花香等自然特征，梅花的功用，梅花的各类典故及梅花的品格，将

---

① ［清］永瑢、纪昀主编：《四库全书总目提要》（卷一百六十七集部二十别集类二十），海口：海南出版社，1999年，第2698页。

② 周振甫：《文心雕龙注释》，北京：人民文学出版社，1981年，第80—81页。

其有序地加以组织铺陈，就构成了赋文的主体，而相关材料的详略、敷衍层面的多寡，将直接影响篇幅的长短。若赋篇不仅仅停留于对梅花的欣赏、吟咏，则末段一般为作者的感怀，用以升华情感，深化主旨，或者呼应序文。当然，宋代的梅花赋中亦有少数篇目，或虚设仙境，如幸元龙《梅花赋》把梅花幻想为天宫的花神雪骨真人，富伟《松竹梅赋》则写了作者与秦封大夫、直节君子、商鼎大宾同游的经历；或比拟为人，如前面提到的林学蒙《梅花赋》，梅花能与人语；或设主客问答，如姚勉《梅花赋》，以主人对梅花的赞赏来回答客人对主人独爱梅花的疑惑。这些篇目都设置了基本的故事情节，叙事性大大加强，算是梅花赋中的变体。

总体而言，宋代梅花赋能大量运用比喻、拟人、比较、夸张、排比、用典等文学技巧，在写形愈加全面、细致的基础之上偏重写意、比兴，并多有所寄托，能寄情、显性、写志、寓理、涉趣，在谋篇上也讲究层层推进，应该说，至此，其创作模式已经定型。而宋人之梅花赋所呈现出的特点，与当时士大夫普遍崇儒道、尊隐逸、尚涵养、重哲思、好绘事等时风关系甚为密切，限于篇幅，笔者将另行文论述。

三、元明清：梅花赋创作模式的发展

在经历过宋代创作的高潮之后，梅花赋直到清代才出现了量上的激增。而由元至清，梅花赋在题材上有了进一步扩充：一者榆叶梅（一篇）、绿萼梅（六篇）、九英梅（四篇）、蜡梅[①]（十四篇）

① 九英梅，为蜡梅的一种。蜡梅，又称黄梅花，李时珍《本草纲目》、陈淏之《花镜》皆指出其并非梅类，只因“与梅同放，其香又相近，色似蜜蜡，且腊月开，故有是名”。但古人多将其与梅花混为一类，如《赋海大观》就归蜡梅花于“梅花”下，故本文一并论述之。

等品种成为了新的吟咏对象，赋作多能从花形和颜色上把握住其特点，以区别于以往泛咏的白梅和红梅；另者，由于花艺的发展，对梅花的玩赏不再局限于户外，而是移于室内，“取斯古制，供以仙姿”（张元灏《盆梅赋》），由此而产生了盆梅赋（八篇）、瓶梅赋（三篇），盆中梅、瓶中梅虽不会历雪经霜、披月傍水，却常被置于竹屋、禅房，与佛坐、炉鼎、琉璃、疏帘、芸窗、幽槛相伴，清雅不输野外之梅。不过，尽管如此，元明清的赋作在对梅花内蕴精神的发掘上已经难以突破传统，赋家更多只能在形式上另做文章，故在创作上呈现出以下走向：

其一，出现了不少拟作。所谓拟作，其实主要是对宋璟《梅花赋》的模拟，现存共十八篇，集中创作于清代。如前所述，《全唐文》中所传宋璟《梅花赋》应为后人伪作，无论立意或写作模式与宋代以来的梅花赋极为相似。赋序首先交待了写作的缘由，即作者在仕进失意、客居东川养病时，见梅花独放于榛莽之中，既叹其“托非其所”，又“贞心不改”，遂作此赋，暗示赋虽咏梅，实为自寓。全赋可分三段，首段为叙事，自叙作者寂寞独酌，彳亍阶前，见梅于墙阴，伤其掩没荒草，无人赏识。次段为描写，就梅花之色、香、容、气进行敷陈渲染，连用何郎、韩寿、英皇、姑射神人、通德、绿珠、温伯雪子、东郭顺子、灵均、曼倩、文君、飞燕十二个典故。这些比拟，刻画出了梅花超群的姿质与清雅的内蕴，极为恰切，加之语言流丽，历来为人所称道。第三段为议论，通过梅花与兰蕙、芙蓉、芍药、丛桂等名花的比较，突出其“岁寒特妍”的坚贞品质，同时明确将梅花与君子比美，并引叔父“子善体物，永保贞固”的勉励之语以为全篇结穴，表达出了作者对不流于俗、高洁坚贞品格的向往与追求。这是一篇成功的咏物赋，正因为如此，后世出现诸多模拟之作亦属常情。为避繁琐，兹举三例①：

① ［清］鸿宝斋主人编：《赋海大观》，北京：北京图书馆出版社，2008 年影印本。

作者	篇名	序	第一段（叙事）	第二段（描写）	第三段（议论）
章沅	拟宋广平梅花赋	乔寓东川，“荒庭有古梅一枝”，“托根榛莽”，“克自挺秀”	独酌，步下阶除，见一树梅花，感其“安身于荒薮”，又“幸生意之未朽”	以倩女、美人、思妇、仙子、诗人、剑侠、湘灵、山鬼、古佛、瞿仙、隐士、少年作比	相较桃、桂、芙蓉、薜荔、兰等而“贞操独存”，故“宜相伴松石，结契竹林”，以“伫和羹之妙用，郁时冻之堪任”的赞语作结
陈榜年	拟宋璟梅花赋	居卜东川，“墙侧有梅一枝，自拔荒岁”，“感彼贞心，惬予幽赏”		概述梅花生长之地、时、色、香，以袁安、陶渊明、王子晋、许飞琼作比	围绕“百卉俱寂，孤标独持”及“虽处僻境，不淄俗埃”展开描写和议论，以“俾操合夫君子，而质轶乎凡材”的赞语作结
鲍桂星	拟宋广平梅花赋	流寓东川，“败垣侧有梅花”，“既惋其失所，复嘉其有岁寒之操”	寂寞无侣，周览庭院而睹梅，感其“委秀庭芜，沦英灌莽”，却可“在幽能朗”，“得气之先，为花之长”	以处子、静女、江妃、神女、高士、儒将、羽客、牟尼、野叟、狂士、仙曹、帝子作比	与蘼芜、兰杜、杨柳、梧桐、秾李、夭桃相比，梅能“挺贞姿于铁石，韬艳质于泥沙”，故宜与骚人奇士结赏，最后以“维劲节之不亏，勉植材于桢干”的赞语作结

这几篇赋在拟作中较具代表性，从上表可知，它们基本都是遵循了原赋的写作线索，寄意亦未超出原赋的范畴，是较为直露的模拟，稍欠创新。不过，为了同中求异，作者们还是在遣词、造句、

用典、比兴上各用巧思，在一定程度上表现出了自己的学识与才情。应该说，拟作的不断出现，一方面代表后人对原作的文学和文化认同，甚至于其中找到了情感抒发的契合点；另一方面，也不排除拟者意欲超越和露才的意图，如陶澍赋序提到今世所传宋璟《梅花赋》为好事者伪作，“托为感士不遇，而甚以闺阁之辞”，故“斟其体而易其辞，庶为梅解嘲焉”，而末段“饰末者炫俗而易零，葆中者辞荣而弥固”[①] 的议论，也颇含哲理，的确对原作有所突破。当然，这也与清代社会思想文化之渐趋保守有关。

其二，鹤成为描写梅花的常用映衬物之一。“诗人感物，联类不穷。”[②] 在宋代，以霜雪、水月等来映托梅花，已经成为基本的表现方式并发展到了极限。元明清的梅花赋多沿袭了这一方式，又有所衍生，将鹤也纳入到了这个参照的体系当中，其中梅鹤赋十八篇。鹤意象在我国的起源很早，《诗经》《易经》中均有记载，由于其鸣幽远，其姿优雅，其气绝尘，鹤一直承载着君子德行和高士隐逸的美学寓意。尤其入宋后，在日趋雅化的文化背景下，鹤意象得到了勃兴，陈严肖《庚溪诗话》说“众禽中，唯鹤标致高逸”[③]，可代表当时文人的普遍评价，在气质上恰可与梅匹配。而梅鹤之配则来自林逋孤山“种梅养鹤”，事见宋沈括《梦溪笔谈·人事二》、《宋史·隐逸传上·林逋》、明田汝成《西湖游览志·孤山三堤胜迹》。应该说，这种宁静、悠闲的生活方式，为千古文人所追慕，直接催生了后来的《梅妻鹤子赋》。在这些赋作中，对梅、鹤的描写退居到次要地位，作品着重的乃是对冲淡、幽雅意境的营造，表现出作者对“游情世外，结契岩间”（陈兰生《梅妻鹤子赋》）、“泉石为邻，烟霞结侣”（罗惇衍《梅妻鹤子赋》）、“身离尘梦，趣领仙家”（言思进《梅妻鹤子赋》）的隐逸生活的向往。而梅鹤

① ［清］陶澍：《陶澍集》（下），长沙：岳麓书社，1998 年，第 297 页。

② 周振甫：《文心雕龙注释》，北京：人民文学出版社，1981 年，第 493 页。

③ ［清］方浚颐：《忍斋赋略》，《方忍斋所著书》（第六册），屈万里、刘兆祐编《明清未刊稿汇编》，台北：联经出版事业公司，1976 年，第 213 页。

之配的另一种表述方式，则是将梅与鹤并举，均衡用墨，“梅与鹤兮神驰，鹤对梅兮意久”（梁宝常《天寒有鹤守梅花赋》），“鹤既怜梅，梅还眷鹤。两意相投，一心永托”（朱霖《鹤守梅赋》），“怜茕茕而谁与？长眷眷乎斯梅”（李鸿章《天寒有鹤守梅花赋》），两者构成的是相依相存的关系。同时，以切题为要，赋作会极尽对“守”的渲染，如方浚颐《天寒有鹤守梅花》：

> 曰林处士，子鹤妻梅。仿鹭拳以瑟缩，傍蛟脊而毶毸。玉照堂前，迎阳踯躅；红罗亭畔，唳月徘徊。任他翠羽啾嘈，师雄梦短；迟尔暗香浮动，姑射神来。[①]

此赋见于《忍斋赋略》，其眉批为“抱定‘梅’字写‘守’字，不同泛赋”，写出了在风饕雪略之时，仙鹤的忠贞，故在隐士情怀而外，还强调了一种高洁的操守。总体来说，在宋代梅花赋中，鹤仅为偶现的点缀，不类明清梅鹤赋，鹤与梅并重，成为写梅重要的映衬物，二者彼此辉映，景致优美，意蕴无穷。

其三，从整体转向对局部的描写，避开全方位视角，而是抓住梅花某一部分或某一特征进行强化描写，其中尤以梅影为最，共得十一篇。关于梅影的诗歌，宋代已多，并形成了水、月为梅传神写照的全新范式[②]，而后世所写的梅影基本为水中影、月下影，实际上就是由宋代的这种水月模式发展而来，所不同者，其发挥了赋的体制优势，可多层次渲染。如黄荔《梅影赋》：

> 明月当槛，寒香在庐。冷云破处，冻雪勾余。照折枝而隐约，抚瘦影以萧疏。讶缟袂之重逢，叩门人静；怅晶帘之不卷，满屋灯虚。尔其密密疏疏，斜斜整整。鹤去孤山，云深庾岭。羌出乎而枝高，怯侵肌之梦冷。三尺之横枝梢处，在山边水边；一重之软障描来，是花影竹影。即空即色，时暗时明。

---

① ［清］方浚颐：《忍斋赋略》，《方忍斋所著书》（第六册），屈万里、刘兆祐编《明清未刊稿汇编》，台北：联经出版事业公司，1976 年，第 2089—2090 页。

② 参见程杰《梅与水、月——一个咏梅模式的发展》，《江苏社会科学》2000 年第 4 期。

丰姿雪洁，古干水清。斜竹外之一枝，空谷天寒日暮；透窗前之几点，此时月落参横。几分瘦削，如此槎枒。纸帐人醒，铜瓶影斜。①

这是典型的月下梅影。透着清光的夜，淡化了天地万物的色彩，花影竹影交织，但梅花仍然依稀可辨，作者正是抓住了梅枝横斜、瘦削的特点，并以月、水、雪为映衬，营造出了清冷、淡远、萧疏的景象，有效地表现出了梅花的雅丽。因此，梅影赋强调的不是梅花作为花树的色彩感以及白日清晰可赏的具象性，而是对主体轮廓、形态的突出，更有利塑造梅花高洁秀雅的气韵。

其四，以前代咏梅诗句命题来作梅花赋。清代梅花赋中有为数不少的篇题都是直接采用前代咏梅诗句，如《自锄明月种梅花赋》(五篇)、《数点梅花天地心赋》（八篇)、《僧约溪桥共探梅赋》(一篇)、《江城五月落梅花赋》（二篇)、《贪看梅花过野桥赋》(二篇)、《寒与梅花同不睡赋》（一篇)、《山意冲寒欲放梅赋》(八篇)、《寒梅著花未赋》(十一篇)、《巡檐索共梅花笑赋》（四篇)、《一树梅花一放翁赋》(二篇)、《清极不知寒赋》(二篇）等等。这一类赋作因为命题限韵，即律赋，在创作上不够自由、随性：一方面是因为须高度切题，另一方面则是宜与原诗句建立某种内在联系。如“数点梅花天地心”句出自《四时读书乐·冬》，这是一首咏读书情趣的律诗，“读书之乐何处寻？数点梅花天地心”，从朵朵绽放的梅花中，似乎就能窥见天地孕生万物的本心。原句中这种可以以微见著、以微悟理的内涵在赋作中几乎都有体现：“托灵根于东阁，参妙谛于南华。修到几生，试向空中证果；来从何处，直须笑里拈花。则有探微处士，观花名贤，道参索篇，理悟蹄筌。”（孙翔林《数点梅花天地心赋》）“秀具生初，识深衷于上帝；神传象外，窥精意于先天。乾坤参太极之微，结约在疏枝冷蕊；变化蕴庖牺之画，寄情于篱落水边。目击道存，无用繁花掩映；正容物悟，何须密叶解妍。”（孙士贞《数点梅花天地心赋》）

① ［清］鸿宝斋主人编：《赋海大观》，北京：北京图书馆出版社影印本，2008 年。

"了了真机，超超妙悟。佛果三声，春光几度。梅有花而暗舒，花何心而微露。想化境寻诗而得，消息先知；闲窗读易之余，乾坤别具。"（张庆同《数点梅花天地心赋》）"契真机于天地，不假图书"，"孔思周情之契，聊从身外相参；鸢飞鱼跃之机，须自此间领略"，"秀具生初，变化蕴庖牺之画；神传象外，阴阳参太极之歌"（孙尔准《数点梅花天地心赋》）。诸如此类，不予尽列。应该说，南宋后期随着理学的深入人心，即梅观理的现象日渐普遍，这在当时的部分咏梅诗中有所体现，只是赋作鲜有涉及。因此，对于梅花蕴含着道、象征着阴阳变化的认识绝非清人独有，而如此集中地反映在这一同题赋里，正说明命题赋对写作的框限。

其实，不独上述以诗句为命题的赋，梅鹤赋、梅影赋等也属于律赋的范畴，唯前者因赋题越详而创作难度越大而已。清代赋多为律赋[1]，这与清代科举制度息息相关。唐、宋科举考诗赋，律赋应运产生。元、明二代不以律赋考试，所作故不多，及至文学集大成之清代，律赋复兴，无论在数量上还是成就上都远超前代。正因为如此，清律赋的写作模式更趋成熟完备，破题、切题、押韵、用事、对偶皆有讲究，格式、作法亦有可宗，不过，却使得这一时期的梅花赋在更明确、详尽把握梅花人文意蕴的同时，也因赋体本身发展之日趋式微而不可避免地最终走向了僵化。

四、结语

历代咏花赋约有一千三百余篇，梅花赋无疑在其中占有极重的份量。相较其他花卉，梅花文化内涵丰富，尤其入宋，更是上升成为了精神品格的写意符号，影响至深，延及后世。在具体的写作

---

① 据《赋海大观》统计，清代流传下来的赋作约一万五千篇，其中大约一万篇是律赋。参见詹杭伦《历代律赋校注·前言》，武汉大学出版社，2009 年。

上，梅花赋吟咏的范围逐渐扩大，各种创作的方式方法日趋完备、丰富，并经历了由纯咏物到有所寄托、格式由简而繁以至模式化的演变轨迹。对于整个咏花赋体而言，梅花赋的发展历程虽不可完全复制，却极具有代表性，是值得重点关注的标本意象。

（原载《中国文学研究》2013 年第 4 期，59—63 页）

传统骈文对辽金道教文章创作的多元渗透和影响

蒋振华

辽金两朝，虽为异族政权，但受汉文化思想和学术之影响及其自身之进步，在散文创作上，纵不能与唐宋散文之辉煌成就同日而语，但亦延续了中华民族正统文章之脉络。据《辽史·文学传》云："辽起松漠，太祖以兵经略方内，礼文之事固所未遑。及太宗入汴，取晋图书、礼器而北，然后制度渐以修举。至景、圣间，则科目聿兴，士有由下僚擢升侍从，骎骎崇儒之美。"[①] 正是向汉儒文化学习之故，才有辽代的礼仪文章"骎骎崇儒之美"。从现存《全辽文》所录散文篇章看，诏谕、章奏、论序、志铭诸作，虽多奇句单行之篇，但四六骈文的形式之文，亦触处可见。至于金代散文，相比于辽，可谓一时称盛。据张金吾《金文最》之序云："惟金崛起东方，奄有中原，幅员则广于辽，国势则强于宋。风会所开，一洗卑陋浮靡之习。聿稽武元开国，得辽旧人；文烈继统，收宋图籍。文教由是兴焉。大定、明昌，投戈息马，治化休明。南渡以后，赵杨诸公，迭主文盟，文风蒸蒸日上。迄乎北渡，元遗山以

---

① ［元］脱脱等：《辽史》卷一〇三，北京：中华书局，1974 年，第 1445 页。

宏衍博大之才，郁郁为一代宗匠，执文坛牛耳者几三十年。呜呼盛矣。”① 现存《金文最》及《全辽金文》所收金文，文体多为墓表、碑志、书记、铭箴、议疏、奏章、序跋、颂赞、诏令、册令、牒引，各体皆备，题材广博，虽普遍承袭传统散文之制，然骈俪之体亦与散体之文分庭抗礼。

辽金两代道教极盛，尤其金代，教派林立，教旨深宏，太一教，大道教，全真教，在北方大半个中国充满活力，屡受最高统治者的恩宠，至于信仰者尤以文学之士、官吏仕人居多，其为文章，作者既有道教内人物，亦多官吏层、知识分子阶层者，从《全辽文》《金文最》《全辽金文》统计得知，道教内文章家 31 家，信仰道教的文章家 86 家，吏者兼文人身份所作涉道文章者共 203 家，由此可见，道教文章创作在辽金两代彬彬之盛。考察辽金道教文章的创作情况，传统骈文的形式规范对其影响和渗透的倾向表现出多元化的复杂形态。本文以此立论，可以揭橥骈文形式在古代日常生活（包括宗教生活）中的实用功能，而不只是让人们认识到骈体形式在古代文体发展上的审美价值。

一、骈文严对的弱化与宽对的加强

骈文严格的词性对称、文字对偶的特征在辽金道教文章创作中呈现松散自由、对偶弱化、流水对加强的“蔓延”趋势，但这并不意味着骈文意识在辽金道教作家的文章观念中的淡化。辽末作家王枢熟悉道教养生之方，多与道教药师往来，并引领此类方术之士出入朝廷，看病治身，且劝其出山入市，为医行善，有《郭药师降表》一文，面奏朝廷，延纳道医，其文曰：

待时而动，动静固未知其常；顺天者存，存亡不可以不

① ［清］张金吾编纂：《金文最·自序》，北京：中华书局，1990 年，第 9 页。

察。臣素提一旅之师，偶遭百六之运。亡辽无可事之君，大金有难通之路。宋主载嘉，秦官是与。念一饭之思必报，则六尺之躯可捐。虽知上帝之是临，敢思困兽之犹斗。昔也东征，虽雷霆之怒敢犯；今焉北面，祈天地之量并容。[①]

这篇一百零七字的简短骈文，词性对偶比较松散，只求上下句字数的相当，不究词性的严谨相称，如“待时”引起的上句与“顺天”引起的下句，“而”与“者”不配；“固未知其常”与“不可以不察”只字数相当，松散自由；又下一个对句中“一旅”与“百六”不对；“念一饭”与“则六尺”松散不谨；“上帝”与“困兽”亦随机对；“昔也”之上句与“今焉”之下句亦为自由对，其中“虽”与“祈”词性不当，“敢犯”与“并容”为宽对。诸如此类，足见骈文之形式尚存，而其实质则在渐渐地为信道之作家所改造、改变。

卿希泰先生指出金代道教三派鼎立，“表现出茁壮的生命力，……出现了道教界前所罕见的兴盛局面。”[②] 其一个重要的宗教特征便是注重对生命肉体的保健医病，因此，大量医药、方剂之类的医书被分类编纂，此类著作的序言大多用骈体写就，如杨用道《附广肘后方序》，阎明广《流注指微针赋序》《流注经络井荥图序》，宋云公《伤寒类征序》，王纬《注解伤寒论序》等等，有金一朝，此类序文共计 167 篇。杨用道序中有云：“边境宁而盗贼息矣，则人无死于锋镝之虑；刑罚清而狴犴空矣，则人无死于桎梏之忧；年谷丰而蓄积富矣，则人无死于沟壑之患。”[③] 这三个对偶句中，三次重复“则人无死于”五字，同一个字或同几个字在四六句中重复出现，这是正规骈体文之大忌，但此文作者敢于犯忌，大胆打破骈文程式，追求一定的规则而又不失去创作个性自由。又宋

---

① 阎凤梧主编：《全辽金文》，太原：山西古籍出版社，2001 年，第 718 页。

② 卿希泰主编：《中国道教史》第三卷，成都：四川人民出版社，1996 年，第 1—2 页。

③ 阎凤梧主编：《全辽金文》，太原：山西古籍出版社，2001 年，第 1324 页。

云公《伤寒类证序》区区260余字的骈文，其开篇云："窃闻天地师道以覆载，圣人立医以济物，道德医药，皆源于一。医不通道，无以知造物之机；道不通医，无以尽养生之理。"[①] 此等对偶之句，毫无正统骈文典雅深奥之学究气，直是脱口而出，如行云流水，出对自由。

就绝大多数的道教题材文章而言，骈文对它的影响、渗透在对偶上是如此松散自由，但也有少数篇章是严格讲究出对的，词性当对严谨，表现出很高的骈文素养，不愧为传统骈文之高手。如王喆《金莲社开明疏》：

> 窃以慧灯永照，须凭玉蕊之光；性烛长明，决得金莲之耀。内沐三光之秀，外消四假之名。步虚摄空，探玄搜妙。洗来莹净之乡，出入芳馨之路。各怀珠璧，共捧琼瑶。显要全神，须令养气。消通斯诀，请挂芳衔。[②]

这是典型的四六文范作，出自王喆之手，不足为怪。王喆（1113—1169），即王重阳，金代全真教的创始人，全真教自金元以来几乎主宰中国道教并对中国士人、文人发生深刻影响约七百余年，而始祖王喆的文化修养、学识、授受，几至为道教界之圣人，有此属对精工、文风稳健、语调庄雅之文，不足为怪。

二、恪守平仄声韵以求典雅之美

骈文自产生后，无论是作品创作实际上，还是在理论诉求上，都把平仄相对、声韵相协作为其文体定义的基本内涵，因此，骈文为有韵之文已为古来所共识。从文体发展史来看，颂赞之体、铭箴之体、诔碑之体，由散而骈，由语韵参差到平仄声韵齐整，都可看

---

① 阎凤梧主编：《全辽金文》，太原：山西古籍出版社，2001年，第1274页。

② 阎凤梧主编：《全辽金文》，太原：山西古籍出版社，2001年，第1274页。

出古代文章由散而韵，由奇而偶的发展痕迹。虽然经历唐宋古文对骈文的反动与批判，但四六文对于韵律、声仄的追求丝毫没有消减。宋代以降，及于辽金，文章家、理论家依然把声律之美作为骈文的重要标志，考察辽金道教题材之骈文，依然注重骈文之声韵，尤其在颂赞、铭箴之体上，那种声韵之齐整划一，格调之铿锵有力，不复在六朝骈文之下。虽然说颂赞之体、铭箴之体在讲究声韵上是文体使然，但此时道教文章家们恪守传统的自觉意识最终起着支配作用。

秦志安（1188—1244），金元之际全真教七子之一丘处机的再传弟子，元代道教全书《玄都宝藏》的总编纂，教内极富学养的道教领袖，道教文章一时之盟主，《全辽金文》收其文章8篇，所作颂赞之体有《老君石像赞》《披云仙翁赞》，前者云：

> 绝圣弃智，挫锐解纷，居太初太易之前，隐无象无形之内。五千五百重天，藏于卵壳；九十九亿万岁，贮在弹丸。此其太上乎？曰：非也。恍兮惚，其中有物，物不可得而名；杳兮冥，其中有精，精不可得而见。此其太上乎？曰：非也。迎之不见其首，随之不见其后，独立而不改，周行而不殆，能为万象主，而不逐四时凋，此其太上乎？曰：非也。然则孰为太上？曰：凭君似向东风问，惟有黄花翠竹知。[①]

此赞为混合体形式，但以骈体为主，骈俪四六之对又比较松散随意。然以句之平仄声调而言，平稳从容，缓急有度，后式排比句又使文章整齐有致，尤其是文末两个七言诗句，平平仄仄平平仄，仄仄平平仄仄平，是典型的七言律诗第一式的句型，它要求颔联一定对仗，如杜甫《秋兴》之一的颔联为：江间波浪连（一作兼）天涌，塞上风云接地阴。秦志安此赞一者为自由平易的骈对之体，一者为格律整饬的七言之诗，宽严结合，尽得古韵文之要义，从文章学讲，法而不法；从信仰上讲，信而不信，切合太上老君“信言不美，美言不信”之精髓，确得道教之真传。

---

① 阎凤梧主编：《全辽金文》，太原：山西古籍出版社，2001年，第2820页。

后者云：

> 披云仙翁，玄竹中龙。德如之何？太华之峰。节如之何？值来之松。九龄悟道，遍礼琳宫。千里求师，密契真风。阐玄化于阴山之外，续琼章于火劫之终。炼谭马三阳之镜，铸丘刘八极之钟。玉树重芳于海上，金莲复秀于山东。直待养成千岁鹤，一声铁笛紫云中。[①]

该赞词显系骈俪之体，对仗工整，平仄协调，在用韵上，一韵到底，龙、峰、松、宫、风、终、钟、东、中，通押东韵，气势流畅，声调朗练。

除上引秦志安赞颂骈体外，还有杜仁杰、刘祈同题之作《虚静真人像赞》，杜文为二十四句三字文，祁文为四个九字对偶句，切声韵相协，押偶句韵，读来朗朗上口。

铭箴之体因具劝诫、记省之性，又要求铭刻心灵，故自产生以来，为便于牢记、诵唱，则更讲究声韵，故《文心雕龙·铭箴》云："箴诵于官，铭题于器，名目虽异，而警戒实同。箴全御过，故文资确切；铭兼褒赞，故体贵弘润：其取事也必核以辨，其擒文也必简而深。……义典则弘，文约为美。"简约、深刻、唯美，是铭箴之体的要求，韵律形式也就非常重要了。马扬，金初道教人士，其《浮山仙蜕岩铭》为传颂、流播道教的神仙信仰而作，该文云：

> 尧水浮山，迄今几年。夫人灵耀，孰开厥先？作镇兹地，泽润民编。石中之蜕，孰知其然？惟古至人，体道虚玄。神疑罔测，通达以圆。委蛇一化，卢牟八埏。出入金石，弗间天渊。物若留碍，其天守全。屠维之岁，荒落是躔。律协夷则，气遇中元。日御甲午，仙蜕出焉。人耶神耶？胡能究旃。智数讵诘，强名云仙。乃择令辰，乃荐吉蠲。改卜所兆，既固且完。贞石有泐，岩谷有迁。兹岩之蜕，尚永其传。[②]

---

① 阎凤梧主编：《全辽金文》，太原：山西古籍出版社，2001 年，第 2820—2821 页。

② 阎凤梧主编：《全辽金文》，太原：山西古籍出版社，2001 年，第 1392 页。

此岩铭除了以神奇怪诞的情节动人外（这是道教自神其教的需要），用韵自然，韵脚一致无变，文“简而深”。

前述杜仁杰为金末元初名士，与全真教往来甚密，山隐而终，文章名播海内，为元好问所称颂，涉道文章达17篇之多，又以铭文见著，其《清虚小有第一洞天三言铭》对仗工稳，声韵和谐，平仄得体，其文曰：

> 坤所载，乾所焘。象与形，孰朕兆？纬五行，环二曜，流而川，何浩浩。四溟晏，九河导。峙而山，亦多号。神有岳，山有峤。粤天坛，极道妙。巉孤撑，未易到。日出没，见遗照。偃东西，绝海徼。倏光怪，来熠耀。大龙烛，细萤爝。不恒出，赴感召。笙嘹亮，鹤窈窕。羽人路，此其要。青螺堆，玉簪峭。左参井，右舟灶。……圣之作，贤者绍。矧玄元，语秘奥。探逾远，理益耀。微是理，万有耗。文虽径，实非剽。庶今来，永为诏。①

其如前面几篇赞铭，也是一韵到底，不换韵，这在道教业内成了不成文的规律，作家们灵犀相契默而守之、行之。

三、独树一帜的宗教用典风格

用典亦是骈俪之文的写作要求，无论是事典或语典，一则给骈文增饰华丽之容，形成繁富之态，再则体现作者才气之用，学识之博，且典之出处遑论文史哲三元，出经入史，纵古贯今，诗词骚赋，信手拈来。然在辽金道教文章中，骈文之用典对它的影响只局限于道教的理论来源——老庄原典或其自身的宗教故实、神仙传说、道教典籍而绝少旁及教外文籍，从而形成具有其宗教自身特色的用典风格，这是骈文用典在辽金道教文章中的一个新变。

---

① 阎凤梧主编：《全辽金文》，太原：山西古籍出版社，2001年，第3628—3629页。

王寂是辽代中期以文章、政事显称于世的文人，清人英和誉其为“大定、明昌文苑之冠”[①]，晚年颇信仰神仙道教，所作《蔓聚奇赋》《道士女冠度牒》等皆为涉道题材之骈体，前者用典广博，然终不出《庄子》一书，中有《庄子·逍遥游》和《山林》关于“不材之木”的典故，又有《庄子·则阳》中“蛮触之争”、《庄子·列御寇》中“骊龙珠”等典故。后者短小精悍，其文曰：

> 范围至道，衣被含生。太和薰灵宝慧香，多暇适希夷真境。以尔脱离世纲，攀慕仙梯，讽蕊笈之玄文，佩金坛之秘箓。损之又损，优游践黄老之言；纯乎其纯，清静赞唐虞之治。[②]

这篇骈文语典、事典皆出自道教原典《老子》及道教起源发祥之祖——黄帝、老子、唐尧、虞舜。“希夷”“损之又损”“纯乎其纯”皆语本《老子》。灵宝，即道教祖神“灵宝君”，三清境最高神之一。

金元之际，全真教繁盛之极，七真人都为擅文专诗者，都有文集、诗集传世，自序、他序之文连篇累牍，骈文成为序文的首选，计26篇。七子之一的郝大通世为宦族，家学渊深，洞晓阴阳、易学、律历、卜筮，有《太古集》四卷传世，诗文兼擅，其作《太古集》自序，用典饶丰，其中道典34处，神仙物事62种，阴阳占卜等道教术数词汇46处，短短700余字的骈体，用典文字几近三分之二，多为教内事典和语典，真可谓三句话不离本行，以显宗教人士对自身业务之专精。其他七子人物的文集序文也大多如此，如当时为七真人之红极一时者几近为成吉思汗之国事顾问参谋的丘处机《磻溪集》作序者共4种，各种典故、语汇计51种，绝大多数为道教故实用语。至于为七真之祖王重阳之《重阳教化集》所作序文共计10篇，其所用道教道典、语汇实在是不计其数了。

考察金元道教文章上述用典现象的缘由，在于汉代以来儒教、

① ［清］张金吾编纂：《金文最·英和序》，北京：中华书局，1990年，第2页。
② 阎凤梧主编：《全辽金文》，太原：山西古籍出版社，2001年，第1437页。

道教、佛教三教争位，尤其是儒道之争。在儒教或儒家传承统制中，有“宪章文武”“祖述尧舜”的神道设教统制，汉武帝“罢黜百家，独尊儒术”的统治思想确立后，封建统治的思想意识形态领域经历了造立儒家五经、六经、七经、九经、十三经的数次奉经尊经活动，儒家、儒教的圣统地位愈益神化，成为名副其实的神坛盟主。因此，在整个漫长的封建社会，儒教信徒一切言必称儒典，文必引儒经。道教自东汉产生以后，为了自身的生存、发展以至渐次形成了与儒教争统的态势，于是亦大造道教经典，道教人士亦言必称道典，文必引道经，如此以与儒家儒教分庭抗礼，一争高下、主宰之位。是故道教内部，汉代造作《太平经》，东晋葛洪造作300余种1300余卷道教典籍，上清派、灵宝派至南北朝形成空前的造经高潮，至隋唐两宋更是经籍上万，最后形成上清洞真、灵宝洞玄、三皇洞神的“三洞真经”以及“四辅”“十二类”道典谱系，以与儒家十三经抗衡。至辽金元时代，道教发展到“全真教”时代，形成中国道教史的鼎盛时期，上述道教文章的作者著述撰文只从道教典籍中寻找为文之依据、说理之实证，在思想上以为自己的宗教神道设教，在形式上以符合骈文引经据典之特性要求，则是情理之事了。

四、骈散和合的三维结构形式

对偶、声韵、事典构成骈俪之体对于辽金道教文章的渗透和影响之元素，但另一方面，骈散两体的有机结合，各自优势的充分被重视和展现，两种传统文体的优秀部分被统一和充分弘扬，在辽金道教文章创作中亦成为一种普遍态势，成为引领此时道教文章的新方向。这种现象在辽金两代的道教宫观志记、道教人物墓碑志表、道教神仙游记等体裁中最为突出。尤其是当时著名文人、朝廷高官如王鼎、王寂、党怀英、赵秉文、王若虚、李纯甫、刘祖谦、元好问、王鹗、杜仁杰为道教著名建筑、高道真人写的宫观记、墓志铭、墓表文、碑文、墓碣等，其骈散结合之文体所反映的写作水平之高，所揭示的文人与道教关系之密切以致文道互动对于文学与道教发展所产生的历史推动作用，所提供的文学文献和道教文献而形成的文献价值以致成为当代文学研究和道教研究重要的文献依据，都是必须肯定的。如王寂的《祁县重修延祥观记》，王若虚《太一三代度师萧公墓表》《清虚大师侯公墓碣》《茅先生道院记》，元好问《紫虚大师于公墓碑》《冲虚大师李公墓铭》《通真子墓碣铭》《通玄大师李君墓碑》《太古观记》《紫微观记》《清真观记》等等，卿希泰先生在研究辽金道教发展史时，都以这些文章作为唯一的重要的文献依据。至于它们骈散结合的文体形式，主要表现在以下几个方面：

一是开篇数句为散句，继之以两个或以上的偶句，这种形式为单加偶起首式，如米孝思《重建孙真人祠记跋》即是此种形式。此文叙述重建孙真人祠观之经过，孙真人乃初唐著名高道孙思邈，后人为之建宫观庙宇以示纪念，又作为祈雨求阳之场所，该文写此的开首式为：

> 真人生于华原，以硕德隐操，显于隋唐间。其丰功厚利，拯济群生者，于今六百年矣。虽飞升之久，而一方有雨阳之求，则昭应也如响；病者有药饵之请，则对症而受赐。[①]

这种结构过渡自然，由散入骈巧妙自如，结合默契，毫无阂隔突兀之病，可谓两体相得益彰。

二是文章中部为骈体，首尾两端为散体，这种形式为散加骈加散的三层结构式。这在辽金两代关于道教宫观记、墓志铭、碑文、墓表、墓碣中最为广泛运用，更显骈散结合的高度自由，由于此类文章大多篇幅较长，不便引用，这里只摘引一些好的骈俪句子。李俊民《重修王屋山神霄宫阳台宫碑》写及道观阳台宫重修之状有骈句云："不募而役集，不鸠而材具。变污以洁，易故而新，宏大

① 阎凤梧主编：《全辽金文》，太原：山西古籍出版社，2001 年，第 1601 页。

殿堂，修直廊庑，复灵官之位，列斋厨之次。接遇则有宾馆，招纳则有道院。其用简，其功速，旋天关，回地轴。”[①] 句式对偶丰富多样，三字对，四字对，五字对，六字对，整齐而又参差，错落而又严整，对之则严，变之则松，运用自如而属对工整。又著名全真道士秦志安（丘处机高足）《创建元都清虚观记》云：“起三清之邃宇，建五祖之华堂。香厨密甃于瑶瑯，云室馨含于芝术。药灶隐静庐之胁，丹炉连方丈之阴。竹隐轩风，松筛径月。焕丹青于列圣之像，灿金碧于群仙之容。虽陶隐居之华阳洞天，潘师正之逍遥道院，何以加此。”[②] 长句之对，在辽金道教骈文中，实为罕见，而此文对仗工整，又多道教事典，非常“专业”。考辽金道教宫观记，著名文人元好问所作最多，且有关道教人物之墓志也最多，其中骈俪句亦精炼超群，文章宗法欧苏，“落落大方，殊有风气”[③]。如《紫微观记》中有句：“始欲为高而终为高所卑，始欲为怪而卒为怪所溺”，“本于渊静之说，而无黄冠禳祛之妄；参以禅定之习，而无头陀缚律之苦”[④]。又《紫虚大师于公墓碑》中有句：“悠然而风鸣，泛然而谷应”，“按天籁以宫商，责混沌之丹青”[⑤]。

三是篇末为骈体加散体的结尾式，如李俊民《重修王屋山阳台宫碑》之结尾为：

> 有竹林高致，不啸傲升平；有盘谷雅尚，不轻期富贵。味老子五千言，不读非圣书；悟广成长生说，不作矫俗事。龙伯钓后，长愁海上之鳌；子晋归时，难驻云间之鹤。大朝己亥岁三月二十二日壬辰，登真于云岳观，春秋八十有八。其徒曰定、曰忠、曰祥、曰玄、曰温，索余文其碑，故欣然书之以示

---

① 阎凤梧主编：《全辽金文》，太原：山西古籍出版社，2001 年，第 2549 页。

② 阎凤梧主编：《全辽金文》，太原：山西古籍出版社，2001 年，第 2817 页。

③ ［清］李慈铭：《越缦堂读书记 · 遗山集》，见《越缦堂读书记》，上海：上海书店出版社，2000 年，第 921 页。

④ 阎凤梧主编：《全辽金文》，太原：山西古籍出版社，2001 年，第 3217 页。

⑤ 阎凤梧主编：《全辽金文》，太原：山西古籍出版社，2001 年，第 3123 页。

来者。[①]

骈俪之句清新可读，风格自然天成，用典同样为道教内神仙人物、事件。

终辽金两代之道教文章，骈俪之文虽不能抗衡散体，但在上述三个方面亦努力与散文争一席之地，作家们试图将骈体的优秀元素渗透到整个文章创作领域中去，其努力的成果一是丰富了文章创作的实绩，二是放宽了骈文理论的界定范围，尤其是对于骈文特质的再认识，使这种特质的内涵与外延更具有伸缩性和包容性，这种理论倾向当然也有它的负面作用，那就是让一些作家乘机对骈文持反对甚至否定态度，如著名道教文章家范圆曦在给全真七子之一的郝大通之文集《太古集》所作序言中就提出："至人达观，物无不可，故词旨所发，务以明理为宗，非必骈四俪六，抽青配白，如世之业文者以声律意度相夸耳。"[②] 这种全盘否定之态当然是不足取的。

（原载《学术研究》2015 年第 3 期，143—147 页）

---

① 阎凤梧主编：《全辽金文》，太原：山西古籍出版社，2001 年，第 2550 页。

② 阎凤梧主编：《全辽金文》，太原：山西古籍出版社，2001 年，第 1669 页。

辞赋对话模式的生成与展开

杨合林

刘勰《文心雕龙·诠赋》说："遂客主以首引，极声貌以穷文。"这是说赋有两大特征，一是在结构上以主客问答作为其基本架构，一是在文辞上极尽铺张夸饰之能事。后世对于赋的后一特征强调颇多，而对于前者却未免有所忽略。探讨辞赋对话模式的生成和展开过程，不仅可以加深对辞赋这一中国文学重要文体的了解，还可由此约略窥见中国历史文化变迁与士人主体精神起伏消长之大势。

一、赋之源：从人与神的对话到人与人的对话

原始文化是一种巫术文化，现存最早的文字——甲骨卜辞，就是有关人神对话的记录，如言："癸卯卜，今日雨。其自西来雨？其自东来雨？其自北来雨？其自南来雨？"① 《礼记·表记》说："殷人尊神，率民以事神，先鬼而后礼。"这表明甲骨卜辞所反映

① 郭沫若：《卜辞通纂》，北京：科学出版社，1983 年，第 368 页。

的此类情状在殷商时代具有普遍性，是早期先民心理的基本样态。这种状况到西周开始有了改变，如《表记》所说："周人尊礼尚施，事鬼敬神而远之。"从西周开始，"民""人"开始取代"神""鬼"在社会政治生活中的地位。《尚书·泰誓》："天视自我民视，天听自我民听。"《左传》庄公三十二年载史嚚语："吾闻之：国将兴，听于民；将亡，听于神。"孔子说："未能事人，焉能事鬼?"（《论语·先进》）从听命于神到听命于人，意味着原始巫术文化向周秦理性文化的演变。

战国末期是辞赋的发轫期，庄子、屈原、荀子均于辞赋的发生有所贡献和影响。刘勰《文心雕龙·诠赋》论赋体起源："及灵均唱《骚》，始广声貌。然则赋也者，受命于诗人，而拓宇于《楚辞》者也。于是荀况《礼》《智》，宋玉《风》《钓》，爰锡名号，与诗画境，六义附庸，蔚成大国。"刘勰这段话，每作为赋体起源与成立的权威概括。他对荀子和屈原在赋体初起过程中的作用都有具体说明，但未涉及庄子。

宋王十朋《会稽风俗赋序》说："昔司马相如作《上林赋》，设子虚、乌有先生、亡是公三人相答难。子虚，虚言也；乌有先生，乌有是事也；亡是公者，亡是人也。故其辞多夸，而其事不实，如卢桔黄甘之类，盖上林所无者，犹庄生之寓言也。"清章学诚《文史通义》也说："假设问对，《庄》《列》寓言之遗也。"王十朋将《上林赋》的"子虚乌有"推源于"庄生之寓言"，章学诚更进一步明确"假设问对"为"《庄》《列》之遗"，都肯定了《庄子》一书和赋体发生之间的关联[①]。

《庄子》寓言之"假设问对"对赋体结构的影响确然存在。若深入《庄子》，还会发现，其"假设问对"实与神巫占卜的传统相

① 今人郭沫若也认为《庄子》"立意每异想天开，行文多铿锵有韵，汉代的辞赋分明导源于这儿"（《蒲剑集·庄子和鲁迅》，《沫若文集》第十二卷，人民文学出版社1959年版，第59页）。徐宗文《〈庄子〉与汉赋》（《安庆师范学院学报》1987年第4期）、刘生良《〈庄子〉——赋的滥觞》（《陕西师范大学学报》（哲社版）1993年第2期）对《庄子》与赋之关系均有探讨。

关，从中可见出巫术文化向理性文化蜕变的线索和迹象。[①]《庄子》面对上古巫术文化遗产，一面加以吸收、沿用，一面又有所加工、改造。上古神巫占问表现的是人对“天道”“吉凶”的探问。庄子身处战国后期，已经过人文精神的洗礼，因而他心中的神巫及其问对就有了新的内容和风貌。

《庄子·天运》：“‘天其运乎？地其处乎？日月其争于所乎？孰主张是？孰维纲是？孰居无事推而行是？意者其有机缄而不得已乎？意者其运转而不能自止邪？……’巫咸袑曰：‘来，吾语女。天有六极五常，帝王顺之则治，逆之则凶。九洛之事，治成德备，临照下土，天下戴之，此谓上皇。’”庄子笔下的巫咸袑不再是神秘天道的代言人，而成了“治成德备”的宣扬者。意思是天道的运行不必问，只可顺，“顺之则治，逆之则凶”，这显然不再是上古神巫占问的原始形态，而只是它的一个躯壳了。借了这个躯壳，陈说的是庄子自己的思想，就像庄子虚构的其他人物一样，都只是在替庄子说法。

更进一步，庄子还将巫祝与道家推尊的神人对立起来。《人间世》说：“此皆巫祝以知之矣，所以为不祥也。此乃神人之所以为大祥也。”巫祝“所以为不祥”，乃神人“所以为大祥”，神巫和神人对立了起来。庄子所谓之神人，并不是交通神灵之人，而是和至人、圣人同类的得道之人。在《应帝王》中，庄子设置了郑之神巫季咸与壶子之间的一场“斗法”，其介绍季咸说：“郑有神巫曰季咸，知人之死生、存亡、祸福、寿夭，期以岁月旬日若神。”但这个“若神”的神巫在与壶子的斗法中，却一再失败，最后“立未定，自失而走”。这都表明神巫的崇高地位已经沦落，神巫占问已为哲人的问对所取代，理性精神战胜了巫术意识。

《庄子》书中，凡问对大抵都是得道之人对困惑、蒙昧中人的

---

① 庄子与巫术文化的关系，学者已有注意，此一方面的论文可参看殷志芳《畸人与巫——试论庄子笔下的畸人形象》（《乐山师范学院学报》2007 年第 7 期）、邓联合《巫与〈庄子〉的畸人、巧匠及特异功能者》（《中国哲学史》2011 年第 2 期）等。

解答与开示。《渔父》中的渔父，就是作为“孔子”的人生导师而出现，孔子求教于他，就像《天道》《天运》诸篇中孔子问道于老聃一样。解答人生难题的不再是传统中的神巫，而是庄子心目中的圣人。而正如章学诚所说，庄子的这些“假设问对”，对后来辞赋的结体产生了重要影响。

屈原楚辞中的巫术文化色彩较之《庄子》要浓郁得多。虽然在楚国贵族集团中，屈原最具理性精神，也是这个集团中对中原文化最为倾心的人物之一，但他生活的环境特别是他流放之后所接触到的民间文化却充满了巫术文化内容。王逸《楚辞章句》说：“昔楚国南郢之邑，沅、湘之间，其俗信鬼而好祀，鼓舞以乐诸神。屈原放逐，窜伏其域，怀忧苦毒，愁思沸郁。出见俗人祭祀之礼，歌舞之乐，其辞鄙陋。因为作《九歌》之曲，上陈事神之敬，下见己之冤结，托之以风谏。”王逸这段话道出了屈原楚辞创作的诱因和目的，一方面是楚地鼓舞乐神的旧俗，一方面是遭放逐后的“怀忧苦毒，愁思沸郁”。鼓舞乐神，是人与神的对话，但当屈原借助这一模式来发愤抒情（“托之以风谏”）时，实际就转向了人与人的对话。

游国恩指出，《离骚》的基本结构实际是由对话构成的，其中“女媭之詈予”“就重华而陈词”“灵氛之吉占”“巫咸之夕降”，“虽非正式的一问一答，然实际上是问答的体裁，不过为行文上方便起见，故偶然省去一方面的问或答”①。但这些都不过是他抒情的依托，并不是要对话的真正对象。他真正要对话的对象是楚王。他的另一篇杰作《天问》实为“问天”。清人吴世尚说：“其名天问者，言天下原有不可究问者也。名问而实自答矣。”② 这是一种包含了答的问，是一种自问自答。《天问》和庄子通过巫咸祒所提出的问题几乎一模一样。他们的问，实际是对现存秩序合理性的怀疑，或舒泻愁思，或表示反抗。

---

① 游国恩：《楚辞概论》，北京：商务印书馆，1933 年，第 138 页。

② 游国恩：《天问纂义》，北京：中华书局，1982 年，第 4 页。

元祝尧《古赋辨体》说："赋之问答体，其源自《卜居》《渔父》篇来，前后宋玉辈述之，至汉，此体遂盛。"按照祝尧的说法，《卜居》《渔父》二篇对"赋之问答体"即赋体结构模式的生成有直接的关联和影响，从中尤可见出从神巫占问传统到人与人对话的转变。

王逸说："屈原既放，三年不得复见。竭知尽忠，而蔽障于谗。心烦虑乱，不知所从。"（《楚辞章句》）面对严峻的人生课题，"不知所从"的屈原只得往见太卜郑詹尹，希望通过卜人之占来解除胸中疑惑，为他困窘、烦乱的人生指出一条明路。屈原提出的疑问是："吾宁悃悃款款朴以忠乎？将送往劳来斯无穷乎？宁诛锄草茅以力耕乎？将游大人以成名乎？宁正言不讳以危身乎？将从俗富贵以偷生乎……宁与黄鹄比翼乎？将随鸡鹜争食乎？此孰吉孰凶？何去何从？……"这是两种处世方式，也即两种不同人格之间的矛盾，本身就不是卜人所能解决的问题，因此郑詹尹听后，只好无奈地表示："数有所不逮，神有所不通"，"龟策诚不能知事"。屈原的疑问，并不能得到占卜者的解答。这实际上已否定了神巫占问的固有功能。他笔下的神巫和庄子笔下的巫咸一样，无法决疑、解难、辨惑。同样，《渔父》篇也是"假设问答以寄意"（洪兴祖《楚辞补注》卷七），无论是《卜居》中的郑詹尹，还是《渔父》中的渔父，都不过是由问题而假设的人物，如后来的"子虚乌有"一样。

《荀子·赋篇》不仅最早为赋体命名，也对后世赋体的发展有直接的影响。其《赋篇》分写"礼""知""云""蚕""箴"。它们实际也是运用的对话体，不过是一种特殊的对话方式：先说谜面，再揭谜底。又其《佹诗》二章，开篇即云："天下不治，请陈佹诗。"他是向谁陈此佹诗呢？末章云："呜呼上天，曷维其同！"这和屈原的"问天"无疑属于同一致思理路。这个"天"，也和屈原笔下的天一样，都是接受了理性精神洗礼的天，即自然之天。但应注意的是，这个天又是从人格神的天、作为上帝的天演变而来的。

荀子是孔子的信徒，本就对巫术传统比较地疏远。《荀子·天论》说："天行有常，不为尧存，不为桀亡。应之以治则吉，应之以乱则凶。强本而节用，则天不能贫；养备而动时，则天不能病；循道而不贰，则天不能祸。"又说："制天命而用之。"但他对巫术文化并不陌生，《王制》篇说："相阴阳，占祲兆，钻龟陈卦，主攘择五卜，知其吉凶妖祥，伛巫跛击之事也。"他虽不相信神巫占卜，但对于在社会上仍有相当影响力，尤其是在民间仍有相当市场的巫术文化却非常了解。尽管《赋篇》并无什么神秘色彩，但从其所采用"隐语"这一问对形式看，却完全可能是从神巫占卜的对话方式脱胎而出。[①]

神巫占问的方式作为辞赋的基本结构模式保留下来，实非偶然。因为在辞赋发生之初，与之相关的几个关键性人物都在楚地生长或生活过，都和巫术文化有过亲密接触。《汉书·地理志》言楚地"信巫鬼，重淫祀"。屈原是楚人。庄子为宋人，商人之后，有"率民以事神，先鬼而后礼"的传统；又地近于楚，在长期的陈、楚交战中，其所在之蒙有可能并入了楚国。[②] 荀子曾长期居留楚国，并出任过楚国的兰陵令。

他们都十分熟悉作为古老传统的巫术文化，但又并没有匍匐在神的面前，问于神，听于神，而是以一种清醒的理性态度，从不同角度，以不同方式，对问题本身作了深刻探讨，或者假借神巫以明

---

① 朱光潜论及古代隐语时指出："这种隐语大半是由神凭附人体说出来，所凭依者大半是主祭者或女巫。古希腊的'德尔斐预言'和中国古代的巫祝的占卜，都是著例。"（朱光潜：《诗论》，北京：三联书店，1984 年，第 31 页。）

② 关于庄子的籍贯，文献有不同说法，《史记·老庄申韩列传》只说是"蒙人"，刘向《别录》明言其为"宋之蒙人"，《汉书·艺文志》承其说。大概宋之蒙地后入于楚，所以不少学者称其为"楚人"。朱熹就说："庄子自是楚人……大抵楚地便多有此样差异底人物学问。"（《朱子语类》卷一二五，北京：中华书局，1986 年。）可参看马叙伦《庄子宋人考》（《庄子义证》附录一，上海书店，1996 年）、常征《也谈庄周故里》（《江淮论坛》1981 年第 6 期）、崔大华《庄子故里的国属问题》（《黄淮学刊》1991 年第 2 期）、孙以楷《庄子楚人考》（《安徽史学》1996 年第 1 期）等。

“道”（如巫咸祒），或者借神巫之口否定占卜的有效性（如郑詹尹）。这是一个士人主体精神高扬的时代，作为这个时代士人的杰出代表，庄子、屈原和荀子将此种精神注入到了初生的辞赋之中。

二、大赋与小赋：从人与人的对话到人与自然的对话

《汉书·艺文志》说：“春秋之后，周道寖坏，聘问歌咏不行于列国，学诗之士逸在布衣，而贤人失志之赋作矣。大儒孙卿及楚臣屈原离谗忧国，皆作以风，咸有恻隐古诗之义。其后宋玉、唐勒，汉兴枚乘、司马相如，下及扬子云，竞为侈丽宏衍之词，没其风谕之义。”宋玉紧承屈原之后，但他并未能照着屈原的路子走下去。从他开始，传统的“古诗之义”与“风谕之义”不复存在了。

宋玉绝大部分赋作，都是他与楚顷襄王之间的问对。问对的结体方式，显然是对既有辞赋传统的继承。据《史记·屈原贾生列传》：“屈原既死之后，楚有宋玉、唐勒、景差之徒者，皆好辞而以赋见称；然皆祖屈原之从容辞令，终莫敢直谏。”宋玉诸人虽“好辞而以赋见称”，但只是“从容辞令”，“终莫敢直谏”，在精神上和屈原拉开了距离。宋玉与楚王的问对之作，计有《高唐赋》《神女赋》《风赋》《登徒子好色赋》《大言赋》《小言赋》《讽赋》《钓赋》《御赋》《对楚王问》十篇。这些问对是否实有其事很难论定，但赋作都围绕与楚王的问对进行，至少在他的自我意识中他是作为“言语侍从之臣”存在的。透过问对的内容我们不难发现，宋玉的身份和处境相当微妙。其中有三篇提到，宋玉为人所“短”（或被指“有遗行”），只是因为他善于辩解而得化险为夷。这表明，宋玉在楚王身边，随时都有获罪、黜退的可能。正是这种身份和处境决定了他作品的基本品格。

在《登徒子好色赋》《讽赋》中都有构陷宋玉“口多微词”

的话。“微词”当即委婉含蓄之言，也即拐弯抹角之言，这实际是他在与楚王对话中采取的一种语言策略，也即《史记》所说的“从容辞令，终莫敢直谏”。之所以采用这样一种语言策略，当是在屈原沉身汨罗之后，面对楚王的昏庸和高压不得已而作出的一种选择。也就是说，在屈原之后，那种强烈的反抗意识和斗争精神趋于沉寂，士人的主体精神大大削弱了。宋玉是一个转折的标志，赋的基本结构方式仍在，但其基本精神却发生了变化。

这种变化在汉大赋中表现得尤为突出。《史记·司马相如列传》：“相如以‘子虚’，虚言也，为楚称；‘乌有先生’者，乌有此事也，为齐难；‘亡是公’者，无是人也，明天子之义。故空藉此三人为辞，以推天子、诸侯之苑囿。”作品通过虚拟三人的对话，分别铺排诸侯和天子苑圃之盛，而到最后，自然是天子之苑圃以绝对优势压倒诸侯之苑圃。这之中，实际表现的是“对汉帝国及天子权势的无上赞叹的潜意识”[①]，这可以看作是宋玉赋作精神在汉武帝时代的持续和发展。

从司马相如开始，结构上以虚拟人物的对话方式展开，内容上“明天子之义”，也即凸显天子权势或国家意志，实际成了大赋的固定模式。班固《两都赋》设置西都宾与东都主人对话，张衡《二京赋》以凭虚公子与安处先生相对答而展开，二赋都表现出对定都洛阳的政治决策和东汉王朝中兴的颂美和拥戴立场。左思《三都赋》也与当时的政治形势密切相关，作者虚拟魏国先生、东吴王孙和西蜀公子的对话，以阐明“三国归晋”、天下一统乃大势所趋。这种传统，大约到庾阐《扬都赋》遭致谢安批评之后才告消歇。[②]

在大赋中，作者的立场总是与所虚拟的某一人物的立场相一

---

① 兴膳宏：《六朝文学论稿》，长沙：岳麓书社，1986 年，第 409 页。

② 《世说新语·文学》载：“庾仲初作扬都赋成，以呈庾亮。亮以亲族之怀，大为其名价云：‘可三二京、四三都。’于此人人竞写，都下纸为之贵。谢太傅云：‘不得尔，此是屋下架屋耳，事事拟学，而不免俭狭。’”

致，而这一人物的立场，又总是体现着天子权势或国家意志。亡是公站在天子立场为天子说话，这实际也是司马相如的立场。东都主人和安处先生力主建都洛阳的正确性，也正是班固和张衡的立场。魏国先生反对割据、主张统一，这是左思的立场，也是他创作《三都赋》的立意所在。因为目的在“明天子之义”，凸显天子权势或国家意志，其中的士人主体精神就相应地显得稀薄，这也是大赋屡遭非议的一个重要原因。

在大赋创制过程中，对于士人主体精神日渐淡薄的事实，作家自身对此多有反思和警醒。枚皋自言“为赋乃俳，见视如倡”（《汉书·枚乘传》），扬雄晚年称“雕虫篆刻”，“壮夫不为”（《法言·吾子》）。枚皋将赋家与俳优联系起来，扬雄晚年不再作赋，是有原因的。韩非曾说：“优笑侏儒，左右近习，此人主未命而唯唯，未使而诺诺。”（《韩非子·八奸》）司马迁说：“文史星历，近乎卜祝之间，固主上所戏弄，倡优畜之。”（《报任安书》）结合宋玉“口多微词”的特点，以及其在楚王面前的种种表现，可知他于俳优是十分类似的。汉武帝对待赋家的态度，较之楚王有过之而无不及，所以赋家的反思当是基于其切身之痛而发。

不仅是身份和表现上的近似，大赋的特性、功能和俳优的“谈言微中”（《史记·滑稽列传》）也是高度接近。所谓“谈言微中”就是以迂回巧妙的方式道出真相或真理。《史记·滑稽列传》所载滑稽群体之第一人淳于髡，就曾以“隐语”劝谏齐威王。荀子所作最早以“赋”命名的作品正是以“隐语”的形式出现。《文心雕龙·谐隐》论“隐”：“汉世《隐书》，十有八篇，歆、固编文，录之赋末。”这说明，赋家之作和俳优之言确有一定渊源。[①]司马迁说：“相如虽虚辞滥说，然其要归引之节俭，此与《诗》之风谏何异？”（《史记·司马相如列传》）司马迁对司马相如之赋最后能引之节俭给予了肯定。但扬雄却不以为然，“扬雄以为靡丽之

---

① 郗文倩：《从游戏到颂赞——“汉赋源于隐语”说之文体考察》，《中国文学研究》2005年第3期。

赋，劝百风一，犹驰骋郑卫之声，曲终而奏雅，不已亏乎?”（《史记·司马相如列传》）司马迁注意到在虚辞滥说之后能引之节俭，其中毕竟有赋家的主体精神在；而扬雄却认为劝百而讽一，其中的主体精神只是装饰和点缀，就士人创作之本意言，可能是适得其反。

班固同样意识到士人主体精神在大赋中的中落，试图重新振起之。《两都赋序》说：“言语侍从之臣，若司马相如、虞丘寿王、东方朔、枚皋、王褒、刘向之属，朝夕论思，日月献纳。而公卿大臣御史大夫倪宽、太常孔臧、太中大夫董仲舒、宗正刘德、太子太傅萧望之等，时时间作。或以抒下情而通讽喻，或以宣上德而尽忠孝，雍容揄扬，著于后嗣，抑亦雅颂之亚也。”将大赋提高到“雅颂之亚”的高度，自然是为《两都赋》张目，但另一面也有对既有大赋传统表示不满并加矫正之意。将赋家分为两类，目司马相如等为“言语侍从之臣”，实即暗含了对这些赋家及其赋作的不满。但班固的做法似乎并不成功，后人论大赋言：“屈兼言志、讽谏，马、扬则讽谏为多，至于班、张则揄扬之意胜，讽谏之义鲜矣。”（刘熙载《艺概·赋概》）班固本意是要高扬士人之主体精神，但在后人看来其主体精神反而更见低落了。道理很简单，相比之下，班固较之司马相如，其与天子权势或国家意志的关系是更为贴近了。

小赋与大赋其实是一种并生关系，但在汉代，小赋为大赋所掩，故而让人觉得大赋之后始有小赋的发生。[①] 小赋的品类很多，今仅就与士人主体精神与生命意识关系最为紧密之咏物赋和田园山水赋言之。咏物赋在荀子、屈原、庄子手中就已经有了。《荀子·赋篇》之“云”“蚕”都是典型的咏物；屈原有《橘颂》一篇；庄子虽无专门的咏物篇章，但《庄子》中很多篇章都铺写到自然之物，如《齐物论》之写“风”，就被视为咏物的杰作。宋玉有《风赋》。汉人所咏更多，如枚乘《柳赋》、张衡《鸿赋》、蔡邕

① 韩高年：《两汉咏物小赋源流概论》，《中国韵文学刊》2004 年第 2 期。

《蝉赋》等。但将所赋之“物”与士人主体精神和生命意识有机结合起来，《橘颂》而外，当数魏晋而下之作了。

试以咏柳诸赋相比较，枚乘《柳赋》云：“阶草漠漠，白日迟迟。于嗟细柳，流乱轻丝。”其刻写不可为不妙，但至曹丕始将自己的生命感慨融入其中，其《柳赋》云：“始围寸而高尺，今连拱而九成。嗟日月之逝迈，忽亹亹以遄征。昔周游而处此，今倏忽而弗形。感遗物而怀故，俯惆怅以伤情。”至庾信《枯树赋》言：“昔年种柳，依依汉南；今看摇落，凄怆江潭。树犹如此，人何以堪！”结合个体的生存感悟，提炼出一种具有普遍性的人生体验，遂成千古绝唱。

田园山水赋的出现尤为引人注目。田园山水赋的早期萌芽，自可追溯到庄子、屈原的《渔父》，其逍遥于泽畔水滨的隐逸人生无疑深刻地启示了后人。最早在赋中表达田园山水之趣的是张衡，其《归田赋》云：“游都邑以永久，无明略以佐时。徒临川以羡鱼，俟河清乎未期。感蔡子之慷慨，从唐生以决疑。谅天道之微昧，追渔父以同嬉。超埃尘以遐逝，与世事乎长辞。”在这里两种环境（都邑与田园）、两种人生（入世和出世）形成鲜明对比，而作者去彼取此，态度十分坚决。从“追渔父以同嬉”一语可知，作者之走向田园山水，与庄子、屈原笔下“渔父”的影响是分不开的。

《归去来兮辞》是陶渊明弃官归田的宣言书。和《归去来兮辞》相表里的是他的诗——《饮酒二十首》（其九），无论写法还是精神，都从屈原《渔父》而来。诗云：“清晨闻叩门，倒裳往自开。问子为谁欤，田父有好怀。壶浆远见候，疑我与时乖：‘褴缕茅檐下，未足为高栖。一世皆尚同，愿君汩其泥。’‘深感父老言，禀气寡所谐。纡辔诚可学，违己讵非迷！且共欢此饮，吾驾不可回。’”其情节、态度和屈原《渔父》并无二致，所不同的是“渔父”换成了“田父”，遁迹泽畔转而为田园了。

《山居赋》是谢灵运的代表赋作，其序云：“言心也，黄屋实不殊于汾阳。即事也，山居良有异乎市廛。抱疾就闲，顺从性情，敢率所乐，而以作赋。扬子云云：‘诗人之赋丽以则。’文体宜兼，以成其美。今所赋既非京都宫观游猎声色之盛，而叙山野草木水石谷稼之事，才乏昔人，心放俗外，咏于文则可勉而就之，求丽，邈以远矣。览者废张、左之艳辞，寻台、皓之深意，去饰取素，傥值其心耳。”所赋不再是“京都宫观游猎声色之盛”，而是“山野草木水石谷稼之事”；趣味上“废张、左之艳辞”，而要“寻台、皓之深意”；风格上“去饰取素”，存天然而去雕饰。这实际宣示了大赋的时代已然终结，一种新的美学潮流已经兴起。

在咏物和田园山水赋中，对话的结构模式仍在，但已发生变化。谢庄《月赋》称“陈王初丧应刘，端忧多暇……乃命仲宣，仲宣跪而称曰……”谢惠连《雪赋》谓“梁王不悦，游于兔园……授简于司马大夫……相如于是避席而起，逡巡而揖曰……”皆是假托古人，铺演成篇。庾信《枯树赋》假托古人言语，而以独白方式出现，以殷仲文“顾庭槐而叹曰”开头，以“桓大司马闻而叹曰”收尾，又别是一番景象。谢灵运《山居赋》也是以独白方式开头，其云：“谢子卧疾山顶，览古人遗书，与其意合，悠然而笑曰……”这实际都可看作是对话模式的变体。这表明，在咏物和田园山水赋中，固有的对话模式在变化、消解之中。由简单、僵硬变得风情万种、摇曳生姿了。尤应注意的是，当作家寄情于物或投身于田园山水之时，他们本身即已在和自然亲切交流和对话，如陶渊明之“登东皋以舒啸，临清流而赋诗”。人在与自然打交道的过程中，天机流转，诗意盎然。用刘勰的话说就是：“山沓水匝，树杂云合。目既往还，心亦吐纳。春日迟迟，秋风飒飒。情往似赠，兴来如答。”（《文心雕龙·物色》）从“心为行役”的困厄中解脱出来，与自然亲切交流与对话，这时的人无疑是最近于诗的。当赋进入到此一阶段，实已开始与诗合流了。[①]

辞赋结构模式从人与神对话，经人与人对话，再到人与自然对话的演化过程，表明人在摆脱神的控制之后，复为天子的无上权势所笼罩，最后只得以走向自然、疏离与超越现实的方式，表现其自

① 林庚：《诗化与赋化》，《烟台大学学报》1988 年第 1 期。

由意志和独立精神。宗白华说："晋人向外发现了自然，向内发现了自己的深情。"[1]"自然"从此成为士人的精神寄托之所。对士人主体精神言，这无疑是一种张扬。但此中所呈显的士人主体精神，相对于在大赋中所呈显者，又有一个由"兼济"向"独善"、从"方内"向"方外"的变化，其于人事与人世态度的超然而淡漠，也是不言而喻。

（原载《湖南师范大学学报》2016年第1期，114—119页）

① 宗白华：《美学散步》，上海：上海人民出版社，1981年，第183页。

论韩愈的辞赋

周　悦

苏轼《潮州韩文公庙碑》中盛赞韩愈“文起八代之衰，而道济天下之溺”。陈寅恪《论韩愈》中评说韩愈是“唐代文化学术史上承先启后转旧为新关捩点之人物也”。殊为经典之论。本文无意就韩愈历史地位再作赘论，亦因现有韩愈诗文之论详矣，而对其辞赋显得相对漠视，或者说论赋较多隐没在文论诗论之中。本文则试图立足于辞赋这种文体本身的演进流变和它与古文的相互比较中观照韩愈的辞赋观念与辞赋创作。

一、韩愈的辞赋观念

（一）与韩愈明道奉儒的文论观念相对照的是韩愈在赋论观念上的重情崇骚。作为古文运动极盛时期的核心人物，韩愈以孔孟儒家道统传人而自居，以力挽道丧文弊时风为己任，他所倾心的是“行之乎仁义之途，游之乎诗书之源，无迷其途，无绝其源，终吾身而已矣”（《答李翊书》）。因而大张旗鼓地倡导宗经明道的雅正文学观念，强化文之政治教化实用功能，显出鲜明的文以明道而奉儒的传统复归意识。这种意识亦浸染及诗歌领域，张扬美刺讽谕的诗教功能。如韩愈推重孟郊的《荐士》诗中写道："周诗三百篇，雅丽理训诰。曾经圣人手，议论安敢到。五言出汉时，苏李首更号。东都渐弥漫，派别百川导。建安能者七，卓荦变风操。逶迤抵晋宋，气象日凋耗。中间数鲍谢，比近最清奥。齐梁及陈隋，众作等蝉噪。搜春摘花卉，沿袭伤剽盗。国朝盛文章，子昂始高蹈。勃兴得李杜，万类困陵暴。后来相继生，亦各臻阃奥。"从这种诗学源流的叙述中折射出来的亦正是儒家雅正文学观。然而在辞赋领域中，虽然也顺承古文运动的浩荡潮流表现出向三代两汉传统回归的师古意识，但是他所标榜的却是发愤抒怨的楚骚传统，而不是明道教化的儒家精神。因而表现出与古文运动明道奉儒雅正文学观念并驾齐驱的崇骚倾向。

人多言及柳宗元"深得骚学"，究其实乃深得屈赋以述怨抒愤之途彰显深刻的忧患意识和强烈的批判精神之精髓。事实上韩柳有共通之处，在韩愈回归楚汉传统所师法的榜样中，屈原是他尤其心仪不已的对象，他慨叹："屈原《离骚》二十五，不肯哺啜糟与漓。"（《寒食日出游夜归张十一院见示病中忆花九篇因此投赠》）"静思屈原沉，远忆贾谊贬。"（《陪杜侍御游湘西两寺独宿有题一首因献杨常侍》）"楚大国也，其亡也以屈原鸣。"（《送孟东野序》）可以说屈赋导源于不遇而泄愤抒怨的特性，为韩愈在文论领域崇儒明道申张志情之外，于辞赋领域中寻找到了述怨抒怀一展自我本体性情的合适范式。如果说韩愈之文乃载道明道以助教化之文，他注目的是社稷江山、世道政局，那么韩愈之赋却是嗟不遇叹穷愁，心系个人身世际遇，仕宦前途。可见与其文论观念重道奉儒相区别的是其赋论观念上的重情崇骚。正是立足于重情崇骚的辞赋观念，韩愈将屈骚着意于泄愤抒怨的楚骚精神发展为"不平则鸣"的自觉追求。在《送孟东野序》中他说："大凡物不得其平则鸣。草木之无声，风桡之鸣；水之无声，风荡之鸣。其跃也或激之，其趋也或梗之，其沸也或炙之。金石之无声，或击之鸣。人之于言亦然，有不得已者而后言，其歌也有思，其哭也有怀。凡出乎口而为声音，其皆有弗平者乎。”在《荆潭唱和诗序》中亦说：“夫和平之音淡薄，而愁思之音要妙；欢愉之辞难工，而穷苦之言易好也。”这些阐述虽然不是专门针对辞赋而言，但是却非常明显的渗透到他的辞赋创作中。我们可以看到他的辞赋作品中以赋名篇者几乎是骚体赋。只有外集中的一篇《明水赋》，是他科举考试应试律赋，因才气洋溢而荣登二十三人龙虎榜，然而韩愈自己却以为类于俳优者之辞，颜忸怩而心不宁，因而深有悔意，这中间正透出他以骚为宗的辞赋文体意识。

（二）在赋体观念上与元、白等趋今重律观念相对立的是韩愈祖骚宗汉的复古观念。韩愈在创作上融贯古今、开宋文赋之先河，使之成为唐代赋体演进史上的重要人物。就赋体演进流变历程而言，唐赋推陈出新，众体咸备，已经是赋体最为完备的阶段。骚体、诗体、文体三类楚汉古赋体式生命力不衰，同时，在魏晋以来的骈赋基础上形成了律赋，在汉文体赋基础上形成了新文赋，也有与上述雅赋不同的俗赋出现。特别是伴随着诗的格律化而形成的律赋，成为唐赋中最引人注目的赋体。由于唐代科举考赋取法汉代“献赋”，魏晋以赋“擢士”和隋代“文才秀美”科取士，因之渐渐衍化为以律赋取士制度。元稹、白居易作为这种试赋制度的赞同者，更是创制“以题为韵”、“分股制义”等作赋规则，士子们为趋求功名仕进莫不殚精竭虑于诗赋格律。至贞元时期律赋创作盛况空前，呈“凌砾风骚，超轶今古”之势。而与这种时风相对照的是，在韩愈的赋体观念中，他固然无意于抨击这种愈演愈盛的试赋制度，他自己即是贞元八年试律赋《明水赋》而登进士第。然而他却顺应着“古文运动”回归楚汉传统的潮流，仍然立足于文以致用的立场，明确的标榜要取法于与律赋骈赋相区别的古赋。他所称道的是屈原、司马相如、扬雄等楚骚汉赋大家，在《送孟东野序》中历举周、秦之“善鸣”者之后说：“汉之时，司马迁、相如、扬雄，最其善鸣者也。”在《答刘正夫书》说：“汉朝人莫不能为文，独司马相如、太史公、刘向、扬雄为之最。”显然都是包括他们的辞赋而言的。其显示出来的祖骚宗汉的复古赋体观念与当时推重律赋的元、白一派形成分庭抗礼之势。

有唐以来一代代文士们都有明确的文体变革意识，这种变革意识给赋体亦施与影响。开元以前，王绩、魏征、“四杰”李峤、陈子昂诸人之赋，已渐去梁陈以来丽靡之风，趋向清新朴实。开元天宝之际，张九龄、赵东曦、李白、杜甫、岑参诸人之赋，虽赋风各异，已多刚健气骨。到李华、萧颖士继起，则进一步以散文的气势作赋，骈散结合，气势贯通，将六朝以来骈赋的规整与汉魏之际文体赋的气势融合而形成新文赋。韩愈作为祖骚宗汉的师古一派，亦并非泥古不化，而是融贯古今，在继承中创新，师古意而不师古辞，成为继李华、萧颖士之后唐代赋体革新史上的重要人物。凭借其雄厚的才力、深厚的学养、明确的创变意识，韩愈使新文赋这种辞赋新体式在艺苑文林尤显风采与活力。他的新文赋无疑成为其辞赋作品中非常重要的一个部分，也成为后世赋家竞相师法的楷模。韩集中脍炙人口的名篇《进学解》《吊田横墓文》虽然不是以赋名篇，但实际上已经具有新文赋的形态与特质，理应属于这种新的赋体。到晚唐杜牧《阿房宫赋》上承其风，宋代欧阳修《秋声赋》、苏轼《前赤壁赋》《后赤壁赋》等步武其后，而且益臻娴熟精美。新文赋一体遂成为赋体变革的最后成果，亦显示出最为旺盛的生命力，流惠后世经久不衰。

二、韩愈的辞赋作品

（一）韩愈辞赋作品的认定，辞赋类别的辨析。赋是一种非诗非文的文体，又是亦诗亦文的文体，界乎诗文之间，倾向于诗者为诗体赋，倾向于文者为文体赋，承楚辞体的为骚体赋。关于韩愈的辞赋作品，有的仅仅言及以赋名篇者。如其门人李汉编辑昌黎文，称得赋四，古诗二百一十……云云，确定韩愈赋作只有四篇，即《感二鸟赋》《复志赋》《闵己赋》《别知赋》。此外，外集收其科考应试律赋《明水赋》。马积高先生《赋史》另提及《进学解》《送穷文》《讼风伯》《吊田横墓文》亦归入赋类。不知何以言“有赋六篇”，疑为上述五篇以赋名篇者之误。郭维森、许结《中国辞赋发展史》亦提及韩集杂文中与赋相类似者《进学解》《送穷文》。其实，辞赋作为一种体式多样的文体，在推陈出新的流变中，也有不以赋名篇的赋作，因而认定韩愈的辞赋作品，自然也不能将这类作品弃之不顾。《进学解》与《送穷文》其文章结构是设客主而作辩驳论难的问答体，这种对问体创自屈原的《卜居》《渔父》，此后继作者纷起，如东方朔有《答客难》、扬雄有《解嘲》等。在命意谋篇上，《进学解》之于《答客难》，《送穷文》之于《逐贫赋》皆有因袭，这种形式上的客主问答，符合赋的“述客主以首引”。亦因行文骈散相兼，大体有韵，于辩驳铺陈中抒发自身不得志的牢骚与穷愁困顿的怨愤，符合赋的“极声貌以穷文”。姚鼐《古文辞类纂·辞赋类》、曾国藩《经史百家杂抄·词赋之属》均收《进学解》，可见将其归入辞赋类已有先例。《讼风伯》一篇，宋《文苑英华》收入《杂文·骚》，元祝尧《古赋辨体》中《外录上·后骚》目下亦收，汉人“辞”“赋”不分，将“辞”或“骚”称为赋者比比皆是，《文选》于“赋”外另立“骚”“辞”，后人或相沿袭或加辨析，马积高先生主编《历代辞赋总汇》将“辞”或称为“骚”者，作为赋之一体名为骚体赋，《讼风伯》因归入辞赋。“操”是一种用骚体写作的短辞，朱熹《楚辞后语》、祝尧《古赋辨体》均收韩愈的《琴操》，因而将《琴操》归入辞赋亦属理所当然。吊文与赋亦有着难以分割的渊源，如《史记》载贾谊为赋以吊屈原，《文选》标题却为《吊屈原文》，祝尧《古赋辨体·序说》中特别说明：“昔贾生投文而后代以为赋，盖名则文而义则赋也。是以楚辞载韩柳诸文以为楚声之续，岂非以诸文并古赋之流欤！今故录历代文中之有赋义者于此，若夫赋中有文体者，反不若此等之文可入于赋云。”韩愈《吊田横墓文》一篇，宋晁补之《续楚辞》、朱熹《楚辞后语》均收，而《文苑英华》、《古文辞类纂》则归入“哀祭”类，这种吊文名之为吊，实则是借古人之杯浇自己块垒，发抒牢骚愤懑之情，其形式与内容均更近于辞赋。《历代辞赋总汇》因此将这类以“文”名篇的有韵之文称为“赋体文”选入书中。综上所述，韩愈的辞赋作品宜作如下认定：包括以赋名篇者五，即《感二鸟赋》《复志赋》《闵己赋》《别知赋》《明水赋》，非以赋名篇者五，即《进学解》《送穷文》《讼风伯》《琴操》《吊田横墓文》。就文体样式而言，辨析上述各赋，《感二鸟赋》《复志赋》《闵己赋》《别知赋》《讼风伯》及《琴操》属于骚体赋；《进学解》《吊田横墓文》属于新文赋；《送穷文》属于诗体赋；《明水赋》属于律赋。文体类别多样，而尤以骚体赋居多，由此可见就赋体的选择取向而言，韩愈正是以自身的创作实践明确的表现出辞赋观念上的崇骚倾向。《进学解》作为引人注目的新文赋，采用传统文体赋主客问答的结构形式，通过主客的辩难借主之口表白自己的勤学精神及才情品德，借客之口发抒自身仕途阻塞穷愁不遇的怨愤，为宋代苏轼《前赤壁赋》等直接师承。在赋体流变史上特别具有标志性的意义。

（二）取材主旨情感倾向。诚如上述阐释，正是立足于重情崇骚的辞赋观念，韩愈辞赋在取材主旨情感倾向上具有非常明显的叹不遇、嗟失意、怨屈才的以自我为中心多作自我关注的特点。并且其赋多作于早年时运不济仕途不遇之时。《感二鸟赋》序称贞元十一年五月东归，时始去京师，有不遇时之叹，道逢笼白鸟、白鸜鹆进奉天子者，行人皆避路，因叹己读书修持，至今不得名誉，而二鸟唯以羽毛之异，光耀如此，故为赋以自悼。赋中将自身之困顿与二鸟之蒙恩作强烈的对比，嗟叹人不如鸟。他叹息自己：“吾何归乎！吾将既行而后思；诚不足以自存，苟有食其从之。”而二鸟“方蒙恩而入幸”，“彼中心之何嘉，徒外饰焉是逞”。申述的纯然是自己不得仕进的苦恼。欧阳修指责其“不过羡二鸟之光荣，叹一饱之无时尔，是心使光荣而饱，则不复之矣”。《复志赋》是韩愈骚体赋中的名篇。贞元八年韩愈登进士第，至十一年犹未得仕，十二年辟为董晋之汴州观察推官，因不得意明年以疾辞归，退休于居，故作《复志赋》。赋中历叙少年之坎坷，京师奔走之失望，赋末言其初志，愿以学业为事。曰：“昔余之约吾心兮，谁无施而有获？嫉贪佞之洿浊兮，曰吾其既劳而后食。惩此志之不修兮，爱此言之不可忘；情怊怅以自失兮，心无归之茫茫。”其自我关注特色彰显。他作于贞元十六年的《闵己赋》也是自伤不遇之作。晁补之《续楚辞序》中曰：“愈才高，数黜官，颇自伤其不遇，故云。”赋中既自叹不得圣人称赏，亦自叹鲜有知己。赋的最后表白：“聊固守以静俟兮，诚不及古之人兮其焉悲！”见出韩愈执着不迁、勇往直前、好胜争强的个性特质。至于《别知赋》，是韩愈贞元十九年冬得罪当道贬为阳山令后之作，明年春至邑，湖南支使杨仪之来，因为赋以别之。赋中先写知心难得，继写知己来会旋及分别，抒写知己离去而独自滞留贬所的郁闷情怀。综观以上这些以赋名篇的作品，都有着同一的情感倾向，莫不回荡着一种抑郁悲怨的情感主旋律。而且这种浸透了作者真实人生体验的悲叹，完全是从作者胸臆间奔涌而出，直接流荡在字里行间，在言情方式上表现出明显的直陈特点。相比之下，《进学解》《送穷文》《吊田横墓文》虽则具有同一的情感取向，但是情感表现方式则显然要曲折迂回，它不是以直陈的方式而是以变格的途径来发抒怨愤宣泄牢骚。就文体渊源来说，《进学解》效法东方朔的《答客难》、扬雄的《解嘲》，在表现上更显亦庄亦谐，极尽讥嘲幽默之能事。而就其情感内容来看，既表现了韩愈对立身行道治学为文的深刻见地，也尤其在自嘲自解中抒写出愤激不平的真实心声。他以一个冠冕堂皇的国子先生形象侃侃而谈，训勉弟子，而把满腹的牢骚愤激之情借弟子的反唇相讥来作发泄。所谓“公不见信于人，私不见助于友，跋前踬后，动辄得咎，暂为御史，遂窜南夷，三年博士，冗不见治。命与仇谋，取败几时！冬暖而儿号寒，年丰而妻啼饥，头童齿豁，竟死何裨！不知虑此，而反教人为？”其用笔曲折欲扬反抑，尤见其言情方式与情感旨归异于常途。《新唐书》韩愈本传谓其“既才高数黜，官又下迁，乃作《进学解》以自谕”。可见这正是他遭谗被贬遭遇经历导致的真实心理。《送穷文》亦用类似笔法。韩愈有感于自己的屡穷不遇，因托言穷鬼为祟所致，故“窃具船与车，备载臭长”要送穷鬼离去。穷鬼有五，乃智穷、学穷、文穷、命穷、交穷，“凡此五鬼，为吾五患，饥我寒我，兴讹造讪”，因而要将其驱逐。但是经过“五鬼相与张眼吐舌，跳踉偃仆，抵掌顿脚，失笑相顾”一番申辩劝说之后，作者自认理屈词穷，只好“垂头丧气，上手称谢，烧车与船，延之上座”。透过这种荒诞嬉戏笔法，我们固然体察到韩愈自我解嘲之意，又何尝不明其游戏笔墨背后所深蕴的穷愁困顿牢骚悲怨情怀。这种托物以讽、比兴寓意的变格言情方式的确更显高妙。

（三）风格特征语言特色。韩愈辞赋观念上虽则祖骚宗汉回归传统，却并不影响他的辞赋作品具有鲜明独特的自我风格。正如他自己所说是“师古意而不师古辞”，“能自树立不因循”（《答刘正夫书》），“惟古于词必己出”。韩愈个性争强好胜、标新立异，仕途上梦寐以求的是出人头地，思想上明确标榜的是以儒家道统传人自居。如此非凡的心性，加上雄厚的学养才力，导致韩愈文章尚气，这已成为人所共识。与韩愈同时代的古文家皇甫湜评述说：“茹古涵今，无有端涯，浑浑灏灏，不可窥校。及其酣放，豪曲快字，凌纸怪发，鲸铿春丽，惊耀天下。”（《皇甫持正·韩文公墓志铭》）他本人亦说：“气盛则言之长短与声之高下者咸宜。”（《答李翊书》）这种个性风格渗透到韩愈各类不同的文体作品中，所以与其古文雄奇奔放、汪洋恣肆、极其富于气势具有相同的艺术旨趣与审美特质的是：韩愈辞赋同样有着文气疏畅不繁冗，文气奔放不板滞的风格特征。在艺术表现上，韩愈尤其推崇的是汉代辞赋大家司马相如与扬雄，认为他们是特别能文之人，因此他的辞赋作品也最得赋的铺采摛文、善于铺陈之旨，同时他又扬弃了汉赋的板滞繁冗，而显得疏逸有致，气势流转。如《复志赋》中历述自身的遭际经历，历陈自己的心性志向，《进学解》中第二段铺叙国子先生的洋溢才华与怀才不遇，《送穷文》中历数穷鬼者五，描绘穷鬼的神情意态生动传神，体现出尤为擅长于铺陈的高超语言技巧。与韩愈的政论文理直气壮、咄咄逼人，书信文言辞恳切、心醇气和相区别的是，他的辞赋则是于疏畅练达恣意而为的语言驱遣中显出游刃有余的娴熟技艺。有人认为韩愈尚“气”体现在语言形式的选择上，长句多，对句多，骈散兼行，跌宕顺畅，遣词造句形象生动，朗朗上口。的确，长句特别宜于渲染倾泄一种旺盛的气势，似乎渗透了一种强大的意志力量，成为主体精神掩遏不止的自然流溢，如《吊田横墓文》中：“事有旷百世而相感者，余不自知其何心，非今世之所稀。孰为使余唏嘘而不可禁，余既博观乎天下，曷有庶几乎夫子之所为。死者不复生嗟余去此其从谁。当秦氏之败乱，得一士而可王，何五百人之扰扰而不能脱夫子于剑芒。”从这种跌荡而下如怒涛出峡般的语句中我们可以体察到作者寄寓其中的深重感慨。而在整篇散文的气势中穿插使用对句，则使得纵横驰骋、一泻千里的文势有一些调整与回旋，于恣肆中寓严整。如《送穷文》中多用四言韵语，与散句交错运用，又穿插进对偶与排比，使得文气流畅自如而又波澜起伏。韩愈所创造的一些精粹的对句尤其富有生命力。如《进学解》中：“业精于勤荒于嬉，行成于思毁于随。”“冬暖而儿号寒，年丰而妻啼饥。”还有一些则是句式整齐，但词不相对，如“爬罗别抉，刮垢磨光”“贪多务得，细大不捐”，这样的遣词造句后来成为新文赋语言的一大特色。正如前人所说：“凝重多出于偶，流美多出于奇。体虽骈必有奇以振其气，势虽散必有偶以植其骨。”（包世臣《艺舟双楫·论文》卷一）从这个意义上说，韩愈毫无疑问是后代竞相效法的语言大师。

从庾信骈赋看诗赋合流到赋文趋同的文体演变史意义

周　悦

在赋体演变历程中，与汉散体大赋、唐律赋、唐宋以后文赋相比，六朝是骈赋繁盛时代。孙梅《四六丛话》卷四论及骈赋之演变说："左、陆以下，渐趋整炼。齐梁而降，益事妍华，古赋一变而为骈赋。江、鲍虎步于前，金声玉润；徐、庾鸿骞于后，绣错绮交，固非古音之洋洋，亦未如律体之靡靡也。"[①] 由左、陆，经江、鲍，至于徐、庾，见出骈赋步步骈化，既别于"古音"亦不同于"律体"的演变定型轨迹。姜书阁《骈文史论》中论说得更为明确："魏、晋、六朝骈赋发展到梁、陈、北齐、北周，已经到了尽头，开始转而进入律赋，庾信便是骈赋最后一个大家。"[②]

《四库全书总目提要》评庾信曰："其骈偶之文，则集六朝之大成，而导四杰之先路，自古迄今，屹然为四六宗匠。"[③] 这种对骈文的评价显然是包括了庾信骈赋的。

本文拟通过对庾信骈赋体式的考察，明其体式的演变轨迹及其

① 孙梅著，李金松校：《四六丛话》，北京：人民文学出版社，2010 年。

② 姜书阁：《骈文史论》，北京：人民文学出版社，1986 年。

③ ［清］纪昀总纂：《钦定四库全书总目整理本》，北京：中华书局，1997 年。

在文体演变史上的意义。

庾信骈赋作品：倪璠校《庾子山集注》中有赋15篇，以梁元帝承圣三年（554年）入北为界，明确地分为前后两期。《春赋》前倪注曰："《春赋》以下，庾子山仕南朝时为东宫学士之文也……且子山自入魏而后，大抵皆离愁之作，触景伤怀。似此诸赋，辞伤轻艳，恐非羁臣所宜。观其文气，略与梁朝诸君相似。"[①] 从遣辞和文风特征认定《春赋》及《七夕赋》《灯赋》《对烛赋》《镜赋》《鸳鸯赋》《荡子赋》7篇为萧梁时期所作。而《哀江南赋》等其余8篇为入北以后所作。据鲁同群《庾信入北仕历及其主要作品的写作年代》考辨，《庾信年谱》定：《小园赋》作于556年，《伤心赋》作于557年9～12月间，《哀江南赋》作于557年12月。以上几篇均作于555～557这数年内。《枯树赋》作于560年，《三月三日华林园马射赋》作于561年[②]，《竹杖赋》作于563年，《象戏赋》作于569年。

在中国古代韵文中，不同的语言构成方式形成不同的句式，句式成为用以区分不同文体类别的显著标志。仅就句式的选择和语言风格两个方面观照庾信骈赋体式之变，可以发现，庾信骈赋在萧梁时期表现出诗化倾向，赋与诗合流；后期入北以后的庾信骈赋发展到与骈文类似，赋与文趋同。在魏晋六朝诗、赋、文三大类文体演变史上，庾信骈赋可以作为最具有典型意义的标本来加以考察。

一、庾信前期骈赋呈现诗赋合流倾向

1. 句式特征

---

① ［南朝］庾信撰，倪璠注：《庾子山集注》，北京：中华书局，1980年。

② 林怡《庾信年表》以为作于573年，可参看林怡：《庾信研究》，北京：人民文学出版社，2000年。

庾信萧梁时期的骈赋，与刘宋以来的赋体有别，就句式而言，赋中四六言文句夹杂五七言诗句，显出诗赋合流趋势。

语句形式具体而言列表如下：

作品	五七言诗句	四六言文句	三言
《春赋》	24 句	36 句	
《对烛赋》	20 句	6 句	6 句
《荡子赋》	16 句	12 句	
《鸳鸯赋》	4 句	20 句	
《镜赋》	5 句	52 句	
《灯赋》	2 句	34 句	
《七夕赋》		14 句	

由上观之，除《七夕赋》纯为四六言句式外，其他 6 篇都间有五七言诗句，《镜赋》《鸳鸯赋》因夹杂五七言诗句，不仅增添了浓郁的抒情色彩，而且显示出音节流荡的韵律美感。《春赋》前以诗句发端，后以诗句收束，诗化倾向尤其明显。[①] 其实，齐梁时期诗的律化和赋的骈化同步。庾信前期的赋，以《春赋》为代表是典型的诗化的骈赋。的确，与其他几篇相比，《春赋》中五七言句式最多，如第一段："宜春苑中春已归，披香殿里作春衣。新年鸟声千种啭，二月杨花满路飞。河阳一县并是花，金谷从来满园树。一丛香草足碍人，数尺游丝即横路。开上林而竟入，拥河桥而争渡。出丽华之金屋，下飞燕之兰宫。钗朵多而讶重，髻鬟高而畏风。眉将柳而争绿，面共桃而竞红。影来池里，花落衫中。"开头用八句七言句式，颇为接近近体诗格律。而《对烛赋》《荡子赋》，全篇五七言诗句多于四六言文句，其流丽婉转颇类于歌行体。

① 此论前已有之，如谢榛《四溟诗话》："庾信春赋，间多诗语，赋体始大变矣。"《庾子山集注》倪璠赋前注曰："《梁简文帝集》中有《晚春赋》，《元帝集》有《春赋》，赋中多有类七言诗者。唐王勃、骆宾王亦尝为之，云效庾体。明是梁朝宫中庾子山创为此体也。"以下所引庾信赋皆出自倪璠注《庾子山集注》。

不仅庾信赋如此，萧梁时期其他作家的赋作也有明显的诗化倾向，如简文帝的《鸳鸯赋》："朝飞绿岸，夕归丹屿。顾落日而俱吟，追清风而双举。时排荇带，乍拂菱华。始临涯而作影，遂蹙水而生花。亦有佳丽自如神，宜羞宜笑复宜频。既是金闺入新宠，复是兰房得意人。见兹禽之栖宿，想君意之相亲。"① 这其中的七言四句已然是一首七言绝句了。又如梁元帝的《对烛赋》中："烛烬落，烛华明。花抽珠渐落，珠悬花更生。风来香转散，风度焰还轻。本知龙烛应无偶，复讶鱼灯有旧名。烛光灯光一双炷，讵照谁人两处情。"② 这里似乎是一首五言绝句再接一首七言绝句。与庾信齐名的徐陵也有《鸳鸯赋》，赋中云："山鸡映水那自得，孤鸾照镜不成双。天下真成长合会，无胜比翼双鸳鸯……特讶鸳鸯鸟，长情真可念。许处胜人多，何时肯相厌。闻道鸳鸯一鸟名，教人如有逐春情。不见临邛卓家女，只为琴中作许声。"这里七言八句，相当于两首七言诗，五言四句，相当于一首五言诗。实际上是这篇赋的主干。综上观之，在语言形式方面，以庾信为代表的萧梁时期骈赋已经深入诗化。

2. 语言风格

庾信前期骈赋就语言风格来看，与其诗歌一致，皆大变刘宋以来的艰涩难读，显出绮艳流丽的特征。

其实，汉末魏晋以来，不仅文体步步趋骈，而且语言追新逐丽。《文心雕龙·丽辞》云："自扬马张蔡，崇盛丽辞，如宋画吴冶，刻形镂法，丽句与深彩并流，偶意共逸韵俱发。至魏晋群才，析句弥密，联字合趣，剖毫析厘。"③ 而到了萧梁时期，庾信与徐陵文名并著，世称"徐庾体"。《周书·庾信传》：既文并绮艳，故

① ［清］严可均：《全上古三代秦汉三国六朝文·全梁文》卷九，北京：中华书局，1965 年。

② ［清］严可均：《全上古三代秦汉三国六朝文·全梁文》卷十五，北京：中华书局，1965 年。

③ ［南朝梁］刘勰著，范文澜注：《文心雕龙注》，北京：人民文学出版社，1958 年。

世号“徐庾体”。[①] 可见语言绮艳是“徐庾体”的突出特征。

《陈书·徐陵传》：“其文颇变旧体，辑裁巧密，多有新意。”[②]

所谓颇变旧体，不拘旧体，其中包含诸多方面：就句式而言，固然是指庾信、徐陵、简文诸人以五七言诗句入赋；就声韵而言，当是协调四声追求音节的圆转流宕；就措辞而言，追求文辞的华美；就铺陈而言，讲求用典的贴切，对仗的工整。

《隋书·文学传》：“梁自大同之后，雅道沦缺，渐乖典则，争驰新巧。简文、湘东，启其淫放，徐陵、庾信，分路扬镳。其意浅而繁，其文匿而彩。”[③]

求新竞巧，意浅文繁，这不仅仅指的是诗歌，显然也是包括辞赋的。

的确，前期庾信骈赋在语言风格方面与当时大行其道的宫体诗多相似之处，都追求语言的绮丽华美。黄侃《文心雕龙札记》云：“然自魏、晋以降，赋体渐趋整练，而齐、梁益之以妍华，江、鲍、徐、庾之作，盖已不逮古处。”[④]

比如《春赋》被认为是：“秀句如绣，顾盼生姿，不啻桃花压面，令人肤泽光悦。”[⑤] 又如《灯赋》开头：“九龙将暝，三爵行栖。琼钩半上，若木全低。窗藏明于粉壁，柳助暗于兰闺。翡翠珠被，流苏羽帐。舒屈膝之屏风，掩芙蓉之行障。卷衣秦后之床，送枕荆台之上。”以华丽的辞藻描绘富艳豪华又朦胧暧昧的居室环境，其浓烈的粉脂之气与香艳的宫体诗风格无异。

许链评为“蛾飘则碎花乱下，风起则流星细落”，“风致洒然，句法为唐人所祖”[⑥]。

事实上，庾信骈赋追求辞藻的绚丽，不只在萧梁时期如此，后

① ［唐］令狐德棻：《周书》，北京：中华书局，1971 年。

② ［唐］姚思廉：《陈书》，北京：中华书局，1972 年。

③ ［唐］魏征：《隋书》，北京：中华书局，1973 年。

④ 黄侃：《文心雕龙札记》，上海：华东师范大学出版社，1996 年。

⑤ ［清］许梿选，黎经诰笺注：《六朝文絜笺注》，上海：上海古籍出版社，1982 年。

⑥ ［清］许梿选，黎经诰笺注：《六朝文絜笺注》，上海：上海古籍出版社，1982 年。

期其实也没有太多改变。如《马射赋》中铺彩设色呈现绚丽的色彩："兵革无会，非有待于丹乌，宫观不移，故无劳于白燕""银瓮金船""青赤三气""乌弋黄支""玄鸟司历，苍龙御行""于是选朱汗之马，校黄金之埒。红阳飞鹊，紫燕陆沉"。《象戏赋》中"绿简既开，丹局直正""白凤遥临，黄云高映""水影摇日，花光照林""龙烛衔花，金炉浮气"等，亦显出华美的色调。

其实，在赋体演变进程中，魏晋以来之赋，已渐渐接近于诗，而与汉散体大赋异趣。南朝齐梁以后，赋则更近于诗，我们还可以从赋中系诗、奉诏酬赠所作诗赋同题等现象中看到这一趋势。但它首先是很直观的表现在语言方面，在齐梁文坛，沈约是许多文士马首是瞻的引领潮流的人物，以他的作品为例无疑具有典型意义，如他的《愍衰草赋》：

> 愍衰草，衰草无颜色。憔悴荒径中，寒荄不可识。昔时兮春日，昔日兮春风。衔华兮佩实，垂绿兮散红。岩陬兮海岸，冰多兮霰积。布绵密于寒皋，吐纤疏于危石，雕荒卉之九衢，陨灵茅之三脊。风急崤道难，秋至客衣单。既伤檐下菊，复悲池上兰，飘落随风尽，方知岁早寒。流萤暗明烛，雁声断裁续。霜夺茎上紫，风销叶中绿。秋鸿兮疏引，寒鸟兮聚飞。径荒寒草合，草长荒径微，围庭渐芜没，霜露日沾衣。[①]

赋中表达岁暮的萧瑟悲凉感慨，亦不失文采。

在描写刻画上，沈约赋中的长篇《郊居赋》，命意仿效谢灵运的《山居赋》，相比而言，描写的场面不及谢赋阔大，但描写的细腻则有过之。同样，短篇《丽人赋》描写美人，与此前赋中对女性的描写相比，描摹丽人来赴幽会的情状形态既放肆无拘又细腻入微：

> 客弱冠未仕，缔交戚里，驰骛王室，遨游许史。归而称曰：狭邪才女，铜街丽人，亭亭似月，嬿婉如春，凝情待价，思尚衣巾。芳逾散麝，色茂开莲，陆离羽佩，杂错花钿。响罗

① ［清］严可均：《全上古三代秦汉三国六朝文》，北京：中华书局，1965 年。

衣而不进，隐明镫而未前，中步檐而一息，顺长廊而回归。池翻荷而纳影，风动竹而吹衣。薄暮延伫，宵分乃至，出暗入光，含羞隐媚。垂罗曳锦，鸣瑶动翠。来脱薄妆，去留余腻。沾粉委露，理鬓清渠。落花入饮，微风动裾。[①]

这种趋于细腻的刻画，渐开风气，这正是齐梁以来骈赋“极丽靡之辞”的具体表现。更由于沈约在齐梁文坛的显要地位，其巨大的影响力导致到了萧梁时期，简文帝、元帝、徐陵、庾信等莫不趋之若骛，崇尚华美文辞刻画细腻入微成为盛极一时的风尚。

另外，在永明诗歌声律理论的影响下，赋中也讲究“宫羽相变，低昂互节”，追求声韵和谐。

《梁书·庾肩吾传》：“（萧纲）及居东宫，又开文德省，置学士，肩吾子信、摛子陵、吴郡张长公、北地傅弘、东海鲍至等充其选。齐永明中，文士王融、谢朓、沈约文章始用四声，以为新变，至是转拘声韵，弥尚丽靡，复逾于往时。”[②]

可见所谓徐庾体不仅仅是指语言的绮艳和铺叙的细密，更在意的是声韵的讲求。如《对烛赋》《鸳鸯赋》等都在抑扬顿挫的声调变化中读来具有一种流宕的美感。

二、庾信后期骈赋呈现赋文趋同形态

1. 句式特征

庾信后期骈赋基本放弃了五七言诗句，凝固成骈四俪六隔句作对的形式，完成了骈赋和骈文形式上的演变。

逐一考察后期骈赋的句式：《三月三日华林园马射赋》《竹杖赋》《邛竹杖赋》《伤心赋》《象戏赋》全篇皆无五七言诗句，纯

---

① ［清］严可均：《全上古三代秦汉三国六朝文》，北京：中华书局，1965 年。

② ［唐］姚思廉：《梁书》，北京：中华书局，1973 年。

为四六言文句。《小园赋》中仅出现六句五言句式：“欹侧八九丈，纵横数十步，榆柳两三行，梨桃百余树。”“百龄兮倏忽，光华兮已晚。”这不过是对句而已。《哀江南赋》中出现的七言对仗句式，如：“陆士衡闻而抚掌，张平子见而陋之。”“马武无预于甲兵，冯唐不论于将帅。”显然不能算是七言诗句。唯一有五七言诗句出现的是《枯树赋》中“乃歌曰”后的四句：“建章三月火，黄河万里槎。若非金谷满园树，即是河阳一县花。”

可见庾信后期的赋作句式已经基本定型为四六。且在四六言句式中极尽变化以显参差错落，多用对仗排比以显匀称整齐。间以虚词以显气韵流动。成为后来人师法的楷模。在中国古代文学作品中，汉末以来，五言诗出现以后，长短适宜的四五六七言句式尤为文人青睐，五七言句式逐渐成为诗的主要句式，而四言句式精要，两个字组成一个音节形成两次停顿，六言句式多了一次停顿，往往中间穿插使用虚词形成跌宕。四六言句式逐渐成为文的主要句式。庾信后期骈赋与各类骈文在句式上已无甚差异，凝固成骈四俪六、隔句作对的形式。同时在四六言句式中极尽变化，确立了“四四”“六六”“四四、四四”“六六、六六”“四六、四六”“六四、六四”六种基本句型。实际上是完成了骈赋这种文体形式的最终演变。骈四俪六、隔句作对的语言形式，最后定型为六朝最有典范性的话语方式，他对这种语言形式的自如驱遣，已至圆熟精美之至境，使得“六朝之骈语”可与汉赋、唐诗、宋词、元曲相提并论，而成为这段时期最具有代表性的文学样式。故张仁青《骈文学》中指出：“陈徐陵北周庾信二君一出，遂集骈俪之大成，并开以四六句间隔作对之先例。盖古人作对，不过上句对下句，其隔句作对，亦往往多用四言，至以四六句平仄相间作对，则首推徐庾为多。”①

在庾信骈赋中，四六言句式互相搭配，交错使用，确实营造出一种抑扬顿挫虚实相间的特殊韵律，读来具有朗朗上口的美感。

---

① 张仁青：《骈文学》，台北：文史哲出版社，1984 年。

如《小园赋》中的一段："遂乃山崩川竭，冰碎瓦裂，大盗潜移，长离永灭。摧直辔于三危，碎平途于九折。荆轲有寒水之悲，苏武有秋风之别。关山则风月凄怆，陇水则肝肠断绝。龟言此地之寒，鹤讶今年之雪。"

又如《哀江南赋》序："荆璧睨柱，受连城而见欺；载书横阶，捧珠盘而不定。钟仪君子，入就南冠之囚；季孙行人，留守西河之馆。申包胥之顿地，碎之以首；蔡威公之泪尽，加之以血。钓台移柳，非玉关之可望；华亭鹤唳，岂河桥之可闻。"

其实骈文中骈四俪六隔句作对并非始于庾信后期骈文，齐梁以来的骈文作品中已经出现。比如，刘骏（孝标，462—521）骈文已多四六隔对，《辩命论》《广绝交论》中可见。到了徐庾骈文中则运用尤为繁密，逐渐形成一种固定的句式。并且在四六言中极尽变化，衍化为六种基本句型。在交错运用中表现出一种整齐中又富于长短高下的变化，流荡而不滞塞的美感。与此同时，庾信赋体的骈化臻于极致。

虽然自隋唐以来即有对庾信的尖锐批评，王通《文中子·事君篇》："徐陵、庾信古之夸人也，其文诞。"《周书·王褒庾信传论》中发展了上述观点，批评说："子山之文发源于宋末，盛行于梁季。其体以淫放为本，其词以轻险为宗，故能夸目侈于红紫，荡心逾于郑卫。昔扬子云有言：'诗人之赋丽以则，词人之赋丽以淫。'若以庾氏方之，斯又词赋之罪人也。"[①] 这样的诋毁多着意于遣辞造句，然而人们仍然倾倒于其高超的语言技巧。如李调元《赋话》卷一指出："唐王泠然《止水赋》云：浮芥则敖吏措杯，种瓜则幽人抱瓮。李子卿《聚雪为小山赋》云：峡里则秋月长圆，封中则晓云犹白。句法原本子山，命意遣词，咸有浑秀之致。"[②]

诚如《六朝丽指》所言："骈体之中，使无散行，则其气不能疏逸。""作骈文而全用俳偶，文气易致窒塞。即对句之中，亦当

---

① ［唐］令狐德棻：《周书》，北京：中华书局，1971 年。

② 詹杭伦著：《雨村赋话校正》，台北：新文丰出版公司，1993 年。

少加虚字，使之动宕。”①

庾信后期的骈赋在句式的选择上，以四六言为主，也有三至八言不等的句式，长短交错，间以散行，夹杂虚词，因而文气疏朗散逸，无板滞之病。如《伤心赋》：“若夫入室生光，非复企及；夹河为郡，前途逾远。婕妤有自伤之赋，扬雄有哀祭之文，王正长有北郭之悲，谢安石有东山之恨，斯既然矣。至若曹子建、王仲宣、傅长虞、应德琏、刘韬之母、任延之亲，书翰伤切，文辞哀痛，千悲万恨，何可胜言？”

2. 语言风格

庾信后期骈赋于华美绮艳的基础上，语言色调的铺设与其表现的低沉悲凉情感色彩相适应，也有较为晦暗的描写。这与前期的纯然绮艳华美迥然有别。如《哀江南赋》：“饥随蛰燕，暗逐流萤。秦中水黑，关上泥青。于时瓦解冰泮，风飞电散，浑然千里，淄渑一乱。雪暗如沙，冰横似岸。逢赴洛之陆机，见离家之王粲。”《小园赋》：“心则历陵枯木，发则睢阳乱丝”，“风骚骚而树急，天惨惨而云低”。《邛竹杖赋》：“霜风色古，露染斑深。”《伤心赋》：“悲哉秋风，摇落变衰”，“天惨惨而无色，云苍苍而正寒”②。

庾信后期骈赋与骈文趋同，最明显的标志固然是句式皆为骈四俪六、隔句作对，但在语言的声调韵律方面却有区别。虽然骈文也追求“宫羽相变，低昂互节”，即讲求平仄相对相粘，以求达到抑扬顿挫的美感。骈文中也包括一些韵文，如颂赞、哀吊、铭箴、连珠等，但更多的骈文并不押韵。而骈赋在音韵声律方面的要求则更为严格。比如《小园赋》，不仅骈化的四六句式为主，而且尤其讲求音律谐和，读来具有朗朗上口的韵律美感。试读两段可知：“一寸二寸之鱼，三竿两竿之竹。云气荫于丛蓍，金精养于秋菊。枣酸梨酢，桃榹李薁。落叶半床，狂花满屋。名为野人之家，是谓愚公

① 詹杭伦著：《雨村赋话校正》，台北：新文丰出版公司，1993 年。

② 庾信后期骈文语言特色，拙文《论庾信的骈文》中曾有论及，参见《中国文学研究》1994 年第 2 期。

之谷。”“遂乃山崩川竭，冰碎瓦裂，大盗潜移，长离永灭。摧直辔于三危，碎平途于九折。荆轲有寒水之悲，苏武有秋风之别。关山则风月凄怆，陇水则肝肠断绝。龟言此地之寒，鹤讶今年之雪。”这两段文字皆押的是入声韵，前一段以“竹”“菊”“奥”“屋”“谷”为韵字，后一段以“竭”“裂”“灭”“折”“别”“绝”“雪”作为韵字。

总之，骈文骈赋异中有同[①]，就庾信的后期赋而言，固然应该将它们看作赋中的骈赋，也可以同时将它们看作骈文，可以两存而不悖。

三、庾信骈赋演变意义

1. 立足赋体演变来看，庾信毫无疑问具有标志意义。徐师曾在《文体明辨》中以批评的眼光论赋体之变：“三国、两晋以及六朝，再变而为俳，唐人又再变而为律，宋人又再变而为文。夫俳赋尚辞，而失于情，故读之者无兴起之妙趣，不可以言则矣。文赋尚理，而失于辞，故读之者无咏歌之遗音，不可以言丽矣。至于律赋，其变愈下，始于沈约四声八病之拘，中于徐庾隔句作对之陋，终于隋唐宋取士限韵之制，但以音律谐协对偶精切为工，而情与辞皆置弗论。”

“六朝沈约辈出，有四声八病之拘，而俳遂入于律。徐庾继起，又复隔句对联，以为四六，而律益细焉。”[②] 他认为六朝赋尚辞失于情；宋赋尚理失于辞，而既限韵又精于音律的律赋则情辞皆失。在他的考察中，六朝庾信成为他关注的焦点。的确，就庾信骈赋而言，前期赋的诗化和后期赋的骈文化固然使自身形式更加精

---

① 参看拙文《论骈文骈赋之异同》，载《中国文学研究》2004 年第 1 期。

② 孙德谦：《六朝丽指》，四益宧出版，1923 年。

美，然而也在这种演变中逐渐迷失了自我，尤其是后期赋文趋同的形态，导致骈赋骈文面目极其相似，竟至于让后世许多精审的学者把它并入到骈文中。反过来看，为什么唐宋以后诸多文章家将骈赋视为骈文选入骈文选本中，从某种意义上来看，似乎也可以认定是庾信后期骈赋骈文趋同带来的影响所致。

2. 立足骈散视角来看，庾信骈文为唐初文人马首是瞻，徐庾骈文在初盛唐风靡相当长一段时期。明张溥说："夫唐人文章，去徐、庾最近，穷形尽态，模范是出。"[①] 终唐一代，朝廷的制诰、奏议，选取进士的律赋和五言律诗，制科的策问，吏部选拔人才所试的书判，日常运用的笺启、碑志，都是以骈文为主的。虽然在古文运动的冲击之下，中唐骈文也曾一改唐初典雅凝练风格，用典减少，语言质朴，散文化的句式作对偏多，有着明显的散文化倾向，然而，到晚唐时期，骈文复上承梁陈初唐风气，回归整饬典重风格，如从李商隐《樊南四六》中的篇章便可知其端倪。再到宋代欧阳修、苏轼的骈文，其体制又为之一变，[②] 他们的骈文皆极少用典，语言平易，多以散文化的语句寓于骈偶之中，促成了骈文的解放，引导着骈散的合流。如欧之《秋声赋》、苏之《前赤壁赋》等已经与散文无异，纯然是"押韵之文"。可以说，自庾信后期赋文趋同，中经初唐中唐的进一步演进，直至宋代才终于完成了赋文合流的历史进程。

3. 立足骈文观照其与诗歌辞赋的关系，就产生的时间而言，骈文是后起的文体形式，作为一种骈偶句式组成的文体，它产生的文学因素中离不开诗赋的影响。因为早在诗赋中就已经有骈偶句存在，如《诗经》中："昔我往矣，杨柳依依；今我来思，雨雪霏霏。"（《小雅·采薇》）"溥天之下，莫非王土；率土之滨，莫非王臣。"（《小雅·北山》）楚辞中："朝饮木兰之坠露兮，夕餐秋

① 徐师曾著，罗根泽校点：《文体明辨序说》，北京：人民文学出版社，1998 年。

② 正如程杲《识孙梅四六丛话》云："宋自庐陵、眉山，以散文之气，运对偶之文，在骈体中另出机杼。"

菊之落英。”（《离骚》）但诗骚并没有直接演变出骈文，由诗到骈文经过了辞赋这一中介。因为就辞赋文体本身而言，它非诗非文，又近诗亦近文，故学者对它的分类中，有近于诗者诗体赋，近于文者文赋，而在赋体演变历程中，骈赋与骈文形成时期前后相近。汉末张衡的《归田赋》全篇几乎是对偶的四六言句式，已经是名副其实的骈赋。魏晋以后的文人学士创作中已经渗透了自觉的骈偶意识，涌现出众多脍炙人口的骈赋名篇，如曹植《洛神赋》、陆机《文赋》等，而陆机的《豪士赋序》则已是成熟的骈文。句子渐趋整饬，对仗日趋精妙。到徐陵的《玉台新咏序》通篇以四六言句式组成，而且多四六句间隔作对，可谓开四六体骈文之先河。而庾信入北以后，完成了骈赋这种文体形式的最终演变。骈四俪六、隔句作对的语言形式，最后定型为六朝最有典范性的话语方式，他对这种语言形式的自如驱遣，已至圆熟精美之至境，也因为他的巨大影响力使得“六朝之骈语”可与汉赋、唐诗、宋词、元曲相提并论，成为这段时期最具有代表性的文学样式。而在这样的语境之下，骈文的巨大光环终将骈赋彻底淹没。

七言《琴思楚歌》不应视为东汉王逸作

陈松青

明冯惟讷《古诗纪》卷十三汉第三载有东汉王逸七言《琴思楚歌》，共十五句：

> 盛阴修夜何难晓，思念纠戾肠摧绕，时节晚莫年齿老。冬夏更运去若颓，寒来暑往难逐追，形容减少颜色亏。时忽晻晻若骛驰，意中私喜施用为，内无所恃失本义。志愿不得心肝沸，忧怀感激重叹噫。岁月已尽去奄忽，亡官失禄去家室。思想君命幸复位，久处无成卒放弃。①

其后，明梅鼎祚《古乐苑》卷三十一《琴曲歌辞》、张溥《汉魏六朝百三家集》之《王叔师集》、近代丁福保《全汉三国晋南北朝诗》之《全汉诗》卷二也予载录，同样系于王逸。

探讨七言诗的起源与发展，《琴思楚歌》是无法回避的。从现存相关论述看，有的似乎有意回避而不予齿及；有的则径直将其著作权属之王逸，并且因其通篇不带“兮”字，认定其为“最早”的或者“成熟”的七言诗。如劳幹先生认为“删去兮字之诗，当

① 此据文渊阁《四库全书》本。文渊阁《四库全书》张本、梅本，“激”均作“结”。

以王逸《琴思楚歌》为最早”[①]。聂石樵先生则从其用韵（“此诗前半部分三句一换韵，后半部分一韵到底”），称之为“成熟的七言之作”[②]。陈允吉先生称：“在现今我们所见的通体七言诗中，汉季王逸的《琴思楚歌》也是时间最早的一首。”[③]

这种论述难免给人以王逸创作了《琴思楚歌》的错觉，因此有必要予以澄清。实际上，更早些时候，学者对《琴思楚歌》是有怀疑的。比如梁启超在其生前未完成的书稿《中国之美文及其历史》中说：“叔师注《楚辞·九章》《九辩》《远游》等全用此等句法，若将每句末‘也’字删掉，便成若干首七言。例如《远游》注之‘哀众嫉妒迫协贤，高翔避世求道真，质性鄙陋无所因。将何引援而升云，逢遇暗主触谗佞，思虑烦冤无告陈。……’《九辩》注之‘修德见过愁惧惶，孤立特止居一方，常念弗解内结藏。偕违邑里之他邦，去郢南征济沅湘。……’注文用韵起于《易经》各爻家之象辞，叔师效之而一律裁为七言。《琴思》一章，疑亦某章之注，后人摘之以为诗耳。韵味当然不及《四愁》，但可见当时竞创新体也。”[④] 不过他虽有所疑，却没有进一步查考《琴思楚歌》到底源于何处。

罗根泽先生发表于《师大月刊》1933 年第 2 期的《七言诗之起源及其成熟》说：“和张衡同时而年齿稍后的王逸，《诗纪》载有《琴思楚歌》……但《后汉书·王逸传》《文选》《古文苑》《乐府诗集》……等书都不载，以故颇有后人伪托的嫌疑。”[⑤]（按

---

① 转引自丁邦新：《五言诗的起源》，袁行霈主编《国学：多学科的视角》，北京：北京大学出版社，2007 年，第 210 页。

② 聂石樵：《先秦两汉文学史》（两汉卷），北京：北京师范大学出版社，1994 年，第 244 页。

③ 陈允吉：《中古七言诗体的发展与佛偈翻译》，《古典文学佛教溯缘十论》，上海：复旦大学出版社，2002 年，第 144—145 页。

④ 梁启超：《中国之美文及其历史》（据中华书局，1936 年版编校），北京：东方出版社，1996 年，第 144—145 页。

⑤ 赵敏俐选编：《20 世纪中国文学研究论文选》（汉代卷），北京：社会科学文献出版社，2010 年，第 426 页。

《诗纪》，即指冯惟讷所纂之《古诗纪》。）与梁启超一样，罗先生虽然对《琴思楚歌》有所怀疑，却没有探究原委。

余冠英先生在1942年所作的《七言诗起源新论》中，沿袭了梁先生的看法："王逸作《楚辞注》往往用整齐有韵的句子而赘以一个'也'字，如将'也'字删去，便成韵文。"并举《楚辞章句》之《怀沙》注、《思美人》注为例加以说明，结末说："王逸有七言《琴思》一篇，梁任公先生云'疑亦某篇之注'。"[①] 很显然，梁、余二先生怀疑《琴思楚歌》来自王逸《楚辞章句》，但都没有予以查实。姜书阁先生于1982年出版的《中国文学史四十讲》说："与之（指张衡）同时的王逸也有一首七言的《琴思楚歌》，不过有人怀疑《楚辞》某篇的注语，没有诗的韵味，还不能算是七言诗。"[②]

此外，逯钦立先生在辑校《先秦汉魏晋南北朝诗》时，不录此诗，这不是逯先生的失录，因为他的《汉魏六朝文学论集》对七言加以"考源"，即不言及《琴思楚歌》，当系有意为之。

笔者曾细读《楚辞章句》，统计出《楚辞章句》中使用带"也"字的八言句共864句，发现梁启超所谓"某章之注"实际就是《九辩》注，指出所谓王逸《楚思琴歌》是依《九辩》注改定的[③]。今列表如下，以便比对：

《九辩》	王逸注	《琴思楚歌》
靓杪秋之遥夜兮，	盛阴修夜，何难晓也，	盛阴修夜何难晓，
心缭悷而有哀；	思念纠戾，肠折摧也；	思念纠戾肠摧绕，
春秋逴逴而日高兮，	年齿已老，将晚暮也，	时节晚莫年齿老。
然惆怅而自悲；	功名不立，自矜哀也；	/

① 余冠英：《七言诗起源新论》，《古代文学杂论》，北京：中华书局，1987年，第134页。

② 姜书阁：《中国文学史四十讲》，长沙：湖南人民出版社，1982年，第109页。

③ 陈松青：《王逸注解〈楚辞〉的文学视角——〈楚辞章句〉的"八字注"探析》，《中国文学研究》2003年第1期，第77—82页。

四时逓来而卒岁兮，	冬夏更运，去若颓也，	冬夏更运去若颓，
阴阳不可与俪偕。	寒来暑往，难追逐也。	寒来暑往难逐追，
白日晼晚其将入兮，	年时欲暮，才力衰也，	/
明月销铄而减毁；	形容减少，颜貌亏也；	形容减少颜色亏。
岁忽忽而遒尽兮，	时去晻晻，若鹜驰也，	时忽晻晻若鹜驰，
老冉冉而愈弛。	年命逝往，促急危也。	/
心摇悦而日幸兮，	意中私喜，想用施也，	意中私喜施用为，
然怊怅而无冀；	内无所恃，失本义也；	内无所恃失本义。
中憯恻之凄怆兮，	志愿不得，心肝沸也，	志愿不得心肝沸，
长太息而增欷！	忧怀感结，重叹悲也。	忧怀感结重叹噫。
年洋洋以日往兮，	岁月已尽，去奄忽也，	岁月已尽去奄忽，
老嵺廓而无处！	亡官失禄，去家室也；	亡官失禄去家室。
事亹亹而觊进兮，	思想君命，幸复位也，	思想君命幸复位，
蹇淹留而踌躇！	久处无成，卒放弃也。	久处无成卒放弃。

将八言注语与《琴思楚歌》比较，可以清楚地看出：（1）后者删去了三条注语；（2）后者删去了前者句末的“也”字；（3）在文字上，后者对前者作了改动。如改“摧折”为“摧绕”，改“年齿已老将晚暮”为“时节晚暮年齿老”，改“追逐”为“逐追”，改动的目的是为了押韵，从而体现出聂先生所说的“前半部分三句一换韵，后半部分一韵到底”的特点。据此可知，在考察七言诗的起源与发展时，《琴思楚歌》是不能系属于王逸的，因为用韵是考察诗歌体式演变的重要依据。

拙文发表后，得到了查屏球、江瀚等先生的回应[①]。但因拙文

① 查屏球《从游士到儒士：汉唐士风与文风论稿》第一章《游士的失落与经师的文学》（上海：复旦大学出版社，2005 年，第 106—107 页）认同拙文查考的结论；其后发表的《文学的阐释与阐释的文学——关于王逸〈楚辞章句〉韵体注文的考论》（《文学评论》2008 年第 2 期）重申这一观点。江瀚《王逸著述考略》（《学术交流》2012 年第 5 期）也对拙文的结论表示认可。

不是以王逸作品真伪考辨为主题，只是顺带提及而已，因此上述看法不易引起注意，所以它发表后，有的学者仍将王逸视为《琴思楚歌》的作者。如葛晓音先生于其《八代诗史》（修订本）中说："王逸《琴思楚歌》是刚去掉'兮'字的七言体，全篇颠来倒去只有感叹岁月流逝这一个意思，尚不知将骚体铺排压缩成简练的诗句。""学界一般认为七言诗直接从楚骚体演变而来，如张衡的七言《四愁诗》，各章首句带'兮'字，王逸的《琴思楚歌》，去掉'兮'字，已全是七言，仍名楚歌。"[①] 葛先生对《琴思楚歌》内容情感的把握是非常准确的，但是它的"颠来倒去"，正是由其被注释的文本《九辩》本身的铺排所造成的。

由于学界对《琴思楚歌》的著作权问题迟疑既久，这里有必要申说几句：

在诗歌发展史上，从骚体到七言诗，"兮"字的脱落是其重要环节。比如《史记·乐书》和《汉书·礼乐志》均载有《天马歌》，前者有"兮"字，而后者作了一些改动，"兮"字也被删去。再如，《宋书·乐志》所载《陌上桑》（今有人）就是对《楚辞·九歌·山鬼》的改写，"兮"字被另外的字代替了。流风所至，后世学者在引录此类作品时，也喜欢将这类"虚字"删去。如唐代欧阳询等所编《艺文类聚》，对《楚辞》中的"兮"删削不少，《招魂》《大招》以四字句为主，其偶数句末所带的"些"字、"只"字，几乎悉数被删，结果是两个四言句变成了一个七言句，隔句押韵变成了句句押韵。比如，其中一处对《招魂》的节录大致就是这种情形：

《楚辞·招魂》原文	《艺文类聚》卷六十一《居处部一》引文
像设君室，静闲安些。	像设君室静闲安
高堂邃宇，槛层轩些。	高堂邃宇槛层轩

① 葛晓音：《八代诗史》（修订本），北京：中华书局，2007 年，第 20、175 页。

层台累榭，临高山些。	层台累榭临高山
网户朱缀，刻方连些。	网户朱缀刻方连
冬有突厦，夏室寒些。	冬有突厦夏室寒
川谷径复，流潺湲些。	/
光风转蕙，氾崇兰些。	/
经堂入奥，朱尘筵些。	经堂入奥朱尘延
砥室翠翘，挂曲琼些。	砥室翠翘挂曲琼
翡翠珠被，烂齐光些。	/
蒻阿拂壁，罗帱张些。	蒻阿拂壁罗帱张
纂组绮缟，结琦璜些。	/
室中之观，多珍怪些。	/
兰膏明烛，华容备些。	/
二八侍宿，射递代些。	/
九侯淑女，多迅众些。	/
盛鬋不同制，实满宫些。	/
容态好比，顺弥代些。	/
弱颜固植，謇其有意些。	/
姱容修态，絙洞房些。	/
蛾眉曼睩，目腾光些	/
靡颜腻理，遗视矊些。	/
离榭修幕，侍君之闲些。	/
翡帷翠帐，饰高堂些。	翡帷翠帱饰高堂
红壁沙版，玄玉之梁些。	红壁沙版玄玉梁
仰观刻桷，画龙蛇些。	仰观刻桷画龙蛇
坐堂伏槛，临曲池些。	坐堂伏槛临曲池
芙蓉始发，杂芰荷些。	芙蓉始发杂芰荷
紫茎屏风，文缘波些。	紫茎屏风文缘波

不难想象，由于同样的道理，某好事者见王逸的《楚辞》注语中有不少漂亮的句子（不少句子还押韵），于是将句尾“也”字删去，加工成“成熟”的七言诗，名为《琴思楚歌》，仍系属于王逸，所改者可能不只十五句。但到底是何时何人所改，已不可考，不过从《琴思楚歌》始见于《古诗纪》，而不见于《文选》《古文苑》《乐府诗集》等来看，时代不会太早，或在元明之际。

此外，查屏球先生认为，《后汉书·文苑列传·王逸传》所言王逸所作“《汉诗》百二十三篇”，可能就是“逐句押韵的七字句诗”。这种可能性不大。王逸所作的《汉诗》已佚，但大抵与该列传之《苏顺传》所言曹朔所作“《汉颂》四篇”类似，是歌颂汉德之诗，与《琴思楚歌》的个人叹老嗟逝不同，其形式或许是传统的四言，而不是“新体”的七言。

总之，汉代七言既起，受其影响，王逸《楚辞章句》即以韵语注骚，只不过体现了梁启超所说的“当时竞创新体”（七言诗）的景况罢了，却不能据此认为王逸创作了七言《琴思楚歌》。

（原载《古籍研究》总第60卷，35—39页）

论吴敬梓《移家赋》的特点及其对《儒林外史》的影响

胡海义

吴敬梓（1701—1754），字敏轩，号粒民，晚号文木老人，安徽全椒人，清代著名小说家，撰有《儒林外史》，影响深远。吴敬梓还著有《文木山房诗文集》十二卷，今存四卷，卷一收赋四篇。辞赋到了清代呈现复兴局面，马积高先生主编的《历代辞赋总汇》清代部分共收辞赋 19499 篇，占比超过百分之六十。清代辞赋不仅数量多，而且成就高，“清赋标志的是古典文学汇流期的集成特征”[①]。吴敬梓的挚友程晋芳在《文木先生传》中称其“诗赋援笔立成”[②]，《移家赋》就是他的辞赋杰作，历来被视为研究吴敬梓的家世、生平和思想的重要材料，被收入各种《〈儒林外史〉研究资料汇编》，可谓他最重要的作品之一。该赋作于雍正十一年（1733），正值吴敬梓正式迁居南京，人生发生重大变化之时。约三年后的乾隆元年（1736），吴敬梓开始创作《儒林外史》。然而，学界对《移家赋》本身及其对《儒林外史》的影响研究，还很不

① 许结：《清赋概论》，《学术研究》1993 年第 3 期。

② ［清］程晋芳：《文木先生传》，李汉秋《儒林外史研究资料》，上海：上海古籍出版社，1984 年，第 12 页。

够，本文拟就这些问题做一些探讨。

一、《移家赋》的家族叙事、门第意识及其对《儒林外史》的情节布局与人物塑造的影响。古代中国是一个宗法社会，敬天法祖，慎终追远。辞赋中也出现了一类颂扬祖德、称述家族的述祖题材作品，如西晋陆机的《祖德赋》和《述先赋》，清代陈维崧的《述祖德赋》、陆奎勋的《述祖德赋》等。吴敬梓的《移家赋》其实是一篇关于家族叙事的作品，述祖是其中的重要内容。从开篇“我之宗周贵裔，久发轫于东浙”到“贤人则岁在龙蛇，仙翁则惟遗笙鹤”[①]，正文用了约一半的篇幅来铺陈“家门鼎盛”，梳理吴氏家族的发家史，历数远祖、高祖、曾祖、祖父、父亲等人的功名事业与道德文章。《移家赋》的下半部分即是自传。以自身遭遇为题材的自传作品在赋史上曾很流行，如颜之推《观我生赋》、李谐《述身赋》、庾信《哀江南赋》等。《移家赋》后半部分从述祖转向述已，讲述作者“少有六甲之诵，长余四海之心”的才华与抱负，痛陈家道中落后“兄弟参商，宗族诟谇”的艰难处境，抒发“念世祚之悠悠，遇斯人而怏怏”的人生感慨，表达“见机而作，逝将去汝”、移家迁居南京的坚定决心。

吴敬梓《移家赋》的家族叙事融合述祖与述已，是对屈原《离骚》的继承与发展。《离骚》带有自传性质，开篇叙及家族源流，然后自陈理想、追求和遭遇。对于《离骚》开创的述祖与述已相结合的自叙传统，后世赋家并没有很好地继承下来。唐代刘知几云：“盖作者自叙，其流出于中古乎？案屈原离骚经，其首章上陈氏族，下列祖考；先述厥生，次显名字。自叙发迹，实基于此。降及司马相如，始以自叙为传，然其所叙者，但记自少及长，立身行事而已，逮于祖先所出，则蔑尔无闻。”[②] 正如刘知几指出，司马相如以自叙为传，但已不再述祖。述祖与述已在辞赋中也已分

① ［清］吴敬梓：《移家赋》，《续修四库全书》第1428册《文木山房集》，上海：上海古籍出版社，2002年，第441页。本文所引《移家赋》均出自于此，不再出注。

② ［唐］刘知几：《史通》，上海：上海古籍出版社，1978年，第256页。

流，两者很少相互关涉。即使提及，也是只言片语。吴敬梓《移家赋》则直追屈原《离骚》，不仅将述祖与述己重新结合起来，而且在传承的基础上有所创新。一是均衡了述祖与述己的篇幅。《离骚》开篇仅有两句述祖，绝大部分内容属于述己。《移家赋》则大幅增加了述祖的内容，使其与述己大致相当，结构均衡，层次分明。二是采用先扬后抑的手法融合述祖与述己。吴敬梓并非将两类题材简单连缀，而是通过“于是君子之泽，斩于五世”作承先启后的过渡，先扬后抑，将述祖时的高歌颂扬和述己时的哀叹痛斥形成鲜明对比，从而在抚今追昔中突出移家的决绝态度与赋作的深刻主旨。

然而，正是如此家世背景、创作情境与书写方式，让吴敬梓在《移家赋》铺陈“家门鼎盛”的家族叙事中，表现出十分强烈的门第意识，远超他存世的其余作品。该赋追慕家史，铺陈渲染，洋洋洒洒，着力阐释“家声科第从来美”[①]与“国初以来重科第，鼎盛最数全椒吴”[②]，极力宣扬先人的仕宦功名和道德文章，如称赞远祖吴聪“永乐时从龙”，“赐千户之实封，邑六合而制符”。高祖吴沛“乃守先而待后，开讲堂而雒诵，历阳百里，诸生游从”，“绍绝学于关闽，问心源于邹鲁……初奋发于制举，仍追逐于前贤”，赞其潜心举业，锲而不舍。“曾祖兄弟五人，四成进士”，对他们的仕宦经历一一罗列，得意之情溢于言表；如描述吴国鼎“伯则遨游薇省”，吴国缙“叔则栖迟槐署”，吴国龙“季抗疏于乌台……受两朝之眷顾”。对于曾祖吴国对的科举功名，吴敬梓更是极尽夸饰美化之能事：“常发愤而揣摩，遂遵道而得路。”述他揣摩举业、遵循儒术而高升翰林侍读；“三殿胪传，九重语温；宫烛宵分，花砖月午”，渲染他高中探花的无限荣耀；“张珊网于海隅”

---

① ［清］吴敬梓：《乳燕飞·甲寅除夕》，《续修四库全书》第1428册《文木山房集》，上海：上海古籍出版社，2002年，第468页。

② ［清］王又曾：《书吴征君敏轩文木山房诗集后有序》，李汉秋《儒林外史研究资料》，上海：上海古籍出版社，1984年，第17页。

写他曾任福建乡试主考；“悬藻鉴于畿辅”指他提督顺天学政；“羡白首之词臣，久赤墀之记注”是写他由编修而升任侍读。作者还赞扬嗣父吴霖起“策名帝都”，拔贡入京参加挑选，等等。最后，吴敬梓总结道：“五十年中，家门鼎盛。陆氏则机云同居，苏家则轼辙并进。子弟则人有凤毛，门巷则家夸马粪。绿野堂开，青云路近。”使用“机云同居”“轼辙并进”等典故再次强调“曾祖兄弟五人，四成进士”的辉煌家世与显赫功名。相形之下，吴敬梓对家道中落，尤其是族人不顾门第而将女儿嫁与富商的行为痛心疾首，大加讥讽道：“假荫而带狐令，卖婚而缔鸡肆。求援得援，求系得系。侯景以儿女作奴，王源之姻好唯利。贩鬻祖曾，窃赀皂隶。若敖之鬼馁而，广平之风衰矣。”门第意识十分浓厚。

吴敬梓的这种门第意识影响了《儒林外史》的创作，其具体表现如下：

一是情节布局，鲁迅先生认为《儒林外史》“惟全书无主干，仅驱使各种人物，行列而来，事与其来俱起，亦与其去俱讫，虽云长篇，颇同短制”[①]，不过在这种散点结构中还是形成了一个情节枢纽与故事高潮，那就是“修祭泰伯祠”。泰伯是吴国第一代君主，为周部落首领古公亶父的长子，也是吴敬梓的先祖仲雍的兄长。这些在《移家赋》的首句“我之宗周贵裔，久发轫于东浙”与第一条自注“高祖为仲雍九十九世孙”中都做了重点强调。吴敬梓精心构建这一中心情节，采用《移家赋》的铺陈笔法，极尽渲染之能事，将孝子贤孙追慕辉煌家世的无限荣耀和缅怀先祖功德的无比虔诚，倾注在被他视为点睛之笔的“修祭泰伯祠”上。当迟衡山刚提出修复泰伯祠，立即得到理想人物们的大力支持，纷纷赞扬这是“千秋大事”，“自当赞助效劳”，前文中呈散落状态的诸多人物纷纷登台亮相，汇集于此。吴敬梓怀着对先人道德功业的无限崇敬，绝无仅有地“特起立传”，隆重推出“真儒”虞育德，让

① 鲁迅：《中国小说史略》，北京：人民文学出版社，1975 年，第 190 页。

他担任主祭。吴敬梓在此挥动如椽巨笔，“堂哉！皇哉”[①] 地铺陈祭祀盛典，构建这一情节核心和“精神家园”。

二是正面人物的塑造。《儒林外史》中的正面人物或多或少带有门第意识。如吴敬梓的自况形象杜少卿就是如此，他蔑视王知县只是“灰堆里的进士”，理由是“不要说先曾祖、先祖，就是先君在日，这样知县不知见过多少”。不过，当王知县身败名裂、无处容身时，杜少卿却又将他接到家中来住，不怕别人因此前来闹事，说：“先君有大功德在于乡里……就是我家藏了强盗，也是没有人家来拆我家的房子。”门第意识溢于言表。而先君“大功德”的重要内容就是“太老爷拿几千银子盖了考棚”，这也成了他理直气壮地送张俊民的儿子冒籍应考的理由。作为《儒林外史》中第一正面形象的杜少卿，在此炫耀先祖与家世，就是吴敬梓《移家赋》所谓“家门鼎盛”“四成进士”的门第意识的自然投射。另如沈琼枝斥责盐商为“佣奴”，《儒林外史》中的富商几乎没有一个是正面形象，都是与《移家赋》一脉相承的。

二、《移家赋》大量使用《世说新语》等小说中的典故及其对《儒林外史》题材选择、人物塑造与讽刺手法的影响。赋家自汉代开始就喜好“捃摭经史，华实布濩”[②]，骈文也以使事用典见胜。《移家赋》作为骈赋，大量用典也是题中应有之义。但其所用典故中有许多出自小说作品，计有 43 处之多。这些小说包括《世说新语》《裴子语林》《搜神记》《述异记》《博物志》《东城父老传》《集异记》等 26 种，涵括了魏晋志人、志怪和唐代传奇小说等类型。可见三十三岁的吴敬梓已经对小说作品怀有浓厚的兴趣，不仅阅读量大面广，而且娴熟于心，信手拈来。其中，《世说新语》是被《移家赋》采入典故最多的作品，计有 7 处，比采自“辞赋之祖”《离骚》的典故还多 3 处。如“卫叔宝之过江”，“干时无通名

---

① ［清］卧闲老人：《儒林外史》第三十七回评语，《古本小说集成》，上海：上海古籍出版社，1990 年，第 1261 页。

② ［南朝梁］刘勰：《文心雕龙》，上海：上海古籍出版社，1980 年，第 234 页。

之谒”，“陆氏则机云同居”，“戏鹅栏而忿深”，“闭户而学书空”，“元默以为稼穑，洪笔以为锄耒”，“枕石漱流”，“使才于履屐”等，所用典故分别出自于《世说新语》的文学、言语、赏誉、忿狷、黜免、排调、识鉴等篇。吴敬梓善于化用这些小说典故，如“戏鹅栏而忿深”，出自《世说新语·忿狷》：“桓南郡小儿时，与诸从兄弟各养鹅共斗。南郡鹅每不如，甚以为忿。乃夜往鹅栏间，取诸兄弟鹅悉杀之。既晓，家人成以惊骇，云是变怪，以白车骑。车骑曰：‘无所致怪，当是南郡戏耳！’问，果如之。”桓玄与堂兄弟们斗鹅，失败后竟然在暗地里残忍地杀死他们的鹅来泄愤。叔父桓冲却非常宽容，用“戏耳”一词来化解即将发生的激烈冲突。联系上一句“推鸡坊而为长”采用了陈鸿的传奇小说《东城老父传》中贾昌因斗鸡得宠，“即日为五百小儿长”的典故，吴敬梓在此反用二典来先扬后抑。他先借用贾昌之事来表达自己幼年时就期盼脱颖而出的强烈愿望，然后反衬自己的理想未能实现，而且兄弟阋墙，内讧争产，没有像桓冲那样宽容大度的叔伯来化解矛盾，有的只是落井下石，自己深陷困境。对于这些典故，吴敬梓直引其事而反用其意，一扬一抑，在强烈的反差中揭示了自己移家的主要原因。

《移家赋》抒发“吊六代之英才”的感情，大量使用《世说新语》中的典故，也在一定程度上影响了《儒林外史》，具体表现如下：

一是题材选择。《移家赋》展现了一个簪缨世族的盛衰历程，《世说新语》记录了从汉末到东晋士子的遗闻逸事，鲁迅先生称其为“一部名士底（的）教科书”。《儒林外史》则展现了明清士子的社会生活与历史命运，吴敬梓的好友程晋芳称“《外史》纪儒林，刻画何工妍”[①]，鲁迅先生也说其“指擿时弊，机锋所向，尤

---

① ［清］程晋芳：《怀人诗》，《续修四库全书》第1433册《勉行堂文集》，上海：上海古籍出版社，2002年，第114页。

在士林”[①]。《儒林外史》的题材取向在《移家赋》中已有鲜明体现。

二是人物塑造及讽刺手法。鲁迅先生称赞《世说新语》“记言则玄远冷隽，记行则高简瑰奇”。其善于通过人物自身的言行细节来展示个性特征，如王戎之吝啬、王蓝田之急躁、刘伶之任诞、嵇康之洒脱，都在他们自身的只言片语与举手投足中得到尽情展现，作者并未直接介入评论，笔触冷峻而深刻。这种塑造人物形象的手法深刻影响了吴敬梓的小说创作。《儒林外史》被公认为是古代小说讽刺艺术成熟的标志与讽刺小说的巅峰之作，鲁迅《中国小说史略》说“迨吴敬梓《儒林外史》出……于是说部中乃始有足称讽刺之书”，“是后亦鲜有以公心讽世之书如《儒林外史》者”。吴敬梓的成功之处在于“公心讽世”，客观、公正与冷静地观察剖析，《儒林外史》的讽刺手法才得以摆脱传统的窠臼，独具冷峻、深刻的真实性，卧闲草堂称其为“绘风绘水手段”[②]，正如契诃夫所说：“态度越客观，所产生的印象就越有力。”[③] 黄摩西也说：“《儒林外史》之写社会中种种人物，并不下一前提语，而其人之性质、身份，若优若劣，虽妇孺亦能辩之，直如对镜之无遁形也。夫镜，无我者也。”[④] 吴敬梓正是用了一面“无我之镜”，摒弃传统的标签和喇叭，不再像其他大部分通俗小说那样喜好说教，不直接进行评说议论，而是隐藏在叙事的背后，主要采用第三人称叙事的视角，让讽刺艺术的真实性和客观性大幅加强。如第四回中，严贡

① ［清］程晋芳：《怀人诗》，《续修四库全书》第1433册《勉行堂文集》，上海：上海古籍出版社，2002年，第189页。

② ［清］卧闲老人：《儒林外史》第三十七回评语，《古本小说集成》，上海：上海古籍出版社，1990年，第158页。

③ （俄）契诃夫：《写给丽·阿·阿维诺娃》，《契诃夫论文学》，北京：人民文学出版社，1958年，第209页。

④ 黄摩西：《小说小话》，黄霖、韩同文《中国历代小说论著选》，南昌：江西人民出版社，1985年，第262页。

生向众人自诩“为人率真……从不晓得占人寸丝半粟的便宜”[①]，可话音刚落，仆人就进来报告与邻居的纠纷，话里显示出严贡生平日敲诈勒索、作威作福的卑劣行径，无需作者直接抨击唾骂，讽刺意味反而更加浓厚。小说就是用这样一种“客观展现”的手法，放任人物形象“自主”登台演出，让他们以自身的言行自行完成性格的塑造。另外几个经典的讽刺场面，如范进中举发疯、匡超人吹嘘自己的八股文选本等也是如此，作者始终极少置评，也无全知视角的交代说明和评论性的补充解释，更无其他小说惯用的“贴标签”式的出场定性，而是“直书其事，不加断语，其是非自见也”[②]，大都是人物形象的自我呈现和事件场景的客观切换，不动声色，超然冷静，可谓“无一贬词，而情伪毕露，诚微辞之妙选，亦狙击之辣手矣”[③]，具有深刻、冷峻的真实性和公正性。

三、《移家赋》简明扼要的自注及其对《儒林外史》白描特色的影响。“赋者，言事类之所附也”[④]，赋的自注能增补事类，言正文所不能言，与正文形成互补。但很多赋的自注过于繁冗琐碎，喧宾夺主，反而影响了对正文的补充功能。谢灵运的《山居赋》是较早的一篇带有自注的赋，其开头部分“谢子卧疾山顶”至“听鹤之途何由哉”[⑤]，正文约 120 字，自注就超过 150 字。两者相比，重复的内容较多，另有诸如对“牵犬”、“听鹤”等典故的解释性文字也太多。其实，这些出自《史记》和《世说新语》，与李斯、陆机有关的典故为人熟知，无需做出如此繁琐的解释。这种情况到了清代被推向极致，受科举试赋与考据学风的影响，许多清赋自注

---

① ［清］吴敬梓：《儒林外史》，北京：人民文学出版社，1958 年，第 49 页。本文所引《儒林外史》均出自于此，不再出注。

② ［清］卧闲老人：《儒林外史》第三十七回评语，《古本小说集成》，上海：上海古籍出版社，1990 年，第 158 页。

③ 鲁迅：《中国小说史略》，北京：人民文学出版社，1975 年，第 193 页。

④ ［三国魏］曹丕：《答卞兰教》，严可均《全上古三代秦汉三国六朝文》，北京：中华书局，1958 年，第 1086 页。

⑤ ［东晋］谢灵运：《山居赋》，严可均《全上古三代秦汉三国六朝文》，北京：中华书局，1958 年，第 2604 页。

浸染“兔园册子”的习气，俨然考试指南。如清人甘绂的《四书类典赋》遵经依注，“取先儒之意，汇四子中之典，分为四十五韵，骈四俪六，探颐穷幽”[①]，将考试教材与衡文标准分门别类，在自注中条分缕析，不厌其烦，而赋的正文如同自注的小节标题。正是这种繁冗琐碎的自注，“举业家奉为拱璧”。所以，有学者认为：“具有文史价值的自注其赋，比之颇能运用自注，但终归是些兔园册子的百家杂艺之赋，数量还是太过稀少，也就始终无力改变自注其赋是赋作的一种‘非常态’体现。”[②] 相形之下，《移家赋》中的自注就非常简明扼要。文中夹有十处小注，全用散体文字，除了一处是注明生僻典故的出处《全椒志》和《搜神记》，其他都是对相关事迹增添实质性的补充说明。如正文起首“我之宗周贵裔，久发轫于东浙”句后有自注：“按族谱：高祖为仲雍九十九世孙。”此注依据外人不易看到的家族文献，补充了关于家族远源的重要信息，丰富了该赋的主题思想。另如“始祖讳转弟公，自六合迁全椒”，“曾祖兄弟五人，四成进士，一为农，终布衣”，“先君为赣榆教谕，捐赀破产修学宫”等自注，文字纯用散体，简明质朴，但都是对正文的重要补充，为我们深入了解作者的创作意图与家世生平提供了重要线索。

沈宗淳曾盛赞吴敬梓“夙擅文雄，尤工骈体”[③]，但从《移家赋》可以看出，吴敬梓有强烈的尊体意识。一篇当中，骈体文字恪守功令，精妙谨严，而可用散体的自注则行文质朴，干净分明，随意挥洒，毫不沾染或拖泥带水。受此影响，《儒林外史》作为一部白话体通俗小说，常常“淡淡着笔”，“纯用白描”[④]，可谓明清白话语体最干净纯粹的小说作品。其一，古代小说常被羼入大量的

① ［清］甘绂：《四书类典赋·序》，乾隆十一年刊本。

② 赵宏祥：《自注与子注——兼论六朝赋的自注》，《文学遗产》2016 年第 2 期。

③ ［清］沈宗淳：《文木山房集·词·序》，李汉秋《儒林外史研究资料》，上海：上海古籍出版社，1984 年，第 27 页。

④ 黄富民：《儒林外史又识与第三十八回评》，朱一玄、刘毓忱《儒林外史资料汇编》，天津：南开大学出版社，2012 年，第 281、283 页。

辞赋或骈文，如《红楼梦》第五回中有一篇《警幻仙姑赋》，此外还有多篇赋体文，如第一回甄士隐对《好了歌》的解说词，第二十一回续写《南华经·胠箧》的一段文字，第七十八回宝玉撰写的《芙蓉女儿诔》等。蒲松龄的《聊斋志异》中就更多了，如《八大王》中的《酒人赋》，《绛妃》中的《为花神讨封姨檄》等，诸多篇目的“异史氏曰”俨然就是一篇小赋或骈文。但精通辞赋与骈文的吴敬梓在《儒林外史》中并没有留下这两类文体的多少痕迹，即使是在祭祀泰伯祠的宏大仪式上，也没有羼入最能契合此类场景和功用的辞赋或骈文。其二，古代小说作者在描写景物、外貌时常常喜好采用诗词与赋体文字，如《水浒后传》第十一回描写海洋的雄壮景象：“天垂积气，地浸苍茫。千重巨浪如楼，无风自涌；万斛大船似马，放舵疑飞。神鳌背耸青山，妖蜃气嘘烟市。朝光朗耀，车轮旭日起扶桑；夜色清和，桂殿凉蟾浮岛屿。大鹏展翅，陡蔽乌云；狂飓施威，恐飘鬼国。凭他随处为家，哪里回头是岸？”[①] 多用四六语句，程式化倾向非常明显，这种现象在明清小说中十分常见。在《儒林外史》第一回中也有一段写景：“那日，正是黄梅时候，天气烦燥。王冕放牛倦了，在绿草地上坐着。须臾，浓云密布，一阵大雨过来了。那黑云边上镶着白云，渐渐散去，透出一派日光来，照耀得满湖通红。湖边上山，青一块，紫一块，绿一块，树枝上都像水洗过一番的，尤其绿得可爱。湖里有十来枝荷花，苞子上清水滴滴，荷叶上水珠滚来滚去。”完全摆脱其他小说采用模式化韵语的窠臼，而是采用散体白话，纯用白描，清新简洁，舒缓自然，生动真切。

总之，吴敬梓的《移家赋》是一篇赋作精品，特色鲜明，对《儒林外史》产生了较为深刻地影响。以上粗浅的论述，以期抛砖引玉，让我们关注明清小说家的辞赋创作及其文体影响。

---

① ［清］陈忱：《水浒后传》，上海：上海古籍出版社，1981 年，第 96 页。

清代骈文对辞赋的扩容

吕双伟

辞赋与骈文是中国古代别具一格的文章体类，具有浓郁的汉语言文字特色和中国文化特征。辞赋在先秦已经形成，汉赋更成为一代代表性文学。辞赋的骈偶、丽藻等对东汉魏晋南北朝文学的骈化有深刻影响；反之，八代文章对骈俪、隶事、藻饰等的追求也影响了辞赋的骈俪化，甚至四六化程度，促进了骈赋、律赋的形成。这导致辞赋与骈文的文体特征非常相似，除了骈赋和律赋要求押脚韵，正宗骈文则讲究节奏点上的字平仄协调外，两者的其他特征高度吻合。六朝文章虽普遍骈化，成为一种文章形态，但当时没有骈文之名，直到中唐韩柳振起，将先秦两汉散句单行的文章视为古文，将六朝至中唐前的文章视为“骈四俪六”，骈文的文体地位才凸显。到晚唐李商隐将自己的奏状表启命名为“樊南四六”，骈俪文章才有独立的文体名称。从晚唐至宋元明，骈俪文章别集或总集，都用“四六”为名。直到清代前中期，骈俪文集才用“俪体”“骈体”“骈文”为名。清末至今，“骈文”才成为骈体文章最为通用、最受青睐的名称。而辞赋从先秦以来，其内涵相对稳定，指向较为清晰，又与骈文存在差异，导致今天学术界对两者的关系众说纷纭，莫衷一是。这主要有三种观点：骈文包括辞赋、彼此独立成体以及两者有交叉性。[①] 本文拟从清代骈文对辞赋的扩容来说明两者之间的动态性关系。

一、唐宋元明“四六”一般不含辞赋

骈文之实在魏晋之际已经形成，为六朝文章的普遍形态，被视为“今体”“今文”。中唐韩柳对当时的骈俪文风加以革新，柳宗元不满当时的文章“骈四俪六，锦心绣口”（《乞巧文》），主张文以明道，但当时也无骈文之名。直到晚唐李商隐以其奏议表启之文为《樊南四六》，魏晋以来的骈偶之文才有了自己的正式名称——“四六”。

当然，李商隐的“四六”只是魏晋以来部分骈偶文体的名称，并不能代表唐代所有骈偶之文。其《樊南甲集序》有云：

> 樊南生十六能著《才论》《圣论》，以古文出诸公间。后联为郓相国（令狐楚）、华太守（崔戎）所怜，居门下时，敕定奏记，始通今体。后又两为秘省房中官，恣展古集，往往咽噱于任、范、徐、庾之间。有请作文，或时得好对切事，声势物景，哀上浮壮，能感动人。……大中元年，被奏入领当表记，所为亦多。冬如南郡，舟中忽复括其所藏，火燹墨污，半有坠落。因削笔衡山，洗砚湘江，以类相等色，得四百三十三件，作二十卷，唤曰《樊南四六》。四六之名，六博、格五、四数、六甲之取也，未足矜。[②]

这里，“今体”和“古文”对举，“奏记”“表记”即章表奏

① 参谭家健：《关于骈文研究的若干问题》，《文学评论》1996 年第 2 期；周悦：《论骈文骈赋之异同》，《中国文学研究》2004 年第 1 期；陈鹏：《骈赋与骈文关系考论》，《求索》2013 年第 5 期；等。

② 刘学锴、余恕诚：《李商隐文编年校注》，北京：中华书局，2002 年，第 1713 页。

记之公私文书，当时流行使用四六骈俪，因而属于“今体”。李商隐一生坎坷不遇，多为权贵代写公牍应酬文章。他本来不喜偶对，能为古文。后为令狐楚的幕僚，跟随“今体”名家令狐楚学习章奏，转写“四六”。再后为秘书省校书郎和秘书正字，又揣摩、学习任昉、范云、徐庾和庾信的骈文，因而能写出对句工巧、典故贴切、声韵气势急切昂扬、感动人心的“四六”。但毕竟是公牍应酬之作，多代笔之文，类同俳优，因此李商隐是以轻视但又不忍心湮没的心态来编撰的，因此命名为《樊南四六》。在十年后的《樊南乙集序》中，李商隐仍将其章表奏状类文章命名为《四六乙》，但直接表达了其轻视之意，曰：“此事非平生所尊尚，应求备卒，不足以为名，直欲以塞本胜多爱我之意。”[①] 这些公私文书多用四言、六言，必用四六隔对，具有鲜明的四六特征。如其《上令狐相公状》有曰：“某才乏出群，类非拔俗。攻文当就傅之岁，识谢齐童；献赋近加冠之年，号非才子。徒以四丈东平，方将尊隗，是许依刘。每水榭花朝，菊亭雪夜，篇什率征于继和，杯觞曲赐其尽欢。委曲款言，绸缪顾遇。自叨从岁贡，求试春官，前达开怀，后来慕义。不有所自，安得及兹？……倘蒙识以如愚，知其不佞，俾之乐道，使得讳穷，必当刷理羽毛，远谢鸡乌之列；脱遗鳞鬣，高辞鳣鲔之群。逶迤波涛，冲唳霄汉。”[②] 该状为李商隐下第后，上给检校右仆射兼太原尹、北都留守、河东节度使令狐楚的。通过铺陈辞藻和切合自己身份、地位的典故，谦称自我才能，表达希望入幕之意。大中五年（851）暮春，李商隐妻子王氏病逝。本年底，梓州刺史兼东川节度使柳仲郢招聘李商隐为判官，想把梓州乐妓张懿仙嫁给他为妾，李商隐婉拒，写下《上河东公启》。首先抒发自己悼亡心情和悲痛处境：“某悼伤以来，光阴未几。梧桐半死，方有述哀；灵光独存，且兼多病。眷言息胤，不暇提携。或小于叔夜（嵇康）之男，或幼于伯喈（蔡邕）之女。检庾信荀娘之启，常有

① 刘学锴、余恕诚：《李商隐文编年校注》，第 2177 页。

② 刘学锴、余恕诚：《李商隐文编年校注》，第 1—2 页。

酸辛；咏陶潜通子之诗，每嗟漂泊。”接着感谢柳仲郢聘为僚属，当竭力相报，说明自己志在道教，清心寡欲，为下文婉拒官妓打下铺垫：“所赖因依德宇，驰骤府庭。方思效命旌旄，不敢载怀乡土。锦茵象榻，石馆金台，入则陪奉光尘，出则揣摩铅钝。兼之早岁，志在玄门。及到此都，更敦夙契。自安衰薄，微得端倪。至于南国妖姬，丛台妙妓，虽有涉于篇什，实不接于风流。”[①] 最后指出张懿仙天姿卓绝，又心有他属，请柳仲郢收回成命。该文也是以四言、六言或四六隔对句式为主，对偶工巧；隶事丰富贴切，几乎句句用典；辞藻华丽，情感动人，反映了李商隐四六文的典型特征，明末王志坚《四六法海》、清末王先谦《骈文类纂》等都加以收入。此外，其《上尚书范阳公启》《为尚书濮阳公贺郑相公状》等同样体现了上述特征。

李商隐标举“四六”为文集名称，具有重要的文体学意义。这标志着从魏晋以来的骈偶之文，经过柳宗元的“骈四俪六，锦心绣口”等话语描绘后，至此具备了文体的独立性和自足性。它比晚唐以前散见于单篇文章中的“骈俪”“骈语”单纯代指对偶句式的含义要明确，文体指向更集中。当然，李商隐以“四六”来专指其表章笺启，轻视之意明显，这导致了宋元明的四六别集、总集，还是只收录制诰、表启、上梁文、乐语等公牍应用性文章，范围较为狭窄。“四六”是以文章多四言句、六言句以及四六隔句对而得名，讲究隶事、对偶和声律，形式工整，这与六朝大体整齐但不拘四六隔对的骈偶之文，差别较大。但自李商隐明确以“四六”来命名文集后，由于其典范作用，晚唐五代和宋人多沿袭效法，将以对偶句式为主的制诰诏令、奏状、表启等公牍文集命名为“四六”。如樊景《四六集》五卷，崔致远《四六》一卷，李巨川《四六集》三卷，郑准《四六》一卷，白岩《四六》五卷，邱光庭《四六》一卷，殷文圭《四六》三卷，田霖《四六集》三卷，王禹偁、丁谓、宋齐丘、萧贯、李祺等也都有《四六》一卷至七

① ［清］王先谦：《骈文类纂》，杭州：浙江古籍出版社，1998 年，第 443 页。

卷不等，欧阳修有《表奏书启四六奏议》二十五卷。[①] 这些“四六”别集的文体指向非常清晰，都没有包括辞赋这种像诗歌一样押韵的文章。正如翟景运所指出：“在唐末五代时期，所谓‘四六’并非指所有骈文，而是特指应用性骈文。大抵最初起源于晚唐时代的藩镇幕府，指代幕府表状笺启类骈文，比较近似的名称还有所谓‘刀笔’‘燕许体文’等等。”[②] 到了宋代，“四六”的外延有所扩大，但它仍然不能代指所有的骈偶之文或偶俪之文。朝廷应用文书、士大夫之间私人往来的书信和其他应用场合都用“四六”，主要体现在制诰、表启、上梁文和乐语等上面。刘壎《隐居通议》谈宋代文章，有曰：

> 宋初承唐习，文多俪偶，谓之昆体。至欧阳公出，以韩为宗，力振古学，曾南丰、王荆公从而和之，三苏父子又以古文振于西州，旧格遂变，风动景随，海内皆归焉。然朝廷制诰、缙绅表启，犹不免作对，虽欧、曾、王、苏数大儒，皆奋然为之，终宋之世不废，谓之四六，又谓之敏博之学，又谓之应用。士大夫方游场屋，即工时文；既擢科第，舍时文即工四六，不者弗得称文士。[③]

宋初“文多俪偶，谓之昆体”，“昆体”包括诗文，因此，这里的“俪偶”指句式，而不是指“四六”文体。俪偶之文在欧、苏、王、曾等的古文冲击下，“旧格遂变”，风气改变，但朝廷制诰和缙绅表启依旧使用，终宋不废。它们才“谓之四六”或“敏博之学”或“应用”。刘壎实际上指出了宋人的俪偶之文不等于“四六”，“四六”只是其中一种，专指制诰、表启等应用之文，主要是表启。结合现存宋人“四六”别集来看，刘壎所言无疑是符合事实的。苏轼的《东坡四六》所选文体涉及表、状、启和疏，

① 参陶绍清：《史料所见晚唐迄北宋初骈文专集选本考》，《广西师范大学学报》2014年第3期。

② 翟景运：《晚唐骈文研究》，北京：商务印书馆，2010年，第102页。

③ ［宋末元初］刘壎：《隐居通议》卷二十一，文渊阁四库全书本。

陆游的《陆务观先生四六》收录表、笺、状、启、致语、青词、疏，王子俊的《格斋先生四六》收录表、笺、启、乐语，李廷忠的《橘山四六》收录表、启，赵汝谈《南塘先生四六》收录表、笺、启、上梁文，危稹的《巽斋先生四六》仅选启文，李刘的《梅亭先生四六》收录表、笺，洪咨夔《洪平斋四六笺注》仅选启文，方大琮的《壶山先生四六》仅选启文，王迈《臞轩先生四六》仅选启文，刘克庄《后村先生四六》仅选启文，佚名《啸庵四六》仅选启文。[①] 宋人“四六”不仅没有包括辞赋，也没有包括序跋、碑志、传状等。正是欧、苏等人将古文运动推向高潮后，俪偶之文被挤压到应用文章领域，其指向就是晚唐以来就已经流行的“四六”文体。宋代“四六”没有包括辞赋等，还可以从宋人“四六”话中看出来。王铚的《四六话》、谢伋的《四六谈麈》、杨囦道的《云庄四六余话》等都只是将制诰、表、启、上梁文和乐语等视为批评对象，没有涵盖辞赋、颂赞、箴铭等文体。南宋后期的“四六”名家刘克庄更是多次指出“四六”指向为表、启。其《张天定四六序》有曰：“年耄学荒，散语且懒作，四六遂不复有一字。张君能甫示余表启一卷，典丽刊冗腐闲淡，且姿态无狂澜而委蛇曲折行焉，不设色而黼黻藻火备焉。非近时堆故事，用全句者所能至也。”[②] 其《黄孝迈四六》也说明是“表、启各六篇”。

元明“四六”衰微，直到晚明才逆势振起。元代文学家陈绎曾专门论述“四六”的体制、结构和类型等，又列举三类十三种“四六”，即：“台阁：诏、诰、表、笺、露布、檄，通用：青词、朱表、致语、上梁文、宝瓶文，应用：启、疏札。”[③] 范围相比宋代有所扩大，但仍旧局限于台阁、通用和应用三个方面，没有将辞赋、颂赞、箴铭等纳入。可见，唐宋元时的“四六”别集和“四

---

① 关于宋人别集“四六”收录文章情况，参施懿超：《宋四六论稿》，上海：上海古籍出版社，2005 年，第 155—194 页。

② 刘克庄：《后村集》（卷九十七），四部丛刊本。

③ 陈绎曾：《文筌·四六附说》，《续修四库全书》1713 册，据清李士棻家钞本影印。

六”批评中，辞赋都被排除在外。

明代前中期“四六”衰微，中后期以来，出于对前后七子和唐宋派为文宗尚的反拨，文章转崇六朝，导致了晚明“四六”选本和“四六”表启创作的兴盛。[①] 此时的“四六”选本，还是延续前代“四六”观点，没有收录辞赋等。王志坚编选《四六法海》，收录文体远多于晚明其他“四六”选本，也没有收录辞赋，其理由不是文体形式不符合，而是认为“骚赋及诗，于举业不甚切用。兹概未入，窃自负于阙如之义”[②]。可见，在王志坚这里，“四六”对辞赋的越界意识已经产生，只是没有付之于行动。如果当时科举考试文章不是八股文，而是诗赋，那根据王志坚的编选逻辑，辞赋和诗歌就会入选《四六法海》了。晚明所存“四六”选本，约有五十种，王世茂编有八种，所收体类只有章、表、笺、书、启：“这八部选本中，除了《岳石帆先生鉴定四六宙函》《车书楼纂注四六逢源》兼收部分表、奏、章等文体外（二书所收亦以启体为主），其余诸书皆为四六启选本，即只收启体的四六。明代中后期的四六选本中，大部分都是只收启体的，这一点颇为值得注意。这种现象的出现，与明代中后期四六书启的盛行有着密切关系。”[③] 可见晚明“四六”主要还是以书启为主，基本固守其在唐宋时的含义，并没有代指所有骈俪之文。当然，不必讳言的是，明末少量的“四六”选本，其选文范围已经延伸到其他文类。如王志坚《四六法海》包括敕、诏、册文、德音、论、碑文、表、启等40类文体，时间上追溯到魏晋的“四六”之文，那范围自然扩大，个别“四六”别集收录了赋，这为清初人的“四六”别集多收录赋、序、论等做了铺垫。

---

① 吕双伟：《晚明四六文流行下的〈四六法海〉》，《中国文学研究》2010年第4期。

② 王志坚：《四六法海·凡例》，浙江大学图书馆藏明天启七年（1627）刻本。

③ 苗民：《王世茂四六选本八种考论》，《图书馆理论与实践》2013年第3期。

二、清代“骈文”对辞赋的扩容

唐宋元明时期的“四六”与辞赋并行不悖，彼此独立，当时的“四六”文集一般没有包含辞赋，“四六”概念也不指向辞赋。作为体类意义上的“俪体”“骈文”“骈体”之名，到清代才出现。越到晚清，这些骈文概念的内涵就越宽泛，基本使用对偶、整齐句式行文的文章，就可以视为骈文。同时，清人在推尊骈体的思潮下，在总结前代“四六”特征的背景下，多将前代“四六”与当代“骈体”“骈文”概念等同，彼此代称，从而导致了两者在清代的融通。讲究骈偶句式的辞赋，更多地被清人收入骈文集中。又因为“四六”范围在清代扩大，有时候就指“骈体”，所以，辞赋，主要是骈赋和律赋多被收入“四六”文集中。这样，清代骈文别集和选本就打破了之前一般不收辞赋的传统，实现了对辞赋的越界。

陈维崧是清初骈文大家，也是笔者所见最早在其骈文集中收录辞赋的作家。根据毛际可所言，陈维崧生前已经基本编好其文集：“居久之，陈子其年访余邸舍，出其全集见示。自赋骚书启以及序记铭诔，皆以四六成文。”[①] 这里的“全集”包括赋、骚、序、记等，说明在陈维崧看来，只要以“四六成文”，就可视为同类。康熙二十六年（1687），陈宗石出资刊刻《陈迦陵俪体文集》，依次收录赋、颂、书、启、序、碑、记、疏、志铭、跋、题后、祭文、诔、哀辞和像赞，卷一全部为律赋和骈赋，如《璇玑玉衡赋》《滕王阁赋》《铜雀瓦赋》《述祖德赋》等。这既是陈维崧文体思想的准确体现，又超越了唐宋元明的“四六”文集一般不收辞赋的传

① ［清］毛际可：《陈其年文集序》，《安序堂文钞》卷五，《四库全书存目丛书》集部第229册，第549页。

统，反映了清代骈文对辞赋的扩容，极大地影响了后来的“俪体”“四六”“骈体”“骈文”集收录赋体，从而为赋与骈文的关系开拓了全新空间。陈维崧的骈文集收录赋，这是因为它们在讲究骈俪方面与序、记等相同，都是骈偶之体。如《滕王阁赋》包括序和正文，序为俪体，多用四六隔对和典故，讲究铺采摛文和声调搭配。其开头铺垫历史上有名的园林宫殿及其相关的典故，表达兴废存亡之感：“自昔沁水余公主之园，清漳有王孙之第，蓝田称废将之家，青门实故侯之地。家居小巷，人传丞相之宾；田近南山，客言太后之弟。或北接铜街，或南连金市。况夫长乐贵胤，东阿幼王，苑齐博望，系自平阳，出龙楼而婉娩，开朱邸以徜徉。梁孝则广通宾客，萧绎则雅善文章，淮南则山名桂树，楚国则台号高唐。顷之则秦宫草绿，魏殿烟黄。虽有子晋吹笙之馆，陈思挟瑟之场，上黄侯之离台别囿，竟陵王之玉柱金觞，亦复销沉歇绝，彷佛彷徨。笙歌散兮风月尽，亭榭虚兮罗绮伤。沈初明之才情，上通天而下涕；陆士衡之意气，吊铜雀而沾裳。是知世何人之不促，人何世之能长，徒赋哀于景福，只寄慨于灵光而已矣！”[①] 上下句字数相等，句式整齐，其中杂用骚体句式，都堪称清人所认可的骈俪之体。赋的正文同样骈俪工整，五言诗体句，六言对偶句、四六隔对和骚体句等交错使用，有曰：

> 仆本恨人，遭逢苦辛。潘岳骑省之年，尚余一岁；陆厥凋零之日，已过三龄。未躬逢夫宴会，徒驰想夫风云。王门养炬，抽笔于茂弘之座；谢家览举，挥毫于安石之庭。遂乃终起而为之乱曰：滕王阁兮江之汜，作巨镇兮奠方轨。邦之人兮康且喜，风俗醇兮政事美。公之德兮在南纪，长无极兮永终祀！[②]

这是一篇骈赋，清代陆棻论“骈赋”曰：“骈丽之词，屈、

① 陈振鹏校点，李学颖校补：《陈维崧集》，上海：上海古籍出版社，2010 年，第 161 页。

② 陈振鹏校点，李学颖校补：《陈维崧集》，第 164 页。

宋、相如已见一斑。其后遂有全用比偶者，浸淫至于六朝，绚烂极矣。唐人联以四六，限以八音，协韵谐声，严于铢两。此如画家之有界画勾拈，不得专取泼墨、淡远为能品也。故凡属词俪事，比偶成文者，列为‘骈赋’一格。”① 该文比偶成文，隶事丰富，声调和谐，情感浓郁，虽然押脚韵的特征为四六表启所无，但这不妨碍它形式骈俪的重要属性，而这恰是其成为“俪体文”的根本原因。陈维崧将晚明流行的六朝骈体文风成功地带入顺康之际文人的交游应酬中，又承上启下，继承创新，发挥个人的杰出才华，以新内容、新情感和新技巧来创作俪体文，打破晚明“四六”的狭窄范围，成为清初骈文的开拓者，深刻影响了清代文坛。

自陈维崧骈文集收录骈赋和律赋后，骈体文集或四六别集延续这一做法成为主流。嘉庆十七年（1812）刊刻孔广森《骈俪文》三卷收文 48 篇，将赋与序、论、诔等文一并收入，开篇即为《四极四和赋》《赤婴母赋》。嘉庆二十二年（1817）刊刻的乐钧《青芝山馆骈体文集》两卷，收文 47 篇，开篇即为《闻雁赋》《忆梅赋》《嘉莲赋》《味雪楼赋》《游情赋》《贷园赋》。嘉庆间刊刻的朱文翰《退思粗订稿》卷一标明“骈体文”，接着收录了《啼鸟赋》《吊秋坟赋》《辩赋》《听雨图赋》等赋文。道光十六年（1836）刊刻的金兆燕《棕亭骈体文钞》，共八卷，卷一全部为骈赋和律赋，即《闰月定时成岁赋》、《古砚赋》、《菱溪石赋》（以“空水相鲜，霁山泻色”为韵)、《松萝茶赋》（以“采茶分雀舌，赐茗出龙团”为韵)、《月潭赋》（以“澄泓百顷，规圆如月”为韵)、《耕藉田赋》（以“时和气清，原隰滋荣”为韵)、《蕙櫋赋》、《琼花园赋》、《通州通判汪黼廷新建厅堂赋》等九篇。道光十七年（1837）刊刻的胡承珙《求是堂骈体文》二卷，开篇即为《棉花赋》《颇黎纸赋》《水仙花赋》《安肃菜赋》。道光间胡敬《崇雅堂骈体文钞》四卷，开篇就为《阑干赋》《水仙赋》等骈赋。此外，王友亮的《双佩斋骈体文集》、吴锡麒的《有正味斋骈

① ［清］陆棻：《历朝赋格·凡例》，清康熙二十五年（1686）刻本。

体文集》、袁枚的《小仓山房外集》等都收录了赋，从中明显可以感觉到清代骈文家对赋体可以视为骈文的认同。正因为清人多在骈体文集中收录赋体，随着研究的深入，清代骈文研究专著基本上将骈赋、律赋视为骈文之一种，以之作为作家风格的代表。杨旭辉《清代骈文史》以《白丁香花赋》《看弈轩赋》为例分析陈维崧骈文具有哀感顽艳、浑厚沉雄的特征，以《水仙花赋》为例分析胡敬骈文雅洁而有韵致的特色。[①] 路海洋同样将骈赋视为骈体文之一种，论述陆继辂的骈体托意委婉、属辞精美的特征时，则以《国朝常州骈体文录》所选《摄山采药赋》《牵牛花赋》《络纬赋》为证。[②] 曹虹、陈曙雯和倪慧颖合著的《清代常州骈文研究》也将赋视为骈文之一种，以专门章节加以分析。

理论批评上，清人在追溯“骈体”源流时，多将六朝和唐宋以对偶句式行文的文章，笼统冠名为“四六”“四六之文”或“骈体”“骈俪之文”，实际上已将前人的“四六”概念等同于当时的“骈体”“骈文”。《四库全书总目》《四六丛话》等表现最为明显。四库馆臣用“四六”来代替前代骈俪之文，反复将“四六”与“古文”对举；又用“俪偶”“骈体”来代指“四六”。如《古文雅正》提要云：“独于文则古文、四六判若鸿沟，是亦不充其类矣。兼收俪偶，正世远明文章正变之故，又何足为是集累乎！”[③]《秋崖集》提要云：“岳才锋凌厉，洪焱祖作《秋崖先生传》，谓其诗文、四六不用古律，以意为之，语或天出，可谓兼尽其得失。要其名言隽句，络绎奔赴，以骈体为尤工，可与刘克庄相为伯仲。”[④] 嘉庆三年（1798），吴鼒编选的《八家四六文钞》收录辞赋，其题词中多次用到“四六之文”：“余年廿有一，始从表兄汪存南先生学为四六之文。”“渊如早工四六之文。既壮，笃志经义，乃取少

① 杨旭辉：《清代骈文史》，北京：人民出版社，2013 年，第 156、281 页。

② 路海洋：《社会 · 地域 · 家族：清代常州古文与骈文研究》，南京：凤凰出版社，2014 年，第 258 页。

③ ［清］永瑢等：《四库全书总目》，北京：中华书局，1965 年，第 1732 页。

④ ［清］永瑢等：《四库全书总目》，第 1404 页。

作弃之。”“余所识西江诗人甚夥，而于四六之文，则首推都转，以为其体正而诣深。”显然，这里都是用“四六之文”来代指包括赋在内的骈文。孙梅《四六丛话》包括十八类骈体，远超唐宋“四六”概念的狭窄范围，书名虽为“四六”，但实际上是“骈文”丛话。谭献从传统“四六”概念出发，指出该书“而目曰四六，称名已乖”[①]。实际上，孙梅正是受到清初至乾隆后期，“四六”常常和“骈体”“骈文”等同的思想影响，因而命名为“四六”。此外，孙梅直接将赋视为“四六”之一种，从隔句对的形成过程来概括骈赋、律赋的演变，指出骈文和赋之间的交融关系，正是清初以来将赋收入骈文集中的结果。他说：“自赋而下，始专为骈体。其列于赋之前者，将以《骚》启俪也。”[②] 他虽认同骚、赋、古文和俪体的相对独立性，但同时强调赋和后面的制敕诏策、表、章疏、启等“专为骈体”，可见，赋在这里没有受到特殊待遇，没有脱离“四六”的范围。

选本方面，康熙八年和九年，黄始先后编选了《听嘤堂四六新书》和《听嘤堂四六新书广集》，都收录了赋。前书八卷，依次为启、表、诗文序、文、疏引、书、杂文和赋；后书八卷，依次为启、书柬、书词文叙、疏引、记、制、弹事、偈、檄、纪游、表、赋。黄始认为，赋和颂赞铭诔等韵文都属于“俪词体”，即骈体：“然其中自赋、颂、铭、赞、文、诔、歌谣著作，皆俪词体也。”[③] 书名含“四六”，其实指“俪词体”，即骈体，自然，赋被收入就不意外了。嘉庆初，吴鼒的《八家四六文钞》也收录了骈赋，如吴锡麒的《星象赋》《灯花赋》《秋声赋》等。道咸间姚燮《皇朝骈文类苑》也收录袁枚《平西赋》《秋兰赋》、吴锡麒《秋声赋》、洪亮吉《拟小言赋》、彭兆荪《雁门关赋》《苦寒赋》《广问大钧

① 谭献著，范旭仑、年晓明整理：《复堂日记》，石家庄：河北教育出版社，2001 年，第 328 页。

② ［清］孙梅著，李金松校点：《四六丛话》，北京：人民文学出版社，2010 年，第 45—46 页。

③ ［清］黄始：《听嘤堂四六新书广集序》，清康熙九年（1670）刊本。

赋》、姚鼐《圣驾南巡赋》、董祐诚《西岳华山神庙赋》《望千里赋》《桂华赋》、梅曾亮《普洱茶赋》、胡天游《秋霖赋》《览征途赋》《窃曲赋》《笠山赋》《幽兰赋》《春草碧色赋》、张惠言《黄山赋》《望江南花赋》《竹楼赋》《蕉花赋》《馆试蜡宾说礼赋》、焦循《假山石赋》、顾广圻《对状风雨图赋》《五研楼赋》等。光绪中后期，屠寄《国朝常州骈体文录》、王先谦《国朝十家四六文钞》等都收录辞赋。1902 年，王先谦编选的《骈文类纂》在长沙思贤书局刊刻。该书更是将《离骚》《九歌》《九章》《远游》《卜居》《渔父》《九辩》《招魂》等楚辞收入，这在骈文选本上还是第一次，堪称对清代骈文指向越来越宽泛的一个总结。这是民初瞿兑之、刘麟生等认为楚辞也属于骈文的思想来源。这充分说明：随着时间的推移，随着对骈文根本属性——对偶行文的认定，清人逐渐将辞赋视为骈文的事实。当然，由于“骈文”之名到清代才通行，独立较晚；唐宋元明“四六”没有收录赋，加上赋为文学大宗且体裁独特，亦诗亦文，非诗非文，所以有的清人从骈体正宗的观点出发，没有将骈赋、律赋视为骈文而收录，如李兆洛的《骈体文钞》、曾燠《国朝骈体正宗》、张鸣珂《国朝骈体正宗续编》等。这也正是今天研究者对骈赋、律赋是否属于骈文而争论不休的一个原因。但不可否认的是，清代大部分骈文集都已实现了对辞赋的扩容与融合。

三、清代骈文扩容辞赋的原因

清代骈文能够超越唐宋元明“四六”范围，实现对辞赋的扩容，主要是文体自身演变的结果。因为骈文与辞赋的文体属性具有极大的相似性，特别是骈赋、律赋堪称标准的骈体。赋体独立较早，“赋字作为一种文体名称正式出现于战国末期”[1]，汉代更成为一代之文学。赋的铺采摛文，体物写志，赋的排偶句式和典丽辞藻，赋的繁复隶事和铿锵声韵等，对汉魏之际骈文的形成起到了很大作用。同时，三国六朝，赋的骈偶化、典事化和藻饰化程度很深，也深受当时骈俪文风的硬性，本身也同当时的诗歌一样，成为了一种骈体文学。元代祝尧对六朝赋的骈俪化有深入判断：

> 又观后之辞人，刊陈落腐，而惟恐一语未新；搜奇摘艳，而惟恐一字未巧；抽黄对白，而惟恐一联未偶；回声揣病，而惟恐一韵未协。……流至潘岳，首尾绝俳，然犹可也。沈休文等出，四声八病起，而俳体又入于律。为俳者则必拘于对之必的，为律者则必拘于音之必协。精密工巧，调和便美，率于辞上求之。《郊居赋》中尝恐人呼“雌霓”作“倪”，不复论大体意味，乃专论一字声律，其赋可知。徐、庾继出，又复隔句对，联以为骈四俪六；簇事对偶，以为博物洽闻，有辞无情，义亡体失。此六朝之赋所以益远于古。[2]

祝尧论赋祖骚宗汉，对三国六朝赋的造语新奇，用字精巧，对偶精工和声韵调谐非常不满，对徐陵、庾信的赋刻意追求骈四俪六，隔句为联；讲究隶事繁复，炫耀博学，导致“有辞无情，义亡体失”的结果非常反感。他评骆宾王《萤火赋》时，也对该赋学习齐梁，过分追求隶事、对偶等加以批评，有曰：“其病源正在学齐梁赋尔！盖古人所赋，篇简而不繁，何待俳事之碎？句质而不华，何待对偶之巧？字通而不怪，何待琢雕之工？韵宽而不狭；何待协律之切？”[3] 在以“情”为本，以自然为宗的前提下，祝尧对六朝赋的骈俪化全盘否定，反对赋过于追求对偶、隶事和声韵，反映了他的复古主义观点。但他揭示出来的六朝骈赋和唐代律赋特征，正是齐梁至初唐工整骈文的主要特征，两者具有高度的吻合度

---

① 曹明纲：《赋学概论》，上海：上海古籍出版社，1998 年，第 4 页。

② ［清］祝尧：《古赋辨体》卷五，文渊阁四库全书本。

③ ［清］祝尧：《古赋辨体》卷七，文渊阁四库全书本。

和相关性。

清代是骈文创作的复兴时代，也是集历代骈文理论之大成的时代。同样，清代辞赋较为兴盛，赋学专著也较多。骈文集收录辞赋，骈文与辞赋交融，是水到渠成，文体发展的自然结果。对赋的对偶、隶事、藻饰、句式等的探讨，丰富了赋学的骈俪化内容。余丙照论律赋的“裁对”有曰：“赋之对仗，贵极精工，骈四俪六，对白抽黄，所谓律也。大凡天地之物，莫不有偶，如天文地理，草木鸟兽，各以类对，固自易易。然近今人文蔚起，花样异常，但能工稳，尚难出色，务必悉去陈言，独标新颖，或参以干支，或配以颜色，或以假借见巧，或以流水见活，方能自开生面，不落恒蹊，但巧不可入纤，工不可伤雅耳。”[①] 在同卷论“卦辞对”时，更是提出赋的“骈体”含义即“比偶”：“一为奇，二为偶，易象也。赋之骈体，非比偶乎？作者即以易之卦名爻辞，取为对仗，实足为通篇生色，此等对法，总以引用的当、烹炼自然为贵。”他的所举例子主要为四六隔对，可见，律赋骈化的程度之深。

清代骈文对辞赋的扩容，也是清人对骈文这种特殊文类认识深化的必然结果，与特殊的政治、经济和意识形态无关。因为骈文或者骈体，本身是一种根据汉语修辞来划分的特殊的文章体类，具有较大的开放性和包容性。制诰、表启、序跋、书说、论辩、碑志等各种文类，如果以对偶句式为主，就可以视为骈文；那么辞赋、颂赞、箴铭等处在诗文之间的韵文，只要以对偶句式为主，也应当视为骈文。骈文与辞赋的分类标准不同，不在同一文体层面上，不存在天然的对立关系或者永远平行的关系。随着“骈体”“骈文”在清代作为文集名称出现，唐宋元明的“四六”范围就必定会得到突破。张仁青指出：“在骈文较自由，四六更工整；骈文不必尽为四六句，而四六文实为骈俪之文无疑。故南北朝与宋之骈语，虽形貌有别，而要不得谓四六与骈文为二体也。”[②] 确实，笼统来说，

---

① ［清］余丙照：《赋学指南》卷四，清道光七年（1827）初刻本。

② 张仁青：《中国骈文发展史》，杭州：浙江大学出版社，2009 年，第 27 页。

“四六”和骈文在句式、语言和风格上有异，但两者本质上追求骈偶相同，是一种文体的两个阶段性称号。“四六”是骈文中形式非常工整的一种，那么，将唐宋元明“四六”与赋视为平行关系，将清代骈文与赋视为交叉性关系，就更加符合中国古代文体和清代文章发展的实际。

考察骈文与辞赋的关系，必须注意“骈文”之名出现之前的“四六”指向及其与“骈文”的关系，理解清代“四六”概念向“骈体”的位移及此时两者对辞赋的扩容。遗憾的是，当代学人对赋与骈文关系的论述，基本没有从这一角度分析。他们一般将骈文与赋视为同一层级的文体，片面地将六朝赋与六朝骈文作比较，指出各自的文体特征，强调两者的差异性，没有考虑到清人对唐宋元明“四六”与辞赋关系的突破，没有考虑到骈文只是一种宽泛的文章体类，所以坚持骈文与赋平行发展，始终没有交融关系。或者说赋属于骈文，没有考虑到历史上的真实场景，从而没有提出骈文与赋的动态性关系。对于唐宋元明人来说，“四六”主要为制诰表启等应用文体，与辞赋并行不悖，两者为平行关系而不是交叉关系。在唐宋元明“四六”的基础上，清人提出范围更广、包容性更强的“俪体”“骈体”和“骈文”等来代指骈偶之文，自然多将骈赋、律赋纳入其骈文别集或者选本中。同时，清人在对前代“四六”别集和选本批评中，基于其与“骈体”“骈文”在句式整齐方面的相似性，又多将两者互相代指，从而将两者视为一种体类，实现了“四六”概念向骈文的位移。即清代“四六”也扩大了唐宋元明的“四六”范围，能将辞赋、颂赞等韵文纳入，从而实现了两者的交融。

总之，辞赋和骈文不是同一层次的文体概念，两者具有层级性属性。辞赋和颂赞箴铭等并列为体，而骈文则是和散体文对举而生。辞赋偏于从功能、写法上来定性，而骈文则从语言修辞上来立体。两种不同的分类标准自然导致文体属性不同：辞赋指向较为明确，骈文则较为宽泛。功能性的划分导致赋体定名较早，而是否对偶行文，则随着时代审美特征和作家审美观念的发展而演变，难以在文章诞生的早期出现，所以到汉魏之际，骈文之实才形成，到清代，骈文之名才流行。清代是文学理论和批评的集大成时代，骈文上更是如此。清人对骈文完成了两个重要意义的转换：一是将六朝大部分以骈偶句式行文的文章冠名，追加为“骈体”或“骈文”，又区分魏晋六朝骈文为晋宋体与齐梁体，推崇骈散不分的晋宋体，导致骈散交融的文章成为晚清以来的文坛主流；二是将“四六”位移为“骈体”或“骈文”，或以“骈体”来称呼“四六”，实现了两者的彼此替代，从而扩大了唐宋元明的“四六”原本狭隘的公牍应用文章范围，增强了“四六”叙事、说理和抒情的能力，提高了“四六”的文体地位。这两个转换，与清代骈文对辞赋的扩容是同时进行，相得益彰的。

（原载《中国文学研究》2017 年第 4 期，28—33 页）

清前期辞赋概述

李 华

清代辞赋创作较之宋、元、明三朝有所振兴，总体呈现集大成的态势。这在作家、作品数量上表现得最为突出。清代赋家人数众多，几乎遍布各个社会阶层；赋作浩如烟海，初步统计即逾万篇，超出先秦至明历代总和一倍以上，令人叹为观止。艺术上，清赋也是众体兼备、各具特色，其中律赋、骈赋尤受重视，达到了创作的新高峰。遗憾的是，受政治环境和辞赋本身发展规律的影响，清人虽善于总结、博采历代赋作所长，并试图于复古之中寻求突破，无奈大多只能拘囿其中，难逃模拟之责。因此，清赋体制、艺术上的创新之处甚微，整体成就与汉、唐相比不可同日而语，辞赋衰颓、式微的总趋势并未改变。

与创作相比，清人对辞赋的辑选、研究之功更为卓著。清人对历代辞赋进行了大量的收集、整理工作，编纂了许多辞赋总集、选集，现存的便有五十余种。其中以康熙年间陈元龙奉敕编纂的《历代赋汇》与光绪年间鸿宝斋主人所编的《赋海大观》两部总集最富影响，后者收赋达一万二千余篇，为历代之最。此外，张惠言《七十家赋抄》、李元度《赋学正鹄》等辞赋选集也堪称精良。清代辞赋研究极其繁盛，可谓达到了我国古代的最高峰。不仅论赋之言大量见诸论著、文集，而且辞赋专论开始从诗、文评中独立出来，形成了赋话这一专著形式。王芑孙《读赋卮言》、李调元《赋话》、刘熙载《艺概·赋概》等即是其中佳构。不过，受古代文化研究兴盛和翰林馆课长期考试律赋影响，清人对前代赋作特别是律赋的研究较为系统、深入，对本朝赋则有所忽视，相关研究多失之零散。

清赋的兴衰与政局起落密切相关，截至1840年鸦片战争爆发，清代辞赋创作大致经历了复兴、转向、繁盛、衰颓四个时期。一、复兴期（清初至康熙收复台湾）。清赋紧承明末辞赋复兴之绪，赋作艺术上虽多有复古倾向，但内容以反映、反思现实政治为主，彰显出强烈的批判现实主义精神。二、转向期（康熙中期至雍正末）。国家逐步稳定、繁荣，辞赋创作由激切、怨愤、张扬渐趋冲淡、包容、内敛。诗文家、学者、词人、小说家等纷纷涉足辞赋创作，为大一统王朝崭新赋风的形成奠定了基础。三、鼎盛期（乾嘉两朝）。辞赋展现出体制兼备和风格多元的特征；赋作数量蔚为大观，赋家人数也远超以前，但其中亦不乏平庸和模拟之作。四、衰颓期（道光以降）。道光以来，国势飘摇，辞赋创作也随也愈加衰颓，只有少量赋家、赋作焕发光芒。作为清代辞赋复兴与转向的重要时期，清前期涌现出了一批值得关注的赋家，通过探析其辞赋创作，可以呈现出清前期乃至清代辞赋发展的大体脉络。

一

明朝覆灭至清康熙平定三藩之乱、收复台湾，是清赋的复兴期。

在此数十年间，国家动荡，战争频仍，重大历史事件接踵而至，民族矛盾和阶级矛盾持续交替上升。社会剧变强烈激荡着文人的生活和心灵，在他们的思想和文学创作中烙下了难以磨灭的印记。此时最强烈的文学主张当数大力倡导诗文经世致用的功用和批判现实精神，“文须有益于天下”[①] 被视为创作的最高准则，士人的社会责任感和历史使命感被重新唤醒。

抗清烈士夏完淳与王夫之、黄宗羲两位遗民思想家是本阶段辞赋创作的主力军，他们不但怀有坚定的抗清信念，而且曾亲身参与抗清斗争。其他赋家也多能独善其身、坚守节气，或不计个人安危得失，深切关注国家存亡兴衰。因此，本阶段辞赋中抒发文人闲情的作品较少，对现实政治的关注、描摹、批判、反思成为创作中心，其中抗清之志与忠贞之节的表达尤为最强音，赋家或悲悼明朝之亡，或愤慨清朝的镇压、屠戮之行，沉痛、义愤种种不平之气满浸笔端，文章颇具感染力。

值得探究的是，这些激情满溢的赋作又多有其含蓄温雅的一面。它们关涉现实但不够尖锐，鲜有直接露骨揭露、批判现实的文辞，在涉及某些重大问题时，甚至多有隐讳；它们情感激越但不张扬，虽极尽悲愤仍时时婉曲以强抑。其中缘由，大致有三点。其一，清初赋家多以遗民自居，对前朝怀有极为复杂的情感。回想其统治中的诸多弊病，他们有太多的理由表达愤懑与不满，但在当时时势下，谴责、鞭挞已然退居次位，哀叹、痛惜其衰亡，渴盼、希冀其兴复的情感无疑占据上风。其二，目睹清朝统治者的残暴，文人虽痛恨不已，但随着清朝统治逐步稳固，文网渐密，他们又不得不心存畏忌，作文也因此趋于谨慎。其三，清初思想家反思明朝衰亡、社会动乱的原因时，普遍将矛头对准晚明文人的异端倾向及其余波。他们认为解决之道在于重新恢复、确立儒家的正统地位，因此将正统、规范的儒家伦理道德和理性精神视为文学的核心和灵魂，尤其强调用理性筛选、规范文章的情感。这无疑使文风有所收敛，也为清代文学中集体理性意识弥散、学人之文大盛、传统的“清醇雅正”论回流等现象开了先河。

艺术上，清初辞赋基本延承明末之风，有较为明显的复古倾

① ［明末清初］顾炎武著，陈垣校注：《日知录》（卷十九），合肥：安徽大学出版社，2007 年，第 1043 页。

向。但有感于明末愈演愈烈的宗派之争，清初赋家在文学的继承和取法上眼界更为宏阔。他们普遍要求破除狭隘的门户之见，公允地批评、接受前代文艺，博采众长，自创新格。只是个人天赋、宗尚、学养上的差异仍使他们的实际创作风格呈现较大的不同。

夏完淳曾被清代文学家朱彝尊称颂为“南阳知二，江夏无双；束发从军，死为毅魄。其《大哀》一赋，足敌兰成。昔终童未闻善赋，汪踦不见能文，方之古人，殆难其匹”[①]。这绝非溢美之词，因为他不仅十七岁便抗清就义，而且文学成就斐然，足以列入我国优秀作家之林。由于他的辞赋与其他诗文一样，主要创作于清顺治元年至四年（1644—1647），将他归入清初赋家应该较为准确。

几社诸子为文有复古倾向，主要提倡文采与讽刺两大准则，夏完淳师从陈子龙，父亲是夏允彝，对此有着深切的领悟与践行。幼年夏完淳或许未能摆脱富家公子习气，词藻富赡却流于浮华，接踵而至的国恨家仇则使他迅速成长，赋的主旋律一变为国亡家破的沉痛之感与抗清复仇的坚定信念，文辞依旧华美，但增添了无尽的慷慨悲壮、沉郁苍凉之气，自有一种感人至深的力量。

夏完淳的赋作以《大哀赋》《寒泛赋》《端午赋》《九哀》为优，其中《大哀赋》尤著，是足以媲美庾信《哀江南赋》的史诗性鸿篇巨制，也是清代文人叹赏最多的当朝名篇。此赋创作于清顺治三年（1646），主要叙述了明帝国北京及南京两朝政府衰亡的过程和江南人民（包括作者自己）抗清斗争的经历，对晚明内忧外患局势之下君主苛察严酷、臣子奸诈无能、君臣互不信任、官民矛盾尖锐等种种导致覆国的原因作了深刻的揭露与反思，将矛头直指帝王，更是勇气可嘉。

赋中所表达的个人心路及情感历程尤其真切感人。国破家亡之

---

① ［清］朱彝尊：《静志居诗话》（卷二十一），北京：人民文学出版社，1990 年，第 644 页。

际，作者“始成童，便膺多难”[①]，流离失所、漂泊无依，难免感到孤寂与彷徨。江南军民与清军实力悬殊、多次战败的现实又令他一度担忧、疑惧。但是，国屯家难的巨大痛苦郁结于心、时刻萦怀，作者自比势单力薄却矢志不移的“精卫”、“夸父”，誓与清军抗争到底。所以，赋中虽不乏哀愤之辞，但自始自终贯穿着慷慨昂扬、壮怀激烈的少年英雄气概。这与顺治二年（1645）明唐王、鲁王各自即位，作者复明信心重拾不无关系。

该赋艺术上对《哀江南赋》取鉴颇多，以致略带摹拟痕迹。如以骈体为主，骈散结合；用典较多但鲜有生僻字，文字凝练晓畅；抒写哀愁、孤愤的篇章在景物选择、氛围营造等处有浓郁的六朝风味，少数词句甚至直接从庾赋化出等。相较而言，庾赋笔力思致更显老到深沉，但“唯以悲哀为主”，情绪稍显低落；夏完淳亲身抗战，志气坚决，赋的气势、境界均更胜一筹。

创作于同年的《端午赋》[②]是一篇骈体抒情小赋，艺术风貌大异。从“尔乃矩持炎帝，方司祝融”到“绕腕则条脱而御桡，泛酒则菖蒲九节”，作者沉浸在对江南往昔繁盛富庶、恬淡娴静生活的美好回忆之中，文辞颇带六朝风华。至“屯兵革之闵酷，遘乡关之乱离”，格调突转，展现现实中的江南，在清兵铁骑的践踏蹂躏下，早已是繁华尽丧、惨淡空余了。回忆与现实的强烈对比彰显了作者两种截然相反的情感，即对闲适生活的热切向往与对清兵屠戮之行的无比憎恶。而情景交融艺术手法的成功运用又使赋中浸透的家国哀思更为凄恻动人。这篇赋文显示夏完淳在艺术上日臻成熟，已经形成了自己深沉雄浑的独特风格。一位十几岁的少年能有如此文学造诣，实在是难能可贵，令人叹服了。

夏完淳的其他赋作也多以家国哀愤为主题，长篇《寒泛赋》

---

① ［明］夏完淳著，白坚笺校：《夏完淳集笺校》（卷一），上海：上海古籍出版社，1991 年，第 1 页。

② ［明］夏完淳著，白坚笺校：《夏完淳集笺校》（卷一），上海：上海古籍出版社，1991 年，第 45—46 页。

曲折尽致，骚体《九哀》渐趋悲壮，艺术上也有较高成就。

二

明清之际辞赋成就最为卓著的当数黄宗羲和王夫之两位遗民思想家、文学家，他们的赋作不仅数量较多，而且内容丰富充实，艺术成熟圆转。两人虽未曾谋面，但政见、文学主张上的相似之处颇多，辞赋也都以反映社会现实的作品为主，往往将个人遭遇与时代背景融为一体，笔力雄肆，气象开阔。但学术渊源与文学宗尚的差异又使二人赋作的艺术风格有所不同。王夫之深受程朱理学影响，重视理性思辨，文风与“七子”一样有较为明显的复古倾向，但承继广博，不单学习楚骚、汉赋，而且不排斥魏晋隋唐以来的骈赋、律赋，因而能跳出摹拟窠臼，独创一格。他作赋追求比兴，文辞大率古朴奇崛，有些地方甚至晦涩难懂，显现出深厚的学术功力。黄宗羲学从阳明心学一派，为学、为文都较为通达，古学气、道学气不像船山那样浓厚。文学上宗宋而不抑唐，风格与晚明归有光、唐顺之等人相近，但身经世变，思想、笔力更胜一筹。他的赋作虽不刻意求工，但语言晓畅凝练，艺术上尤为灵动宛转。

王夫之的赋格调多样而以三类为主：《九昭》《章灵赋》《南岳赋》等文赋风格与汉大赋相近，但比兴和名物铺张太过；《祓禊赋》《惜余鬒赋》《刈草赋》等骚赋思想深刻、意境高远、文辞古奥，艺术上胜于前类；《蚁斗赋》《练鹊赋》《孤鸿赋》《霜赋》《雪赋》等骈赋、律赋都是咏物之作，含蓄蕴藉，是船山赋作中风格最独特、艺术成就最高的一类。

《惜余鬒赋》作于康熙十三年（1674）吴三桂出兵叛清之际，《祓禊赋》创作的具体时间不明，但应为吴三桂僭号衡州之后（1678），《蚁斗赋》作于康熙十九年（1680），此时吴三桂已死，清军进驻湖南，叛乱基本结束。三篇赋串联起来，可谓较为完整的反映了王夫之在吴三桂叛乱进程中的心态、情感变化。

叛乱之初，吴三桂“以蓄发复衣冠号召天下”①，骗取了许多民众和遗老的支持。王夫之也曾对此动心，但吴三桂杀害南明永历帝的旧恶又令他心存疑惧，故而内心矛盾重重。《惜余鬓赋》虽是代其学生唐端笏抒情，表达的思想感情其实也包括了船山自己。赋文着重强调对发的珍惜，正是希望借此阐明自己坚定不移的反清信念。

如果说这个时期王夫之对吴三桂还有所期望，随着叛乱加剧，他逐渐看清了吴的真正用意，开始采取坚决不与其合作的态度，《祓禊赋》便是明证。赋文如下：

> 谓今日兮令辰，翔芳皋兮兰津。羌有事江干，畴凭兹兮不欢。思芳春兮迢遥，谁与娱兮今朝？意不属兮情不生，予踌躇兮倚空山而萧清。阒山中兮无人，蹇谁将兮望春。②

此赋长不足百字，表达也较隐晦，乍看来似无深意，其实不然。联系船山之子王敔所作《姜斋公行述》可知，这篇赋是船山拒绝替人向吴三桂写劝进表后所作，表达的思想情感自然与此事相关。借祓禊起兴，大概是视吴三桂为不祥之物，希望将他祓除。王夫之终生怀抱反清信念，吴三桂以“反清复明”为号召，对他确实是很大的诱惑，但他清楚地认识到，吴三桂绝非能寄托宏愿之人，所以“意不属兮情不生”。而真正能助他实现志愿的人又迟迟未出现，面对空寂无人的山林，他感到由衷的孤寂、无助与悲凉。船山论赋，非常称赏“意从象触，象与心迁”③ 的艺术境界，此赋比兴虽多，但情感真挚，可谓情景交融、浑然天成。

吴三桂叛变后，王夫之一度辗转于湖南、湖北、江西各地，对

---

① ［清］陈伯陶：《胜朝粤东遗民录》，清代传记丛刊（遗逸类五），台北：明文书局，1985 年，第 85 页。

② ［明末清初］王夫之：《王船山诗文集·薑斋文集》（卷八），北京：中华书局，1962 年，第 83 页。

③ ［明末清初］王夫之：《楚辞通释》（卷十三），上海：上海人民出版社，1985 年，第 168 页。

战乱有着切实的经历和感受，这一切都折射在《蚁斗赋》[①] 中。该赋穷形尽相地描绘了一场蚁类间的殊死斗争，借以讽喻人世间战乱频仍的现象，核心内容则是试图从哲理高度探究这一现象产生的原因。作者一开始就借壶子之口提出“物固有所不自已者”的命题，继而将问题归结为“役于一气之倏兴，而忘其元和之本醳”，即气的勃兴使人忘却了自己的本性，激发出强烈的好战之心。但王夫之坚信这只是暂时现象，“天不任杀，物不任威”，只要心志平定，并且掌握了万物吉凶生杀的枢轴，任何争斗都总有平息的一天。可见，他此时的心态依然乐观，联系背景，便可知这满腹欣慰的由来了。此赋融说理、叙事、写景于一炉，说理精深透彻，叙事辞繁意尽，写景清新明丽，手法迥异而又契合无间，充分表现出王夫之全面的艺术才华。

王夫之的众多咏物赋中，《霜赋》[②] 应该是创作时间较晚，艺术上较为独特、成熟的一篇。该赋作于康熙二十七年（1688），王夫之当时已七十岁高龄，亡国之恨、故国之思虽然长驻心间、挥之不去，但复国之望毕竟已成空谈，生命将逝而志愿未成，心境难免愁闷、悲凉。他在赋中自比“身羁关陇，神驰江介”的庾信，对晶莹剔透但易于消亡的霜大加描摹，在赋末感叹“历千秋而寓愁兮，曾不如晨霜之易消”，都是这种心境的真实反映。但是，正是由于“故国之戚，生死不忘”的执着，该赋才能达到物与人、情与景互为映衬、水乳交融的境界，也才会具有震慑人心[③]的感人力量。在历代赋霜之作中，此赋堪称成就最高的一篇。

黄宗羲的赋同样以咏物之作为多，风格上也是各具特色，如《海市赋》描写海市蜃楼角度多样、异态纷呈，想象丰富谲诡、新

① ［明末清初］王夫之：《王船山诗文集·薑斋文集》（卷八），北京：中华书局，1962年，第93—94页。

② ［明末清初］王夫之：《王船山诗文集·薑斋文集》（卷八），北京：中华书局，1962年，第80—81页。

③ ［清］李元度：《国朝先正事略》，《清代传记丛刊》（综录类八），台北：明文书局，1985年，第214页。

奇有趣；《姚江春社赋》状写民俗，颇有意趣；《获鳞赋》以说理为主，阐释虽不甚准确，但推崇科学的精神可嘉。

《雁来红赋》[①] 艺术上尤显圆熟。赋开篇描写秋景空灵清丽，意象选择精心提炼，营造出一片虚幻缥缈的情境。“蕙兰心死，芙蓉肠断。草则萤去情亡，叶乃根离恨绊”几句尤为出彩，不直接描写物象之衰，而是赋予物以人的情态，更具感染力。“忽然露奇，遂尔目换”，将视角跳转到雁来红身上，继而连用四个比喻，将其秾丽鲜妍之状描摹得栩栩如生。第二段作者与儿子百家的辩论是全赋重点，赋的主旨即寓于其中。面对清秋中“忽然露奇”的雁来红，百家想到万物皆有畅发之时，应安静等待。黄宗羲则有相反的感受，他认为人们大多只看到万物华艳的一面，却未曾想到它会因此饱受孤寂、烦扰之苦，“岂知其所不得已者，人反赏之以目睫乎？”所谓富贵、声名都只是身外之物，甚至会成为人的桎梏和羁绊。所以，人不应“取妍于人”，而应“闻道而腴，心空得第”，保持人格的独立性。这种老庄式的处世态度显然是特定时代背景下的特定产物。身处异代之际，黄宗羲被明亡的惨痛强烈刺激着，所以他不愿入仕与清廷合作，而愿逍遥物外，独善其身。

创作于康熙十三或十四年（1674 或 1675）的《避地赋》当为黄宗羲辞赋的代表作。该赋与王夫之的《章灵赋》相似，也是以自己的遭遇和感慨作为叙事的线索和核心。赋从明末其父黄尊素因反对魏忠贤被害入笔，叙述了此后数十年间他携母亲为躲避战乱，四处漂泊流离的经历，明清之际广阔的时代、社会长卷也由此铺开。频繁的迁徙使他对战乱中百姓的悲惨境况更为了解，对民众的同情之感和对清兵的憎恶之情也随之有所加深，赋中抒写感慨的部分尤其真实沉痛。因此，此赋虽深度不及王夫之《蚁斗赋》，广度不及夏完淳《大哀赋》，仍不失为清初赋中的佳构。

---

① ［明末清初］黄宗羲：《南雷文定·前集》（卷十一），《续修四库全书》（集部·别集类），上海：上海古籍出版社，2002 年，第 177—178 页。

三

康熙初年平定三藩之乱、收复台湾后，清朝大一统之势基本确立，缔造了康雍乾三朝的持续繁荣局面。这是清朝政局最为稳固的时期，也是清代文学创作包括辞赋创作最为繁盛的时期。清赋逐渐形成、发展了自己的特色，艺术上越来越典丽精工，内容上却渐趋平弱，时代意义和现实精神严重弱化，普遍存在雅炼有余而生气不足的问题。

这一阶段的辞赋以两类内容最为突出。一是歌功颂德，主要赞颂清帝平定边疆、一统中国的征伐之功和康熙、乾隆两帝的南巡之行；二是抒情言志，通常在写景中隐曲寄寓自己对人生、政治、时势的感慨和看法。

前类中的优秀之作大多能吸收汉魏大赋之长而避其短，结构、文辞均精美雍容，但境界普遍不高。其中唯有少数取材独特、别开生面的作品值得一提，如朱筠的《哨鹿赋》《后哨鹿赋》，写清帝在木兰秋猎的情况，于中可见清朝满洲贵族对尚武旧俗的重视。英和的《卜魁城赋》、和宁的《西藏赋》、徐松的《新疆赋》写边邑山川风物，尚能开拓人们的眼界。后类中的优秀作品更多，但由于文人为躲避文网而极力压抑自己的情志，风格普遍不如清初般汪洋恣肆、充满气势，而是稍显含蓄婉转。

此外，与古代文化研究兴盛相关，以学术入赋、以古文入赋成为这一时期辞赋创作的新趋向。统治者在科举中采用律赋也使这一赋体在此阶段受到重视。骈文中兴则令骈赋重现复兴之势。独善其身、坚守节气的遗民作家朱鹤龄，尤侗、李渔二位才子雅士，施闰章、汪琬等古文家，陈维崧、吴兆骞等骈文家是为代表。

朱鹤龄文学见解宏阔，不囿门户，论诗讲究探源雅骚、广采博撷，为文宗尚唐宋八大家而能兼取秦汉散文之长，尤重修辞之功和骈俪之辞，对清初骈文复兴有所促进。他的赋多愤世嫉俗之作，如骚体《广志赋》对社会诸多污秽现象加以讽喻和藐视，骈体《诛蚊赋》将剥削百姓之人比作“但求吮血与嚼肤”[①] 的蚊子，欲诛之而后快。此外，《宫人入道赋》凄恻感人，反映了当时一大批隐遁道门的明遗民的真实心态。

骈体《枯橘赋》[②] 应该是朱鹤龄赋作中最优秀的一篇。赋本屈原《橘颂》之意，以橘自喻忠贞。由于“秉不迁之贞德”，橘在经历节候转换后由盛变衰乃至枯槁，这引起了作者强烈的感应。因为在他所处的时代，士人也正好面临入仕新朝或坚守气节两种人生选择，前者可以求得自保，甚至获取财富、地位，后者则可能无所凭依、归于寂然。作者对此有深切体察，但他仍然鄙薄前者，而对橘，即包括他自己在内的广大遗民“惧徙北而化枳兮，宁就槁而不辞”的节概大加赞叹。从这点上说，该赋的思想境界较《橘颂》有过之而无不及。

清初另外两位辞赋创作较有特色的作家是尤侗和李渔，他们的赋作没有浓重的理学气或道学气，文人的诙谐、睿智更为突出，与前述诸人有所不同。这主要来自几个方面的原因。首先，二人都不甚尊奉儒教，受正统观念束缚较少；其次，他们没有那么强烈的遗民意识，尤侗顺治时便已出仕，先后得到顺治、康熙两位清帝的赏识，李渔则一生未仕，长期游历四方；最后，两人诗文戏曲皆工，具备多方面的文学才华，因而能将多种笔法融为一炉，语言明畅幽默，风格多样。相较而言，尤侗赋作的思想、文辞更加雅正，成就也较高，李渔的则稍显浅俗。

与清初许多地位尊显的文人一样，尤侗创作了大量为帝王歌功颂德的赋作，但他也有一些思想、艺术上均较为可取的作品，如

---

① ［清］朱鹤龄：《愚庵小集》（卷一），《清人别集丛刊》，上海：上海古籍出版社，1979 年，第 38 页。

② ［清］朱鹤龄：《愚庵小集》（卷一），《清人别集丛刊》，上海：上海古籍出版社，1979 年，第 33—35 页。

《反招魂》《田夫祷》《西山移文》等。《反招魂》是一篇悼念友人，并揭露清兵暴行、表达亡国哀思的赋作。据尤侗《哭汤卿谋文》可知，明崇祯十七年（1644）六月六日，作者好友汤传楹因哀悼崇祯帝哭灵三日，忧伤过甚而亡。此赋作于次年好友逝世一周年之际，当时正值清兵南下，江南沦陷，“乱深矣，将安归命”[①]，故反用楚辞《招魂》之意抒发丧乱之感。赋文首尾以“望江南”“哀江南”互为呼应、点明主旨。前部分极力描摹清军在江南的暴行和江南人民的悲惨境遇，后部分以“青天”“黄土”“山川”等地的愉悦逍遥作为反衬，进一步突显人间现状的惨酷，整篇赋文笼罩着强烈、深沉的离乱之感。此赋文体上也颇具特色，除最后一段“乱曰”每句句尾用“些”字外，其他各段只有首句中间用“兮”字，且基本为整齐的七言句式，可算是融骚体赋与七言诗于一体的创新格了。

《田夫祷》作于明崇祯十四年（1641），旨在为蝗灾肆虐下的农民向神祷告，请求驱除、消灭蝗虫。赋文沉痛描写了蝗灾给人民带来的巨大灾难，对上至皇帝、县官，下至豪吏、恶仆，不体察民情、一味催租的恶行加以了严正揭露和批判，客观上正揭示了明末农民起义蜂起的原因。作者甚至将矛头直指“率兽食人，贱民贵畜”的神，斥其为“无德”，呼吁它“庶鉴民情”“惟民是听”[②]。全文语气由舒缓到激切，名为祷神，实则斥神，宣扬了人定胜天的进步思想，爱民之心赫然。文句以整齐的四言为主，文辞朴质，节奏明快，颇有古貌。

此外，《西山移文》承袭孔稚圭《北山移文》之意，对清初出仕新朝的假遗民大加讥诮，文辞之工虽不及前者，笔墨之辛辣却毫不逊色，将清初一些开始尚能持节自守，后终经受不住名利诱惑转

---

① ［清］尤侗：《西堂文集》，《续修四库全书》（集部·别集类），上海：上海古籍出版社，2002 年，第 205 页。

② ［清］尤侗：《西堂文集》，《续修四库全书》（集部·别集类），上海：上海古籍出版社，2002 年，第 262 页。

而出仕的文人士大夫的卑劣心态描摹得入木三分，不失为一篇佳作。

李渔的赋作以《不登高赋》为代表。此赋反古意而言，论登高之讹，识见自高。语言浅易，类似口语，句式变化多样，不拘一格，虽不似古赋那样典丽雅正，但别具真率粗放之美。另有《龙灯赋》《鸡鸣赋》等，风格与此相近。相较在戏曲理论、创作上的成就，李渔的辞赋创作薄弱得多，部分作品还流于低俗，这点是应该指出的。

四

清初古文家工赋的较少，唯有施闰章创作较丰。此外汪琬赋作虽少，但有自己的特色，也值得一提。施闰章主要以诗名享誉清初文坛，被尊为“国初六家”之一。他诗歌的审美趣味与王士祯相近，崇尚“温柔淹雅，典丽冲和”（《徐伯调五言律序》）的境界。他的赋亦然，往往呈现出雍容典雅的整体风貌，这其实与他出仕清朝，赋作以歌功颂德为多有关。但除了这些辞意不足观的作品外，他也有《粤江赋》[①] 这样盘空凿险、慷慨凄婉的独树一帜之作。

据序文“壬辰暮春，奉使西粤，将下漓水、泛苍梧。时岭南甫定，所在榛莽。心悬万里，势异三江，行而不息，遂浮涨海。爰抒情托翰，以粤江命篇”可知，此赋作于顺治九年（1652）施闰章奉使广西之际。但赋文并未就此事加以叙述，而是大力描摹广西桂林、梧州等“荒隅”之地山水地势的险恶之貌。以丰沛的气势，铺张的笔法，由景及人，层层渲染，将边地的“奇”“险”景致摹写得淋漓尽致，扣人心弦。就作者的情感而言，全篇一再强调

① ［清］施闰章撰、何庆善，杨应芹点校：《施愚山集》（卷一），合肥：黄山书社，1992 年，第 7—10 页。

“聊翘首以遐瞩，托乘槎以写忧”“羡羽族之有口，哀人生之郁纡”，却始终未明确表露忧自何来，忧由何起。但是从赋文后半部分作者对迁客羁人、幽囚嫠妇等人的深切同情之意，以及最后一段类同自省的文字中可以粗略猜度作者的内心隐衷以及情感扑朔迷离、多有隐晦的缘由所在。文如下：

……至于迁客羁人，幽囚嫠妇，衔悲岭峤，寄愁林薮。影畏含沙之虫，心系啼猿之树。朝露泫其寥萧，夕月霭其幽素。然青磷于宿莽，吊冤魂之麕聚。或风嘷而雨啸，涕阑干以相顾。抚单影之不双，嗟遇物之非故。邈中土之人兮，夫何为乎此路！

忽收泪以自疚兮，将憔悴兮而告谁？尼父发波臣之叹，张骞犯织女之机；三闾吞恨于鱼腹，伍胥流愤于鸱夷。彼圣贤不忖乎死生，复何有于险巇？龙负舟而按剑，蛟争璧而不迷。审至人之彷佛，悟哀乐之是非。齐四海于勺水，指十洲以为期。

作者虽归附清朝，但内心对于在乱世中滞留边地的迁客羁人、幽囚嫠妇等是深怀同情的，对于自己的出仕之行也难免不存悔意，但这些情感在当时处境下无法明言，故此只能遮遮掩掩，欲语还休。而正是由于文中始终贯穿作者的种种复杂情感，此赋才会严整而不显板滞，且辞采华茂，形象飞动，堪称清初写景抒情赋中别具一格的佳作。

汪琬是清初散文三大家之一，与魏禧、侯方域齐名。三人中，汪琬文学宗尚最为正统，文风最趋雅正，与南宋欧阳修等人相近，诚如《四库全书总目提要》所评：“惟琬学术既深，轨辙复正。其言大抵原本六经，与二家迥别，其气体浩瀚，疏通畅达，颇近南宋诸家，蹊径亦略不同。”① 汪琬赋作仅存二篇，一为《反招隐辞》，一为《丑女赋》，量虽不多但别具特色。

骚体《反招隐辞》是汪琬晚年隐居太湖尧峰山时所作，意在回绝友人所劝出山用世之言，表明隐居之志。所以，赋的主体内容

---

① ［清］永瑢：《四库全书总目提要》，北京：中华书局，1965 年，第 1522 页。

是描绘凄清幽静的山林景致和怡然自得的隐居生活。“叹凤凰之在笯兮，与麒麟之受轭。曾不如山中之阒寂兮，又何羡乎组绂。”作者变屈原《九章·怀沙》之言，明确表示自己不慕权势甚至视之为羁绊，宁愿隐居山林以保持人格独立和精神自由。这种思想在当时应该具有典型性，反映了对清廷怀有反感或疑惧心理的文人的一类心态和人生选择。此赋言辞、意境虽承袭屈赋较多，但由于汪琬“难进易退，违俗孤介”，隐居时也能“闭门空山不妄交一人”[①]（宋荦《尧峰文钞序》），本身不乏隐者孤高之风，故非但没有生硬模拟之感，反而不失自然高妙。

汪琬一贯反对以小说之言入古文辞，认为“既非雅驯，则其归也，亦流于俗学而已矣”[②]（《跋王于一遗集》），《丑女赋》[③]却似乎有别于这一标准。此赋极尽夸饰之能事，将一个内外皆丑而不自知的女子刻画得惟妙惟肖。其中丑女自炫容貌一段尤为出彩，读之令人忍俊不禁：

> 然且不蚕不馌不紃，既陋且淫，不媒呈身。衪修袂，曳长巾，招摇里闾，倚徙市门。行步所及，群然骇焉。鸡飞拍拍，犬吠狺狺。顾犹未喻其丑也，而高自儗于妖冶之伦。哂先施排，夸光狎阳。文陵毛嫱，徧挑少艾。目许神扬，如远如近，若迎若将。俛影弄态，其丑弥章。行路畏之，褰衣不顾，嘲诮并作，笑咍交互。

诙谐讥诮中透露出作者对这一形象的极度鄙夷与不满，“不蚕不馌不紃，既陋且淫，不媒呈身”更像是有感而发。联系时代背景可知，赋中丑女正是当时热衷干求的蝇营狗苟之徒，特别是某些变节士人的写照。“此岂未笄之子，寡居之妇，待聘而往，守贞而处者耶？”作者对他们违背传统的士人出处标准、不顾名节、缺乏

① 杨讷、李晓明编：《文渊阁四库全书补遗》（集部第7册），北京：北京图书馆出版社，1997年，第811页。

② ［清］汪琬：《汪琬全集笺注》，北京：人民文学出版社，2010年，第907页。

③ ［清］汪琬：《汪琬全集笺注》，北京：人民文学出版社，2010年，第398页。

忠贞之志的行为加以了极力的丑化与批判，质疑、讥刺之情赫然纸上。可以说，汪琬这篇别具一格的小赋其实也非简单的游戏调侃之作，它似俗而雅，命意奇特，针砭世风辛辣有力，堪称历代讽刺小赋中的佳作。

陈维崧和吴兆骞都不以赋闻名，但他们的赋特别是骈赋其实写得非常出色，文辞攀六朝之丽，骨力追魏晋之雄，在清初中期堪称佼佼。其中，陈维崧的以老到苍劲胜，吴兆骞的则更具凄婉之风，这主要与二人的思想性格和人生际遇有关。

陈维崧早年成长于累代书香、崇尚大节的环境中，青年亲历易代之痛，中年遭父丧，家道中落，贫困飘零，此后开始专攻徐庾骈俪之文，在当时群推领袖。所以，他的赋虽有一些浮泛的应酬或即兴之辞，如《滕王阁赋》等，但也有《白丁香花赋》《白秋海棠赋》等婉转有致的抒情之作，《铜雀瓦赋》《看弈轩赋》两篇则充满了历史兴亡与人生困顿的感慨，笔墨间豪气纵横激荡，可谓陈维崧赋作的代表。

据“三湘浪骇，六诏烟迷”诸语推测，《看弈轩赋》[①] 作于吴三桂据湖南造反之时，即康熙十三年至十八年之间（1674—1679）。“看弈轩”是陈维崧友人徐釚的书斋名。赋开头写徐釚隐居的环境及生活，幽深和乐中隐伏一股不平之气，仿佛暗示主人心中有所郁结。继而笔锋一转，直抒主人胸臆，将生不逢时、功业难成的悲愤表达得异常强烈，情感喷薄而出，极具张力。最后点明轩名来由，意味深长：

> 于是鲜焉寡欢，悄然不怿，爰葺斯轩，聊云看弈。然而寂寂虚堂，寥寥短几。既无坐隐之宾，复鲜手谈之器。潜窥而不见烂柯，窃听而谁闻落子，几同庄叟之寓言，莫测醉翁之微意。呜呼噫嘻，我知其旨！世一龙而一蛇，运或流而或峙。彼赌宣城之太守者，公岂其人；看棋局于长安者，古宁无是耶？

---

① ［明末清初］陈维崧著，陈振鹏标点，李学颖校补：《陈维崧集·陈迦陵俪体文集》（卷一），上海：上海古籍出版社，2010 年，第 198 页。

先生不应，欠伸而起。亟命传觞，颓然醉矣。

轩名“看弈”，实则无弈可看，看的是纷乱局势。主人处于虽隐居但牵挂时势，洞观时局却又无可奈何的矛盾之中，愁苦异常，只能借酒迷醉自己。但酒并非消愁良药，因为这种愁闷、痛苦植根时代，无法消解，酒入愁肠，愁意只会愈加沉痛悲凉。陈维崧此赋不仅寄寓了自己的一生坎壈，而且将纷乱时势之下，以徐釚为代表的明遗民的普遍心境和情感体验揭示得极其深刻，颇具时代意义。

《铜雀瓦赋》[①] 短短百余字间寄寓了千古兴亡之思，结构谨严，架构有力，也是一篇佳作。全篇如下：

> 魏帐未悬，邺台初筑。复道袤延，绮窗交属。雕甍绣栋，矗十里之妆楼；金埒铜沟，响六宫之脂盝。庭栖比翼之禽，户种相思之木。陂娑前殿，逊彼清阴；柏梁旧寝，嗤其局蹙。无何而墓田渺渺，风雨离离。泣三千之粉黛，伤二八之娥眉。虽有弹棋爱子，傅粉佳儿，分香妙伎，卖履妖姬，与夫杨林之罗袜，西陵之玉肌，无不烟消灰灭，矢激星移。何暇问黄初之轶事，铜雀之荒基也哉？春草黄复绿，漳流去不还；只有千年遗瓦在，曾向高台覆玉颜。

首段状铜雀台之雄奇富丽，气象开阔。中段笔调突转，写人、事之消亡湮灭，哀婉凄凉。尾段对物兴悲，论时光迅疾流转，唯一留存并见证兴亡的只剩铜雀遗瓦，动与静、大与小的强烈对比中，悲悼之情愈显沉痛苍凉，也给人留下了无尽的回味思索空间。全赋字数虽少但内容丰富，一气蝉联而又一波三折，文辞凝练，气韵沉雄，堪称历代吊古抒情小赋中的上品。

吴兆骞的赋全部收在其《秋笳集》中，分别为《春赋》《秋雪赋》《鶡鹤赋》《兰赋》《萍赋》《长白山赋》《竹赋》《陶彭泽无弦琴赋》八篇。《春赋》《竹赋》为少时所作，前者凄清伤感，赋

---

① ［明末清初］陈维崧著，陈振鹏标点，李学颖校补：《陈维崧集·陈迦陵俪体文集》（卷一），上海：上海古籍出版社，2010年，第173页。

春却有悲秋之态；后者“感幽质之飘扬，怜贞姿之芜没”[①]，以孤竹自比，大抵文人孤高自赏情结。两赋虽情感不够深沉，艺术上也刻意仿鉴前人，如《春赋》结构、行文均带有江淹《别赋》的痕迹，但已初显出吴兆骞赋作体物精微传神，用语典丽精工，情感细腻丰富而以愁为主的整体风貌。

因丁酉科场案被诬远戍宁古塔后，吴兆骞羁留东北绝塞二十三年，“冰与雪，周旋久”，饱受肉体与精神的双重折磨。愁愤郁结却碍于囚徒身份无法一吐后快，只能寄情山水自然抒发隐衷，托物言志、借景抒情因之成为他这一时期赋作中最常用的表现手法。《兰赋》《萍赋》《羁鹤赋》借与自身遭际相似的物象来哀叹自己品性高洁却遭受重创，天涯流落、漂泊不定的悲惨命运，抒写心中的孤寂、愤懑、煎熬与挣扎，愁情入骨却又一唱三叹、回环不已，动人至深。

《秋雪赋》将一场寒地秋雪描摹得绘声绘色，尽显边塞气候的恶劣，以及长期羁縻其中作者强烈的思乡之情和深切的怨愤之感。画面低沉灰暗而又萧瑟旷莽，压抑焦灼中潜伏一股悲壮苍凉之气，反映了作者在边域严酷环境中心境的极度愤懑与悲凉。通篇情景交融无间，哀怨凄婉中爆发出震撼人心的力量。艺术上，由“兮”“于”“而”“之”“以”等助词带动句式灵活转换，使文章节奏、情感收放自如，成就颇高。唯结尾处模拟鲍照《芜城赋》较多，是其微瑕。

《长白山赋》描绘长白山自然景观气势雄阔，是“足摩班、张之垒”[②] 的名篇。此赋作于康熙十七年（1678）清廷遣臣封祀长白山之时，目的是希望经由封山使者进献康熙帝，获取赦免还乡的机会。所以，赋文前后充斥着歌颂清廷的客套用语，中间部分写景状

① 徐世昌：《晚晴簃诗汇》（卷一），《续修四库全书》（集部·总集类），上海：上海古籍出版社，2002 年，第 18 页。

② ［清］吴兆骞撰，麻守中校点：《秋笳集》（卷二十八），上海：上海古籍出版社，1993 年，第 495 页。

物也极力炫才，用词古奥，铺张扬厉。但由于吴兆骞在东北生活多年，熟悉长白山风情地貌，又具备敏锐的观察力，所以写来得心应手。结构层次分明，词藻铺排恰如其分，形象描绘富有生气，句式转换灵动多变，读来毫无板滞之感。加之他此时怀有被赦的一线希望，笔调也不似前述诸赋那样凄婉颓唐，而是气势勃发、一泻千里。难怪康熙帝也对此赋赞赏有加，并一度动赦免之念，可惜最终出于多方考虑，不了了之。尽管如此，这篇佳作仍为吴兆骞在当时及后世文坛赢得了极高赞誉，助他跻身赋史名家之列。

（原载陈慧琴、莎日娜、李小龙著《中国散文通史·清代卷》第九章《清代辞赋文》之一、二节，安徽教育出版社，2013 年，279—294 页）

论赋体概念的融合及其经典化

徐昌盛

一、早期赋体概念的发展脉络

赋最初指直言与铺陈，属于表达的方式。《国语·周语》载“瞍赋矇诵”，韦昭注说“赋，公卿列士所献诗也”①。《汉书·艺文志》说“传曰：‘不歌而诵谓之赋，登高能赋可以为大夫’”②，赋即直言，形式上按照一定的音节来吟诵，内容上既可能是讽颂又可能是应对。《周礼·春官·大师》载：“大师教六诗：曰风，曰赋，曰比，曰兴，曰雅，曰颂。”③《周礼》“六诗”，风、雅、颂有《毛诗序》的解释，“比”和“兴”有郑众的解释，郑玄的发明但在“赋”上，即“赋之言铺，直铺陈今之政教善恶”④。孔颖达《毛诗注疏》说“赋者直陈其事，无所避讳，故得失俱言”⑤，强调了赋的“直言”或“直陈”的本义，与“比”“兴”的含蓄

---

① 徐元诰：《国语集解》(修订本)，北京：中华书局，2002年，第11页。

② 《汉书》，北京：中华书局，1962年，第1755页。

③ [清] 孙诒让：《周礼正义》，北京：中华书局，1987，第1842页。

④ [唐] 孔颖达：《毛诗注疏》，北京：中华书局，2009年，第565页。

⑤ [唐] 孔颖达：《毛诗注疏》，北京：中华书局，2009年，第565页。

表达迥然不同。曹道衡说“‘六诗’中的‘赋’，其本意大约即在‘讽诵’，而代讽诵之诗，又多半直言其事”[①]，清楚地揭示了由讽诵而直言的逻辑过程。郑玄将“直言”与“铺陈”结合起来，当人们直言其事时，为了增强说服力不免要修饰言辞，如战国纵横家的反复铺陈，因此属于修辞的手段。总之，直言是赋的本义，本指表达的方式，铺陈是赋的修辞，属于表达的手段。到了东汉后期，铺陈的对象已经由具体的事实发展到抽象的感情志向。王逸《楚辞章句·悲回风》说“赋，铺也。诗，志也。言已守高眇之节，不用于世，则铺陈其志，以自证明也”[②]，刘熙《释名·释典艺》说“敷布其义谓之赋”[③]，铺陈已经不是言语直陈的修饰手段，而是内在情感的表达方式，从而摆脱了直言的辅助地位，成为多种艺术表达的综合体，这是赋体概念发展的重要里程碑。

赋为“古诗之流”是赋的起源问题上最具影响力的说法。这最早是就赋的功用而言，《史记·司马相如列传》说：“相如虽多虚辞滥说，然其要归引之节俭，此与《诗》之风谏何异?”[④] 这是从文章功用的角度将赋的讽谏拟于诗教，按照《诗经》的美刺观念要求大赋同样具有“劝”与“讽”的政治职能。汉宣帝已经透露了赋为《诗》之流的意思，他面对众人批评王褒等作宫观歌颂的文章，解释道：“‘不有博弈者乎，为之犹贤乎已。’辞赋，大者与古诗同义，小者辩丽可喜，辟如女工有绮縠，音乐有郑卫，今世俗犹皆以此虞说耳目，辞赋比之，尚有仁义风谕，鸟兽草木多闻之观，贤于倡优博弈远矣。’”[⑤] 汉宣帝认为辞赋具有与《诗经》同样的“仁义风谕”功能和作用。汉宣帝好作辞赋，面对枚皋“言为

① 曹道衡：《汉魏六朝辞赋》，上海：上海古籍出版社，2011 年，第 14 页。

② ［汉］王逸章句，［宋］洪兴祖补注：《楚辞补注》，北京：中华书局，1983 年，第 157 页。

③ ［汉］刘熙：《释名》，北京：中华书局，2016 年，第 91 页。

④ 《史记》（修订本），北京：中华书局，2014 年，第 3722 页。

⑤ 《汉书》，北京：中华书局，1962 年，第 2829 页。

赋乃俳，见视如倡，自悔类倡也”[1]（《汉书·枚皋传》）一类的倡优之忧，故意提高辞赋的地位。扬雄《法言·吾子》说：“或曰：‘赋可以讽乎？’曰：‘讽乎！讽则已！不已，吾恐不免于劝也。’”[2] 可知扬雄认为讽谏是赋的核心，是立赋之本，但又要警惕赋的勉励功能，扬雄的担心是赋体的内容与形式的结构性矛盾决定的，属于客观的效果。班固《两都赋序》明确说：“或曰：‘赋者，古诗之流也。’昔成、康没而颂声寝，王泽竭而诗不作。大汉初定，日不暇给。至于武宣之世，乃崇礼官、考文章，内设金马石渠之署，外兴乐府协律之事，以兴废继绝、润色鸿业。是以众庶悦豫，福应尤盛，《白麟》《赤雁》《芝房》《宝鼎》之歌，荐于郊庙。神雀、五凤、甘露、黄龙之瑞，以为年纪。故言语侍从之臣，若司马相如、虞丘寿王、东方朔、枚皋、王褒、刘向之属，朝夕论思，日月献纳；而公卿大臣，御史大夫倪宽、太常孔臧、太中大夫董仲舒、宗正刘德、太子太傅萧望之等，时时间作。或以抒下情而通讽谕，或以宣上德而尽忠孝，雍容揄扬，著于后嗣，抑亦雅颂之亚也。”[3] 这个“或曰”应该是宣帝的话，据此可知“古诗之流”在班固之前已经出现。班固说“赋”是“雅颂之亚”，赋仅次于雅颂，从诗赋的政治功用说明两者的承继关系，主观上大大提高了赋的地位。褚斌杰指出：“班固的意思是赋体作品与《诗经》的‘雅’‘颂’相通。周代的‘颂’诗出现在成、康盛世，后来因‘王泽竭’而销声匿迹。汉代到武宣之世，正逢盛世，因而新的颂扬作品大量出品。班固认为《诗经》的雅、颂有‘通讽喻’‘宣上德’的功用，汉赋的作用也是如此，所以说《诗》是源，‘汉赋’是流，‘赋者，古诗之流也’。班固并没有说作为后世文体之一的‘赋’，与‘六义’中的‘赋’有关系。”[4] 马积高也说：“认为诗、

---

① 《汉书》，北京：中华书局，1962 页，第 2367 页。

② 汪荣宝：《法言义疏》：北京：中华书局，1987 年，第 45 页。

③ 《文选》，北京：中华书局，1977 年，第 21—22 页。

④ 褚斌杰：《论赋体的起源》，《文学遗产》1982 年增刊。

赋之体有变，其抒情言志的社会作用则同，但都没有把赋与诗的六义之一的'赋'联系起来。"[①] 班固还加强了《东都赋》的讽劝功能，改善了扬雄据说的"劝百讽一"的矛盾，形成"讽""劝"均衡的布局。总之，汉人已经提高了辞赋的地位，将它与《诗经》相提并论，而不是娱人的倡优，但这是从赋的功用角度着眼，并未涉及到赋体的文学性。

赋与文的联结也早出现在西汉时期。《西京杂记》载司马相如说："合綦组以成文，列锦绣以为质，一经一纬，一宫一商，此赋之迹也。赋家之心，苞括宇宙，总览人物，斯乃得之于内，不可得而传览，乃作合组歌、列锦赋而退，终身不复敢言作赋之心矣。"[②] 以丝织物喻赋，要求赋作有"綦组""锦绣"的华丽辞藻，这是赋的外在形式体现出"文"的特点。《周礼·考工记》说"画缋之事""青与赤谓之文"，《说文》载"文，错画也，象交文"，《释名·释言语》载"文者，会集众采以成锦绣，会集众字以成辞义，如文绣然也"[③]。总之，"文"本就织布而言，司马相如以丝织品比"赋"，实际上是说"赋"与"文"本属同类。如果说《西京杂记》成书于魏晋，记载尚不够可靠的话，那么汉宣帝和扬雄也可提供确证，汉宣帝说辞赋"辟如女工有绮縠"，扬雄说"或曰：'雾縠之组丽。'曰：'女工之蠹矣。'"[④]，同样将赋比喻成丝织品那般华美。东汉王充《论衡·定贤》批评司马相如和扬雄的赋说："文丽而务巨，言眇而趋深，然而不能处定是非，辩然否之实。虽文如锦绣，深如河、汉，民不觉知是非之分，无益于弥为崇实之化。"[⑤] 总之，司马相如、汉宣帝和扬雄的赋论，明确将赋比作经纬交织的文章，这已经属于审美意义上的文学作品。后来曹丕《典论论文》说"诗赋欲丽"，陆机《文赋》说"赋体物而浏亮"，

① 马积高：《历代辞赋研究史料概述》，北京：中华书局，2001 年，第 5 页。
② ［晋］葛洪：《西京杂记》，《四部丛刊》本。
③ ［汉］刘熙：《释名》，北京：中华书局，2016 年，第 47 页。
④ 汪荣宝：《法言义疏》，北京：中华书局，1987 年，第 45 页。
⑤ 黄晖：《论衡校释》，北京：中华书局，1990 年，第 1117 页。

对于赋的风格颇多发明，其渊源正在于此。总之，赋作为文章体式的一种也有清晰的发展脉络。

二、魏晋赋体概念的融合及其动因

魏晋时期赋体各种概念渐趋融合。一是将文章体式的“赋”等同于“六义”的“赋”。赋体源出《诗经》的说法在建安年间已经出现。杨修《答临淄侯笺》说：“今之赋颂，古诗之流也，不更孔公，《风》《雅》无别耳。修家子云，老不晓事，强著一书，悔其少作。”[①] 曹丕《答卞兰教》说：“赋者，言事类之所附也；颂者，美盛德之形容也。故作者不虚其辞，受者必当其实。兰此赋，岂吾实哉？昔吾丘寿王一陈宝鼎，何开等徒以歌颂，犹受金帛之赐，兰事虽不谅，义足嘉也。”[②] “赋”“颂”是文体，又是并称，同在《诗经》“六义”之中，因此文体之“赋”出于《诗经》，赋为古诗之流的观点不仅被提升到了理论的层面，而且具有了文体学上的意义。这是当时人普遍的观念，如刘劭“尝作《赵都赋》，明帝美之，诏劭作《许都》《洛都》赋。时外兴军旅，内营宫室，劭作二赋，皆讽谏焉”[③]。陆云写信给兄陆机说：“前日观习，先欲作《讲武赋》，因欲远言大体，欲献之大将军……大文难作，庶可以为《关雎》之见微。”[④] 葛洪《抱朴子·钧世》载：“《毛诗》者，华彩之辞也，然不及《上林》《羽猎》《二京》《三都》之汪秽博富也。”[⑤] 总之，魏晋时期已经将赋的文体和功用混为一体，却提高了文体赋的地位。二是将文章体式的“赋”与修辞手段的“赋”

① 《文选》，北京：中华书局，1977 年，第 564 页。
② 《三国志》，北京：中华书局，1982 年，第 158 页。
③ 《三国志》，北京：中华书局，1982 年，第 618 页。
④ 黄葵点校：《陆云集》，北京：中华书局，1988 年，第 138 页。
⑤ 杨明照撰：《抱朴子内篇校释》，北京：中华书局，1991 年，第 70 页。

相结合。成公绥（231—273）《天地赋序》：“赋者，贵能分理赋物，敷演无方，天地之盛，可以致思矣。”[①] 成公绥认为赋可容纳天地之盛，无所不包，创作方法是“分理赋物，敷演无方”，即铺陈事物和道理。据陆侃如《中古文学系年》认为此赋作于二十一岁左右，约是251年，那么这个说法出现在曹魏正始时期前后。三是将“赋”的表达手法与功能作用相结合。左思《三都赋序》说：“盖诗有六义焉，其二曰赋。杨雄曰：‘诗人之赋丽以则。’班固曰：‘赋者，古诗之流也。’”[②] 将“六义”的“赋”等同于“赋者，古诗之流也”的“赋”，将表达手法与功能作用混为一谈，已不合于班固的本意，却反映了赋体概念演进的一个侧面。值得注意的是，《序》末说“升高能赋者，颂其所见也”[③]，左思明知赋有直陈之义，却在定义时未予提及，则已然排除在外了。

皇甫谧是魏晋赋论的集大成者，他将文章体式的“赋”与表达方式的“赋”、修辞手段的“赋”、功能作用的“赋”全面融合在一起，从而呈现出综合性的面貌。皇甫谧《三都赋序》说：“古人称不歌而颂谓之赋。然则赋也者，所以因物造端，敷弘体理，欲人不能加也。引而申之，故文必极美；触类而长之，故辞必尽丽：然则美丽之文，赋之作也。昔之为文者，非苟尚辞而已，将以纽之王教，本乎劝戒也。……周监二代，文质之体，百世可知。故孔子采万国之风，正雅颂之名，集而谓之诗。诗人之作，杂有赋体。子夏序《诗》曰：‘一曰风，二曰赋。’故知‘赋者，古诗之流也’。”[④] 皇甫谧对赋体的定义，综合了“不歌而颂”的表达方式说、“敷弘体理”的铺陈排比体物言志说、“纽之王教，本乎劝戒”的功能作用说，将有关赋的主要说法统一进文章体式的赋。但是“然则”一词，实质漠视了“不歌而颂”的直言本意，这与左思的

① ［清］严可均编：《全晋文》，北京：中华书局，1958年，第1794页。
② 《文选》，北京：中华书局，1977年，第74页。
③ 《文选》，北京：中华书局，1977年，第74页。
④ 《文选》，北京：中华书局，1977年，第641页。

意旨相同。皇甫谧对赋的理解，更强调的是铺陈排比、体物言志，而“引而申之，故文必极美；触类而长之，故辞必尽丽：然则美丽之文，赋之作也”，又强调赋的美感作用，因此赋在内容、形式和审美上得到了文学性的界定。

皇甫谧赋论的综合性特征与集解由经学向史学转变的历史趋势相吻合。两汉的解经方法主要是章句，魏晋之际集解的出现，是经学诠释方法的重要新变。曹魏何晏等人的《论语集解》首创集解之体，继而影响到韦昭的《国语解》、杜预的《春秋经传集解》和晋灼的《汉书集注》。集解法由经书延伸至史书，体现了经史分离的时代趋势。①《汉书·艺文志》将史部书籍系于《六艺略》“春秋类”之下，既有史部书籍稀少、不足构成一家的缘故，也与史的独立概念尚未形成、仍是经学的附庸有关。魏晋时期，史学开始渐渐脱离经学而独立发展。西晋人频繁以“经史”并称，则已经将经与史同等对待，而荀勖撰《中经新簿》，将史籍列为丙部，单独成为一类，说明史学地位明显提高。关于集解的体例，《论语集解序》说“集诸家之善，记其姓名，有不安者，颇为改易”②，沈玉成指出这是晋代学术的新特点，说两晋“出现了杜预、范宁为《左传》《穀梁传》所作的集解。由于汉、魏两代解释经传的著作数量很多，总括诸家而又有自己创见的集解就成为学术研究进一步发展的需要”③，可知集解作为一种诠释经典的方法，要求是搜罗各家的意见，却又不是简单的排比，需有自己的判断和创见。《晋书》本传说皇甫谧“博综典籍百家之言”④，又是著述丰富的史学家，“撰《帝王世纪》《年历》《高士》《逸士》《列女》等传、《玄晏春秋》，并重于世”⑤，则对史学的集解新风不容不知，因此

① 徐昌盛：《史学呈现与著述转移：论魏晋集解的学术新变》，《求索》2017年第5期。

② ［清］刘宝楠：《论语正义》，北京：中华书局，1990年，第786页。

③ 沈玉成、刘宁：《春秋左传学史稿》，南京：江苏古籍出版社，1992年，第138页。

④ 《晋书》，北京：中华书局，1974年，第1409页。

⑤ 《晋书》，北京：中华书局，1974年，第1418页。

赋论采取了当时流行的集解新方法。

三、从挚虞到刘勰：赋体概念的经典化历程

皇甫谧的赋论是挚虞《文章流别论》的重要资源。挚虞是皇甫谧的学生，据《世说新语·文学》刘孝标注引王隐《晋书》说："虞少好学，师事皇甫谧，善校练文义，多所著述。"[①] 又《晋书·挚虞传》载："虞少事皇甫谧，才学通博，著述不倦。"[②] 挚虞约在254年左右从皇甫谧学习，《三都赋》使"洛阳纸贵"，皇甫谧作序，挚虞自然熟悉，《三都赋序》显示了两人在赋史和赋作上认识的一致：

> 至于战国，王道陵迟，风雅寝顿，于是贤人失志，辞赋作焉。是以孙卿、屈原之属，遗文炳然，辞义可观，存其所感，咸有古诗之意，皆因文以寄其心，托理以全其制，赋之首也。及宋玉之徒，淫文放发，言过于实，夸竞之兴，体失之渐，风雅之则，于是乎乖。逮汉贾谊，颇节之以礼。自时厥后，缀文之士，不率典言，并务恢张，其文博诞空类，大者罩天地之表，细者入毫纤之内。虽充车联驷，不足以载；广夏接榱，不容以居也。其中高者，至如相如《上林》、扬雄《甘泉》、班固《两都》、张衡《二京》、马融《广成》、王生《灵光》，初极宏侈之辞，终以约简之制，焕乎有文，蔚尔麟集，皆近代辞赋之伟也。若夫土有常产，俗有旧风，方以类聚，物以群分，而长卿之俦，过以非方之物，寄以中域，虚张异类，托有于无。祖构之士，雷同影附，流宕忘反，非一时也。[③]

皇甫谧所列举的荀子、屈原、宋玉、贾谊、司马相如、扬雄、

① 余嘉锡：《世说新语笺疏》，北京：中华书局，2007年，第301页。

② 《晋书》，北京：中华书局，1974年，第1419页。

③ 《文选》，北京：中华书局，1977年，第641页。

班固、张衡、马融、王逸等人，《上林赋》《甘泉赋》《两都赋》《二京赋》《广成颂》《灵光赋》等作品，与俞士玲《挚虞〈文章流别集〉考》[①] 所列举的作家作品对比，发现皇甫谧提及的作品全部囊括于《文章疏别集》之内。在具体人物的判断上，两篇文章也是一致的，譬如皇甫谧说“孙卿、屈原之属，遗文炳然，辞义可观，存其所感，咸有古诗之意，皆因文以寄其心，托理以全其制，赋之首也。及宋玉之徒，淫文放发，言过于实，夸竞之兴，体失之渐，风雅之则，于是乎乖”。挚虞也说“孙卿、屈原，尚颇有古之诗义，至宋玉则多淫浮之病矣”，两者并没有差别。

除了作家作品的类似之外，挚虞的赋论自然也受到乃师的影响。《文章流别论》说“赋者，敷陈之称，古诗之流也”[②]，将“敷陈”和“古诗之流”统一于文体的赋，这是在皇甫谧《三都赋序》的“因物造端，敷弘体理”和“诗人之作，杂有赋体。子夏序《诗》曰：一曰风，二曰赋。故知赋者，古诗之流也”的基础上的精练概括。《文章流别论》又说“古之作诗者，发乎情，止乎礼义。情之发，因辞以形之；礼义之旨，须事以明之。故有赋焉，所以假象尽辞，敷陈其志”，“司马迁割相如之浮说，杨雄疾辞人之赋丽以淫”[③]，强调赋体在形象和语言上的修辞作用和“敷陈其志”的功能，又引入了赋家如司马相如、扬雄的说法，突出了“铺采摛文”的特点，这也是在“引而申之，故文必极美；触类而长之，故辞必尽丽：然则美丽之文，赋之作也。昔之为文者，非苟尚辞而已”基础上的发展。挚虞的赋论实际上是在皇甫谧“集诸家之善”基础上的断以已意。挚虞的《文章流别集》是第一部诗文总集，是在杜预的《春秋经传集解》《丧服要集议》的实践基础上和“集经书要事”的《善文》的直接启示下编纂的，属于魏晋之际集解发展的重要创获。《隋书·经籍志》说：“总集者，以建

① 俞士玲：《西晋文学考论》，南京：南京大学出版社，2008 年，第 199—200 页。
② 《艺文类聚》，上海：上海古籍出版社，1999 年，第 1002 页。
③ 《艺文类聚》，上海：上海古籍出版社，1999 年，第 1018 页。

安之后，辞赋转繁，众家之集，日以滋广，晋代挚虞，苦览者之劳倦，于是采擿孔翠，芟剪繁芜，自诗赋下，各为条贯，合而编之，谓为《流别》。"[①]"采擿孔翠，芟剪繁芜"，虽然是针对《文章流别集》而言，但也是挚虞文论的基本思想，同样地贯彻在赋论上。

随着《文章流别集》的流行，挚虞的赋论产生了重要的影响，刘勰《文心雕龙》是唐前文学批评的集大成著作，《诠赋》《杂文》《辨骚》等篇的赋论具有典范的价值，很多观点直接来源于挚虞的《文章流别论》。刘勰在赋与《诗经》的关系上，如《宗经》的"赋颂歌赞，则《诗》立其本"[②]和《诠赋》的"受命于诗人""《诗》有'六义'，其二曰赋"[③]等，反映了汉代以来的普遍性认识；刘勰主张的汉赋讽谏说，如《诠赋》说"然逐末之俦，蔑弃其本；虽读千赋，愈惑体要。遂使繁华损枝，膏腴害骨；无贵风轨，莫益劝戒。此扬子所以追悔于雕虫，贻诮于雾縠者也"[④]，也是汉赋"古诗之流"的回响。这些是当时普遍的观点，不容易辨认刘勰对挚虞的直接继承。但说"赋者，铺也，铺采摛文，体物写志也"[⑤]，突出了"铺采摛文"和"体物写志"的特征，又说"极声貌以穷文""写物图貌，蔚似雕画"，即汉赋着力描绘客观事物的声貌，像雕刻绘画那样惟妙惟肖，却是直接继承了挚虞的观点。黄侃《文心雕龙札记》比较了汉晋刘向、扬雄、桓谭、班固、王充、曹丕、陆机、皇甫谧的赋论，认为"以虞所论最明畅综切，可以与舍人之说互证"[⑥]，在详细引用完挚虞的论述后，说"观彦和此篇，亦以丽词雅义，符采相胜，风归丽则，辞翦美稗为要，盖与仲治同其意恉"[⑦]，将刘勰的"立赋之大体"类同于挚虞的"古

① 《隋书》，北京：中华书局，1973 年，第 1089 页。
② 范文澜：《文心雕龙注》，北京：人民文学出版社，1958 年，第 22 页。
③ 范文澜：《文心雕龙注》，北京：人民文学出版社，1958 年，第 134 页。
④ 范文澜：《文心雕龙注》，北京：人民文学出版社，1958 年，第 134 页。
⑤ 范文澜：《文心雕龙注》，北京：人民文学出版社，1958 年，第 134 页。
⑥ 黄侃：《文心雕龙札记》，上海：上海古籍出版社，2000 年，第 59 页。
⑦ 黄侃：《文心雕龙札记》，上海：上海古籍出版社，2000 年，第 60 页。

诗之赋”。许结指出“刘勰所言的‘逐末之俦’赋作的‘繁华损枝，膏腴害骨’以及如扬雄所批评的‘雕虫’‘雾縠’等等，又与挚虞所说的‘今之赋’相近”[①]。而在赋作的经典作品上，比如“对问”一体，程章灿对比了《文章流别论》和《文心雕龙·杂文》的异同，发现“不但出现的先后次序相同，连有些评论也是文异意同”，指出“其说全本挚虞《文章流别论》”，又如“七体”，程章灿说刘勰“引扬雄语批评七体之失，则全本挚虞《文章流别论》论‘七’一节”。[②] 除了赋论之外，刘勰在多方面继承了挚虞的观点，学者从“进行文体分类”“追溯文体源流”“阐释文体名义”“标举文体楷模”“分论文体特点”五个方面进行了系统的对比[③]，可以明确地窥探出两者的承续关系，这里不再赘述了。

萧统与刘勰的关系密切，《梁书·刘勰传》说“兼东宫通事舍人”“昭明太子好文学，深爱接之”[④]，因此《文选》的赋体观念也同于《文心雕龙》。《文选序》称：“《诗序》云，诗有六义焉，一曰风，二曰赋，三曰比，四曰兴，五曰雅，六曰颂。至于今之作者，异乎古昔。古诗之体，今则全取赋名。荀、宋表之于前，贾、马继之于末。自兹以降，源流实繁。述邑居则有‘凭虚’‘亡是’之作。戒畋游则有《长杨》《羽猎》之制。若其纪一事，咏一物，风云草木之兴，鱼虫禽兽之流，推而广之，不可胜载矣。”[⑤] 无论是“赋源”说，还是“赋史”说，萧统与刘勰的思想都是高度契合的。[⑥] 萧统《文选》最大的成就是将赋列于总集之首，奠定了赋的文体之首地位。《文选》共分文体为三十九类，第一类即是

---

① 许结：《刘勰赋论及其赋学史意义》，《社会科学研究》2016 年第 2 期。

② 程章灿：《刘勰的赋论》，《古代文学理论研究丛刊》（第十七辑），上海：上海古籍出版社，1995 年，第 29 页。

③ 吕武志：《从文体论看挚虞〈文章流别论〉对刘勰〈文心雕龙〉的影响》，《东吴中文学报》1999 年第 5 期。

④ 《梁书》，北京：中华书局，1973 年，第 710 页。

⑤ 《文选》，北京：中华书局，1977 年，第 1 页。

⑥ 程章灿：《刘勰的赋论》，《古代文学理论研究丛刊》（第十七辑），上海：上海古籍出版社，1995 年，第 29 页。

“赋”，彰显了赋体在“文”中的地位。清代人对此颇有批评，如章学诚《永清县志文徵序例》说：“萧统选文，用赋冠首；后代撰辑诸家，奉为一定科律，亦失所以重轻之义矣。如谓彼固辞章家言，本无当于史例，则赋乃六义附庸，而列于诗前；骚为赋之鼻祖，而别居诗后，其任情颠倒，亦复难以自解。而《文苑》《文鉴》从而宗之，又何说也?”[①] 章学诚的批评是从“六义附庸”的传统观点出发，但指出了“赋”居总集之首的“科律”，揭示了文集编纂的一个基本体例。实际上，六朝时期以赋居首是当时的典藏目录和文集编纂的基本依据，傅刚《昭明文选研究》说：“班固先赋后诗的安排，不仅对目录学著作，同时对总集、别集的编辑，也有很大的影响。”[②]《汉书·艺文志》的诗赋略即以屈原、陆贾、孙卿、客主四类赋居前，然后才是歌诗。现存唐前旧集共有六家，除《陶渊明集》外，其余体例都是以赋居首。魏明帝在景初（237—239）中为曹植编集时说“撰录植前后所著赋、颂、诗、铭、杂论百余篇，副藏内外”[③]，也是以赋体领衔。赋体在文集和目录中居首的原因，学者指出“萧氏崇赋冠首的方法，有着文学相对独立于经、史的意义”[④]，这个说法很有见地。

总之，赋的产生和来源的多样性引发了赋体概念的丰富性，汉赋的概念比较复杂，魏晋时期的赋体概念渐趋于融合，经过皇甫谧和挚虞师徒的综合和提炼，赋体概念趋于稳定，刘勰的赋论主要继承了挚虞的观点，但《文心雕龙》以其重要的影响力推动了赋体概念的经典化，《文选》奠定了赋的文体之首地位。

（原载《东方论坛》2018 年第 5 期，15—20 页）

---

① ［清］章学诚著，叶瑛校注：《文史通义校注》，北京：中华书局，1985 年，第 789 页。

② 傅刚：《昭明文选研究》，北京：中国社会科学出版社，2000 年，第 228 页。

③《三国志》，北京：中华书局，1982 年，第 576 页。

④ 许结：《刘勰赋论及其赋学史意义》，《社会科学研究》2016 年第 2 期。

中国古代辞赋与小说之关系论略

钟锡南

中国古代辞赋作为一种文学体裁，在内容与形式上有其与众不同之处，其与小说也有一定的内在关联。表现为假托人物问答的场景化，叙事空间与叙述内容的情境化，结尾处卒章显志的模式化，基于口耳相传的传播方式的故事化，等等。这些在辞赋中多有运用的手法，对古代小说的创作也产生了一定的影响。在小说的发生、发展乃至成熟的过程中，辞赋因其对事物的敷衍铺叙和细微描述，使小说作家的思维受之启示，从而使小说的表现力获得了飞跃性的发展。完全有理由认为，赋在小说史上发挥的作用比我们想象的要重要得多，不懂得这种极具民族特色的文体，就不可能深入地了解古代的小说艺术。

一

作为文体学的小说，其基本含义就是叙述故事。中国的小说历史悠久，可以说，在文字被创造出来之前，就有了原初意义上的小说即神话传说。而后文字的发明，使早期的小说作品得以被记录下来，从《尚书》到编年体史书《春秋》《左传》，再到《史记》及其开创的纪传体文学的体裁，使具有小说意味的史传文学得以迅速发展并繁荣成熟。而随着作家表现力的提高，以虚构叙事为特征的小说在明清时期得到了空前的发展，古代小说经历了一个从低级到高级、从简单到复杂、从粗略地记叙到细腻曲折的描述的发展过程。小说源于“史”的传统，以记事为本体，《汉书·艺文志》曰：“左史记言，右史记事。”[①] 吕思勉说：“凡小说，必有其所根据之材料，其材料，必非能臆造者，特取天然之事实，而加之以选择变化耳。”[②] 所以虚构叙事是小说最主要的表达方式。

赋作为一种特殊的文学体裁，其外形是句式自由而繁复的文字，其内在的品质则是诗化的。刘勰曰：“赋者，铺也。铺采摛文，体物写志也。”[③] 赋要体物，即它一方面要描摹外在的客观世界，所以它要具备小说那样丰富的叙事特性，另一方面，它还要能写志，即其诗化的内质又使其带有作者浓郁的情感色彩。即就整体而论，赋似乎应属传统的抒情文学，但赋本身丰富的叙事特性，又使其与小说的叙事性有了瓜葛。故当我们从小说叙事的角度来考察辞赋时，会发现辞赋确实与小说的发展进程有着某种联系，甚至在一定意义上还可以说，辞赋的叙事性成为能够反映古代小说叙事传统发生演变的一面镜子。

虚构是小说最首要的特征，作为汉代最有代表性文学体裁的汉赋也有虚构的特点。汉时的人们便已明确地认识到了这一点。《潜夫论·务本》云：“今学问之士，好语虚无之事，争著雕丽之文。”[④]《日知录》云：“古人为赋多假设之辞，叙述往事以为点缀，不必一一符同也。子虚、亡是公、乌有先生之文，已肇始于相如

① ［汉］班固：《汉书》，北京：中华书局，1958 年，第 65 页。

② 黄霖等编选：《中国历代小说论著选》，南昌：江西人民出版社，1985 年，第 361 页。

③ 龙必锟：《文心雕龙全译》，贵阳：贵州人民出版社，1992 年，第 83 页。

④ 王健注说：《潜夫论》，开封：河南大学出版社，2008 年，第 102 页。

矣，后之作者，实祖此意。”[1] 虚构是汉赋具有小说意味的最重要因素，它包括虚构人物问对与虚构情节等层面。

首先是人物的虚构。刘勰在论赋的特点时说它是“遂客主以首引”，将其与“极声貌以穷文”并举，认为这是赋区别于诗而自成一体的两大基本要素。所谓“遂客主以首引”，指的是在文章开头虚构客主问答对话，以引出下文的铺展，由此形成赋的整体结构。这在很多作品中都有体现，从荀子的《赋篇》开始，其中就设计了一套王与臣的问答程式，但近似猜谜的特点使得其故事性很弱。《楚辞》中的《渔父》则以全知视角展示屈原与渔父的对话，以此构成故事的主体。宋玉赋又进一步发展了这种主客问答的结构，问答中又引出另一问答，故事中又引出另一个故事，逐步展开，层层推进，使赋的问答式结构基本成型。汉枚乘的《七发》假托吴太子与客，司马相如《子虚赋》《上林赋》假托子虚、乌有先生与亡是公，扬雄《长杨赋》假托翰林主人与子墨客卿，还有班固的《两都赋》、张衡的《二京赋》等等。这种虚构主客问答的结构成为汉大赋的定式。

汉以后的赋作也有不少保留了这种虚构主客问答的结构。这其中以唐代赋家对辞赋的设辞问答的艺术形式尤为重视，他们在继承汉赋主客问答结构形式的基础上又有所创造，发展了小说式虚构性叙事，推动了后世小说叙事手法的发展。唐赋中的问答对话内容丰富，形式多样。或设为作者一方与另一虚拟人物间的对话，或对话双方均为虚拟的人物，或对话双方均为历史人物。如李铣的《孙武试教妇人战赋》，依《史记》所载孙武见吴王阖闾的历史故事敷衍而成，以两位历史人物的问答来构建故事框架。通过孙武与吴王对话展开故事，塑造人物形象，非常富于小说色彩。记人物语言本是史之所长，后为小说所继承，赋之对话问答可以说是由史传到小说的中介和过渡。这篇赋借人物对话的叙事框架，对史文进行大规

---

[1] ［清］黄汝成：《日知录集释》，上海：上海古籍出版社，1984 年影印道光十四年刻本年。

模敷演，对故事内容发挥充分想象虚构，对人物语言极尽铺排夸饰，可以说是赋对小说在构思上有影响的一篇典型之作。明清小说中常常可见以两人言来语往的对话为契机导入故事的情况，如《三国演义》以渔樵谈古论今开篇，《西游记》中取经故事以渔樵口角争胜为引子，《红楼梦》中贾府的演绎则从冷子兴与贾雨村的谈话开始，这些都可以看成是"遂主客以首引"的赋体构思穿越文体壁垒，在小说中激起的朵朵浪花。

与人物虚构相对应的，是情节的虚构。《艺概·赋概》云："赋之妙用，莫过于'设'字诀，看古作家无中生有处可见。如设言值何时、处何地、遇何人之类，未易悉举。"[①]《七发》的主旨是要戒膏粱之子，本可写成一篇洋洋洒洒的论说文，但作者却让吴客大肆铺陈至悲之音、至美之味、至骏之马、至丽之色、至壮之猎、至诡之涛，最后引出要言妙道治愈了太子的心病，从而阐述不可耽于声色犬马的道理。《鵩鸟赋》因鵩入贾谊舍而作。此事或许有之。但作者与鵩鸟对话及鵩鸟宣讲的一番齐生死、等贵贱的道家哲理，则显系虚构之笔。

在游戏笔墨性的赋中，情节虚构更为巧妙。如《美人赋》选取第一人称，说司马相如深得梁王宠幸，邹阳向梁王进谗，称相如好色，相如用两个事实为自己辩护，回击了邹阳。自称独居时，东邻有女貌绝美，登墙窥其三年，他竟毫不动心。他夜宿上宫。宫中有一独身美艳女子，用动作与歌曲百般勾引他，相如却"翻然高举，与彼长辞"[②]。本赋以时间为序，完整地叙述了相如不好色的两个故事。赋中不仅有环境描写、动作描写、对话描写，而且结局颇富戏剧性，颇似一篇用赋体写成的小说。赋中司马相如不等于现实中的司马相如，因此宋吴子良就此讽刺他道："司马相如拟《讽赋》而作《美人赋》，亦谓'臣不好色'，则人知其为诬也。有不

---

① ［清］刘熙载：《刘熙载集》，上海：华东师范大学出版社，1993 年，第 128 页。

② ［宋］章樵：《古文苑》（卷三），上海：商务印书馆，1936 年。

好色者而能盗文君者乎？此可以发千载一笑。”① 当然将传说与现实混为一谈，未免失当。

二

司马相如是个辞赋虚构大家，同为辞赋大家的扬雄对其文构思之妙都深为叹服：“长卿赋不似从人间来，其神化所至邪?”② 其《子虚》《上林》赋以子虚、乌有、亡是公三人辩难展开情节。楚使子虚使齐，齐王尽发国内之兵田猎，炫耀武力。子虚自然不愿辱没使命，盛言楚国物产之盛、楚王田猎之壮。齐国大臣乌有听后不甘示弱，把子虚狠狠地奚落了一顿，接着又夸耀齐王苑囿可容纳八九个云梦。亡是公一开口，便痛斥二人昧于君臣大义，“徒事争游猎之乐，苑囿之大，欲以奢侈相胜，荒淫相越”③ 接着以排山倒海之势，描绘出一个广袤无边、包罗万有的上林苑。天子在苑中游猎，更是威猛无比，天地间所有物种以至灵禽异兽，无不成为其战利品。尽情游乐之余，天子突然若有所悟，于是更弦易辙、罢田猎、除苑囿、倡礼法。最后的结尾颇出人意料，甚至有游离全篇之嫌，古人称之为劝百讽一。但如果我们换一个角度来看其结尾，这正是此赋具有小说意味的一个佐证。

据《汉书·东方朔传》，武帝夜间常与侍卫微服出游，手格熊罴，践踏农田。孔臧为此上《谏格虎赋》加以讽谏，但并非像通常的谏书那样面刺武帝之非，而是通过亡诸大夫与下国之君的问对来表现的。下国之君的形象中显然有武帝的影子在，并寄予了作者的期望。下国之君的傲慢轻狂、不识大体，亡诸大夫的镇定自若、

---

① 李孝中：《司马相如集校注》，成都：巴蜀书社，2000 年，第 151—152 页。

② 程章灿：《西京杂记全译》，贵阳：贵州人民出版社，1993 年，第 113 页。

③ ［汉］司马迁：《史记》，长沙：岳麓书社，1988 年，第 837 页。

深谋远虑，从对话描写中展露出来。在叙事文学尚不发达的汉代，说这是一篇有讽刺意味的小说也不为过。汉成帝是西汉另一个田猎无度的天子，他指使百姓于收割季节捕兽送至长杨馆，令胡人手捕之，自取其获。扬雄上《长杨赋》，“故籍翰林以为主人，子墨为客卿以风”。子墨客卿对天子扰民颇为不满，因此向翰林主人发难，后者滔滔雄辩，说成帝这样做是“安不忘危”，“遵文武之度”，合乎田猎礼法，与其说是辩护毋宁说是指斥。扬雄通过二人巧妙的问答，从正反两方面不露声色地讽刺了成帝。

东汉初年，有一场旷日持久的定都之争。杜笃是定都西京的典型代表，作《论都赋》表明自己的意见。班固则《两都赋》，通过西都宾与东都主人的互相夸耀问难，申明反对定都西京，坚持定都东京的主张。西都宾极力铺叙西京地势之险要、特产之丰富、土地之肥沃、宫室之奢丽、娱游之壮观。东都主人则盛赞东都宫殿合制、田猎有度、节俭风行、倡礼兴乐、四夷来归，最后痛斥西都宾的是古非今言论。赋的结尾还通过动作形象地写出了西都宾的狼狈：“西都宾矍然失容，逡巡降阶，惵然意下，捧手欲辞。”[①] 表明汉赋中已有近于小说中细节描写的片断。

依托古人作赋，亦表明赋的虚构特质，如傅毅的《舞赋》与边让的《章华台赋》。《舞赋》假托宋玉作，故后人便有人误认此篇作者为宋玉。赋前的一段小序交待了此赋创作之由来，楚襄王游云梦，将置酒宴饮众臣，让宋玉作赋助兴，宋玉领命赋舞，底下便是一大段铺叙舞姿舞容的华丽文字。楚襄王游云梦，令宋玉作赋乃是宋玉赋前的模式化引子。傅毅正是借此引子，想象出这一大篇文字。《战国策》中有伍举谏灵王筑章华台之辞，边让《章华台赋》假托伍举谏灵王而作。但谏词和赋面目迥异。赋开头略陈创作缘起，楚灵王作章华之台，数年乃成，极尽豪奢之能事，设长夜淫宴，作北里之新声，于是伍举作赋以讽。此后便是赋的正文，侈陈声乐之乐，末以灵王弃奢从俭作结。这与历史上的灵王颇有出入。

① ［南朝宋］范晔：《后汉书》，北京：中华书局，1965 年，第 1371 页。

《舞赋》与《章华台赋》都有汉代小说“依托作言”的特点，又都具有一定情节，似可进入小说之列。

赋之所以为赋，不仅在于其铺采摛文与设辞问答，它还有一个关键性特征，这就是卒章显志。卒章显志指作者在进行了充分详尽的铺叙基础上，在篇章之末披露襟怀，从幕后走出来进行述志与讽喻，或流露爱憎褒贬、是非曲直等情感，或表达讥讽指摘、劝谏引导等意图，或展现自身的个体人格、理想怀抱等。如荀子的《赋》篇以隐语的形式，对礼、智、云、蚕、针等物进行了详尽的渲染铺陈，末尾附有“佹诗”与“小歌”，曲终奏雅，浸透了作者的牢骚与讽喻。其“佹诗”与“小歌”的内容为：“天下不治，请陈佹诗：天地易位，四时易乡。列星殒坠，旦暮晦盲。幽暗登昭，日月下藏。公正无私，见谓从横。志爱公利，重楼疏堂。无私罪人，憼革贰兵。道德纯备，谗口将将。仁人绌约，敖暴擅强。天下幽险，恐失世英。螭龙为蝘蜓，鸱枭为凤凰。比干见刳，孔子拘匡。昭昭乎其知之明也，郁郁乎其遇时之不祥也，拂乎其欲礼义之大行也，暗乎天下之晦盲也，皓天不复，忧无疆也。千岁必反，古之常也。弟子勉学，天不忘也。圣人共手，时几将矣。与愚以疑，愿闻反辞。其小歌曰：念彼远方，何其塞矣，仁人绌约，暴人衍矣。忠臣危殆，谗人服矣。琁、玉、珠，不知佩也，杂布与帛，不知异也。闾娵子奢，莫之媒也；嫫母力父，是之喜也。以盲为明，以聋为聪，以危为安，以吉为凶。呜呼上天！曷维其同?”① 抒发了作者对是非不分、黑白颠倒的社会现实的失望、不满与愤慨，充满着浓郁的忧患意识。仔细品味这些饱含讽喻的牢骚文字，是可以感觉到它与《楚辞》特别是《离骚》间存在某种相同相通之处的。

中国古人对这种卒章显志的传统的继承与发扬一直未曾中断，如司马迁《史记》中的“太史公曰”、蒲松龄《聊斋志异》中的“异史氏曰”等，最大限度地发挥了叙述者的自由，进一步彰显出叙事主体的意识。由此卒章显志成为古人心中经典恒久的叙事范

① ［清］王先谦：《荀子集解》，北京：中华书局，1988 年，第 482—484 页。

式，后世许多文言小说、白话小说中几乎都以讽喻性的语句作为结尾，如唐代元稹在《莺莺传》末感叹“天之所命尤物也，不妖其身，必妖于人”，陈鸿在《长恨歌传》最后标榜“惩尤物，窒乱阶，重垂于将来”，都是刻意与故事中的“尤物”划清界限，提醒读者不要将作者对号入座。明清长篇小说中《红楼梦》《三国演义》《水浒传》和《金瓶梅》均以讽喻性质的诗歌作结。“说到辛酸事，荒唐愈可悲。由来同一梦，休笑世人痴。”（《红楼梦》）“纷纷世事无穷尽，天数茫茫不可逃。鼎足三分已成梦，后人凭吊空牢骚。”（《三国演义》）“莫把行藏怨老天，韩彭赤族已堪怜。一心报国摧锋日，百战擒辽破腊年。煞曜罡星今已矣，谗臣贼子尚依然！早知鸩毒埋黄壤，学取鸱夷范蠡船。”（《水浒传》）“阀阅遗书思惘然，谁知天道有循环。西门豪横难存嗣，敬济颠狂定被歼。楼月善良终有寿，瓶梅淫佚早归泉。可怪金莲遭恶报，遗臭千年作话传。”（《金瓶梅》）从形式上说，这些收束全书的手段仍属赋诗言志，并未脱出《赋篇》中“佹诗”“小歌”的窠臼，由此可见赋对后世小说的影响是多么大。卒章显志不仅见于上述，短篇小说集“三言”“二拍”中的篇章几乎全部以叹息般的诗句殿后，而章回小说中的这类做法则俯拾皆是。

郭绍虞先生指出：“小说与诗歌之间本有赋这一种东西，一方面为古诗之流”，“另一方面其述客主以首引，又本于庄、列寓言，实为小说之滥觞”。[①] 日本学者清水茂亦认为，赋体文学的人事、景物都带有些虚构部分，“在中国戏剧、小说还没发达以前，虚构文学是由辞赋担任的”[②]。辞赋与小说的这种共通性，致使两种文本在融汇和互渗中，最终形成为特殊的相互促进的关系。

辞赋与小说的这种关联互动性在汉魏六朝主要以意象、情节和题材为典型，表现为辞赋作品描绘神祇鬼怪、虚构人神同游、幻想

---

① 郭绍虞：《照隅室古典文学论集》，上海：上海古籍出版社，1983 年，第 87 页。

② 清水茂：《辞赋的虚构》，《清水茂汉学论集》，北京：中华书局，2003 年，第 245 页。

神仙童趣、伪托人鬼交通等，以及以神女为中心意象的传统主题及表达模式的文学嬗变。汉魏六朝辞赋与志怪小说的交互关系，首先表现为辞赋对小说中某些信息的吸收。作为一种描述或记载怪异人事为主的创作活动，志怪小说通常在题材上形成仙道记录、神佛灵验、民间神怪鬼魅故事等，在体制上则大致构成恢宏壮观的“博物”世界、简淡雅饰的“搜神”一脉以及与诗韵相通的“拾遗”情调等几类。[①] 汉魏六朝辞赋描绘神祇鬼怪、虚构人神同游、幻想神仙意趣、伪托人鬼交通，以及以神女为中心意象的传统主题及其表达模式的时代嬗变，实际上证明了志怪小说对辞赋创作的重要影响。

三

汉魏六朝志怪小说向唐传奇的转化，在某种意义上离不开辞赋文学的时代影响，赋家所创造的亦真亦幻、迷离奇谲的氛围，是很接近传奇作家重意想、“小小情事，凄婉欲绝，洵有神遇而不自知者”的审美趣味和风流情怀，唐传奇在语言的简练、精确以及富有韵律美等方面都得益于赋体不少。辞赋文学由此促成志怪小说在内的叙事文学走向人文和审美，走向小说体裁的真正独立。因此，我们可以说，汉魏六朝辞赋与志怪小说叙事的交互关系，表现为两者在融汇和互渗中共同成长，最终形成唐传奇的蔚为大观。

汉魏六朝辞赋与志怪小说叙事的交互关系，还表现为辞赋文学对志怪小说创作产生的影响。作为叙事文学的承担者，汉魏六朝辞赋的叙事元素及其实际功能，特别是汉大赋以主客问答为特色的体制和模式，一方面在某种程度上壮大并影响着叙事本身。与此相关，辞赋文学的叙事性、虚构性及其综合必然会影响作为早期叙事

---

① 李剑国：《唐前志怪小说史》，天津：南开大学出版社，1984 年，第 331 页。

的另一承担者即志怪小说。另一方面，汉魏六朝辞赋的叙事特质，在某种程度上促进了包括志怪小说在内的早期叙事传统的时代嬗变。汉魏六朝辞赋影响着志怪小说叙事文化意趣和文学功能的改变，六朝志怪小说叙事的时代嬗变，其前途则指向唐代传奇小说。由此可以说，在汉魏六朝辞赋与志怪的双重作用下，在其他文化因素的积极推动下，文言小说最终走向“文备众体”的传奇时代。鲁迅说：“传奇者流，源盖出于志怪，然施之藻绘，扩其波澜，故所成就乃特异，其间虽亦或托讽喻以纾牢愁，谈祸福以寓惩劝，而大归则究在文采与意想，与昔之传鬼神明因果而外无他意者，甚异其趣矣。”[①] 诠释了传奇与志怪之间既继承而又变化的关系。

今人有赋体小说的说法，凡小说以韵文铺排表现文学趣味的具有描写铺陈效果者，即为赋体小说。《逸周书》中的《太子晋》可视为赋体小说，东汉赵晔的《吴越春秋》则是长篇的赋体杂史小说，据正史叙述而参以灵怪，有数段情节或对话使用单方，如《晏子春秋》中的韵文故事，则是赋体的小说化。《游仙窟》是文人写的俗赋体小说，是唐人传奇从初唐到中唐的间的过渡作品，其叙事性及虚拟性的赋体是传奇小说的先导。《游仙窟》是唐人小说中最为奇特的一部，除了形式上大量用诗歌对答之外，其更为特别之处在于用赋的笔法大量铺叙所见之景、所在之境，这种以赋以文的创作笔法则渊源于赋对小说的兴起的影响。

张鷟的《游仙窟》以第一人称展开叙述，记录了主人公在奉使途中经过一个相传为“神仙窟”的第宅，与崔十娘及其五嫂相遇，一起饮酒赋诗，调情作乐，留宿一宿分手离去。故事很简单，但其间大量以赋的笔法铺陈叙述，使原本简单的故事呈现出迷离难辨、亦真亦幻的情调。并且在开头交代路遇仙窟的经过和后文对话等多处以大量的骈文铺叙展演开来，其中不乏格律整齐、韵律和谐的片段，完全是六朝辞赋的格局。

从文章的布局来看，这篇小说是典型的主客问答式结构，这是

① 鲁迅：《中国小说史略》，北京：人民文学出版社，1975 年，第 55 页。

前述典型的赋体叙事形式。小说中主人公与十娘和五嫂相继出场，以你问我答的对话形式展开故事情节，从而达到对人物形象的极尽描摹刻画。赋体叙事形式在这篇小说中的另一体现就是韵散结合，极尽铺叙之能。这主要是来自于散体大赋的影响，极尽体物写景之能、恢弘巨丽之美，展现无遗。如小说的开头部分："仆从汧陇，奉使河源。嗟命运之迍邅，叹乡关之眇邈。张骞古迹，十万里之波涛；伯禹遗踪，二千年之坂隥。深谷带地，凿穿崖岸之形；高岭横天，刀削冈峦之势。烟霞子细，泉石分明。实天上之灵奇，乃人间之妙绝……"[①] 以骈赋的形式交代自己在奉使河源途中的所见所闻，极尽铺写之能事，对偶整齐，骈散结合，这是明显不同于其他唐人小说之处。主要在于用大量的赋笔展开小说之情境的描写，有意吸收赋家在描摹景物及人物对话等方面的特长为己所用，以使这种文体臻于成熟。所以，"《游仙窟》是稗赋杂交的一个绝妙标本，因为它既是传奇又像俗赋"[②]。

除《游仙窟》有明显的赋的痕迹外，在唐人小说中还有很多作品采用赋的笔法进行铺排描写，亦可印证赋与小说的内在关系。如《古镜记》中多用四言句式，或人物对话，或描写宝镜的奇异情景。如："婢倾大醉，奋衣起舞而歌曰：'宝镜宝镜，哀哉予命！自我离形，于今几姓？生虽可乐，死必不伤。何为眷恋，守此一方！'"[③] 此篇还多以韵散结合的方式进行铺写，如："度以宝镜之作，合于阴阳光景之妙。不然，岂以太阳失曜而宝镜亦无光乎？叹怪未已。俄而光彩出，日亦渐明。比及日复，镜亦精明如故。"[④] 又如《传奇·封陟》开篇即以赋法起笔："……貌态洁朗，性颇贞端。志在坟典，避于林薮。探义而星归腐草，阅经而月坠幽窗。兀兀孜孜，俾夜作昼，无非搜索隐奥，未尝暂纵揭时日也。书堂之

① 鲁迅校录：《唐宋传奇集》，济南：齐鲁书社，1997 年，第 251 页。

② 汪辟疆：《唐人小说》，上海：上海古籍出版社，1978 年，第 37 页。

③ 汪辟疆：《唐人小说》，上海：上海古籍出版社，1978 年，第 4 页。

④ 汪辟疆：《唐人小说》，上海：上海古籍出版社，1978 年，第 5 页。

畔，景象可窥，泉石清寒，桂兰雅淡；戏猱每窃其庭果，唳鹤频栖于涧松。……”[①] 骈散结合，韵律整齐，很明显是受到了赋在铺叙手法上的影响。

又如沈亚之《秦梦记》中一段：“既，再拜辞去。公复命至翠微宫，与公主侍人别。重入殿内时，见珠翠遗碎青阶下，窗纱檀点依然。宫人泣对亚之，亚之感咽良久，因题宫门，诗曰：‘君王多感放东归，从此秦宫不复期。春景自伪秦丧主，落花如雨泪胭脂，竟别去。”[②] 这是把写景与故事铺叙等结合起来为抒情服务的角度来看的，这也是唐人小说中较常见的写法。有学者就直接指出，“唐杜光庭《集仙录》中的《云华夫人》，甚至就是由宋玉赋直接派生出来的一篇传奇小说”[③]。

上述对情节的展开用宋以后的说法就是“敷演”，敷演是宋小说话本故事情节虚构创设的重要方法，罗烨在其《醉翁谈录》中曾多次强调：“试将便眼之流传，略为从头而敷演”[④]，“靠敷演令看官清耳”，“敷演处有规模有收拾，冷淡处提掇得有家数，热闹处敷演得越久长”[⑤]，可见敷演是小说的虚构表现能力发展到较高阶段的表现，唐代赋家在作品中对敷演的运用成熟，说明他们叙事能力的提高，也为后世小说特别是宋元话本小说的虚构艺术的发展做了一个良好的铺垫。

赋的笔法自小说兴起之时便深刻地融进了其创作当中，从后人在小说创作中对赋笔的吸收即能看出小说在独立的过程中不断地丰富着自己的创作手法，力图使小说融合诸家之法而成为一种独立的文体，其中对赋的吸收是其在独立化的过程中极其重要的一部分。袁行霈先生曾说过：“一种文体与其他文体相互渗透与交融，吸取

① ［唐］裴铏著，周楞伽辑注：《传奇》，上海：上海古籍出版社，1980 年，第 65 页。

② 汪辟疆：《唐人小说》，上海：上海古籍出版社，1978 年，第 196—197 页。

③ 薛洪勣：《传奇小说史》，杭州：浙江古籍出版社，1998 年，第 23 页。

④ 黄霖等编选：《中国历代小说论著选》，南昌：江西人民出版社，1985 年，第 92 页。

⑤ 黄霖等编选：《中国历代小说论著选》，南昌：江西人民出版社，1985 年，第 93 页。

其他文体的艺术特点以求得新变，这是中国文学演进的一条重要途径。”① 赋作为文体是开始于战国末年，而于汉魏兴盛乃至蔚为大观。尤其在两汉，赋作为一种官方的正统文学一直影响着其他文学体式的发展。而成熟的小说的出现则比赋的兴起晚得多，所以在魏晋六朝志怪小说兴起的时候，赋作为一种为人所知的文体已经大兴于斯，并且出现了大量杰出的赋家和优秀的赋作。所以我们不能不说小说的兴起与赋体的成熟之间是有直接或间接的关系的，他们之间是相互影响和促进的。

① 袁行霈：《中国文学史》，北京：高等教育出版社，1999 年，第 10 页。

下　　编

《历代辞赋总汇》前言

马积高

辞赋是继《诗三百篇》之后首先繁衍起来的一种文学体裁。它古老而又典雅，最具有中国文学的民族特色，对我国文学的发展产生过极为深远的影响。第一，中国古代文学中许多传统的题材、主题是在赋中首先出现或加以开拓的，如山水、行旅、田园隐居、游记、宫怨、宫殿室宇、亭台楼阁等，无不是率先在辞赋中发展起来然后再蔓延到其他文学种类去的。此外，如田猎、歌舞、咏物等，虽或始于《诗经》《楚辞》，然加以开拓使之成为普遍注意的题材也是由于汉以后的赋。第二，最初对一个时代、一个地区的文物制度、生活习俗作综合性的艺术概括，最初对当代重大的政治事变作出较全面的综合性描述的也是赋。如扬雄《蜀都赋》、班固《两都赋》、李谐《述身赋》、庾信《哀江南赋》等都是这种宏伟的结构。第三，具有悠久历史的我国古代的讽谕文学和通俗文学也是最初出现于辞赋之中。从宋玉的《风赋》到阮籍《猕猴赋》、孔稚珪《北山移文》，至唐赋而发展到高峰，其流至清代而不绝，构成我国讽谕文学的优秀传统。俗赋从王褒《僮约》始，到曹植《蝙蝠赋》，到南朝宋袁淑的一些俳谐文，到唐代的敦煌俗赋，构成通俗赋的一脉，其流及于清代蒲松龄的某些赋。这种俗赋是唐以来大量涌现的说唱文学的源头，因为变文、话本等那种韵散结合的形式就是从赋的问答体蜕变而来的。而说唱文学对中国戏曲和小说的形成具有重要的影响。因此，俗赋可以说是中国俗文学之祖。第四，文学艺术的描写（包括对客观事物和作者主观感情的描写），由简单到复杂，由概括到细腻，赋在其中发挥了重要作用。从屈宋赋，到汉赋，到魏晋南北朝赋，其中描写的细腻精确和手法的变化多样，是驾于同时期的诗文之上的。在某种意义上可以说，是当时的辞赋哺育了同时代和唐代的诗人。第五，辞赋对中国文学的语言也作出了重大贡献。我国的语言大体上有一个由单音词为主到逐渐增加双音词的过程。屈宋赋在这一演进过程中也是一个飞跃。汉以后的赋中更是大量增加，特别是许多双声叠韵形容词的首先出现多在赋中，然后才扩展到诗文。此外，如在造语上注意炼动词和注意排偶等，也始于赋或首先在赋中得到发展。我国的一种特殊文体——骈文就是在辞赋的母体中孕育发展起来的。于此，可见辞赋对我国文学发展的影响至深且远。赋之所以在许多方面带有开创性，这是由于它是继《诗三百》之后率先产生的一种文学体裁，是两汉乃至魏晋南北朝时期许多作家精力之所萃，它自不能不负担起这一承前启后的任务。

而且，赋是一种体式多样化的文体，较之诗文更容易表现作者多方面的才华和修养。因此，能否作赋始终被看成是衡量一个作家的文学才能的一种重要尺度，是他们抒情达志的一种重要方式。他们认为，辞赋创作是一个作家的学识和才情的表现，因此，十分重视。司马相如以创作了《子虚赋》而深得汉武帝的赞赏，被召至京师；又以创作《天子游猎赋》而被任为郎（《史记·司马相如列传》）。曹植以年纪轻轻却能创作《铜雀台赋》而大得曹操赏识，“特见宠爱”，“几为太子者数矣”（《三国志·魏书·陈思王植传》）。左思作《三都赋》，“自是之后，盛重于时”，“于是豪贵之家竞相传写，洛阳为之纸贵”（《晋书·文苑传·左思传》）。北魏时，邢邵、魏收、温子升并称为北魏三大家。但“收以温子升全不作赋，邢虽有一两首，又非所长，常云：‘会须作赋，始成大才士。唯以章表碑志自许，此外更同儿戏。’”他以能作赋而傲视邢邵与温子升（《北齐书·魏收传》）。杜甫向别人夸耀他的文学才能也是说“赋料扬雄敌，诗看子建亲”（《奉赠韦左丞丈二十韵》），把赋的创作还放在诗之前，可见他对作赋的看重。的确，创作赋，特别创作大赋，要堆砌大量的双声叠韵联绵词，要使用很多的连边字，要了解所描写的事物的有关史实，要熟悉它的有关特点，要“苞举宇宙，总揽人物”，“控引天地，错综古今”，这就非博学不可。大赋要求“散五彩以成文，列锦绣而为质，一经一纬，一宫一商”（《西京杂记》卷二），这就非有才情不可。既要博学，又要有才情，必须二者兼备，才能创作辞赋。所以，古代有名的大赋作家，大都是著名的大学者、大史学家、大文学家，司马相如、扬雄、班固、张衡、蔡邕、曹植、庾信等，便是这样一流人物。辞赋受到人们的重视是理所当然的。故古代作家无不呕心沥血、花时费日地去经营大赋。据记载：“司马相如为《上林》《子虚》赋，意思萧散，不复与外事相关，控引天地，错综古今，忽然如睡，焕然而兴，几百日而后成。”（《西京杂记》卷二）桓谭说：“余少时见扬子云之丽文高论，不自量年少新进，而猥欲逮及。尝激一小事而作小赋，用精思太剧，而立感动发病，弥日瘳。子云亦言，成帝时，赵昭仪方大幸，上甘泉，诏令作赋，为之卒暴，遂团倦小卧，梦其五脏出在地，以手收而内之。及觉，病喘悸，大少气，病一岁。”（《新论·祛蔽》）张衡作《二京赋》，“精思附会，十年乃成”（《后汉书·张衡传》）。左思作《三都赋》，“移家京师，乃诣著作郎张载访岷邛之事。遂构思十年，门庭藩溷皆著笔纸，遇得一句，即便疏之。自以所见不博，求为秘书郎”（《晋书·文苑传·左思传》）。可见他们对能作赋的郑重。从《文选》开始，特别是唐宋时期的作家，他们编总集、别集，一般都是首列赋、次列诗文，《卢照邻集》《杨炯集》《李太白全集》《杜工部全集》《皮子文薮》《唐文粹》《文苑英华》等无不如是，也可见古代作家对赋的重视。

正因古代作家如此重视辞赋，故辑录者代有其人。早在西汉成帝时，刘向校中秘书，即辑录屈宋诸人之作及汉人部分拟骚之作，编为《楚辞》十六卷。东汉王逸更益以己作《九思》，为《楚辞章句》十七卷，凡收作家十人，作品七十三篇。至于赋，班固《两都赋序》说："孝成之世，论而录之，盖奏御者千有余篇。"刘歆编辑《七略》，其《诗赋略》即著录西汉一代之赋。班固撰《汉书》，"删其要"而作《艺文志》，著录西汉赋作家七十八家，作品一〇四篇，可惜今存者十不及一。

魏晋南北朝是辞赋辑录的鼎盛时期，《隋书·经籍志》著录的"七"和"对问设论"体赋集有：《七集》十卷，谢灵运撰；《七林》十卷，梁十二卷，录一卷，卞景撰；梁又有《七林》三十七卷，录一卷，亡；《七悟》一卷，颜之推撰；梁有《吊文集》六卷，录一卷，《吊文集》二卷，亡；《谈论集》二卷，刘楷撰；梁有《谈论集》三卷，东晋人撰；《客难集》二十卷，亡。

著录的赋集有：

《赋集》九十二卷惠谢灵运撰；梁又有《赋集》五十卷，宋新渝侯撰；《赋集》四十卷，宋明帝撰；《乐器赋》十卷，《伎艺赋》六卷，亡；《赋集钞》一卷，《赋集》八十六卷，后魏秘书丞崔浩撰；《续赋集》十九卷，残缺；《历代赋》十卷，梁武帝撰；《皇德瑞应赋颂》一卷，梁十六卷；《五都赋》六卷，并录，张衡及左思撰；《杂都赋》下一卷，梁《杂赋》十六卷；又《东都赋》一卷，孔逭作；《二京赋音》二卷，李轨、綦毋邃撰；《齐都赋》二卷并录，左思撰；《相风赋》七卷，傅玄等撰；《迦维国赋》二卷，晋右军行参军虞干纪撰；《遂志赋》十卷，《乘舆赭白马》二卷，亡；《述征赋》一卷，《神雀赋》一卷，后汉傅毅撰；《杂赋注本》三卷；梁有郭璞注《子虚》《上林》赋一卷；薛综注张衡《二京赋》二卷；晁矫注《二京赋》一卷；傅巽注《二京赋》二卷；张载及晋侍中刘逵、晋怀令卫权注左思《三都赋》三卷，綦毋邃注《三都赋》三卷，项氏注《幽通赋》，萧广济注木玄虚《海赋》一卷，徐瑗注《射雉赋》一卷，亡；《献赋》十八卷；《围棋赋》一卷，梁武帝撰；《观象赋》一卷；《洛神赋》一卷，孙壑注；《枕赋》一卷，张君祖撰；《二都赋音》一卷，李轨撰；《百赋音》十卷，宋御史褚诠之撰；梁有《赋音》二卷，郭征之撰；《杂赋图》十七卷，亡。

这些著作，新旧《唐书·艺文志》尚有著录，但宋以后多已亡佚，今已难以复见矣。

唐人专为辑录整理的赋集今未见，见于《新唐书·艺文志》者，仅有下列几种：刘楷《设论集》三卷，谢灵运《设论集》五卷，卞氏《七林集》十二卷，颜之推《七悟集》一卷。这些书卷数虽与《隋书·经籍志》不符，而书名皆见《隋志》，盖承前人之遗。但唐人所辑类书，如《艺文类聚》《初学记》，皆多收辞赋。虽或系节录，至今为研究者所资。《文馆词林》收赋亦多，惜今多佚失。然其残膏剩汁，犹可沾溉后人。

宋代又是辞赋集结的重要时期。辑录骚赋较多的著作有《文苑英华》。该书《杂文·骚》收有从梁至唐的拟骚之作五卷，收骚体赋四十二篇，计有梁元帝《秋风辞》、范缜《拟招隐士》、卢照邻《五悲文》五首、《释疾文》三首、《狱中学骚体》、岑参《招北客文》、韩愈《讼风伯》、柳宗元《吊屈原》《诉螭》《哀溺》《憎王孙》《逐毕方》《骂尸虫》《招海贾》、沈亚之《文祝延》《为人撰乞巧文》《湘中怨解》、陆龟蒙《迎潮送潮曲》二首、刘蜕《悯祷词》《吊屈原辞》三章、皮日休《祝疟疫文》《九讽系述》九首、《反招魂》《悼贾》等，这是继《文选》之后收录拟骚赋较多的著作。其《杂文·问答》收有萧统《七契》、萧纲《七励》、何逊《七召》、卢照邻《对蜀父老问》、骆宾王《钓矶应诘文》、韩愈《进学解》《释言》、柳宗元《晋问》、沈亚之《进学解书对》等九首作品。

《宋史·艺文志》著录有晁补之辑《续楚辞》二十卷、《变离骚》二十卷。据晁公武《郡斋读书志》，《续楚辞》二十卷收有“自宋玉以下至本朝王令，凡二十六人，计六十篇”，《变离骚》二十卷“所录自楚荀卿至本朝王令，凡三十八人，通九十六首”。二书《四库总目》已不见著录，不知佚于何时。朱熹据《续楚辞》与《变离骚》，辑有《楚辞后语》六卷，收有自荀况《成相》至宋吕大临《拟招》共二十八位作家的五十二首作品。可见这又是骚体赋的一次较大的集结。

宋人对赋的辑录也做了大量的工作。据《宋史·艺文志》，宋人辑录的辞赋总集有：徐锴《赋类》二百卷，目一卷；《广类赋》二十五卷；《灵仙赋集》二卷；《甲赋》五卷；《赋选》五卷；江文蔚《唐吴英秀赋》七十二卷；《桂香赋集》三十卷；杨翱《典丽赋》六十四卷；《类文赋集》一卷；谢璧《七赋》一卷；许洞、徐铉《杂古文赋》一卷；王咸《典丽赋》九十三卷；李祺《天圣赋苑》十八卷。

此外，陈振孙《直斋书录解题·集部总集类》著录有《后典丽赋》四十卷，云："金华唐仲友与政编。仲友以辞赋称于时。此集自唐末及本朝盛时，名公所作皆在焉，止于绍兴间。先有王戊集《典丽赋》九十三卷，故此名《后典丽赋》。王氏集未见。"又著录有《指南赋笺》五十五卷、《指南赋经》八卷，云："皆书坊编集时文，止于绍兴以前。"

晁公武《郡斋读书志》著录有《唐赋》二十卷，不著编者姓名，云："右唐科举之文也，萧颖士、裴度、白居易、薛逢、陆龟蒙之作皆在焉。"可见这些著作都是律赋选集，是供应科举学习的范本。

上述辞赋总集至《四库全书》均不见著录，可见亡佚已久。

金元时期收录骚体赋的著作有两部：一为苏天爵《元文类》，该书于第一卷"赋"后列有"骚"一目，收有刘固《白云辞》二章、袁桷《悠然阁辞》《垂纶辞》、王士熙《云山辞》共五首。一为祝尧《古赋辨体》，该书卷九《外录上·后骚》目下录有宋玉《招魂》、贾谊《惜誓》、庄忌《哀时命》、淮南小山《招隐士》、扬雄《反骚》、韩愈《讼风伯》《享罗池》、王安石《寄蔡氏女》、黄庭坚《毁璧》、邢居实《秋风二叠》，于《骚》目下录有汉武帝《秋风辞》、息夫躬《绝命辞》、陶渊明《归去来辞》、黄庭坚《濂溪辞》、杨万里《延陵怀古辞》，皆为拟骚之作，而祝尧将其收入《古赋辨体》，作为古赋的一个支派。

金元时期赋的辑录，钱太昭《元史·艺文志》著录有下列数种：郝经《皇朝古赋》一卷。虞廷硕《古赋准绳》一卷，祝尧《古赋辨体》八卷，《外录》二卷，《元赋青云梯》一卷。黄虞稷《千顷堂书目》著录有：郝经《皇朝古赋》一卷，冯子振《受命宝赋》一卷，虞廷硕《古赋准绳》下卷，佚名氏《古赋青云梯》三卷，《古题赋》十卷，又《后集》六卷。

这些赋集，《四库总目》大都不加著录，今存者唯《古赋辨体》《青云梯》二种。

收录元赋最早的著作为《元文类》。该书卷一“赋”选录有元赋作家6人的6首赋。收录金、元赋最多的为《历代赋汇》，收有金元作家137人，赋338首。

明代收集骚体赋的总集有蒋之翘《续楚辞后语》，附蒋之翘所刊朱熹《楚辞后语》之后，收有明人骚赋如刘基《思归引》，方孝孺《绝命辞》，王达《琴操》，郭爱《自哀》，李梦阳《省愆》《吊申徒狄》《君犹夷》《骋望》，何景明《蹇赋》《九咏》《倚柱操》，徐贞卿《汉反骚》，孙一元《屏之山》，王廷相《吊时赋》《巫阳辞》，陆深《春山辞》，王世贞《少歌》，卢楠《幽鞠》《放招》，周九罭《今已矣》，黄道周《乘桴》《广引》，蒋之翘《攘询赋》《谗赋》《行路难》《吊屈原》等，共15位作家的26篇作品。程敏政《明文衡》有“骚”一卷，收有宋濂《思美人》《孤愤辞》，詹同《题王子充琴边秋兴图辞》，胡翰《吊董生文》《悯淑文》，刘基《怀龙门辞》《九叹》九首，王祎《招游子辞》，高启《吊伍子胥辞》，苏伯衡《云林辞》，方希古《吊茂陵辞》，杨士奇《退庵辞》，胡俨《辞剑阁辞》《冰雪轩辞》，周叙《吊余青阳李同州词》，刘定之《竹坡辞寄金川萧乐善》等12位作家的16篇作品。别集有黄道周《黄漳浦集》卷三十六“骚赋”一卷，收骚6首，凡62章。

明人骚赋之成卷帙者还有：《明史·艺文志》著录的张灿《拟离骚》二十卷（《千顷空书目》作二十篇），姜亮夫《绍骚隅录》著录的黄祯《拟骚》一卷，姚舜明《补楚辞》一卷，高元之《变离骚》九卷，徐瑶举《藏骚》一卷。《绍骚隅录》还著录有散见于别集的明代骚赋作家的作品共 58 首，为研究明代骚体赋提供了丰富资料。

收录明人“问答体”赋最多的为黄宗羲《明文海》。其中有“问答”五卷，收作家 28 人，作品 40 首。这些作品有的是无韵的论文，但其中有相当多的问对体赋，当分别观之。

明代对赋的辑录也做了许多工作。《明史·艺文志》著录有：刘世教《赋纪》一百卷，俞王言《辞赋标义》十八卷，陈山毓《赋略》五十卷。而今存明人选编的赋集尚有：袁宏道辑王三余补精镌《古今丽赋》十卷；周履靖、刘风、屠隆辑《赋海补遗》三十卷；李鸿辑《赋苑》八卷；施重光辑《赋珍》八卷。俞王言撰《辞赋标义》十八卷；陈山毓辑《赋略》三十四卷，绪言一卷，列传一卷，外篇二十卷，佚名氏辑《类编古代赋》二十五卷。

而收录明赋较多的著作有：《明文衡》，有赋一卷，选录明赋作家 15 人，赋 18 首；《赋海补遗》除收录从汉至宋的赋 265 首外，还收周履靖赋 606 首；《明文海》有赋四十六卷，收明赋作者 175 人，赋 292 首；《历代赋汇》共收明赋作家 369 人，赋 735 首。

清代是辞赋辑录成就最大的时代，可以说是对前代的赋做了全面的辑录与整理。其代表著作有：（一）陈元龙奉敕编《历代赋汇》。该书总计收赋（包括逸句）4067 首，“正变兼陈，洪纤毕具，信为赋家之大观”（《四库全书简明目录》），为历代收赋较为完备的总集。（二）董诰奉敕撰《全唐文》。书中收唐赋作家 544 人，赋 1622 首，除敦煌赋外唐赋基本收全。（三）严可均辑《全上古三代秦汉三国六朝文》。书中收有这个时期的赋作家 342 人，赋 1211 首。先秦至隋的赋除已有专集者外，大体上可称完备。（四）鸿宝斋主人编《赋海大观》。该书《凡例》称其“得赋二万余首”，实际刊入该书的为 12000 首，录自先秦至清光绪十四年之前的赋，分 32 类，子目 500 余目，确是历代辑录赋最多的总集。但此书主要收清代律赋，于明以前古赋则大体仍《历代赋汇》之旧，殊少补益。此外，清赋的选本尚多，大都以律赋为主，较有名者有法式善《同馆赋抄》、黄爵滋《赋汇海》与《续编》等。其颇具撰述之意者，则有：（一）苏兴编《清代律赋类纂》。此书成于光绪二十六年，主要选录清翰詹律赋，分类凡七，共选清代律赋作家182人，律赋372首。又以“名家法式，率本先民，稽录古赋，用殿全篇，俾来者因类以讨义，循流而溯源”（《律赋类纂序》），因此又选录自陶渊明《闲情赋》至明徐渭《梅花赋》等骈赋凡44首，殿卷末以使读者循流溯源，了解律赋的发展。（二）李元度所编《赋学正鹄》，其类有十，前九类选录清代“清醒流利，轻灵典切”的律赋129首，“高古”类则录有自唐宋璟《梅花赋》至汉班固《两都赋》共18首，以便读者循流而溯源。清代各种赋选甚夥，据我们所知者即有50余种，其中有些还是抄本，如：林佶辑《集英阁赋选》2卷，清抄本，藏河北大学图书馆；汪宪辑《宋金元明赋选》8卷，清抄本，藏北京图书馆；吴槐辑《赋海类编》20卷，清抄本，原藏上海图书馆，乃“文革”时抄家之物，现已物还原主矣。

收录清代骚体赋较多的著作为姜亮夫教授著的《绍骚隅录》。计收有尤侗《西堂杂俎·骚类》的《招魂》《驱梦》《招荡子》《悲秋风》《反招魂》《梅花三弄》《秋风图辞》《鼓琴图辞》《独醒图辞》《九讼》共10篇，汪琬《尧峰文集抄》之《反招魂辞》，朱筠《笥河文集》之《拟招隐士》，方履篯《万善花室文稿》之《小山招隐图赋》，洪亮吉《卷施阁文集》之《七招》，王诒寿《缦雅堂骈文》之《九招》，龚自珍《定庵文集》之《戒将归文》，凌廷堪《校礼堂文集》之《九慰》等，共计作家8人，作品17首。姜教授在该书序中说：“其仅有体貌结构，志卑言浅，或无病而呻者，皆不录入。”可见该书只选录清人骚赋的最优秀者。可惜清人骚赋散见于各种别集之中，不见有汇辑为总集者。

我们这次编集《历代辞赋总汇》，在前人辑录的基础上，做了较为广泛的搜集，所收作品亦有较多的增加。据初步统计，计收有先秦汉魏南北朝隋赋作家412人，辞赋作品1625篇；唐代辞赋作家579人，辞赋作品1711首；宋代辞赋作家347人，辞赋作品

1445首；金元辞赋作家248人，辞赋作品761首；明代辞赋作家1019人，辞赋作品5107首；清代辞赋作家4810人，辞赋作品19499首。合计共收辞赋作家7450余人，辞赋作品29100余首。这虽是初步统计，但我们认为，这次辑录进行得是比较广泛的，除了宋人郑起潜《声律衡裁》所载的唐宋人律赋的残垣断壁未进行一一比勘辑录外，对明以前的总集、别集及我们所能找到的部分地方志所载的辞赋作品，做了广泛的全面的收集，较以前的几种辞赋总集，如陈元龙《历代赋汇》、鸿宝斋主人《赋海大观》，篇幅都有较多的增加，可能还有遗佚，但不会太多了。至于清代辞赋，我们虽收有作家4000余人，作品近20000首，但清人集部到底有多少，目前尚无精确统计数字，恐怕还有许多手稿未被发现。故清代可能遗佚较多。但主要是清律赋，且就我们目前的精力、财力和时间，可以说尽了我们最大的努力。至于更广泛、更深入的辑录，就只好以俟来哲了。

前人编辑赋集，一般只收以赋名篇的作品。首先将屈原作品及其拟骚之作另立名目，名之曰“辞”或“骚”。刘向就最先定名为“楚辞”。《文选》于赋外，另立“骚”一目，又立“辞”一目。后人多继承他们的说法，且相沿袭至今，并有人撰文作著来论述赋、辞、骚之区别。清人程廷祚就著有《骚赋论》加以论证，今人论之者更夥，可以继续讨论。但汉人“辞”“赋”是不分的，将“辞”或“骚”称之赋者比比皆是。如司马迁《史记·屈原列传》就说屈原“乃作《怀沙》之赋”，班固《汉书·贾谊传》也说屈原“被谗放逐，作《离骚》赋”，《地理志》又说“楚贤臣屈原被谗放逐，作《离骚》诸赋以自伤悼”，其《离骚赞序》亦云“又作《九章》赋以讽谏”。其《艺文志》更明确称“屈原赋二十五篇”，而归入《诗赋略》中。自兹厥后以讫于今，称屈原作品为赋者代不乏人。晋人皇甫谧《三都赋序》说：“于是贤人失志，词赋作焉。是以孙卿、屈原之属，遗文炳然。”挚虞《文章流别论》亦云：“前世为赋者，有孙卿、屈原。”“故扬子称赋莫善于《离骚》。”唐李白称“屈平词赋悬日月”（《江上吟》）。元祝尧《古赋辨体》首列“楚辞”，并云：“屈子《离骚》，古赋之首也。”清人戴震著有《屈原赋注》，马其昶著有《屈赋微》，今人姜亮夫先生著有《屈原赋校注》，谭介甫先生著有《屈赋新编》。故本书将“辞”或称之为“骚”者，作为赋之一体（名曰骚体赋）而收入书中。但不收“哀辞”，一则因为哀辞有具体的哀悼对象，与哀祭文相似，应归入“哀祭类”；一则历代哀辞太多，为节省篇幅，故不录。并将用骚体写作的“操”或“歌”收入，因这些“操”或“歌”既为骚体，则近于骚体赋，故可归入赋类。这样做，我们也并非是始作俑者，朱熹《楚辞后语》即将鄂君《越人歌》、刘邦《大风歌》、刘彻《匏子歌》《乌孙公主歌》、李白《鸣皋歌》、顾况《日晚歌》、韩愈《琴操》、张载《鞠歌》收入书中。元祝尧《古赋辨体·外录下》亦收入“操”与“歌”，并云“操与诗赋同出而异名”，“盖歌者，乐家之音节，与诗赋同出而异名尔”。可见这种骚体的“操”和“歌”是可以归入“骚”的，为见其流别之有分有合，故亦列入。

“七”体创自枚乘。自枚乘作《七发》设吴客以七事启发楚太子之后，仿作者纷起。《艺文类聚》卷五十七引傅玄《七谟序》云：“昔枚乘作《七发》，而属文之士，若傅毅、刘广世、崔骃、李尤、桓麟、崔琦、刘梁之徒，承其流而作之者纷焉。《七激》《七兴》《七依》《七疑》《七说》《七蠲》《七举》之篇，通儒大才马季长、张平子等亦引其源而广之，马作《七厉》，张造《七辩》。……至大魏英贤迭作，有陈王《七启》、王氏《七释》、杨氏《七训》、刘氏《七华》、从父侍中《七诲》。”此外，其著名者尚有崔瑗《七苏》、张协《七命》、陆机《七征》、左思《七讽》等。汉魏以下文人几乎无不作“七”，《隋书·经籍志》著录有谢灵运《七林》十卷，梁《七林》十卷，又三十卷。《文选》专设“七”一目，明吴讷《文章辨体》、徐师曾《文体明辨》、清张炌《古文辨体》亦皆设“七”一目，只是唐宋以后不复见有“七”的总集。“七”的归类，前人很不一致。有的单设“七”为一体，已如前述。有的则将其归入《杂文》。首先，《文心雕龙·杂文》就包括

“七”，《文苑英华》亦将萧统《七契》、萧纲《七励》、何逊《七召》归入此类。欧阳询《艺文类聚》亦将“七”归入“杂文”。而有人则将其归入辞赋，如姚鼐《古文辞类纂·辞赋类》就收有枚乘《七发》，张相《古今文综·辞赋类》就收有李慈铭《七居》。我们认为，“七”实则是赋之一体。第一，它形式上采用客主问答，符合赋之“设客主以首引”；第二，它艺术上采用铺陈的手法描写七件事物，符合赋的“极声貌以穷文”；第三，它“或以恢大道而导幽滞，或以黜瑰奓而托讽咏”，符合赋的“或以抒下情而通讽谕，或以宣上德而尽忠孝”；第四，它行文有韵有散，而以韵文为主，符合赋是“有韵者文也”的要求。故本书将“七”收入书中，既有体裁上的依据，亦有前人的先例，想来也不算是闭门造车吧！

“对问”体（《文选》分为“对问”“设论”二目）创自屈原《卜居》《渔父》。自兹而后，继作者纷起。“自对问以后，东方朔效而广之，名为《客难》，托古慰志，疏而有辨。扬雄《解嘲》，杂以谐谑，回环自释，颇亦为工。班固《宾戏》，含懿采之华；崔骃《达旨》，吐典言之裁；张衡《应间》，密而兼雅；崔寔《客讥》，整而微质；蔡邕《释诲》，体奥而文炳；景纯《客傲》，情见而采蔚。”（《文心雕龙·杂文》）此外，著名者尚有曹植《客问》、庾凯《客咨》、韩愈《进学解》、柳宗元《废起答》《愚溪对》。宋元以后，作者代有其人，黄宗羲《明文海·对问》即有五卷，收明作家28人，作品40首。这种问答体，有的是设客主就某一问题进行辩驳论难，以申述作者对某一问题的见解或某种现象的意见，其行文纯是无韵的散文，如黄宗羲《明文海·问答甲》所收的赵洁《葬书对问》、刘基《卖柑者言》、贝琼《土偶对》、董轩《补余氏潮汐对》《名实对》等，这种文章当然只能归入论说或杂文。有的则是设客难以剖白作者的内心矛盾与不满情绪，如东方朔《答客难》、韩愈《进学解》之类，实则是抒发作者不得志的牢骚与进行自我宽慰而已，行文虽与散文或骈文相似，但它大体有韵，应属于有韵之文，与前种问答体有明显的区别。这种问答体归属历来也众说纷纭。有的分作“对问”“设论”二目。如《文选·对问》即录《宋玉对楚王问》,《设论》收东方朔《答客难》、扬雄《解嘲》、班固《答宾对》。清张《古文辨体》亦有“对问”“设论”二目。有的名之曰“设论”或“客难”,如《隋书·经籍志》就著录有刘楷撰《设论集》二卷,梁有《设论集》三卷,东晋人撰,又有《客难集》二十卷。有的即名之曰“对问”,如《卢照邻集》就有“对问”一目,录《对蜀父老问》一首,吴讷《文章辨体》、徐师曾《文体明辨》亦均设“问对”一体,吴讷说:“问对体者,载昔人一时问答之辞,或设客难以著其意者也。”徐师曾说:“按问对者,文人假设之辞也。其名既殊,其实复异。故名实皆问者,屈平《天问》、江淹《遂古篇》之类是也。名问而实对者,柳宗元《晋问》之类是也。其他曰难、曰谕、曰答、曰应,又有不同,皆问对之类也。古者君臣朋友口相问对,其词见于《左传》《史》《汉》诸书,后人仿之,乃设词以见志,于是有问对之文;而反复纵横,真可以舒愤郁而通意虑,盖文之不可阙者也。”有的将其归入“杂文”,如《文心雕龙·杂文》就论述了问答体,《文苑英华·杂文》就收有卢照邻《对蜀父老问》、骆宾王《钓矶应诘文》、韩愈《进学解》《释言》、柳宗元《答问》、沈亚之《进学解对书》。有的则将其归入“辞赋”,如姚鼐《古文辞类纂·辞赋类》就收有东方朔《答客难》、扬雄《解嘲》《解难》、韩愈《进学解》,曾国藩《经史百家杂抄·词赋之属》亦收有东方朔《答客难》、扬雄《解嘲》《解难》、班固《答宾戏》、韩愈《进学解》,并于《序例》中说:“词赋类,著作之有韵者,经如《诗》之赋颂、《书》之《五子之歌》皆是;后世曰赋、曰辞、曰骚、曰七、曰设论、曰符命、曰颂、曰赞、曰箴、曰铭、曰歌,皆是。”我们认为,这种问答体,它设客主问答,它铺采摛文,它体物写志,它大体有韵,因而更接近于辞赋,故我们将其作为赋体之一收入本书。

还有一种以“文”名篇的作品,虽以“文”名篇,却又不同于一般的文。其一,它有韵,属于韵文一类;其二,它的写作目的在抒情，在讽谕，或纯为游戏文字。这种文字，其归属历来更不一致。有些用滑稽诙谐的笔调写的游戏文字，有人就名之曰“俳偕文”，新旧《唐书·艺文志》均著录有南朝宋袁淑《俳偕文》十五卷，这种文章如王褒《僮约》、张敏《头责子羽文》、袁淑《鸡九锡文》《驴山公九锡文》之类。有些以吊名篇，形似吊祭，有人就归入吊祭一类，如《文选》就收贾谊《吊屈原文》，陆机《吊魏武帝文》归入“吊文”一类。《文苑英华》亦将韩愈《吊田横文》、李华《吊古战场文》、柳宗元《吊屈原文》归入“哀祭”一类；姚鼐《古文辞类纂》亦收贾谊《吊屈原赋》、韩愈《吊田横文》归入“哀祭”一类。其实，这种吊文虽名之曰吊，实则是借古人的酒杯，浇自己的块垒，以抒发作者的牢骚与愤懑，与一般的具体吊祭某人的祭文有所不同，不可以将其作为一般哀悼死者的吊祭文等同视之。有些以论说名篇，形似论说文，有人就收其归“论说”一类，如鲁褒《钱神论》，《艺文类聚》卷六百六十六引即归入“论”类；曹植《髑髅说》、吴均《饼说》，《艺文类聚》卷七十一、卷七十二引皆归入“说”类。但这种论说不同于一般的论说文。就内容说，其重点在抒情或讽刺，而不在辨事析理；就形式说，它是韵文而不是无韵的散文；因此与一般的论说文有很大差别。有些以檄移名篇，形似檄移，有人就将其归入“檄移”一类，如孔稚珪《北山移文》，《文选》就归入“移”类；吴均《檄江神责周穆王璧》，《艺文类聚》卷八十四引就归入“檄”类，其《食移》，《艺文类聚》卷七十二引就归入“移”类。其实，这种檄文、移文也不同于一般的檄移。《文心雕龙·檄移》云：“檄者，皎也，宣露于外，皎然明白也。”其作用是“振此威风，暴彼昏乱”。“移者，易也，移风易俗，令往而民随者也。”而这种檄文、移文，多为俳偕文，多是以檄移的形式、诙谐的笔调，抒写其对某种现象的嘲讽，或纯为游戏文字，与一般檄移大不相同。有些因采用骚体，内容又极博杂，有人就收其归入“骚”，归入“辞”，归入“杂文”，如晁补之《续楚辞》、朱熹《楚辞后语》就将韩愈《吊田横文》、柳宗元《招海贾文》《吊屈原文》《吊苌弘文》《吊乐毅文》

《亡巧文》《憎王孙文》收入书中，而《文苑英华》则将卢照邻《五悲文》《释疾文》、柳宗元《吊屈原文》《憎王孙文》收入《杂文·骚》。这种归类有合理的一面，但因其形式既为骚体，归入骚或辞，我们认为要更妥贴。既为辞或骚，即为赋之一体了。有的则归入赋类。特别是吊文，与赋更是有难以分割的渊源。《史记》载贾谊为赋以吊屈原，《文选》即标题为《吊屈原文》。祝尧《古赋辨体》盖本此，故其《外录下·文》即收有孔稚珪《北山移文》、李华《吊古战场文》、韩愈《吊田横文》、柳宗元《吊屈原文》《吊苌弘文》《吊乐毅文》；张相《古今文综·辞赋类》收有李慈铭《答仆诮文》；蒋瑞藻《新古文辞类纂稿本》亦收有李慈铭《答仆诮文》《诘司命文》《瘗狗文》、林抒《释斑猫文》、李详《哀轮船文》、刘师培《招蝙蝠文》。祝尧在《古赋辨体·序说》中还特别说明云："昔贾生投文而后代以为赋，盖名则文而义则赋也。是以楚辞载韩柳诸文以为楚声之续，岂非以诸文并古赋之流欤！今故录历代文中之有赋义者于此。若夫赋中有文体者，反不若此等之文为可入于赋体云。"可见此等之文，虽名曰文，而其形式和内容均更接近于赋。故本书将其作为赋之一体，我们称之为"赋体文"而选入书中，以备一家之言云尔。

本书将作家作品按时代先后次序排列，分为《先秦汉魏晋南北朝卷》《唐代卷》《宋代卷》《金元卷》《明代卷》《清代卷》，不似前人赋集如陈元龙《历代赋汇》、鸿宝斋主人《赋海大观》之按内容分类编排。也许有人要问："你们的书只名曰《历代辞赋总汇》，收入辞（或称骚），收入赋，是合理的。却又将'七''问答''文'收入书中，岂非自乱其体欤?"我们认为，"七""问答""文"，前代已有人视之为"骚"（或称"辞"），视之为赋，我们并非始作俑者，这已如前述。其次，这些类型的体裁，自唐以后即无人辑录。现在，我们将其辑录起来，编入一书，这就给研究这些文体及其演变发展的历史轨迹提供了比较完备的资料。这应该也是有益的。

余自 1990 年受赋学界一些同仁委托，主编是书，讫今已十有余年矣。自接受委托以来，夙夜忧叹，恐托付不效，有负同仁的殷切期待。于是朝夕孜孜，不避雪案严寒，晴窗酷暑，口不绝吟于古籍之文，手不停披于百家之书，尝兀坐终日，思考着资料的辑录，筹划着编纂的体例，比勘着文字的异同，盘算着经费的筹措。它几乎倾注了我晚年的全部心血。我常自思忖，这是我晚年做的一件费力不讨好的蠢事。本书曾列入国务院古籍整理出版规划小组中国古籍整理出版十年规划和国家“八五”图书出版计划的重点项目。这样重要的项目，本应由年青力壮、精力充沛而又有雄厚财力依靠的大学者、大专家来承担。而我只是一介寒儒，学识谫陋，见闻狭窄，风烛余年，精力衰退，欲将事情做好而往往经费捉襟见肘，精力力不从心。孟夫子说：“孔子惧，作《春秋》。《春秋》，天子之事也。是故孔子曰：‘知我者其惟《春秋》乎！罪我者其惟《春秋》乎！’”余于是书亦有是叹。了解是书编撰的艰辛过程的同志，一定会同情我，理解我，原谅我所做的不足；不了解的同志，一定会批评我的粗疏，责怪我的失职。“知我”“罪我”，其亦惟在是书夫！

（原载《中国文学研究》2002 年第 1 期，49—55 页）

体物开佳境　新编集大成

——《历代辞赋总汇》出版推介

许　结

去年十月在贵阳召开的第十届国际辞赋学研讨会开幕式上，全国赋学会顾问赵逵夫教授致辞时，特别提到马积高先生主编的《历代辞赋总汇》（以下简称《总汇》）是古典辞赋的集成，是赋学研究的盛举，宜刊行问世，沾溉学界。不逾岁，湖南文艺出版社刘茁松先生来宁，作为责编之一，他带来了该书即将出版的喜讯与宣传图片，煌煌两千余万言的巨帙，令人震惊，令人欣慰，更引起我一段赋学旧事的忆念。

我初识马先生是在1989年四川江油召开的第二届全国赋学研讨会上，最后一次见先生是1998年在南京召开的第四届国际辞赋学研讨会上，与其晤谈间知先生当时全身心投放于《总汇》的编纂。2001年学会筹办将于福建漳州召开第五届国际赋会，其间相继得龚克昌、万光治先生电闻，知马先生身体欠佳。也许是日所思而夜有梦，某天忽梦见先生拄杖来寒舍，似语赋学事，茫茫然惊觉，不知东方既白。未数日，先生讣闻至，时案头恰有先生所赠《宋明理学与文学》《清代学术思想的变迁与文学》《赋史》三书，因谨撰“宋清学术，辞赋光辉”八字以彰显其学。其实马先生学识渊博，非囿于宋、清两朝与辞赋一端，而是融会贯通，并成就其专门之学。仅就赋学一途，如果说他的《赋史》具通学意识，为治赋之代表作，《历代辞赋研究史料概述》具史料价值，为治赋学者提供门径，那么《总汇》则以宏整的学术视野与全面的文献价值，将为今后的赋学研究开启新境，诚集大成之编。在《总汇》的“前言”中，马先生引孟子转述孔子语作结：“知我者其惟《春秋》乎！罪我者其惟《春秋》乎！”《春秋》大义，尝以一字定褒贬，而以我戋戋之识，于先生自喻《春秋》之《总汇》，安敢置片辞以品评，所以只能就该书出版的主要价值与意义，略陈管见如次：

《总汇》的价值之一，是首次全面而系统地展现“中国赋”的风采，其作用不仅在于标举中国文学中极具特殊性之文体“赋”的面貌与存在，而且有着向世界展示中国文化之品牌的意义。有人曾问我为什么要写赋，古人如此，今人亦然，我戏答：这是中国人的脸面。对此，可作几点说明：其一，赋是什么？对作为“一代文学之胜”的汉大赋，班固说“多识博物，有可观采”，刘勰说“体国经野，义尚光大”，魏收说“会须能作赋，始成大才士”，其中的“博物”“包容”与“才学”，是任何文体都不能比拟的。所以我们阅读古代的大赋作品，其描写游猎、藉田、朝会、祭祀诸典礼，彰显的无不是“天子礼仪”，这就是当时的“中国形象”。其二，赋算什么？我以为是第一代冠以作者姓名的文学创作，是文学具有独立性的最初存在。刘勰《诠赋》说“赋也者，受命于诗人，而拓宇于楚辞”，所谓“诗人”，指的是《诗经》作者，皆不知名姓，而以屈原创作为代表的楚赋，才是有文人名号创作的肇始，且至汉代“语言文学侍从”的出现，开启“献赋”之风，千年一脉，并与唐、宋以后科举“考赋”结合，成为中国文学中与国家文制结合最紧密的文体，在某种意义上，赋是国家选拔人才与彰显人才的一种需求。其三，赋干什么？功能甚多，其中一项要务，诚如近代学者刘师培《论文杂记》所说：“诗赋之学，亦出于行人之官。”刘氏所言，远指先秦藩国往来、燕飨礼仪之“赋诗言志”，然因其传统，则观历代赋章，多有外交内涵，成为对外的文学窗口。例如明朝湛若水出使安南，董越出使朝鲜，分别有《安南》《朝鲜》赋作，至于高丽使臣来中国求购《二京赋》，桑悦因当时无人创制而感羞愧，于是奋笔铺藻，赋写好就卖给了高丽人。赋的宏阔与典雅，成为古代外交使臣的修养，也是面对外宾的光华。其四，赋的译称，成为国际汉学中未曾统一的问题。美国汉学家康达维毕生治赋，然于“赋”的翻译，因找不到对应文体与恰当词语，也只能用汉语拼音“FU”称之（包括给笔者的信），究其因，赋乃“中国特色”。综此数端，赋的特殊性与“形象”性已可见一斑。遗憾的是，由于古人“赋者，古诗之流”（班固《两都赋序》）思想的笼罩，赋始终依附于诗，赋集的编纂远不及诗集繁盛。正是在这样的情形下，《总汇》的问世，不仅为赋体自身存在的价值正名，更是为中国学者乃至世界友人展示了“赋”的整体形象。

《总汇》的价值之二，是以会通之精神完成的亘古未有的赋学成果，为赋学研究与辞赋爱好者提供了最完整的创作库存。考察古代赋集之编，自《汉志》分“赋”三类，已有汇集赋体的意识，而自魏、晋文集兴，赋集应运而生，如谢灵运《赋集》、梁武帝《历代赋》等，惜早亡佚，故萧统《文选》之“赋”成为最初的集赋榜样，后世文集选赋，如《唐文粹》《文苑英华》等，或古或律，各有偏重。而今存最早的赋集，则是元代祝尧的《古赋辨体》，继后明、清赋集大量编纂，而赋总集推清陈元龙的《历代赋汇》与署名庐江太守所辑《赋海大观》为最，前者收战国至明代赋四千余篇，后者收录包括清赋在内计一万二千余篇。而再看《总汇》，共分六卷（分别为“先秦汉魏晋南北朝”“唐”“宋”“金元”“明”“清”），以类相从，计收赋家七千四百余人，赋作达三万余篇。其中仅清代就收录赋家四千八百一十人，赋作一万九千四百九十九篇。尽管近年也相继出版了诸如《全汉赋》《全唐赋》《宋代辞赋全编》等断代赋总集，但与《总汇》相比，体量仍不可同语。说实在的，当今研究辞赋的学者，所涉及能达到《历代赋汇》的四千余篇已属不易，然就其全貌而言，四千与三万的数字相差甚巨，而不能全面了解赋文献，其研究显然也是打折扣的。因此，从这层意义来看，《总汇》的出版必将对赋学研究开拓新境起到巨大的推进作用。况且，《总汇》分作品为“内编”“外编”，具有辨体意义，而另立“作者小传”，多达七千四百余家，其史料的功用，亦不可轻估。

《总汇》的价值之三，是从词章学的意义对赋体的理解，这彰显于编者的理念，既有传承古人的思路，又有自我开拓的新创造。在我国文体史上，赋最具有包容性，所以诸多学者视其居诗、文之间。就其内涵看，赋或“抒下情”，或“颂上德”；就其性质看，或“体物”，或“言志”；就其风格看，或为典雅之章，或为俚俗之篇；就其形态看，或“鸿裁”，或“小制”，鸿裁则“体国经野”，小制则“随物赋形”，诸多不一。如就语言特征划分赋体，古代又有“骚体赋”“散体赋”“骈体赋”“律体赋”“文体赋”等等，也因时而变，应运而生。所以古人又有“辨体”之说，且辨赋之体，又呈示两端：一曰尊体，尊赋之固有之体；一曰破体，破旧体而创新制。落实到赋集，对此复杂现象也就有了不同的取向，例如祝尧《古赋辨体》前八卷为历朝赋，后两卷（卷九、卷十）为“外录”，收辑“后骚”“辞”“文”“操”“歌”诸体之与赋相类者；又如姚鼐《古文辞类纂》收《国策》《史记》中三文（分别是《淳于髡讽齐威王》《楚人以弋说顷襄王》《庄辛说襄王》）入“辞赋类”。何谓标准，不甚明白。马先生如何区分？我想起早年他曾比较骈文与骈赋之区分，除了骈赋是文学作品，还有一条区分标准，即骈文不押韵，骈赋是韵文。由此再回到《总汇》，在以“赋”立名者之外，也兼收了“辞”“七”“对问”“设论”“文”等，其择选标准，要在两者：一是押韵（韵文），一是铺陈（修辞）。清人刘大櫆论古文之法曰“因声求气”，我以为辨赋体当“观韵见词”：以“韵”为主，以“词”为辅；倘失其韵（有少数以“赋”名篇者不押韵）之变体，则宜以词为衡，因为赋的本质，就是修辞的艺术。所谓“孝武崇儒，润色鸿业；礼乐争辉，辞藻竞骛”（刘勰《文心雕龙·时序》），对照班固《两都赋序》论赋之兴“武、宣之世，乃崇礼官，考文章……兴废继绝，润色鸿业”，“辞藻”即“辞赋”之谓。所以《总汇》汇集三万余篇古代两千年之辞赋美文，不仅具有重要的文献学价值，也具词章学的审美价值，而且以其“全貌”展示赋体“真容”，有明辨赋体的意向，尤值重视。

《总汇》的价值之四，就是以科学化的研究起到表彰赋体并以为示范的作用。自二十世纪新学建立以来，对古典文化与文学的研究，形成两大特征，就是“学科化”与“体系化”。因此，在对古典文学文献的整理方面，也就出现了所谓“十全”的编纂（如《全宋诗》等）。而《总汇》作为第一部赋体创作的通代之“全”，既是赋学研究的体系化结晶，也是学科建设的重大成果。当然，这种“全”并不仅限于“学科”与“体系”，而宜着眼于实用的层面，承担“教学”之“工具化”的示范功能。这一点落实于“赋域”，也是一大传统，换言之，自汉代实行“献赋”之制，唐、宋又兴“考赋”之风，赋体就与王朝的文制紧密结合，具有实用性。于是古代赋集之编，例如宋人范仲淹编《赋林衡鉴》是为当时闱场考律赋之用，元人祝尧《古赋辨体》之编，则由元朝考赋“变律为古”所决定，至于清代陈元龙奉康熙帝之命编纂《历代赋汇》，同是当朝“博学鸿词”科与翰林院考赋示范所需。尽管“赋体”似乎离当代人们的生活已远，也不需什么“献赋”与“考赋”，但作为教学示范的意义仍存在，这主要表现于学科建设与保存最具中国特色之文体的意义。试想，近年大量的博士生以辞赋为研究对象而撰述毕业论文，了解古代赋的全貌又是何等的重要？近年大量的民间作手创写赋，尤其是本世纪初十年已呈繁盛景观，《总汇》作为一面“通鉴（镜）”，不可或阙，且意趣广远。荷兰学者佛克马、易布思论构建经典诸要素，其中有一项就是“教学的工具”，我想，有了上述双重意义的示范，《总汇》构建辞赋经典之成就以及自身成为经典，将有目共睹，又指日可待。

作为全国赋学会老会长的马积高先生，对赋学研究的贡献良多，而其编《总汇》自上世纪九十年代开始，到今天出版，已近二十年的光阴，先生“知我”之心，是献身赋学之苦心，“罪我”之意，则是一种学术的担当精神。而在马先生返归道山的十余年间，诸多同仁默默耕耘，共襄这一伟大的赋学工程，将此宏篇巨帙奉献给读者，其中生命接力的书写，又非我寥寥数语所能表述的。

（原载《书屋》2014 年第 3 期，77—80 页）

《历代辞赋总汇》之编纂、特色、价值与有待完善之处

李生龙

本人有幸参加过1988年的全国首届赋学讨论会，在《历代辞赋总汇》编委中担任唐宋分册副主编，实际负责编纂唐代部分，并参加了明清部分辞赋的点校。因对《历代辞赋总汇》的编纂情况比较了解，故借“‘辞赋与中国文化’暨纪念马积高先生诞辰九十周年学术研讨会”之机，谈谈自己的看法与相关情况。

一、辞赋的价值

辞赋的价值，上世纪八十年代以来大家都已谈了很多，当今治赋学者更有深知，本无庸多言。但因为这个问题与《历代辞赋总汇》的意义和价值相关，所以我仍想谈谈个人的思考。

辞赋的价值，我用“辞章之渊海，文化之库藏”两句话概括。

说它是“辞章之渊海”，可以从这么两个方面来理解：

一是辞赋本身是辞章之渊海。辞赋是美文，作赋者不仅需要有包括宇宙、总览人物的胸襟，还得有“合綦组以成文。列锦绣而

为质，一经一纬，一宫一商”的技巧，谋求作品布局的合宜，章法的有致，文采的华美，音律的和谐。辞赋特别重才学，以致于从辞赋作家到读者都把能创作辞赋视为有才学的表现。所谓才学，从文学角度说，就是要有牢笼万态、刻雕众形、体物写志、铺采摛文的娴熟技艺。辞赋的表现技法非常丰富，其中铺陈与对偶两种尤为重要。铺陈是文赋的标志性特点。刘勰论赋，说“赋者铺也，铺采摛文，体物写志也”，就是把铺陈作为文赋的标志性特点。对偶是骈赋和律赋的标志性特点。骈赋为魏晋六朝辞赋之大宗，律赋是唐以后辞赋之大宗。铺陈与对偶，加上比兴、用典等各种手法的综合运用，辞赋作家把汉语形、音、义及其所蕴涵的物象美、色彩美、故实美、思致美、凝练美、含蓄美、对称美、音律美、和谐美等种种美感开掘到非常精深完足的境地。因此可以说，辞赋是辞章的渊海，里面沉积着无穷无尽的精金美玉，等待我们去披沙见宝。

二是古今创作各体文学都可以从辞赋取法。诗文是辞赋近亲，固不必说。《历代辞赋总汇》把大量采用辞赋手法和韵律的颂、文、说、论、移文、歌、谣等等收入辞赋，就是因为它们兼有辞赋的双重身份。即使是小说、戏曲，也往往从辞赋取法。这一点，近几年已有不少研究者注意到了，发表了不少文章。我上知网查了一下，在“高级检索”中找到研究辞赋与古代小说关系的论文（包括期刊论文和硕士、博士学位论文）共计 61 篇，论戏曲与辞赋关系的有 14 篇，大多从辞赋对戏曲小说的影响立论。从中华辞赋网、《中华辞赋》杂志、《中华辞赋报》等可以得知，当今创作辞赋的人仍非常之多（碑赋文化网载 2011 年孙继纲先生在中华辞赋北京高峰论坛上的发言统计，中国境内从事辞赋创作的人员近千人，比较有影响的百余人，重点作者不下 40 人）。大家都明白，要写出优秀的、具有个人品牌效应的作品，应下大功夫学习、研究历代辞赋。再延伸点说，就是创作其他各种文体，想把作品写得美一点，辞赋也是非常值得重视的取法之源。

说辞赋是“文化之库藏”，我是从这么三个角度考虑：

一是辞赋创作本身就是一种非常复杂的文化现象。古人作赋目的很多，其中很重要的一个目的就是显才、逞才、炫才。为什么作赋可以显才、逞才、炫才呢？除了作赋本身确实需要才以外，还与社会舆论有关。在看重辞赋的时代文化语境下，大家都认为能作赋是有才的表现，于是就有“会须作赋，始成大才士”（《北齐书·魏收传》）之类的说法。才往往同地位联系在一起。“升高能赋，……可以为大夫”（《毛诗正义·鄘风·定之方中》），“诗赋之学，亦出于行人之官”（刘师培《论文杂记》）等说法，就道出了这一奥秘。大赋作家如枚乘、枚皋父子以及司马相如、左思等，都曾名满天下。在历史上，士人献赋、科举试赋，都可以改变一个人的命运，就是因为“能赋”被视为有才的标志。辞赋同当时社会的人才判断标准、政治外交文化需求、社会文艺审美心理等紧密相关，所以说辞赋本身就是一种非常复杂的文化现象。

二是学习、研究辞赋需要丰富的文化知识和深厚的文化底蕴。也可以反过来说，没有深厚的文化功底，解读、研究辞赋是非常困难的。上文我们说过，古人常把创作辞赋看成逞才、显才、炫才的方式。而所谓才，除了擅长铺摛丽藻、体物写志以外，还需要广博的知识。班固《汉书·叙传》说“多识博物，有可观采”，就指出了赋家之才包括“多识博物”这一内涵。赋家喜欢堆垛名物故实，敷陈典章制度，不“多识博物”是做不到的。从题材角度说，历代辞赋所涉包括天象、地理、岁时、都邑、治道、典礼、祯祥、农桑、宫殿、室宇、器用、音乐、舞蹈、服饰、饮食、花鸟草虫、历史掌故、文化遗迹以及儒、释、道各种思想等，要正确解读它们，需要研究者具有广博的历史文化知识储备与深厚的文化精神修养。

三是辞赋不仅具有重要的文学史价值，也具有重要的文化史价值。例如，许多辞赋都同科技有关。许结曾作过《赋的地理情怀与方志价值》《文学与科技的融织——论科技赋的创作背景与文化内涵》《说〈浑天〉谈〈海潮〉——兼论唐代科技赋的创作与成就》等文章，注意到了古代科技文化同辞赋的关系。就辞赋本身的科技史价值而言，我可以举出很多的例子。这里只举一个自己的研究例证。我曾参与山东大学姜生教授主持的“中国道教科学技术史”课题，负责六朝天学部分的撰稿。在“天象观测”一节中，我分析了北魏张渊的《观象赋》。我把赋中描写的星象同甘（德）、石（申）、巫咸诸家星经及《晋书》《隋书》等书的《天文志》对比，发现他所写到的星象，或与三家异名，或为三家所未论及，某些星数与《晋》《隋》两书也有不同。因此，我指出，三垣、二十八宿三十一星区名目虽然要到隋代丹元子《步天歌》才最终确立，但张渊在一这过程中做了重要的基础性工作。[①]

二、《历代辞赋总汇》的编纂

关于《历代辞赋总汇》的编纂缘起，凯迪网发布过黄瑞云先生所撰《〈历代辞赋总汇〉辑录纪事》一文。黄先生从他所带领的湖北师院团队的角度回顾了《历代辞赋总汇》编纂过程的艰难。黄先生说此书起于1987年（此为误记，详下）的南岳赋会，在会上他向马先生提议整理中国历代辞赋。最近我查看了当年我撰写的、发表在《社会科学战线》1988年第4期上的《全国首届赋学讨论会综述》一文。全国首届赋学会讨论会于1988年4月25日至29日在南岳衡山召开。这是改革开放后第一次大规模全国赋学研讨会，名家云集，盛况空前。《综述》最后谈到大家对今后赋学研究的建议，其中就有“要组织力量整理、编纂、出版辞赋研究资料”，“应当组织人力搜罗、整理、编纂出版《历代赋总汇》之类的大型资料集”等意见。黄先生确实是这项工程的积极倡导者之一。后来黄先生成为了全书两个副主编之一。我又从齐鲁网上看到湖南文艺出版社刘茁松的文章《“中国赋”尽展绝代风华——〈历代辞赋总汇〉整理出版记》。刘先生是出版社方面《历代辞赋总

① 姜生、汤伟侠：《中国道教科学技术史》（南北朝隋唐五代卷），北京：科学出版社，2010年。

汇》编辑小组的组长。他的文章从出版社的角度回顾了出版过程的努力与艰难，与黄先生的文章恰好构成一个《历代辞赋总汇》编纂出版的总体情貌。由于有二文在前，这里仅就他们未曾谈到的作一些补充。

首先是关于马积高先生。关于马先生的辞赋研究，我曾写过多篇文章，或专门介绍，或部分提及。《中国文学研究》2001 年第 3 期发表了我的《马积高先生治学特点述略》一文，谈了对马先生治学的理解。马先生不仅有广博的知识，还有深厚的学术文化精神，有强烈的文化道义感、责任感与使命感，不断追求卓越，开辟新境。他生于 1925 年，尽管他青年时代练就了深厚的学术功底，但中年时代遇上一个接一个的政治运动，“文革”中又受到冲击，到晚年才有重展学者情怀的机会。然而，1987 年《赋史》出版时，他已经 62 岁。南岳赋学讨论会召开时他已 63 岁。1990 年《文史哲》第 5 期发表了他的《编辑〈历代辞赋总汇〉刍议》一文，可视为工程启动的标志。他当这个主编，从组织队伍、决定体例、查阅图书、搜集资料到申请筹集经费、协调各种关系等等，要投入多少时间精力，可想而知。而就在他编纂《历代辞赋总汇》的前后，他还撰写、出版了《宋明理学与文学》（1989）、《清代学术思想的变迁与文学》（1996）、《历代辞赋研究史料概述》（2001），还整理、出版了自己的少作《荀学源流》和骆鸿凯先生的《文选学》等。我个人理解，马先生的个人学术追求，就是要将学术史与文学史打通，做一个通古今之变的文学史、文化史方面的学者。因为年龄的原因，编纂《历代辞赋总汇》可能开头并没有列入他晚年的工作规划。但为了赋学研究的需要，他毅然承担了此项重任。这就是他作为学者的道义感、责任感、使命感所在。

我认为马先生组织的编纂团队是一个不错的团队。两个全书副主编之一，湖南师范大学叶幼明教授出版过《辞赋通论》，他不仅要协助马先生做全书的组织队伍、搜辑文献、编纂全书等工作，还兼任清代分册主编。清代辞赋占全书总篇幅的三分之二以上。叶先生还代马先生写作了全书总序，他一直在从事全书的辑佚、补遗工作，发现漏收即及时安排人复印、点校，趁书稿尚未交付出版社及时补入。黄瑞云先生说，此书虽为马先生所主导，但叶先生贡献之大，堪称“第一功臣”。副主编之二的湖北师范学院教授黄瑞云先生1986年即主编、出版过《历代抒情小赋选》，是一位有多方面成就的学者、作家。他兼任了第一分册副主编。他带领他的湖北师范学院团队所作的艰苦工作，在上文我提到的他的回忆文章中讲得十分具体，真实可信。

就分册主编、副主编而言，也多是当时或日后在赋学研究方面有成绩的学者。唐宋分册主编、四川师范大学万光治教授，出版过《汉赋通论》《蜀中汉赋三大家》等多种辞赋研究著作；金元分册主编、山西大学康金声教授，出版过《汉赋纵横》《金元辞赋论略》等多种辞赋研究著作；明代分册主编湖南师范大学曹大中教授，出版过《屈原的思想和文学艺术》等著作。副主编中，先秦到魏晋南北朝副主编，当时在湖南师范大学任教的郭建勋教授，现在已经成为辞赋研究方面有突出成绩的学者，先后出版了《汉魏六朝骚体文学研究》《楚辞与中国古代韵文》《先唐辞赋研究》等多种，还主持了国家重点课题“中国辞赋通史”；金元分册副主编、安徽大学章沧授教授，出版过《汉赋美学》《历代山水名胜赋鉴赏辞典》。他们都为本书的各分册的编纂做了大量工作。万光治、康金声、章沧授等都远在外地，他们都各自组织过一批参加搜集、点校工作的队伍。在经费极端困难的情况下，他们都克服了很多困难。副主编中常书智是湖南省图书馆领导，陈振华是上海市图书馆领导，他们为明、清两分册的图书资料查阅、搜集做了很大努力。另外，参加点校的近60人中王毅教授（后进入编委会）、黄仁生教授（搜集与整理元代辞赋）、伏俊琏教授（搜集、点校敦煌辞赋）等也做出过很大贡献。

《历代辞赋总汇》从1990年正式启动到2014年正式出版，历时凡24年。

三、《历代辞赋总汇》的特色与价值

《历代辞赋总汇》的特色与价值，许结先生最近在他推介《历代辞赋总汇》的文章中谈了不少。① 这里我只是谈谈自己的理解。特色与价值往往是联系在一起的，因此，我把二者结合在一起谈。

1. 本书根据主编马积高先生对赋体的理解，所收除以赋名篇者外，还收了大量未标赋名而实为赋体者、骚体、七体以及对问、文、颂、传、论、说、移文、歌、琴操诸体之近赋者。楚辞与赋的关系如何？从汉代开始，就或以为是赋，或称之为辞，后世各有所见，众说纷纭，莫衷一是。此书以“辞赋总汇”称名，包容了辞与赋的争论。七体、对问，刘勰《文心雕龙》将它们与连珠一起归入杂文。还有以颂、传、论、说、移文、歌、吟、谣等文体名篇而写法实类赋者，算不算赋？以七体为赋清人已开其端（如姚鼐《古文辞类纂》、张相《古今文综》），今人多已认同，不少文学史著作（如袁行霈主编之《中国文学史》）都将枚乘《七发》放在汉赋中一起评论，争议较少。为了既保持己见又涵容争论，马先生主张借鉴前人，采取分内、外编的方式来解决。把明标为赋或辞者（不包括哀辞）、只标题意之骚体及七体、九体等收入“内编”，而把以对问、文、颂、传、论、说、移文、歌、吟、谣等文体名篇而写法类赋者（凡七类，具体详《编校凡例》）统统归入“外篇”。把对问归入辞赋，姚鼐《古文辞类纂》已开其例。卷六十五收东方朔《答客难》，卷六十六收扬雄《解嘲》《解难》，卷七十二收韩愈《进学解》，即是例证。曾国藩《经史百家杂钞》也把这类作品归入“词赋之属”。所以以对问为赋是有根据的。唯对问有二

---

① 许结：《体物开佳境　新编集大成——〈历代辞赋总汇〉出版推介》，《书屋》2014年第3期。

体，一有韵，一无韵。姚氏把对问中无韵者（如宋玉《对楚王问》，《战国策·楚人以弋说顷襄王》）也归入赋，马先生认为，赋乃韵文，把无韵者归为赋不妥，其有韵者方可归入赋类。收入以文、颂、传、论、说、移文、歌、吟、谣、操等名篇而写法实类赋的作品的具体理由，马先生在《编辑〈历代辞赋总汇〉刍议》《历代辞赋总汇·前言》等文章中都有详细说明，这里不一一说明了。我认为这样处理是比较合适的。把有争论的作品收入《总汇》不仅不会削减它的价值，相反地还会增益它的价值。你赞成马先生对赋的看法，此书所收固然对你有用；你像《历代赋汇》《赋海大观》等只认题中有赋字者为赋，这一部分作品照样还在那里。你要单独研究骚体、七体、对问及类赋的文、颂、传、论、说、移文、歌、吟、谣等类赋之作，本书也为你提供了资料。有意思的是，曾枣庄、吴洪泽主编之《宋代辞赋全编》（四川大学出版社，2008 年）所收辞赋除赋、骚、辞等以外，也包括类赋的文、歌、谣、吟、引、操等，甚至包括《历代辞赋总汇》一般不收的哀辞、箴、铭、赞等类赋之体，比我们所收更为宽泛。

2. 由于传世辞赋作时有舛误、异文，本书并非把搜集到的作家、作品按时代先后录入就算完事，而是尽可能地加以校对。按马先生和编委会的设想，一般情况下选择较好的通行本作底本，没有通行本时才采用珍本或抄本。校本则以力所能得者为限。无书可校的从缺。对重要异文作出校记，供读者参考、选择。底本、校本皆注明出处。作品归属有争议者，略加考辨，放在作者生平介绍中加以说明。这项工作虽然做得并不十分精严，但至少能给读者提供版本或各种问题线索，具有较高的参考价值。

3. 能写出小传的作者一律写出小传。小传后附上资料来源。这一点很重要，耗费了校点者大量时间精力。因为名家易找相关资料，非名家就比较困难。而每个时代都有大量非名家的赋作者。我们提供的有关作者生平履历的文献资料出处可以为读者进一步深入探究提供线索。虽然这项工作限于当时的条件仍有许多不足，如能考证出生平的未考证出来，已考证出来的介绍过于简略，利用的资料不全面等，但毕竟考证出来的居多，能给使用者很大程度的便利。

4. 就规模体制说，《历代辞赋总汇》确实是赋学史上空前的浩大工程。据统计，全书共收先秦到清末辞赋30789篇，作者7391人，共2800万字，16开本，凡26册。它是清代陈元龙所编《历代赋汇》（实收先秦到明代赋3934篇，逸句177句[①]）的7倍，是鸿宝斋主人所编《赋海大观》（该书“凡例”号称二万余首，实收赋12000余篇）的近3倍。数量上的超越只是一个方面，更重要的是质量上的超越。在《历代辞赋总汇》问世之前，此二书对辞赋研究有重要文献价值，是无庸置疑的；当然，也不好说，《历代辞赋总汇》问世之后，此二书就可废。但此二书确实都存在大量问题。《历代赋汇》，马先生曾撰《〈历代赋汇〉评议》一文，指出它存在五大问题：一是其所收各赋，例不注明出处，除少数篇章外，亦不注明异文；二是本书所标作者姓名及所属朝代多有讹误；三是本书所收赋有的显系伪作，有的出处待考，亦难征信，陈氏既不注明，更不加以考辨；四是本书所收赋有缺作者姓名者，有缺作者所属朝代者；五是本书所收赋有误分一篇为二篇者。[②] 至于《赋海大观》，因是书商组织民间文人所为，难免急功近利，问题就更多更为严重。踪凡曾撰有《〈赋海大观〉之阙误》一文，指出它有分类失当、次序错乱、篇目阙漏、作品重出、篇名错讹、作者阙误、内容阙误、体例混乱等八大问题。[③] 《历代辞赋总汇》所收作品囊括了《历代赋汇》和《赋海大观》全部作品，对二书存在的问题尽可能加以解决、消除，实际上是对二书的比较全面而深入的整理。对二书质量方面的超越才是最重要的。

《历代辞赋总汇》之所以所收赋作远超前人，是因为除了查

---

① 《历代辞赋总汇·前言》统计为4067篇（含佚句）。这个数据见踪凡：《〈赋海大观〉价值初探》，《文献》2011年第3期。

② 马积高：《〈历代赋汇〉评议》，《学术研究》1990年第1期。

③ 踪凡：《〈赋海大观〉之阙误》，《中南民族大学学报》2014年第5期，第42页。

阅、收录历代已经汇总的各种辞赋总集（如《楚辞章句》《历代赋汇》《赋海大观》等）、历代各种文章总集（如《全上古三代秦汉三国六朝文》《全唐文》等）外，还查阅了众多类书、方志和大量文人别集，收录了不少出土赋作（如唐勒赋、敦煌赋等）。在当时条件下，凡需查找且能获致的各类文献我们都尽量查找遍了。

自1988年首届全国赋学会召开以来到2014年，光国际辞赋学学术研讨会就召开了十一届。此期间辞赋研究取得了很大的成绩，出现了很多令人瞩目的研究著作与论文。随着研究领域的不断拓展，人们对辞赋的价值有了更新更深的认识。辞赋整理、编纂、出版等基础性工作也一直在进行，出版了不少赋选、赋集和评注性的著作。例如毕万忱等所编之《中国历代赋选》（江苏教育出版社，1990年），费振刚等辑校之《全汉赋》（北京大学出版社，1997年），费振刚主编之《全汉赋校注》（广东教育出版社，2005年），龚克昌等编纂之《全汉赋评注》（花山文艺出版社，2003年），韩格平、沈薇薇、韩璐、袁敏等主编之《全魏晋赋校注》（吉林文史出版社，2008年），简宗梧、李时铭主编之《全唐赋》（里仁书局，2011年），曾枣庄、吴洪泽主编之《宋代辞赋全编》（四川大学出版社，2008年），郭预衡主编之《中华名赋集成》（中国工人出版社，2006年），赵逵夫主编之《历代赋评注》（巴蜀书社，2010年），等等，或全收汉、魏晋、唐、宋一代辞赋，或历代兼有所取，都对辞赋研究有重要参考价值。但也无庸讳言，就辞赋研究文献的总体需求而言，这些仍远远不能适应辞赋研究的需求。《历代辞赋总汇》相对于这些著作，规模之大，特别是收集明清两代赋家赋作之多，突破之大，是不言自明的。

总而言之，《历代辞赋总汇》的出版问世，从小处说，实现了马先生和全体参与者、出版者的多年心愿与承诺；从大处说，它以近60人20余年的努力圆满地实现了首届赋学会提出的期待与设想，对今后的辞赋研究会产生巨大的推动作用，应该是可以期待的。

四、《历代辞赋总汇》需要进一步完善之处

任何大型总集的编纂都有可能存在不足，留有后人继续补充、修订、辨证、纠谬、完善的空间。《历代辞赋总汇》也是如此。受当时主、客观条件的限制，它也存在同其他大型总集共有的某些不足。我认为主要有二：

一是收录的全面性问题。《历代辞赋总汇》之所以称“总汇”而不称“全编”“全集”之类，本来就已考虑到了，在当时的条件下只能尽最大努力收录历代辞赋，如有遗漏，只能今后辑佚、补充、完善，这就是“以俟来哲”的含义。

具体情况，《历代辞赋总汇·前言》说：“这次辑录是比较广泛的，除了宋人郑起潜《声律衡裁》（笔者按，当为《声律关键》）所载的唐宋人律赋的残垣断壁未进行一一比勘辑录外，对明以前的总集、别集及我们所能找到的部分地方志所载的辞赋作品，做了广泛的全面的收集。较以前的几种辞赋总集，如陈元龙《历代赋汇》、鸿宝斋主人《赋海大观》，篇幅都有较多的增加，可能还有遗佚，但不会太多了。至于清代辞赋，我们虽收有作家4000余人，作品近2万首，但清人集部到底有多少，目前尚无精确统计数字，恐怕还有许多手稿未被发现。故清代可能遗佚较多，且主要是清律赋，但就我们目前的精力、财力和时间，可以说已尽了我们最大的努力。至于更广泛、更深入的辑录，就只好以俟来哲了。”这是一个非常客观的自我评价。但是，囿于当时的主客观条件，这个评价也还是有可打折扣的地方。即以宋代而论，我请易永姣副教授仔细核对、比较了《历代辞赋总汇》的宋代部分和曾枣庄、吴洪泽主编的《宋代辞赋全编》，发现仅是题目标为赋的作品，两书都互有失收，而且数量不少。我要易永姣做了一份目录，留待今后进一步核查。如果要全面核查，宋元以前，可利用现有之辞赋文

献、总集再查一次，拾遗补阙，尽量做到完善。宋元以后，明清两代，应有计划地搜集新发现的作品，聚沙成塔，集腋成裘，将来再出补编或续编。

二是校对的精审问题。这恐怕是从点校者到编辑都深感头痛的问题。具体困难《历代辞赋总汇》的“出版说明”和刘茁松先生的文章中已经说了。辞赋多古字、奇字、僻字、难字、异体字，不少版本还有缺字或字迹模糊不清的字，点校、排印和校对都十分麻烦。该书先秦至明代部分约900万字，由湖南省新华印刷一厂负责排印。从1995年到2005年10年间共校4次。我记得其中有一次为各册编纂者、点校者亲自校对，一部分点校者因在外地不便稿件邮来寄往，就由湖南师大负责。笔者就校对过唐代分册大部和相当一部分明代辞赋（因主编曹大中教授仙逝）。清代部分转入北京中易中标电子信息技术有限公司进行数字化排版、校对，虽然技术水平提高了，但问题可能仍然很多。清代1900万字中有400万字来自《赋海大观》。如前所云，该书所收赋作阙误之多是非常严重的，很多作品没有善本可校。这一部分交出版社后基本上没有经过参编人员的校对，主要是由出版社的编辑人员负责处理。编辑们处理这些问题时遇到了很多麻烦，他们采取了自己认为可行的一些方式来解决，尽可能把问题减到最少。但实际上，错、漏、衍、缺等现象仍未能全免，可能给使用者留下某些遗憾。建议读者使用本书的相关部分时，要多用一分心力，尽量找原著核对一下，避免出错。这也是使用一般大型书籍时常用的方法。也建议出版社能及时搜集使用者发现的问题，到再版时予以校正，逐渐使之臻于完善。

（原载《中国文学研究》2015年第4期，39—42页）

《历代辞赋总汇》收唐前巴蜀辞赋补遗与辨正

陈伦敦

《历代辞赋总汇》一书出版，实乃学界一大幸事，有益士林。是书在手，如获珍宝，俯仰皆是，琳琅满目，令人目不暇接。亦可见著者艰辛与努力，不禁由衷敬仰。然智者千虑，偶有疏忽。翻阅之下，偶有发现其一二瑕疵。故不揣固陋，写下小文，或乃有益是书。

一、补遗

1. 赋已亡佚，但有佚句可收录

（1）扬雄《河水赋》

《水经注·瓠子河》"又东北过廪丘县为濮水"句引扬雄《河水赋》："登历观而遥望兮，聊浮游于河之岩。"（郦道元著，陈桥驿校注：《水经注校证》，中华书局，2007 年，第 575 页）

（2）扬雄《虎赋》

《唐写本文选集注》卷七十九任昉《奏弹曹景宗》"景宗即

主”句注引扬雄《虎赋》：“目如电光，舌如绵巾，勇怯见之，莫不主臣。”（《唐写本文选集注》，《续修四库全书》第1579册，上海古籍出版社，2002年，第370页）

《历代辞赋总汇》漏收扬雄《河水赋》《虎赋》。

2. 赋已亡佚，但可存目

（1）司马相如《玉如意赋》

《蜀中广记》卷七〇引《西京杂记》：“司马相如作《玉如意赋》，梁王悦之，赐以绿绮之琴，文木之几，夫余之珠。”（曹学佺《蜀中广记》卷七〇，文渊阁《四库全书》第592册，第163页，台湾商务印书馆，1986年）正如踪凡的《严可均〈全汉文〉〈全后汉文〉辑录汉赋之阙误》一文所言：“《西京杂记》旧题汉刘歆撰，今人多以为出自晋葛洪之手。今见《西京杂记》本无此条，但元陶宗仪《说郛》卷一〇〇、清王琦《李太白集注》卷二六引宋虞汝明《古琴疏》、明董斯张《广博物志》卷三四等文献皆载此事，所言略同。据此，司马相如应有《玉如意赋》，今已佚。该赋很可能是咏物小赋，与刘安《屏风赋》、刘胜《文木赋》等同俦。”（踪凡《严可均〈全汉文〉〈全后汉文〉辑录汉赋之阙误》，《文学遗产》2007年第6期，第128页）

《历代辞赋总汇》漏收司马相如《玉如意赋》，当予以存目。

（2）扬雄《广骚》《畔牢愁》

《汉书·扬雄传》（卷八十七上）：“又旁《离骚》作重一篇，名曰《广骚》；又旁《惜诵》以下至《怀沙》一卷，名曰《畔牢愁》。”（班固《汉书》，中华书局，1962年，第3515页）《历代辞赋总汇》既然已收扬雄《反离骚》，那么《广骚》《畔牢愁》也可予以存目。

（3）杨终《雷赋》《神雀颂》

《华阳国志·先贤士女总赞》（卷十上）：“杨终，字子山，成都人也。年十三，已能作《雷赋》，通屈原《七谏》章。”（常璩《华阳国志》，《四部丛刊初编》第51册，上海书店重印本，1989年）又《后汉书·杨终传》“年十三，为郡小吏。太守奇其才，遣诣京师受业，习《春秋》”句注引袁山松书曰：“时蜀郡有雷震，决曹终上白记，以为断狱烦苛所致，太守乃令终赋雷电之意，而奇之也。”（《后汉书》，中华书局，1965 年，第 1597 页）

《太平御览》（卷五百八十八）引王充《论衡》：“永平中，神雀群集，孝明诏上《神雀颂》，百官上颂，文比瓦石。唯班固、贾逵、傅毅、杨终、侯讽五颂，文比金玉。”（李昉《太平御览》，中华书局，1985 年，第 2648 页）可见杨终还有《神雀颂》。

《历代辞赋总汇》对作者杨终及其赋作《雷赋》《神雀颂》皆漏收。

（4）陈术《释问》

《三国志·李譔传》：“时又有汉中陈术，字申伯，亦博学多闻，著《释问》七篇。”（陈寿《三国志》，中华书局，1959 年，第 1027 页）《历代辞赋总汇》对作者陈术及其赋作《释问》漏收。

（5）李赐《玄鸟赋》

李赐，李密之子。《晋书》：“赐字宗石，少能属文，尝为《玄鸟赋》，词甚美。”（房玄龄《晋书》，中华书局，1974 年，第 2276 页）《历代辞赋总汇》对李赐及其赋作《玄鸟赋》漏收。

3. 按此书体例可予以收录的

《历代辞赋总汇》收录了颂体作品。按此书体例也可予以收录的作品如下：

（1）李尤《怀戎颂》

《华阳国志·广汉士女》（卷十中）：“李尤，字伯仁。……侍中贾逵荐尤有相如、扬雄之才，明帝召作《东观》《辟雍》《德阳》诸观赋、铭，《怀戎颂》，百二十铭。”（常璩《华阳国志》，《四部丛刊初编》第 51 册，上海书店重印本，1989 年）

（2）扬雄《赵充国颂》

《汉书·赵充国传》：“成帝时，西羌尝有警，上思将帅之臣，追美充国，乃召黄门郎扬雄即充国图画而颂之。”（班固《汉书》，中华书局，1962 年，第 2994 页）其文如下：“明灵惟宣，戎有先零。先零昌狂，侵汉西疆。汉命虎臣，惟后将军，整我六师，是讨是震。既临其域，谕以威德，有守矜功，谓之弗克。请奋其旅，于罕之羌，天子命我，从之鲜阳。营平守节，屡奏封章，料敌制胜，威谋靡亢。遂克西戎，还师于京，鬼方宾服，罔有不庭。昔周之宣，有方有虎，诗人歌功，乃列于雅。在汉中兴，充国作武，赳赳桓桓，亦绍厥后。”（班固《汉书》，中华书局，1962 年，第 2995 页）

（3）张载《剑阁铭》

《文选》：“岩岩梁山，积石峨峨。远属荆衡，近缀岷嶓。南通邛僰，北达褒斜。狭过彭碣，高逾嵩华。惟蜀之门，作固作镇。是曰剑阁，壁立千仞。穷地之险，极路之峻。世浊则逆，道清斯顺。闭由往汉，开自有晋。秦得百二，并吞诸侯。齐得十二，田生献筹。矧兹狭隘，土之外区。一人荷戟，万夫趑趄。形胜之地，匪亲勿居。昔在武侯，中流而喜。山河之固，见屈吴起。兴实在德，险亦难恃。洞庭孟门，二国不祀。自古迄今，天命匪易。凭阻作昏，鲜不败绩。公孙既灭，刘氏衔璧。覆车之轨，无或重迹。勒铭山阿，敢告梁益。”（萧统编李善注《文选》，上海古籍出版社，1986 年，第 2410 页）

二、辨正

1. 王褒《甘泉赋》与《甘泉宫颂》是同一篇亦还是不同的两篇赋作

王褒《甘泉赋》与《甘泉宫颂》是同一篇？还是不同的两篇赋作？《历代辞赋总汇》作不同两篇看，并录《甘泉赋》三条佚句：“十分未升其一，增惶懼而目眩。若播岸而临坑，登木末以窥泉”，“却而望之，郁乎似积云，就而察之，对乎若太山”，“云耀照形之玉璧”。（《历代辞赋总汇》，湖南文艺出版社，2014 年，第 151 页）又录《甘泉宫颂》：“甘泉山，天下显敞之名处也。前接大荆，后临北极。左抚仁乡，右望素域。其宫室也，仍巀嶭而为观，攘抗岸以为阶。鄽波澜而鳞坻，驰道列以曲远。览除阁之丽靡，觉堂殿之巍巍。径落莫以差错，编玳瑁之文磈。镂螭龙以造牖，采云气以为楣。神星罗于题鄂，虹蜺往往而绕榱。缦倏忽其无垠，意能了之者谁？窃想圣主之优游，时娱神而款纵。坐凤皇之堂，听和鸾之弄。临麒麟之域，验符瑞之贡。詠中和之歌，读太平之颂。”（《历代辞赋总汇》，湖南文艺出版社，2014 年，第 156 页）

对此，踪凡《严可均〈全汉文〉〈全后汉文〉辑录汉赋之阙误》也指出：“赋、颂古相通，《甘泉宫颂》即《甘泉宫赋》。”（踪凡《严可均〈全汉文〉〈全后汉文〉辑录汉赋之阙误》，《文学遗产》2007 年第六期，第 129 页。）

2. 李尤《果赋》问题

《历代辞赋总汇》录李尤《果赋》佚句：“三十六园桃李。”（马积高《历代辞赋总汇》，湖南文艺出版社，2014 年，第 280 页）查任昉《述异记》卷下：“房陵定山有朱仲李园三十六所，潘岳《闲居赋》云‘房陵朱仲之李’。李尤《果赋》云‘三十六园朱李’是也。中山有缥李，大如拳者呼仙李。李尤《果赋》云‘如拳之李’。陆士衡《果赋》曰‘中山之缥李’，又云‘仙李缥而神李红’。”（《百子全书》，第七册，浙江人民出版社，1984 年）《说郛》“酸柿甜梅”条：“番禺有酸柿甜梅，李尤《果赋》‘生物之偏，梅甜柿酸’。”（《说郛三种》卷二十，第一册，上海古籍出版社，1988 年，第 370 页）

故此，李尤《果赋》当存三佚句：“三十六园朱李”，“如拳之李”，“生物之偏，梅甜柿酸”。

［原载《辽东学院学报》（社会科学版）2016 年第 3 期，10—12 页］

《历代辞赋总汇》"明代卷"阙误考述

牛海蓉 王雅琪

《历代辞赋总汇》（湖南文艺出版社，2014 年）的出版发行是学术界的一件盛事，全书共 26 册，收录先秦至清末 7391 位作者的辞赋 30789 篇，是迄今为止最完备的辞赋作品总集，势必给辞赋及其他学术研究者带来极大的便利。但是，《历代辞赋总汇》的编纂是一项浩大而艰辛的工程，难免出现一些错误。笔者仅就其"明代卷"（第 6—9 册）的阙误作了一些订补，现将其分类辑录于下，以备《历代辞赋总汇》修订再版时作为参考。

一、收集采录问题

虽然《历代辞赋总汇》是目前收录历代辞赋作品最精良、最全面的文学总集，其"明代卷"仍然存在着漏收、误收、重收等错误。

1. **漏收**

（1）第 6 册 4755 页，法天，漏收《法华经赋》，见法天《朝天集》（《丛书集成续编》110 册）。

(2) 第6册4764页，王翰，漏收《吊虞城赋》，见程敏政《明文衡》卷二（《四库全书》本）。

(3) 第6册4958页，王洪，漏收《师子赋》，见王洪《毅斋集》卷一（《四库全书》本）。按：此赋在《观灯赋》之后，与《观灯赋》并为残卷。

(4) 第6册5443页，莫旦，漏收《苏州赋》，见《(同治）苏州府志》卷二"疆域"（《中国地方志集成·江苏府县志》7，江苏古籍出版社，1991年，121页）。

(5) 桂彦良《慈湖秋水赋》，见《（雍正）慈溪县志》卷十四（《中国方志丛书·华中地方》191，台北：成文出版社，1975年）按：桂彦良《明史》卷一三七有传（中华书局，1974年，3948页）。

(6) 高旸《青云楼赋》，见《（同治）安义县志》卷十四（《中国地方志集成·江西府县志》43，江苏古籍出版社，1996年，350页）按：据同书陶尚德《安义县志序》：高旸，字宾之，明进士。曾为安义知县。嘉靖时人。

2. **误收**

"明代卷"误收了一些域外辞赋：如第9册8355页，韩章锡，"生平不详，明末遗民"。据《韩国历代文集丛书》（首尔：景仁文化社，1999年），韩章锡为朝鲜李氏王朝人，丛书收其《眉山集》。而《总汇》据《眉山先生文集》所收《擎天台辞》也有"况我邦之于皇明"之语。

误收更多的是因为作家生平不详，把前人辞赋或清人辞赋误为明人辞赋收入"明代卷"：

(1) 第7册6073页，据严燮《医灯集焰》收其《舌苔赋》《伤寒脉赋》。严燮是清人，明嘉靖朝宰相严讷曾孙，曾撰《文靖公（严讷）年谱》，见《北京图书馆藏珍本年谱丛刊》49（北京图书馆出版社，1999年，181页）。

(2) 第7册6079页，收《席弘赋》，作者小传称："席弘，江西人。生平不详，家世以针灸相传。"按：此赋最早收于徐凤《针灸大全》卷一，《针灸大全》卷一乃徐凤收录明代以前针灸歌赋，此赋列最后一篇。据徐春娟《席弘、席弘学派与〈席弘赋〉》（《中国针灸》2008 年第 11 期）：席弘是南宋著名针灸学家，《席弘赋》是席弘学术思想的代表作，是席弘门徒根据其学术思想补辑或编写。

（3）第 7 册 6086 页，无名氏《灵光赋》，此赋亦收于徐凤《针灸大全》卷一，列窦汉卿《通玄指要赋》之后、《席弘赋》之前，应为宋元人所作，误入明赋。

（4）第 9 册 8107 页，杨士聪，《总汇》据《明诗纪事 · 辛签》卷一九，只说其"授检讨，迁谕德"，其实"谕德"是入清后官职。据《四库全书总目提要 · 玉堂荟记》："国朝杨士聪撰。士聪字朝彻，号凫岫，济宁人。前明崇祯辛未进士，官翰林院检讨。入国朝，官至谕德。"（中华书局，1997 年，1903 页）

（5）第 9 册 8279 页，徐杜，"时代不详，曾为州学正"，据《民国郑县志》卷七"秩官"：徐杜，睢州人，由举人，康熙二十九年为郑县学正。（中州古籍出版社，2005 年，204 页）

（6）第 9 册 8374 页，韩定仁，无生平简介。据《乾隆郑州志》卷六"官师"：韩定仁，直隶汝州人。由岁贡，雍正十一年任郑州训导。（中州古籍出版社，2005 年，143 页）

（7）第 9 册 8382 页，柯瑾，无生平简介。据《（同治）大冶县志》卷十"人物"：柯瑾，号禺峰，晚号拙闲老人，大冶人。乾隆十五年举人，任江陵学博，训士先品行，学者宗之，十九年进士，升侍讲。（《中国地方志集成 · 湖北府县志》6，江苏古籍出版社，2001 年，229 页）

（8）第 9 册 8390 页，廖掞，"生平不详，邓州人"。据王晓风《评清辑〈伤寒类证解惑〉》，廖掞曾为张泰恒（约 1671—约 1767）《伤寒类证解惑》作叙，应为清人。（《河南中医》1981 年第 3 期，18 页）

（9）第 9 册 8402 页，沈大成，"生平不详，云间人"。据《清史列传》卷七二（中华书局，1988 年）和汪大经《汪先生大成行状》（《国朝耆献类征》卷四二〇，江苏广陵古籍刻印社，1990年，第18册23页）：沈大成（1700—1771），字学子，号沃田，江苏华亭人。诸生。博闻强识，以诗古文名。父乔堂卒官，家遂中落。自是屡就幕府征，由粤而闽而浙而皖，前后四十余年。然性勤敏，虽舟车往来，必以四部书自随。校定书籍颇富，有《十三经注疏》、《史记》、前后《汉书》、《南北史》、《五代史》、《杜氏通典》等，又有《学福斋集》。

（10）第9册8404页，时化，误，应为"时弘化"。据《康熙郑州志》卷十二"艺文"：时弘化是清人（中州古籍出版社，2002年，439页），《民国郑县志》卷十七"艺文"：时弘化，郡人。（中州古籍出版社，2005年，637页）

（11）第9册8431页，严思濬，无生平简介。据《归善县志》卷九"职官"：严思濬，分宜人，进士，乾隆三十四年归善知县。（《中国方志丛书》63，台北：成文出版社，1967年，95页）

（12）第9册8432页，易贞言，无生平简介。据《湖南名人志·清朝》：易贞言，字内美，湘乡人。诸生。性孝友，多善行。康熙五十一年以孝旌。前后三举乡试。喜读书，年逾八十，手不释卷。有《爱日堂集》《松堂诗集》。（中国档案出版社，1999年，274页）

（13）第9册8476页，詹应甲，"生平不详"。据民国《婺源县志》卷二四"人物"：詹应甲，字麟飞，号湘亭，婺源虹关人，寄籍吴县。乾隆五十三年中举人，历湖北天门、汉川、恩施等地县令，所至有政绩。有《赐倚堂集》。（《中国地方志集成·江西府县志》27，江苏古籍出版社，1996年，448页）

（14）第9册8478页，罗人琮，无生平简介。据徐世昌《晚晴簃诗汇》卷三一（中国书店，1988年，388页）和《桃源县志》卷八"人物"（《中国方志丛书·华中地方》111，台北：成文出版社，1970年）：罗人琮，字宗玉，号紫萝，桃源人。顺治十八年进士，康熙十七年四川道监察御史。卒年八十八。有《最古园集》《紫萝山人集》。

（15）第9册8479页，仲弘道，“字门一，嘉兴人”。据陈兴蒉《（桐乡县）濮院镇志》卷十八“人物”：仲弘道，字开一，号改庵。桐乡人。为人沉静温厚，平易近人。顺治五年拨贡，廷试第一。（上海书店出版社，1996年）

3. **重收**

（1）第5册4579页，王儒真，收《菁茅赋》；第9册8480页重收。

（2）第6册5086页，陈嶷，据《蒙城县志》卷一一收《豆芽菜赋》；第9册8346页，又据谈迁《枣林杂俎》重收。

（3）第9册7483页，收《蜀都赋》1篇，作者署范槲明，万历间人；第9册8061页重收此赋，作者阙名，而于校记处标“疑为范槲明所作”。

（4）第5册3948页，何若愚（金人），收《流注指微针赋》；第7册6072页重收，作者误为窦桂芳。按：窦桂芳为元人，编《针灸四书》，中含何若愚《子午流注针经》（卷上收此赋）。

（5）第5册3922页，窦杰，字汉卿，后改名默，字子声，收《流注通玄指要赋》《针经标幽赋》；第7册6075页重收，而分作两人：窦汉卿、窦子声。

（6）第5册4481页，舒頔，《蕈赋》；第6册4863页重收。

（7）第5册4060页，陈彦博，《南湖赋》；第6册4821页重收，作者陈世昌（字彦博）。

二、作家作品问题

1. **作家生平有误**

（1）第6册4889页，许晋，“洪武六年（1373）进士”，误。据朱保炯、谢沛霖《明清进士题名碑录索引》，许晋应为洪武十八年（1385）进士。（上海古籍出版社，1980年，163页）

（2）第7册5557页，朱吉，“生平不详。弘治九年进士，礼部右侍郎朱希周之祖父，曾任户科给事中”，误。据《明史》卷一九一《朱希周传》：“高祖吉，户科给事中……希周举弘治九年进士”（中华书局，1974年，5063页）；而据《昆山人物传》卷一：朱吉，字季宁，洪武中被荐授户科给事中，以善书改中书舍人，迁侍书，后为湖广按察司佥事。永乐改元，复为中书舍人。年八十一而终。（《续修四库全书》，第541册551页）

（3）第7册5564页，李梦阳“弘治六年进士，授户部主事”，误。据《明史》卷二八六《李梦阳传》：“弘治六年举陕西乡试第一，明年成进士，授户部主事。”（中华书局，1974年，7346页）

（4）第7册5770页，杨廷宣，“弘治辛丑科（1493）鲁琩榜举人”，误。据《新都县志》卷八《选举》，应为“弘治辛酉科（1501）举人”。（《西南稀见方志文献》第13卷，兰州大学出版社，2003年，154页）

（5）第9册7725页，侯恪（1533—1575），生卒年误。据侯方域《司成公家传》，应为侯恪（1592—1634）。（《侯方域文》，商务印书馆，1930年，60页）

（6）第9册8276页，吴晋画，误，应为吴晋昼。据《千顷堂书目》卷二八：“吴晋昼，字接侯，麟瑞长子，海盐人。”（上海古籍出版社，2001年，675页）王思任（1575—1646）曾为其《蓬蒿园诗集》作序，称“海盐吴秋圃先生”。（《文饭小品》，岳麓书社，1989年，433页）

（7）第9册8380页，江禔，无生平简介，误，应为汪禔。据《四库全书总目提要·檗庵集》：汪禔，字介夫，别号檗庵，祁门人。精于礼学，其诗全作《击壤集》体，不以声律论。（中华书局，1997年，2476页）

（8）第9册8389页，梁梦，无生平简介，误，应为梁梦龙。据张毅《略论梁梦龙的历史贡献》：梁梦龙（1527—1602），字乾吉，号鸣泉。北直隶真定（今正定）人。历官嘉靖、隆庆、万历三朝，凡二十七年，卓有政绩，官至吏部尚书加太子太保。后致仕

回乡，不问政事终老。有《海运新考》《赐麟堂集》等。（《社会科学论坛》2008 年第 9 期，120 页）

2. 作家生平失考或太简略

（1）第 6 册 4845 页，黄以升，“生平不详”。据《四库全书总目提要 · 史说萱苏》：黄以升，字孝义，龙溪人（中华书局，1997 年，1820 页）。据其《酒家赋序》“岁丙午，余年十有九”，《三阨赋序》“天启末（1626—1627）”，则丙午为明末万历三十四年，作者 19 岁，故生年应为万历十五年。

（2）第 6 册 5177 页，黎淳，“华容人。天顺元年进士。官至南京礼部尚书”。据李东阳《文僖黎公先生行状》可考得黎淳详细生平：黎淳（1423—1492），字太朴，学者称为朴庵先生。华容人。景泰七年举湖广乡试，天顺元年举进士第一。历官左春坊左谕德、左庶子、吏部右侍郎等，官终南京礼部尚书。卒谥文僖。有《龙峰集》。（《李东阳集》第 2 卷，岳麓书社，1985 年，350 页）

（3）第 6 册 5373 页，赵弼，《总汇》据《明清进士题名碑录索引》：“云南太和人。成化十七年进士。”李剑国《赵弼生平著述考》则云：赵弼（1364—1450 稍后），字辅之，号雪航。重庆府巴县人。永乐元年以荐举入仕，历新繁、资县、汉阳三县儒学教谕，宣德八年七十岁致仕，家汉阳。有《效颦集》《雪航肤见》等。（《文学遗产》2003 年第 1 期，65 页）可见并非同一人。而据赋中“爰有濠梁赵子，博謇好修”，则《太白酒楼赋》的作者赵弼或为安徽凤阳人。

（4）第 6 册 5443 页，莫旦，“生平不详”。据《弘治吴江志提要》：莫旦，字景周，江苏吴江人。成化元年举人。除《吴江志》外，还有《新昌志》《贞孝录》《鲈乡集》等。（《弘治吴江志》卷首，台湾学生书局，1987 年）

（5）第 7 册 5725 页，马卿，“安阳人。又说为林虑人。正德、嘉靖时人。为布政”。据《明分省人物考》卷八九《河南彰德府》：马卿，字敬臣，河南林县人。弘治初，年十七，举乡试。十八年举进士，选翰林庶吉士，授户科给事中，出守大名府，累迁浙江右布

政使、云南参政、南京太仆寺卿、右副都御史等。卒年五十八。(《明代传记丛刊·综录类》三十六，台北：明文书局，49 页)

(6) 第 7 册 5773 页，魏偁，"字达卿，鄞县人。官石城训导"。据陈波《明代宁波府作家研究》："魏偁，字达卿，别号云松，鄞县人，魏安子。为诸生，次为贡生，授石城训导。弘治初，以秩满告归。"有《云松诗略》《闻见类纂小史》。(上海师范大学 2013 年硕士学位论文，297 页)

(7) 第 7 册 6071 页，陈勋，"武平伯陈友之曾孙，约正德嘉靖时人"。据姜绍书《无声诗史》卷七：陈勋，字元凯，闽县（今福州）人。魁万历二十八年和二十九年乡会榜，历国学博士、户部郎。谢病归，终日扃门却扫。诗入唐人室，书画皆精妙，与董应举友善。(上海人民美术出版社，1963 年，122 页)

(8) 第 7 册 6084 页，收《梓岐风谷飞经走气撮要金针赋》，作者"无名氏"。此赋载于徐凤《针灸大全》卷五，赋前序云："今也，予年向暮，髭鬓皆霜，恐久失传，拳拳在念。正统己未(1439) 春末，养疾之暇，阅其（徐凤的老师）所传针法之书，繁而无统，于是撮其简要，不愧疏庸，编集成文，名曰《金针赋》。"故作者徐凤，正统时已暮年。又据《重订徐氏针灸大全提要》："徐凤，字廷瑞，江西广信弋阳县人。"(《中国医学大成续集》40，上海科学技术出版社，2000 年)

(9) 第 7 册 6090 页，顾允默，"嘉靖时人"。据《江苏艺文志·苏州卷》第三分册：顾允默，字懋仁，昆山人，顾梦圭之子。约明穆宗隆庆末前后在世。与弟尤焘、妹采屏均以善作曲名。有《五鼎记传奇》一本、《曲录》传于世。(江苏人民出版社，1996 年)

(10) 第 7 册 6091 页，李若讷，"字季重，济北人"。据《明诗纪事》庚签卷二一：李若讷，临邑人。万历三十二年成进士，累官参政。有《四品稿》《五品稿》。(《万有文库》2，商务印书馆，1936 年，2481 页)

(11) 第 8 册 6603 页，郭汝霖，"生平不详，永丰人。嘉靖三十二年进士”。据《四库全书总目提要·石泉山房文集》：郭汝霖，字时望，号一厓，永丰人。嘉靖三十二年进士。官至南京太常寺卿。从邹守益、欧阳德诸人讲学，其议论与罗汝芳一派相近。古诗规模陈子昂、李白诸人，得其形似，近体则又次焉。（中华书局，1997 年，2465 页）

（12）第 8 册 6667 页，盛时泰，“字仲交，上元人。贡生。有《苍润轩集》”。据李玉安《中国藏书家通典》：盛时泰（约 1519—1589），字仲交，号云浦，上元（今南京）人。嘉靖贡生，才气横溢，工书画，善画水墨竹石，多藏书，有《苍润轩碑跋》《城山堂集》。（中国国际文化出版社，2005 年，243 页）

（13）第 8 册 6763 页，赵廷瑞，“字信臣，号洪洋山人，官至给事中”。据《嘉靖开州志》卷七“选举志”：赵廷瑞（？—1549），字信臣，号洪洋。濮阳人。正德八年举人，正德十六年进士。初授庶吉士，历刑科都给事中，升通政使司右通政。（《天一阁藏明代方志选刊》，上海古籍书店，1964 年）

（14）第 9 册 7552 页，傅国，“天启元年曾任督饷郎中，参与对清作战”。据李玉安《中国藏书家通典》：傅国，字鼎卿，自号云黄山人。青州人。万历四十一年进士，授河南通许知县，迁户部主事，升员外郎，后因犯事削籍归，修建藏书楼于万山之中，储书万卷，名曰“凝远楼”，著述不辍。崇祯十七年闻京师陷，积薪焚其楼，待仆婢逸去后，整衣冠端坐，与图书俱烬。（中国国际文化出版社，2005 年，288 页）

（15）第 9 册 7727 页，陈所志，“生平不详，万历二十五举人”。据《明清进士题名碑录索引》，江西广昌人，万历三十五年进士（上海古籍出版社，1979 年，2163、2587 页）。另据《明熹宗实录》卷八“天启元年三月”：“壬戌，上以初御极，遣镇远侯顾大礼……刑科给事中陈所志、熊德阳，分祭岳镇海渎、历代帝王、先师孔子、祖陵等陵”（《明实录》，“中央研究院历史语言研究所”，1962 年，389 页），则陈所志曾为刑科给事中。

（16）第 9 册 7917 页，刘世教，“海盐人。生平不详”。据

《明诗综》卷五八：刘世教，字少彝，海盐人。万历二十八年举人，官广乘知县。有《研宝斋稿》。（中华书局，2007 年，2950 页）

（17）第 9 册 8372 页，顾慤，无生平简介。据王昶《明词综》附录二，顾慤，字存诚，慈溪人。永乐中正字。有《充然子诗文集》。(辽宁教育出版社，1997 年，217 页)

（18）第 9 册 8395 页，刘莹，“生平不详，橐城人”。据《康熙桐城县志》卷三“选举”，刘莹为永乐元年进士。(《中国地方志集成 · 安徽府县志》12，江苏古籍出版社，1998 年，85 页)

（19）第 9 册 8243 页，沈祏，“生平不详”。据《海宁州志稿》卷十二《艺文志 · 典籍二》：沈祏，字天用，号紫硖山人。正德间以贤进官周府典膳，卜居紫微山下，构园曰淳朴，留题分咏皆一时名士。有《淳朴园稿》。(《中国方志丛书 · 华中地方》562，台北：成文出版社，1983 年，1340 页)

（20）第 9 册 8383 页，旷宗舜，无生平简介。据《明伦汇编 · 氏族典》卷四九〇：旷宗舜，醴陵人。嘉靖七年，乡试中解元。(《古今图书集成》376 册，中华书局，1934 年)

（21）第 9 册 8384 页，李宗木，“生平不详，内乡人”。据《内乡县志》卷八“人物”：李宗木，字继仁，别号杏山。内乡（今河南淅川）人，嘉靖十九年（1540）举于乡，隐于白崖香岩之间，以子李蓘贵，两受封赠。有《杏山集》《东征集》《白崖诗》行于世，卒配享理学名儒祠。(《中国方志丛书 · 华北地方》483，台北：成文出版社，1976 年)

（22）第 9 册 8436 页，张升，“生平不详”。据《明史》卷一八四《张升传》：张升，字启昭，江西南城人。成化五年状元，授编修，历谕德。弘治改元，迁庶子。后因得罪刘吉被调南京工部员外郎，刘吉被罢免后，复官，历礼部左、右侍郎。弘治十五年，代傅瀚为礼部尚书。多次劝阻武宗嬉游怠政，后连疏乞休，不允。因忤刘瑾而谢病归，诏加太子太保。卒于家。（中华书局，1974 年，4882 页）

（23）第 9 册 8437 页，张时宜，“生平不详”。据李元阳《建昌教授东山张公时宜墓志铭》：张时宜，字仲衡，号东山，祖籍宁波，剑川（今属云南）人。嘉靖十一年入太学，后除四川崇庆州学正，寻迁贵州程蕃府教授，二十五年补江西建昌教授。万历五年卒，年七十六。有《东山诗草》。（《国朝献征录》卷八七，台湾学生书局，1984 年，3772 页）

（24）第 9 册 8443 页，周良会，无生平简介。据《冶父山志》卷四所收周良会《冶父山次韵》的作者注，可知他是新淦人，字际之，嘉靖时为庐江县令。（《康熙庐江县志》附，黄山书社，2008 年）

（25）第 9 册 7909 页，孙鏊，“生平不详”。据《四库全书总目提要·松菊堂集》：孙鏊，字端峰，余姚人。江西巡抚燧之孙，工部尚书升之子，官上林苑丞。晚归烛湖，于宅东构漆园居之，作《漆园供事别传》。诗句清隽，不入前后七子之派。文则不免于平衍。（中华书局，1997 年，2477 页）

（26）第 9 册 8056 页，张燮，“龙溪人。生平不详”。据《四库全书总目提要·东西洋考》：张燮，字绍和，龙溪（今福建龙海）人。万历二十二年举人，无意仕进。其《东西洋考》成于万历四十五年。（中华书局，1997 年，978 页）

（27）第 9 册 8156 页，曾益，《总汇》列会稽曾益、临川曾益以及贵州佥事曾益等同名者。其实，有《坻场集》的曾益是山阴（与会稽俱属绍兴府）人，字谦，生于嘉靖三十七年左右，卒于明亡后，寿近百龄。万历末年曾注《昌谷集》。现存文集《坻场集》。（朱芳芳《〈温飞卿诗集笺注〉研究》，西北大学 2008 年硕士学位论文）

（28）第 9 册 8268 页，叶世偁，“字声期，吴江人。生平不详”。据《午梦堂相关成员简介》：叶世偁（1618—1635），字声期，吴江人。叶绍袁二子。七岁就外塾，十三岁学操觚，生而长皙，颀然如削，十五岁出试，潇洒自赏。后其父携同应试，忽呕血不起，卒年十八。工诗，有《百旻草》。（朱萸《明清文学群落：

吴江叶氏午梦堂》，上海人民出版社，2008 年，266 页）

（29）第 9 册 8331 页，叶世傛，“即叶威期，生平不详。疑为叶世偁之弟”。据《午梦堂相关成员简介》：叶世傛（1619—1640），字威期，吴江人。叶绍袁三子。邑诸生。生而颖慧，力学自强，与兄世佺仓皇应试，均获录取，然其咳疾日重，终因求名心盛，沉疴不起，卒于家庵，年二十二。有《灵护集》。（朱萸《明清文学群落：吴江叶氏午梦堂》，上海人民出版社，2008 年，267 页）

（30）第 9 册 8370 页，程大约，无生平简介。据程大约《程氏墨苑》“出版说明”：程大约，字幼博，又名君房，徽州歙县岩寺人。万历年间在世。太学生，善古文，曾仕鸿胪寺序班。有《幼博集》。制墨家。有《程氏墨苑》12 卷，与罗小华、方于鲁、邵格之并称为明代制墨四大名家。（黄山书社，2009 年）

（31）第 9 册 8386 页，李椿茂，无生平简介。据《（河南省）武安县志》卷十二“职官”、卷十四“宦迹”（《中国方志丛书·华北地方》486，台北：成文出版社，1976 年，394、561 页）以及《武安县地名志》（河北省武安县地名办公室，1984 年，713 页）等材料：李椿茂，字大椿，北直隶邢台人。举人，万历三十八年任河南彰德府磁州武安知县，居官有惠政，升陕西临洮府同知。

（32）第 9 册 8387 页，梁亭表，无生平简介。据《皇明四朝成仁录》卷一“崇祯朝”“在外死节传”：梁亭表，字无畸，番禺人。举于乡，由大埔教谕，升助教，迁吏部主事，转兵部武库司员外，出知南安，时张献忠突犯湖广，南安以西被占据，亭表与众死守，擢荆南兵备副使。北都陷，痛哭而死。（《明代传记丛刊·名人类》38，台北：明文书局，1991 年，80 页）

（33）第 9 册 8394 页，刘六德，无生平简介。据《皇清百名家诗》卷四九“刘六德”：明末清初人，刘遵宪（1575—1644）子。（《华东师范大学图书馆藏稀见丛书汇刊》5，北京图书馆出版社，2006 年）

（34）第 9 册 8399 页，潘云献，无生平简介。据《弇州山人续稿》卷一三九《笠江潘公行状》：潘云献，潘恩（1496—1582）孙，国子生。《四库存目丛书·子部》23 收录的黄省曾辑、张所敬补辑《骚苑》三卷补一卷，是万历二十六年潘云献刻本。

（35）第 9 册 8406 页，苏志乾，无生平简介。据《延平府志》卷三一，苏眉山，字志乾，晚号心一，莆田人。迁居金陵，补弟子员，入成均，万历十年领顺天乡荐，知新会县。有《绣佛阁藏稿》。（《中国方志丛书》99，台北：成文出版社，1967 年，591 页）

（36）第 9 册 8416 页，涂伯昌，“生平不详，著作有《涂子一杯水》”。据《四库全书总目提要·涂子一杯水》：涂伯昌，字子期，江西南丰人。崇祯三年举人。（中华书局，1997 年，2509 页）另据《甲申朝事小纪》第四编卷八“涂伯昌纪略”：隆武元年，南明唐王朱聿键在福州即位后，召伯昌入朝，授兵部职方主事，后升太仆卿。永历二年，集众杀清朝所置宁都知县田书，四年城破，自缢死。（书目文献出版社，1987 年，863 页）

（37）第 9 册 8420 页，王光蕴，无生平简介。据万历《温州府志》卷十“选举”：王光蕴，永嘉人，嘉靖四十年举人，任宁国府同知。致仕，进阶朝列大夫。（《四库全书存目丛书·史部》210，699 页）

（38）第 9 册 8425 页，吴愉，无生平简介。据光绪《善化县志》卷二三：吴愉，字去佛，号古渡，善化人。山长吴道行之子。崇祯岁贡。弘光元年，张献忠部属攻浏阳，战于官渡，愉被执不屈死。有《春雪堂集》等。（岳麓书社，2011 年）

（39）第 9 册 8434 页，张泰阶，“生平不详”。据《绵阳市社会科学志》：张泰阶，字徵平，潼川州盐亭县人。顺治八年举人，康熙二年，任广西恭城知县。后以功升任深州知州，又调庐州府同知，均有政声。后卒于家。有《盐亭志略》。（四川人民出版社，1997 年，318 页）

（40）第 9 册 8453 页，僧玄极，“僧人，生平不详”。据黄夏年《大足宝顶始祖元亮晓山考》：玄极，名惠妙，号玄极，乃明代宝顶圣寿寺第三代住持，从永乐十六年至宣德元年，宣德后不可考。（《中华文化论坛》2005 年第 4 期，106 页）

（41）第 9 册 8454 页，行冈，“僧人，生平不详”。据《揞黑豆集》卷七《黄梅五祖千仞冈禅师传》：行冈（1613—1667），字千仞，明州人。俗姓王。（《禅宗全书·史传部》28，台北：文殊出版社，1988 年，173 页）

（42）第 9 册 8468 页，钱邦芑，“字开少，丹徒儒学生，晚为僧，号大错”。据王路平《长啸出红尘谈笑超生死——钱邦芑逃禅出家考论》（《贵州社会科学》2008 年第 12 期）：钱邦芑（1599—1673），字开少，丹徒人。崇祯时秀才。南明永历中，以御史巡按四川，联络川中诸将，占守有功，晋右佥都御使。永历八年祝发为僧，自号大错和尚。帝走云南，次年授右都御使，兼掌巡抚云南。十三年奔缅途中君臣相失，僧服隐鸡足山。康熙三年隐居衡山。

3. 一人分列两处

（1）饶泰，第 5 册 4570 页，收文 1 篇；第 9 册 8399 页，收文 1 篇。

（2）王祎，第 6 册 4712 页，收文 15 篇；第 9 册 8458 页，收文 1 篇。

（3）金实，第 6 册 5053 页，收文 2 篇；第 9 册 8462 页，收文 1 篇。

（4）张元忭，第 7 册 6004 页，收文 1 篇；第 8 册 6927 页，收文 1 篇。

（5）凌翰，第 7 册 6081，收文 1 篇；第 9 册 8463 页，收文 1 篇。

（6）王文禄，第 8 册 6683 页，收文 1 篇；第 9 册 8466 页，收文 1 篇。另，王文禄的生平可据李玉安《中国藏书家通典》补：（约 1520—1595），字世廉，号沂阳生，海盐人。嘉靖中举人。性耽医学和藏书，嘉靖二十九年，撰成《医先》一卷，嘉靖三十七年，著成《胎息经疏略》。仿宋代左圭《百川学海》，辑录《百陵

学山》丛书。另有《机警》《龙兴慈记》等。（中国国际文化出版社，2005 年，243 页）

（7）何白，第 9 册 7838 页，收文 4 篇；第 9 册 8467 页，收文 1 篇。

不可否认，《历代辞赋总汇》收集、整理和校订工作都十分严谨，它的出版发行为学术研究提供了极大的便利，我们应该对编纂者的辛勤劳动和取得的巨大成就给予充分肯定。但是，我们也应该纠正《历代辞赋总汇》编纂过程中出现的一些失误，目的是拾遗补阙，使其更加完善。

（原载《城市学刊》2016 年第 5 期，98—104 页）

马积高主编《历代辞赋总汇》的文献价值

踪 凡

由中国赋学会第一任会长、湖南师范大学教授马积高先生（1925—2001）主编、60余位赋学专家共同编纂的大型辞赋文学总集《历代辞赋总汇》[①]，是有史以来辑录辞赋作品最为完备、体例最为完善、编纂最为精湛的一部专体文学总集，具有十分重要的文献价值和学术意义。

一、卷帙宏大，辑赋完备

中国古代的辞赋编纂，最早可以追溯到西汉。刘向父子在校理群籍时，曾经汇集战国、秦、西汉辞赋1004篇，可惜不久之后，这批文献就毁于王莽之乱。魏晋南北朝时期，出现了南朝宋谢灵运《赋集》92卷、南朝宋新渝侯《赋集》50卷、北魏崔浩《赋集》86卷、梁武帝萧衍《历代赋》10卷、佚名《乐器赋》10卷等赋集，皆佚。降至唐宋，又有徐锴《赋苑》200卷、范仲淹《赋林衡

① 马积高主编：《历代辞赋总汇》，长沙：湖南文艺出版社，2014年。

鉴》若干卷、杨翱《典丽赋》64卷、王咸《典丽赋》93卷、唐仲友《后典丽赋》40卷等，亦皆散佚不传。现存第一部单独成书的古代辞赋总集，当属元代祝尧所编之《古赋辨体》10卷[①]，但该书“是一部以辨析古赋体制源流为主旨的赋总集”[②]，选赋具有举例性质。其“正录”选先秦至宋代辞赋70篇，“外录”选后骚、辞、文、操、歌等五类韵文47篇，总数仅为117篇，并不完备。明代出现了周履靖《赋海补遗》（887篇）、李鸿《赋苑》（875篇）、施重光《赋珍》（437篇）、俞王言《辞赋标义》（119篇）、袁宏道和王三余《精镌古今丽赋》（231篇）、陈山毓《赋略》（332篇）、佚名《类编古赋》（篇数不详）等六七种大型辞赋总集，收赋多少不等，但都没有超过一千篇。收赋最多者为《赋海补遗》，共计887篇，不过该书包含作者自撰之赋615篇，实际上仅仅编选前代赋272篇，并不完备。李鸿《赋苑》汇集先秦至隋代赋875篇，且以时代顺序排列，对清代的赋集编纂有导夫先路之功。

中国古代辑录辞赋最为完备者，当属清人编纂的《历代赋汇》和《赋海大观》。前者汇集先秦至明代赋4161篇（据该书《总目》），分为正集、外集、逸句、补遗凡四部分，不仅收录完整的赋篇，断章、残句也在汇辑之列，因而卷帙空前巨大，收赋空前完备。并且该书系康熙皇帝御定，由大学士陈元龙主持编纂，加之文字准确，刻印精美，因而在有清一代影响甚大，出现了吴光昭《赋汇录要笺略》、倪一擎《赋汇题解》、王晓岩《赋汇题注》等导读之作。《赋海大观》编成于清末，几乎囊括了《历代赋汇》中的所有赋作，又益以清代二百余年的赋作8000余篇，总数达12265篇，其卷帙是《历代赋汇》的三倍之巨，资料价值不言而喻。[③] 但该书系光绪年间出版商鸿宝斋主人延请民间文人编纂的，

---

① 专选楚辞者如刘向《楚辞》、朱熹《楚辞后语》等不论；综合性文学总集如萧统《昭明文选》、李昉《文苑英华》等书中编入大量辞赋，亦不论。

② 何新文、苏瑞隆、彭安湘：《中国赋论史》，北京：人民出版社，2012年，第226页。

③ 踪凡：《〈赋海大观〉价值初探》，《文献》2011年第3期。

使用石印技术缩印出版，字小伤目，并且编印粗糙，错误频出，大大降低了它的利用价值，因而影响较小。事实上，清人编纂的辞赋总集多达一百余种，除了这两部巨制外，大都是为小型赋集，选赋一般在200篇左右，文献价值不高。降至20世纪，出现了数百种赋选和几部比较大的断代辞赋总集，举其要者，有费振刚等《全汉赋》（北京大学出版社1993年版），龚克昌等《全三国赋评注》（齐鲁书社2013年版），韩格平等《全魏晋赋校注》（吉林文史出版社2008年版），简宗梧、李时铭主编《全唐赋》（台湾里仁书局2011年版），曾枣庄、吴洪泽主编《宋代辞赋全编》（四川大学出版社2008年版），[①] 等等，但尚无一部通选各代辞赋的大型总集。研究赋学的学者在考察历代辞赋时，仍然以陈元龙《历代赋汇》为主要依据；而在研究明代赋时，《赋汇》几乎成了唯一可以依据的文献。但《赋汇》的编纂距今已经有300年之久，书中有不少阙漏和谬误，[②] 已经远远不能满足当代赋学研究的需要。

早在上个世纪八十年代，大陆的赋学研究在改革开放之后刚刚兴起，马积高等前辈赋学家就认识到《历代赋汇》《赋海大观》的不足，于是着手编纂一部篇目完备的大型赋体文学总集，以供赋学研究者使用。经过数年努力，于1996年完成初稿。《历代辞赋总汇》（以下简称《总汇》）分为《先秦汉魏晋南北朝卷》《唐代卷》《宋代卷》《金元卷》《明代卷》《清代卷》凡6个分卷，分别由黄瑞云、曹大中、万光治、康金声、马积高、叶幼明等赋学专家担任分卷主编，60余位赋学研究者参与其事。该书共计收录先秦至清末7391位作家的辞赋作品凡30789篇[③]，其篇数是《古赋辨体》的117倍，《赋苑》的35倍，《历代赋汇》7.4倍，《赋海大观》的2.51倍，收赋极为完备。全书凡2800余万字，共印装成26巨

① 踪凡：《新世纪之初的赋集编纂》，《中国社会科学报》2014年4月18日B01版。

② 马积高：《〈历代赋汇〉评议》，《学术研究》1990年第1期。

③ 李国斌：《〈历代辞赋总汇〉出版》，人民网2014年1月13日讯，http://www.people.com.cn/24hour/n/2014/0124/c25408—24213153.html。

册，规模宏大，文献价值极高。每一卷收录的辞赋，都远远超过《历代赋汇》和《赋海大观》，堪称是中国历代辞赋编纂的集大成之作。

当然，本书最大的贡献在于，编者花费巨大的心血和汗水，对明清两代的辞赋作品进行了穷尽式汇集。尽管《历代赋汇》也收录明代赋，但其数量仅有369家735篇，遗漏甚多。《总汇·明代卷》汇集明代辞赋作家1019人，作品达5107篇，[①] 其篇数是《历代赋汇》（以下简称《赋汇》）的6.95倍，可谓是盛况空前。其中650位赋家的作品，皆为《赋汇》所未备，例如唐桂芳辞赋6篇，吴沉赋4篇，程明远辞赋9篇，张羽赋5篇，王翰辞赋5篇，朱右辞赋13篇，童冀辞赋12篇，史迁赋7篇，郑真辞赋29篇，徐尊生辞赋11篇，周履靖赋616篇，等等，皆为《赋汇》所遗漏，而《总汇》补之，其搜罗之功，令人瞩目。即使是《赋汇》已经收录的赋家，《总汇》也重新进行辑录，增补了大量作品。例如梁寅赋，《赋汇》收录3篇，《总汇》增至6篇；刘基赋，《赋汇》收录4篇，《总汇》增至27篇（含赋体诗文19篇）；刘三吾赋，《赋汇》收录2篇，《总汇》增至9篇；方孝孺赋，《赋汇》收录1篇，《总汇》增至6篇（含赋体诗文2篇）；胡俨赋，《赋汇》收录3篇，《总汇》增至22篇（含赋体诗文12篇），等等。尽管《赋汇》只收以“赋”名篇的作品，不收楚辞体、七体、颂、操、歌等，但即使只考察狭义的赋篇，《总汇》所收明代赋亦达《赋汇》的四五倍之多。研究明代辞赋，当以此书最为完备，其文献价值是显而易见的。

至于清代赋，《赋汇》没有收录，《总汇》的开拓之功更为突出。由于清代出版业十分发达，刻本、活字本、石印本等浩如烟海，并且时代较近，许多别集、总集没有亡佚，因而保存辞赋作品极多。据马积高先生介绍，《总汇》共计收录清代辞赋4810家，19499首，比先秦至明代所有辞赋作品的总和（10649首）还要多

① 数据依照马积高先生《〈历代辞赋总汇〉前言》，第6—7页。

得多，编者所耗费精力之大，付出辛苦之多，非常人所能领会。《总汇》汇集清代辞赋，主要依据了清代的作家别集，但由于不少作家没有别集，编者只好从《赋海大观》中采集。但是，前已言之，《赋海大观》是石印袖珍本，字小伤目，阅读费时费力。《总汇》的编者和出版者，对《赋海大观》的8000余篇清代赋逐一进行复印、校点，若非众人合作、拼搏数年，若无勤苦耐劳、舍身忘我之精神，就不可能完成这一巨大工程。《总汇》清代卷共14巨册，卷帙占全书之大半。

其实，《总汇》初稿完成于1996年，由于主编去世、出版社人事变动等原因而延宕十余年出版。当年只有费振刚等《全汉赋》（1993）已经面世，其他断代辞赋总集如《全魏晋赋校注》（2008）、《全唐赋》（2011）、《宋代辞赋全编》（2008）等皆未动工，所以，《总汇》对历代赋的汇集，几乎在每一朝代都是开创性的。作为一部专体文学总集，其对前人赋集有着全方位的超越和提升。

二、编校精审，质量上乘

几乎所有卷帙浩繁的大型文学总集，都会因为内容繁多、时间仓促、多人合作等原因，而在编纂质量上出现一些瑕疵，不断受到学人指摘。而《历代辞赋总汇》的编者，皆为学养深厚的赋学研究专家，同时又有精益求精的认真态度和舍身忘我的奉献精神，因而最大限度地避免了细节上的瑕疵，在编纂质量上明显高出同类著作。例如两汉辞赋，因系“一代之文学”而一直为学术界重视。《赋汇》曾经辑录两汉赋（汉建安时期）190篇，而《总汇》西汉部分辑赋49篇，东汉部分107篇，汉末建安时期105篇，总数达261篇（为了便于比较，此数字仅统计狭义的赋作，不计楚辞体和各种赋体诗文），比《赋汇》增加71篇，可以见出编者的搜辑之功。比如“赋圣”司马相如的作品，《赋汇》收录《子虚赋》《上林赋》《哀二世赋》《大人赋》《长门赋》《美人赋》，凡6篇作品，而《总汇》则增补了《梨赋》和《梓桐山赋》2篇，总数增至8篇。其中《梨赋》辑自《文选·魏都赋》李善注，仅存4字，《梓桐山赋》辑自《玉篇·石部》，仅存2字，但是散金碎玉，弥足珍贵，能够反映司马相如赋体文学创作题材的多样性和丰富性。

与当代学者编纂的断代文学总集相比，《总汇》也多有突破。比如，费振刚等《全汉赋》（1993）辑有汉初赋家孔臧赋4篇，编在司马相如、董仲舒之后，显然失当。因为孔臧于汉文帝九年（前171）嗣父爵为蓼侯，武帝元朔三年（前126）拜太常，其时代显然早于司马相如（前169？—前118）[①]；并且所辑孔臧四赋出自《孔丛子·连丛上》，皆为其少年所作，时间当在汉文帝时，肯定早于《子虚》《上林》。《总汇》将其置于司马相如之前，上承中山王刘胜（？—前133），下接淮南王刘安（前170—前122），位置十分恰当。又如，建安赋家繁钦撰有《建章凤阙赋》，《全汉赋》从《艺文类聚》卷六二辑录出“筑双凤之崇阙，……屈绕纡萦”一段，共128字，以《文选》注为参校，加以标点。[②] 但《总汇》又从《水经注》卷一九辑得6句共30字，从《韵补》卷四“汉”字注辑得4句共16字，共辑录该赋佚文174字，并作校勘，试图恢复繁钦赋之原貌：

1. 秦汉规模，廓然毁泯，惟建章凤阙，岿然独存。虽非象魏之制，亦一代之巨观也。(《水经注》卷十九)

2. 筑双凤之崇阙，表大路以遐通。上规圜以穹隆，下矩折而绳直。长楹森以骈停，修桷揭以舒翼。象玄圃之层楼，肖华盖之丽天。当蒸暑之暖赫，步北楹而周旋。鵾鹏振而不及，

---

① 韩晖：《汉赋的先驱孔臧及其赋考说》，《文史哲》1998年第1期。另外，关于司马相如生卒年的考证，可以参考刘南平：《司马相如生平及其作品系年考》，《中国典籍与文化论丛》第三辑。

② 费振刚、胡双宝、宗明华：《全汉赋》，北京：北京大学出版社，1993年，第638页。

岂归雁之能翔。抗神凤以甄甍，似虞庭之锵锵。栌六翮以抚跱，俟高风之清凉。华钟金兽，列在南廷；嘉树蓊薆，奇鸟哀鸣。台榭临池，万种千名。周櫚辇道，屈绕纡萦。（《艺文类聚》卷六十二）

3. 长唐虎圈，回望漫衍。盘旋岧峣，上刺云汉。（《韵补》卷四“汉”字注）[①]

其辑录之功，值得称道。需要指出的是，《总汇》编者对这三段佚文进行了排序，将“秦汉规模”一段置于篇首。细读此段，乃是介绍建章凤阙的悠久历史，并且使用散句，很可能是赋序。《总汇》如此排序，旨在最大限度地恢复旧观，可从。此外，在《建章凤阙赋》之下，《总汇》还从《韵补》卷一“洞”字注辑录繁钦《凤阙赋》三句：

4. 桥不雕兮木不龙，反淳庞兮踵玄洞，阐所迹兮超遐踪。[②]

凡21字，另外列目。其实，此处《凤阙赋》乃是《建章凤阙赋》的简称，不需要单列一篇。倘若与上篇合并一处，则更便于读者研读此赋，进而考察其基本内容。以上第1、3、4段，皆为《全汉赋》所遗漏。2005年出版的《全汉赋校注》一书，增补了第4段，但仍然漏辑第1、3两段。[③]《总汇》编者的补辑、排序之功，不可轻忽。其他如班彪《冀州赋》“遵大路以北逝兮，历赵衰之采邑。丑柏人之恶名兮，圣高帝之不宿”（辑自《韵补》卷五“宿”字注），傅毅《洛都赋》“属蒲且以矰红，命詹何使沉沦。维高冥之独鹄，连轩翥之双鹍”（辑自《韵补》卷一“鹍”字注），王粲《酒赋》“酒正膳夫，冢宰是司。处濯器用，敬涤蕴饎”（辑自《韵补》卷四“司”字注）等，皆为费振刚等《全汉赋》

① 马积高：《历代辞赋总汇》，长沙：湖南文艺出版社，2014年，第436页。

② 马积高：《历代辞赋总汇》，长沙：湖南文艺出版社，2014年，第437页。

③ 费振刚、仇仲谦、刘南平：《全汉赋校注》，广东教育出版社，2005年，第1011—1012页。

《全汉赋校注》所漏辑，我们不能不敬佩《总汇》编者在文献辑佚方面的功绩。

对于三国以后的辞赋，《总汇》的补辑之功更为突出。试举一例。对于晋代著名赋家、文艺理论家陆机，韩格平等《魏晋赋校注》辑录其赋30篇，而《总汇》则增至39篇，加上七体3篇、吊文2篇，总数为44篇。仅就狭义的赋篇而言，《总汇》增补的陆机赋就有：《怀旧居赋》（辑自《六朝事迹编类》卷七）、《云赋》（辑自《太平御览》卷一、卷八，《北堂书钞》卷一五〇、《初学记》卷一、《文选注》卷三）、《扇赋》（陆云《与兄平原书》）、《风赋》（《北堂书钞》卷一五一）、《逸民赋》（《太平御览》卷五六）、《灵龟赋》（《太平御览》卷八〇八）、《吊魏文帝柳赋》（《文选注》卷二五）、《冢墓赋》（《北堂书钞》卷九二）、《南征赋》（《韵补》卷三），共9篇。此外，两部总集所辑录的同一篇赋作，质量也有差别。例如陆机《感丘赋》，《全魏晋赋校注》从《艺文类聚》卷四〇辑得38句，始“泛轻舟于西川”，迄“指岁暮而为期”，凡200余字[①]；《总汇》又从《初学记》《韵补》中辑录以下四段文字：

> 生矜迹于当世，死同宅乎一丘。翳形骸以下沦兮，漂营魂而上浮。随阴阳以融冶，托山原以为畴。妍蚩混而为一，孰云识其所修。必妙代以远览兮，夫何徇乎区陈。（《初学记》卷一四）
>
> 抨神爽以婴物兮，济性命而为仇。忘大暮于千祀兮，争朝荣于须臾。（《韵补》卷一）
>
> 或趋时以风发兮，或遗荣而婆娑。或冲虚以后己兮，或招世而自夸。
>
> 或被褐以敦俭兮，或侯服以崇奢。或延祚于黄耇兮，或丧

① 韩格平、沈薇薇、韩璐、袁敏：《全魏晋赋校注》，长春：吉林文史出版社，2008年，第311页。

志于札瘥。(《韵补》卷二)[①]

广搜佚文，力求完备，所辑之赋更具完整性与可读性。当然，笔者无意贬低《全汉赋》《全汉赋校注》和《全魏晋赋校注》，事实上，这几部著作早已成为赋学研究者的案头必备之书，对新时期的赋学研究贡献卓著。笔者只是想说明这样一个事实：《总汇》一书后来居上，在卷帙庞大的同时，又不失辑校的精细与完备，因而具有十分重要的学术价值。

由于经费短缺，精力有限，本书所收作品，“多以较好的通行本为依据，在找不到通行本的情况下方采用珍本、抄本。所依据之版本及校本均在篇后注明”(《编校凡例》第七条)。这就最大限度地简化了程序，既便于操作，也便于校核。例如潘岳《怀旧赋》，赋末标注：“据胡刻《文选》，略见《艺文类聚》卷三四。”可知该赋乃是以胡克家校刻之李善注《文选》为底本，以《艺文类聚》等为校本。赋中“遂申之以婚姻”句，校注：“婚，五臣注《文选》作昏。”又，“涂艰屯其难进”句，校注：“屯，严可均辑《全晋文》作危。”[②] 只校异同，不校是非，以省篇幅，让读者自作取舍。尽管简略，但比《历代赋汇》《赋海大观》等更为严谨、科学。

三、正变兼陈，体例完善

任何一部大型总集，在编纂之初都会对编选范围作出明确界定。《总汇》前有《编校凡例》八条，介绍十分详悉。其时间范围：上起先秦，以屈原作品为首；下迄清末，以宣统三年（1911）为限，十分明确。但对于文体范围，本书却颇有创见。众所周知，

① 马积高：《历代辞赋总汇》，长沙：湖南文艺出版社，2014年，第684—685页。

② 马积高：《历代辞赋总汇》，长沙：湖南文艺出版社，2014年，第655页。

"赋为吾国之所独有，实世界文艺中之至精尽美者"[①]，是中国古代特有的文学体裁，在西方找不到相对应的文学形式；同时，赋体文学的范围也一直比较模糊，争议颇多。西汉刘向等校理典籍时，将楚辞、七、颂、对问、隐书、成相杂辞等皆纳入赋类。但降至南朝梁代，萧统《文选》单列赋类，置于卷首，只收以"赋"名篇的作品，不包含骚（楚辞）、七、颂、对问等文体。清人编纂的大型赋集《历代赋汇》和《赋海大观》，亦只收狭义的赋体。狭义赋体观在南朝至清代的一千多年间最为流行，但也有例外，例如清人刘熙载《艺概·赋概》，亦兼论七体。当代学者校释屈原作品，也有称作"屈原赋"者。韩格平等编写《全魏晋赋校注》，只收狭义的赋体文学；费振刚等辑校《全汉赋》，兼收七、对问二体，但不收楚辞、颂、连珠等体；而曾枣庄等编纂《宋代辞赋全编》，则不仅兼收楚辞、七、颂、对问诸体，就连带有"兮"字的歌谣也全部收录，颇有泛滥无归之感。究其原因，在于赋与楚辞、颂、七、对问等文体在诞生之初，就没有严格界限，常常互相借鉴，平行发展，称谓也比较随便。例如刘向将屈原作品编入"诗赋略"的赋类，后人宗之；同时又另外编有《楚辞》一书，后人亦宗之。王褒《洞箫赋》，《汉书》本传又称其为《洞箫颂》，称名较为随意。

元代祝尧在编选《古赋辨体》时，创造了一种较为通达的处理方式：将赋体文学（含楚辞体）编入正集，凡八卷；将后骚、辞、文、操、歌等接近赋体的韵文编为外集，凡二卷。这样，既严格限制了赋体文学的文体范围，又照顾到了赋对于其他文体的影响，有助于考察赋与相近文体之间的相互关系。不过，祝尧的"外集"没有包括七、颂、对问等与赋关系更为密切的文体，遗漏较多。而马积高先生主编之《总汇》，则对中国古代与赋体文学相关的文体进行了全面考察，制定了更为严密的编纂体例。《编校凡例》第二条如此介绍"正编"的收录标准：

〔一〕题目标明为辞或赋者，但不收哀辞；凡流传标题有

① 汪吟龙：《汉赋考序》，民国二十八年（1939），中华儒学研究会石印本。

歧异，其一标明为赋者，作赋看待（如贾谊《吊屈原赋》一作《吊屈原文》，扬雄《酒赋》一作《酒箴》之类）。

〔二〕只标题意之骚体辞赋（如扬雄《反离骚》、贾谊《惜誓》之类）。

〔三〕七体、九体（如枚乘《七发》、刘向《九叹》之类）。

只收辞、赋、七、九，此为辞赋之“正体”，范围十分清晰。收入“外编”的作品，亦有严格规定：

〔一〕问答体之有韵者（如东方朔《答客难》、韩愈《进学解》、柳宗元《晋问》之类）；无韵之问答体（如东方朔《非有先生论》、汪中《广陵对》之类）不收。传为宋玉所作之《对楚王问》，作为特例入附录。

〔二〕怀古、思旧的哀吊文之有韵者（如陆机《吊魏武帝文》、潘岳《哀永逝文》之类）；但诔及祭文不收。

〔三〕体近辞赋而题为文的韵文（如司马相如《封禅文》、柳宗元《乞巧文》之类）。

〔四〕其体似赋有韵且在其所标题名之作品中为变体者（如阮籍《大人先生传》、鲁褒《钱神论》、曹植《髑髅说》、孔稚珪《北山移文》之类）；此类唐以前全录，宋以后酌收。

〔五〕汉代标明为颂，其体似赋者（如马融《广成颂》之类）；汉以后一般不收。

〔六〕楚辞体之另标题名者（如歌、咏、吟、引、琴操）；此类唐以前全收，唐以后酌收，不尽录。

〔七〕其体近诗，但唐人类书收入赋类者（如沈约《八咏》、谢庄《杂言咏雪》之类）。[①]

不难看出，《总汇》的编者心思细腻，观点融通，将辞赋的各种变体、与辞赋有着或近或远关系的各种诗文皆予以分类考察，纳入“外编”，这样既能壮大辞赋的壁垒，又便于研究者全面考察辞

---

① 马积高：《历代辞赋总汇》，长沙：湖南文艺出版社，2014 年，第 1 页。

赋文体的发展与演变，尤其是赋与其他文体互相交叉渗透的情况。此外，在文字表述的同时，还举例加以说明，让读者能够更为准确地理解编辑者意图。

在具体编纂时，编者将两千余年的辞赋文学划分为先秦汉魏晋南北朝、唐代、宋代、金元、明代、清代凡六个历史时期，对于每一时期的作家，均按照其生活年代先后依次排列，所谓“人因世次，文沿人集”，这样更便于读者考察各个历史时期辞赋的发展演变。每一位作家，先列作家小传，再列属于正编之辞赋，最后列外编之作品，题目之上冠以“外编”二字。例如汉武帝刘彻，首先是小传8行，大约200字；接下来全文收录其《李夫人赋》和《秋风辞》，每篇之下标明出处，撰写“校记”；再下顶格书“外编”二字，收录其《瓠子歌》《太一之歌》《天马歌》和《落叶哀蝉曲》，每篇作品下也有出处和“校记”（第141—144页）。如此，则汉武帝作品“正编”有2篇，“外编”有4篇，凡6篇。这样将同一作家的辞赋作品集中排列，比祝尧《古赋辨体》将“外集”附在全书之后，曾枣庄等《宋代辞赋全编》将辞（含有楚辞、七、颂等）集中在全书之前，《历代赋汇》《赋海大观》按照题材分类编录狭义之赋，都更有利于读者考察某一作家的作品全貌，进而思考其在中国辞赋史上的贡献和地位，因而是十分科学合理的编排。当然，也有一些作家“正编”阙如，则直接编录“外编”。例如汉代霍去病，作家名下先有小传4行，即进入“外编”，编录其《琴歌》1首（145页）。

《总汇》这种“正编”与“外编”（实为“正体”与“变体”）相互配合、相得益彰的编纂体例，是对祝尧《古赋辨体》的继承、改造与发展。这一方法较为契合辞赋文学发展的实际情况，既照顾到狭义的赋体观（正编部分），又为广义的赋文体研究者提供翔实完备的资料（外编部分），因而具有十分重要的学术意义。

毋庸讳言，作为一部大型的文学总集，《总汇》也难免有其不尽完善之处。编者既然兼顾狭义的赋体观和广义的赋体观，那么在“正编”中，就应该只收录以“赋”名篇的作品，而将楚辞、七、九诸体全部置于“外编”，这样既便于考察、研究严格意义上的赋篇，也是对于自《文选·赋》以至《历代赋汇》《赋海大观》的一千余年间广为流行的狭义赋体观的尊重和承袭。即使根据现在通行的文体观念，楚辞体、九体也因其长于抒情、意境优美而被纳入诗歌领域，与长于铺陈的赋体分为二途。其次，《编校凡例》第二条缕述“外编”的收录标准，有“体近辞赋而题为文的韵文（如司马相如《封禅文》、柳宗元《乞巧文》之类）”一项。核查正文，柳宗元“外编”中确实收录了《乞巧文》，但司马相如“外编”中却没有《封禅文》，前后失照。又如本书宋代卷，苏轼“正编”部分辑录东坡赋 27 篇，辞（词）3 篇。其中《思子台赋》应该是其子苏过所作，误收。赋首有苏轼序云：“予少时常见彦辅所作《思子台赋》，上援秦皇，下逮晋惠，反复哀切，有补于世。盖记其意，而亡其辞。乃命过作补亡之篇，庶几后之君子，犹得见斯人胸怀仿佛也。”[①] 显然可见，史经臣（彦辅）《思子台赋》已经亡佚，苏轼乃命其子苏过补作一篇，试图展现原赋的典故、思想、情怀。该赋正文为苏过作，赋序为则苏轼作，曾枣庄先生考证甚详。[②]《总汇》不加分别，在苏轼、苏过名下皆收此赋（并序），显然重出。应该在苏轼名下只收赋序，而在苏过名下收录赋文，并在校记中交代其作赋原委。[③] 不过，瑕不掩瑜，这些小缺点并不能掩盖《总汇》在辑校历代辞赋方面的巨大贡献，尤其不能掩盖其在编纂质量和编纂体例上的学术探索和突破。

（原载《天中学刊》2017 年第 1 期，1—6 页）

---

① 马积高：《历代辞赋总汇》，长沙：湖南文艺出版社，2014 年，第 3135 页。

② 曾枣庄：《苏赋十题》，《清华大学学报》2006 年第 6 期。

③ 中华书局版《苏过诗文编年笺注》只收录《思子台赋》正文，不收其序，甚当；该赋题解云：“彼时东坡远贬惠州，凄怆忧愤，怅恨难平，命（苏）过继作，盖借他人酒杯以浇胸中之块垒也。”见蒋宗许、舒大刚等《苏过诗文编年笺注》（北京：中华书局，2012 年）第 618 页。

《历代辞赋总汇》编纂指瑕

侯立兵

马积高先生主编的《历代辞赋总汇》（以下简称《总汇》）于2014年由湖南文艺出版社出版。该书被列为国家出版基金项目，乃是迄今为止中国辞赋最完备的集成，在古籍整理的历史上具有里程碑意义。马积高及其编纂团队为之耗时20余年，呕心沥血，厥功甚伟。全书体量巨大，凡26册，2800余万字，收录从先秦至清末7391位作者的辞赋30789篇。《总汇》出版后引起学界极大关注，南京大学许结教授、湖南师范大学李生龙教授曾先后撰文评介其价值与特色。然而，由于卷帙浩繁，且成于众人之手，《总汇》编纂也出现了一些阙误。由于治学所需，笔者最近两年对该书使用较多，在查阅过程中，发现其中存在一些疏漏或失误。现就目前所发现的问题整理归类如下，以求教于方家。

一、同一作者误作两人分立

由于编校疏漏，在《总汇》中间或会出现同一作者被分作两人设立的情况。兹举两例：

1. 易贞言被误作两人、分入两代

按:《总汇》明代卷辑录易贞言一篇《南岳七十二峰赋》(第9册第8432—8433页),且无作者小传。所据版本为光绪元年刻本《衡州府志》(卷三十)。该册为明代卷最后一册,这篇作品系于本册接近末尾的部分。《编校凡例》云:“所属朝代亦缺载者,根据原载某书的编定年代及所收作品之下限编于该书下限一代之末。”[①]可见,分工负责这一时段的编校者是将易贞言作为生平无考者编录的。

可是,清代卷亦辑录有易贞言的作品(第10册第8839—8842页),且附有作者小传。所辑录作品有两篇:一篇题为《八景台吊古赋》,所据版本为《长沙府志》(卷四四);另一篇题为《南岳七十二峰赋》,所据版本为《湖南文征》(卷一三一)。经过比对,后一篇实际上与前一位易贞言的《南岳七十二峰赋》是同一作品。据小传可知,易贞言是湖南湘乡人,生于明末,主要活动在清初,没有记录仕宦经历。依据《编校凡例》,以归入清代卷为宜。

2. 辛从益被误作两人

按:由于编纂失误,清人辛从益也被分作两处设立。在清代卷第14册中有两个同名的辛从益,一个的作品编录在第12938—12940页,作品2篇,所据版本为《赋海大观》;另一个的作品编录在第13504—13570页,录有作品63篇,所据版本为咸丰刊本《寄思斋藏稿》。两处小传详略不同,但是籍贯、科第等主要信息一致,再加之,前者所录两篇作品《鼻烟赋》(摘句)、《汉瓦头砚赋》亦见录于后者,由此可断定为同一人。更令人遗憾的是,前面出现的《汉瓦头砚赋》在后面误作《汉瓦头研赋》,“砚”讹为“研”,当令读者费解。

---

① 马积高:《历代辞赋总汇》,长沙:湖南文艺出版社,2014年,第2页。

二、同一作品误作两篇分立

《总汇》从《赋海大观》直接移录了近400万字，而《赋海大观》常将一些佚名的同题或同类赋作列于某位有确定姓名的作者之后。《总汇》编辑过程中对此未加分别，而是一并作为同一作者的作品整体移入。因此，细心的读者会发现，在清代卷中经常会出现同一作者名下辑录有若干同题赋作的现象。据《出版说明》，编纂者直到最后一次校对时才发现这一失误。应该是由于发现时间太晚，全书体例、规模已定，因此编纂者最后采取了所谓“变通而简易的办法，就是在赋题下加‘未署名’三字”。然而，实际情况却是，这一“变通而简易的办法”必然导致大量同题作品的实际作者缺乏考证与分辨，这也应当是全书编纂过程中的一个重大缺失与遗憾。

不仅如此，由此产生的另一个连带问题是，对于一些本就属于某位姓名明确的作者的同题作品，因为标记有“未署名”，反而会误导读者将其视为他人之作。事实上，在《总汇》中同一作者名下的同一作品被误作两篇分列的情况也不少。兹举数例：

1. 吴廷琛《造物无尽藏赋》被误作两篇分立

按：清代卷第15册录有吴廷琛的两篇同题《造物无尽藏赋》（第14790、14791页），其中后一篇为摘句，且在题下标注“未署名”。两篇作品均采自《赋海大观》。经细读比对，发现后一篇“未署名”的“摘句”，实际上摘自前一篇的中间部分。文字基本相同，只有极个别有异。由此可见，这里分列的两篇，实为一篇。在编纂过程中，倘使稍加留意比对，应不难发现这一点。

2. 汪廷珍《自鸣钟赋》被误作两篇，分系两人名下

按：清代卷第14册汪廷珍《自鸣钟赋》（第12865页），同一篇赋又被系于第10册姚文然名下（第9086页）。姚文然（1620—

1678），南桐城（今安徽桐城）人，清初名臣，文学家。明崇祯十六年（1643）进士，改庶吉士，兵部侍郎，钦命左都御史，刑部尚书，封光禄大夫，康熙十七年（1678）卒。汪廷珍（？—1828），字玉粲，号瑟庵，江苏山阳人。乾隆己酉（1789）一甲二名进士，授编修，官至礼部尚书。可见，两人生活年代相去甚远，生平亦无交集。据《总汇》，前者所据版本为《律赋类纂体物三》，后者据清光绪刻本《实事求是斋遗稿》卷四。后者所标注的版本有误，《实事求是斋遗稿》作者当为汪廷珍。另，第 15 册辑有胡长龄（？—1814）、刘凤诰（？—1830）的同题赋。刘、汪、姚三人的同题赋题下皆注"以鼓名记里车号指南为韵"，刘、汪生活于同一时期且同朝为官，同场作赋的可能性很大。由此，基本可判定姚文然名下的《自鸣钟赋》是误录。

3.《象有齿以焚其身赋》被误作两篇，分系两人名下

按：清代卷第 19 册有两篇同题《象有齿以焚其身赋》（第 18893、19456 页），分系于陶然、锡珍两位作者名下。经比对，这两篇同题赋实为一篇。前者辑自《味闲堂课钞试体赋》，后者辑自《赋海大观》卷二五。

4. 秦镜《水碓赋》被误作两篇分立

按：清代卷第 15 册录有秦镜两篇《水碓赋》（第 14703—14704 页），均选自《赋海大观》卷十九，其中第二篇同题赋备注"摘句。未署名"。经比对，摘句中的前面几句与前篇相同，后面几句则未见于前篇；又，据这几句用韵来推断，与前几句应不属同一篇。因此，此篇以"摘句"形式出现的同题作品很可能是从两篇或多篇中摘录句子而成的。单就前面几句来看应归属秦镜。遗憾的是，点校者并未能在"校记"中注明这些。

5. 徐日昌名下三篇同题《角黍赋》，未予分辨

按：清代卷第 22 册有三篇同题《角黍赋》（第 22846、22847、22847 页）系于徐日昌名下，均从《赋海大观》卷二四移入，而编校者未予分辨。第二篇同题赋是摘句，凡 30 句，其中前两句"箬有千重，米惟盈握"系摘自第一篇的中间部分，而其余 28 句则不

是，这 28 句也未见于第三篇同题赋。可见，第二篇摘句可能来自多篇同题作品，有些原作可能已佚。此种情况与例 4 中的摘句相类。

另外值得注意的是第一、三篇同题赋均为律赋，题目下皆标明限韵情况，第一篇“以榴花角黍门时新为韵”，第三篇“以九子黏蒲玉粽香为韵”。第三篇没有标明“摘句”，从编排情形来看，编校者似将其视为一篇独立的律赋。经笔者细读比对，第一篇用韵情况与限韵吻合，而第三篇用韵情况则与限韵严重不合，仅有“子”韵、“蒲”韵，而且“蒲”韵句子居前，文中有若干其他不在限韵之内的句子；再加之，多处意脉不贯。因此，可以推定此篇亦为“摘句”，且摘自多篇同题赋。此种情况亦与例 4 的摘句相类。

第三篇既为源自多篇作品的摘句，缘何题下又注明具体的限韵方式呢？或许问题在底本《赋海大观》中就已存在了。然而，编校者对于这三篇作品的文本本身和相互关系未及精审分辨，恐怕也属实情。

6. 汪檠《初日芙蓉赋》被误作两篇分立

按：清代卷第 22 册录有汪檠两篇《初日芙蓉赋》（第 22162、22175 页），分别选自《赋海大观》卷十和卷三十，其中第二篇同题赋备注“摘句”。同时系于汪檠名下的两篇摘句《鱼乙象篆赋》和《海鳞变成龙赋》则未见该作者的同题作品。经比读，后一篇《初日芙蓉赋》实则从前一篇同题作品摘出。点校者对此未予辨明，让读者易生误解。

此外，后一篇摘句的文字与前一篇原文的个别文字有异，点校者也未予以互校。例如，摘句有“推铜钲于烟峤”之句，“推”原文作“挂”。试问，到底应是“推”还是“挂”呢？古人诗词常以“挂铜钲”比拟初升之日，苏轼《新城道中》有“树头初日挂铜钲”之句。结合赋文上句“揭金掌于露盘”，推敲文意，疑为形近而讹，应为“挂”字。两篇同题作品系于一人名下，编排页码又相邻，对于其中文字讹误，点校者却似未曾用心校勘，坐失便利，甚为可惜。

7. “未署名”还是“校记”，亦不统一

按：对于从《赋海大观》移入的部分，如果有同题作品或摘句随某作者一并移入的，除了《出版说明》所说的在题下加“未署名”以示注明的方式之外，《总汇》实际上又还有另一种方式，就是通过“校记”注明。如系于屈家蘅名下的两篇同题《经神赋》（摘句）（第22册第22264—22265页），第二篇在赋末以“校记”注明“此篇赋海大观未署作者，姑附于此”。系于屈家荪名下的两篇同题《击钵催诗赋》（第22册第22260页），采自《赋海大观》（卷十下），均在赋末以“校记”注明：“此篇《赋海大观》未署作者，姑附于此。”此外，还有大量的同题作品或摘句既没有加“未署名”，也没有在“校记”中注明，上述例5即为此类情形。两种注明方式不一，甚至不作任何注明，也在一定程度上反映了编校者在处理这批源自《赋海大观》的特殊问题作品时采取的具体编校技术较为混乱。

从《赋海大观》抄录过来的同题作品数量很多，笔者未及一一比对，恐怕还存有不少编纂失误。

三、部分作品版本互校不力

《总汇》文献来源繁多，包括文学总集、赋学总集、别集、类书、方志等，编校者在校勘方面虽然付出了一定心血，但是，仍有诸多遗憾之处。这些遗憾较多地表现是版本互校的力度不够。前文第一、二部分所列举的阙误之处，有不少也是因为版本互校不到位而造成的。

再以明人莫旦的《大明一统赋》为例：

明代卷载有明人莫旦的《大明一统赋》（第6册第5443—5448页），依据版本为《历代赋汇》卷三五。对于作者生平，点校者认为“生平不详”，只是从文中的某些语句推断此赋“当作于宪宗

（1465—1487）时”。陈元龙《历代赋汇》系以题材分类，而不以作者分编，篇名下面只署作者名而不附作者小传。因此仅从《历代赋汇》所提供的信息来考证，断难再有别的收获。可是，设若以其他版本或文献互相校对，或将有较大收获。实际上，莫旦在明代堪称知名度较高的文人，《康熙吴江县志》卷三五“人物”对其生平有较详细记载：

> 莫旦，字景周，震之子。博学工文。成化改元，领乡荐，卒业太学，作《一统》《贤关》二赋，名动京师。授新昌训导。九年，迁南京国子监学正。乞归，年八十余卒。……平生著述甚多，所存有《鲈乡集》，《新昌》、《嘉鱼》、《吴江》三志。

此外，国家图书馆藏有明嘉靖三十年（1551）莫旦《大明一统赋》的汪云程单行刻本（共三册），刊行时间距离莫旦离世不久，较好地保留了该赋的全貌。该版本早于陈元龙的《历代赋汇》。经比读，嘉靖本有篇幅数百字的序言，交代创作背景和赋学主张，随文有大量的注释，而序言和注释文字在《历代赋汇》和《总汇》中一概未录。此外，经过互校，发现《历代赋汇》和《总汇》所录有些文字讹误和字句脱落。例如，第5443页下，在上句“于是天生真主，奋迹田里”与下句“兆应瑞云，符乘王气”之间，脱漏“驾风鞭霆，仗剑而起”。

再者，由于《总汇》选取的莫旦赋作仅采自《历代赋汇》，文献来源单一，也会导致某些作品漏收。《康熙吴江县志》所云莫旦作有《贤关赋》，存佚情况待考。清代李铭皖、谭均培《道光苏州府志》辑有莫旦《苏州赋》。此篇亦未见录于《总汇》。

可见，由于只依据《历代赋汇》这个单一版本，缺少版本互校，导致编校者没能考索出赋家莫旦的生平，也易让有些作品漏收。

四、正录或外录：文体分类标准不一

文学史上的赋篇，有以“赋”名篇者，亦有不以“赋”名篇者，辨体分类难在后者。如何解决好后者的辨识问题，对编纂辞赋总集至为关键。应该说，作为《总汇》的主编马积高本人对此是有相当清醒的认识的，在他撰写的前言中，用了大量笔墨谈及不直接以“赋”为题的作品，如七体、对问体和一些骚体赋。对于汉代枚乘《七发》以来的七体、东方朔《答客难》、扬雄《解嘲》一类的对问体，前言是明确为赋体的。在实际编纂过程中，对于一些介于赋与非赋之间的作品，如“歌”“吟”“操”“吊文”等，《总汇》一般会酌情收录，普遍的做法是将其列入相应作者的辞赋作品之后，作为所谓“外编”。

其实，为了妥善处理不以辞赋名篇的作品，马积高早在1990年在《编辑〈历代辞赋总汇〉刍议》一文中就提出了三条编辑原则，前两条明言：

> 一、凡清以前文学总集、辞赋总集、作家专集标名为辞赋者，又“七体”及骚体之不标其他文体名者（如夏侯湛《秋夕哀》之类），一概收入《总汇》，称为“正录”。正录标示辞赋的正体。“问答体”是早期文赋体的主要形式，其中有韵而不标其他文体之名者亦入“正录”，无韵之问答体则不收，以保持辞赋属于韵文这一基本特点。
>
> 二、凡标题为“文”“吊文”或其他体名而其体实为辞赋者，仿祝尧《古赋辨体》之例，收入《总汇》，称为“外录”。骚体之标为“歌”者亦入“外录”。“外录”主要标示

辞赋的流变。[①]

笔者十多年前的博士论文《汉魏六朝赋多维研究》曾辟专章对七体、设论（设难）进行专门论述，2004 年也曾有专文《论设难体》发表在《陕西师范大学学报》，详细考察了这两类赋体的源流及文体特征[②]，在将七体、设论（设难）归为赋体这一点上与马先生的认识也是一致的[③]。从引文可知，对于七体和设论（设难）一类有韵的问答体，马积高是明确应入“正录”的。[④]

通过翻阅《总汇》可知，在实际操作中大部分编校人员的文体辨识能够与主编保持一致，会将“辞”“七体”“客难”纳入正编，而将“歌”“吟”“操”“吊文”等归入外编。但是，也有相当一部分编校者的文体意识较为混乱，具体表现是，将学界公认而且主编已经界定的“辞”“七体”“客难”列入“外编”，而有些当归入外篇的“歌”“吟”“操”“吊文”作品却被归入内编。试看《总汇》对设论（设难）一类赋体的处理：西汉东方朔《答客难》（第 1 册第 140 页）列入外编，而清代周之芳《客醒》（第 10 册第 9529 页）则列入正编；东汉蔡邕《释诲》（第 1 册第 373 页）列入正编，而晋代郤正《释讥》（第 1 册第 582 页）则列入外编。归类标准摇摆不定，执行不一，可见一斑。再将部分例证罗列如下：

1. 清代盛元光《七劝》（第 14 册第 13358 页）、《白雉辞》

---

① 马积高：《编辑〈历代辞赋总汇〉刍议》，《文史哲》1990 年第 5 期，第 98—103 页。

② 侯立兵：《论设难体》，《陕西师范大学学报》（哲学社会科学版）2006 第 3 期，第 35—40 页。

③ 七体、设论（设难）均属于赋体，拙著《汉魏六朝赋多维研究》（北京：人民出版社，2007 年）第六章“文体与载体：汉魏六朝的特殊赋体”曾对这七体、设论、连珠三类特殊赋体的嬗变历程和文体特征进行过专门论述，可参阅。

④ 关于七体、问答（有韵者）的正录与外录问题，《总汇》之《编校凡例》与马积高本人所论存有矛盾，《凡例》称七体列入正编，问答（有韵者）列入外编。而事实上，在具体编纂中七体入外编、问答（有韵者）入正编的现象却屡见不鲜，这又与《凡例》所称自相矛盾。

（第 14 册第 13360 页）归入“外编”。

按：《七劝》以“东吴文学”与“北平公子”设为主客问答，所言七事，可以说体式上完全承袭枚乘《七发》的模式，为典型的七体大赋。《白雉辞》句中多“兮”字，借鸟喻人，抒发不遇之愤懑，为典型的楚辞体。两篇均宜正录，归入“外编”，失当。

2. 清代彭蕴章《七翰》《七教》（第 15 册第 14580 页）被列入“外编”。

按：典型七体，归类失当。

3. 清代王嗣槐《七述赋》（第 11 册第 9866 页）、《璇玑玉衡赋》（第 11 册第 9868 页）被列入“外编”。

按：前者以“北郭子”与“箓居先生”主客问答，演绎七事，为典型七体。点校者将此篇赋文分为六段，除了开篇第一段之外，其余五段均以“箓居先生曰”开头，而另外两次“箓居先生曰”则分别掩藏于第二段与最后一段之中了。后者直接以赋名篇。此二篇，归为“外编”，明显失当。

4. 清代李文照《七跂》（第 11 册第 10117 页）被列入“外编”。

按：典型七体，归类失当。

5. 清代李联琇《七嗜》（第 18 册第 17911 页）被列入“外编”。

按：典型七体，归类失当。

6. 清代尚镕《七砭》（第 20 册第 19734 页）被列入“外编”。

按：典型七体，归类失当。

7. 清代陈荣昌《七解》（第 20 册第 20328 页）被列入“外编”。

按：与《续离骚》《续九歌》一并归入“外编”，而《七解》属典型七体，归类失当。

8. 清代于齐庆《七招》（第 20 册第 20528—20529 页）被列入“外编”。

按：典型七体，归类失当。

9．晋代傅玄《客难》（残篇）（第1册第581页）被归入“外编”。

按：晋代傅玄的《七谟》《七社》《七礼》《七体》（第1册第576—578页）被归为“正编”，应属得当，而《客难》属于典型的“设论”，宜入“正编”。

10．晋郭璞《客傲》（第1册第795页）被归入“外编”。

按：典型的“设论”，宜入“正编”。

11．清代李雯《客讽》（第10册第8587页）被列入“外编”。

按：第10册收录有李雯的赋作16篇（第8568—8589页），作品采自作者别集《蓼斋集》和《蓼斋集后集》，其中前面排列10篇以赋名篇的作品，接下来排列4篇骚体，再接下来为《七诵》。最后一篇为《客讽》被单列为“外编”。考原刊可知，《蓼斋集》卷一包括《思赋》等8篇以赋名篇的作品，卷二包括两篇赋《秋云赋》和《整思赋》，外加两篇《众菱》和《天问》，而这两篇在目录中已经明确标列为“骚”。《客讽》模仿东方朔《答客难》的形制与主旨，宜入正录。

13．清代尤侗《梅花三弄》（第10册第8652页）被列为“内编”。

按：近楚辞而非，宜效仿“歌”“操”之例归入“外编”。

14．明代周广《芝山樵子歌》（第7册第5755页）、《楚吟》（第7册第5757页），与其他辞赋混编，列入“内编”。

按：依《凡例》，应入“外编”。

15．明代张邦奇《长沙吊贾太傅文》《吊岳武穆王文》《吊兄文》（第7册第5761页），与其他辞赋混编，列入“内编”。

按：依《凡例》，应入“外编”。

16．清代黄之晋《吊屈大夫文》（第17册第17353页），与其他辞赋混编，列入“内编”。

按：依《凡例》，应入“外编”。

应该说，对于不以赋名篇的特殊赋体或类赋体，到底是应归为正录还是外录，作为主编马积高的区分意识是清晰的。然而，通过以上例证可以发现部分编校者在实际操作时文体的执行标准不一，比较混乱。可以说，对于主编的文体区分意识，有些参编者并没有吃透和有效贯彻，参编者们的正录与外录的标准、尺度没有得到统一。譬如，上述例8于齐庆《七招》与刘孚京《七学》（第20册第20532—20536页）在编排上相邻，但是，由于分属两个不同的点校者，执行标准不一，以致纵然同属七体，前者被归入“外编”，而后者归入“正编”。

五、方志文献利用的地域局限

《总汇》的文献来源主要有历代文学总集、赋集、别集等，此外还有地方志。比较来看，对于方志文献的利用，在辑录清代辞赋过程中相对较多。也正是在方志文献的利用中，《总汇》出现了较强的地域局限性。经过笔者初步翻阅，编纂者利用的湖南地方志比较多，而对湖南之外地方志的利用频率明显少很多。湖南的各地地方志，如《长沙府志》《衡州府志》《武陵县志》《巴陵县志》等在清代辞赋的搜集过程中利用相对频繁。湖南之外的地方志也有个别使用较多，如《承德府志》，或许是因承德距离京城很近，乃清帝避暑之地，其中有许多关于康熙、乾隆、嘉庆皇帝的活动记载，也录有帝王和皇室成员的艺文作品。再加之《光绪承德府志》较为有名，找书相对容易。

《总汇》开始编纂之际，《中国地方志集成》的编纂也刚开始起步，相关文献的集约化、电子化远没有达到今天的程度，许多地方志的查阅要到当地的图书馆或文史馆。之所以会出现对湖南的地方志利用较多而湖南之外的相对较少的情况，或许正是因为主编和相当一部分编纂者工作在湖南，相对占有地利之故；而限于人力、财力，自然对外地的地方文献利用会偏少。地方文献的查阅需耗费大量的人力、财力，马积高在《总汇》前言中曾说：“欲将事情做好而往往经费捉襟见肘，精力亦力不从心。”[①] 先生虽已仙逝多年，此语当为肺腑之言，犹然在耳。由于卷帙浩繁，笔者未及对书中方志的利用详情做具体数据统计和分析，故不多论。

六、结语

前文所列问题，大部分属于编辑、校对层面的问题。同一作者分立两人，同一作品分立两篇的疏漏，其实到最后编辑第 25 册和第 26 册人名、篇名《索引卷》之时，如果认真校对是不难发现问题线索的。可惜，对此直到最后的环节也疏忽了。其余的缺失则牵涉版本互校和文献采集范围的问题。其他一些关于字词错漏、讹误的问题，此不赘述。

根据笔者初步翻阅判断，《总汇》清代卷存在的问题相对较多。这不仅是因为清代卷篇目占居大半，更因为清代卷原本缺少前代如《全上古三代秦汉三国六朝文》《全唐文》《历代赋汇》一类的大型总集和赋集，文献整理的基础相对较弱。《总汇》从《赋海大观》直接移入了约 400 万字，该书原本编辑就较为粗糙，踪凡教授就曾撰文指出该书的八大阙误[②]，又加之本次编校用力欠勤，《赋海大观》移入的部分可能已成为编纂的“重灾区”，亟待详查。笔者注意到，作为《总汇》主要编校者之一的李生龙教授也在最近的文章中坦承清代卷中从《赋海大观》录入的 400 万字由于编校问题导致其中“错、漏、衍、缺”较多[③]。可见，李教授的学术态度是严谨而诚恳的。

---

① 马积高：《编辑〈历代辞赋总汇〉刍议》，《文史哲》1990 年第 5 期，第 12 页。

② 踪凡：《〈赋海大观〉阙误》，《中南民族大学学报》（社会科学版）2014 年第 9 期，第 146—150 页。

③ 李生龙：《〈历代辞赋总汇〉之编纂、特色、价值与有待完善之处》，《中国文学研究》2015 年第 4 期，第 39—42 页。

值得说明的是，即便存在上述编纂阙误，在整体上也不影响《总汇》在古籍整理尤其是在辞赋文献整理方面的价值与地位，此所谓瑕不掩瑜。马积高教授和所有编纂者的执着坚守和辛勤付出，令人尊敬。诚如中国辞赋学会会长许结教授对该书的评价："以会通之精神完成的亘古未有的赋学成果，为赋学研究与辞赋爱好者提供了最完整的创作库存。"① 马积高教授是笔者十分崇敬的赋学大家，之所以指出以上阙误，是为了力求完美。这一出发点与编纂者本身的学术追求，无疑也是一致的。与此同时，笔者也期待《总汇》存在的问题和遗憾在来日重版时能够得到纠正和弥补。

［原载《陕西师范大学学报》（哲学社会科学版）2017 年第 2 期，154—160 页］

① 许结：《体物开佳境　新编集大成——〈历代辞赋总汇〉出版推介》，《书屋》2014 年第 3 期，第 78 页。

图书在版编目(CIP)数据

初心不忘 薪火相传:湖南师范大学辞赋研究论文集/李生龙主编. —长沙:岳麓书社,2019. 4

ISBN 978-7-5538-0886-4

Ⅰ. ①初... Ⅱ. ①李... Ⅲ. ①赋—文学研究—中国—古代—文集 Ⅳ. ①I207. 224-53

中国版本图书馆 CIP 数据核字(2018)第 300247 号

CHUXIN BUWANG XINHUO XIANGCHUAN
HUNAN SHIFAN DAXUE CIFU YANJIU LUNWENJI

初心不忘 薪火相传:湖南师范大学辞赋研究论文集

主　　编:李生龙
责任编辑:管巧灵 王文西 邱建明
责任校对:舒 舍
封面设计:风格八号·李文婷

岳麓书社出版发行
地址:湖南省长沙市爱民路 47 号
直销电话:0731-88804152 0731-88885616
邮编:410006
岳麓书社网址:www. yueluhistory. com

2019 年 4 月第 1 版第 1 次印刷
开本:880mm×1240mm 1/16
印张:12. 75
字数:356 千字
印数:1—1 500
ISBN 978-7-5538-0886-4
定价:65. 00 元

承印:长沙鸿和印务有限公司

如有印装质量问题,请与本社印务部联系
电话:0731-88884129